MARCEL FEIGE

Trieb

Buch

Berlin, kurz nach Neujahr: Der kleine Tabori aus Albanien, der von zu Hause ausgerissen ist, verirrt sich in der winterlichen Hauptstadt. Verzweifelt macht er sich auf die Suche nach seinem Cousin. Dabei findet er Freunde, die ihm helfen – doch sein Vertrauen wird erschüttert. Unterdessen werden Kommissar Paul Kalkbrenner und sein Kollege Sebastian Berger in ein Nobelhotel am Brandenburger Tor gerufen: Dort wurde ein angesehener Geschäftsmann erschossen, der seltsamerweise unter falschem Namen eingecheckt hatte. Es dauert eine Weile, bis seine wahre Identität ermittelt wird. Als die Beamten der Witwe die Nachricht vom Tod ihres Mannes überbringen, ist diese nicht nur erschüttert, sondern auch überrascht. Sie glaubte ihren Mann auf Geschäftsreise in Amsterdam, zusammen mit seinem Partner Marten Peglar. Auch der ist spurlos verschwunden.
Zur gleichen Zeit wird ein Staatssekretär ermordet, ausgerechnet ein Informant des Journalisten Hardy Sackowitz. Der wähnte sich einem Politskandal auf der Spur. In Wahrheit kommt er einer Szene auf die Schliche, die in ihrer Perfidität lieber im Dunkeln bleiben möchte – um jeden Preis!

Autor

Marcel Feige, geboren 1971, arbeitete als leitender Redakteur bei verschiedenen Musik-, Lifestyle- und Stadt-Magazinen. Seit 1998 lebt er als Schriftsteller in Berlin. Für seine Biografie »Nina Hagen. That's why the lady is a punk« erhielt er den renommierten internationalen Buchpreis »Corine«. Weitere Thriller von Marcel Feige sind bei Goldmann in Vorbereitung. Marcel Feige im Internet: www.Marcel-Feige.de

Von Marcel Feige außerdem bei Goldmann lieferbar:

Wut. Thriller (46461)
Gier. Thriller (46580)

Marcel Feige

TRIEB

Thriller

GOLDMANN

FSC
Mix
Produktgruppe aus vorbildlich
bewirtschafteten Wäldern und
anderen kontrollierten Herkünften

Zert.-Nr. SGS-COC-1940
www.fsc.org
© 1996 Forest Stewardship Council

Verlagsgruppe Random House FSC-DEU-0100
Das FSC-zertifizierte Papier *München Super* für dieses Buch
liefert Arctic Paper Mochenwangen GmbH.

1. Auflage
Originalausgabe August 2009

Dieses Werk wurde vermittelt durch die Michael Meller
Literary Agency, München.
Umschlaggestaltung: Uno Werbeagentur München
Umschlagfoto: Mauritius Images/Werner Otto
BH · Herstellung: Str.
Redaktion: Susanne Bartel
Satz: deutsch-türkischer fotosatz, Berlin
Druck und Bindung: GGP Media GmbH, Pößneck
Printed in Germany
ISBN: 978-3-442-46988-8

www.goldmann-verlag.de

Für meine Eltern
Thea und Heinz.

Danke für eine
wunderbare Kindheit.

PROLOG

In Gracen, einem winzigen albanischen Bergdorf, schüttelte ein Junge wütend sein kleines Radio. *Dieses blöde Ding!* Um achtzehn Uhr hatte die Hitparade auf *Top Channel* begonnen. Jetzt war es bereits kurz vor halb sieben, und noch immer klang statt der neuen Songs von Eminem, US5 oder Tokio Hotel nur ein Rauschen aus den Lautsprechern. Dabei lag Tirana, von wo der Sender sein Programm ausstrahlte, nicht einmal weit von Gracen entfernt. Mit dem Bus brauchte man gerade mal eine Stunde in die Hauptstadt.

Der Junge hielt die Antenne so hoch wie möglich, doch obwohl er sich dazu sogar auf die Zehenspitzen stellte, gab das Radio nur ein Knistern von sich. Es war alt und kaputt. Vielleicht hätte sein Vater das Gerät reparieren können, aber der war schon lange tot.

Der Junge trat zu seiner Mutter an den Herd. »Mama, wann kaufen wir endlich ein neues Radio? Oder einen Fernseher? Alle im Dorf haben …«

»*Wir* haben kein Geld dafür«, unterbrach sie ihn, ohne dabei vom köchelnden Grießbrei aufzuschauen. »Das weißt du doch, Tabori.«

»Aber du gehst arbeiten«, widersprach der Junge. Zweimal die Woche schrubbte sie die Dielen in der Kirchensakristei und wischte die Bänke vor dem Altar.

»Das bisschen, was ich beim Putzen verdiene, deckt kaum die Miete.« Sie rührte den Grießbrei um. Fleisch gab es nur selten, und selbst für Kartoffeln reichte das Geld nur manchmal. »Und erst recht nicht die Kosten für Mickaels Medizin.«

Tabori wollte erneut protestieren. Immerzu drehte sich alles nur um seinen älteren Bruder. Doch seine Mutter brachte ihn mit einer Handbewegung zum Schweigen. »Mit Fernsehen vergeudest du sowieso nur deine Zeit. Du solltest lieber …« Sie wurde von einem Klopfen an der Tür unterbrochen. Schnell reichte sie Tabori den Topf mit dem Grießbrei. »Geh aufs Zimmer!«

Der kleine Raum, den Tabori sich mit Mickael teilte, bestand aus einem Kleiderschrank, dessen eine Tür nur noch halb in den Angeln hing, und einer aufgebockten, zerkratzten und durchhängenden Platte, auf der Tabori seine Schulaufgaben erledigte. Die nicht vorhandene Tapete wurde durch alte Fotos ersetzt, die Mutter, Mickael, Tabori, seinen Cousin Ryon und Gentiana zeigten. Daneben hing ein Poster von Tokio Hotel, das Ryon vor ein paar Monaten für ihn aufgetrieben hatte.

Das schmale Bett teilte sich Tabori mit seinem Bruder, der gerade schlief. Tabori wollte Mickael nicht wecken, also stellte er den Grießbrei auf den Nachttisch und griff nach der Gitarre, die ein Geschenk von Großvater gewesen war, wenige Monate vor dessen Tod.

Während Tabori im Flur die Daunenjacke über den Pullover zog, hörte er aus dem Wohnzimmer Geräusche. Sie erinnerten ihn an das Grunzen der Dorfschweine.

Draußen schlug ihm der kalte Januarwind ins Gesicht, aber es fiel ihm leichter, diesen Schmerz zu ertragen, als das Stöhnen im Haus mit anhören zu müssen. Oder in die verquollenen Augen zu sehen, die seine Mutter später mit Sicherheit wieder haben würde.

Tabori überquerte die steinige Hauptstraße. Ein paar Abschnitte waren vor einiger Zeit von rumänischen Wanderarbeitern neu geteert worden, aber der heiße Sommer und der raue Winter hatten dem Straßenbelag bereits wieder zugesetzt. Erst vor Kurzem war der Bus, der zweimal täglich Gracen ansteuerte, in einem der Schlaglöcher stecken geblieben. Es hatte dreier Pferde bedurft, um ihn herauszuziehen.

In einigen Häuserfenstern glomm noch verheißungsvoll bunte Weihnachtsdekoration, aber die meisten Bauernkaten wurden nur von nackten Glühbirnen erleuchtet. Der Großteil der Dorfbewohner konnte sich keinen Luxus leisten. Auch für Tabori hatte es zu Weihnachten nur eine Portion Kekse gegeben, verpackt in blaues Briefpapier, und mit viel Glück würde er zu seinem Geburtstag nächste Woche weiteres Gebäck erhalten.

Er wählte einen schmalen Weg zwischen zwei großen, verwitterten Röhren hindurch, die vor langer Zeit einmal als Brennöfen zur Herstellung von Kalk gedient hatten. Wenn man von der alten Weberei ein Stück weiter die Straße hinunterlief, kam man zur Fabrik, die nach einem Brand nur noch eine schwarze Ruine war.

Der Pfad führte hinauf zum Skanderberg. In einer der Höhlen, die es in dem Hang seit Jahrhunderten gab, entzündete Tabori ein Feuer. Es dauerte eine Weile, bis die Flammen endlich am klammen Holz aufstoben. Sein Vater hätte es mit Sicherheit schneller geschafft.

Mit den Fingerspitzen strich Tabori sanft über das Holz seiner Gitarre. Das Instrument war alt, die meisten Saiten ließen sich schon nicht mehr stimmen, doch wenn Tabori sie zupfte, klangen die Töne in seinen Ohren noch immer melodisch. Dann sang er das *Povijn 'krushqi,* ein traditionelles albanisches Volkslied, das Großvater ihm beigebracht hatte. Tabori verstand zwar nicht alle Strophen, aber er wusste immerhin, dass der Text von Vertrauen, Liebe, Wärme und Glück handelte. Die Worte kamen ihm leicht über die Lippen, und schon bald fühlte er sich wie einer der berühmten Sänger aus der Hitparade, denen er im Radio so gerne lauschte. Wenn dieses blöde Gerät denn mal funktionierte.

Als er das Lied beendet hatte, überraschte ihn eine Stimme: »Das hat mir gefallen.«

Heißer als Feuer schoss Tabori das Blut in den Kopf. Er mochte zwar die Vorstellung, ein berühmter Musiker zu sein, aber tatsächlich vor anderen Menschen zu singen, das war eine ganz andere Geschichte. Vor allem dann, wenn der Zuhörer ein Mädchen war und Gentiana hieß.

Weil er nicht reagierte, sagte sie: »Wirklich, Tabori, du hast Talent.«

»Das hat Opa auch immer gesagt«, erwiderte er mit einem Kloß im Hals.

»Dein Opa war ein kluger Mann.« Gentiana setzte sich neben ihn. Sie war ein Jahr älter als Tabori und überragte ihn um einen halben Kopf. Das blonde Haar fiel ihr bis auf die Schultern. Trotz der grob gestrickten Leinenröcke, die sie trug, war sie hübscher als die meisten Mädchen aus dem Dorf. Daran konnte auch die Narbe auf ihrer Stirn nichts ändern. Woher sie stammte, hatte Gentiana nie verraten. Allerdings hatte sich Tabori bisher auch nicht getraut, sie danach zu fragen.

In ihrer Nähe fühlte er sich unwohl. Er dachte an das, was sich die anderen Kinder im Dorf erzählten, seit man sie gemeinsam in der Höhle überrascht hatte. In Wirklichkeit gab es natürlich nichts zu tuscheln. Gentiana war eine Freundin, aber nicht seine. Das machte einen Unterschied, einen großen sogar, und außerdem war sie mit Ryon zusammen.

»Hast du was von meinem Cousin gehört?«, fragte Tabori.

»Seit er gefahren ist, nicht mehr.« Gentianas Augen flackerten traurig. »Aber alle im Dorf glauben, dass Ryon inzwischen viel Geld verdient.«

»Es wäre wirklich toll, wenn er …«

Ein gellender Schrei durchbrach die Nacht.

*

Mehr als vierundzwanzig Stunden später durchschritt ein Mann das Eingangsfoyer des Hotel *Adler* in Berlin. Unter anderen Umständen wäre er unter der prächtig mit Gold verzierten Lobbykuppel stehen geblieben wie die meisten Gäste, die zum ersten Mal in dem mondänen Gebäude am Brandenburger Tor nächtigten, doch er beeilte sich lieber, auf sein Zimmer zu kommen, wartete nicht einmal auf den Fahrstuhl, sondern machte sich daran, zu Fuß die Treppe hinaufzusteigen, deren Marmorstufen ein schwerer roter Läufer zierte. In der zweiten Etage begegnete er einem uniformierten Butler, der einem Ehepaar die Koffer schleppte. Doch der Mann beachtete das Trio nicht weiter. In Gedanken befand er sich bereits an der Minibar mit einem starken Drink in der Hand, der seine Nerven beruhigen würde.

»Rudolph?«

Der Mann hob irritiert den Kopf. *Aber nein*, beruhigte er sich. *Niemand hat nach dir gerufen*. Er musste sich verhört haben. *Der Stress und die Anspannung haben dir einen Streich gespielt*. Er schloss die Tür zu seinem Zimmer auf.

»Mensch, Rudolph, jetzt warte doch mal!«

Der Mann kannte die Stimme und die dazugehörige große, blonde Gestalt, die strammen Schrittes auf ihn zukam. »Marten, was machst du denn hier?«

»Das Gleiche wollte ich dich fragen«, erwiderte Marten. »Ich dachte, du hättest einen wichtigen Termin, und stattdessen treffe ich dich im *Adler*.«

»Und warum bist du hier und nicht auf dem Weg nach Amsterdam?«

Marten kratzte sich das unrasierte Kinn und schwieg.

»Spionierst du mir etwa nach?«

»Dass ich nicht lache!« Martens Stimme wurde lauter. »Ausgerechnet du willst mir vorwerfen, ich ...«

»Nicht so laut«, zischte Rudolph und zerrte Marten in sein Hotelzimmer. Er konnte jetzt vieles gebrauchen, einen richtig starken Drink zum Beispiel, aber ganz bestimmt keine Aufmerksamkeit. Er drückte die Tür ins Schloss. »Ich dachte, die Sache sei geklärt?«

»Wenn das so ist, dann verrate mir doch bitte, was du hier noch zu tun hast!« Marten fixierte ihn aufmerksam.

»Hab ich dir doch schon gesagt: Ich habe einen Termin«, erklärte Rudolph.

Marten entnahm der Minibar eine kleine Flasche Gin Tonic und leerte die Hälfte in einem Zug. Er seufzte kurz und schaute sich in dem Zimmer um. Es war nicht das teuerste Apartment im *Adler*, aber durchaus eins, mit dem man etwaige Besucher beeindrucken konnte. »Und warum nicht in der Firma?«

Rudolph überlegte. Marten jetzt die Wahrheit vorzuenthalten würde ihr ohnehin schon schwieriges Verhältnis mit Sicherheit noch weiter verkomplizieren. Ihm reinen Wein einzuschenken würde es aber auch nicht besser machen, im Gegenteil! Rudolph musste an Radomski denken, dessen Anruf er am Morgen erhalten hatte. Radomski, ein entfernter Bekannter von ihm, hatte alarmiert geklungen. Und verdammt, ja, er hatte allen Grund dazu.

Nachdem Marten den Rest vom Gin Tonic hinuntergekippt hatte, knallte er die leere Flasche auf die Kommode. »Rudolph, gibt es da etwas, das ich wissen muss?«

Mehr denn je sehnte sich auch Rudolph nach Alkohol. Er leckte sich die Lippen.

»Es fällt mir schwer, dir zu vertrauen.«

»Und du meinst, mir geht es besser mit dir?«

»Was soll das denn nun wieder heißen?«

»Das weißt du doch ganz genau!«

»Du Arschloch!« Im selben Moment schoss Martens Faust vor.

*

Tabori kannte den durchdringenden Gestank bereits, der ihn zu Hause erwartete, trotzdem raubte er ihm immer wieder aufs Neue den Atem.

»Warum hast du nicht auf ihn aufgepasst?«, schimpfte seine Mutter, die Mickael gerade eine neue Windel anzog. Taboris Bruder schrie wie am Spieß, so wie jedes Mal, wenn er sich in die Hose gemacht hatte.

»Er hat geschlafen.« Tabori lehnte die Gitarre an die Wand.

»Und das ist ein Grund, ihn alleine zu lassen?« Endlich gab Mickael Ruhe. Mit einem fleckigen Tuch wischte die Mutter den Speichel fort, der ihm aus den Mundwinkeln rann. »Warst du wieder auf dem Berg?«

»Ich war nur kurz draußen.«

Sie entdeckte die Gitarre. »Du hast Musik gemacht?«

Tabori senkte schuldbewusst den Blick.

»Musik macht die Familie auch nicht satt.«

»Aber sie macht mir Spaß!«

Noch bevor er die Hand seiner Mutter sich nähern sah, spürte Tabori sie klatschend auf seiner Wange. »Ach, so ist das? Spaß macht sie dir? Meinst du etwa, ich habe Spaß dabei, Mickael jeden Tag die Windeln zu wechseln? Dir das Essen zu kochen? Dafür zu sorgen, dass überhaupt etwas auf den Tisch kommt? Wie wäre es, wenn du auch mal endlich Geld verdienst?«

Die Ohrfeige brannte auf seiner Haut, aber das machte ihm nichts aus. Wütend rannte er aus dem Zimmer, aus dem Haus. Am liebsten wäre er auch noch aus dem Dorf geflohen, irgendwohin, nur weit weg, aber stattdessen stieg er ein weiteres Mal den Skanderberg hinauf. In der Ferne sah er, wie sich zwei Scheinwerfer näherten, aber sie waren noch zu weit entfernt, als dass man das Motorbrummen hätte hören können.

In der Höhle saß Gentiana nach wie vor am Feuer. Neben ihr hockte jetzt Florim, der Neffe ihres Großonkels. Florim war zwei oder drei Jahre älter als sie und manchmal ziemlich ungestüm. »Ey, Tabori, du guckst, als hättest du ...?«

»Sei still!«, schnauzte Gentiana und sah Tabori an. »Wieder deine Mutter?«

Tabori unterdrückte die Tränen, die er aufsteigen spürte. Er wollte nicht weinen. Nicht vor Florim, aber noch viel weniger vor Gentiana.

»Du darfst es ihr nicht übel nehmen.« Sie streichelte Taboris Hand. »Sie ist verzweifelt. Und sie hat Angst vor der Zukunft.«

»Aber mein Vater hätte mich nie geschlagen! Niemals.«

Nachdenklich berührte Gentiana die Narbe an ihrer Stirn. »Bist du dir da sicher?«

Nein, natürlich war er sich nicht sicher, Tabori hatte überhaupt keine Ahnung, was sein Vater gemacht hätte. Er versuchte, ihn sich ins Gedächtnis zu rufen, aber es wollte ihm nicht gelingen. Sein Vater war gestorben, als Tabori zwei Jahre alt gewesen war.

In seiner Erinnerung gab es nichts anderes als ihr jetziges altes, feuchtes Haus aus Backsteinen, Brettern und Ziegeln, dazu die morschen Möbel, den kranken Mickael, den Grießbrei – und Männer, die abends an die Tür klopften. Die meisten von ihnen waren aus Gracen oder aus dem Nachbardorf. Gelegentlich kam auch der Pfarrer und neuerdings auch Sorti, der Dorfpolizist.

Als Mutter am ersten Abend mit Sorti aus dem Wohnzimmer gekommen war und ihn gesehen hatte, hatte sie sich zu einem Lächeln gezwungen: »Es ist alles in Ordnung, Tabori. Es ist nichts Schlimmes passiert. Sorti ist nur nett zu mir gewesen.« Aber er hatte ihr verweintes Gesicht gesehen und sich gefragt, wie nett Sorti in Wirklichkeit gewesen war, wenn er seine Mutter zum Weinen gebracht hatte. Von allen Männern war der junge Polizist der schlimmste. Tabori konnte seiner Mutter nicht mehr böse sein.

»Ich würde gerne viel Geld verdienen«, wechselte er das Thema.

»Und womit?«, erkundigte sich Florim.

»Am liebsten mit Musik. Aber das würde Mutter mir niemals erlauben.«

»Und womit dann?«

»Mit irgendwas. Egal.«

Inzwischen war das Brummen des nahenden Fahrzeugs deutlich zu hören. Florim zog einen Rucksack, der Tabori bisher nicht aufgefallen war, aus dem Schatten. »Ey, warum kommst du nicht mit?«

»Wohin willst du?«

»Ich gehe Geld verdienen.«

»Und wo?«

»Da, wo Ryon auch ist. Er hat gesagt, man kann dort viel Geld in kurzer Zeit verdienen. Dort ist alles leichter, schöner und besser.«

»Das hat er wirklich gesagt?«, bezweifelte Tabori.

»Ja, Ryon hat erzählt, dort liegt die Arbeit für jeden auf der Straße.«

Tabori war nicht überzeugt, aber, das musste er sich eingestehen, die Vorstellung war verlockend. Er nickte. Gentiana hauchte ihm einen schnellen Kuss auf die Wange: »Pass auf dich auf.«

Die Berührung war sanft und warm, und mit ihr verschwand Taboris Unsicherheit. »Ich bleibe nicht lange weg«, versprach er. »Nur kurze Zeit. Dann komme ich mit viel Geld nach Hause.«

»Genau«, sagte Florim. »Das wird deine Mutter freuen. Und dann, ey, dann wird sie dir ganz sicher auch die Musik erlauben. Komm, der Bus ist gleich da.«

Tabori eilte den Hang hinab zurück nach Hause. Die Tür zum Wohnzimmer war verschlossen, aber Tabori hörte keinerlei Geräusche mehr. In seinem Zimmer stopfte er einen zweiten Pullover, eine Hose und etwas frische Unterwäsche in seinen alten Rucksack. Von der Wand nahm er zwei Fotos und steckte sie in die Gesäßtasche seiner Hose. Neben dem Bett seines Bruders blieb er stehen. Mickael schlief. Ob er träumte? Tabori strich ihm kurz durchs Haar. Mickael zuckte, wachte aber nicht auf.

Dann schlich er in die Küche. Auf halbem Weg hörte er seine Mutter aus dem abgeschlossenen Zimmer schluchzen. Konnte er sie alleine zurücklassen? Alleine mit Mickael? Und mit Sorti? Fast hätte Tabori aufgelacht. Als wenn ein Junge wie er etwas gegen einen Polizisten ausrichten könnte. Dann stieg Angst in ihm hoch. Er war noch nie alleine, ohne einen Erwachsenen, gereist. Würde er die Fahrt überstehen? Bestimmt, außerdem hatte er auch gar keine andere Wahl. Und Florim war ja auch noch an seiner Seite, und der war alt genug.

Bei der Spüle fand Tabori Mutters Portemonnaie, dem er einige Geldscheine entnahm. Auf einen Zettel schrieb er: *Ich komme bald wieder. Dann geht es uns besser. Tabori.* Dann lief er zur Hauptstraße, an der er Florim bereits stehen sah. Gerade fuhr der Bus in Gracen ein und näherte sich der Haltestelle.

Vor der Höhle auf dem Skanderberg konnte Tabori Gentiana erkennen. Ihr heller Leinenrock flatterte im Wind, der aufgefrischt hatte. Der Anblick erfüllte ihn erneut mit Wärme. Wie sehr er Gentiana mochte. Er winkte ihr noch einmal zu, dann stieg er nach Florim in den Bus.

*

Die Faust krachte gegen Rudolphs Schläfe, dann holte Marten erneut aus. Ein weiterer Hieb traf ihn am Auge. Stöhnend sank er zu Boden.

Wütend starrte Marten auf ihn herab.

»Verpiss dich«, presste Rudolph mit letzter Kraft hervor.

Marten stürmte in den Korridor, während Rudolph sich unter Flüchen aufrappelte und die Tür schloss. Im Bad benetzte er die Prellungen an Wange und Augenbraue mit kaltem Wasser, dann ließ er sich auf einen Stuhl fallen und sah sich um.

Die Ausstattung des Zimmers bestand aus einer Mischung von Tradition und Moderne. Neben der rustikalen Holzkommode thronten zwei schwarze Ledersessel. Die Art-déco-Leuchte kontrastierte mit dem verschnörkelten Bettgestell. Die Einrichtung passte zu Berlin; in wohl keiner anderen Stadt fügen sich derart viele Widersprüche zu einem harmonischen Ganzen zusammen.

Wenn Rudolph sich nur selbst so ausgeglichen fühlen würde. Er hatte es von Anfang an für keine gute Idee gehalten, sich im *Adler* zu treffen, ausgerechnet in dem Nobelhotel schlechthin. Der Minibar entnahm er einen Wodka-Lemon. Ein Gin Tonic wäre ihm zwar lieber gewesen, aber Marten hatte die einzig vorhandene Flasche bereits geleert. Rudolph kühlte sich Wange und Auge, erst anschließend öffnete er den Wodka und trank.

Der Alkohol entspannte ihn, zumindest soweit es die vertrackte Situation erlaubte. Die unverhoffte Begegnung mit Marten war zwar unangenehm gewesen, aber das bevorstehende Treffen mit Radomski würde ungleich heftiger werden. An das, was anschließend noch folgen konnte, wollte Rudolph gar nicht erst denken. Eigentlich bevorzugte er es, die Dinge im Stillen zu klären. *Vielleicht kannst du Radomski noch dazu überreden.* Aber verdammt, wenn er sich selbst gegenüber ehrlich war, dann war die Sache doch längst aus dem Ruder gelaufen.

Rudolph nahm sich sein Handy und wählte eine Nummer. Carla meldete sich nach einigem Klingeln. »Hallo, Liebling! Sitzt du schon im Flugzeug?«

»Nein, mein Schatz. Aber ich checke gleich ein.«

»Dann wünsche ich dir einen guten Flug. Sprechen wir uns heute Abend noch einmal?«

»Ich werde versuchen, mich zu melden, aber ich habe gleich nach meiner Ankunft einen Termin. Falls ich es nicht schaffe, grüß Laura und Elfi. Gib ihnen einen dicken Kuss vom Papa.«

»Natürlich, das mache ich.«

»Ich denke an dich, mein Schatz.«

»Ich auch an dich. Bis morgen dann.«

Kurz nachdem er aufgelegt hatte, klopfte es. *Jetzt ist es also so weit.* Irgendetwas störte ihn plötzlich, aber Rudolph kam nicht darauf, was es war. Wahrscheinlich hing ihm die überraschende Begegnung mit Marten noch nach. *Vergiss ihn, konzentriere dich auf das, weswegen du hier bist.*

Rudolph öffnete die Tür, und ein heißer Schmerz explodierte in seiner Brust. Er taumelte zurück in das Zimmer. Feuer brannte in seinem Bauch, das Handy entglitt seiner Hand, und noch während er zu Boden stürzte, wusste er wieder, was ihn irritiert hatte: *Es war nicht das verabredete Klopfzeichen gewesen.*

Durch den Schmerz hindurch konnte er schemenhaft die Gestalt erkennen, die sich auf den Stuhl neben der Kommode setzte. »Und jetzt mal Klartext«, sagte sie. »Mit wem wolltest du dich hier treffen?«

Ich will, dachte Rudolph, *Präsens*. Doch er bekam kein Wort über die Lippen.

»Wer weiß noch davon?«

Ein Brand tobte in Rudolphs Lunge. Er musste husten.

»Hast du tatsächlich geglaubt, die anderen würden das einfach so hinnehmen?«

Rudolph nahm noch einen zweiten schwarzen Schatten wahr, der in dem Moment schon wieder aus dem Zimmer huschte, dann erlosch sein Blick und mit ihm auch sein Leben.

Bild, Dienstag, 10. Januar

Verkaufsoffener Sonntag in Berlin

Plus für Einzelhandel und Gastronomie?

Berlin. Einkaufsbummler aufgepasst: Zwei Wochen nach Weihnachten lädt der Einzelhandel zum verkaufsoffenen Sonntag. Der Gewerkschaftsbund ver.di protestiert.

Bereits kurz nach Neujahr protestierten ver.di-Mitglieder mit Flugblättern und Plakaten gegen die erneute Sonntagsöffnung. »Die Beschäftigten benötigen ihre freie Zeit und können nicht rund um die Uhr verfügbar sein«, sagte der Landesvorsitzende Kurt Bussmann. »Erst recht nicht nach den vier Adventswochen, in denen Kaufhäuser und Einzelhändler nahezu rund um die Uhr geöffnet hatten.«

Dagegen führt der Verein zur Förderung des Einzelhandels e.V. die Wirtschaftskrise ins Feld: »Ein verkaufsoffener Sonntag bietet Kaufanreize. Außerdem profitiert die Gastronomie von dem Angebot.«

1

Im Bahnhof von Tirana kauften Tabori und Florim zwei Fahrscheine und bestiegen den Zug. Anfangs teilten sie sich das Abteil mit mehreren Landsleuten, aber je weiter sich die Bahn von Albanien entfernte, umso häufiger unterhielten sich die Mitreisenden in fremden Sprachen.

»Was reden die da?«, fragte Tabori.

»Ey, woher soll ich das wissen?«, antwortete Florim.

»Wenn wir da sind, wie werden wir die dann verstehen?«

»Meine Mama kommt aus Russland«, sagte Florim. »Ich kann Russisch.«

»Und das reicht?«

»Hast du etwa eine bessere Idee?«

»Vielleicht«, meinte Tabori. »Opa hat oft davon erzählt, wie er im Krieg in Deutschland gekämpft hat. Manchmal hat er deutsche Wörter oder Phrasen benutzt, wie zum Beispiel: ›Danke. Bitte. Zu Hause. Ich bin alleine.‹ Oder: ›Ich habe solchen Hunger.‹«

»Das wird bestimmt reichen«, befand Florim selbstbewusst. »Und außerdem … Ey, wir wollen ja nicht reden, sondern arbeiten, oder?«

»Ja, da hast du recht«, pflichtete ihm Tabori bei.

»Und wenn es stimmt, was Ryon sagt, dann wird sowieso alles ganz einfach sein.«

Während der weiteren Fahrt nährten sie ihre Hoffnung auf eine glänzende Zukunft. Mehrmals stiegen sie um, ohne dass sie den falschen Zug erwischten. An der tschechischen Grenze mogelten sie sich an den Kontrollen der Zollbehörden erfolgreich vorbei, und von Prag aus ging die Fahrt ohne Unterbrechungen weiter.

Das unverständliche Gebrabbel der Reisenden und die triste Winterlandschaft vor den Zugfenstern ließen sie einnicken. Ab und zu wurden sie aus dem Schlaf gerissen, meist wenn der Zug in einen Bahnhof eingefahren war, wo sich die Leute mit Gezeter von ihren Angehörigen auf dem Bahnsteig verabschiedeten. So wie jetzt, als wiederholt jemand durch den Waggon brüllte.

Tabori presste die Augenlider fest aufeinander und stellte sich vor, wie es wäre, wenn er die Heimreise antreten würde. In seinem Rucksack hätte er das verdiente Geld verstaut: viele Münzen und bündelweise Geldscheine. Damit würde er das Leben seiner Familie ändern. Ab sofort bräuchte seine Mutter keine Männer mehr zu empfangen. Er würde ihr einen saftigen Braten zum Abendessen kaufen und seinen Bruder zu einem besseren Arzt schicken können. Für sich selbst würde er eine neue Gitarre erstehen, und weil am Ende natürlich immer noch etwas Geld übrig war, könnte er auch noch für Gentiana ein Geschenk aussuchen. Kein unnützes Zeug, wie es Ryon immer anschleppte. Wer brauchte schon Sonnenbrillen, wenn die Berge das Dorf für die meiste Zeit des Tages in ihre Schatten hüllten? Oder einen Gameboy, dessen Batterien sich nicht aufladen ließen, weil in Gracen wieder einmal der Strom ausgefallen war? Nein, Tabori würde Gentiana ein Paar Handschuhe oder eine Bluse schenken, etwas, an dem sie lange ihre Freude hätte.

Mit sich zufrieden zog er die Beine an die Brust, bettete den Kopf auf seinen Rucksack und schlief weiter, bis Florims Hand an seiner Schulter rüttelte. »Ey, jetzt werd endlich wach!«

Vor ihrer Sitzbank stand der Schaffner. Florim kramte die Fahrscheine hervor, doch der kleine Mann schüttelte den Kopf und brummelte unverständliches Zeug in seinen Bart.

»Ey, Tabori, was sagt er?«

»Ich weiß nicht.«

»Ich dachte, du kannst Deutsch.«

Tabori versuchte, sich an die wenigen Brocken zu erinnern, die er von seinem Opa gelernt hatte, aber »Äntzschtazion« und »Ausschtaigen« hatten, so glaubte er, nicht dazugehört. Dafür fiel ihm nun auf, dass das Abteil leer war und der Zug stillstand. Er wies auf das Schild am Bahnsteig, auf dem die Schrift schon verblasst war. »Wir sind da!«

Sie schnappten sich ihre Sachen und drückten sich an dem schimpfenden Schaffner vorbei Richtung Zugtür. Der Bahnhof war ein unfreundliches graues Gebäude, das aus Stahlträgern und viel Glas errichtet worden war. Durch die trüben Scheiben konnten sie die Stadt, die dahinter liegen musste, nur erahnen.

Am oberen Absatz einer Treppe sprach sie eine ältere Dame an, die sich mit zwei schweren Taschen abmühte. Der Güterzug, der im gleichen Moment auf dem Nachbargleis vorbeidonnerte, verschluckte den Großteil ihrer Worte, welche die beiden Jungen sowieso nicht verstanden hätten, aber um zu begreifen, worum die Frau sie bat, waren Sprachkenntnisse auch nicht nötig. Florim trug den einen, Tabori den anderen Koffer die Treppe hinunter in die schlauchförmige, hell erleuchtete Bahnhofshalle.

»Danke«, sagte die Frau und steckte Tabori eine Münze zu.

»Was hat sie dir gegeben?«, wollte Florim wissen.

Tabori präsentierte ihm stolz das Geldstück. »50 Eurocent. Ist das viel?«

»Klingt jedenfalls nach viel«, lachte Florim. »Und das nur, weil wir ihr die Koffer getragen haben.«

Sie sahen der netten alten Dame nach, wie sie trippelnd in der Menge verschwand. Schwer beladen mit Gepäck eilten die Reisenden an den beiden Jungen vorbei: die einen rauf zu den Gleisen, die anderen raus auf den Bahnhofsvorplatz.

Zum letzten Mal hatte Tabori einen solchen Menschenauflauf vor vielen Monaten erlebt, als in der alten Weberei von Gracen das Feuer ausgebrochen war. Fast alle aus dem Dorf hatten beim Löschen geholfen oder dabeigestanden. Und wie damals, als auch sie inmitten des Tumults fasziniert die Flammen beobachtet hatten, verharrten Tabori und Florim nun unschlüssig auf dem Platz vor dem Bahnhof. Den kalten Wind, der an ihren Kleidern zerrte, bemerkten sie nicht. Vom Skanderberg her waren sie noch eisigere Temperaturen gewohnt.

Auf der breiten Straße vor ihnen lieferten sich Autos, Lkws und Busse einen ständigen Wettstreit um die nächsten freien Meter. Die hohen Häuser und Geschäfte sahen dem geschäftigen Treiben wie ein stilles, stolzes Publikum zu. Die Fassaden, die Schaufenster, selbst die Tannen auf den Bürgersteigen erstrahlten im Glanz von Lichterketten. In einigen Läden glitzerten sogar noch Adventssterne, Engel und Weihnachtsmänner.

Florim knuffte Tabori in die Seite. »Wir sind in Berlin. Ey, ist das nicht toll?«

»Es war wirklich nicht schwer.«

»Und unser erstes Geld haben wir auch schon verdient. Ein Kinderspiel.«

»Ryon hat doch gesagt: Alles ist leichter, schöner und besser.«

Ein Junge mit einer Kappe hastete an ihnen vorbei. »Vy tovo nje vidjeli? Do nam platit …«[1]

Das Ende des Satzes ging im Dröhnen von einem Zug unter, der auf einer stählernen Brücke über ihren Köpfen hinwegrollte. Doch Florim hatte verstanden. »Ey, das ist Russisch. Der kann uns bestimmt helfen.« Er dachte kurz nach, dann rief er: »Pastoj!«[2]

1 Habt ihr den gesehen? Der zahlt uns …
2 Warte!

2

»Nur ein einziger Satz. Schon komisch, oder?«

Paul Kalkbrenner blieb auf der Treppe im Amtsgericht Schöneberg stehen. Im Foyer hatte sich die Eingangstür mit der Fußmatte verhakt. Es herrschte Durchzug, und ein frostiger Wind fegte durch das preußisch-ehrwürdige Gebäude. Während Kalkbrenner seinen Mantel zuknöpfte, begegnete sein Blick dem seines Anwalts.

»Es ist alles geklärt.« Dr. Ernst zuckte mit den Schultern. »Sie können nichts Falsches mehr sagen.«

»Mhm.«

»Auf mich warten noch zwei weitere Gerichtstermine.« Der Anwalt zupfte seinen Anzugärmel zurück, um auf die Uhr zu schauen. Eine Rolex, golden. »Es ist schon kurz nach sechs. Wenn Sie mich also nicht mehr brauchen …«

»Nein, nein, das war's dann wohl.«

»Die Scheidungspapiere werden Ihnen in den nächsten Tagen zugehen.« Dr. Ernst reichte Kalkbrenner die Hand, bevor er die Stufen hinunter- und hinaus in den Berliner Winter hastete. Die Tür schloss er dabei nicht.

Kalkbrenner drehte sich um. »Ellen, was meinst du damit?«

»Dieser eine Satz: ›Ja, ich willige ein.‹ Und alle Probleme sind plötzlich aus der Welt.«

Sind sie das wirklich? »Ja, schon komisch.«

Ellen schritt die Stufen zu ihm hinunter. In der Verhandlung hatte Kalkbrenner sie seit Oktober zum ersten Mal wiedergesehen. Die grauen Strähnen in ihrem Haar waren jetzt dunkel gefärbt, und in dem modischen Kostüm hatte sie gefasst und entschlossen gewirkt. Jetzt hielt sie die Arme vor der Brust verschränkt, ob vor Enttäuschung, weil sie fror oder weil sie sich vor ihren Gefühlen schützen wollte, konnte er nicht erkennen. »Wie geht es dir?«, fragte er.

»Es ist gut, dass wir endlich klare Verhältnisse geschaffen haben.«

»Mit einem Satz – sozusagen.«

»Wenn alles so einfach zu haben wäre, dann …« Ellen sog hörbar die Luft ein.

Dann wäre es nie so weit gekommen, ich weiß. Aber die Realität war eine andere, und vor allem bestand sie nicht aus Konjunktiven. Mit Aktenbergen beladen sprinteten Gerichtsdiener an ihnen vorbei. Die Richterin, die vor wenigen Minuten noch ihre Scheidung verhandelt hatte, klackerte nun auf Pumps dem Ausgang entgegen, ohne ihnen Beachtung zu schenken.

»Meinst du, sie hat uns nicht erkannt?«, wunderte sich Ellen.

»Bei zehn, zwanzig Scheidungen am Tag wäre das kein Wunder.«

»So viele? Wie kommst du darauf?«

»Sagt mein Anwalt.«

»Aha.« Ellen musterte ihn. »Du hast abgenommen, oder?«

»Ich jogge seit einiger Zeit. Mit Bernie. Täglich, wenn ich es schaffe.«

Sie lächelte, aber es war nicht ihr Lächeln, mit dem er sie vor zwanzig Jahren kennengelernt hatte. *Manches verändert sich.* Manches blieb aber auch, sein Job zum Beispiel, den Ellen nie akzeptiert hatte.

»Warst du nicht vor einiger Zeit im Urlaub?«, fragte sie jetzt. »Rita deutete so etwas an. Sie hat mich vor einigen Wochen zum Essen eingeladen. Ihrem Mann Gernot geht es wieder besser, wusstest du das?«

»Sicher, Rita ist schließlich meine Sekretärin.«

»Klar, natürlich. War er schön, der Urlaub? Wohin ging's denn?«

Kalkbrenner schlug den Mantelkragen bis zum Kinn hoch. »Ellen, ich sollte mich langsam auf den Weg machen.«

»Bist du mit ihr verreist?«

Er wandte sich dem Ausgang zu. »Ich muss mich jetzt wirklich beeilen. Ich treffe mich gleich zur Schlüsselübergabe.«

»Du lebst also nicht mehr in diesem Hotel?«

Hotel war eine freundliche Bezeichnung für seine bisherige Unterkunft. Es war nur ein Zimmer in einer billigen Schöneberger Pension mit dem wenig verheißungsvollen Namen *Zum kleinen Hanseaten* gewesen. »Nein, zum Glück endlich nicht mehr.«

»Und wo wirst du wohnen?«

»Ist das denn so wichtig?«

»Nur für die Post, Paul, damit ich sie dir nachschicken kann.«

»Ich habe einen Nachsendeauftrag eingerichtet.«

»Auch gut. Und wann kommst du deine Sachen holen?«

»Schon erledigt.« Er händigte Ellen die Schlüssel des gemeinsamen Hauses in Zehlendorf aus. Seit wenigen Minuten gehörte es ihr. »Heute Mittag, kurz bevor ich zum Gericht gefahren bin.«

»Da hab ich gearbeitet.«

Genau deshalb. Gemeinsam gingen sie nach draußen.

Die sternenklare Abenddämmerung versprach eine frostige Nacht. In einer der Parknischen vor dem Gerichtsgebäude stand Kalkbrenners ziviler Dienstwagen, ein silberfarbener Passat, den er auch privat gelegentlich benutzte. Die Scheiben waren beschlagen, und aus dem Wageninneren erklang ein Kläffen.

»Du hast Bernie im Auto gelassen?«

»Er hat ein dickes Fell«, beruhigte sie Kalkbrenner, als er die Wagentür öffnete. Mit freudig wackelndem Schweif sprang der Bernhardiner vom Beifahrersitz, der einzige Fleck, der – vom Fahrerplatz abgesehen – noch frei war. Ansonsten stapelten sich die Kartons bis unters Wagendach.

Skeptisch beäugte Ellen die Kisten. »Das ist alles?«

»Zumindest alles, was ich vorerst brauche.«
»Und die Möbel?«
»Kommen noch. Später, wenn ich Zeit habe.«
»Lebst du jetzt mit ihr zusammen?«
»Nein.«
»Ihr seid also kein Paar?«
»Du hast es erfasst.«
»Warum?«
Kalkbrenner warf einen Blick auf seine Armbanduhr – es war nur eine Casio. »Ellen, ich muss los.«
»Ja, natürlich.« Sie knotete ihren Schal enger um den Hals und schlüpfte in ihre Handschuhe. »Das war's dann wohl. Mit einem Satz.«
»Wenigstens einer wird sich darüber gefreut haben.«
»Ach ja, und wer?«
Kalkbrenner kommandierte Bernie ins Auto zurück. »Mein Anwalt. Mit einem einzigen Satz hat er sich seine nächste Rolex verdient.«
»Du bist unmöglich.«
»Wieso? Stimmt doch, bei dem Stundensatz!«
»Du hättest es auch einfacher haben können.«
»Stimmt, aber wie du schon sagtest«, Kalkbrenner lächelte gequält, »nicht alles ist einfach zu haben.«

3

Die Tanzkapelle im *Café Verdun* spielte einen Schlager. *Du bist die Sonne* von den Flippers. *Gib mir die Hand, wir laufen fort*. Eine hervorragende Idee, wie Harald Sackowitz fand. Er stürzte den Rest seiner Cola hinunter und bat den Barkeeper um die Rechnung.
»Sie wollen schon gehen?«, fragte die Frau, die neben ihm

am Tresen saß. Während der letzten halben Stunde hatte sie schweigend einen Prosecco nach dem anderen in sich hineingeschüttet. »Der Abend fängt doch gerade erst an.«

Sein Blick glitt durch das Lokal. Für einen Wochentag war es tatsächlich ungewöhnlich voll. Allerdings hockten fast alle Gäste alleine an ihren Tischen, klammerten sich an ihre Getränke und stierten wahlweise hilflos, schüchtern oder erwartungsvoll auf die Telefone, die an den roten Lampenschirmen der Tischleuchten befestigt worden waren. Auf der Tanzfläche bewegte sich kein einziges Paar zum Flippers-Schlager-Disco-Foxtrott.

»Sie sollten noch etwas Geduld haben«, versuchte die Frau ihn aufzumuntern.

Genau das ist mein Problem. Er hatte schon viel zu lange gewartet. Schade um die viele vergeudete Zeit – genauso wie um den guten Anzug und die feinen Schuhe! Er hasste solche teuren Fummel, die ihn bei jeder Bewegung in Hüfte, Knie und Achseln zwickten, selbst dann, wenn er regungslos an der Theke saß. Lieber trug Sackowitz Jeans, ein einfaches Hemd und seine heiß geliebten Adidas-Superstar-Sportschuhe. Vier Paar davon nannte er sein Eigen, in Schwarz, Blau, Rot und Braun. Freunde amüsierten sich über diesen Tick, aber wozu sollte er sich mit Edeltretern herumplagen, die seine Füße nur schmerzhaft einschnürten? Sneakers waren viel bequemer.

»Meist kommt das Glück, wenn man am allerwenigsten damit rechnet«, fuhr die Frau fort.

Sackowitz fischte einige Münzen aus seiner Geldbörse. »Dann wäre jetzt genau der richtige Zeitpunkt.«

»Vielleicht ist das Glück ja schon ganz in Ihrer Nähe?« Ihre Fingernägel, blau lackiert und mit feinem Goldstaub berieselt, zärtelten an seinem Arm herum.

Sackowitz schenkte der Tresennachbarin jetzt seine volle Aufmerksamkeit. Es war nicht ihr beherztes Auftreten, das ihn überraschte, denn schließlich lautete das *Café Verdun*-Motto: Ball Paradox. Frauen hatten hier immer die Männerwahl. Bemerkenswert war vielmehr ihr Erscheinungsbild: zu halbhohen Pumps trug sie hautfarbene Nylonstrumpfhosen und darüber einen mattblauen Rock, der deutlich über der Oberschenkelmitte endete. Die oberen Knöpfe der mit Pailletten besetzten Bluse standen offen. Die Grenze zur kompletten Entblößung war nach Sackowitz' Ermessen in hauchdünner Nähe.

»Sie sind nicht das erste Mal hier, nicht wahr?«, vermutete sie.

Er zwang seine Augen, sich von ihren Brüsten zu lösen. »Ach, tatsächlich?«

»Ja, Sie waren schon öfter hier und haben immer an der Theke gesessen. Kein einziges Mal haben Sie an einem der Tische Platz genommen, haben nicht einmal getanzt. Sie haben nur auf dem Barhocker gesessen und Ihre«, sie führte ihren Sekt an die glänzenden Lipgloss-Lippen, »und Ihre Cola getrunken.«

»Das ist Ihnen also aufgefallen?«

»Nein, Sie sind mir aufgefallen«, korrigierte sie ihn.

Mit einem Tusch beendete die Tanzkapelle ihr Lied. *Du bist die Sonne in meinem Leben. Du bist der Stern an meinem Himmel.* Der Barkeeper räusperte sich: »Ähm, möchten Sie bezahlen, oder darf's doch noch etwas sein?«

Bevor Sackowitz reagieren konnte, übernahm seine neue Bekanntschaft die Initiative: »Der Herr wollte mir gerade einen Prosecco ausgeben. Das habe ich doch richtig verstanden, oder?«

»Nun, eigentlich …«

»Sie wollen mich wirklich schon verlassen?« Sie ließ ihre Mundwinkel enttäuscht nach unten fallen. »Gefalle ich Ihnen etwa nicht?«

»Nein, nein«, beschwichtigte er.

»Wie? Was? Nein?« Ihre getuschten Wimpern klapperten entrüstet. »Ich gefalle Ihnen also nicht?«

»Doch, doch.«

»Ja, was denn nun?«

»Was ich meine: Sie sind …« Er geriet ins Stocken, als sie beiläufig die Beine übereinanderschlug und ihr Rock dabei einige weitere Zentimeter nach oben rutschte. »Also, Sie sind mir sympathisch.«

»Wusste ich's doch.« Sie lächelte zufrieden. »Sie können mir nicht widerstehen. Dann lassen Sie uns gemeinsam anstoßen. Wie wär's mit einem Prosecco?«

Sackowitz gab sich geschlagen. »In Ordnung. Aber für mich bitte nur eine Cola.«

»Schon wieder?«

»Ja, sogar Cola light.«

Sie rutschte ein Stück näher, sodass er in eine Wolke aus Prosecco und Parfüm eingehüllt wurde. »Ich bin Renate. Und du?«

»Harald.«

»Harald?« Sie nippte an dem perlenden Schaumwein, den der Barkeeper vor ihr abgestellt hatte. »Hardy würde mir besser gefallen.«

»So nennen mich meine Freunde.«

Sie presste ihre weichen Brüste gegen seinen Oberarm. »Tatsächlich? Also, ich bin nun doch auch deine Freundin, oder?«

Eins. Zwei. Drei. Vier. Sackowitz begann, stumm vor sich hin zu zählen. *Fünf. Sechs. Sieben.* Aber auch das konnte nicht verhindern, dass ihm der Schweiß ausbrach. *Acht. Neun. Zehn.* Er lenkte seine Gedanken zu dem Schlager, den die Tanzkapelle gerade anstimmte. Wieder die Flippers. *Die rote Sonne von Barbados.*

Renate wippte mit ihren Pumps dazu, ohne den richtigen Takt zu finden. »Und jetzt tanzen wir.«

Sackowitz kippte das halbe Glas Cola mit einem Mal in sich hinein. »Nein, nein, das geht nicht, auf gar keinen Fall.«

Renate zog einen enttäuschten Flunsch.

»Ich kann nicht tanzen«, verteidigte er sich.

Angesäuert rutschte Renate vom Barhocker. »Hardy, Hardy«, sagte sie strafend. »Du kannst nicht tanzen, du trinkst keinen Alkohol, du hockst nur an der Bar, und einer netten Dame, die dir einen schönen Abend verspricht, hast du nichts anderes zu bieten als … Ach, weißt du was? Vergiss es einfach. Was hast du überhaupt hier zu suchen?«

Das frage ich mich auch schon seit Tagen. Was zum Henker hatte er im *Café Verdun* verloren? Zugegeben, um sein Liebesleben war es nicht zum Besten bestellt, und ja, die Verlockung war groß. Schließlich war er ein Mann und Renate eine Frau. *Und was für eine!* Aber war es tatsächlich so weit mit ihm gekommen? Das *Verdun* war die angesagteste Singlebörse Berlins – für die Generation vierzig aufwärts. Sackowitz wusste sehr wohl, welchen Ruf der Ball Paradox landläufig genoss.

Dankbar vernahm er ein bekanntes Handyläuten und holte sein Mobiltelefon hervor. »Oh, das ist Karin, meine Frau.«

4

Unweit des Treptower Parks drückte sich ein kleiner, fülliger Mann mit Halbglatze in den Eingang eines Altbaus. Frierend rieb er die Handflächen aneinander und mühte sich dabei, nicht den Aktenordner zu verlieren, den er sich unter den Arm geklemmt hatte. Die beiden Schatten, die sich ihm näherten, beachtete er nicht, sodass er erschrocken zusammenzuckte, als sie unvermittelt neben ihm zum Stehen kamen. »Sie sind nicht zufällig wegen der Wohnung hier?«

»Äh, doch.« Der Mann warf einen scheuen Blick auf den Hund. »Sind Sie Herr Kalkbrenner?«

»Der bin ich.«

»Wunderbar. Äh, eigentlich wollte meine Kollegin, Frau Praller, die Wohnungsübergabe mit Ihnen vornehmen. Leider wurde sie kurzfristig zu einem Heizungsschaden gerufen, wie das nun mal so ist im Winter. Also müssen Sie mit mir vorliebnehmen.« Noch immer ließ er Bernie nicht aus den Augen. »Sie haben einen Hund, wie ich sehe?«

»Ist das ein Problem?«

»Nun, die Wohnung ist frisch renoviert.«

»Der Hund war mit Frau Praller abgesprochen, Herr ... Wie war doch gleich Ihr Name?«

»Kaiser.« Er streckte seine Hand aus, zog sie jedoch sofort zurück, als der Bernhardiner versuchte, daran zu schnüffeln. »Georg Kaiser.«

»Also, Herr Kaiser, die Sache mit dem Hund ist im Mietvertrag ausdrücklich genehmigt worden.«

»Tatsächlich?« Der Hausverwalter klappte den Ordner auf und überflog ein Vertragsblatt. »Ach, hier steht es ja! Es ist nur ... Äh, Sie sind Polizist?«

»Kriminalhauptkommissar, um genau zu sein. Bei der Mordkommission. Ist das auch ein Problem?«

Kaiser watschelte wortlos durch ein Tor in einen Innenhof. Im Hinterhaus vermischte sich der Geruch von bitterem Balsamico-Essig mit dem von Tsatsiki. In der dritten Etage, direkt unter dem Dachboden, lag Kalkbrenners neue Wohnung. Der schmale Flur war mit knarrenden Holzdielen ausgelegt und führte an Einbauküche und Badezimmer mit Wanne vorbei in zwei leere Zimmer mit Stuckdecke. Bernie tapste – sehr zum Missfallen des Hausverwalters – mit klackernden Tatzen über das nagelneue Parkett und beschnüffelte die Zimmerecken. Kalkbrenner, dem der Tsatsikigeruch noch immer in der Nase hing, bekam langsam Hunger.

»Sollen wir dann?« Kaisers Stimme hallte durch die leeren Räume. »Ich müsste nämlich gleich noch zu einer weiteren Wohnungsübergabe.«

»Wenn es Ihnen lieber ist, kann ich den Hund auch ins Bad sperren.«

»Ach nein, ist schon in Ordnung.« Kaisers unsicherer Gesichtsausdruck strafte seine Worte Lügen.

Gemeinsam inspizierten sie die vier Räume hinsichtlich Mängel und Schäden. Der Bernhardiner folgte ihnen bei Fuß, was Kaiser zu einer für Berliner Hausverwalter eher untypischen Eile veranlasste. Nach nicht einmal einer halben Stunde setzte Kalkbrenner seine Unterschrift unter das Übergabeprotokoll und bekam die Schlüssel ausgehändigt.

»Einmal die Woche kehrt der Hausmeister den Innenhof«, rief Kaiser noch nach oben, während er sich schon durch das Treppenhaus davonmachte.

»Und wer reinigt die Treppen?«

»Auch der Hausmeister. Der macht auch kleinere Reparaturen.« Kaiser befand sich bereits in der zweiten Etage. »Und wenn es Fragen zu Ihrem Keller gibt, zu Heizungen und …«, die Stimme wurde immer leiser, »… im Nachbarhaus wohnt Frau … ist unser Hauswart … lebt hier seit … sind vierzig Jahre.«

»Wie heißt die Frau?«

»Stephan!«, erscholl es nun schon vom Hof. »Einen schönen Abend Ihnen noch.«

Kalkbrenner legte seinen Mantel ab, krempelte die Ärmel hoch und begann, die Kartons aus dem Wagen in die Wohnung zu schleppen. Nach einer knappen Stunde hatte er sämtliche Kisten, zwei Wäschesäcke und ein gerahmtes Ölbild wahllos in seinem neuen Zuhause verteilt.

Erschöpft sank er zu Boden. Die Holzdielen ächzten unter seinem Gewicht. Es war das behagliche Knarzen einer alten, gemütlichen Wohnung. *Meiner Wohnung.* Ein ungewohntes, aber auch ein erhabenes Gefühl breitete sich in Kalkbrenner aus. *Es ist gut, dass wir endlich klare Verhältnisse geschaffen haben.* Das Ölbild, das an der Wand lehnte, und die kleine Tischleuchte auf dem Fensterbrett deuteten bereits an, dass hier demnächst das Wohnzimmer entstehen sollte. Auch Bernie hatte sich seinen Platz schon gesichert. Lang ausgestreckt lag er schnarchend vor der Heizung.

Plötzlich pfiff ein Windstoß durch den Flur. Die Wohnungstür stand noch immer sperrangelweit offen, aber für den Moment mochte Kalkbrenner keinen einzigen Schritt mehr tun. Sein müder Blick glitt durch den Raum, und er beschloss, die alten Möbel aus dem Zehlendorfer Haus dort zu lassen, wo sie standen. Stattdessen würde er sich bei Ikea ein neues Sofa, einen neuen Schrank und ein neues Bett kaufen. *Erst wenn man alles hinter sich gelassen hat, hat man die Freiheit, etwas Neues zu beginnen.* In der stillen Wohnung klangen diese Worte laut, ganz nahe und verdammt vertraut in Kalkbrenners Gedanken. Unwillkürlich schaute er sich um.

Bernie wimmerte im Schlaf, manchmal träumte er schlecht, aber ansonsten war niemand da, natürlich.

Ihr seid also kein Paar? Warum?

Kalkbrenner atmete tief durch. Nach der Gerichtsverhandlung hatte er vergessen, sein Mobiltelefon einzuschalten. Jetzt aktivierte er es und wählte eine Nummer. Während er dem Freizeichen lauschte, meldete ihm seine Mailbox den Eingang zweier Sprachnachrichten. Kurz darauf meldete sich der Anrufbeantworter seiner Tochter.

Schnell legte Kalkbrenner auf und betätigte die Wahlwiederholung. Vielleicht hatte Jessy das Läuten ja einfach nicht gehört. Im zweiten Wählvorgang hielt er inne. Viel wahrscheinlicher war es doch, dass sie das Gespräch ganz bewusst nicht angenommen hatte. Seit Wochen schon ging sie ihm beharrlich aus dem Weg. Selbst zu Weihnachten hatte es nur zu einem knappen Telefonat gereicht. *Frohe Weihnachten. Danke, gleichfalls. Bis dann. Tschüss.*

Bernie stupste ihn an. »Hunger?«

Der Hundeschweif begann forsch zu wedeln.

»Dann geht's mir anscheinend nicht alleine so.«

In den Umzugskisten, die er in der Küche abgestellt hatte, fand Kalkbrenner neben Hemden und Socken nur die Isomatte und seinen Schlafsack. Die zwei Kartons im Wohnzimmer enthielten Unterwäsche, Handtücher und Badeutensilien. Aus den Paketen, die er ins zukünftige Schlafzimmer geräumt hatte, förderte er endlich den alten Kassettenrekorder und zwei Suppenteller zutage. »Das ist immerhin ein Anfang.«

Bernie kläffte ungeduldig.

»Und wo habe ich dein Hundefutter versteckt?«

Der Hund bellte noch lauter.

»Wie wäre es, wenn du zur Abwechslung mal nicht nur meckern würdest, sondern mir beim Suchen hilfst?«

Bernies Schwanz durchpflügte aufgeregt die Luft.

»Eine tolle Hilfe bist du, wirklich.«

Zwischen schmutziger Unterwäsche und einer Flasche Swiss Wodka kam Kalkbrenner einer Dose Hundefutter auf die Spur. Er tat eine Portion auf den einen Suppenteller und stellte den zweiten mit Wasser daneben. Schmatzend machte sich Bernie über sein Abendessen her. Kalkbrenner begab sich mit Wodkaflasche und Kassettenrekorder bewaffnet zurück ins Wohnzimmer. Das knarrende Geräusch der Dielenbretter begleitete seine Schritte und mischte sich mit dem Knurren seines eigenen Magens.

Er ließ sich auf den Boden gleiten und lehnte sich mit dem Rücken an einen der Umzugskartons. Irgendwie fühlte er sich inmitten der braunen, tristen Pappe verloren. Er schraubte die Flasche auf und betrachtete dabei das Ölbild, das an einer der schmucklosen Kisten lehnte. Auf den ersten

Blick schien es aus einer Melange zufällig dahingekleckster Farben zu bestehen, erst beim zweiten entfaltete sich seine wahre Schönheit. Jessy, die Kunst studierte, hatte es für ihn gemalt. Als kleine Aufmerksamkeit. Oder als Andenken an eine Zeit, als sie noch Vater und Tochter gewesen waren und sich auch so verhalten hatten. *Aber das ist lange her.*

Unvermittelt musste er an seine eigenen Eltern denken. Insbesondere an seine Mutter Käthe Maria. Er würde sie bald mal wieder besuchen müssen.

Wehmütig zog er den Kassettenrekorder näher zu sich heran und drückte auf die Play-Taste. *The bird it has flown,* sangen Deep Purple. *And the bird it has flown. To a place on it's own. Somewhere all alone.* Gerade als Kalkbrenner die Wodkaflasche an die Lippen hob, räusperte sich jemand.

»Ich glaube nicht, dass das so eine gute Idee ist.«

5

»Er hat dich nicht gehört«, sagte Tabori.

»Pastoj!«, rief Florim erneut. »Da pastoj she!«[1]

Ungeachtet ihrer Rufe überquerte der russische Junge die Straße und tauchte in einer Gruppe Jugendlicher unter. Als auch Tabori und Florim den Bürgersteig erreichten, waren die Halbwüchsigen bereits im Gewimmel zwischen den Straßenhändlern, Imbissen und Geschäften verschwunden.

»Und jetzt?«, fragte Tabori.

»Wir werden schon was finden.«

»Was denn?«

»Das da zum Beispiel!« An der Straßenecke räkelten sich in einem Schaufenster leicht bekleidete Puppen auf einem

1 Jetzt warte doch!

Boden aus rotem Samt. Bunte Gummistäbe waren rings um ihre Plastikfüße arrangiert. »Ey, weißt du, was das ist?«

»*Dildo*«, las Tabori von einem Schild ab. »Nein, keine Ahnung.«

»Wirst du irgendwann schon verstehen.«

»Du bist gemein. Sag mir, was das ist!«

Aber Florim schwieg und trabte grinsend zur nächsten Kreuzung weiter. Die Bürgersteige der Allee waren einladend breit, die Weihnachtssterne an den Laternen unglaublich hell. Aus den Geschäften, die sich in den Erdgeschossen der Häuser befanden, wummerte laute Musik. Einige der Lieder kannte Tabori von der Hitparade auf *Top Channel*.

»Was summst du da?«, wollte Florim wissen.

»Von Tokio Hotel. Meiner Lieblingsgruppe.«

»Und was singen die da?«

»Weiß nicht. Ist auf Englisch. Versteh ich aber nicht. ... Riechst du das?«

Florim drückte sich bereits die Nase am Schaufenster einer Bäckerei platt. »Mhm, schau mal. Und wie das duftet! Ich hab einen solchen Hunger.«

Seit einem trockenen Brötchen in Budapest und einem Schluck Wasser aus dem Waschbecken der Zugtoilette hatten beide nichts mehr zu sich genommen. Wie lange war das jetzt her? Sechs Stunden vielleicht? Oder acht?

»Wie viel Geld hast du noch?«, fragte Florim.

»Der letzte Rest von Mutters Geld ist für das Brötchen draufgegangen.«

»Ich habe auch nichts mehr. Also haben wir nur noch die Münze der alten Frau.«

»Was kriegen wir dafür?«

»Vielleicht ein kleines Brot? Dieses dort. Oder das da.«

Tabori begaffte die Brotkörbe. »Die Auswahl hier ist wirklich riesig.«

»Stimmt, viel größer als in Gracen.«

»Ich wüsste echt nicht, was ich nehmen sollte.«

»Ich auch nicht. Ey, warum warten wir nicht? Bis wir den Hunger gar nicht mehr aushalten?«

»Ja, das machen wir«, willigte Tabori ein und bog an der nächsten Ampel in eine weitere Hauptstraße ein.

Sie schlenderten an Schaufenstern vorbei, die jedes für sich so groß wie ein ganzes Haus in ihrem Dorf waren. Alle Geschäfte boten andere Produkte an, und mit jedem Schaufenster blickten Florim und Tabori staunender in eine neue, aber für sie oftmals auch rätselhafte Welt.

»Wer braucht denn schon so viele Schuhe?«, rätselte Tabori vor einem Laden, in dessen Auslagen unzählige Paar Stiefel, Halbschuhe und Pumps standen. »Ich habe nur zwei verschiedene. Ein Paar für den Sommer und eins für den Winter.«

»Mehr braucht man aber auch wirklich nicht«, bestätigte Florim.

Im nächsten Laden gab es Mäntel, im übernächsten Anzüge, in weiteren T-Shirts und Jeans. »Guck mal. Solche Hosen tragen doch die von Tokio Hotel.«

»Und woher weißt du das?«

»Ryon hat mir ein Poster geschenkt. Es hängt zu Hause in meinem Zimmer. Meinst du, die Hosen sind teuer?«

»Ey, wer auch immer dafür viel Geld ausgibt, ist total bescheuert!«

In manchen Geschäften wurden Stiefel, Jacken, Hosen und Hemden in vielen bunten Farben angeboten, wobei Grün und Gelb eindeutig dominierten. Im Vergleich zu dem, was die Menschen in Gracen trugen, wirkte hier alles sehr modern und sehr bunt. Besonders gut gefielen Tabori die schönen Kleider, die viel besser aussahen als die groben Röcke, die er bisher nur gekannt hatte.

»Ich weiß schon, was du denkst«, schreckte Florim Tabori aus seinen Gedanken auf.

»Weißt du nicht.«

»Doch, du denkst an Gentiana.«

Ertappt wandte Tabori sich vom Schaufenster ab.

»Bist du in sie verliebt?«

»Sie ist doch Ryons Freundin.«

»Und wenn schon.« Florim lachte. »Alle im Dorf sind verliebt in Gentiana.«

»Aber Ryon ist ihr Freund.« Tabori beschleunigte seine Schritte, um das Thema zu beenden.

Nach ein paar Metern erregte ein weiteres Geschäft ihre Aufmerksamkeit. Florim entnahm dem Rollständer vor der Tür eine kreiselförmige Schatulle, die ein keckerndes Lachen von sich gab, was aber auch schon alles zu sein schien, was sich damit anfangen ließ. Dann rollte er eine Art Gummischlange zu einem Glühstab aus. Gemeinsam probierten sie noch weitere Dinge, die sich allesamt als unnützes Zeug erwiesen. Hier würde Tabori ganz sicher kein Geschenk für Gentiana kaufen. Dann schon lieber ein Kleid.

Der Essensgeruch war allgegenwärtig. An fast jeder Straßenecke hatte ein fliegender Händler einen Stand aufgebaut. Auf den Grills wurden Kastanien geröstet, Würste gebrutzelt, Brottaschen und viele andere Köstlichkeiten gebraten, die Tabori noch nie im Leben gesehen hatte. Gern hätte er etwas von ihnen probiert, aber die Sachen sahen nicht nur lecker, sondern auch teuer aus.

Er drehte sich zu Florim um. »Du, ich habe jetzt wirklich Hunger.«

»Ich auch, lass uns in die Bäckerei dort gehen.«

Durchs Schaufenster überzeugten sie sich vom Angebot. Unter einem Korb im Regal hing ein Etikett: 23 Cent. Der Korb war gefüllt mit winzigen Brotlaiben. Sie waren klein, gerade mal so groß wie Taboris Faust, nur länglicher. Auf einem Schild wurden sie als »Schrippen« bezeichnet.

Im Inneren der Bäckerei war es warm und roch nach Zimt.

Je näher sie dem Tresen kamen, desto aufgeregter wurde Tabori. Als sie an der Reihe waren, hielt er zwei Finger hoch und sagte: »Schrippen.«

Der Verkäufer stellte eine Frage.

Da Tabori nicht verstand, wiederholte er: »Schrippen.«

Der Bäcker packte zwei Brote in eine Tüte – zwei große Brote. So knusprig die Laibe auch ausschauten, aber ihr Geld würde dafür niemals reichen. Auf dem Etikett unter dem Korb stand: »35 Cent«.

»Nein«, sagte Tabori. »Dy bukë të vogla.«[1]

»Was?«, bellte ihn der Verkäufer an.

Tabori hielt die Münze hoch. »Nuk kam lek për dy buk të mëdha.«[2]

»Geld, ja?«

Tabori nickte. »Ja, Geld.«

Daraufhin begann der Bäcker, in einem wüsten Kauderwelsch zu schimpfen. Tabori verstand kein Wort. Panisch durchsuchte er sein Gedächtnis nach den Worten der Erzählungen seines Großvaters. »Ich hab so einen Hunger.«

Die übrigen Kunden im Laden begannen zu murren. Dann wurde die Stimme des Verkäufers bedrohlich.

6

Kalkbrenner setzte die Wodkaflasche ab. »So viel also zum Thema Wachhund.«

Die Holzdielen knarrten, als Kriminalhauptkommissar Sebastian Berger das Wohnzimmer betrat. »Bernie hatte ja auch Wichtigeres zu tun.«

1 Zwei kleine Brote.

2 Zwei große Brote kann ich mir nicht leisten.

»So? Und was? Fressen?«

»Sah zumindest so aus.«

»Na toll. Und unterdessen kann sich jeder Schurke in die Wohnung schleichen, oder wie? Bernie!«

»Willst du etwa behaupten, ich sei ein … Hoppala!« Der Bernhardiner war herangaloppiert und begrüßte Kalkbrenners Kollegen nun mit seiner ihm eigenen Hundeeuphorie. »Zumindest kriegt *er* den Unterschied zwischen Freund und Feind noch mit.«

Falls diese Äußerung mehr sein sollte als eine Anspielung auf Bernies Saumseligkeit, ließ Berger sich nichts anmerken. Er tollte so lange mit dem Vierbeiner herum, bis sein Anzug sichtlich ramponiert war. Für das ungeübte Auge fiel dies allerdings kaum ins Gewicht, trug Berger doch ohnehin vorzugsweise zerknitterte Bundfaltenhosen und Jacketts. In auffälligem Gegensatz zu seiner nachlässigen Kleiderwahl stand sein Bart, ein wuchtiger Schnauzer, der mit zwei preußisch-zackigen Speerspitzen die Luft rings um sein Gesicht herum zerteilte.

Endlich gab Bernie Ruhe. Er drehte sich um die eigene Achse und ließ sich vor die Heizung plumpsen. Berger glättete sein Jackett, was die Falten im Stoff jedoch kaum minderte. »Du schaust erschöpft aus.«

»Habe gerade die Kisten hochgeschleppt.«

»Und vor Gericht ist alles gut verlaufen?«

»Ja, in einem Satz.«

»Wie bitte?«

»Kleiner Scherz.«

»Verstehe«, sagte Berger, aber seine Miene drückte das Gegenteil aus. »Wenn du darüber lachen kannst.«

»Weißt du, mit einem Lachen lässt sich vieles deutlich leichter ertragen.«

»Sagt wer?«

Meine kleinen Helferlein. Der unerschöpfliche Fundus an

Ratschlägen begleitete Kalkbrenner nun schon seit Jahren durch den Berufsalltag. Auch wenn die Lebensweisheiten, wie er sich eingestehen musste, schon länger nicht mehr von großem Nutzen gewesen waren, hütete er sie doch wie einen Schatz. Nicht einmal Ellen hatte er davon erzählt. Und schon gar nicht davon, dass er ihnen sogar einen Namen verliehen hatte.

Ellen.

Kalkbrenner schwenkte die Wodkaflasche. »Kann ich dir etwas anbieten? Einen Drink zur Einweihung?«

»Nein danke, nicht im Dienst.«

»Wir sind im Dienst?«

»Also, ich …«, Berger begann, sich Hundehaare vom faltigen Stoff seiner Hose zu zupfen, »ich habe schon zweimal versucht, dich zu erreichen.«

»Mein Handy war aus.«

»Ich habe dir auch auf die Mailbox gesprochen.«

»Bin noch nicht dazu gekommen, sie abzuhören.«

Bergers strenger Blick war eindeutig. »Zum Glück hast du Rita gegenüber erwähnt, dass du heute noch in deine neue Wohnung wolltest.«

»Die ich jetzt wohl wieder verlassen muss?« Er hob fragend eine Augenbraue.

Bergers Finger strichen über seinen Bart. »Tut mir echt leid.«

Aus dem Kassettenrekorder erklang mittlerweile Deep Purples *Under the gun*. Zum letzten Mal hatte Kalkbrenner das Lied vor drei Monaten gehört. Kurz bevor alles begonnen hatte – oder geendet, je nachdem, aus welcher Perspektive er es betrachtete. *Ihr seid also kein Paar? Warum?* Er griff sich ein Handtuch aus einer der Kisten. »Ich mache mich nur kurz frisch.«

Zehn Minuten später hatte er seine neue Dusche ausprobiert, trug allerdings trotzdem noch den verschwitzten Pullover und die ebenfalls nicht mehr taufrische Jeans. Zu einer neuerlichen Suchaktion in den Kartons und den Wäschesäcken hatte er sich nicht aufraffen können.

Berger hatte inzwischen das Fenster geöffnet und schaute zu *One More Raining Day* in den Innenhof hinunter. Zwischen den Händen drehte und wendete er unaufhörlich einen Notizblock, als würde ihn ein dringliches Problem beschäftigen.

Deep Purple leierten kurz, bevor sie mit einem Knirschen verstummten. Die Kassettenseite war zu Ende. Von draußen drang ein erstaunlich entferntes und gleichmäßiges Rauschen herein, obwohl die S-Bahn und die Ausfallstraße in Richtung Schönefeld doch nur eine Querstraße entfernt lagen.

»Wohin müssen wir?«, fragte Kalkbrenner.

»Brandenburger Tor.« Berger überblätterte einige leere Seiten seines Blocks, bis er auf zwei, drei handschriftliche Einträge stieß. »Hotel *Adler*.«

»Ins *Adler*? Was ist passiert?«

»Ein Mord.«

»Nein, wirklich?« Kalkbrenner tat über die Maßen erstaunt.

Berger schnaubte vergrätzt.

»Und was weißt du noch?«

Schmollend packte der Kollege seinen Notizblock weg. »Nicht mehr als du.«

»Dann sollten wir uns schleunigst auf den Weg machen.«

»Genau deshalb bin ich hier.«

»Schön.« Kalkbrenner schnappte sich seinen Mantel. »Können wir unterwegs noch etwas essen?«

7

Vor seinem geistigen Auge sah Sackowitz schon, wie die blau lackierten, mit feinem Goldstaub verzierten Fingernägel ihm das Gesicht zerkratzten. Hastig verbesserte er sich: »Ich meine, äh, meine Exfrau.«

»Exfrau? Ha!« Renate durchbohrte ihn mit giftigen Blicken, ließ aber immerhin sein Gesicht unbeschadet.

Sackowitz wollte noch etwas hinzufügen, doch sie hatte schon auf dem Absatz kehrtgemacht und stöckelte eingeschnappt durchs *Café Verdun* davon. Renate war die längste Zeit seine Freundin gewesen.

»Karin?«, nahm er den Anruf entgegen.

»Harald? Bist du das?«

»Wer sollte denn sonst dran sein? Du hast meine Nummer gewählt.«

»Ach, lass das. Es ist furchtbar laut bei dir. Wo steckst du?«

»Ich arbeite.«

»Klingt eher nach einem Kneipenabend.«

»Ich arbeite!«, versicherte er ihr mit Nachdruck.

»Harald!« Vorsichtig wog Karin ihre Worte ab. »Du hast doch nicht wieder …?«

»Mach dir keine Sorgen. Ich bin seit knapp zwei Jahren trocken, das weißt du. Ich trinke nichts mehr. Außer Cola light.«

»Ist ja gut. Letztendlich bist du ja auch alt genug.«

Er steckte dem Barkeeper einen 20-Euro-Schein zu. Als der das Wechselgeld herausgeben wollte, winkte Sackowitz generös ab. »Warum rufst du an?«

»Wir haben schon den Zehnten, und das Geld ist immer noch nicht auf meinem Konto.«

»Ich werde es morgen überweisen.«

»Du weißt doch, dass die Schule begonnen hat. Und Leonie und Till brauchen neue Winterschuhe. Außerdem reitet Till ein Turnier. Das kostet auch wieder Geld, das ich …«

»Ich sagte doch gerade, dass ich dir das Geld morgen überweise.«

»Das hast du an Neujahr auch schon behauptet.«

»Aber diesmal mache ich's. Wirklich.«

»Harald, ich verspüre wirklich wenig Lust, die ganze Sache wieder über einen Anwalt zu regeln, aber …«

»Dann lass es bleiben. Schließlich musst du nicht alles machen, was dein Bruder dir rät.«

»Aber Wolfgang hat damit gar nichts zu tun.«

Im Telefonieren nahm Sackowitz seine Jacke an der Garderobe entgegen und trat auf die Bismarckstraße hinaus. Er erschauderte bei der Kälte, die ihm entgegenschlug, aber er war froh, dem Ball Paradox entkommen zu sein. »Karin, glaubst du, ich mache das mit Absicht?«

»Ich hoffe nicht.«

Es waren nur drei Worte, dennoch trafen sie ihn schwer. Es war genauso ein Gefühl wie damals, als Karin vor fünf Jahren die Koffer gepackt und ihn verlassen hatte – mit den Kindern. Sein Sohn Till war heute fünfzehn und ritt erfolgreich Dressurturniere. Er war Sackowitz' ganzer Stolz. Leonie war sieben, der Nachkömmling, das Küken, wie er sie nannte, sein Ein und Alles.

Auf eine Weise, die Sackowitz manchmal selbst nicht verstand, mochte er auch Karin immer noch, Differenzen und Streitigkeiten hin oder her. Schließlich war nicht er gegangen, sondern sie hatte das Weite gesucht. Sackowitz hegte keine Zweifel daran, dass es ihr Bruder gewesen war, der sie damals zu diesem radikalen Schritt überredet hatte. Wolfgang hatte zu allem etwas zu sagen, wusste für jedes Problem die Lösung. Und weil er selbst schon dreimal verheiratet gewesen war, wähnte er sich zudem noch einen unfehlbaren Experten in Beziehungsfragen. Allerdings war er nicht nur schon dreimal verheiratet, sondern auch dreimal geschieden. Daraus zog er leider keine Schlüsse.

Okay, vielleicht tat Sackowitz Karins Bruder in diesem einen Punkt sogar Unrecht. Natürlich hatte es gute Gründe gegeben, weshalb Karin und die Kinder sich damals davongemacht hatten. Zum einen war da sein Job gewesen, der nur schwerlich mit dem Familienleben in Einklang zu bringen war. Obendrein der Stress. Und schließlich, nein, er wollte ehrlich sein, vor allem der Alkohol. *Der verdammte Suff.* Aber das war längst wieder vorbei. Spätestens seit dem Herzinfarkt, den er vor zwei Jahren erlitten hatte, rührte er keinen Tropfen mehr an. Nicht zuletzt für Leonie und Till hatte er in einer Reha-Klinik den endgültigen Absprung geschafft.

»Karin, du weißt doch ganz genau, wie es um mich steht«, sagte er.

»Nein, das weiß ich eben nicht. Na ja, bis auf die Tatsache, dass du anscheinend wieder bis spät in den Abend in Kneipen abhängst.«

»Ich sagte dir doch, dass ich arbeite. Ich reiße mir für euch den Arsch auf, für den Unterhalt der Kinder, die Kreditraten für unser Haus in Pankow und …«

»Dann verkauf das Haus!«

»Wie oft soll ich es dir denn noch erklären?« Die Immobiliengesellschaft, bei der das Haus in der Neubausiedlung in Pankow kurz nach der Wende zu erwerben gewesen war, hatte beim Bau Schindluder getrieben. Doch als die Mängel ruchbar wurden, war die Firma längst in die Insolvenz und der Geschäftsführer mit vollen Taschen ins Ausland verschwunden. Dass die Sackowitz nicht die Einzigen gewesen waren, die auf die Betrüger hereingefallen waren, hatte sich nur als schwacher Trost erwiesen. »Das Gebäude hat ein undichtes Dach und feuchtes Mauerwerk. Es ist unbewohnbar, Schlussfolgerung: Niemand will es kaufen.«

»Wolfgang sagt, du sollst den Schaden beheben lassen.«

»Dein Bruder hat gut reden.« *Der Kerl hat keine Ahnung!* »Und wovon soll ich das finanzieren? Mein Verdienst geht für die Kreditraten und …« … *den Unterhalt drauf.* Er verkniff sich die Worte. Nicht nur, weil er damit weiteren Zorn provoziert hätte, er hatte auch die Gestalt bemerkt, die sich auf die Tür des *Café Verdun* zubewegte. *Das ist doch …?* »Karin, ich muss auflegen. Lass uns morgen weiterreden, ja?«

»Es gibt nichts mehr zu bereden, und außerdem hab ich morgen keine Zeit.«

»Kommst du nicht zu Tills Reitturnier?«

»Diese Woche habe ich tagsüber Schicht.« Seit der Scheidung arbeitete Karin an der Rezeption des *Park Inn* am Alexanderplatz. »Und am Wochenende auch noch am Abend. Deshalb wäre es mir auch lieb, wenn du am Samstag Leonie übernehmen könntest.«

Er behielt den Eingang des *Verdun* im Blick. »Klar, kein Problem. Ich kümmere mich um das Küken. Kann ich bleiben, wenn's später wird?«

Widerstrebend willigte Karin ein. In seltenen Fällen, wenn Sackowitz Leonies Babysitter spielte, weil Karin länger arbeiten musste, schlief er im Anschluss auf der Couch. »Danke. Und richte Till aus, dass ich morgen in der Reithalle vorbeischaue.«

»Sag mal, hast du ihm tatsächlich versprochen, einen …«

»Karin, entschuldige, aber ich muss jetzt wirklich auflegen.«

Im Inneren des Tanzlokals versuchte sich die Kapelle gerade an Bernhard Brink. *Ob das mit uns immer gut geht, kann ich dir nicht garantieren.* Die Damen und Herren hatten dank Prosecco, Sekt und Wein ihre reservierte Haltung abgelegt. Mittlerweile schwoften auch die ersten Paare über das Parkett, während andere munter turtelnd über die Tischtelefone zueinanderfanden. *Doch ich garantiere dir, ich werd alles tun dafür. Dass du immer auch Vertrauen hast zu mir.*

Sackowitz spähte zu der Frau, die sich an Tisch 141 niedergelassen hatte. *Tatsächlich, sie ist es. An ihrem Stammplatz.* Wie viele Abende hatte er schon umsonst auf ihr Auftauchen gewartet? Er hatte nicht mitgezählt, aber es waren auf jeden Fall genug gewesen, um zwischenzeitlich von einem anderen ausgehungerten Weibsbild ins Visier genommen zu werden. Renates Worte klangen ihm noch im Ohr: *Meist kommt das Glück, wenn man am allerwenigsten damit rechnet.*

Er machte einen Bogen um die Tanzfläche. Aus der Nähe schaute die Frau um ein Vielfaches älter und verhärmter aus als aus der Distanz. Tiefe dunkle Ringe gruben sich unter ihren Augen in ihre Haut. Falten durchzogen ihr Gesicht, graue Strähnen das Haar. Ihre Kleidung war – im Gegensatz zu der von Renate – betont schlicht: Sie trug eine Biedermeierkombination, bestehend aus schwarzer Hose und grauer Bluse.

»Ja, bitte?«, sprach sie ihn an, und ihm wurde bewusst, dass er bereits eine ganze Weile vor ihrem Tisch stand, ohne ein Wort gesagt zu haben.

Er straffte seinen Rücken. »Guten Abend.«

»Guten Abend?«, erwiderte sie fragend.

Sackowitz kam sich ungeschickt vor. *Jetzt stell dich nicht so an. Früher hat dir das auch keine Probleme bereitet.* Früher – wie das klang! Als wäre seitdem eine Ewigkeit vergangen. Aber auch seine Gedanken konnten ihm in dieser Situation nicht helfen: Ihm fehlten schlichtweg die Worte. *Los doch! Oder soll die ganze Warterei umsonst gewesen sein?* »Sie sind nicht das erste Mal hier«, hörte er sich endlich sagen.

»Tatsächlich?«

»Ja, Sie waren schon öfter hier. Und immer haben Sie an Tisch 141 gesessen.«

»Das ist Ihnen aufgefallen?«

Er beugte seinen Oberkörper vor, hielt aber in der Bewegung inne, bevor er zu aufdringlich wirkte. »Nicht es, Sie sind mir aufgefallen.«

Sie errötete.

Er reichte ihr seinen Arm. »Darf ich bitten?«

»Das ist aber …«

»… ungewöhnlich, ich weiß«, gestand er und lächelte sie so einnehmend an, wie es seine dritten Zähne hergaben. Jetzt fühlte er sich wieder auf sicherem Boden und war froh, den guten Anzug gewählt zu haben. »Aber Sie würden mich zu einem glücklichen Menschen machen.«

Sie kicherte vor Vergnügen. »Sie übertreiben.« Dann legte sie die Handtasche beiseite und hakte sich bei ihm unter. Sackowitz führte sie auf die Tanzfläche. Die Band spielte: *Wenn nicht heute, wann denn dann?* Wenn das mal kein gutes Omen war?

»Ich heiße Harald.« Er umfasste selbstbewusst ihre Hand und Hüfte. »Und mit wem habe ich die Ehre?«

»Meine Name ist Magda.«

Galant verbeugte er sich vor ihr. »Magda, es freut mich sehr, Ihre Bekanntschaft zu machen.« Er nahm Haltung an, dann schwang er sein Bein und Magda zum Disco-Schlager-Fox über das Parkett, als hätte er sein Leben lang nichts anderes gemacht.

8

»Und? Ist es so, wie du dir es vorgestellt hast?«, fragte Berger, als sie schon unterwegs waren.

»Im Prinzip schon.« Kalkbrenner zählte die Dönerbuden, an denen sie beim Schlesischen Tor vorbeifuhren. »Günstiger Altbau, ruhige Lage.«

Sein Kollege brummelte, als überzeugte ihn die Antwort nicht. »Und im Hotel war's nicht ruhig?«

»Im Hotel? Jetzt fang du nicht auch noch damit an. Das

war doch wohl eher eine Absteige. Wie der ganze Rest von Westberlin war das Haus unsaniert. Das Zimmer war so hellhörig, dass ich mich manchmal gefragt habe, wozu es überhaupt Wände hatte. Im Nachbarzimmer plärrte abends auf Stadionlautstärke ein Fernseher, und im Raum über mir stritt sich jede Nacht ein Ehepaar – knallende Türen inklusive.«

»Und in deiner neuen Wohnung?«

»Da gibt es über mir nur den Dachboden.«

»Keine Wohnungen geplant?«

»Na ja, die Maklerin hat mir bei der Besichtigung jedenfalls versichert, der Dachboden werde nicht ausgebaut. Es ist der Eigentümergemeinschaft zu teuer, Gott sei Dank.«

Berger zwirbelte nachdenklich seine Bartspitzen. »Kaum zu glauben, oder?«

Jahrelang war Berlin die Antithese einer Großstadt gewesen: überall Brachen, nur wenige große Unternehmen, kaum Investitionen, niedrige Mieten. Mitten in der Innenstadt hatten Unternehmensberater neben Sozialhilfeempfängern gewohnt. Doch dieses Berlin existierte nicht mehr.

»Inzwischen bleibt doch kein Quadratmeter in Berlin mehr ungenutzt«, meinte Berger. »Überall entstehen Wohnungen und Apartments, und das möglichst teuer. Die Grundstückspreise verdoppeln sich, Makler, Vermieter und Investoren tun fast so, als wäre die Stadt inzwischen das Maß aller Dinge. In meinen Augen ist das ein … ähm, wie sagt man noch gleich?«

»Hype?«

»Ja, genau, ein Hype ist das. Das sagt auch meine Tochter.« Berger hieb mit der flachen Hand vergrätzt aufs Lenkrad. »Der haben sie, mir nichts, dir nichts, einen Neubau in den Hinterhof gesetzt. Kannst du dir das vorstellen? Vor Kurzem war da noch ein Garten, in dem Eltern mit ihren Kindern gespielt haben, und jetzt ist da diese riesige Baustelle.«

Sie kamen an der orientalisch anmutenden Fassade eines indischen Restaurants vorbei. Schon allein der Anblick ließ Kalkbrenners knurrenden Magen aufheulen, aber Berger machte keinerlei Anstalten, einen Zwischenstopp einzulegen, obwohl sich der Kreuzberger Verkehr zum Feierabend nicht anders präsentierte als in den anderen Stadtteilen, in einem Wort: zähflüssig. »Nicht schön.«

»Nein, ganz und gar nicht schön. Ausgerechnet in einer Zeit, in der sie Ruhe braucht. Sie schreibt gerade an ihrer Diplomarbeit in Geophysik, habe ich dir das schon erzählt? Und sie ist extra in dieses Haus gezogen, weil die Wohnung so ruhig war.« Berger setzte den Blinker, um Richtung Jannowitzbrücke abzubiegen. »Was ich aber eigentlich meinte, ist, dass du ... Verdammt!« Berger stieg auf die Bremse, weil vor ihnen ein Wagen aus einer Parklücke ausscherte.

Von dem überraschenden Manöver wurde Kalkbrenner in den Gurt gepresst. Er lockerte den straffen Bügel und wollte seinen Kollegen gerade bitten, vor der Imbissbude an der Alexanderstraße anzuhalten, doch Berger gab schon wieder Gas.

Stattdessen hörte Kalkbrenner die Mailbox seines Handys ab. Die erste Nachricht stammte von Berger, die zweite kam vom Pflegeheim: wann er endlich das Zimmer seiner Mutter auszuräumen gedachte. *Es kann ihnen nicht schnell genug gehen.*

Am Alex ragte der Fernsehturm wie ein umgekehrter Eiszapfen in den frostig klaren Winterhimmel. Nur wenige Meter daneben schritt die Instandsetzung des *Hermano*, einer berüchtigten Schickimicki-Kneipe, die im Herbst bei einem Brand zerstört worden war, zügig voran. Unter den Linden flankierte die glitzernde Weihnachtsbeleuchtung in den Bäumen den Weg der Kommissare bis zum Tatort.

Die Gegend um das Brandenburger Tor war für die Passanten gesperrt worden. Schutzpolizeibeamte riegelten den

Pariser Platz weiträumig ab, neben einem halben Dutzend Einsatzfahrzeugen parkten bereits die Transporter des Tatort- und Erkennungsdienstes vom LKA, das für die Berliner Kriminalpolizei die Spurensicherung übernahm.

Vor den Absperrungen sammelten sich bereits Trauben von Touristen. Der Reichstag war einen Steinwurf entfernt, und auch das Betonungetüm der neuen amerikanischen Botschaft lag nur ein Stück weiter. Im *Adler* selbst stiegen ständig Pop- und Rockstars ab. Das immense Polizeiaufgebot machte Hoffnung auf lohnende Urlaubsmotive.

Den Gästen im *Adler* dagegen wurde ihr Aufenthalt im Luxushotel durch die Anwesenheit der Beamten gründlich verhagelt. Der Großteil von ihnen tummelte sich missgelaunt in der Lobby. Mit ihrem Marmorfußboden, den Erkern, Säulen und Emporen, den exotischen Pflanzen und dem Brunnen mit Elefantenstatuen glich die Halle eher einem Basar aus Tausendundeiner Nacht als dem Foyer eines mitteleuropäischen Hotels. Doch selbst das prunkvolle Ambiente vermochte die Stimmung in dieser Situation nicht zu heben.

Ein Polizist in Uniform trat auf Kalkbrenner zu. »Guten Abend.«

»Ah, Herr Gesing. Was liegt an?«

»Eine Leiche auf Zimmer 245, männlich, erschossen. Den Rest erfahren Sie von den Kollegen oben. Vorher sollten Sie aber noch mit Herrn Schauer reden.«

In dem Moment drängte sich ein schlanker Mann an Gesing vorbei. Sein braunes, grau meliertes Haar war kurz geschnitten, das kantige Gesicht perfekt rasiert, auf seinem Anzug war kein Stäubchen zu finden. »Sie sind hier die leitenden Beamten?«

»Genau. Und wer sind Sie?«, fragte Kalkbrenner.

»Das ist Herr Schauer«, fing Gesing an zu erklären. »Er ist …«

»Ich bin der Sicherheitschef«, nahm ihm Schauer die Worte aus dem Mund. Streng deutete er mit dem Kinn zur Straße. »Ist dieser Aufmarsch wirklich nötig?«

»Korrigieren Sie mich, wenn ich falschliege«, entgegnete Kalkbrenner ruhig, »aber ich glaube, die Polizei riegelt Ihr Hotel heute nicht zum ersten Mal ab, oder?«

Wie aus dem Nichts tauchte neben ihnen ein weiterer Mann auf, der ebenfalls tadellos frisiert und einwandfrei gekleidet war. »Guten Abend, mein Name ist Jakobs. Ich bin der Direktionsmanager. Und ja, Sie haben natürlich recht, es ist nicht das erste Mal, aber bis zum heutigen Tag gehörte ein Polizeiaufgebot lediglich zu den Sicherheitsmaßnahmen bei Besuchen von Staats- oder Regierungschefs.«

»Nun, heute gehört es zu den Ermittlungen in einem Mordfall, aber ansonsten gibt es fast keine Unterschiede.«

»Ja, ja, ein Mord. Das ist schon schlimm genug, aber dieser Aufmarsch dazu …« Jakobs rang mühevoll um Beherrschung. »Haben Sie eine Vorstellung, was dieses Tamtam für den Ruf unseres Hauses bedeutet? In aller Welt sind wir für unseren hohen Sicherheitsstandard bekannt. Und wenn sich unsere Gäste bei uns nicht mehr sicher fühlen können, dann …«, angesichts einer solchen Vorstellung fehlten ihm die Worte.

Dann ist es eben Zeit für einen neuen Sicherheitschef. Im warmen Licht eines ausladenden, goldbehangenen Kronleuchters steuerten Kalkbrenner und Berger die Treppe an. In der zweiten Etage, inmitten marmorner Säulen, welche die Decke stützten, erwartete sie bereits eine junge Frau mit exotischem Teint, kurzen schwarzen Haaren, Jeans, Kapuzenshirt und brauner gefütterter Lederjacke.

»Und?«, fragte Kalkbrenner Sera Muth, Kriminalkommissarin und neue Kollegin im Morddezernat. »Was hast du für uns?«

9

Für Tabori blieb das Gebrüll des Bäckers ein Rätsel, umso besser begriff er jedoch die Geste, mit welcher der Mann auf die Tür wies.

»Ey, was war denn da los?«, fragte Florim, als sie wieder auf dem Bürgersteig standen.

»Er hat uns rausgeschmissen.«

»Und was hast du zu ihm gesagt?«

»Dass ich zwei *Schrippen* will. Aber er wollte mir die zwei großen Brote geben, die wir uns nicht leisten können. Und das habe ich versucht, ihm verständlich zu machen.«

»Deshalb hat er dich rausgeschmissen?«

»Sieh mal!« Taboris Blick war weitergewandert und hatte neben einem Grillstand eine Tafel mit der Aufschrift »20 Cent« entdeckt. Diesmal wollte er keine Zweifel an seiner Bestellung aufkommen lassen. Sein Zeigefinger schwebte knapp über einem der dampfenden Würstchen auf dem Bratrost. »Bitte.«

Der Grillmeister legte die Wurst neben einer Scheibe Weißbrot auf eine Pappschale.

»Danke.« Tabori ließ die Münze in die Handfläche des Händlers fallen.

Florim griff bereits hungrig nach der Wurst, doch der Mann zog sie ihm vor der Nase weg und schnippte das Geldstück zurück in Taboris Hand. Aufgebracht zeigten die beiden Jungs auf die Tafel.

Der Händler lachte und tippte mit der Grillzange auf einen Behälter mit roter Sauce. »20 Cent für Ketchup.«

»Du salçice«[1], bettelte Tabori.

»Du salçice«, wiederholte nun auch Florim verzweifelt.

1 Eine Wurst.

Doch der Grillmann beförderte die Wurst emotionslos wieder auf den Rost. Fett tropfte auf die Kohle. Es zischte und spritzte.

»Një bukë.«[1] Dafür reichte das Geld doch ganz sicher. Tabori zeigte auf die Weißbrotscheibe.

Die Grillzange schlug auf seine Hand. »Finger weg!«

Tabori machte einen erschrockenen Satz nach hinten und landete genau vor den Füßen eines Geschäftsmannes in schwarzem Mantel und mit Aktentasche. Der Mann stolperte und landete der Länge nach auf dem Bürgersteig. Wütend begann er zu schimpfen.

»Lass uns schnell verschwinden!«, rief Florim.

»Aber wohin?«

»Dorthin, wo wir Geld verdienen.«

»Und wo soll das sein?«

»Am Bahnhof!«, antwortete Florim.

»Weißt du denn, wie wir dahin zurückkommen?«

»Ey, du hast doch aufgepasst, oder?«

»Nein, hab ich nicht.« Gebannt von Lichtern und Luxus hatten sie sich durch die Stadt treiben lassen, ohne auf ihren Weg zu achten. »Wie viele Kreuzungen haben wir überquert? In wie viele Straßen sind wir abgebogen?«

»Weiß nicht.«

Tabori wurde kalt. Er begann zu zittern. »Und jetzt?«

»Fragen wir die Leute.« Florim wandte sich an ein vorbeischlenderndes Paar: »Ku është stacioni i trenit?«[2]

Aber die beiden beachteten ihn nicht. Auch bei einer jungen Frau, deren Stiefelabsätze über den Asphalt klapperten, erkundigte er sich: »Stacioni i trenit?«[3]

Doch als Antwort erntete er nur einen grimmigen Blick.

1 Ein Brot.
2 Wo liegt der Bahnhof?
3 Bahnhof?

»Nun sag schon: Was bedeutet *stacioni i trenit* auf Deutsch?«, wollte er von Tabori wissen.

»Weiß ich doch nicht.«

»Hat dein Opa dir das nicht gesagt?«

»Nein.«

»Blöder Opa!« Ein Mann, der mit einem breiten Schal Mund und Nase vor der Kälte schützte, näherte sich ihnen. »Stacioni i trenit?«

»Nein danke.«

Taboris Magen verkrampfte sich. Es war nicht mehr nur der Hunger, der den Jungen sich unwohl fühlen ließ. Mittlerweile verspürte er auch keinen Unterschied mehr zwischen einer Winternacht in Gracen und der in Berlin. Am dunklen Himmel über der Stadt waren keinerlei Wolken auszumachen, die Sterne blinzelten in ihrer ganzen Pracht herab. In der Nacht würde es beißenden Frost geben, so viel war sicher. Tabori schlang die Arme um seinen Leib, um sich zu wärmen, als jemand hinter ihm fragte: »Schto s wami?«

10

Sera Muth, die neue Kollegin des Kriminalkommissariats Berlin-Mitte, führte Kalkbrenner und Berger zum Zimmer 245. »Entdeckt wurde der Tote vom Zimmerservice«, berichtete sie. »Die Angestellte befand sich auf dem Weg zu einem anderen Raum, als sie die offene Tür bemerkte. Zuerst hat sie sich nichts dabei gedacht, aber als sie fünf Minuten später erneut vorbeikam und die Tür immer noch offen stand, klopfte sie doch an. Dabei entdeckte sie Blut am Türrahmen und fand schlussendlich auch die Leiche. Der Mann wurde durch drei Schüsse aus direkter Nähe getötet.«

In den mittlerweile zwei Monaten ihrer Zusammenarbeit

hatte Kalkbrenner Muths zügige Arbeit, mehr aber noch ihre knappen und klaren Erklärungen zu schätzen gelernt. In denen unterschied sie sich gewaltig von Berger, der in Kollegenkreisen gerne mit Inspektor Columbo aus der gleichnamigen Fernsehserie verglichen wurde – er war zerstreut und redselig.

Muth schloss ihre Ausführungen mit einem Hinweis: »Das Zimmer wurde für eine Nacht von Peter Friedrichs gebucht, Frankfurter Allee 31 in 10123 Potsdam. Aber …«

»… in Potsdam gibt es keine Frankfurter Allee«, beendete Berger, der mit seiner Familie in der alten Residenzstadt lebte, die Schlussfolgerung. »Und die Postleitzahl stimmt auch nicht.«

»Demnach wird Peter Friedrichs vermutlich ebenso wenig existieren«, vermutete Kalkbrenner.

»Aber wie kann jemand unter falschem Namen überhaupt ein Hotelzimmer bekommen?«, fragte Berger ungläubig. »Ich dachte, in Zeiten wie diesen muss man beim Einchecken Personalausweis oder Reisepass vorlegen?«

»Klar, aber was, wenn die Dokumente gefälscht sind?«

»Oder der Rezeptionist bestochen?«, fügte Muth hinzu.

»Wie sieht es also aus? Hatte der Tote Papiere bei sich?«

»Nein«, bedauerte seine Kollegin. »Und auch keine Koffer, keine Taschen, kein Handy, nichts also, was Hinweise auf seine wahre Identität geben könnte.«

So viel also zum Thema Sicherheitsstandards. »Wir sollten den Rezeptionisten ausfindig machen, der die Anmeldung des vermeintlichen Herrn Friedrichs vorgenommen hat«, schlug Kalkbrenner vor.

»Der Sicherheitschef wird ihm den Kopf abreißen«, warnte Berger.

»Aber vorher soll er ihn bitte noch bestätigen lassen, dass der Tote tatsächlich der Mann ist, der als Peter Friedrichs eingecheckt hat«, fuhr sein Kollege unbeeindruckt fort.

Berger zwirbelte sich nachdenklich seine Bartspitzen. »Wenn er es nicht ist, dann wird's richtig kompliziert.«

Während Muth und Berger in die Hotellobby zurückkehrten, warf Kalkbrenner einen Blick in das Zimmer. Es war nicht das teuerste im *Adler*, aber durchaus luxuriös. Vom gehobenen Ambiente nicht im Geringsten gestört, verrichteten Männer in weißen Ganzkörperoveralls hier bereits ihre Arbeit: Mit feinen Pinseln trugen sie Rußpulver auf glatte Flächen auf, nummerierten mögliche Spuren und fotografierten die Leiche. Der Tote lag von den Schüssen niedergestreckt auf dem blutgetränkten Teppichboden zwischen holzvertäfeltem Vorraum und eigentlichem Hotelzimmer. Das Doppelbett war noch unbenutzt.

Dr. Franziska Bodde, die Leiterin der kriminaltechnischen Abteilung, beratschlagte sich gerade mit einem ihrer Kollegen im Schutzanzug. Das letzte Aufeinandertreffen mit ihr hatte Kalkbrenner als eher angespannt in seiner Erinnerung abgespeichert. In einem kurzen Moment der Vertrautheit hatte sie private Probleme angedeutet, aber damit war sie damals freilich nicht die Einzige gewesen. *Und heute?*

»Herr Kalkbrenner?« Die LKA-Beamtin bedachte ihn mit sorgenvoller Miene. »Alles in Ordnung mit Ihnen?«

»Danke, habe nur nachgedacht.«

»Über den Mord?«

»Worüber denn sonst?«

Dr. Bodde hatte ihr schulterlanges schwarzes Haar streng zum Zopf nach hinten gebunden. Ihre legere Kleidung, Jeans, Poloshirt und Sportschuhe, milderte den ernsten Eindruck, den ihr schmales Gesicht erweckte. »Es gibt keinerlei Anzeichen auf ein gewaltsames Eindringen. Das Opfer hat seinen Mörder entweder freiwillig hereingelassen oder das Zimmer gemeinsam mit dem Mörder betreten.«

Kalkbrenner betrachtete noch einmal grübelnd das Doppelbett. »Oder in Begleitung seiner Mörderin.«

Die Kriminaltechnikerin nickte, und eine widerspenstige Strähne löste sich aus ihrem Zopf. »Es kam erst im Zimmer zu Handgreiflichkeiten.«

»Handgreiflichkeiten?«, tönte Dr. Wittpfuhl, der, ebenfalls in raschelndem Ganzkörperanzug, jetzt in den Korridor trat. »Also, das kann ich so nicht bestätigen. Zumindest zur Stunde noch nicht.«

»Und was können Sie jetzt bestätigen?«

In aller Seelenruhe schälte sich der Gerichtsmediziner aus seiner Verpackung. Zum Vorschein kam gebräunte Haut, ein straffer Bauch, silbriges Haar und breite Schultern. »Angesichts der Hämatome an Wange und Augenbraue erscheint es mir als sicher, dass der Mann geschlagen wurde, kurz bevor man ihn erschossen hat.«

»Weil er sich wehrte?«

»Das ist denkbar.« Der Arzt warf sich sein Nadelstreifensakko über. »Gebracht hat es ihm allerdings nichts, wie wir hier sehen. Todeszeitpunkt war etwa zwanzig Uhr. Mehr …«

»… nach der Obduktion, ich weiß.« Kalkbrenner hielt Dr. Wittpfuhl am Ärmel zurück. »Haben Sie eine Ahnung, womit der Mann geschlagen wurde?«

»Haben Sie nicht verstanden? Ich sagte doch gerade, dass Sie warten sollen, bis die Obduktion abgeschlossen ist.«

»Ich weiß, ich weiß. Aber noch eine allerletzte Frage: Wurde der Mann mit bloßen Händen geschlagen?«

Der Mediziner seufzte tief. »Ja, sehr wahrscheinlich.«

»Von einem Mann oder einer Frau?«

»Herr Kalkbrenner, das ist jetzt schon Ihre zweite Frage.«

»Mann oder Frau?«

Der Gerichtsmediziner verdrehte genervt die Augen. »Das würde auf die Frau drauf ankommen.« Damit und mit großen Schritten, als hätte sich der Mörder höchstpersönlich an seine Fersen geheftet, eilte der Arzt zum Fahrstuhl.

Dr. Bodde klemmte sich die widerborstige Strähne hinters Ohr. »Leider dürfen Sie gegenwärtig auch von mir nicht mehr erwarten. Wir haben zwar massenhaft Fingerabdrücke, Hautschuppen und Haare sichergestellt – eben ein typisches Hotelzimmer –, aber es wird noch eine Weile dauern, bis alle Spuren ausgewertet sind.«

»Könnten Sie den Vernehmungsbeamten in der Lobby vielleicht ein Porträt der Leiche aushändigen? Mit ein wenig Glück erkennt einer der Hotelgäste das Opfer. Es sei denn, es ...«

Ein Klingeln verkündete die Ankunft des Fahrstuhls. Schnellen Schrittes kam Muth aus der Kabine geeilt. »Paul, wir haben ihn!«

11

Nach ein paar Runden auf dem Tanzparkett fand sich der außer Atem gekommene Sackowitz in Begleitung von Magda an der Bar wieder. Mit einem Taschentuch tupfte er sich den Schweiß von der Stirn. So viel Anstrengung war er nicht mehr gewohnt, und vom Arzt war ihm übermäßige Leibesertüchtigung sogar ausdrücklich verboten worden.

»Sie tanzen aber gut«, lobte Magda erstaunt.

Das letzte Mal, dass er das Tanzbein geschwungen hatte, lag mittlerweile gut und gerne sieben Jahre zurück. Mit Karin war er auf der dritten Hochzeit ihres Bruders Wolfgang gewesen, in einer kleinen Kneipe in Spandau. »Ich tanze gerne«, log er.

»Solche Männer trifft man nicht oft.«

»Die wissen eben nicht, was ihnen entgeht – noch dazu mit einer vortrefflichen Tanzpartnerin wie Ihnen.«

»Das haben Sie aber nett gesagt, Harald.«

»Das ist nur die Wahrheit.« Seine Finger umschlossen schüchtern ihre Hand. »Was möchten Sie trinken, Magda?«

Ohne einen Blick in die Cocktailkarte zu werfen, entschied sie sich für einen Angel's Face mit Gin, Brandy und Calvados. Sackowitz wählte einen Velvet Cream, alkoholfrei natürlich.

»Da sind Sie schon wieder eine Ausnahme«, sagte sie. »Ein Mann im *Café Verdun*, der keinen Alkohol trinkt.«

»Ist wegen meiner Pumpe.« Er tätschelte zärtlich seinen Brustkorb.

»Was ist mit Ihrem Herzen?«

»Ach, halb so wild. Ich muss nur etwas sorgsamer mit ihm umgehen.«

»Ja«, seufzte sie. »So ist das in unserem Alter.«

Er pflichtete ihr bei, obwohl seine Vorsicht am allerwenigsten dem Alter geschuldet war, sondern eher seiner jüngst überwundenen Vergangenheit: dem Suff und dem Herzinfarkt. »Erzählen Sie mir: Was machen Sie, wenn Sie nicht gerade tanzen? Was arbeiten Sie?«, wollte er wissen.

»Ich glaube nicht, dass Sie mein Job interessiert. Außerdem«, traurig rührte sie mit dem Strohhalm ihren Cocktail um, »außerdem habe ich keine Arbeit mehr.«

»Das glaube ich Ihnen aber nicht«, gab er sich empört. »So alt sind Sie doch noch nicht.«

»Harald, Sie schmeicheln mir. Aber das hat auch nichts mit meinem Alter zu tun.«

»Sondern?«

»Ach.« Sie seufzte und nippte in Gedanken versunken an dem Drink.

»Jetzt machen Sie mich aber neugierig. Wer will mit einer so bezaubernden Dame wie Ihnen nicht zusammenarbeiten?«

»Nein, das ist es nicht. Wissen Sie, mein Chef ist gestorben. Und seit dem Tod von Herrn …« Sie atmete tief durch und trank erneut einen Schluck. »Also, seitdem bin ich jedenfalls ohne Arbeit.«

»Wie schrecklich für Sie. Und jetzt? Existiert die Firma nicht mehr?«

»Nein, es war keine Firma. Es war ... Ach, lassen wir das lieber.« Mit einer überraschenden Bewegung erhob sie sich. »Entschuldigen Sie mich für einen Augenblick. Ich möchte mich kurz erfrischen.«

Als die Toilettentür hinter ihr zuschlug, fragte sich Sackowitz besorgt, ob er Magda mit seinen Fragen vielleicht zu sehr bedrängt hatte. *Zum Teufel mit der Einsamkeit,* sang die Tanzkapelle. *Durch diese Hölle geh ich nie mehr. Du kamst genau zur rechten Zeit.* Durch den Plastikstrohhalm schlürfte er von seinem Velvet Cream. Als er sein Handy auf den Tresen gelegt und den Bildschirmschoner für das Display aktiviert hatte, materialisierte sich eine Furie neben ihm.

»Von wegen!«, fauchte sie und fuhr ihre blau-goldenen Krallen aus.

»Äh, was?«

Das Ungeheuer namens Renate knurrte. »Von wegen: ›Ich kann nicht tanzen.‹ So eine verdammte Lüge!«

Um etwas in der Hand zu haben, griff Sackowitz nach seinem Cocktail, doch das Glas war leer.

»Und wie du tanzen kannst!« Mit ihrem Blick schleuderte sie Sackowitz Höllenblitze entgegen. »Weiß das deine Frau?«

»Exfrau, bitte«, betonte er.

»Mistkerl!« Sie stampfte davon.

Magda, die gerade von den WCs zurückgekehrt war, starrte ihr mit großen Augen nach. »Wer war denn das?«

Sackowitz zuckte mit den Schultern und setzte einen Unschuldsblick auf. »Keine Ahnung. Sie wollte Feuer. Schlimm, diese Raucher. Und so aggressiv.«

»Das sah mir aber ganz danach aus, als hätte sie etwas anderes im Sinn gehabt.«

»Wirklich? Ist mir gar nicht aufgefallen.« Er gab dem Barkeeper ein Zeichen. »Aber wahrscheinlich muss man als Mann damit rechnen, wenn man«, zwei neue Cocktails wurden serviert, »den Ball Paradox im *Café Verdun* besucht.«

»Ja, gut möglich«, amüsierte sich Magda. Ihr Blick fand sein Handy. »Sie haben Kinder?«

»Einen Sohn und eine Tochter.«

»Und Ihr Sohn reitet, wie ich sehe?«

Der Bildschirmhintergrund des Mobiltelefons zeigte einen Teenager auf einem Pferd. »Ja, Till ist der größte Pferdenarr von ganz Berlin.«

»Was für ein Zufall«, freute sich Magda. »Ich reite auch. Früher habe ich sogar an Turnieren teilgenommen.«

»Meine Herren, das ist jetzt aber wirklich ein Zufall! Mein Sohn reitet Dressurturniere. Am kommenden Freitag ist das nächste in Tegel.«

»Und was reitet er für ein Pferd?«

»Einen Hanflinger?«

Magda lachte. Es wirkte natürlich. »Sie meinen wohl Haflinger?«

»Natürlich, wie dumm von mir.« Er schlug sich tadelnd gegen seine Stirn. »Und Sie?«

Magda redete von Rappen, Füchsen, Stuten und Wallachen, und je mehr sie ins Erzählen kam, umso stiller wurde Sackowitz. Bald schon ging ihm auf, dass er sich nur unzureichend von seinem Sohn über Pferde hatte aufklären lassen. Als ebenbürtiger Gesprächspartner für Magda kam er mit seinem Wissensstand nicht in Frage. Zum Glück schien sie seine Verlegenheit nicht zu bemerken. Das Thema und natürlich der Alkohol im Angel's Face lösten ihre Zunge, und Sackowitz verlegte sich darauf, ab und an eine interessierte Frage einzustreuen, die ihren Gesprächsfluss nicht versiegen ließ.

»Also hatten Sie auch beruflich mit Pferden zu tun?«, wollte er irgendwann wissen.

»Nein, leider überhaupt nicht.«

»Das hätte mich aber nicht verwundert.«

»Beruflich war ich mit ganz anderen Dingen beschäftigt.«

»Jetzt bin ich aber gespannt!«

»Mit Politik.«

»Ah«, machte er und dehnte dabei den Vokal. »Politik.«

»Sehen Sie, ich wusste es.« Enttäuscht verzog Magda den Mund. »Politik interessiert Sie herzlich wenig.«

»Nein, ganz im Gegenteil«, versicherte ihr Sackowitz sofort. »Das Thema interessiert mich sogar sehr.«

»Ach, das sagen Sie doch nur, weil Sie«, trotzig suchten ihre Lippen nach dem Strohhalm, »na ja, weil Sie mich rumkriegen möchten.«

»Wie können Sie das nur von mir denken? Hören Sie zu, ich beweise es Ihnen. Fragen Sie mich, was Sie wollen – und ich gebe Ihnen eine Antwort.«

»Sind Sie in Politik bewanderter als im Pferdesport?«

»Ganz sicher.«

»Dann verraten Sie mir, wer unser Regierender Bürgermeister ist.«

»Anton Heiland.«

»Na gut, das war aber auch einfach. Und wer ist Innensenator von Berlin?«

Sackowitz gab vor zu überlegen. »Dr. Frieder von Hirschfeldt.«

»Nicht schlecht, aber mal sehen, ob Sie auch diese Frage beantworten können: Wie viele Mitglieder hat das Berliner Abgeordnetenhaus?«

Er tat, als überschlage er einige Zahlen. »Mindestens einhundertdreißig«, sagte er dann. Der Anteil der über Listen gewählten Abgeordneten konnte sich durch Überhang- und Ausgleichsmandate erhöhen, aber das sparte er sich. Er wollte nicht zu dick auftragen.

Magda zog anerkennend und erstaunt die Augenbrauen

hoch. Ganz bestimmt lernte sie im *Café Verdun* nicht häufig Männer kennen, die sich für Politik interessierten. Vermutlich gab es überhaupt nur wenige Personen des anderen Geschlechts, die ihr Aufmerksamkeit schenkten. Magda war weiß Gott keine Schönheit.

Sackowitz spürte, dass er sie für sich gewinnen konnte. Er stand kurz vor seinem angepeilten Ziel. »Und woran ist Herr Schulze gestorben?«

Magda stutzte. Ihre Augen verengten sich fragend: »Woher wissen Sie, wie mein Chef hieß?«

12

»Sie haben sich seinen Ausweis nicht zeigen lassen?«

Kalkbrenners Frage versickerte ohne eine Antwort in der Stille des kleinen Aufenthaltsraumes. Der Geräuschpegel aus der Lobby war hier nur gedämpft zu vernehmen. Anders als den öffentlichen Bereich des *Adler* hatte man das Zimmer betont schmucklos eingerichtet: blasse Raufaser, klein gepunktetes Linoleum, dazu ein Metalltisch, drei Holzstühle und ein kleines Radio.

Der junge Mann am Tisch zupfte nervös an der fleckenlosen Uniform, die ihm am dürren Leib schlotterte. Er schwieg noch immer.

»Mensch, Herr Wuttke!« Dem Direktionsmanager Jakobs platzte der Kragen seines faltenfreien Hemdes. »Jetzt antworten Sie doch!«

Wuttke arbeitete seit drei Jahren an der Rezeption des *Adler*, meist übernahm er die Spätschicht. Obwohl er ausgebildeter Hotelfachmann war, hatte ihn keine Schulung auf den Anblick einer blutigen Leiche vorbereitet. Vor wenigen Minuten hatte er den Toten als jenen Peter Friedrichs identifiziert, dem er den Schlüssel zu Zimmer 245 ausgehändigt hatte, jetzt hing Wuttke bleich und schweigend auf seinem Stuhl und reagierte immerhin durch ein Nicken.

»Er wollte anonym bleiben«, brachte er dann heraus.

»Sie haben also vermutet, dass der angegebene Name falsch war?«, hakte Kalkbrenner nach.

Noch ein Kopfnicken.

»Und das war Ihnen egal?«

Sein Kopf sank auf die Brust. Stille.

»Wie viel hat er Ihnen dafür gezahlt?«

»500 Euro.« Wuttke mied den erbosten Blick seines Vorgesetzten.

»Aber Ihnen war doch klar, dass Sie damit gegen die Vorschriften Ihres Arbeitgebers verstoßen, oder etwa nicht?«

»Schon.«

»Und warum haben Sie's dann gemacht?«

»Ich bin geschieden, habe einen Sohn, und«, Wuttke stockte, »Friedrichs … also, ich meine, der Mann wollte nur ein bisschen ungestört sein.«

»Und das für 500 Euro? Das ist doch nicht Ihr Ernst?«

»Aber der Mann war in Ordnung.«

»Sie kannten ihn?«, horchte Kalkbrenner auf.

»Nein, ich habe ihn zum ersten Mal eingecheckt.«

»Dann ist er Ihnen schon früher bei einem Ihrer Kollegen aufgefallen?«

»Warum fragen Sie nicht die anderen, ob sie den Mann kennen?«

»Ich kann Sie beruhigen: Mein Kollege ist gerade dabei, genau das zu tun.«

Wie aufs Stichwort trat Berger ins Zimmer. Aus der benachbarten Küche folgte ihm der Duft von gebratenem Fleisch, der Kalkbrenners Magen in Aufruhr versetzte. Noch immer hatte er nichts gegessen. Berger deutete ein Kopfschütteln an.

»Herr Wuttke«, nahm Kalkbrenner erneut den Faden auf. »Wenn Sie den Mann vorher noch nie gesehen haben, woher wollen Sie dann so genau gewusst haben, dass er in Ordnung war?«

»Er war korrekt. Vornehm. Drückte sich gewählt aus.«

»Und deshalb dachten Sie: ›Okay, ich drücke ein Auge zu und gönne ihm ein Schäferstündchen‹?«

»Nun ja, solche Gäste haben wir öfter.«

»Sie geben also zu, dass Sie nicht zum ersten Mal gegen die …«

»Jetzt reißen Sie sich mal am Riemen!« Der Kopf des Direktionsmanagers färbte sich tomatenrot. »Wir sind doch kein …«

»Das weiß ich, Herr Jakobs, aber die Sache …«

»… wird sich nicht wiederholen, so viel ist sicher. Das wird Konsequenzen für Sie haben!«

Als hätte jemand einen Stöpsel gezogen, sackte Wuttke in sich zusammen. »Ich wollte damit doch nur sagen: *Solche* Gäste, die haben wir häufiger.« Nach einem kurzen Moment des Schweigens sprudelten die Worte nur so aus ihm heraus: »Sie wissen schon, Männer und Frauen, die sich … Also, was ich meine: Das sieht man den Paaren an, dass sie …«

»… gleich aufs Zimmer verschwinden, um ihre Ehepartner zu betrügen?« Kalkbrenner hatte den Satz beendet.

Wuttke wischte sich mit einem Stofftaschentuch die verschwitzte, bleiche Stirn ab. »Ja, genau. Also, wenn man länger im Hotelbetrieb arbeitet, dann sieht man es den Leuten tatsächlich irgendwann an. Vor allem den Männern. Die sind dann, ich weiß nicht, wie ich es sagen soll, eben irgendwie anders.«

»Aber heute war es das erste Mal, dass ein Mann darum gebeten hat, anonym zu bleiben?«

»Ja.«

»Ist Ihnen an dem Mann etwas aufgefallen?«

»Nein, das sagte ich doch schon.«

»Nein, das sagten Sie nicht. Sie sagten, er sei Ihnen korrekt und vornehm erschienen und habe sich gewählt ausgedrückt. Das ist etwas anderes. Aber darüber hinaus: War er in Begleitung? Ist ihm jemand gefolgt?«

»Nein, mir ist niemand aufgefallen. Aber in der Lobby herrscht immer ein ständiges Kommen und Gehen, da fällt es schwer, den Überblick zu bewahren.«

»Hatte er einen Koffer dabei? Oder eine Tasche?«

»Daran kann ich mich nicht erinnern.«

»Erinnern Sie sich daran, dass er keinen Koffer hatte? Oder können Sie sich generell nicht daran erinnern, weil es Ihnen schwerfällt, den Überblick zu behalten?«

Es dauerte einige Sekunden, bevor das Gesagte bei Wuttke ankam. Dann flüsterte er: »Er hatte keine Tasche dabei.«

»Und das kam Ihnen nicht merkwürdig vor?«

»Das ist nicht weiter ungewöhnlich.«

»Also, jemand, der sich im Hotel zu einem Schäferstündchen mit einer netten Dame trifft, der sollte meines Erachtens wenigstens sein Aftershave oder Deodorant griffbereit haben. Schließlich wird er nicht wollen, dass die Gattin daheim am nächsten Morgen etwas riecht.«

Wuttke schaute auf. »Ach, machen Sie das so?«

»Ich glaube nicht, dass das hier von Interesse ist.«

Wuttke lächelte matt. »Er hätte seine Tasche auch erst mal im Auto lassen können, um sie später zu holen. Auch das ist nicht selten.«

Die kurze Pause, die nun folgte, nahm der Hotelchef zum Anlass für eine weitere Beschwerde. »Sagen Sie, ist es notwendig, dass Sie unsere Gäste noch länger …«

»Herr Jakobs, ich kann die Verwirrung Ihrer Gäste wirklich gut verstehen«, schnitt Kalkbrenner ihm das Wort ab.

»Verwirrung? Das dürfte die Situation wohl kaum treffend beschreiben. Viele unserer Gäste haben inzwischen ihre Züge verpasst. Andere können nicht mehr den gebuchten Flug erreichen. Sie sind wütend, und dazu haben sie auch allen Grund, meinen Sie nicht auch?«

»Es tut mir wirklich leid, aber zum gegenwärtigen Zeitpunkt lässt sich eine Vernehmung aller Hotelgäste nicht vermeiden.«

»Aller Hotelgäste? Aber wie stellen Sie sich das vor? Es ist Urlaubszeit. Wissen Sie, was hier los ist? Nahezu alle zweihundert Zimmer sind belegt.«

»Das klingt nach vielen Leuten, die …«

»Und ob!«

»… durchaus etwas beobachtet haben könnten, das ihnen vor einer Stunde nichtig erschien, sich bei der Beantwortung einiger Fragen aber vielleicht als wichtiger Hinweis entpuppt. Wir sind auf jeden einzelnen Augenzeugenbericht, jede noch so unscheinbare Beobachtung angewiesen. Und ich glaube, die Gäste des *Adler* werden …«

»Hotel *Adler Kemper*«, korrigierte ihn Jakobs gereizt.

»Wie bitte?«

»Hotel *Adler Kemper*, so viel Zeit muss sein. Das ist der korrekte Name unseres Hauses.« Obwohl es perfekt saß, rückte er sein makelloses Jackett zurecht. »Also, was meinen Sie, wie lange werden Sie brauchen?«

»Wenn wir keine Zeit mehr mit der Diskussion über korrekte Namen verschwenden, sollten Ihre Gäste schon bald wieder ihren Aufenthalt genießen können.«

Düpiert schnappte der Direktionsmanager nach Luft, während Kalkbrenner bereits den Raum verließ.

»Du bist unmöglich«, zischte Berger hinter ihm.

»Mir ist, als hätte ich so was Ähnliches heute schon mal gehört.«

»Vielleicht ist ja was Wahres dran?«

»Vielleicht liegt's auch einfach nur daran, dass ich tierischen Knast habe.«

13

»Schto s wami?«, fragte der russische Junge mit der Kappe, der ihnen vorhin am Bahnhof entwischt war.

»Er fragt, was mit uns los ist«, übersetzte Florim.

»Wir haben uns verlaufen«, antwortete Tabori.

»My sabludilis«, erklärte Florim, während sich vier weitere Jugendliche im Halbkreis um sie herum formierten. Die Russen waren größer als sie und auch viel besser gekleidet. Unter ihren Lederjacken leuchteten die Embleme grüner Nike-Shirts, am Hals trugen sie dicke Goldketten.

Der Junge mit der Kappe hielt ein Mobiltelefon in der Hand. Aus dem kleinen Lautsprecher klang blecherner, aggressiver Hip-Hop von Eminem. *Time for me to just stand up, and travel new land.* »Kuda vy chatitje?«

»Na woksal!«, erwiderte Florim.

»Vy spraschiwali u ljudjei darogy?«

»Ani nas nje panimajut.«

»Worüber sprecht ihr?«, wollte Tabori wissen.

»Ich habe ihnen gesagt, dass wir zum Bahnhof wollen. Und dass die Leute hier uns nicht verstehen.«

Dick vermummt stapften die Passanten an ihnen vorbei. In Tüten und Taschen schleppten sie ihre Einkäufe, nur um wenige Meter weiter die nächsten Läden aufzusuchen, wo es noch mehr Jacken, Hosen oder Schuhe gab. Tabori hatte nicht einmal Handschuhe in seinem Rucksack, die ihn vor der Kälte hätten schützen können. »Ja, das stimmt, die Leute hier sind so«, er überlegte, fand aber nicht das richtige Wort, »so komisch.«

»Soll ich ihnen«, er machte eine Kopfbewegung, »das etwa sagen?«

»Nein, natürlich nicht. Frag sie lieber, ob sie uns zum Bahnhof bringen können.«

»Ty moshesch nas provesti na woksal?«

Der Junge mit der Kappe winkte ihnen, ihm zu folgen. »Paschlij!«

Er führte sie in eine Seitenstraße nach links, und die anderen Jugendlichen schlossen sich ihnen schweigend an. Ihre Goldketten klimperten im Takt ihrer Schritte. Aus dem Handy plärrte ein weiterer Song des Skandal-Rappers. *Time for me to just take matters into my own hands.* Links ging eine weitere enge Straße ab.

Tabori hätte schwören können, dass der Bahnhof rechts von ihnen lag, in der anderen Richtung. »Wohin gehen wir?«

»Zum Bahnhof«, sagte Florim. »Wohin denn sonst?«

»Bist du sicher, dass er uns dorthin bringt?«

»Wenn du es nicht glaubst, dann frag ihn doch!«

»Aber ich kann doch kein Russisch.«

Schweigend marschierten sie eine mehrspurige Straße entlang, an deren beiden Seiten Leuchtreklamen mit seltsamen Schriftzeichen für Restaurants warben. An nichts davon konnte Tabori sich vom Nachmittag erinnern, aber vielleicht bildete er sich ja auch nur ein, dass sie in die falsche Richtung gingen. Schließlich kannte er sich in Berlin nicht aus. Wenn sie zurück zum Bahnhof wollten, mussten sie den Jungen vertrauen. Sie hatten keine andere Wahl.

»Wie heißt er?«, erkundigte sich Tabori.

»Kak tjebja sawut?«, gab Florim die Frage weiter.

»Miro. A was?«

»Meja sawut Florim, a eto Tabori.«

Sie kreuzten eine Allee, deren Fahrbahnen im Sommer wohl von bunten Blumenrabatten geteilt wurden. Jetzt besaßen die Pflanzen weder Blüten noch Blätter, und der Mutterboden war gefroren. Tabori bewunderte stumm die Klamotten, die Miro anhatte. Über seinem grünen Shirt trug er eine dicke Lederjacke mit Fellkragen. Sie sah neu und verdammt teuer aus. »Sind die schon lange in Berlin?«

»Weiß ich doch nicht«, sagte Florim.

»Dann frag sie halt!«

»Ky ushe dawno u Berlinje?«

»Da.«

»Kennen die Ryon, meinen Cousin?«

»Das willst du wissen?« Florim schnaufte. »Vy snajete Riona, jewo dwajurodnowo brata?«

»A schto s njim?«

»On toshe u Berlinje. Ky jewo vidjeli?«

»Moshet. A moshet ji njet.« Miro hielt an einer roten Fußgängerampel. »Ja jewo nje nomnju. Snajesch, gorod balschoji. Sdjes kowo-to vstretitj, byla by djeistvitelno udatscha.«

Florim übersetzte: »Miro sagt, dass er ihn vielleicht gesehen hat, vielleicht aber auch nicht. Er kann sich nicht erinnern. Die Stadt ist groß. Wäre auch wirklich ein Wunder, wenn man sich hier trifft.«

»Aber so ganz abwegig ist das nicht«, meinte Tabori. »Miro haben wir ja auch schon mal gesehen.«

»My tjebja toshe ushe vas vidjeli.«[1]

»Da? A gdje?«[2]

»Tagda wosle woksala, kak tolko schto my prijechali.«[3]

Die Ampel wechselte auf Grün, aber Miro bewegte sich nicht.

»Vy tolko schto prijechali?«

»Da.«

»I vy waobstsche nje chatitje ujesshatj?«

»Njet.«

»Tagda schto she vy chatitje na woksalje?«

»Was ist los?«, fragte Tabori. »Warum gehen wir nicht weiter?«

1 Wir haben dich auch schon mal gesehen.

2 Ja? Wo?

3 Vorhin beim Bahnhof. Als wir angekommen sind.

»Miro hat die ganze Zeit gedacht, wir würden wegfahren wollen«, erläuterte Florim. »Ich habe ihm erzählt, dass wir gerade erst angekommen sind. Jetzt will er wissen, was wir beim Bahnhof wollen.« Zu Miro gewandt sagte er: »Nam nushni djengi u …«, die Jugendlichen begannen zu tuscheln, was Florim verunsicherte, »… tjonloje … mestetschko.«

Auch Tabori entging die Veränderung nicht, die sich in der Gruppe vollzog. »Was hast du gesagt?«

»Dass wir beim Bahnhof Geld verdienen wollen. Und eine warme Unterkunft suchen.«

»Und?«

Bevor Florim antworten konnte, ließ sich Miro vernehmen: »I eto vy chatitje sarabotatj na woksalje.«

»Da, tam«, sagte Florim.

Kumpelhaft legte ihm der junge Russe einen Arm um die Schultern. »Tagda, ja chatschu wam adnu tajny vydatj.«

»Ey, Tabori, er will uns verraten, wie wir Geld verdienen können.«

»Wirklich?« Er spitzte erwartungsvoll die Ohren.

Plötzlich schnürte Miros Arm Florim die Kehle zu. Florim rang nach Luft und bemühte sich vergeblich, aus dem Würgegriff zu entkommen. Miro boxte ihm in den Magen. »Eto naschi tipy.« Dann stieß er Florim zu Boden. Die Jugendlichen scharten sich grinsend um ihn. »Vy k njim nje prikosnaitjes.«

»Florim, was ist los?«, fragte Tabori entsetzt.

»Pass auf!«, keuchte sein Freund.

Schon drosch Miros Faust auf Tabori ein. Der Hieb streckte ihn sofort nieder. Als Tabori sich wieder aufrichten wollte, sah er eine Schuhspitze auf sich zurasen. Reflexartig warf er sich zur Seite. Der Tritt verfehlte ihn, und Tabori sprang vom Gehsteig auf.

Auch Florim hatte sich hochgekämpft. »Lauf weg!«

Gemeinsam sprinteten sie auf die Straße. Scheinwerfer

blendeten auf, Hupen röhrten, Autoreifen quietschten. Nur wenige Zentimeter vor Taboris Hüfte kam ein Wagen zum Stehen. Das Fenster wurde hinuntergekurbelt, der Fahrer tobte.

»Wohin?«, rief Tabori verzweifelt.

»Egal, aber weg hier! Bloß weg hier!«

Die beiden Jungs türmten in die erstbeste Straße, nahmen dann die nächste Quergasse und hasteten weiter. Blindlings rannten sie durch die frostige Nacht. Der kalte, scharfe Wind zerschnitt ihnen die Gesichter und Hände, doch der Schmerz war vergessen, als Tabori den Laden erkannte, in dem man die lachende Schatulle und die glühende Gummischlange kaufen konnte. In diesem Moment war er einfach nur froh, den unnützen Plunder wiederzusehen.

Wie durch ein Wunder fanden sie zum Bahnhof zurück. In der warmen Halle warfen sie ihre Rucksäcke ab, lehnten sich erschöpft an ein Schaufenster und ließen sich dann langsam zu Boden sinken.

Tabori befühlte die Wunde an seiner Wange. »Warum hat Miro uns zusammengeschlagen?«

Florim hielt sich den Magen. »Weiß ich nicht.«

»Aber er hat doch was gesagt, oder?«

»Ja, er sagte: ›Das sind unsere Typen. Ihr lasst die Finger davon.‹«

»Aber was hat er damit gemeint? Warum hat er …?« Dunkle Schatten, die sich über sie beugten, brachten Tabori abrupt zum Verstummen.

14

Kalkbrenner hatte erst ein Drittel der Currywurst verzehrt, als sein Handy klingelte. »Ja?«

»Wo bist du?«, fragte Berger.

Kalkbrenner pikte mit der Holzgabel eine Wurstscheibe auf. »Im Imbiss, warum?«

»Wie, noch nicht auf dem Rückweg?«

»Nein«, schmatzte Kalkbrenner genüsslich. Dazu plärrte aus einem Lautsprecher über der Imbisstheke Bob Marleys *Get Up, Stand Up*.

»Ein Hotelgast hat den Toten erkannt«, berichtete Berger. »Dessen Mutter war eine entfernte Bekannte. Die beiden waren«, er blätterte sich durch raschelnde Papiere, »zusammen auf dem Gymnasium. Das war vor einundzwanzig Jahren, als sie …«

»Gut und schön, Sebastian, aber das kannst du dir schenken. Wer ist der Tote?«

»Der Tote heißt«, erneut wühlte er in den Unterlagen, »ah, hier hab ich es: Rudolph Fielmeister. Kennst du ihn?«

»Nee.«

»Wahrscheinlich löffelst du gerade eine seiner Suppen aus.«

»Nein, das tu ich nicht. Ich versuche, eine Currywurst zu essen.«

»Paul, jetzt reg dich nicht so auf, ich kann nichts dafür, dass du …«

»Ja, ja, schon gut.« Kalkbrenner spülte die Currysauce mit einem Schluck süßer Club Cola hinunter. »Also, schieß los. Wer ist dieser Fielmeister?«

»Er ist Lebensmittelproduzent. Seiner Herstellung entstammen Fertiggerichte, Konserven, Suppen. Von denen gibt's sogar eine Fernsehwerbung: Fielmeisters Beste.« Er summte eine Werbemelodie. »Die Firma hat ihren Sitz in, ja, richtig, in Potsdam. Ich glaube, ich bin an dem Gebäude sogar schon mal vorbeigefahren. Er hat … Warte!«

Kalkbrenner nutzte die Pause für ein weiteres Stück Currywurst. Ein kaltes Stück. Verärgert schob er das Schälchen beiseite.

»Also, er ist …« Offenbar hatte Berger wieder einmal die

Kontrolle über seine Notizen verloren. »Moment, ich finde es gleich. Sera, hast du den …?«

»Und eenmal Fritten.« Der Imbissbudenbetreiber stellte eine Schale Pommes rot-weiß auf die Theke. In der weißen Schürze, die sich um seinen voluminösen Leib spannte, wirkte er wie sein bester Kunde. Seine Wurstfinger mühten sich mit den kleinen Tasten der Kasse ab. Mit Klingeln und Rattern sprang die Schublade letztendlich doch auf. »Macht vier fuffzich«, sagte er erleichtert.

»Mein Gott, was geht denn bei dir ab?«, wunderte sich Berger.

»Das Gleiche könnte ich dich fragen.«

»Wieso das denn?«

»Ach, vergiss es. Ich bin schon auf dem Weg!« Kalkbrenner kappte das Gespräch, bezahlte und schnappte sich die Fritten. Bis zum *Adler* hatte er die Hälfte in sich hineingeschaufelt. *Es ist doch immer das Gleiche.* Den Rest wollte er gerade in einen Mülleimer schleudern, als ihn ein verwahrlost aussehender Mann aus der Menge der Schaulustigen ansprach: »Ey, wasn dis? Wolln Se die Fritten nich'?«

»Wollen schon! Aber können kann ich nicht.« Kalkbrenner drückte ihm die Pommes in die Hand und bückte sich unter der Absperrung hindurch. Er hatte den Hotelvorplatz kaum überquert, als er seinen Namen hörte. Als er sich umsah, konnte er in der Menge jedoch kein bekanntes Gesicht entdecken. Wahrscheinlich hatte er sich verhört.

»Wo sind meine beiden Kollegen?«, fragte er Gesing in der Hotellobby.

»Ich soll Ihnen ausrichten, dass sie an der Bar sitzen.«

»An der Bar? Na toll, und ich muss Club Cola trinken.«

»Wie bitte?«

»Nichts. Wo finde ich die Bar?«

»Warten Sie, ich begleite Sie.«

Gesing brachte Kalkbrenner zur *Adler*-Bar, wo Muth und

Berger sich an Fruchtsäften gütlich taten. »Möchtest du auch einen?«, bot sein Kollege an.

»Nein danke, nicht im Dienst.«

Berger runzelte verständnislos die Stirn.

Kalkbrenner sah die Kriminalkommissarin an. »Und, Sera, wer ist der Tote?«

»Rudolph Fielmeister«, informierte ihn Muth. »Gemeinsam mit Marten Peglar, seinem Stiefbruder mütterlicherseits, obliegt ihm die Geschäftsführung der gleichnamigen Firma. Sie wurde 1906 von seinem Großvater gegründet und später von seinem Vater fortgeführt. Fielmeisters Mutter war Sopranistin an der Oper, und auch der Junior hat sich um die Kultur verdient gemacht. Er war Mitglied in einigen Berliner Vereinen, sponserte Kunstaktionen. Wahrscheinlich lag das Künstlerische in der Familie. Er war dreiundvierzig Jahre alt, verheiratet mit Carla Fielmeister, die ein Modelabel führt, hatte mit ihr zusammen zwei Töchter.«

»Die Familie wohnt in einem Apartment im Beisheim-Center«, fügte Gesing hinzu.

»Das ist ja hier am Potsdamer Platz«, staunte Kalkbrenner.

»Stimmt genau«, sagte Berger, »direkt um die Ecke vom *Kemper Adler* …«

»Adler Kemper«, berichtigte ihn sein Kollege.

Berger schleuderte ihm einen verärgerten Blick zu.

»Die räumliche Nähe zur Familie wäre für einen Seitensprung aber ziemlich gewagt.«

»Warum das denn?«, entgegnete Berger spitz. »Machst du das etwa nicht so?«

Jetzt war es an Kalkbrenner zu grollen.

Muth schaute irritiert die stichelnden Beamten an, dann räusperte sie sich, um sich Gehör zu verschaffen. »Vielleicht musste Fielmeister ja zu Hause ausziehen?«

»Angenommen, es wäre so, warum hat er dann einen falschen Namen benutzt?«, zweifelte Berger.

»Wir sollten erst einmal hören, was seine Gattin uns zu sagen hat.« Kalkbrenner wandte sich zum Ausgang.

»Ich komme mit«, verkündete Berger. Für Sekunden trafen sich ihre Blicke. »Oder hast du was dagegen?«

»Was sollte ich schon dagegen haben?«

Noch ehe sein Kollege antworten konnte, war Kalkbrenner auch schon in der Lobby.

15

Sackowitz biss sich auf die Zunge. »Woher ich weiß, wie Ihr Chef hieß? Äh, Sie haben ihn doch vorhin erwähnt.«

Magda rührte in ihrem Cocktail herum, als wollte sie im Glas einen Orkan erzeugen. »Habe ich das?«

»Selbstverständlich.« Sackowitz mahnte sich zur Vorsicht. *Jetzt nur nicht nachlässig werden.* »Sie haben vorhin erzählt, Ihr Chef sei gestorben. Seit dem Tod von Herrn Schulze wären Sie ohne Arbeit.«

Es war Magda anzusehen, dass sie nachdachte. Sackowitz schickte ein Stoßgebet zum Himmel. Hoffentlich trübte der Alkohol ihr Erinnerungsvermögen. Schließlich zuckte sie mit den Schultern und meinte: »Na ja, das ist sowieso schon etwas länger her und eigentlich auch egal.«

Das ist es nicht. Aber Sackowitz behielt diesen Gedanken für sich. *Hüte dich davor, sie zu bedrängen.* Stattdessen verfluchte er sich, seinen Versprecher und das Handy gleich mit dazu, das gerade zu klingeln begann.

»Sie sehen aber nicht glücklich aus«, stellte Magda fest.

»Das ist die Arbeit.«

»Um diese Zeit?«

»Mein Chef kennt keinen Feierabend.« Sackowitz nahm den Anruf an. »Stan, es ist schon spät.«

»Was ist?«, fragte Stanislaw Bodkema.

»Ich sagte, ich kann jetzt nicht.«

»Mensch, Hardy, was ist denn das für eine grausige Musik im Hintergrund? Wo steckst du überhaupt?«

Die Tanzkapelle interpretierte in diesen Minuten Andy Borg. *Doch heut Nacht wird alles anders, alles, alles anders.*

»Ich sitze im … in einem Café.«

»Dann bezahl mal schnellstens deine Rechnung und … Moment mal! Treibst du dich schon wieder im *Verdun* rum? Bist du noch immer hinter dieser Magda Michels her?«

Verstohlen äugte Sackowitz nach rechts, aber seine Sorge war unbegründet. Der Geräuschpegel war zu hoch, als dass Magda Michels seinen Gesprächspartner hätte verstehen können. »Pass auf, Stan, das können wir gerne alles morgen in Ruhe besprechen.«

»Nein, Hardy, nicht morgen, heute. Besser gesagt: jetzt. Ein für alle Mal: Du lässt sofort Frau Michels in Frieden! Ich möchte, dass du zum Hotel *Adler* fährst. Und zwar gestern!«

»Was soll ich denn da?«

»Wie bitte? Du musst lauter sprechen.«

»Ich habe gefragt, welchen Job du für mich hast?«

»Es gab einen Mord. Vor wenigen Minuten habe ich den Hinweis bekommen, dass das Opfer Rudolph Fielmeister sei. Du weißt schon, der Suppenkönig von Fielmeisters Beste. Überprüfe, ob an der Info was dran ist und, falls das der Fall ist, ob es sich um einen Raubmord handelt. Ich meine, was hatte Fielmeister im *Adler* zu suchen? Er wohnt ja nur zwei Straßen weiter. Wir halten für deinen Artikel einen Kasten in der morgigen Ausgabe frei.«

»Für morgen? Aber das bedeutet ja, dass ich noch heute Nacht … Stan?« Doch Bodkema hatte bereits aufgelegt.

»Sie müssen gehen?«, fragte Magda.

»Ja, die Pflicht ruft.«

»Sie haben mir noch gar nicht erzählt, was Sie beruflich machen.«

Sackowitz gestikulierte abfällig. »Ich befürchte, dass Sie das nicht im Geringsten interessiert.«

»Noch schlimmer als Politik?«

Er zückte seine Geldbörse. »Ganz bestimmt.«

Magda winkte ab. »Lassen Sie das. Die Rechnung übernehme ich.«

»Aber das ...«

»... ist der Ball Paradox, haben Sie das vergessen?« Sie zwinkerte und steckte ihm einen Zettel zu. »Rufen Sie mich die Tage doch mal an.«

Mit allem hatte Sackowitz nach der ihm unterlaufenen Panne gerechnet, aber nicht damit, vor allem aber nicht so schnell. Alles erschien plötzlich so einfach. Er brauchte Magda nur anrufen, morgen oder übermorgen, sich mit ihr zum Kaffee verabreden, sie wiedersehen, ungezwungen mit ihr plaudern, vertrauter miteinander werden und ... *Du lässt sofort Frau Michels in Frieden!* Lächelnd faltete er das Papier zusammen, schob es zu seinem Handy in die Hosentasche und winkte ihr kurz zum Abschied zu.

Seinen Wagen hatte er in einer Seitenstraße der Bismarckstraße geparkt. In dem betagten Polo herrschte klirrende Kälte, die Frontscheibe war sogar von innen zugefroren. Sackowitz schabte das Eis vom Glas und drehte die Heizung voll auf. Aber auch nach fünf Minuten, als er bereits Richtung Mitte steuerte, entwich den Luftschlitzen nur ein lauwarmer Hauch. Leider funktionierte auch das Radio nicht mehr einwandfrei, nachdem Rabauken vor Wochen nachts die Autoantenne abgeknickt hatten. Jetzt dröhnte nur noch ein statisches Rauschen aus den Lautsprechern, das ab und an von einigen Fetzen deutscher Schlagermusik unterbrochen wurde. *Doch heut Nacht wird alles anders, alles, alles anders.* Es war wirklich höchste Zeit, die alte Rostlaube zu verschrotten, aber einen Neuwagen konnte er sich nicht leisten. Um ehrlich zu sein, noch nicht einmal einen Gebrauchtwagen.

Sackowitz überlegte, einen Abstecher nach Friedrichshain zu machen, um für den Rest des Tages – oder eher der Nacht – in bequemere Klamotten zu schlüpfen, aber das wäre nicht nur ein Umweg gewesen, er verspürte auch wenig Lust auf den Anblick seiner tristen Zweiraumwohnung.

Unter den Linden stellte er den Polo ab und bahnte sich einen Weg durch die schaulustige Menge, die schon von Weitem am Brandenburger Tor zu sehen gewesen war. Hinter einem Absperrband hielt ein Schutzpolizist die Stellung.

»Was ist denn im Hotel passiert?«, fragte Sackowitz.

»Tut mir leid, ich kann Ihnen keine Auskünfte geben.«

Vor dem Hotel *Adler* entdeckte Sackowitz die Wagen der Spurensicherung. »Jemand ist ermordet worden, richtig?«

»Ich sagte doch schon, dass …«

»Und wen hat es erwischt?«

»Sagen Sie mal, wer sind Sie eigentlich?«

Er fischte seinen Presseausweis aus der Jackentasche. »Sackowitz, Reporter beim *Berliner Kurier*.«

»Aha«, brummte der Polizist unbeeindruckt.

»Können Sie mir jetzt sagen, was geschehen ist?«

»Nein.«

»Können Sie vielleicht jemanden holen, der mir etwas sagen kann?«

»Nein.«

»Dann darf ich hier mal durch?«

»Nein.«

»Sie haben wirklich einen Sprung«, attestierte Sackowitz dem Schutzpolizisten.

»Wie bitte?«

»Ich meine, einen Sprung in der Schallplatte.« Ein Stück

weiter in der Menge machte Sackowitz plötzlich eine vertraute Person aus. »Herr Kalkbrenner!«, rief er laut.

Der Kommissar beglückte gerade einen Penner mit einem halb vollen Schälchen Fritten, Sackowitz' Ruf hatte er jedoch nicht vernommen.

»Herr Kalkbrenner!«, versuchte es Sackowitz erneut und zwängte sich an den Leuten vorbei. »Jetzt machen Sie doch mal Platz.«

»Mach halt selber Platz!« Jemand verpasste ihm einen Schubs. Sackowitz geriet ins Stolpern und knallte mit den Knien voran auf den Bürgersteig. Ein schadenfrohes Kichern erhob sich aus der Menge.

»Sehr witzig!« Der Journalist rappelte sich unter Ausstoß von Flüchen auf, dann hielt er erneut Ausschau nach dem Kommissar, der gerade im Hoteleingang verschwand.

»Und Sie haben ein Loch.« Der Schutzpolizist grinste breit.

»Hä?«

»Ein Loch in der Hose.«

Verdammt! Bei dem Sturz hatte der Stoff seiner Hose einen Riss bekommen. *Ausgerechnet die teure Hose.* Wütend ging Sackowitz auf den Beamten zu. »Könnten Sie den Kommissar bitte mal rufen?«

»Welchen Kommissar?«

»Herrn Kalkbrenner. Er ist gerade in das Hotel gegangen. Ich kenne ihn.«

»Tut mir leid, aber ich darf meinen Posten nicht verlassen.«

»Dann schicken Sie eben einen Kollegen.«

»Ich glaube auch nicht, dass der Kommissar in dieser Situation Zeit für Sie hat.«

»Es ist aber wichtig«, sagte Sackowitz. »Ich bin von der Presse.«

»Genau deshalb!«

»Ich werde mich über Sie beschweren.«

Der Schutzpolizist nickte. »Das sei Ihnen gestattet.«

Missmutig kehrte Sackowitz zu seinem Polo zurück und überlegte, wie er unter diesen Voraussetzungen etwas über den Mord im *Adler* in Erfahrung bringen konnte.

16

Kalkbrenner ging die wenigen Meter zu Fuß zum Beisheim-Center. Bewusst im Art-déco-Stil der zwanziger Jahre errichtet, bildeten die beiden Hochhäuser einen wohltemperierten Akzent in der ansonsten leblos-kalten Beton-Stahl-und-Glas-Wüste am Potsdamer Platz. Zu Kalkbrenners positiver Überraschung lagen die Apartments auch nicht zur viel befahrenen Leipziger Straße hinaus, sondern mit Blick auf den normalerweise grünen, jetzt aber eher kahlen Tiergarten. Über den Baumwipfeln schimmerte die Goldelse der Siegessäule herüber. Sicherlich trug auch dieses Panorama zu den exorbitant hohen Mietpreisen der Wohnungen in dem Prestigebau bei.

Vor dessen Eingang wartete der fußmüde Berger bereits im Auto. Gemeinsam betraten sie die Lobby, wo hinter einem breiten Glastresen mit Monitoren und Telefon ein Mann in grüner, goldbestickter Portiersuniform wachte. Ein Schild wies ihn als *Doorman* aus. Als die beiden Beamten auf ihn zuschritten, nahm er Haltung an. Berger mit seinem zerknitterten Anzug und Kalkbrenner in Jeans und Mantel – das war nicht unbedingt die Klientel, die üblicherweise im Beisheim-Center verkehrte.

Die Hand des Doormans zuckte verdächtig vor, wahrscheinlich zu einem Alarmknopf, als sich die beiden Ermittler näherten. In weiser Voraussicht hob Kalkbrenner seinen Dienstausweis. »Kriminalpolizei, guten Abend.«

Der Portier studierte den Ausweis eingehend, bevor er auch die beiden Besucher einer eingehenden Prüfung unterzog.

»Wir würden gerne zu Frau Carla Fielmeister«, teilte Berger mit. »Sie wohnt doch hier, oder?«

»Ja, das ist richtig.«

»Wissen Sie, ob sie zu Hause ist?«

»Sind Sie mit ihr verabredet?«

Kalkbrenner verneinte. »Trotzdem möchten wir gerne mit ihr sprechen, wenn es möglich wäre. Es ist dringend.«

»Worum geht es denn?«

»Darüber werden wir mit ihr persönlich reden.«

»Aber sie wird wissen wollen, warum ...«

Kalkbrenner beugte sich mit einem Ruck vor. »Dann werden wir es ihr auch sagen. Wir. Nicht Sie.«

»Einen Augenblick, bitte.« Eingeschnappt griff der Portier zu seinem Telefon und unterhielt sich flüsternd mit jemandem am anderen Ende der Leitung. Kurz darauf deutete er mit unbewegter Miene zum Fahrstuhl. »Fünfte Etage.«

Der Aufzug war ein Kunstwerk aus verschachtelten Spiegeln und indirekter Beleuchtung und selbst im Winter so sauber, dass weder Staub noch Dreck auf den Fliesen auszumachen waren.

»Ob damit überhaupt jemand fährt?«, argwöhnte Berger.

»Im Moment schon.«

Bergers Schuhsohlen hinterließen auf dem blitzenden Boden einige knirschende Körner Streusalz. »Ist mir fast schon peinlich.«

»Ach, mach dir nichts draus. Gleich wird sowieso eine Putzfrau einsteigen, die hinter uns herwischt.«

»Jetzt scherzt du aber, oder?«

»Und vergiss nicht, ihr 50 Cent zu geben.«

Die Fahrstuhltüren glitten lautlos auseinander, und vor ihnen breitete sich ein langer, von dezenten Neonlampen beleuchteter Korridor aus. Von einer Putzfrau war weit und breit nichts zu sehen, dafür erwartete sie in der zweiten Tür rechts eine Frau, auf deren Arm ein Kind herumalberte.

»Frau Fielmeister?«

»Nein, ich bin eine Freundin. Aber bitte, kommen Sie doch herein. Frau Fielmeister wird gleich Zeit für Sie haben.«

Das Wohnzimmer besaß enorme Ausmaße. Es war mindestens zweimal so groß wie Kalkbrenners gesamte Altbauwohnung, zudem war es mit senffarbener Ledercouch, furnierten Holztischen und einer offenen Küche äußerst geschmackvoll eingerichtet. Jedes Möbelstück wirkte exklusiv für die Stelle geschaffen, an der es stand. Noch mehr Reichtum aber strahlten die Skulpturen auf dem Regal und die Bilder an den Wänden aus. Kalkbrenner war zwar kein Kunstkenner – seine Tochter Jessy hingegen hätte sicherlich auf Anhieb Bescheid gewusst –, aber er hatte keine Zweifel daran, dass die Objekte enorm wertvoll waren.

Carla Fielmeister betrat das Zimmer. Kalkbrenner schätzte sie auf dreiunddreißig, vierunddreißig. Ihr Haar war lang und blond, die Haut von sanfter, unaufdringlicher Bräune. Die Goldkette, die sie um den Hals trug, passte zum beigefarbenen Kaschmirpullover und der blauen Jeans. »Entschuldigen Sie, dass ich Sie habe warten lassen. Ich habe gerade meine jüngste Tochter ins Bett gebracht. Sie sind von der Polizei?«

»Bolisei«, echote das Kind auf dem Arm der Freundin. Daraufhin setzte die Frau das Mädchen auf dem Langflorteppich ab, der einen Großteil des Bodens bedeckte. »Bolisei, Bolisei«, brabbelte die Kleine munter, während sie mit ihrer Barbie spielte.

»Geht es wieder um den Einbruch in die Firma? Ich habe Ihren Kollegen doch vorhin schon mitgeteilt, dass ich dazu nichts sagen kann. Sie müssen sich gedulden, bis mein Mann und sein Bruder morgen Mittag aus Amsterdam zurückkommen.«

»Bolisei, Bolisei«, kicherte das Mädchen. »Tatütata.« Carla Fielmeister strich der Kleinen durchs Haar. »Laura, bitte, sei kurz still. Mama möchte sich unterhalten, ja?«

Laura wackelte unwillig mit dem Kopf und nestelte an der Hose ihrer Mutter herum, bis die sie auf den Arm nahm.

»Ihr Mann ist mit seinem Bruder in Amsterdam?«, fragte Kalkbrenner nach.

»Ja, geschäftlich. Seit etwa drei Stunden. Aber das sagte ich …«

»Und die beiden sind zusammen geflogen?«

»Ja, eigentlich schon.« Laura umschlang den Hals ihrer Mutter, zupfte an der Goldkette und drückte ihr Gesicht ins blonde Haar. »Marten, also der Bruder meines Mannes, Herr Peglar, rief vorher noch bei uns an und wollte wissen, ob mein Mann schon auf dem Weg nach Tegel sei. Das war kurz vor neunzehn Uhr, er war wohl ein bisschen spät dran. Aber mein Mann hätte mich bestimmt angerufen, wenn sein Bruder es nicht mehr zum Flughafen geschafft hätte.«

»Wann haben Sie Ihren Mann zum letzten Mal gesprochen?«

»Kurz vor dem Abflug. Das muss gegen halb acht gewesen sein.«

»Hat Ihr Mann während des Telefonats irgendetwas Ungewöhnliches gesagt? Etwas, das Ihnen merkwürdig vorkam?«

»Nein, warum sollte er?« Verunsicherung flackerte in Carla Fielmeisters Augen auf. »Er sagte nur, ich solle die Kinder ganz lieb grüßen.«

»Hat er Sie vom Flughafen aus angerufen?«

»Ich denke schon, aber explizit gesagt hat er es nicht.«

»Sie wissen es also nicht«, stellte Berger fest.

Sie sah ihn verwirrt an.

»Haben Sie eine Ahnung, in welchem Hotel Ihr Mann in Amsterdam übernachtet?«

»Normalerweise im *Barbizon Palace.* Aber wenn Sie es genau wissen möchten, sollten Sie mit seiner Sekretärin sprechen, mit Frau Vissermann.«

»Sie können uns also nicht sagen, in welchem Hotel sich Ihr Mann aufhält?«

»Haben Sie eine Vorstellung davon, wie viele Geschäftsreisen mein Mann im Jahr unternimmt? In wie vielen Hotels er dabei übernachtet? Wenn ich mir das alles merken würde … Aber sagen Sie mal: Was hat das überhaupt mit dem Einbruch zu tun?«

Obwohl die Frage zu erwarten gewesen war, machte der bisherige Gesprächsverlauf Kalkbrenner die Antwort nicht einfacher. »Es tut mir leid, Ihnen das sagen zu müssen, Frau Fielmeister, aber – wir sind nicht wegen des Einbruchs hier.«

Plötzlich spiegelte sich Sorge auf dem Gesicht der jungen Frau wider. Auch ihre Tochter spürte den Stimmungswechsel. Ängstlich schaute sie ihre Mutter an, die flüsterte: »Was ist passiert?«

»Können wir Sie einen Augenblick alleine sprechen?«

Carla Fielmeister übergab das Mädchen vorsichtig ihrer Freundin. »Gehst du mit Laura nach nebenan?«

Die Frau brachte die Kleine ins Nebenzimmer. Bevor sich die Tür hinter ihnen schloss, warf Laura ihrer Mutter noch einen erneuten bangen Blick zu. Ob sie etwas ahnte?

Mit ausdrucksloser Miene stand Carla Fielmeister vor den beiden Beamten. Hinter dem raumhohen Fenster in ihrem Rücken breitete sich das faszinierende Panorama des Potsdamer Platzes aus. Von hier oben hatte die Hochhausansammlung durchaus ihren Reiz, und Kalkbrenner begann zu verstehen, warum man hier wohnen wollte. Aber das machte ihm die Sache auch nicht leichter. Er atmete tief durch: »Ich muss Ihnen leider mitteilen, dass Ihr Mann mit großer Wahrscheinlichkeit ermordet wurde.«

»Ermordet? Das ist …« Sie starrte Kalkbrenner an, als habe er in einer fremden, ihr unverständlichen Sprache gesprochen. »Was soll das heißen: mit großer Wahrscheinlichkeit?«

»Seine Leiche wurde ohne einen Ausweis gefunden«, beantwortete Berger ihre Frage. »Im Augenblick stützen wir uns auf die Aussage eines Hotelgastes, der ihn erkannt haben will. Dessen Mutter war angeblich eine entfernte Bekannte Ihres Mannes. Die beiden waren«, er kramte seinen Notizblock aus der Jackentasche, »zusammen auf dem ...«

Kalkbrenner machte dem Rumgestotter kurzerhand ein Ende. »Um endgültige Gewissheit zu bekommen, müssen wir Sie leider bitten, Ihren Mann zu identifizieren.«

»Aber Rudolph ist doch ... in Amsterdam ... mit Marten. ... Wie ...?«

»Frau Fielmeister, mit allergrößter Wahrscheinlichkeit befindet sich Ihr Mann nicht in Amsterdam. Seine Leiche wurde im Hotel *Adler* gefunden, hier in Berlin, keine drei Straßen weiter. Er hatte sich dort ein Zimmer unter einem falschen Namen genommen.«

»Aber er hat mich doch ...?« Sie presste die Hand vor den Mund. »Das verstehe ich nicht.«

»Wo können wir den Bruder Ihres Mannes, Herrn Peglar, erreichen?«, fragte Kalkbrenner.

»Na, in Amsterdam. Glaube ich zumindest.«

Ihr Gesicht war nur noch eine fahle Maske, als sie ihnen Peglars Berliner Adresse, Telefon- und Handynummer aushändigte. Berger zückte sofort sein Mobiltelefon und verließ den Raum.

Ein paar Sekunden verstrichen, in denen außer Lauras Brabbeln, das gedämpft von nebenan herüberklang, im Zimmer Grabesstille herrschte.

»Können Sie mir auch die Handynummer Ihres Mannes geben?«, sagte Kalkbrenner. »Und falls er ein Blackberry, iPhone oder Ähnliches besitzt, auch deren Nummern.«

»Natürlich, aber was wollen Sie damit?«

»Wir werden von der Telefongesellschaft die Verbindungsnachweise einholen. Vielleicht hat Ihr Mann vor oder nach dem Telefonat mit Ihnen, also kurz vor seinem Tod, noch mit jemandem gesprochen, der uns weiterhelfen kann. Da wir das Handy nicht bei Ihrem Mann gefunden haben, nehmen wir an, dass es ihm vermutlich abgenommen wurde. Aber falls es noch eingeschaltet ist, lässt es sich orten – und bringt uns mit etwas Glück vielleicht auf die Spur seines Mörders.«

»Seines Mörders«, wiederholte Carla Fielmeister, und es klang, als würde sie sich im nächsten Moment übergeben müssen.

»Hatte Ihr Mann Feinde?«

»Was meinen Sie damit, Feinde?« Ein ersticktes Lachen erklang. »Ja, natürlich, er hatte Feinde, Mitbewerber, Konkurrenten. Der Lebensmittelmarkt ist hart umkämpft.«

»Wissen Sie, ob Ihr Mann bedroht wurde? Oder erpresst?«

»Nein, davon hat er mir nichts erzählt.«

»Hat sein Bruder etwas in der Richtung erwähnt?«

»Nicht dass ich wüsste.«

Den Angehörigen der Mordopfer die Todesnachricht zu überbringen war kein angenehmer Job für Kalkbrenner. Aber das, was nun kam, war seiner Meinung nach ein noch schlimmerer Aspekt der Arbeit. *Nicht alles ist einfach zu haben.* »Haben Sie eine Ahnung, warum Ihr Mann nicht nach Amsterdam geflogen ist?«

»Wie sollte ich? Bis gerade eben wusste ich es ja noch nicht einmal.«

»Mit wem hätte sich Ihr Mann im *Adler* treffen können?«

»Mit Freunden. Kollegen. Oder Geschäftspartnern. Aber … das ergibt doch keinen Sinn. Warum sagt er, er sei in Amsterdam, wenn er doch …« Sie dachte nach, und ihrer erschütterten Miene sah Kalkbrenner an, dass sie keine Antwort auf die Fragen fand.

Berger kehrte mit einem Achselzucken in das Zimmer zurück. »Ich habe ihn nicht erreicht.«

»Gibt es noch jemand anderen, mit dem sich Ihr Mann in einem Hotelzimmer in Berlin hätte treffen können?«, erkundigte sich Kalkbrenner.

Wie in Trance schaute Carla Fielmeister ihn an. »Sie meinen, er hätte …? Nein, unmöglich.«

Kalkbrenner, der aus eigener Erfahrung wusste, welche Abgründe hinter den Fassaden der Menschen lauern konnten, gab sich damit nicht zufrieden. »Denken Sie bitte noch einmal darüber nach.«

»Aber wenn ich es Ihnen doch sage!« Sie schrie jetzt fast. »Unsere Ehe ist … war intakt!«

»Die meisten Ehefrauen, die betrogen werden, sind bis zuletzt der Auffassung, ihre Ehe sei intakt gewesen«, meinte Berger sanft.

»Aber sie ist intakt!« Eine Träne rann jetzt ihre Wange hinab.

Doch Berger war noch nicht fertig mit ihr. »Es tut mir sehr leid, aber ich kann Ihnen diese Frage nicht ersparen: Wo haben Sie sich während der letzten zwei Stunden aufgehalten?«

Sie schaute Berger an, als zweifelte sie an seinem Verstand. »Wollen Sie damit andeuten, ich hätte …?« Weitere Tränen folgten. »Ich war hier. Bei meinen Kindern. Mit meiner Freundin.« Sie schluchzte, und nasse Flecken bildeten sich auf ihrem Pullover.

Sie war einen halben Kopf kleiner als Kalkbrenner, ihr Körper von schmaler, zierlicher Statur. *Das kommt auf die Frau an*, dachte der Kommissar an die Worte seiner Kollegin zurück. Dennoch war es kaum vorstellbar, dass Carla Fielmeister ihren Mann mit Fausthieben hätte niederstrecken können.

Mit einfühlsamer Stimme fragte er: »Haben Sie irgendeine Vorstellung, wer Ihren Mann getötet haben könnte?«

Sie wischte sich die Wangen ab. Ihr Blick war wieder fest und klar. »Wissen Sie was? Ich kann mir nicht einmal vorstellen, dass mein Mann überhaupt tot ist.«

17

Zwei Männer in Uniformen beugten sich zu Tabori und Florim hinab. An ihren Gürteln baumelten Handschellen und Pistolen. Einer der beiden Polizisten war schlank, sehr groß und erinnerte Tabori mit seiner ernsten Haltung an irgendjemanden, den er kannte. Der andere war klein und rund. Er redete mit ihnen, und es hörte sich so an, als stellte er eine Frage.

»Was will er?«, flüsterte Tabori.

»Ey, weiß ich doch nicht. Ich kann kein Deutsch.«

»Bestimmt sind sie gekommen, weil sie von der Schlägerei mit Miro erfahren haben. Jetzt wollen sie wissen, ob wir Hilfe brauchen.«

Das klang einleuchtend. »Ja, danke«, sagte Tabori tapfer.

Verwundert kniff der dicke Polizist die Augen zusammen und zeigte raus zur Straße.

»Ja, da.« Tabori rieb sich demonstrativ die schmerzende Wange. »Aua. Miro.«

»Du heißt Miro und hast Zahnschmerzen?«

»Ja. Miro. Aua.«

Der untersetzte Beamte ging vor ihm in die Hocke. Von der ungewohnten Bewegung färbte sich sein Gesicht puterrot. »Wo sind Mama und Papa?«

»Papa tot. Mama zu Haus.«

»Und wo ist das? Wo steht das Haus deiner Mama?«

»Ja, Mama zu Haus.«

»In Berlin?«

»Gracen.«

»Hä?«

»Shqiperia.«

Der Polizist schüttelte verständnislos den Kopf. »Ihr seid also ganz alleine in Berlin?«

»Ja, alleine. In Berlin«, bestätigte Tabori. »Arbeiten. Geld.«

»Arbeiten? Geld? Wie alt seid ihr denn?«

»Ja, arbeiten. Geld. Für zu Hause.«

»Du bist doch gerade mal zwölf. Oder dreizehn.« Der Beamte richtete sich stöhnend auf. Er wechselte einige Worte mit seinem Kollegen, bevor er sich wieder den Jungen zuwandte: »Miro, komm mal mit.«

Tabori fuchtelte aufgeregt mit den Händen. »Nein! Ich … nicht … Miro. Ich … Tabori.«

»Na gut, meinetwegen, Tabori.« Der Beamte streckte den Arm nach ihm aus, während der andere vor Florim in die Hocke ging.

»Was wollen die von uns?«, fragte er unsicher.

»Weiß ich nicht.«

»Ey, sie können doch …«

Die Strenge in der Stimme des dicken Beamten behagte Tabori ganz und gar nicht. Auch sein großer Kollege schaute eher finster als hilfsbereit drein. Tabori kannte diesen unnachgiebigen Ausdruck – von Sorti, dem Dorfpolizisten aus Gracen. »Ich glaube, die sind gar nicht gekommen, um uns vor Miro zu schützen. Die wollen uns wegbringen.«

»Wohin?«

»Wo?«, fragte Tabori die Polizisten.

»Zur Bahnhofsmission«, antwortete der untersetzte Mann, und seine Finger packten noch energischer zu.

»Aua!«, stieß Tabori aus.

»Nein!« Florims Schrei hallte von der hohen Bahnhofsdecke wider. Die Passanten warfen ihnen neugierige Blicke zu. Florim begann zu strampeln. Er zerkratzte dem Beamten das Gesicht, sodass der kleine Polizist von Tabori abließ und seinem Kollegen zu Hilfe eilte.

»Tabori, hau ab!«, rief Florim.

»Aber ich kann doch nicht …?«

»Na los, worauf wartest du?« Wie ein Geisteskranker wand sich Florim in den Griffen der Polizisten. »Verschwinde!«

Tabori flüchtete in die Menschenmenge. Einer der Polizisten brüllte ihm noch etwas hinterher, doch Tabori hörte nur Florim, den die beiden Beamten zappelnd fortschleppten, schreien: »Verdiene für uns beide!«

Draußen schlug ihm der Frost entgegen, aber er merkte nichts davon. Wie betäubt rannte Tabori die Straßen entlang, bis ihn die Kräfte verließen und sich die Welt vor seinen Augen zu drehen begann. Mit letzter Kraft schleppte er sich in eine Bäckerei. Die Münze in die Höhe haltend verlangte er das erstbeste Gebäck. Er wusste nicht, was »Croissant« bedeutete, aber es kostete nur 35 Cent.

Zurück in der Kälte biss er gierig in das Backwerk, aber zwischen seinen Zähnen und in seinen Händen zerbröselte der luftige Teig sofort zu kleinen Krümeln. Das karge Abendessen schwebte zu Boden und vermischte sich mit Staub und Dreck.

Tabori fröstelte. Er hustete. Jetzt hätte er gerne seinen zweiten Pullover übergezogen, doch in seiner Panik hatte er bei seiner Flucht den Rucksack im Bahnhof liegen gelassen. Warum hatten die Polizisten sie wie Verbrecher behandelt? Sie wollten doch nur arbeiten und hatten Hunger. Wohin hatten sie Florim gebracht? Zu einem Zug, der zurück nach Gracen fuhr? Oder ins Gefängnis?

Taboris Magen verkrampfte sich bei dem Gedanken. Er hatte ein schlechtes Gewissen, denn obwohl es Florims Wunsch gewesen war, dass Tabori fortlief, hatte er ihn doch im Stich gelassen. Er spürte, dass er Florim nicht mehr wiedersehen würde. Er hatte keinen Freund mehr, der ihm zur

Seite stand. Seit dem Vorfall in der Bahnhofshalle war Tabori in der großen, fremden Stadt auf sich allein gestellt.

18

Vor dem Beisheim-Center stand ein Polo mit laufendem, knatterndem Motor. Aus dem rostigen Wagen quälte sich eine gedrungene Gestalt. »Herr Kalkbrenner, Sie hier? Also stimmt es tatsächlich, was ich gehört habe?«

»Was will der denn hier?«, wetterte Berger lauthals.

»Fragen wir ihn doch direkt.« Kalkbrenner trat auf den Reporter zu. »Also, Herr Sackowitz, was wollen Sie hier und was haben Sie gehört?«

»Dass man im *Adler* den Unternehmer Rudolph Fielmeister ermordet aufgefunden hat.«

»Und wer behauptet das?«

Der Journalist zog abschätzig die Augenbrauen hoch. »Herr Kalkbrenner, Sie wissen doch ganz genau, wie das mit den Informanten so ist.«

Bergers Handy läutete. Mit einigen Schritten vergrößerte er die Distanz zu Sackowitz. Während er sich das Mobiltelefon zwischen Schulter und Kinn klemmte, machte er einige unleserliche Einträge in seinen Notizblock.

»Und?«, bedrängte Sackowitz unterdessen Kalkbrenner. »Stimmt es nun? Ist Rudolph Fielmeister ermordet worden?«

Kalkbrenner seufzte ergeben.

»Also doch. Aber was hatte er im *Adler* zu suchen? Hatte er eine Affäre?«

»Herr Sackowitz, ich …«, stöhnte Kalkbrenner genervt.

»Haben Sie bereits einen Verdächtigen?«

»Sie wissen doch, wie das mit der Polizeiarbeit so ist.«

Sackowitz grinste gequält. »Jetzt kommen Sie schon, Herr Kalkbrenner, nur ein klitzekleiner Hinweis.«

»Na gut«, erbarmte sich Kalkbrenner. »Aber nur ein einziger. Und nur für Sie, ganz exklusiv, haben Sie mich verstanden?«

»Natürlich«, strahlte der Reporter.

»Also«, Kalkbrenner senkte verschwörerisch die Stimme, »mit so einem Riss in der Hose könnte es im Winter richtig kalt werden.«

»Nur damit Sie's wissen: Die kaputte Hose habe ich Ihnen zu verdanken.« Sackowitz funkelte ihn böse an.

»Mir?«

»Ja, weil Sie mich vorhin nicht gehört haben, drüben vor dem Hotel.«

»Ach, Sie waren das? Gehört habe ich Sie schon, aber nicht gesehen.«

»Nun, ich bin gestürzt.«

Kalkbrenner unterdrückte ein Grinsen. »Das tut mir aber leid.«

»Glaub ich Ihnen aufs Wort.« Wutschnaubend tigerte der Journalist zurück zu seiner Rostlaube. Als er Berger passierte, blieb er kurz stehen. Kalkbrenner hörte seinen Kollegen »Ja« und »Aha« in sein Handy brummen, bevor er sagte: »Sera, schick bitte Beamte hin.« Damit legte Berger auf und blickte in die gespannten Augen des Medienmannes.

»Einen schönen Abend noch, Herr Sackowitz«, verabschiedete sich Berger betont freundlich und öffnete die Zentralverriegelung seines Wagens. Als auch Kalkbrenner einstieg, fand er es im Inneren lausig kalt. Auf der Frontscheibe hatte sich bereits eine hauchdünne Eisschicht gebildet. Gemeinsam beobachteten die Beamten, wie Sackowitz missmutig in seinem rostigen Polo davonbrauste.

Kalkbrenner wartete darauf, dass Berger den Wagen startete, doch der war noch damit beschäftigt, seinen Notizblock zu studieren. »Ich habe Sera vorhin darum gebeten, die Fluggesellschaften zu kontaktieren.« Er blätterte die Aufzeichnungen durch, bis er endlich fand, was er suchte. »Bei Air Berlin sind für heute Abend zwei Flüge nach Amsterdam sowie für morgen früh zwei Rückflüge nach Berlin gebucht worden. Beide auf die Namen Fielmeister und Peglar. Anschließend hat sich Sera auch um das Hotel gekümmert … Moment, wie heißt das Ding noch?« Er forschte in seinen undeutlichen Aufzeichnungen nach dem richtigen Eintrag. »Ah ja, im Hotel *Barbizon Palace* in Amsterdam wurden zwei Zimmer auf Fielmeister und Peglar reserviert. Aber jetzt kommt's: Nur Peglar ist vorhin an Bord des Fliegers gegangen.«

»Das wundert mich nicht wirklich«, bemerkte Kalkbrenner ausdruckslos.

»Wieso?«

»Weil Fielmeister da schon tot in seinem Hotelzimmer in Berlin lag.«

Daraufhin klappte Berger übertrieben laut seine Kladde zu, steckte den Wagenschlüssel in den Zünder, ließ den Passat aber immer noch nicht an. »Fielmeister hat seinen Seitensprung ja wirklich clever geplant. Er hat sogar Flug und Hotel in Amsterdam gebucht, nur damit niemand Verdacht schöpft. Einzig seinen Bruder scheint er in sein Vorhaben eingeweiht zu haben.«

Kalkbrenner holte Luft und stieß den Atem in einer weißen Wolke wieder aus. »Aber wenn Peglar wusste, dass sein Bruder in Berlin bleibt, warum hat er dann Carla Fielmeister angerufen und gefragt, ob ihr Mann sich schon auf dem Weg zum Flugplatz befindet?«

»Vielleicht wollte er seinen Bruder decken? Carla Fielmeister sollte in dem festen Glauben gelassen werden, ihr Mann sei auf Geschäftsreise nach Amsterdam.«

Kalkbrenner schüttelte den Kopf. »Auch eher unwahrscheinlich. Wenn Fielmeister sich für seinen Seitensprung so clever abgesichert hat, wie du behauptest, dann hätte er nie und nimmer in ein Hotel drei Straßen von seiner Familie entfernt eingecheckt. Die Nähe wäre doch ein enormer Risikofaktor, und dazu noch einer, der völlig unnötig ist. Es gibt doch wahrlich genügend andere Hotels in Berlin.« Frierend verschränkte er die Arme vor der Brust. »Und außerdem: Was, wenn Carla Fielmeister recht hat und ihre Ehe tatsächlich intakt war?«

Berger rümpfte die Nase, sodass sein Bart, an dessen Spitzen sich kleine Eiskristalle bildeten, erzitterte. »Aber was wollte er denn dann im *Adler?*«

»Vielleicht hat Peglar Carla Fielmeister ja angerufen, weil sich auf dem Weg zum Flughafen ein anderer wichtiger Geschäftstermin ergeben hat und er seinen Bruder nicht erreichen konnte? Und als er endlich telefonisch mit ihm sprechen konnte oder als sie sich am Flughafen trafen, beschlossen sie, dass Fielmeister in Berlin bleibt und Peglar alleine nach Amsterdam fliegt.«

»Das macht doch keinen Sinn«, widersprach Berger. »Wozu musste Fielmeister seine Frau dann in dem Glauben lassen, er sei in Amsterdam angekommen? Und wieso gebrauchte er in Berlin einen falschen Namen, um nicht erkannt zu werden? Was soll das denn für ein Termin gewesen sein?«

»Vielleicht einer, der uns das Motiv für Mord und Einbruch liefert?«

»Stimmt, der Einbruch«, murmelte Berger. »Glaubst du, es gibt da einen Zusammenhang?«

»Reiner Zufall wäre reiner Zufall«, zitierte Kalkbrenner eines seiner kleinen Helferlein. »Rita soll sich morgen früh sofort mit der für den Einbruch zuständigen Polizeidirektion in Potsdam in Verbindung setzen. Vielleicht bringt das ja etwas.«

Berger krakelte einen Vermerk in seinen Notizblock. »Der Einbruch könnte auch nur der Versuch gewesen sein, von den wahren Mordmotiven abzulenken.«

»Die da wären?«

»Leidenschaft, Eifersucht, Enttäuschung?« Berger ließ den Block wieder in die Jackentasche gleiten und knöpfte sich sein Jackett zu. Noch immer war es im Auto empfindlich kalt. »Dazu muss es aber noch eine Carla Fielmeister geben, die dahinterkam, dass ihr Mann eine Affäre hatte.«

»Und das würde im Umkehrschluss bedeuten, sie hätte uns angelogen.«

Berger bedachte Kalkbrenner mit einem aufmerksamen Blick. »Das wäre ja nicht das erste Mal, dass eine Ehefrau uns nicht die Wahrheit sagt, oder?«

Kalkbrenner schlang den Mantel enger um den Körper. Er erfror, und er war müde. Keine gesunde Kombination. Er öffnete die Tür und stieg aus dem Wagen. »Wir sollten auf jeden Fall mit Marten Peglar reden. Er wird uns erklären können und auch müssen, warum sein Bruder ihn alleine nach Amsterdam hat fliegen lassen.«

»Ich habe bereits versucht, ihn übers Handy zu kontaktieren – vergeblich. Die Maschine war schon in Schiphol gelandet und die Passagiere längst von Bord, weshalb ich ihn auch nicht über die Fluggesellschaft erreichen konnte. Ich habe ihm eine Nachricht mit der Bitte um Rückruf auf die Mailbox gesprochen und beim Empfang vom Hotel *Barbizon Palace* dasselbe getan. So oder so werden ihn morgen Mittag nach seiner Rückkehr in Tegel Beamte in Empfang und zur Vernehmung mit aufs Revier nehmen.«

Kalkbrenner nickte und tippte sich zum Abschied an die Schläfe.

»Soll ich dich nach Hause fahren?«, erbot sich Berger.

»Danke, ich nehme die S-Bahn.«

»Willst du noch nicht heim?«

»Doch, wahrscheinlich muss ich mit Bernie schleunigst raus zum Gassigehen.«

»Und wo wirst du schlafen? Du hast doch keine Möbel.«

»Isomatte und Schlafsack reichen fürs Erste.« Kalkbrenner setzte sich in Bewegung.

»Paul!« Die hohen Fassaden der Gebäude am Potsdamer Platz warfen Bergers Stimme als Echo zurück. Hier unten in den Häuserschluchten war der positive Eindruck, den Kalkbrenner in Fielmeisters Wohnung gewonnen hatte, wieder verflogen. »Meine Frage vorhin, ob du es dir so vorgestellt hast, zielte eigentlich auf etwas anderes ab.«

»Ich weiß.«

»Wieso hast du dann nicht darauf geantwortet?«

»Ich habe geantwortet. Es war nur nicht die Antwort, die du hören wolltest.«

Berger gab einen Laut von sich, der Zustimmung bedeuten mochte, genauso gut aber auch Ausdruck von Verdruss sein konnte. »Wie alt bist du eigentlich?«

»Warum willst du das denn jetzt wissen?«

»Nur so halt.«

Nur so halt. »Mhm.«

»Es ist …« Berger entfernte die Eisklümpchen aus seinem Bart. »Es wird … Also, ich meine, wie lange soll das noch so weitergehen?«

»Mein Job? Bis zur Pension – hoffe ich jedenfalls.«

»Doch nicht deine Arbeit. Zumindest nicht nur. Es geht doch auch um … um … Herrgott, Paul, du weißt ganz genau, um wen es geht.«

Kalkbrenner schwieg.

»Wie du meinst«, grollte sein Kollege und startete endlich den Wagen.

19

Alle paar Meter blieb Tabori vor einem Geschäft stehen. Die warme Luft, die aus den Eingängen herausquoll, vertrieb die Kälte in seinem Körper wenigstens vorübergehend. Doch je weiter er lief, desto mehr Wohnblöcke passierte er, in denen sich keine Läden mehr befanden. Bei den wenigen Geschäften, an denen er noch vorbeikam, wurden nach und nach Gitter vor Türen und Schaufenstern herabgelassen, bevor drinnen die Lichter erloschen.

Schon wurden die Bürgersteige nur noch von den Straßenlaternen erhellt – und von den Lichtern aus den Wohnungen. Hinter den Fenstern trafen sich manche Menschen zum Essen, andere sahen fern. Was sie wohl schauten? Die Hitparade? Selbst der Gedanke an Musik hielt den Frost nicht davon ab, sich immer stärker in Taboris Körper festzukrallen.

Ihm wurden die Beine schwer. Er war todmüde. Beinahe wäre er auf einer zu Eis gefrorenen Pfütze ausgerutscht, schaffte es aber im letzten Moment noch, das Gleichgewicht zu halten, und erreichte wenig später einen kleinen Park. Durch die Wiese, die sich in ein glitzerndes Kristallfeld verwandelt hatte, schlich eine Katze.

Mit beiden Händen fegte Tabori das Eis von einer Bank und sank erschöpft auf das klamme Holz. Dann massierte er sich die Finger. Sie zitterten vor Kälte. Mittlerweile fror er so stark, dass er nicht einmal mehr den Hunger spürte.

Irgendwo in der Dunkelheit vernahm er das Zwitschern eines Vogels. Der fröhliche Singsang mischte sich mit Musik aus einem Radio. Schneeflocken tänzelten von den Bäumen, schwebten auf Tabori herab, kitzelten ihn an der Nase. Er nieste. Er sehnte sich nach einem warmen Bett und schloss die Augen. Nur für eine Minute.

Im Winter vor zwei Jahren hatte der alte Slavzik mit Freunden einen Abend in einer der Hütten auf dem Skanderberg verbracht. Als die Männer später ins Dorf hinabstiegen, wurde Slavzik auf halbem Weg von unglaublicher Müdigkeit übermannt. »Geht schon mal vor«, sagte er. »Ich will mich nur kurz ausruhen.« Dann setzte er sich auf einen Stein und winkte seinen Freunden zum Abschied zu. Am nächsten Morgen hatte man ihn dort, auf ebenjenem Stein, gefunden – steif gefroren und tot.

Schlagartig richtete sich Tabori auf. Er durfte nicht einschlafen, sonst würde ihm genau das Gleiche geschehen.

Unbemerkt hatte sich die Katze an ihn herangeschlichen, die sich jetzt neben ihm die Pfote leckte. Als er aufstand, hielt sie in ihrer Bewegung inne.

»Hallo, Katze«, sagte er.

Sie tapste auf ihn zu, strich ihm um die Beine.

»Woher kommst du?«

Als er sie streichelte, begann sie zu schnurren. Ihr Fell war bitterkalt, aber der kleine Körper darunter fühlte sich warm an.

»Wie heißt du?«

Sie rieb ihr Hinterteil an seinem Knie. Ihr langer, buschiger Schwanz stand steil empor.

»Hast du keinen Namen?«

Zur Antwort schmiegte sie ihren kleinen Kopf an seine Hand.

Tabori erhob sich und ging zur Straße zurück. Als er sich noch einmal umdrehte, sah er, dass die Katze inzwischen auf die Parkbank gesprungen war und nun auf der warmen Stelle hockte, auf der eben noch er gesessen hatte. Er winkte ihr zu. Dann dachte er wieder an Slavzik und lief schleunigst weiter.

Es waren kaum noch Menschen unterwegs. Und die wenigen, denen er begegnete, hatten es eilig, in ihre Wohnungen zu kommen. Aber wohin wollte er? Was hoffte er zu finden? Mit einer nie gekannten Sehnsucht dachte er an Gracen. An die Höhle. An Gentiana. Sogar an das Haus seiner Mutter. Aber dann stellte er sich die Enttäuschung vor, die er ihr, mehr aber noch dem tapferen Florim bereiten würde, wenn er ohne Geld heimkehrte.

An einer Baustelle ragten die schwarzen Schatten der Bagger wie mächtige Ungetüme in das nächtliche Zwielicht. Der Rohbau, neben dem sich meterhoch Schutt türmte, glich den verfallenen Fabrikruinen in Gracen. Tabori pinkelte hinter ein Gebüsch. Zwischen gusseisernen Rohren entdeckte er einen schmalen, klaffenden Spalt in einer Steinmauer. Mit etwas Fantasie ähnelte er dem Zugang zur Höhle auf dem Skanderberg.

Durch die Öffnung quetschte sich Tabori in einen winzigen Verschlag. Im Licht der Straßenlaterne sah er, dass der Raum nur wenige Meter im Quadrat maß. Immerhin waren die gluckernden Rohre heiß, die aus dem Boden senkrecht durch die Decke führten. An eines von ihnen lehnte sich Tabori an, nachdem er seine Jacke an eine Schraube gehängt hatte, und langsam kehrte die Wärme in seinen Körper zurück.

Aus seiner Gesäßtasche zog er die beiden Fotos hervor. Sie waren zerknittert, aber die Personen auf den Abzügen konnte er nach wie vor gut erkennen. Der eine zeigte Mutter und Mickael, der andere seinen Cousin Ryon und Gentiana. Tabori spießte die Bilder auf einige Nägel, die in die unverputzte Mauer geschlagen worden waren. Nun sah der Raum fast aus wie das Zimmer, das Tabori daheim mit Mickael geteilt hatte. Das Einzige, was fehlte, war das Poster von Tokio Hotel.

Tabori ballte die aufgewärmte Jacke zu einem Kissen zusammen. Dass der Boden hart und voller staubigem Mörtel war, störte ihn nicht. In der Höhle auf dem Skanderberg hatte er auch im Schmutz geschlafen. Er legte sich auf die Seite und bettete seinen Kopf auf die Jacke. Als seine Wange den Stoff berührte, stöhnte er vor Schmerz auf. Die Wunde von Miros Hieb war mittlerweile zu einer dicken Beule angeschwollen.

Mitten in der Dunkelheit funkelten ihn zwei Augen an.

»Schön, dich wiederzusehen«, flüsterte Tabori.

Die Katze schlich näher und rieb ihren Kopf an seinem Ellbogen.

»Bist du mir gefolgt?«

Sie sprang auf seine Beine und begann, ihre Krallen an seiner Hose zu wetzen.

»Willst du mir jetzt sagen, wie du heißt?«

Sie maunzte.

»Ich kann dich doch nicht verstehen.«

Noch einmal miaute sie kläglich.

»Mach dir nichts draus«, sagte Tabori. »Dann geht's dir so wie mir. Mich versteht hier auch keiner.«

Leise fing er an, die erste Strophe von *Povijn 'krushqi* zu summen. Das Lied handelte von Vertrauen, Liebe, Wärme und von Glück. War er tatsächlich so naiv gewesen und hatte angenommen, er bräuchte nur aus dem Zug zu steigen und würde sofort Arbeit finden? *Aber alle im Dorf glauben, dass Ryon inzwischen viel Geld verdient.* Sein Cousin würde ganz sicher wissen, wo er in Berlin einen Job bekommen konnte. Tabori musste ihn nur finden.

Zufrieden mit dem Entschluss legte er sich zurück auf sein provisorisches Kissen. Die Katze rollte sich auf seinem Bauch zusammen, sodass er ihre Wärme und ihr Schnurren an seiner Brust spürte, während er erschöpft einschlief.

Berliner Kurier, Mittwoch, 11. Januar

Toter Unternehmer aus Berlin

Mord im Nobelhotel

Von Harald Sackowitz

Berlin. Schockierender Fund am Abend: Im Luxushotel *Adler* hat der Zimmerservice gestern eine Leiche entdeckt. Der Tote, unbestätigten Informationen zufolge ein Berliner Unternehmer, wurde ermordet.

Polizeiaufgebot gestern Abend vor der Nobelherberge am Brandenburger Tor: Diesmal galt es keinen Popstar vor aufdringlichen Fans zu beschützen. Die Anwesenheit der Spurensicherung zeugte von einem ungleich schlimmeren Ereignis – einem Mordfall.

Bisher hüllt sich die Polizei über die Identität des Opfers in Schweigen. Auch über die Hintergründe der Tat sowie ein mögliches Motiv wollen die ermittelnden Beamten noch keine Auskunft geben. Nach ersten *Kurier*-Informationen handelt es sich bei dem Toten um einen Unternehmer aus Berlin.

20

Tabori hatte es eilig, sein ungemütliches Nachtlager zu verlassen. Vorsichtig schob er die Katze, die sich seit dem Einschlafen nicht bewegt zu haben schien, von seinem Bauch. Fauchend wehrte sie sich.

»Ich muss Ryon finden«, klärte er den Vierbeiner auf. Tabori knurrte der Magen, seine Lippen waren spröde und sein Mund ausgetrocknet. Durst, so bemerkte er, war noch viel schlimmer als Hunger.

Als er die kleine Kammer verließ, blendete ihn die Sonne, die von einem strahlend blauen Himmel schien. Die Baustelle war über Nacht zu Eis erstarrt. Tabori brach einen großen Eiszapfen von den gusseisernen Rohren ab und befeuchtete damit seine Zunge. Anschließend wartete er, bis das Eis in seiner Handfläche geschmolzen war, und trank dann die Flüssigkeit. Fürs Erste beruhigte sich sein Magen.

Die Katze umschmeichelte schon wieder seinen Unterschenkel.

»Ich glaube nicht, dass wir uns noch einmal wiedersehen.«

Er streichelte sie zum Abschied, woraufhin sie zu schnurren begann.

»Denn wenn ich erst einmal Ryon gefunden habe, dann«, beherzt richtete er sich wieder auf, »dann wird alles besser.«

Mit neuem Mut kehrte Tabori noch einmal in die Kammer zurück, zog seine Jacke an und steckte die Fotos wieder ein. Das eine schob er zurück in die Gesäßtasche, das andere von Gentiana und Ryon faltete er in der Mitte und hielt es so, dass nur noch sein Cousin zu sehen war. Dann ging er in die Richtung, aus der er gestern gekommen war. Gleich dem ersten Passanten, dem er begegnete, streckte er das Foto entgegen. »A e keni parë kushërinin tim?«[1]

Aber der Mann verstand kein Albanisch. Tabori zeigte mit dem Finger auf Ryons Bild und setzte einen fragenden Gesichtsausdruck auf. Deutlicher konnte er sein Begehren ohne Worte nicht ausdrücken. Der Mann warf nur einen schnellen Blick auf das Bild, blieb aber nicht stehen.

Ein paar Meter weiter lief eine Familie den Bürgersteig entlang. Tabori wiederholte sein Bemühen, aber die einzige Reaktion, die er auslöste, bestand darin, dass der Vater seine Kinder beiseitenahm.

Dann versuchte Tabori es bei einer grauhaarigen Dame, deren Kopf zwischen den gewaltigen Puffärmeln einer Pelzjacke versank. Sie reagierte nicht auf ihn. Anschließend fragte er ein junges Paar, das sich eng umschlungen hielt, aber die beiden schienen ihn nicht einmal zu bemerken.

Tabori war entschlossen, sich nicht entmutigen zu lassen. Früher oder später würde jemand seinen Cousin erkennen. Er brauchte nur Geduld. Vor einer roten Ampel schlängelte er sich durch eine Menschenmenge. Jedem Wartenden zeigte er Ryons Foto. Gerade als er einen Jungen in dicken Fellstiefeln und einem hüftlangen Mantel fragen wollte, sprang die Ampel auf Grün. Anders als die Passanten, die schnell zur gegenüberliegenden Straßenseite wechselten, begann der Junge, geschäftig um die haltenden Autos zu wuseln, aber Tabori konnte nicht erkennen, was der Junge da tat. Ein Lkw schob sich in sein Blickfeld.

Statt weiter den Jungen zu beobachten, sprach er eine Frau mit zwei Hunden an. Umsonst. Einem vorübergehenden Polizisten wich er aus. Endlich blieb ein Rentner mit

1 Haben Sie meinen Cousin gesehen?

Tschapka stehen. Tabori konnte sein Glück kaum fassen. »E more vesh?«[1]

»Ja«, sagte der ältere Herr.

»Dhe ju e keni parë kushërinin tim?«[2]

Er nickte.

»Ku? Ku?« Tabori konnte vor Aufregung kaum noch an sich halten. »Ku është?«[3]

Der Rentner öffnete sein Portemonnaie und zählte klimpernd einige Münzen ab.

»Nein«, wehrte Tabori ab. »Nein!« Er hatte verstanden.

Achselzuckend ließ der alte Mann die Münzen zurück in die Geldbörse fallen und spazierte weiter. Tabori sah ihm beschämt hinterher.

Plötzlich tauchte der Junge mit den Pelzstiefeln wieder neben ihm auf. »Wieso hast du das Geld nicht genommen?« Seinem Dialekt nach stammte er aus dem Kosovo. »Was ist?«, fragte er, als Tabori stumm blieb. »Redest du nicht mit mir?«

»Doch«, antwortete der, mahnte sich jedoch zur Vorsicht.

»Ich bin Aidan. Und du?«

Aidan überragte Tabori um einen halben Kopf. Er hatte zottelige Haare, die schon lange keine Schere, geschweige denn Shampoo mehr gesehen hatten. Sein Mantel war ramponiert, und statt Schnürsenkel hielten bunte Tücher seine Stiefel zusammen. Nur sein Rucksack schien neu zu sein. »Jetzt sag schon: Wie heißt du?«

»Tabori.«

»Also, Tabori, was ist los?«

Er überwand sich und zeigte Aidan das Foto. »Hast du meinen Cousin gesehen?«

»Ist er in Berlin?«

1 Haben Sie mich verstanden?
2 Und Sie haben meinen Cousin gesehen?
3 Wo ist er?

»Ja. Er …«

»… arbeitet hier«, nahm Aidan ihm die Worte aus dem Mund. »Er verdient Geld, richtig? Und du willst auch Geld verdienen?«

Da die Frage in Tabori eine ungute Erinnerung weckte, hielt er den Mund.

»Aber warum hast du dann das Geld von dem Mann nicht genommen?«

»Darum nicht.«

Aidan machte ein verständnisloses Gesicht. »Komm mit!«, forderte er Tabori auf.

Der erinnerte sich, dass auch Miro so getan hatte, als wolle er ihnen helfen, bevor er auf sie losgegangen war.

»Nun komm schon.«

»Wohin willst du?«, wollte Tabori wissen.

»Ins Warme. Was essen.«

Tabori rührte sich nicht vom Fleck.

»Was ist? Hast du keinen Hunger?«

»Doch, aber ich habe kein Geld.«

»Ich weiß«, sagte Aidan. »Aber das ist egal.«

21

Ein Donnerschlag riss Paul Kalkbrenner aus dem Schlaf. In das Nachbeben mischte sich unüberhörbar das Klingeln eines Handys. Stöhnend rieb er sich die Augen. Was war Traum, was Wirklichkeit? Neben ihm hob Bernie knurrend die Lefzen. »Hast du den Donner auch gehört?«

Als Kalkbrenner auf das Display seines Handys schaute, sagte ihm die Nummer nichts. »Ja, bitte?«

»Guten Morgen, ich bin Milena. Ich rufe wegen der Kleinanzeige in der *Zitty* an.«

»Welcher Kleinanzeige?«

»Die wegen Ihrem Hund. Sie suchen doch einen Babysitter.«

Ach, die Anzeige! Kalkbrenner hatte die Annonce längst vergessen, weil sich wochenlang niemand darauf gemeldet hatte – bis heute. Ein weiterer Knall erschütterte die Wohnung. Der Boden unter Kalkbrenner vibrierte, die Wände wackelten, das Fensterglas klirrte, und der Bernhardiner kläffte.

»Ist er das?«, fragte das Mädchen etwas verunsichert. »Er ist aber nicht böse, oder?«

»Nein, nein«, tat Kalkbrenner die Befürchtung ab. »Bernie ist ein ganz Lieber.« Als er sich aus dem Schlafsack schälte, knackte seine Wirbelsäule, und ein stechender Schmerz kroch ihm den Nacken hinauf. Die Isomatte auf den Holzdielen hatte sich als ein schlechter Matratzenersatz erwiesen. »Milena, wie alt bist du?«

»Vierzehn. Aber ich kenne Hunde. Meine Oma hat einen Dackel.«

»Bernie ist ein Bernhardiner.«

»Ich weiß, das stand ja in der Anzeige.«

»Du müsstest jeden Mittag mit ihm raus, etwa zwei Stunden. Wären 10 Euro dafür in Ordnung?«

»Zwanzig.«

»Na, hör mal, das ist aber …«

»Dafür bürste ich ihn auch.«

Das wiederum ist ein sehr verlockendes Angebot. »Einverstanden. Geht es heute schon?«

Das Mädchen willigte ein. Kalkbrenner gab ihr seine Adresse durch, und sie verabredeten sich für mittags. Er trat ans Fenster. Ein Flugzeug hinterließ gerade einen weißen Kerosinstreifen am frostig klaren Himmel, das Donnern, auf das er jetzt horchte, wiederholte sich nicht. Wahrscheinlich hatten nur zwei Flieger die Schallmauer durchbrochen.

Kalkbrenner kramte seine Laufschuhe und die Sportklamotten aus den Kartons und machte sich mit Bernie in den Park zum Joggen auf. Eine schweißtreibende Runde später hatten sich die Verspannungen im Rückenbereich gelöst, und die Kopfschmerzen, die sich angebahnt hatten, waren wie weggeblasen. Noch im Laufdress marschierte Kalkbrenner zum nahe gelegenen *Park Center*, in dessen Supermarkt er Hundefutter, Milch, Aufschnitt und Brot in den Einkaufswagen packte.

Das Handy rumorte erneut. Diesmal war es Rita Barnitzke, Kalkbrenners Sekretärin. »Bist du schon auf dem Weg zum Präsidium?«, fragte sie, ohne sich mit Begrüßungsfloskeln aufzuhalten.

»Nein, in Gang drei.«

»Wo?«

»Bei den Saucen und Aufläufen. Und jetzt passiere ich linker Hand gleich den Sahnemeerrettich.«

»Paul, ich habe wirklich keine Ahnung, was …«

»Aber Rita, Sahnemeerrettich ist unbedingte Pflicht bei einem guten Frühstück.« Am anderen Ende der Leitung wurde aggressiv mit Geschirr geklappert. »Und natürlich Kaffee.«

Er fügte seinen Einkäufen eine Tube Sahnemeerrettich und Kaffeepulver hinzu. Fürs Abendessen wählte er aus Fielmeisters Besten eine Konserve mit Rindfleisch- und Hühnersuppe, dann steuerte er in Richtung Ausgang.

»Hast du schon in der Wohnung geschlafen?«

»Habe ich.«

»Aber Sebastian sagte, du hast noch gar keine Möbel.«

Kalkbrenner lud die Waren auf das Kassenband. »Das macht doch nichts, ist ein bisschen wie Campingurlaub. Aufregend.«

»Aber ansonsten geht es dir gut?«

»Geht es. Danke der Nachfrage.«

»Und gestern?«

»Hatten wir einen Mordfall.«

»Ich meinte eigentlich deinen Termin, wegen der …«

»Rita!«, unterband er autoritär ihr sorgenvolles Bemühen. »Es geht mir wirklich gut.«

Rita war mehr als nur eine Sekretärin, sie war die gute Seele des Kommissariats, ständig um das physische und psychische Wohlergehen ihrer Kollegen besorgt. Trotzdem konnte sie es nicht verhindern, dass kaum jemand aus der Abteilung eine intakte Beziehung führte.

Kalkbrenner zählte der Kassiererin das Kleingeld ab. »Also, was hast du für mich herausgefunden?«

»Von der Telefongesellschaft habe ich Fielmeisters Anrufliste erhalten«, informierte ihn Rita, während Kalkbrenner eine vollbepackte Einkaufstüte aus dem Supermarkt schleppte. »Wenn wir uns auf die Zeit zwischen achtzehn Uhr, als er bei seiner Frau aufgebrochen ist, und seinem vermutlichen Todeszeitpunkt konzentrieren, hat er währenddessen fünf Telefonate geführt. Eines mit seinem Stiefbruder, Marten Peglar, eins mit seiner Sekretärin, Frau Vissermann, und dann noch je eins mit einem Kunden sowie einem Spediteur. Die letzten beiden haben für die Tatzeit ein Alibi.«

»Ich nehme an, das fünfte Telefonat war das mit seiner Frau?«

»Ja, so gegen halb acht. Das war das letzte Gespräch, das von seinem Handy aus geführt wurde.«

»Und wie schaut es mit den Telefonaten im Verlauf des Tages aus?«

»Bei einem Geschäftsmann wie ihm ist es normal, dass es nicht wenige waren. Wir sind dabei, sie abzugleichen.«

»Haben wir Fielmeisters Handy bereits orten können?«

»Fehlanzeige. Es ist ausgeschaltet. Oder kaputt.«

Kalkbrenner überdachte die Information, die er von Rita bekommen hatte, aber nichts davon verhalf ihm zu einer neuen Erkenntnis. »Was kannst du mir über den Einbruch in die Geschäftsräume der Firma erzählen?«

»Nun, der Einbruch ereignete sich zwischen halb acht und halb neun Uhr abends. Die Täter passten die Zeit zwischen den Kontrollen des Sicherheitsdienstes ab und gelangten über den Hintereingang ins Gebäude, wo sie eine Glastür demolierten. Sie hatten es auf die Kunstobjekte abgesehen, die im Eingangsbereich der Firmenzentrale ausgestellt wurden. Natürlich waren die Skulpturen und Bilder keine Kostbarkeiten wie die in der Nationalgalerie oder im Bode-Museum, aber ein paar tausend Euro lassen sich damit trotzdem erzielen.«

Während Kalkbrenner den Innenhof zu seiner Wohnung durchschritt, schaute er nach oben. Um ihn herum erhoben sich von Wind und saurem Regen angefressene Altbaufassaden. Die Treppenhausstufen waren ansprechend mit einem robusten Sisalläufer ausgelegt – alles andere als wertvoll. »Mehr wurde nicht entwendet?«

»Nach Aussage der Mitarbeiter sind alle Büros unangetastet geblieben. Es fehlt nichts. Auch der Erkennungsdienst hat keine Spuren entdecken können, die darauf hindeuten, dass die Diebe weiter als bis ins Erdgeschoss gekommen sind.«

Kalkbrenner war mittlerweile in seiner Wohnung angekommen und stapelte die Einkäufe auf der Küchenanrichte. »Welche Spuren wurden denn im Erdgeschoss gefunden?«

»Eine Vielzahl von Fingerabdrücken. Der Großteil davon dürfte allerdings auf die Angestellten zurückzuführen sein. Und jene, die nicht zuzuordnen sein werden, stammen, das wette ich, von Leuten, die bisher erkennungsdienstlich nicht in Erscheinung getreten sind. Putzfrauen, der Sicherheitsdienst, Geschäftspartner – auch das wird zur Stunde abgeglichen. Ob sich dieser Aufwand lohnt, ist jedoch mehr als fraglich. Die Kollegen haben an der zerborstenen Tür Faserspuren sichergestellt. Die Einbrecher haben wohl Handschuhe getragen.«

Der Zufall treibt manchmal ein merkwürdiges Spiel. Ein weiteres seiner kleinen Helferlein kam zum Einsatz. »Scheiße!«

»Wie bitte?«

Mit einem Blick in die letzten Umzugskartons hatte sich Kalkbrenners Befürchtung, dass er gestern vergessen hatte, die Kaffeemaschine mitzunehmen, in nicht zu leugnende Sicherheit verwandelt. Das vor wenigen Minuten erworbene Kaffeepulver war wertlos. Er schluckte seinen Ärger hinunter und konzentrierte sich wieder auf seine Arbeit. »Es weist also nichts auf eine Verbindung zwischen Mord und Einbruch hin?«

»War das eine Frage«, Rita hantierte weiterhin klappernd mit Geschirr herum, »oder eine Feststellung?«

22

»Verdammt!«, brüllte Harald Sackowitz ins Telefon und stampfte zur Verdeutlichung seines Grolls auch noch mit dem Fuß auf den Boden. Er trug wieder Sportschuhe, heute die braunen. »Mein Computer macht mich noch wahnsinnig!«

»Aber warum denn?«, amüsierte sich Heiko Richter, der als Netzwerkadministrator beim *Berliner Kurier* arbeitete und alles und jeden lustig fand, ganz besonders aber hatte es ihm Sackowitz angetan. »Was hast du schon wieder für ein Problem?«

»Was heißt denn ›schon wieder‹? Immer noch! Hast du meine Nachricht nicht bekommen?«

»Die von letzter Nacht? Ich dachte, das hätte sich längst erledigt.« Heiko prustete vor Erheiterung. »Du hast doch noch den Bericht für die aktuelle Ausgabe geschrieben?«

Entnervt ließ Sackowitz die Luft aus seinen Lungen entweichen. Die gelben Notizzettel, die seinen PC-Monitor umrahmten, flatterten in der Böe.

Nach dem faktisch unergiebigen Aufeinandertreffen mit den beiden Kommissaren am Beisheim-Center gestern Abend war er direkt in die Redaktion gefahren. In der sechsten Etage des Verlagshauses am Alexanderplatz war es angenehm still gewesen. Zu der späten Stunde hatten nur noch wenige Redakteure Dienst in dem Großraumbüro geschoben.

Er hatte den Text über den Vorfall im *Adler* schon zur Hälfte in den Rechner getippt, als dieser – Sackowitz' Meinung nach ohne einen ersichtlichen Grund – seinen Geist aufgegeben hatte. Auch ein mehrmaliger Neustart hatte zu keinem anderen Ergebnis als zu einem finsteren Bildschirm geführt. Ein schwarzes Loch, in dem sämtliche Daten verschwunden waren. Also hatte er noch einmal von vorne angefangen. »Ja, am Rechner eines Kollegen – nachdem ich die halbe Nacht mit meinem PC …«

»Du meinst: deinem Mac!«

»Was?«

»Ich sagte, mit deinem Mac. Das ist schon etwas anderes als ein PC.«

»Von mir aus. Auf jeden Fall hat der mich, verdammt noch mal, eine ganze Stunde gekostet, bis ich endlich einen Rechner gefunden hatte, der funktionstüchtig und nicht mit einem Passwort gesichert war.«

Eine Toilettenspülung rauschte im Hintergrund. Der beißende Gestank von Klostein und Chlor brachte Sackowitz zum Husten. Als sich seine Lunge halbwegs wieder beruhigt hatte, deckte er den Hörer mit der Hand ab und schnauzte: »Was meinen Sie, warum es WC-Türen gibt, hä?«

Der Kopf einer verwunderten Putzfrau tauchte im Rahmen auf. »Reden Sie mit mir?«

»Ist denn sonst noch jemand auf dem Pott?«

»Im Augenblick nicht.«

»Tja, dann werden Sie wohl gemeint sein.«

Angesäuert schloss die Reinigungskraft die Tür. »Was sitzen Sie auch direkt neben den Klos?«

Die Frage war schnell beantwortet, und die Antwort machte Sackowitz nicht gerade glücklicher: Nach seinem Herzinfarkt und der Zeit in der Reha-Klinik war sein alter Schreibtisch an einen Kollegen vergeben gewesen. Ihm hatte man den einzig noch freien Arbeitsplatz in dem Großraumbüro zugewiesen – direkt neben den Toiletten.

Zwar war der Gestank jetzt nicht mehr so streng wie im Sommer, als die Sonne den Raum einer Sauna gleich aufgeheizt hatte, dennoch entwich den Kloräumen, wann immer ein Kollege sie betrat, ein latenter Sanitärgeruch. Und sobald der besagte Kollege sie wieder verließ, stank es häufig noch erbärmlicher.

Ein keckerndes Lachen erklang aus dem Telefon.

»Was ist denn daran schon wieder so witzig?«, tobte Sackowitz sich in Rage.

»Nichts«, antwortete Heiko. »Ich gucke mir nur gerade eine Episode …«

»Du sollst kein Fernsehen glotzen, sondern meinen Rechner in Ordnung bringen. Und zwar dalli.«

»Ich komm ja gleich zu dir runter.«

»Endlich ein vernünftiger Satz!« Der Journalist donnerte den Hörer zurück auf die Gabel.

»Und jetzt?«, fragte Lothar, ein schmalbrüstiger, sommersprossiger Teenager, dessen genaues Alter Sackowitz sich nie merken konnte, obwohl der Junge bereits zum wiederholten Mal ein Praktikum in der Zeitungsredaktion absolvierte. Fünfzehn? Sechzehn? Vielleicht auch siebzehn? »Was machen wir jetzt?«

»Warten. Bis der Experte sich bequemt.«

»Soll ich mir den Rechner mal ansehen?«, bot Lothar an.

»Nein.«

»Aber ich kann doch …«

… *den Mund halten und mich nicht nerven.* Aber das sprach Sackowitz nicht aus, denn Lothar war der Neffe des Verlegers Bertram und Sackowitz wie die vielen Male zuvor als sein Praktikumsbetreuer auserkoren worden. Die meiste Zeit über war der Teenager ihm nur ein Klotz am Bein, aber an manchen Tagen erwies er sich als nützlich für Arbeiten, die viel Zeit kosteten oder auf die Sackowitz selbst keine Lust verspürte. »Ruf du lieber mal die Presseabteilung der Polizei an und erkundige dich, ob sie inzwischen Informationen über den Mordfall im *Adler* freigegeben haben.«

Während sich der Praktikant voller Motivation hinters Telefon klemmte, näherte sich Kurt Hirschmann, der Anzeigenberater beim *Kurier*, Sackowitz' Schreibtisch. »Hallo, Hardy, hast du kurz Zeit?«

»Muss das jetzt sein?«

»Es geht um unsere Häuser.« Wie Sackowitz war Hirschmann einer der von den Baumängeln betroffenen Eigentümer in Pankow. »Ich wollte nur sagen, dass ich einen neuen Gutachter habe, also, der ist ein guter Freund meines Schwagers, der sich …«

»Kurt, sei mir bitte nicht böse, aber ich komme später zu dir.« Sackowitz hatte den Computerexperten bemerkt, der endlich betont lässig und mit seinem Notebook unter dem Arm heranschlurfte. »Dann reden wir über alles, okay?«

Der PC-Freak war trotz seiner dreißig Lenze von kleiner, dürrer Gestalt, hatte schütteres Haar und lief sommers wie winters in T-Shirts mit schrillbunten Aufdrucken herum. Heute prangte ihm ein fettes »Ich bin ein Nerd!« auf der Brust. Mit übertriebenen Handbewegungen fächelte er sich frische Luft zu. »Puh, Hardy, hast du einen neuen Job? Klofrau?«

»Du kannst mich mal.«

»Scheißlaune, wa?« Grinsend klappte Heiko seinen Laptop auf. »Hier, guck mal, das wird dich aufmuntern.« Auf dem Bildschirm enthauptete eine mies animierte, langhaarige Comicfigur eine andere in orangefarbenem Parka. »Das ist die Episode, von der ich dir am Telefon erzählt habe. In der Ozzy Osbourne Kenny den Kopf abbeißt.«

»Wer zum Henker ist Kenny?«

»Sag bloß, du kennst *South Park* nicht?«

»Cool!« Lothar rollte sich mit seinem Stuhl heran. »Woher hast du die Folge?«

»Hab ich mir gerade aus dem Netz gezogen.«

»Womit das dann ja auch geklärt wäre«, unterbrach Sackowitz die beiden. »Aber Heiko, hättest du jetzt endlich die Güte, dich um meinen PC zu kümmern?«

»Wie oft soll ich dir noch erklären, dass du einen …«

Sackowitz schaltete auf Durchzug. »Und du, Lothar, erzähl mir, was die Pressestelle gesagt hat.«

»Sie hat gesagt, dass das Opfer der Unternehmer Rudolph Fielmeister ist.«

»Und weiter? Wie ist der Ermittlungsstand? Haben sie einen Verdächtigen?«

»Eine Presseerklärung wird gerade vorbereitet.«

Heiko machte mit einem Klopfen auf sich aufmerksam. »Hardy, was hast du letzte Nacht mit deinem Mac angestellt?«

»Geschrieben habe ich. Jedenfalls habe ich es versucht.«

»Vielleicht solltest du dich in Zukunft ein bisschen mehr für deinen Rechner interessieren.«

»Mein Rechner soll funktionieren. Das ist die Hauptsache, der Rest kratzt mich nicht.«

»Was kratzt dich nicht?« Stanislaw Bodkema war aus seinem Büro am anderen Ende der Großraumredaktion getreten. Er schnappte sich eine Zeitung vom Schreibtisch der blondierten Vorzimmerdame und stampfte wie ein gedopter

Stier auf Sackowitz zu. Dabei schwenkte er den *Kurier* wild hin und her. »Ich hoffe, du meinst nicht das hier!«

23

Der Schock stand der kleinen, grauhaarigen Dame mit der hochgeschlossenen Bluse ins Gesicht geschrieben. »Das ist wirklich eine schlimme Sache, das mit Herrn Fielmeister.«

Kalkbrenner konnte ihr nur beipflichten. Mord war immer eine schlimme Sache.

»Seine Frau hat mich gestern Abend noch angerufen, nachdem sie seine …«, die Dame tupfte sich die Augenwinkel mit einem Taschentuch und atmete zitternd aus, »nachdem sie seine Leiche identifiziert hat. Das muss sie eine Menge Kraft gekostet haben.«

Theodora Vissermann, die Sekretärin von Rudolph Fielmeister, trippelte von Gram gebeugt durch den Eingangsbereich der Firmenzentrale, die in einem schmalen, hohen Klinkerneubau unweit von Babelsberg untergebracht war. Das Innere war hell, modern und repräsentativ gehalten, die Sockel und Wände im Foyer, die mit Skulpturen und Bildern Eindruck auf die Besucher hätten machen sollen, waren leer.

»Was waren das für Objekte, die gestohlen wurden?«

»Sie waren ganz unterschiedlich«, antwortete Theodora Vissermann. »Die meisten aus der Hand deutscher Künstler. Herr Fielmeister verstand sich immer als ein besonderer Freund und Förderer hiesiger Kunstschaffender. Dort zum Beispiel«, sie zeigte auf einen mittelhohen, leeren Sockel, »stand eine der Figuren, die zu der viel beachteten Berliner Chronik von Bernd E. Benson gehörte.«

Obwohl der Name Kalkbrenner nichts sagte, zeigte er sich beeindruckt.

»Der Bildhauer hat bereits in New York und Paris ausgestellt, und seine Skulpturen erzielen Höchstpreise. Dahinten stand eine Statue von Devon Devonius, ebenso ein großartiger Künstler aus Berlin. Die Porzellan-Manufaktur Nymphenburg hat seinen Entwurf erst kürzlich in Handarbeit und in limitierter Auflage von nur hundertfünfzig Exemplaren hergestellt. Es war ein besonderer Wunsch von Herrn Fielmeister, dass …«, bestürzt krallte sie ihre Fingernägel in ihre Wangen. »Aber was rede ich da? Im Grunde ist es doch egal. Was sind schon geklaute Figuren und Bilder gegen das Leben von …« Abermals wischte sie sich mit dem Taschentuch die Augen. »Das ist alles so unbegreiflich.«

Auf der Wendeltreppe, die drei Stockwerke miteinander verband, kreuzten Mitarbeiter ihren Weg. Betroffen senkten sie die Köpfe. Aus den Büros drangen nur flüsternde Stimmen.

Durch einen kleinen, quadratischen Vorraum, in dem sich Frau Vissermanns Arbeitsplatz befand, gelangten sie in Fielmeisters Büro. Die Einrichtung war von überraschendem, aber exklusivem Purismus. Im Wandregal waren die Akten ebenso wie die Ablage auf dem Schreibtisch, die aus einer breiten Glasplatte bestand, ordentlich aufgeräumt. Neben dem PC-Monitor zeigten Fotos in drei Bilderrahmen Fielmeisters Ehefrau und die beiden Töchter, die Fenster gewährten einen Blick auf die Blendziegelfassaden der Produktionshallen. Trotz aufwendiger Restaurierung waren diesen Gebäuden die Jahrhunderte anzusehen.

»Saß die Firma schon immer in Potsdam?«, erkundigte sich Kalkbrenner.

»Nein, Fielmeisters produziert erst seit der Wende hier in Babelsberg. Vorher waren wir in Marienfelde zu Hause. Aber mit den neuen Bundesländern hat sich der Firma ein neuer Absatzmarkt erschlossen, infolgedessen musste die Produktion erweitert werden, und das Unternehmen expandierte.

In Marienfelde waren die Möglichkeiten, sich zu vergrößern, mehr als begrenzt.«

Kalkbrenner setzte sich auf einen der bunten Plastiksessel vor Fielmeisters Schreibtisch. Die Möbel sahen zwar modern und teuer aus, waren aber unbequem. Wahrscheinlich war das der Grund, warum Frau Vissermann stehen blieb. »Wollen Sie sich nicht setzen?«

Statt einer Antwort zupften ihre Finger nervös an dem Taschentuch herum. Ihre Augen glänzten schon wieder feucht.

»Geht es Ihnen gut?«

»Sie müssen verstehen, ich bin immer noch … Also, das mit Herrn Fielmeister, dieser Schock.« Mit einem lauten Schluchzen, das sich ihrer Kehle entrang, sank sie auf einen Stuhl.

Kalkbrenner gewährte ihr einige Zeit, um sich zu beruhigen, dann fragte er: »Sie sind also die Sekretärin beider Chefs?«

»Ja, das liegt daran, dass Herr Fielmeister die Firma zunächst alleine leitete, nachdem er sie Ende der Achtziger von seinem Vater übernommen hatte. Herr Peglar kam erst später hinzu. Auf Wunsch der Mutter.«

»Die Mutter wollte, dass Herr Peglar in die Firma eintrat?«

»Nun ja, Herr Peglar hatte zwar Betriebswirtschaft studiert, aber das Studium nicht beendet. Er war ein, wie soll ich sagen, ein Lebemann. Leichtlebiger Umgang, viele Frauen und solche Sachen, Sie wissen schon.« Frau Vissermanns Stimme wurde leise. Verlegen zog sie den Kopf zwischen die Schultern. »Aber Mitte der neunziger Jahre wollte Herr Peglar dann doch etwas Festes. Jeder wird schließlich mal erwachsen. Trotzdem war der Anfang nicht einfach für ihn. Er hat viel verbrannte Erde hinterlassen.«

Kalkbrenner horchte auf. »Verbrannte Erde?«

Sie räusperte sich. »So etwas wie Rücksicht hat Herr Peglar zuvor nie gekannt, auch nicht auf verheiratete Frauen.

Und deren Männer, na ja, viele waren prominent und einflussreich, wussten sich zu rächen ... Sie verstehen, was ich meine?«

»Ich denke schon. Also war Fielmeisters die einzige Chance für ihn, noch etwas zu werden. Und was hat der Vater zu dem Entschluss gesagt?«

»Gustav Fielmeister war einverstanden.«

»Und Rudolph Fielmeister?«

»Aber Herr Peglar war sein Bruder.«

»Sein Stiefbruder, wenn man es genau nimmt, oder?«

»Macht das einen Unterschied? Im Grunde kam Rudolph Fielmeister die Bitte seiner Mutter sehr gelegen. Die Firma expandierte gerade, und er konnte die Aufgaben alleine nicht mehr bewältigen. Die Mitarbeit von Herrn Peglar war ihm eine große Hilfe. Schließlich teilten sie die Arbeit unter sich auf. Herr Fielmeister übernahm den Vertrieb, Herr Peglar den Einkauf.«

Unruhig rutschte Kalkbrenner auf seinem Sessel herum. Nicht nur, weil er endlich zur Sache kommen wollte, auch das harte Plastik presste sich unangenehm gegen sein Steißbein. »Geschäftstermine haben die beiden aber trotz der Arbeitsteilung gemeinsam wahrgenommen?«

»Nein, für gewöhnlich nicht. Es sei denn, es ging um wichtige Angelegenheiten, die alle Bereiche des Unternehmens betrafen.«

»Und in Amsterdam gestern stand eine solche wichtige Angelegenheit an?«

»Ja, es hatte Probleme mit einem der Großhändler gegeben. Etwas war ...«, Frau Vissermanns Augenlider klimperten hektisch, »also, ich weiß nichts Genaues, irgendetwas war schiefgelaufen.«

»Aber wenn der Termin in Amsterdam doch so wichtig für die Firma war, warum ist Herr Fielmeister dann nicht mitgeflogen?«

»Wie? Wieso? Er war doch in … Er war nicht?«

Kalkbrenner fand keine angenehme Sitzposition auf dem Designobjekt. »Herrn Fielmeisters Leiche wurde gestern im Berliner Hotel *Adler* gefunden. Hat seine Frau Ihnen das nicht erzählt?«

In Frau Vissermanns Gesicht spiegelte sich helle Bestürzung wider. »Nein, sie sagte nur, ihr Mann sei …«, nervös spielte sie mit dem Taschentuch, »tot. Ermordet.«

»Ich weiß, dass Sie ungefähr zwei Stunden vor seinem Tod noch mit Herrn Fielmeister telefoniert haben. Worüber haben Sie gesprochen?«

Sie atmete einige Male tief durch, bevor sie antwortete. »Über Dinge, die ich in der Zeit seiner Abwesenheit für ihn erledigen sollte: ein Anruf bei einer Spedition, einige E-Mails beantworten, die Post bearbeiten, nichts von wirklichem Belang, also nichts, was ein Grund wäre, dass er …« Der Rest ihres Satzes ging in hemmungslosem Schluchzen unter.

»Er hat Ihnen also nicht gesagt, dass er seine Pläne geändert hatte?«

»Nein, davon wusste ich nichts. Aber wenn etwas Geschäftliches der Grund dafür gewesen wäre, hätte er es mir mit Sicherheit gesagt. Immerhin war ich für seine Termine verantwortlich, und er legte großen Wert darauf, dass ich sie immer alle minutiös notierte. Damit er später jederzeit nachvollziehen konnte, wann er wo mit wem gewesen war. Da war er sehr gewissenhaft.«

»In diesem Fall wollte Herr Fielmeister offenbar, dass – bis auf seinen Bruder – niemand von dem Termin erfuhr. Er hat sogar einen falschen Namen beim Einchecken ins *Adler* benutzt.«

»Aber warum hätte er so etwas tun sollen?«

Kalkbrenner streckte seinen Rücken. Der Schmerz wanderte vom Steißbein hinauf in seinen Nacken. Die Verspannungen vom Morgen machten sich wieder bemerkbar. »Das wissen wir noch nicht, aber selbst seine Frau hatte er nicht eingeweiht.«

»Das ist …«, die Sekretärin schnäuzte sich, »das verstehe ich alles nicht.«

»Was wissen Sie vom Privatleben von Herrn Fielmeister?«

»Sollten Sie das nicht besser seine Frau fragen?«

»Das werde ich ganz sicher. Aber vielleicht können Sie mir ja schon im Vorhinein ein wenig weiterhelfen. Wie war zum Beispiel das Verhältnis zwischen den Ehepartnern?«

»Sie glauben doch nicht etwa, er hätte …? Nein, das ist völlig undenkbar!« Ihre Finger ließen entrüstet von dem Taschentuch ab. »Ich bin seit dreißig Jahren in der Firma, habe bereits für Herrn Fielmeisters Vater gearbeitet und Herrn Fielmeister als kleinen Jungen erlebt. Ich habe ihn sozusagen aufwachsen sehen. Er war fast wie ein Sohn für mich, so oft, wie er damals seinen Vater ins Büro begleitet hat. Ich war bei seiner Einschulung dabei, bei seiner Konfirmation und natürlich auch bei der Hochzeit vor mehreren Jahren. Danach noch bei der Taufe seiner Kinder. Er war immer so glücklich, sehr glücklich.«

»Und seine Frau?«

»Sie wollen andeuten, dass sie etwas mit seinem Tod zu tun haben könnte? Nein, das ist völlig absurd. Sie hat ihn geliebt. Sie war nicht so wie die anderen Frauen, mit denen er zuvor zusammen war und die nur auf eines aus waren. Sie war anders. Bei ihr waren die Gefühle echt, denn sie hatte keinen Grund, ihn wegen seines Vermögens zu lieben. Sie hat selbst Geld, verstehen Sie?«

Kalkbrenner drehte sich gedanklich im Kreis. »Frau Vissermann, bitte, überlegen Sie noch einmal: Was könnte wohl dazu geführt haben, dass Herr Fielmeister, anstatt nach Amsterdam zu fliegen, in ein Hotelzimmer in Berlin unter falschem Namen eincheckte?«

Ihre Finger bohrten ein Loch in das Taschentuch. »Ich sagte doch schon: Das weiß ich nicht.«

»Was ist mit der Firma? Gab es noch andere Probleme als den niederländischen Lieferanten?«

»Die gibt es immer: mit Kunden, Zulieferern, Mitbewerbern. Das ist nichts Ungewöhnliches, der Markt ist einfach schwieriger geworden.«

»Wurde Rudolph Fielmeister vielleicht deswegen erpresst? Oder bedroht?«

Die Sekretärin versteifte sich merklich.

»Hatte er Feinde? Menschen, die sich seinen Tod wünschten?«

Mit einem Mal lagen Frau Vissermanns Hände still. »Ja.«

24

Über den Köpfen der hektisch hin und her wuselnden, blau berockten Verkäuferinnen leuchtete die bebilderte Speisekarte. Fast jedes der Fotos zeigte gegrillte Fleischklopse, die zwischen Brothälften gequetscht waren. Manche gab es mit Salat und Tomaten, die meisten aber wurden mit Käse, weißer Sauce und Ketchup angeboten. Die Vielfalt erschreckte Tabori.

»Am besten schmecken Hamburger«, meinte Aidan, der Taboris Verunsicherung bemerkt hatte. »Ein Hamburger mit Käse ist ein Cheeseburger. Möchtest du dazu eine Cola?«

»Cola?«

»Kennst du keine Cola?«

»Doch, natürlich.« Das war zwar keine Lüge, aber zu Hause hatte es nie Cola, sondern immer nur Wasser gegeben, weil Taboris Mutter alles andere zu teuer gewesen war.

»Möchtest du Pommes?«, fragte Aidan.

»Was sind *Pommes?*«

»Leckere Kartoffeln.«

»Das kostet bestimmt sehr viel, oder?«

»Keine Angst. Nicht wirklich.«

»Trotzdem möchte ich nicht, dass du für mich bezahlst.«

»Dann willst du selbst zahlen? Hast du also doch eigenes Geld?«

Das Einzige, was Tabori hatte, war Hunger.

»Du kannst es mir zurückzahlen, sobald du Geld verdienst«, bot Aidan an. »Ich werde dir zeigen, wie das geht.«

»Wirklich?«

»Wenn ich es dir doch sage.«

Aber Tabori traute dem Versprechen nicht. Erst gestern hatten ihm Miro und seine Freunde eine saftige Abreibung verpasst, weil sie, so nahm Tabori an, geglaubt hatten, er und Florim wollten ihnen die Arbeit wegschnappen. Und jetzt lud Aidan ihn nicht nur zum Essen ein, sondern wollte ihm auch noch zeigen, wie man einen Job fand? Er glaubte ihm nicht.

»Wovor hast du Angst?«, wollte Aidan wissen.

Tabori befühlte seine Wange.

»Hat dich jemand geschlagen? Wer?«

Obwohl die Schwellung in Taboris Gesicht so gut wie abgeklungen war, konnte man sie bei genauem Hinsehen noch erkennen. Es war ihm peinlich, dass Aidan sie bemerkt hatte. Kurz angebunden erzählte er ihm von der Begegnung mit Miro.

»Den kenne ich«, sagte Aidan, als Tabori geendet hatte.

»Hat er dich auch geschlagen?«

Aidan ging nicht darauf ein. »Und was hat dieser Miro noch mal zu euch gesagt, bevor er ausgeflippt ist?«

»Ich glaube: ›Ihr lasst die Finger davon.‹«

»Nein, das andere.«

»›Das sind unsere Typen.‹ Aber ich hab keine Ahnung, was er damit gemeint haben könnte.«

»Und als Arbeit wolltet ihr am Bahnhof Koffer tragen?«, fragte Aidan.

»Was denn sonst?«

Erneut blieb Aidan ihm eine Antwort schuldig.

Sein Schweigen verwirrte Tabori. »Weißt du, was Miro damit sagen wollte?«

»Ich glaube, das war einfach nur ein Missverständnis.«

»Du meinst, er hat …«

»… euch verwechselt, ja, das meine ich«, sagte Aidan.

Das klang schlüssig. Dennoch hatte Aidans Stimme etwas an sich, das Tabori beunruhigte. Wie wenn jemand eine Lüge erzählte. War etwa auch Aidan mit Miro aneinandergeraten? Aber wenn er nicht darüber reden wollte, mochte Tabori ihn auch nicht dazu drängen.

»Vergiss die Sache einfach«, schlug Aidan vor.

»Ja, das ist wahrscheinlich besser«, fand auch Tabori.

»Nicht alle Jungs sind so wie Miro. Und du auch nicht, Tabori, oder?«

»Nein, so bin ich ganz bestimmt nicht.«

»Versprochen?«

Wieder konnte sich Tabori keinen Reim auf Aidans Worte machen. Aber es stimmte: Nicht jeder Junge war so wie Miro. Aidan war nicht so wie er. Und er, Tabori, erst recht nicht. »Ja, versprochen.«

»Gut«, sagte Aidan zufrieden. »Und warum ist dein Freund Florim nicht mehr bei dir?«

Tabori berichtete von seinem Erlebnis am Bahnhof und wie er vor den Polizisten Reißaus genommen hatte.

»Das hast du gut gemacht«, lobte Aidan.

»Aber warum? Warum wollten die Polizisten uns fortbringen? Wir sind doch keine Verbrecher.«

»Nein, das seid ihr nicht, aber dafür Kinder.«

»Auch das sind wir nicht mehr!«

Aidan lachte. »Trotzdem bist du noch sehr jung. Wenn

sie dich auf der Straße erwischen, bringen sie dich in ein Heim.«

Tabori war schockiert. »Du meinst, sie haben Florim in ein Heim gesteckt?«

»Nein, meistens setzen sie solche wie uns einfach in den nächsten Zug nach Hause.«

Erleichtert atmete Tabori auf. In dem Fall war es zwar schade, dass Florim die lange Reise nach Berlin umsonst angetreten hatte, aber ihn wohlbehalten in Gracen zu wissen war allemal besser, als befürchten zu müssen, man habe ihn in ein Heim oder sogar ins Gefängnis gesteckt.

Aidan bestellte und belud ein Tablett mit Hamburgern, Cheeseburgern, Pommes, die in Pappschachteln serviert wurden, und zwei Plastikbechern mit Cola. An einem der Fenstertische fanden sie freie Plätze.

Ohne den Panoramablick zu beachten, machte sich Tabori über die Burger und die Pommes her. Sie schmeckten salzig und fettig, aber trotzdem irgendwie wunderbar. Schon nach der Hälfte war er satt. Die Cola rumorte in seinem Bauch, prickelte in seiner Nase. Dann entlud sich die Kohlensäure in einem lauten Rülpser.

»Wie lange hast du nichts mehr gegessen?« Aidan betrachtete ihn erheitert.

»Seit gestern Morgen.«

»Bei deinem Hunger hätte ich eher auf eine Woche getippt.«

Tabori errötete verlegen.

»Und wie lange bist du schon in Berlin?«

»Seit gestern Abend.« Das Croissant zählte er nicht mit.

»Ist ziemlich blöd für dich, richtig? Die Leute verstehen einen nicht. Sie halten uns für Bettler. Deshalb hast du vorhin auch das Geld von dem Mann nicht angenommen, oder?«

»Ich will keine Almosen«, empörte sich Tabori.

»Sondern?«

Die Frage hing in der Luft. Tabori blickte aus dem Fenster. Draußen strahlte die Sonne, nicht eine Wolke war am Himmel zu entdecken. Doch die Eile, mit der die Menschen durch die Stadt hasteten, war genauso groß wie gestern. Es hatte den Anschein, als wären sie alle verzweifelt auf der Suche. Wonach, das wusste er nicht. »Ich will Arbeit«, sagte Tabori entschlossen.

»Ist nicht wirklich einfach, welche zu finden.« Aidan nippte an seiner Cola. »Ich kenne das. Als ich in Berlin ankam, war das nicht anders. Aber jetzt hat sich das gelegt.«

»Wie lange bist du schon hier?«

»Ein Jahr oder so.«

»Und wie alt bist du?«

»Vierzehn. Glaube ich.«

»Du glaubst?«

»Mein Vater hat mir nie gesagt, wann ich geboren bin.«

Tabori konnte kaum glauben, was Aidan da sagte. »Warum nicht?«

»Weil er blöd ist.«

»So darfst du nicht reden. Er ist immerhin dein Vater!«

»Trotzdem ist er blöd.«

Taboris Staunen wuchs. »Du weißt also nicht, wann du Geburtstag hast?«

»Du etwa?«

»Ja, am nächsten Sonntag«, erklärte Tabori.

»Und? Kriegst du was geschenkt?«

»Nein. Ich bin ja hier, und meine Mutter hätte sowieso kein Geld.«

»Siehst du. Also bringt es dir auch nichts, wenn du weißt, wann dein Geburtstag ist.«

Wehmütig schaute Tabori nach draußen, aber ihm war, als würde er durch das Fenster in seine Heimat sehen. Dort bekam er zu seinem Geburtstag zwar kein Geschenk, aber er wurde von seiner Mutter immer frühmorgens mit einem Lied auf den Lippen geweckt. Am Abend, wenn sie nach der Arbeit aus der Kirche kam, holte sie meist eine oder zwei Kerzen aus ihrer Tasche heraus, die der Pfarrer ihr überlassen hatte. Sie entzündete sie in der Stube, und dann saßen sie gemeinsam mit Mickael um den Tisch herum, aßen Brei und sangen Lieder, sodass Taboris Geburtstag eben doch zu einem ganz besonderen Tag wurde. Manchmal waren auch schon Ryon und Gentiana vorbeigekommen. Ryon hatte meistens ein kleines Geschenk dabei, einen Aufkleber, eine Figur oder einen Kieselstein, der wie ein Gesicht ausschaute, irgendetwas Unnützes, aber trotzdem ein Zeichen, dass er an Tabori gedacht hatte. Einmal hatte er sogar eine Flasche Cola mitgebracht. Mit dem Getränk hatten sie kurz vor dem Zubettgehen eine Rülpsolympiade veranstaltet, sehr zum Leidwesen von Taboris Mutter, die die Geräusche abscheulich fand. Aber zum Geburtstag ließ sie die Jungs immer gewähren.

»Wo wohl Ryon steckt?«, fragte Tabori.

»Vergiss endlich deinen Cousin.«

Tabori war entsetzt. »Warum sollte ich das?«

»Weil du ihn hier nur durch ein Wunder finden wirst.«

»Das hat Miro auch gesagt.«

»Den wolltest du auch vergessen.« Aidan ging mit seinem Rucksack zu den WCs. Als er nach kaum einer Minute wiederkehrte, fragte er: »Sollen wir?«

»Was hast du vor?«

»Arbeiten. Was dachtest du denn?«

25

Theodora Vissermann brachte Hauptkommissar Kalkbrenner in ein eine Etage tiefer liegendes Büro. Hinter einem mit Akten überladenen Schreibtisch saß ein Mittvierziger mit schütterem Haar. »Das ist Herr Ott. Er ist der Personalchef von Fielmeisters. Und das, Karl-August, ist Herr Kalkbrenner von der Kriminalpolizei. Er hat mich gefragt, ob Herr Fielmeister Feinde hatte, die ihm den Tod wünschten. Und da dachte ich …«

»Ich kann mir schon vorstellen, was du dachtest!« Der Personalchef stellte ein zerknirschtes Gesicht zur Schau. »Habe schon damit gerechnet, dass du sie darauf aufmerksam machst.« Er grub sich durch die Ordner, da er anscheinend etwas zu suchen schien. Seine Lunge gab dabei einen pfeifenden Ton von sich. »Ist eine tragische Sache, das.«

»Was?«, fragte Kalkbrenner.

Ott schwenkte eine Akte. »Wissen Sie, Herr Kommissar, der Markt ist die letzten Jahre über viel schwieriger geworden.«

»Das habe ich ihm schon gesagt«, ließ sich Frau Vissermann vernehmen.

»Das hätte ich mir auch denken können.« Ott deutete auf die Stühle vor seinem Schreibtisch.

Da es die gleichen Designobjekte wie in Fielmeisters Büro waren, zog Kalkbrenner es vor zu stehen. Auch Frau Vissermann nahm nicht Platz, aber Kalkbrenner hatte den leisen Verdacht, dass es dieses Mal weniger den ungemütlichen Stühlen geschuldet war, sondern eher ihrem Verhältnis zu Herrn Ott.

»Nach der Wende ging es aufwärts für Fielmeisters«, begann der Personalchef zu erzählen und legte den Ordner beiseite. »Auf einen Schlag Millionen neuer Kunden, die sich begierig auf unser Angebot stürzten. Dann der Umzug nach Potsdam, in die Fertigungshallen und der Neubau der Büros. Das war …«

»Das habe ich doch alles schon erzählt«, unterbrach ihn Frau Vissermann gereizt.

»Da herrschte eine regelrechte Goldgräberstimmung«, überging Ott ihre Bemerkung. »Ich habe noch gesagt: ›Besser ist, man geht das alles etwas ruhiger an.‹ Aber auf mich alten Herrn wollten die Herrschaften ja nicht hören. Und dann kam es, wie ich es prognostiziert hatte: Ende der Neunziger brach der Markt zusammen. Wie es heute ausschaut, das wissen Sie ja: Wirtschaftskrise, Konjunkturschwäche, Inflation, steigende Einkaufspreise, während der Handel, darunter vor allem die Discounter, die Preise drücken. Aber genau die Discounter sind unsere Großabnehmer. Sie bestellen enorme Mengen, wollen aber dafür auch die Preise bestimmen. Wer von den Anbietern nicht auf ihre Forderungen eingeht, der wird über kurz oder lang verlieren. Also müssen die Angebote hart kalkuliert werden. Was bei stetig steigenden Kosten kein einfaches Unterfangen ist. Bestimmt haben Sie die Aufregung um die Milchbauern mitbekommen, die ihre Milch lieber in den Ausguss geschüttet haben, anstatt sie zu Dumpingpreisen zu verkaufen.«

»Ja, ich habe davon gelesen«, stimmte Kalkbrenner zu.

»Eine Schande, das. Und wohin führt uns das alles? Der Preisdruck, die hart kalkulierten Angebote, die steigenden Kosten? Ich verrate es Ihnen: Die Gewinne schmilzen dahin.«

»Es ging der Firma also nicht gut?«

»Da haben Sie den Nagel auf den Kopf getroffen.« Otts Miene wurde noch düsterer. »Deshalb hat Herr Fielmeister vor vier Monaten auch ein Sparprogramm durchgezogen. Er ließ eine unserer Produktionshallen schließen und baute fünfhundert Stellen ab. Die Finanzchefin Hera Billings musste das Unternehmen verlassen und der langjährige stellvertretende Verkaufsleiter Jürgen Kern trat ab. Auch unser Produktentwickler Jan van Dyck musste gehen – nach dreiundzwanzig Jahren der Betriebszugehörigkeit. Können Sie sich das vorstellen?« Indigniert hämmerte Ott auf den Schreibtisch ein. Die Erschütterung brachte einige Akten zu Fall. »Ausgerechnet Herr van Dyck, dem wir Fielmeisters Beste verdanken. Kennen Sie sie?«

»Heute Morgen erst gekauft.«

»Sehen Sie, wer in Deutschland hat denn nicht Fielmeisters Beste im Vorratsschrank? Der Artikel, auf dem der Erfolg des Unternehmens aufbaute. Und trotzdem musste Herr van Dyck gehen.« Ott bückte sich, hob die Akten vom Boden auf und stapelte sie wieder auf seinem Schreibtisch. Als er wieder aufrecht in seinem Bürostuhl saß, standen ihm die wenigen Haare wild zu Berge.

»Waren die finanziellen Probleme nicht absehbar?«, wollte Kalkbrenner wissen.

»Für die Belegschaft nicht, nein.« Otts vorwurfsvolle Stimme nahm an Lautstärke zu. »Für sie kam die Entscheidung von Herrn Fielmeister vollkommen überraschend. In den Wochen und Monaten vorher hat er kein Wort darüber verloren.«

»Vielleicht hat er die Probleme auch einfach nicht kommen sehen«, warf Frau Vissermann spitz ein.

»Das war ja mal wieder klar, dass du ihn in Schutz nimmst«, zürnte Ott.

»Inwieweit war der Bruder von Herrn Fielmeister in die Entscheidungen involviert?«, kam Kalkbrenner wieder zur Sache.

»Herr Peglar? Gar nicht. Fielmeisters gehörte einzig und allein Rudolph Fielmeister. Er hat die Firma von seinem Vater übernommen, Marten war nur als Prokurist bei ihm angestellt. Nach außen hin gaben sich die beiden zwar gerne als gleichwertige Partner, aber bei grundsätzlichen Entscheidungen ließ sich Herr Fielmeister nicht hineinreden. Er sah einzig sich allein verantwortlich für die Firma. Ich persönlich finde ja, manchmal hätte er noch eine andere Meinung einholen sollen, aber wie gesagt, da war er sehr eigensinnig.«

»Eigensinnig?«, prustete die Sekretärin los. »Ich würde eher sagen: sich seiner Verantwortung bewusst.«

»Ach ja? Das nennst du Verantwortungsbewusstsein?«, bellte Ott. »Setzt seine Mitarbeiter über Nacht auf die Straße. Arbeitslos, ausgerechnet in Brandenburg, Potsdam, Berlin. Hier findet man so schnell nichts Neues. Vielleicht bleibt man auch für immer arbeitslos.«

»Aber der Chef hat sich die Entscheidung nicht leicht gemacht«, hielt Frau Vissermann dagegen.

»Pah!« Ott hieb auf die Tischplatte und faltete dann die Hände wie zum Gebet. »Einer der entlassenen Mitarbeiter hat sich sogar umgebracht. In seinem Abschiedsbrief stand, er habe als Mann versagt, weil er nicht mehr für seine Frau und seine Kinder hätte sorgen können. Bei so einer Tragödie wiegt es natürlich schwer, dass der Fielmeister sich die Entscheidung nicht leicht gemacht hat. Vielleicht war der Schock über den Selbstmord für die Belegschaft sogar noch größer als über die Entlassungen selbst. Von diesem Tag an gab es vermehrt böse Worte, Beschimpfungen und Verwünschungen.«

»Auch Drohungen?«

Ott wackelte unwillig mit dem Kopf. »Schon, aber wir haben das natürlich nicht ernst genommen. In einer solchen Situation, wo man mit erhitztem Gemüt die eigene Enttäuschung und den Schock über den Tod eines Kollegen verkraften muss, sagt jeder mal Dinge, die er später bereut. Die Wut muss halt erst mal irgendwie raus.«

»Aber dabei blieb es nicht?«, vermutete Kalkbrenner.

»Bald gab es E-Mails.« Ott faltete seine Finger und hob sie an den Mund. »Ziemlich böse E-Mails.« Er seufzte.

»Sie meinen Morddrohungen? Von wem?«

Der Personalchef griff wieder nach der Akte, die er am Anfang des Gesprächs herausgesucht hatte. »Das wusste Herr Fielmeister nicht. Die Mails wurden von einem anonymen Account aus versandt.«

»Und die Polizei wurde nicht verständigt?«

»Nein, er maß der Sache keine große Bedeutung bei«, mischte sich jetzt wieder die Sekretärin ein. »Er war ein Mensch, der kein großes Aufheben um unangenehme Dinge machte. Solche Sachen klärte er lieber im Stillen.«

»Genau, bloß keine Öffentlichkeit! Das war sein Motto.« Otts Stimme triefte förmlich vor Sarkasmus. »Deshalb hätte er auch die Kündigungen am liebsten unter den Teppich gekehrt.«

»Das ist nicht fair!«, beschwerte sich Frau Vissermann. »Sein Verhalten war nur ein Zeichen dafür, wie schwer ihm die ganze Sache fiel.«

»Ach was!«

»Ich würde mir die E-Mails gerne ansehen«, unterbrach Kalkbrenner die Streithähne mit ruhiger Stimme.

»Das tut mir leid: Ich habe sie nicht«, entgegnete Ott. »Ich habe sie gelöscht.« Als ihm bewusst wurde, was er da gerade von sich gegeben hatte, räusperte er sich und haspelte schnell: »Schon damals.«

»Sie sind alle auf Herrn Fielmeisters PC gespeichert«, entspannte Frau Vissermann die Situation. »Aber auf den habe ich keinen Zugriff. Der Rechner ist mit einem Passwort geschützt.«

»Würde es Ihnen etwas ausmachen, wenn ich den Rechner mit auf das Präsidium nähme? Da haben wir Experten für solche Sachen.«

»Also, ich weiß nicht«, stotterte die Sekretärin unschlüssig.

»Dürfen Sie das denn rechtlich?«, wandte Ott ein.

»Liebe Frau Vissermann, Sie wollen doch sicherlich, dass

wir den Mörder Ihres Chefs finden.« Kalkbrenner sprach bewusst die Sekretärin an. »Es ist durchaus möglich, dass er noch andere E-Mails bekommen hat, von denen er nichts erzählt hat, die aber einen wichtigen Hinweis auf seinen Mörder enthalten könnten.«

Die Frau zögerte, dann willigte sie ein.

Als Kalkbrenner ihr auf den Flur folgte, drehte er sich noch einmal um. »Und Sie, Herr Ott, stellen mir bitte eine Liste aller Angestellten zusammen. Berücksichtigen Sie auch die Mitarbeiter, die von der Entlassung betroffen waren.«

In Fielmeisters Büro bückte sich Kalkbrenner zu dem PC-Tower hinunter, der neben dem Schreibtisch stand. Er hob den Rechner an, es knirschte, und er hielt das blanke Gehäuse in der Hand.

»Haben Sie etwas kaputt gemacht?«, beschwerte sich Frau Vissermann.

»Na ja, die Abdeckung war nicht festgeschraubt.« Kalkbrenner bestaunte den nackten Computer. »Sie war nur über den Rechner gestülpt – damit es nicht auffällt.«

»Damit was nicht auffällt?« Frau Vissermanns Gesicht war ein großes Fragezeichen.

»Dass man die Festplatte geklaut hat.« *Reiner Zufall ist reiner Zufall.* »Wissen Sie, was sich außer den E-Mails auf der Festplatte befand?«

»Zumeist Geschäftsunterlagen und Verträge. Fast alle sind in Kopie auf meinem Rechner gespeichert. Das andere sind Interna. Chefsache.«

»Zeigen Sie mir bitte den Rechner von Herrn Peglar«, verlangte Kalkbrenner. Auch im Büro des Stiefbruders ließ sich die Abdeckung des PCs mühelos entfernen, auch hier fehlte die Festplatte. »Gibt es ein Backup?«

»Ja, es wurden regelmäßig Sicherheitskopien gemacht. Aber ich habe keine Ahnung, wie …«

»Weiß Herr Peglar davon?«

»Möglicherweise. Bestimmt.« Aufgeregt fuhr sich die Sekretärin durch ihr Haar. »Vielleicht auch nicht. Ich weiß es nicht.«

Kalkbrenner warf einen Blick auf die Uhr. Es war kurz nach zwölf. Schnell rief er Berger an. »Ist Marten Peglar bereits auf dem Weg zu euch?«

»Komisch, dass du mich das fragst.«

»Warum?«

»Weil ich dich deswegen gleich anrufen wollte. Kannst du aufs Präsidium kommen? In einer Stunde?«

26

Sackowitz studierte eingehend den *Kurier,* den Bodkema auf seinen Schreibtisch geknallt hatte. Ein roter Tintenkringel markierte den von ihm geschriebenen Bericht über den Mordfall im Hotel *Adler*. »Und? Was soll damit sein?«

»Das wagst du noch, mich zu fragen?« Bodkemas Stimme dröhnte durch das Großraumbüro. Die umsitzenden Redakteure drehten neugierig die Köpfe in ihre Richtung.

Schnell klappte Heiko seinen Laptop zu. »Ich geh dann mal besser.«

»Nein, du bleibst!«, befahl Sackowitz. »Sieh zu, dass du meinen PC ...«

»Mac!«

Sackowitz wünschte dem Computerexperten ein ganzes Heer von Viren an den Hals, an den Rechner und an den Mac.

Auch Bodkema bedeutete Heiko Richter mit einem Wink, dass er bleiben könne. Der kurze Ausbruch schien seine Wut gelindert zu haben. Er war ein groß gewachsener Mann Mitte fünfzig, der anders als Sackowitz ausnahmslos Anzüge zu tragen pflegte. Seine imponierende Erscheinung unterstrich Bodkema mit seinem Talent, Dinge kurz und, wenn es sein musste, brutal hart auf den Punkt zu bringen. Die Kombination beider Eigenschaften hatte unzweifelhaft ihren Teil dazu beigetragen, dass er es bis zum Chefredakteur des Berliner Boulevardblattes gebracht hatte. »Ich hatte von dir einen Bericht über den Mord am Lebensmittelproduzenten Rudolph Fielmeister aus Mitte erwartet. Stattdessen bekomme ich einen Text über irgendeinen Unternehmer von irgendwo aus Berlin. Geht es vielleicht noch schwammiger?«

»Aber eine offizielle Bestätigung war gestern Abend nicht mehr zu bekommen«, verteidigte sich Sackowitz. »Und du weißt doch, wie Gerichte bei der Verletzung von Persönlichkeitsrechten entscheiden.«

»Ach, seit wann scherst du dich denn um Persönlichkeitsrechte?« Bodkema lachte freudlos. »Oder lag es vielleicht doch daran, dass du gestern Abend einfach keinen Bock mehr darauf hattest, etwas in Erfahrung zu bringen, weil …«

»Stan, das ist doch wohl nicht …?«

»… weil du seit Tagen glaubst, einer anderen heißen Story auf der Spur zu sein?« Er schaute den Reporter ernst an.

»Nur zu deiner Information: Für deinen Fielmeister-Text habe ich mir meinen guten Anzug ruiniert und außerdem die halbe Nacht um die Ohren geschlagen.«

»Du hast eine halbe Nacht für zwei läppische Spalten gebraucht?«

»Mein Computer funktionierte mal wieder nicht.«

Bodkema wirbelte herum. »Herr Richter, was ist mit dem Rechner?«

»Na ja«, druckste der Computerfreak herum, »also, eigentlich nichts.« Er betätigte zwei Tasten auf dem Keyboard. Einen Sekundenbruchteil später leuchtete der Monitor auf und verlangte nach Sackowitz' Benutzerpasswort. »Ich glaube, Hardy hat nur mal wieder eine falsche Tastenkombination gedrückt.«

»Das ist doch völliger Quatsch«, hielt Sackowitz dagegen.

»Ist es nicht. Wenn du dich nur ein bisschen für deinen Rechner interessieren würdest ... Ein Mac ist wirklich kinderleicht zu bedienen. Er ist quasi wie ein Geschenk Gottes, das ...«

»Jetzt hör mal zu, Bürschchen, ich will das Ding benutzen, nicht anbeten.«

Belustigt schnappte Heiko sich seinen Laptop, verabschiedete sich aus der Redaktion und schlenderte zurück in seine Welt aus Bits und Bytes, in der er die unerschütterliche Überzeugung pflegte, Computer und Probleme seien zwei unvereinbare Komponenten. Und wenn etwas tatsächlich Probleme machte, dann waren es seiner Ansicht nach immer die Menschen vor den Computern. Vielleicht lag er mit dieser Annahme im Fall Sackowitz noch nicht einmal daneben.

Obwohl Bodkemas Blick, als er Sackowitz anstarrte, Bände sprach, ging er nicht weiter auf den Vorfall ein. »Hast du inzwischen etwas in Sachen Fielmeister herausgefunden?«

»Ich habe die Pressestelle der Polizei angerufen«, meldete sich Lothar mit stolzgeschwellter Brust zu Wort. »Sie sagen, dass ...«

»... sie schon bald mehr bekannt geben werden«, beendete Sackowitz den Satz seines vorlauten Praktikanten.

»Hardy«, rügte Bodkema nun wieder ehrlich besorgt. »Du willst doch nicht etwa das wiederkäuen, was dir die Pressestelle schickt?«

»Nein, natürlich nicht«, versicherte Sackowitz schnell.

»Also, noch einmal im Klartext: Ich möchte morgen eine gescheite Story im Blatt – über Hintergründe, Motive, Verdächtige. Kann Fielmeisters Tod auf die Firmenturbulenzen von vor einigen Monaten zurückgeführt werden? Oder hatte er eine Affäre? Warum wurde er im *Adler* umgebracht?«

»Stan, ich versichere dir, ich kümmere mich darum.«

»Das will ich aber auch hoffen. Wir halten dir eine Dreiviertelseite frei. Und was die andere Sache betrifft«, Bodkema winkte Sackowitz, ihm in eines der kleinen, als Konferenz- und Interviewräume dienenden Zimmer zu folgen, die von dem Großraumbüro abgingen, »das ist reine Zeitverschwendung. Ich habe mich gestern doch klar genug ausgedrückt?«

Sackowitz wollte protestieren. Instinktiv glitt seine Hand in die Hosentasche und umfasste den Zettel, den er aus seiner teuren, aber ruinierten Anzughose hervorgeholt und in die Jeans gesteckt hatte. *Du lässt sofort Frau Michels in Frieden!*

»Hast du mich verstanden?«, fragte Bodkema erneut.

»Ja, Stan. So klar und deutlich wie damals, als du mir versprochen hast, dass mein Schreibtisch hier nur vorübergehend geparkt sei.«

»Ach? Was gefällt dir an deinem Arbeitsplatz denn nicht?«

»Er ist scheiße.«

»Ist das dein einziges Argument?«

Sackowitz deutete durch die offene Tür auf seinen Schreibtisch. Eine junge Kollegin verließ gerade den benachbarten Toilettenraum. Über Bodkemas Gesicht huschte ein Schimmer des Verstehens. »Schon klar. Ich werde sehen, was sich machen lässt.«

»Und wie geht es jetzt weiter?«, fragte Lothar, nachdem Sackowitz zu seinem Arbeitsplatz zurückgekehrt war.

Sackowitz fingerte das Papier mit Magda Michels' Telefonnummer aus der Hosentasche und klebte es mit einem Streifen Tesa zu den anderen Notizen, die rings um seinen Monitor mehr oder minder in Vergessenheit gerieten. »Ich werde den Angehörigen von Fielmeister einen Besuch abstatten. Danach fahre ich raus zur Firma nach Babelsberg und versuche, dort etwas in Erfahrung zu bringen.«

»Und ich?«

»Du wirst alle Informationen über Fielmeister zusammentragen, die du auftreiben kannst: Familie, Schule, Ausbildung und so weiter.«

Mit dieser Anweisung, die den Jungspund hoffentlich für die nächsten Stunden beschäftigen würde, begab sich Sackowitz zu seinem Wagen. Wie jeden Tag hatte er auch heute nur einen Parkplatz etliche Querstraßen vom Verlagsgebäude entfernt bekommen, diesmal in einer Nebenstraße der Alten Schönhauser. Um sich auf dem kurzen Spaziergang dorthin von der Kälte abzulenken, klingelte er seinen Sohn an.

»Treffen wir uns gleich, Hardy?«, meldete sich Till sofort.

Auch wenn ihn sein Sohn schon seit Jahren mit dem Vornamen anredete, mochte Sackowitz sich nicht so recht daran gewöhnen. Es klang … eben nicht so, wie ein Sohn seinen Vater anzusprechen hatte. Dabei hätte ihr Verhältnis kaum besser sein können. »Ja, ich mach mich grad los.«

»Und der Fotograf kommt auch?«

»Ja, der fährt am Mittag zu dir in den Stall hinaus. Bis dahin haben wir auch das Interview im Kasten. Ich kann nämlich leider nicht so lange bleiben. Muss unbedingt noch einiges erledigen.«

»Das ist gar kein Problem. Ich finde es schon toll, dass du überhaupt einen Bericht über mich schreiben willst.«

»Wozu hat man denn einen Vater bei der Zeitung, wenn nicht dafür?«

Sackowitz beendete das Gespräch und entriegelte die Tür seiner Rostlaube, als eine schwarze Limousine mit quietschenden Reifen hinter ihm zum Stehen kam. Die Jagd nach freien Parkplätzen in Mitte schien immer bizarrere Züge anzunehmen.

Doch dann entsprangen dem BMW muskulöse, dunkelhäutige Jugendliche, und ein Glatzkopf packte Sackowitz am Kragen. »Hey, du bist doch der Reporter, oder?«

27

Kalkbrenner nahm den Aufzug in den dritten Stock des Präsidiums. Über fleckiges Linoleum gelangte er zu den Büros des Morddezernats Berlin-Mitte. Im Vorzimmer erwartete ihn Rita schon mit einem nachsichtigen Lächeln. »Du bist spät dran«, begrüßte sie ihn.

»Ging leider nicht früher.« Im Konferenzsaal hatten sich bereits Berger, Sera Muth, die Kriminaltechnikerin Dr. Bodde und der Gerichtsmediziner Dr. Wittpfuhl um den kleinen Tisch gruppiert. Am Kopfende wippte der Dezernatsleiter Dr. Dietmar Salm ruhelos auf seinem Stuhl. »Der Chef ist sauer?«

»Wie immer.«

»Na, dann mal los.«

»Ach was, der hat mittlerweile so lange gewartet, da sind fünf Minuten mehr auch schon egal. Schaden tut's ihm jedenfalls nicht.«

»Mir auch nicht«, fand Kalkbrenner.

»Wunderbar. Möchtest du Kuchen?«

Ritas Kuchen, vor allem aber deren Kalorien, waren genauso berühmt wie berüchtigt. »Nein danke.«

»Wie, du verschmähst meinen Kuchen?«

»Ich habe schon zu Hause gegessen.«

»Und was?«

»Äh, Brot.« Das war glatt gelogen, aber dass er eine Konserve von Fielmeisters Besten dem Nusskuchen von Rita vorgezogen hatte, machte eine Notlüge akzeptabel.

Ihr Wickelrock flatterte Rita um die wohlgenährte Hüfte, während sie zum Kühlschrank watschelte. Winters wie sommers trug sie stets Wickelröcke mit geblümter Bluse, an der sie mit Vorliebe Broschen befestigte. Dazu kombinierte sie im Sommer Sandalen und, sobald es kälter wurde, Turnschuhe. Sportschuhe waren zwar ein glatter Stilbruch zu ihrem sonstigen Outfit, aber »so was von bequem«, wie sie nie zu betonen vergaß.

Auch ihren Kuchen hatte sie nicht vergessen. Plötzlich tauchte ein Teller unter Kalkbrenners Nase auf. »Mein Gott, was ist das denn?«

Rita strahlte über ihr ganzes fülliges Gesicht. »Ich hab verstanden, dass ihr keinen Nusskuchen mehr sehen könnt, und deshalb habe ich mich an etwas Neuem versucht.«

Kalkbrenner unterzog den Kuchen, der unter einer monströsen Ladung Sahne versank, einer genaueren Prüfung. »Und was soll das sein?«

»Karottenkuchen.«

Vor die Wahl gestellt war der Chef zweifelsohne das kleinere Übel. Hastig verschwand Kalkbrenner Richtung Konferenzsaal. In dem Raum, der normalerweise mit einem Tisch und vier Stühlen hinreichend ausgefüllt war, drängten sich jetzt sechs Personen. Die Temperatur hätte einer Sauna zur Ehre gereicht. Aus unerfindlichen Gründen war die Heizung im letzten Sommer kaputtgegangen und ließ sich seitdem nicht mehr ausschalten. Die Möbel in Eiche rustikal und das Holzfurnier an den Wänden unterstrichen das heimelige Sauna-Ambiente, an dem auch Pinnwand, Fernseher und Kaffeemaschine nichts ändern konnten.

»Mensch, Kalkbrenner, da sind Sie ja endlich«, raunzte ihn Dr. Salm an, der sich auch als leitender Dezernent des Kriminalkommissariats beharrlich weigerte, Menschen nicht auf ihre Nachnamen zu reduzieren. »Ich habe Ihren Kollegen gerade mitgeteilt, dass Gustav Fielmeister, der Vater des Ermordeten, regelmäßig Golf mit dem Potsdamer Oberbürgermeister spielt. Der wiederum ist ein guter Freund vom Polizeichef, meinem Schwager. Sie können sich also denken, dass dem Fall Fielmeister ganz besondere Aufmerksamkeit zuteilwerden wird.«

Welchem Fall wird das nicht? Kalkbrenner setzte sich auf den letzten freien Stuhl neben dem Chef. Der Sessel quietschte, als er sich niederließ, das verräterische Ächzen in die Jahre gekommener Behördenmöbel. Rita platzierte ihren Sahneberg mit Kuchen als Unterlage auf dem Tisch, bevor sie mit Engelsgeduld Tellerchen und Gabeln verteilte.

»Frau Barnitzke, muss das jetzt sein?« Dr. Salms Halsschlagader trat bedrohlich hervor.

»Falls jemand Hunger hat.« Unbeirrt weiterlächelnd erweiterte sie das Büfett um Gläser, Tassen sowie Wasserflaschen und einen Pott Kaffee. »Falls jemand Durst hat.« Erst dann nahm sie auf dem Stuhl Platz, der zur Hälfte im kühlen Vorraum stand.

»Können wir jetzt endlich beginnen?«, fragte Dr. Salm genervt, und sein Tonfall ließ ahnen, dass er nicht gewillt war, noch weitere Verzögerungen hinzunehmen. »Wittpfuhl, fangen Sie an!«

Betont langsam klappte der Gerichtsmediziner einen Ordner auf und überflog den Inhalt, der aus mehreren Dutzend eng betippter Blätter bestand. »Das Opfer wurde am Dienstagabend um etwa zehn nach acht Uhr abends erschossen, plus/minus eine Viertelstunde und …«

»Herr Fielmeister kannte seinen Mörder vermutlich«, fügte Dr. Bodde hinzu. Das Auftreten der Leiterin der Spurensicherung war gewohnt sachlich und routiniert. »Wir konnten keine Spuren eines gewaltsamen Eindringens entdecken. Dann allerdings kam es zu einer handgreiflichen Auseinandersetzung zwischen den beiden Personen, in deren Folge Herrn Fielmeister zwei Fausthiebe ins Gesicht trafen. Anschließend streckte ihn eine Kugel in den Brustkorb nieder.«

»Insgesamt haben Herrn Fielmeister drei Kugeln getroffen«, ergänzte wieder Dr. Wittpfuhl, während er Sahne mit etwas Kuchen auf seinen Teller schöpfte und begann, den süßen Matsch genüsslich – und zum Leidwesen des Dezernatsleiters auch ohne Hast – zu verzehren. Nachdem er sich etwa die Hälfte des Karottenbreis löffelnd einverleibt hatte, fuhr er fort: »Wie die Kollegin bereits erwähnte, erwischte die erste Kugel Herrn Fielmeister in der Brust und beschädigte seine Lunge. Das zweite Geschoss traf ihn in der Magengegend. Es streifte die Leber, war aber nicht lebensgefährlich. Die letzte Kugel erwischte ihn am Hals und zerfetzte die Luftröhre, wodurch Fielmeister erstickte. Und bevor Sie fragen: Ja, der Täter hat eine Waffe mit Schalldämpfer benutzt.«

Rita präsentierte das Bild einer Pistole. »Die Tatwaffe war nach Aussage der Ballistiker eine Selbstladepistole der Marke Walter PP, Kaliber 6,35 Millimeter. Viele Jahre wurde sie als Polizeidienstwaffe genutzt, bevor sie 1972 ausgemustert wurde, aber bei Sportschützen ist sie noch heute beliebt. Kein seltenes Modell also, allein in Berlin werden davon etliche im Jahr geklaut.«

»Schön«, sagte Dr. Salm.

Kalkbrenner wusste zwar nicht, was an dieser Information schön sein sollte, aber er enthielt sich eines Kommentars.

»Auch wenn die Schlägerei es vermuten lässt, dürfte es sich bei dem Mord um mehr als nur eine Tat im Affekt handeln.« Der Dezernatsleiter nieste. »Schließlich tragen die wenigsten Leute eine Pistole einfach so bei sich, wenn sie sich im Hotel verabreden.«

»Demnach spielte der Mörder also schon im Vorhinein zumindest mit dem Gedanken, Herrn Fielmeister umzubringen«, konkretisierte Berger. »Oder er kam tatsächlich mit der konkreten Absicht zu dem Treffen, ihn zu töten.«

»Dann hätten wir es mit vorsätzlichem Mord zu tun«, brachte es Kalkbrenner auf den Punkt und goss sich Mineralwasser in ein Glas. Es war furchtbar warm in dem Zimmer, und der Schweiß rann ihm von den Achseln an den Armen hinunter.

»Wissen wir inzwischen, warum Fielmeister das Hotelzimmer gebucht hatte?« Dr. Salm zupfte ein Taschentuch aus seiner Hose und schnäuzte sich wie ein Walross. »Ich meine, ging es um eine Affäre? Wollte er sie vielleicht beenden? Drehte der eifersüchtige Partner vielleicht durch, als er davon erfuhr?«

Ein Verbrechen aus der Nähe geschieht immer aus Leidenschaft. Da war es mal wieder, eines von Kalkbrenners weisen kleinen Helferlein – und eine ungute Erinnerung überkam ihn.

Berger schien den gleichen Gedanken zu haben. Er warf Kalkbrenner einen stechenden Blick zu, dem dieser auswich.

Der Kollege raschelte mit den Unterlagen, die er ohne erkennbares Prinzip vor sich ausbreitete. Schweißtropfen von der Stirn verfingen sich in seinen Augenbrauen. »Ich habe Herrn Fielmeisters persönliches Umfeld durchleuchten lassen.« Berger kämpfte sich durch die Akten und hielt einige Bilder hoch, auf die er wie zufällig stieß. Die Fotos entstammten augenscheinlich dem Fielmeister'schen Familienalbum: zwei kleine Töchter, eine rundlich und hübsch, die andere schlank und adrett. »Die armen Kinder. Sind jetzt ohne Vater. Das wünscht man wirklich …«

»Herr Berger!«, mahnte der Chef.

»Entschuldigen Sie.« Hilflos blätterte sich Berger durch die Ordner. Es war jedes Mal der gleiche enervierende Anblick. »Die Fielmeisters haben vor … Moment noch!« Er rieb sich den verschwitzten Bart, wischte sich über Augen und Stirn. Dann endlich hellte sich seine Miene auf. »Vor mehreren Jahren haben sie geheiratet und sind vor anderthalb Jahren in das Apartment im Beisheim-Center gezogen.« Er klappte einen Ordner zu und öffnete einen anderen. »Wir haben Nachbarn und Freunde vernommen, aber egal, wen wir gefragt haben, niemand konnte oder wollte von Schwierigkeiten oder familiären Problemen berichten. Die Fielmeisters galten als glückliche, vorbildliche Familie. Kein Hinweis auf außerehelichen Verkehr von Herrn Fielmeister oder seiner Ehefrau.« Berger verdrehte verzweifelt die Augen. Diesmal erwiderte Kalkbrenner seinen Blick. Der Kollege zuckte enttäuscht mit den Achseln. *Habe mich wohl geirrt.*

»Auch ansonsten war Rudolph Fielmeister ein Mann mit tadellosem Ruf«, schaltete sich nun auch Rita ein. »Es gibt keinerlei Einträge über ihn in unseren Registern. In der Presse wurde über ihn immer positiv berichtet, es hieß, er sei ein vorbildlicher Familienunternehmer. Lediglich vor fünf Monaten gab es Negativschlagzeilen, als er Mitarbeiter entließ. Offenbar musste die Firma finanzielle Engpässe ausgleichen.«

Ein schallendes Niesen erfüllte den stickigen Raum, kurz darauf vibrierte der Raum von einem weiteren. »Meine Güte!« Dr. Salm rieb sich die Augen. »Herr Kalkbrenner, haben Sie etwa wieder Ihren Hund dabei?«

»Nein, mein Hund ist …«

»Sie wissen doch, dass ich allergisch bin.«

»… nicht hier.«

Während der Chef abermals von einer heftigen Niesattacke erschüttert wurde, entfernte Kalkbrenner unbemerkt einige Hundehaare von seinem Pullover. Dann händigte er Muth eine Liste mit Namen aus. »Das sind die Mitarbeiter von Fielmeisters, auch jene, die vor fünf Monaten entlassen wurden. Die Kündigungen kamen überraschend, keiner konnte sie vorausahnen. Verständlicherweise haben sie den Zorn der Belegschaft entfacht. Es hat sogar Morddrohungen gegeben.«

Sofort fischte Dr. Salm nach der Personalliste. Mit tränenden Augen überflog er die Namen. »Und einer der ehemaligen Mitarbeiter ist der Mörder?«

»Das ist nicht gesagt. Ein entlassener Mitarbeiter hat sich sogar umgebracht, weil er die Schande nicht ertrug, nicht mehr für seine Frau und Kinder sorgen zu können.«

»Der kann also nicht unser Mörder gewesen sein«, prustete Dr. Salm hinter seinem Taschentuch los.

»Aber seine Hinterbliebenen hätten zumindest ein Motiv«, warf Rita ein.

»Die Angehörigen können doch nicht einfach so Fielmeister für die überzogene Reaktion des Mannes verantwortlich machen«, zweifelte Berger.

»Vielleicht sahen sie das etwas anders, schließlich ist der Mann gestorben«, sagte Dr. Salm. »Der Mörder könnte auch der Bruder oder der beste Freund des Mannes oder von ihnen engagiert worden sein.«

»Ich fasse zusammen: Herr Fielmeister wurde bedroht und wollte sich im Hotel *Adler* verstecken«, resümierte Berger. »Der falsche Name diente seinem Schutz. Wissen wir denn, von wem die Morddrohungen stammen?«

»Leider nicht«, setzte Kalkbrenner die Anwesenden in Kenntnis. »Sie kamen anonym per E-Mail. Eigentümlicherweise sind die Nachrichten verschwunden – mitsamt den Festplatten.«

»Bei dem Einbruch?«, fragte Muth, die sich bisher aus der Diskussion herausgehalten hatte.

»Ich dachte, es wurden nur Bilder und Skulpturen entwendet?«, wunderte sich Rita.

In wenigen Worten berichtete Kalkbrenner, was er in der Firmenzentrale entdeckt hatte. »Der Einbruch galt tatsächlich nicht den Kunstobjekten. Ich vermute, die sind überhaupt nur entwendet worden, um von der eigentlichen Beute abzulenken.«

»Den Morddrohungen auf der Festplatte«, konstatierte Dr. Salm.

»Nein«, widersprach Kalkbrenner und erntete damit reihum erstaunte Blicke. Lediglich Sera Muth und Dr. Bodde schienen nicht überrascht zu sein.

»Ach, und wieso nicht?«, fragte Berger.

»Weil den Tätern klar gewesen sein muss, dass wir das Fehlen der Festplatten früher oder später bemerken werden.«

»Dann wollte unser Täter Zeit gewinnen«, schlussfolgerte Dr. Salm.

»Aber wozu? Um zu erfahren, dass es Morddrohungen gegen Herrn Fielmeister gab, haben wir die Festplatten nicht gebraucht. Das haben wir auch ohne sie herausgefunden, und die Mitarbeiter können wir ebenfalls vernehmen, ohne die E-Mails in den Händen zu haben.« *Der Einbruch könnte auch nur der Versuch gewesen sein, von den wahren Mordmotiven abzulenken.* »Viel wahrscheinlicher ist doch, dass jemand unbedingt will, dass wir uns bei den Ermittlungen auf die Mitarbeiter konzentrieren.«

»Du meinst also, der Diebstahl galt nicht dem Vertuschen der Morddrohung?« Berger griff zur Kaffeekanne, überlegte es sich dann aber anders und goss sich stattdessen kühles Wasser in die Tasse. »Und um was ging es deiner Meinung nach dann?«

»Die Sache mit der Morddrohung könnte eine weitere falsche Spur sein«, vermutete Kalkbrenner. »Sie kam dem Mörder gerade recht, weil sie von seinem eigentlichen Motiv ablenkt.«

Die Heizung bollerte gluckernd, doch niemand nahm davon Notiz. Jeder schwitzte sowieso, was die Poren hergaben.

Dann meldete sich Muth zu Wort. »Aber Paul, wenn Herr Fielmeister, wie du sagst, die Morddrohungen nicht an die große Glocke gehängt hat, wer konnte dann davon wissen und sie für seine Zwecke nutzen?«

»Seine Frau hätte uns sicherlich davon erzählt, wenn sie darüber Bescheid gewusst hätte.«

»Es sei denn, sie hatte Gründe, uns zu belügen!«, war Berger zu vernehmen.

»Also dann wahrscheinlich doch ein Angestellter«, sagte Rita.

»Oder aber sein Bruder, Herr Peglar«, fügte Muth mit einem wissenden Blick hinzu.

»Dann wird es Zeit, dass wir ihn endlich befragen«, polterte Dr. Salm. »Ist Peglar inzwischen auf dem Präsidium?«

Muth räusperte sich verlegen. »Das ist unser nächstes Problem.«

28

An der Kreuzung holte Aidan aus seinem Rucksack einen Schwamm, einen T-förmigen Stab mit breiter Gummikrempe und eine alte Plastikflasche voller Wasser.

»Damit kann man Geld verdienen?«, fragte Tabori zweifelnd.

»Natürlich.«

»Wir beide?«

»Schon, aber der hier ist meiner.« Dann brachte Aidan aus einem stinkenden Abfalleimer am Straßenrand einen weiteren Gummistab zum Vorschein. »Dieser hier ist für dich.«

An dem Stab löste sich die Gummikrempe bereits von der Halterung.

»Er ist nicht mehr der neueste«, gab Aidan zu. »Ist mein alter Wischer, aber für den Anfang kannst du den gut benutzen. Und nachher gibst du mir was dafür.«

»Nachher?«

»Klar, wenn du mit ihm Geld verdient hast. Aber Vorsicht: Press ihn nicht zu fest auf die Autoscheiben, sonst zerkratzt du das Glas. Kapiert?«

»Nicht wirklich«, gestand Tabori.

»Na gut. Komm, ich zeige es dir.« Eine Rotphase unterbrach gerade den dichten Verkehrsfluss. Kaum standen die Autos still, flitzte Aidan auf die Kreuzung und vor die Pkws.

Wie der Markthändler in Gracen, wenn er Obst und Gemüse anpries, schwenkte Aidan Schwamm und Wasserflasche.

Der erste Autofahrer schüttelte genervt den Kopf, aber der zweite nickte. Mit einer kurzen Bewegung spritzte Aidan aus der Flasche einen Schwall Wasser auf die verdreckte Frontscheibe, und ebenso schnell wischte er mit dem Schwamm über das Glas, bevor er es mit dem Gummiwischer trocknete. Für die gesamte Prozedur brauchte er keine zehn Sekunden. Der Fahrer des Autos kurbelte anschließend die Seitenscheibe hinunter und ließ ein Geldstück in Aidans Hand fallen. Die Münze war kaum auf seiner Handfläche gelandet, da spurtete der Junge schon zum nächsten Fahrzeug, bei dem er erneut Glück hatte, sodass sich das Spiel wiederholte. Die restlichen Autofahrer, die er noch fragen konnte, lehnten die Reinigung ab, dann sprang die Ampel auch schon wieder auf Grün. Bevor die Pkws ihn unter sich begraben konnten, stand Aidan wieder neben Tabori am Bordstein.

Er hatte drei Münzen in seiner Hand: 50 Cent, 20 Cent und 10 Cent. Verdient in nicht einmal zwei Minuten. Tabori rechnete hoch, was das über den Tag ergeben konnte, und traute sich nicht, die Summe laut auszusprechen. Es stimmte also doch, was Ryon gesagt hatte: Die Arbeit lag buchstäblich auf der Straße.

»Achtung!«, unterbrach Aidan seinen Gedankengang, als die Fahrzeuge erneut stoppten. Diesmal hatte Aidan nicht so viel Glück, nur ein einziger Fahrer ging auf sein Angebot ein. »Mal läuft es, dann mal wieder nicht, aber am Ende des Tages hast du trotzdem immer eine nette Summe zusammen«, erklärte er, und Tabori glaubte ihm aufs Wort. »Willst du es probieren?«

Was für eine Frage, natürlich wollte er!

Aidan reichte ihm die Wasserflasche und den Schwamm. Bei der nächsten Rotphase sprintete Tabori los. Der erste Fahrer verneinte, der zweite ebenfalls. Der dritte ließ als Zeichen seiner Ablehnung Wasser aus der Scheibenwischerdüse spritzen. Die kalte Flüssigkeit traf Taboris Gesicht, aber er hastete schon zum nächsten Auto weiter, in dem ein Mann nickte. Tabori goss etwas Wasser auf die Scheibe und begann, mit dem Schwamm zu schrubben. Bei der Kälte fühlten sich seine Finger bald eisig an. Auf Dauer würde er Handschuhe benötigen. Trotzdem wischte er in diesen Sekunden die Scheibe trocken, als wäre es die wichtigste Aufgabe der Welt. Er kassierte eine Münze dafür, auf die nur eine Eins geprägt war.

Zurück auf dem Gehsteig tätschelte Aidan ihm anerkennend die Schulter. »Das ist 1 Euro. Sehr gut.«

»1 Euro?«

»Das sind 100 Cent.«

»Also mehr, als du mit dreimal Putzen bekommen hast?«

»Richtig.«

Lächelnd drückte Tabori ihm das Geldstück in die Hand. »Für dich. Fürs Essen. Und für den Wischer.«

»Danke, aber das wird nicht reichen.«

»Dann arbeite ich eben mehr.«

Von nun an nahmen sie sich abwechselnd die Autoscheiben vor. Obwohl sie sich erst seit wenigen Stunden kannten, waren sie bald ein eingespieltes Team. Plötzlich schubste Aidan Tabori unsanft in einen Hauseingang. Tabori rieb sich den schmerzenden Arm: »He, was soll das?«

»Polizei!«

Tabori blickte sich um. Als er in der Autoschlange vor der Ampel ein Polizeifahrzeug entdeckte, bekam er ein mulmiges Gefühl. Dann fuhr das grün-weiße Auto an, und sie nahmen ihre Arbeit an der Kreuzung wieder auf. In den nächsten anderthalb Stunden wurden sie nicht mehr unterbrochen. Während einer kurzen Pause zwischen den Rotphasen schwenkte Aidan die Flasche mit dem Wasser vor Taboris Augen umher: »Weißt du, was das ist?«

»Një shishe.«

»Nein. Das ist *eine Flasche.*«

»Flasche«, wiederholte Tabori auf Deutsch.

»Und was ist da drin?«

»Ujë.«

»Nein, das ist *Wasser.* Und was machen wir damit?«

»Pastrim.«

»Das heißt: *Putzen.*«

»Man kann es auch *du ujë.*«

»Richtig. Man kann es *trinken.* Und manche Leute sollten es auch«, er schnupperte übertrieben an Tabori, »zum *Waschen* benutzen.«

Bestürzt sah Tabori seinen neuen Freund an. Seit er in Gracen aufgebrochen war, hatte er sich nicht mehr waschen können. »Stinke ich so stark?«

»Nein, das war nur ein *Scherz.*«

»Was war das?«

»Ein *shaka.*«

Zwischenzeitlich kam der Verkehr zum Stehen, Aidan war an der Reihe, putzte und setzte danach die Lehrstunde fort. Er erklärte Tabori das *Fahrrad,* das *Auto,* den *Bus,* das *Haus,* das *Geschäft,* den *Supermarkt* und wie man danach fragte. »Wo ist der Bahnhof?«

»Wo ist der Bahnhof?«, echote Tabori. In Gedanken schwor er sich, diese Frage nie wieder zu vergessen.

Dann waren die *Frau,* der *Mann,* die *Eltern,* die *Kinder,* die *Schwester,* der *Bruder* und schließlich sogar der *Cousin* an der Reihe, anschließend *Kleidung, Jacke, Hose, Socken, Schuhe* sowie *Handschuhe* und *Regenschirm.* Bei der Auswahl der Worte hatte sich Aidan an ihrer aktuellen Situation orientiert: Ihre Kleidung war triefend nass, und die Finger schmerzten vor Kälte. Ihre Jackentaschen beulten sich allerdings von all den Münzen, die sie eingenommen hatten. Allein das Klimpern zu hören war die Anstrengung wert.

»Was haben wir vorhin gegessen?«, fragte Aidan.

»Cola!«

»Nein, Cola ist ein *Getränk.*«

»Und *Hamburger.*«

»Genau. Hamburger. Was noch?«

Tabori dachte nach, aber es wollte ihm nicht mehr einfallen.

»*Cheeseburger*«, half Aidan.

»Genau, ein Cheeseburger. Mit Pommes!«

Wissbegierig lernte Tabori in kurzer Zeit eine Vielzahl deutscher Wörter. Einige konnte er sich auf Anhieb merken, weil sie lustig klangen oder ihn an etwas erinnerten, andere musste er ein paarmal wiederholen.

Irgendwann formten sich als graue Vorboten von Schnee dicke Wolken am Himmel. Die Autofahrer schalteten die Scheinwerfer ein, Laternen erhellten die Straßen, und in den Geschäften setzte buntes Flackern und Flirren ein. »Wir gehen!«, beschloss Aidan.

»Wohin?«

»Geld zählen. Und dann essen.«

Erst jetzt bemerkte Tabori, wie hungrig er war. Den ganzen Tag über hatte er gearbeitet, gelernt und vor Begeisterung an nichts anderes gedacht – nur ein einziges Mal an seine Mutter und daran, wie stolz sie auf ihn sein würde. Heute hatte er sich sein Essen redlich verdient.

29

Alle Aufmerksamkeit der Anwesenden richtete sich auf Sera Muth. Im stickigen Konferenzraum erklärte die Kriminalkommissarin ihren Kollegen: »Marten Peglar ist zwar gestern nach Amsterdam geflogen, hat aber nicht in das gebuchte Hotel eingecheckt. Auch den Flieger zurück nach Berlin hat er heute Morgen nicht genommen. Kurzum: Er ist verschwunden.«

Dr. Salm presste seine Fingerknöchel gegen die juckenden Augen. »Gibt es dafür einen Grund?«

»Wir haben einen Großteil der Hotelgäste des *Adler* befragt. Das hat eine Weile gedauert und …«

»… der Direktionsmanager war nicht sehr erfreut darüber«, ereiferte sich der Dezernatsleiter. »Er hat sogar schon eine Beschwerde beim Polizeichef eingereicht. Nur mit langem Zureden konnte mein Schwager ihn beruhigen. Ich hoffe bloß, dass sich der Ärger gelohnt hat.«

»Nun, ohne die Vernehmung der Hotelgäste hätten wir die Identität des Toten nicht so schnell feststellen können.«

Dr. Salm nieste. Es klang beinahe wütend. »Das ist alles?«

»Nein. Darüber hinaus hat ein Ehepaar um etwa halb acht Uhr im Flur der zweiten Etage Herrn Fielmeister in Begleitung eines Mannes gesehen. Der Beschreibung zufolge muss es sich dabei um seinen Bruder Marten Peglar gehandelt haben. Das Ehepaar konnte ferner beobachten, dass sich die beiden stritten. Eine Aussage, die zusätzlich durch einen Hotelpagen bestätigt wird, der dem Ehepaar gerade seine Koffer auf sein Zimmer trug. Die drei sahen, wie Fielmeister und Peglar gemeinsam aufs Zimmer gingen, wo es zwischen ihnen zu der bereits erwähnten handgreiflichen Auseinandersetzung gekommen sein muss.«

»Davon zeugen ja auch die festgestellten Wunden im Gesicht von Herrn Fielmeister: ein Hämatom an der Wange, eine Platzwunde an der Augenbraue«, bestätigte Dr. Wittpfuhl, der die letzten Minuten damit verbracht hatte, sich an Ritas Kuchen gütlich zu tun. Jetzt entnahm er seinen Unterlagen weitere Bilder. Es handelte sich um stark vergrößerte Mikroskopaufnahmen. »Eindeutiger Beweis für einen heftigen Streit sind allerdings Hautschuppen sowie

Blutpartikel unter den Fingernägeln des Opfers, die nicht von ihm stammen. Im Labor wurde eine DNA-Analyse vorgenommen.«

»Sie ist identisch mit dem genetischen Fingerabdruck, den wir aus Speichelresten an einer leeren Gin-Tonic-Flasche auf der Hotelkommode gewinnen konnten«, schaltete sich Dr. Bodde ein und machte gleich darauf eine kurze Pause, in der sie sich Wasser in ein Glas einschenkte. »Der DNA-Abgleich ergab einen Volltreffer in der Datenbank: Marten Peglar. Zudem konnten wir an der gleichen Flasche Fingerabdrücke sicherstellen, die mit weiteren Abdrücken am Stuhl, an der Kommode und am Türrahmen identisch sind – alle vermengt mit Blut aus den Schusswunden des Toten. Diese Abdrücke lassen sich ebenfalls Peglar zuordnen.«

»Marten Peglar ist übrigens kein unbeschriebenes Blatt mehr«, hob jetzt Rita an und präsentierte den Umsitzenden das Foto eines bulligen Kerls mit blonden Haaren und buschigen Augenbrauen, der überheblich in die Kamera grinste. Seine glatten, emotionslosen Gesichtszüge unterstrichen den arroganten Eindruck, der von Zeitungsberichten noch verstärkt wurde, welche die Sekretärin anschließend in die Runde reichte. »Er hat es bereits mehrmals in die Schlagzeilen geschafft, vor allem durch angebliche Affären mit irgendwelchen TV-Starlets. Vor fünf Jahren ist er dann straffällig geworden. Damals ging es um Drogen. Und auch in den folgenden Jahren wurde er mehrmals mit Kokain in Verbindung gebracht. Die Verfahren wurden jedoch immer eingestellt. Vermutlich hat sein Bruder seine Beziehungen spielen lassen.«

Ein guter Freund vom Polizeichef, meinem Schwager. An den Mienen seiner Kollegen konnte Kalkbrenner ablesen, dass sie Ähnliches dachten. Nur Dr. Salm zeigte sich ungerührt – natürlich.

»Schwerer als die Drogendelikte wiegen jedoch die Auskünfte seiner Bank«, fuhr Rita fort. »Herr Peglar hat Schulden in Höhe von mehreren hunderttausend Euro. Es geht das Gerücht um, dass er ein Spieler sei.«

In das Zimmer kehrte Stille ein, die nur vom verschnupften Schnaufen des Dezernatsleiters unterbrochen wurde. Kalkbrenner dachte an eines seiner kleinen Helferlein: *Verlasse dich nie auf deinen ersten Eindruck.*

»Die Lösung liegt also auf der Hand«, begann Dr. Salm zu erklären. »Auf der einen Seite haben wir den verschuldeten Peglar, auf der anderen die Firma Fielmeister mit ihren finanziellen Schwierigkeiten. Da bietet sich doch der Verdacht an, dass beide Brüder in krumme Geschäfte verwickelt sind beziehungsweise waren. Das würde auch den falschen Namen im *Adler* erklären, wo sie in einen Streit gerieten, der mit Todesschüssen endete. Und jetzt befindet sich Peglar auf der Flucht. Herrje, wahrscheinlich ist er längst über alle Berge.« Er wandte sich an die Sekretärin: »Frau Barnitzke, schreiben Sie umgehend einen internationalen Haftbefehl gegen ihn aus.«

»Ich kümmere mich darum«, versprach Rita.

»Und checken Sie auch noch einmal Fielmeisters, deren Verträge, Kontakte und vor allem Konten – es sollte nicht besonders schwer sein, einen richterlichen Beschluss dafür zu bekommen. Ich möchte von Ihnen wissen, wo in dieser Firma etwas faul ist.« Dr. Salm putzte sich lauthals die Nase. »Mein Schwager wird nicht im Mindesten erfreut sein, das alles zu hören. Haben Sie überhaupt eine Ahnung, welches Licht das auf Potsdams Bürgermeister werfen wird?« Der Dezernatsleiter nieste erst ein, dann ein zweites Mal und preschte anschließend schniefend aus dem Raum. Im Vorzimmer flog sein Kopf suchend umher, doch Bernie war nirgends zu sehen. »Diese verdammte Allergie!«

Nachdem die verbliebenen Beamten im Konferenzraum vielsagende Blicke ausgetauscht hatten, verabschiedeten sich auch Dr. Bodde, die zurück in die Labore der Kriminaltechnik musste, und Dr. Wittpfuhl, der wieder ins rechtsmedizinische Institut der Charité wollte. Alle anderen verteilten sich wieder auf ihre Büros, und auch Kalkbrenner strebte widerwillig seinem Sammelsurium aus Briefen, Akten und Ordnern entgegen, aus denen allein der Monitor wie eine Festung emporragte. Seufzend begann er, seinen Bericht zu verfassen, eine gleichermaßen ermüdende wie notwendige Arbeit, denn was nicht in den Akten stand, konnte der Staatsanwalt später auch nicht für eine mögliche Anklage verwenden.

Nach circa einer halben Stunde schlich sich Rita ins Zimmer und stellte Kaffee und Kuchen vor ihm ab. Die Sekretärin war einfach in jeder Beziehung hartnäckig. Still stand sie minutenlang neben Kalkbrenner und gab keinen Mucks von sich.

»Was ist denn?«, fragte er endlich mürrisch.

»Kuchen«, sagte sie.

»Ja, habe ich schon gesehen. Danke.«

Wie in Gedanken zupfte sie mehrere Hundehaare von seinem Pullover. »Wo steckt eigentlich Bernie?«

»Daheim.«

»Was? Er ist den ganzen Tag alleine?«

»Nein, ich habe eine Hundesitterin. Sie hat sich auf meine Anzeige gemeldet.«

Rita rollte die Bernhardinerhaare zu einem Büschel zusammen. »Sprichst du immer noch nicht mit Jessy?«

Ohne zu antworten, tippte Kalkbrenner beharrlich auf seine Tastatur ein.

»Du solltest wirklich mit deiner Tochter reden.«

Versuche ich doch. »Wie denn, wenn sie nicht will?«

»Wirklich? Vielleicht bist du ja auch derjenige, der sich dagegen wehrt?«

Er hob den Kopf und schaute seine Sekretärin an.

Ihre Finger friemelten an der Brosche ihrer Bluse herum. »Weißt du, Sebastian sagte mir, er habe schon versucht, mit dir zu reden, aber du schottest dich immer …«

»Rita, entschuldige, aber es ist dringend, dass ich das jetzt fertig mache.«

Weil Kalkbrenner anschließend beharrlich schwieg, drehte sie sich um. Ihr Wickelrock bauschte sich auf, und mit energischen Schritten stampfte sie aus seinem Büro.

Kalkbrenner versuchte, sich wieder auf die Mordsache Fielmeister zu konzentrieren. Der Fall schien, wie Dr. Salm richtig bemerkt hatte, eindeutig zu sein. Aber: *Verlasse dich nie auf deinen ersten Eindruck.* Die Worte kreisten in Endlosschleife in Kalkbrenners Schädel. Grübelnd druckte er seinen Bericht aus, heftete ihn in die Ermittlungsakte, kontaktierte Muth und traf sich dann mit ihr im Korridor.

Sofort erscholl Bergers Stimme aus seinem Büro. »Paul? Was hast du vor?«

»Noch einmal mit Fielmeisters Frau zu reden.«

Alarmiert löste sich Berger von seinem PC-Monitor. »Alleine?«

»Nein, ich nehme Sera mit.«

»Gut«, grunzte Berger und widmete sich wieder seinem Computer.

30

Als Sackowitz nicht reagierte, wiederholte der kahlköpfige Bursche: »Bist du jetzt der Reporter oder nicht?«

»Wieso willst du das wissen?«

Eine Faust traf ihn in den Magen. »Ja oder nein?«

»Ja doch«, würgte Sackowitz und schielte an drei massiven Körpern vorbei, die ihn wie eine Burgmauer umringten. Ein

Passant war leider nicht in Sicht, aber wer hätte auch den Mut gehabt, sich freiwillig gegen solche Hünen aufzulehnen?

»Einsteigen!« Der Glatzkopf hielt die verdunkelte Fondtür der Limousine auf. Sackowitz registrierte, dass ihm sein Gesicht entfernt bekannt vorkam. *Ganz sicher aus keinem angenehmen Zusammenhang.* »Aber vorher will ich wissen, was …«

Seine inneren Organe rebellierten, als ihn ein neuerlicher Hieb erwischte. Wie ein nasser Sack klappte Sackowitz zusammen, doch noch bevor er auf das Straßenpflaster krachen konnte, wuchteten ihn auch schon Hände auf die Rückbank des BMW. Die Türen schlugen zu, dann fuhr der Wagen an.

Sackowitz wurde regelrecht zwischen den furchterregenden Muskelpaketen zweier Hünen zusammengequetscht. Der Anführer hatte es sich auf dem Beifahrersitz bequem gemacht.

»Ich kenne dich«, schnaufte der Reporter unter Anstrengung.

Der Junge entblößte zwei Reihen weißer, regelmäßiger Zähne. »Ach ja? Da bist du nicht der Einzige.«

»Wer bist du?«

»Wie? Ich dachte, du kennst mich?«

Wie in einem Film rauschte die Stadt an Sackowitz vorbei. Vertraut und zum Greifen nahe, doch in der Situation, in der er sich gerade befand, unerreichbar fern. Das *Alexa*. Der Mühlendamm. An der Kreuzung bog der Wagen nach links in Richtung Kreuzberg ab. »Was wollt ihr von mir?«

»Du hast den Bericht über Alpa geschrieben.«

»Alpa?«

»Hey, Reporter, kannst du dich an gar nichts mehr erinnern? Der Elternmörder von Neukölln.«

Sackowitz fielen die Worte seiner eigenen Schlagzeile wieder ein. »Ach ja, was ist mit ihm?«

Der Glatzkopf grinste vieldeutig, verfiel aber für den Rest der Fahrt in Schweigen.

Der türkischstämmige Alpa Kaan, fünfundzwanzig Jahre alt, Einser-Abiturient, hoffnungsvoller Student der Physik, Beispiel mustergültiger Integration, hatte eines Nachts seine schlafenden Eltern erstochen. In der nächsten Woche würde das Verfahren gegen ihn beginnen. Aber was sollte die tragische Geschichte mit seiner Entführung zu tun haben? Mit jedem Kilometer, den er gezwungenermaßen in dem Wagen zurücklegte, wuchs Sackowitz' Sorge.

Die Limousine glitt durch Kreuzberg, bog am Hermannplatz nach Neukölln ab. Im Westen lag Tempelhof. Während des Krieges war der Stadtteil zum Großteil zerstört und danach mit eiliger Willkür neu aufgebaut worden, was man ihm noch heute ansah. Die Industrieanlagen und die unzähligen wahllos zusammengewürfelten Ein- und Mehrfamilienhäuser glichen unansehnlichen Überresten längst vergangener Aufschwungjahre. Mit der Entscheidung für die Stilllegung des Flughafens, der zu gleichen Teilen erdrückendes Mahnmal einer Diktatur und pompöses Zeugnis der Freiheit gewesen war, hatte der Senat den Stadtteil Tempelhof nun auch noch seiner einzigen wirklichen Attraktion beraubt.

In Neukölln stoppte der Wagen am hinteren Ende einer engen Straße. »Aussteigen!«, kommandierte der Anführer.

Von den Jugendlichen wurde Sackowitz in einen schmalen Altbau bugsiert. Eine unansehnliche Holztür wurde auf ihr Klopfen hin geöffnet. Die Wohnung, die wahllos mit Billigmöbeln eingerichtet war, wirkte wie ein Notbehelf. Einzig der Geruch nach Kräutertee und Duftkerzen ließ eine Ahnung von Behaglichkeit aufkommen.

Bei ihrem Eintreten hatte sich im Wohnzimmer eine kleine, zierliche Frau vom goldbestickten Sofa erhoben. Ihr Haar trug sie modisch kurz geschnitten. »Willkommen, Herr

Sackowitz. Vielen Dank, dass Sie meiner Einladung gefolgt sind.«

»Eine Einladung sieht für mich aber anders aus.«

Sie lächelte mitfühlend. »Wahrscheinlich haben Sie recht. Öndar kann manchmal ein bisschen stürmisch sein. Aber er liebt Alpa eben über alles.«

»Hey, Reporter.« Öndar spreizte Zeige- und Mittelfinger zu einem V, dem Victory-Zeichen. »Nicht böse sein.«

»Jetzt weiß ich es wieder. Du bist Öndar Ucatekin«, fiel Sackowitz ein.

Der Jugendliche hatte vor geraumer Zeit vor Gericht gestanden. Als mutmaßliches Oberhaupt einer Neuköllner Straßenbande hatte er sich wegen Körperverletzung, Drogenhandel und Waffenbesitz verantworten müssen. Weil er keine deutsche Staatsbürgerschaft besaß, hatten ihn die Behörden abschieben wollen, doch seinem Anwalt war der überraschende Coup gelungen, Öndar davor zu bewahren. Der Presse hatte er später schlagzeilenträchtig erklärt: »Abschieben, wieso? Ich bin in Neukölln aufgewachsen. Ich bin hier zu Hause. Das ist mein Viertel.«

Die Frau gab ihm ein Zeichen, und Öndar verließ überraschend folgsam den Raum. »Setzen Sie sich doch. Möchten Sie etwas trinken?«

In Schalen platzierte sie dampfenden Tee auf dem Glastisch, nahm dann Sackowitz gegenüber auf dem Sofa Platz und faltete die Hände. »Sie fragen sich bestimmt, wer ich bin?«

»Alpas Schwester?«, sprach der Reporter seine Vermutung aus.

»Da haben Sie recht, ich bin Celil Kaan.«

Er entspannte sich ein wenig. »Was wollen Sie von mir?«

»Zuerst einmal möchte ich wissen, ob Sie über das Verfahren gegen Alpa berichten werden?«

»Ja, das ist mein Plan.«

»Dann möchte ich, dass Ihre Berichterstattung fair sein wird.«

Sackowitz setzte zur Antwort an, doch Celil Kaan kam ihm zuvor. »Wie viel wissen Sie eigentlich über den Tod meiner Eltern?«

Über die Motive seiner Tat hatte sich Alpa seinerzeit ausgeschwiegen. In der schockierten Öffentlichkeit waren daraufhin die Spekulationen wie Unkraut gesprossen: Mal war ein Familienstreit die Ursache gewesen, dann ein Ehrenmord. Schließlich waren sogar Vermutungen über eine Verwicklung Alpas in Kämpfe rivalisierender Straßenbanden laut geworden. Doch allen Bemühungen zum Trotz war den Angehörigen nichts über die wahren Hintergründe der Tat zu entlocken gewesen. Als die Medien sie zu stark bedrängt hatten, waren sie schließlich sogar untergetaucht. Es hieß, sie seien in die Türkei zurückgekehrt.

Und jetzt fand sich Sackowitz bei Alpas Schwester auf dem Sofa sitzend wieder – in Berlin. Dafür konnte es nur einen logischen Grund geben. Sein Körper spannte sich an, diesmal aber nicht vor Besorgnis. Die ihn durchflutende Euphorie ließ ihn im Geiste bereits eine Schlagzeile formulieren: *Alpas Schwester packt aus!* Aber an Alpa würde sich kaum noch ein Leser erinnern. Besser wäre: *Endlich: Schwester von Elternmörder redet!* Ja, das klang richtig gut.

Er schaltete das Diktiergerät ein, das er immer bei sich hatte. »Erzählen Sie.«

31

Geschickt manövrierte Muth den Passat aus der Parklücke vor dem Präsidium. »Was ist eigentlich mit dir und Sebastian?«

»Was soll denn mit uns sein?«, antwortete Kalkbrenner mit einer Gegenfrage.

Die Kriminalkommissarin fädelte sich ohne Probleme in den stockenden Verkehr ein. Über ihnen jagten dichte graue Wolken dahin. Vereinzelte Schneeflocken rieselten auf die Windschutzscheibe herab, schmolzen aber schneller, als der Scheibenwischer sie zur Seite räumen konnte. »Ihr benehmt euch wie zwei zickige Weiber.«

Die direkte Art seiner jungen Kollegin war bestechend.

»Hat das vielleicht etwas mit eurem letzten gemeinsamen Fall im Oktober zu tun? Diesem Neuköllner Lehrermord?«

Kalkbrennner spielte betont konzentriert mit seinem Handy. An der Ampel beim *Alexa,* das man einer Trutzburg gleich aus dem Boden gestampft hatte, mussten sie halten.

»Und? Hat es?«, bohrte Muth weiter nach.

Die Shopping-Mall am Alexanderplatz war wegen ihrer pseudogotischen, ganz in Rot gehaltenen Bogenfassade umstritten, immerhin stand sie auf dem Gelände des ehemaligen Polizeipräsidiums und späteren Gestapohauptquartiers mit dem sprechenden Beinamen *Rote Burg.*

»Na gut.« Muth zuckte mit den Achseln. »Kann mir ja letztlich auch egal sein. Aber ich hoffe, dass sich das bald wieder legt. Auf Dauer hält man das Gezanke nämlich nicht aus. Dann würde ich mir ernsthaft überlegen, zurück …«

»Das wirst du schön bleiben lassen!«, beendete Kalkbrenner sein Schweigen.

Muth schmunzelte. »Ach, werde ich das? Und warum?«

Nach den Senatswahlen im letzten Oktober hatte der neue Innensenator Dr. von Hirschfeldt sein Wahlversprechen wahr gemacht und die Polizeibehörden personell aufgestockt. Dabei war auch eine Planstelle im Morddezernat Berlin-Mitte entstanden, bei der man sich nicht ohne Grund für Muth entschieden hatte. »Weil du von uns allen den wichtigsten Job hast.«

»Weil ich Türkin bin?«

Auch Muths Kombinationsgabe war nicht zu verachten.

»Eure Quotentürkin, nicht wahr?«

»Nein, das ist der total falsche Ausdruck. Du bist das Bindeglied zu den Ausländern. Oder, wenn ich es politisch korrekter formulieren darf, den Migranten in den Kiezen.«

»Also die Migrationsbeauftragte vom Dienst, toll.« Muths Spott war nicht zu überhören, trotzdem schwang noch etwas anderes in ihrer Stimme mit: eine Mischung aus Trotz und Bitterkeit.

Die Ampel sprang auf Grün. Vor ihnen hetzten noch ein paar Nachzügler mit vollen Taschen auf die andere Straßenseite. Der Fahrer des Pkws hinter ihnen hupte ungeduldig, bis Muth endlich anfuhr. »Als hätte ich es als Frau nicht schon schwer genug.«

»Jetzt hab dich nicht so. Du bist doch nicht die erste Polizeibeamtin.«

»Aber die erste türkische Polizeibeamtin.«

»Deshalb also deine direkte, knappe Art?«

»Ja, als kleines Gegengewicht zu Bergers ausschweifenden Ergüssen«, spöttelte sie.

»Das kann man wohl sagen.«

Sofort wurde Muth wieder ernst. »Mit schönen Worten komme ich nicht weit. Das habe ich schon früh gemerkt, in der Grundschule. Später auf dem Gymnasium, der Polizeischule und erst recht auf der Straße wurde mir das immer wieder deutlich vor Augen geführt. Wenn man sich als Frau behaupten will, gibt es nur eine Chance: nicht reden, sondern handeln. Als türkische Frau sowieso. Und als türkische Polizeibeamtin ganz besonders.«

»Kann ich verstehen«, warf Kalkbrenner ein.

»Nimm es mir nicht übel, Paul, aber ich glaube nicht, dass du das wirklich kannst. Niemand, der sich nicht selbst jeden Tag durchkämpfen muss, kann das.«

Kalkbrenner wollte zunächst widersprechen, schließlich hatte er doch im Zuge verschiedener Ermittlungen wiederholt Einblick in das Leben der unterschiedlichsten Berliner Nationalitäten, Kulturen und Subkulturen erhalten. Zuletzt während des Lehrermordfalls, als er mit zwei Schülern als Tatverdächtigen zu tun gehabt hatte – einer aus Rumänien, einer aus der Türkei. Die Zusammenarbeit mit den Familien, Freunden und dem Umfeld im Kiez hatte sich als eine zähe Angelegenheit herausgestellt. Er war auf frustrierte, verärgerte, wütende und längst in sich abgeschlossene Gemeinschaften getroffen, deren Zusammenleben oft nach Regeln funktionierte, die mit dem, was Kalkbrenner als Deutscher kannte, wenig gemein gehabt hatten. Gegen Eindringlinge schotteten sie sich dementsprechend ab, und erst recht gegen die Polizei. Dort, wo sie ursprünglich herkamen, vertraute man der Polizei nur in den seltensten Fällen.

In Gedanken musste Kalkbrenner also seiner Kollegin zustimmen. Er hatte tatsächlich nur an der Oberfläche gekratzt. In Wahrheit hatte er keine Ahnung, was diese Menschen bewegte. Er konnte Sera Muth also tatsächlich nicht verstehen.

Manchmal begriff er ja noch nicht einmal seine eigene Situation. Kurzentschlossen rief er auf dem Handy die Nummer seiner Tochter auf, brachte es dann aber nicht über sich, die Wähltaste zu betätigen. Er wollte Jessy nicht noch mehr auf die Nerven gehen, als er es wahrscheinlich ohnehin schon tat. Bedrückt schob er das Mobiltelefon zurück in seine Manteltasche.

Im Dienstwagen überquerten sie die Friedrichstraße hin zur Leipziger Straße, dann kam der Potsdamer Platz in Sicht. Sie parkten vor dem Beisheim-Center. Als sie in dessen Lobby traten und der Doorman sie erkannte, hob er genervt eine Augenbraue. »Sie schon wieder?«

»Genau, ich schon wieder. Zu Frau Fielmeister, bitte.«

»Sind Sie dieses Mal angemeldet?«

Kalkbrenner beugte sich über den Glastresen. »Nicht reden, sondern handeln.«

32

Vor der Restauranttheke fragte Aidan: »Was soll ich dir bestellen?«

»Nichts«, sagte Tabori. »Ich möchte das selbst machen.«

Er nahm den Pappbecher, in dem bis vor wenigen Minuten noch heiße Schokolade gedampft hatte. *Kakao* hatte Aidan das Getränk genannt. Jetzt war er bis zum Rand mit Münzen gefüllt – 15 Euro und 11 Cent, er hatte nachgezählt. Das war zwar nicht ganz so viel, wie Aidan eingenommen hatte, aber für Taboris Verhältnisse dennoch ein kleines Vermögen.

Die Leuchttafel über dem Tresen war genauso bunt wie die in dem großen M, wo sie am späten Morgen gegessen hatten, doch hier wirkten die Burger größer und fleischiger. Was irgendwie auch Sinn machte, dachte Tabori, denn dieses Restaurant nannte sich *Burger King*. Laut Aidan bedeutete »King« König, also waren sie hier beim König der Burger.

»Ein Cheeseburger«, wählte Tabori. »Pommes. Cola. Bitte schön.«

Mehr noch als das eigenständige Bestellen genoss Tabori das Abzählen der Münzen. Er hatte sich das Geld eigenhändig verdient, sodass er sein eigenes Essen bezahlen konnte. Er war unglaublich stolz.

Gestern Abend noch hatte er sich in dem Unterschlupf auf der Baustelle vor lauter Verzweiflung nach Hause gewünscht. Nur die Vorstellung der Schande, die er empfinden würde, wenn er ohne einen Cent heimkehrte, hatte ihn davon abgehalten, sich tatsächlich in den Zug zu setzen. Jetzt aber fühlte er sich wie ein König. Ein *Mbret*.

Als er mit dem Tablett inmitten der Kinder und Jugendlichen, der Erwachsenen und der Familien an einem Tisch saß, kam er sich vor wie ein Teil von ihnen. Sogar verstehen konnte er sie. Natürlich nicht, was genau sie erzählten, aber das eine oder andere Wort, das er aufschnappte, kannte er bereits. Die beiden bierbäuchigen Männer am Nebentisch unterhielten sich beispielsweise über Autos. Und das kleine Mädchen weiter hinten beklagte sich, weil sie noch ein Eis wollte. Die Antwort der Mutter blieb Tabori jedoch unklar.

»Die Mutter sagt, sie darf kein Eis mehr essen, weil sie einen Termin haben«, übersetzte Aidan, als er merkte, dass Tabori angestrengt zu den beiden hinüberschaute.

»Sie haben nicht einmal aufgegessen.«

»Sie haben keine Zeit mehr.«

»Aber das hat doch Geld gekostet!«

»Das ist egal. Geld haben die Leute hier genug. Sie haben alles, was man sich nur vorstellen kann. Nur eben keine Zeit.«

Tabori vergrub die Zähne in seinem Cheeseburger und kaute andächtig. »Zu Hause kam es mir immer so vor, als würde die Zeit niemals vergehen.«

»Hier ist alles anders.« Aidan schlürfte Cola und rülpste. »Aber daran wirst du dich bald gewöhnen.«

Tabori war sich nicht sicher, ob er das wirklich wollte. Ebenso wenig wusste er, was besser war: Armut und Hunger, dafür aber viel Zeit, so wie daheim in seinem Dorf, oder alles, was man sich wünschte, aber keine Zeit zu haben, um es zu genießen.

»Wie viel Geld hast du noch?«, fragte Aidan.

Tabori hatte etwas mehr als 5 Euro für das Essen bezahlt und legte das Restgeld auf den Tisch. »Noch fast 10 Euro.«

Aidan zählte einige Münzen ab. »Das ist für mein Essen und für meinen alten Wischer. Der Rest wird reichen.«

»Wofür?«

»Für deine neue Ausrüstung.«

Draußen hatte sich der Himmel immer stärker zugezogen, und Schneeflocken wirbelten herab. Aidan winkte Tabori mitzukommen und lief in den nächsten Supermarkt. Während sie an den Regalen entlanggingen, setzte Aidan den Deutschunterricht fort und erklärte: *Handtuch, Parfüm, Rasierer.* Dann drückte er Tabori Schwamm, Abzieher und einen billigen Rucksack in die Hand. Damit schrumpfte dessen Geldvorrat zwar auf eine klägliche Summe zusammen, aber es war eine gute Investition, die sich in den nächsten Tagen mit Sicherheit auszahlen würde.

Tabori verstaute die Utensilien im Rucksack und wandte sich vor dem Geschäft in die Richtung, aus der sie gekommen waren.

»Hey, wohin willst du?«, wollte Aidan wissen.

»Arbeiten. Ich habe kein Geld mehr.«

»Für heute reicht es.«

»Und was hast du vor?«

»Weiß nicht. Vielleicht ein bisschen Spaß haben?«

33

»Lübecker Hochzeitssuppe, Hühnernudeltopf, Tomatensuppe, Gemüsesauce, Heiße Tasse, Fertiggerichte wie Rinderroulade mit Spätzle, Schweinebraten in würziger Sauce, Hühnerfrikassee und Schwedische Hackbällchen. Reicht das?« Mit zittrigen Händen angelte sich Carla Fielmeister eine Zigarette aus der Schachtel auf dem Tisch. Heute trug sie, dem Tod ihres Mannes angemessen, ein schwarzes Kostüm.

»Meine Frage zielte eigentlich auf etwas anderes ab«, sagte Kalkbrenner.

»Sie wollen wissen, was ich über die internen Abläufe bei Fielmeisters weiß? Zu wenig. Für meinen Mann war die Firma Firma und die Familie Familie. Zu Hause wälzte er keine beruflichen Probleme.«

»Aber es gab berufliche Probleme?«

»Herrgott, ja.« Sie öffnete die Tür zum Balkon, und Schneeflocken tänzelten auf das Parkett, wo sie sofort zerflossen. Carla Fielmeister entzündete die Zigarette und inhalierte tief. »Aber er war von der Sorte Mensch, die Probleme lieber im Stillen regelt. Unter vier Augen, verstehen Sie? Er mochte es nicht, solche Dinge an die große Glocke zu hängen.«

»Ehefrau und Familie waren für ihn also die große Glocke?«

»Nein, natürlich nicht. Aber mein Mann war viel beschäftigt, häufig auf Geschäftsreise, und ich für meinen Teil leite eine erfolgreiche Modekette … Aber das wissen Sie ja sicherlich schon alles. Jedenfalls wollte mein Mann die wenige Zeit, die wir miteinander verbrachten, nicht noch mit Gesprächen über unsere Arbeit vergeuden.«

»Und Sie? Sie scheinen nicht allzu glücklich damit gewesen zu sein?«, bemerkte Muth.

Carla Fielmeister pustete Zigarettenqualm in den ergrauenden Tag hinaus. »Im Gegenteil. Ich war seiner Auffassung.«

Obwohl die Antwort wenig überzeugend klang, ließen es die beiden Beamten dabei bewenden. Außerdem machte sich Kalkbrenners Handy bemerkbar. Ein Blick auf das Display zeigte ihm, dass es Rita war, die sich meldete. Er drückte den Anruf weg. »Es muss Ihrem Mann schwergefallen sein, als er einen Teil der Belegschaft vor fünf Monaten entlassen musste.«

»Natürlich, was denken Sie denn! Er war doch keine gefühllose Maschine. Die Sache wühlte ihn mächtig auf, beschäftigte ihn wochenlang. Schließlich handelte es sich um die Firma seines Vaters und seines Großvaters. So ein Betrieb ist immer auch mit Tradition und Verpflichtungen verbunden. Einige der Mitarbeiter kannte mein Mann von Kindesbeinen an. Trotzdem hat er sich nicht zu mir an den Tisch gesetzt und geklagt, wenn Sie darauf hinauswollen. Manchmal wünschte ich, er hätte es getan …« Wieder zog sie an der Zigarette. »Irgendwann hat er sich durchgerungen und die Entscheidung getroffen. Er hatte keine andere Wahl.«

»Bei den Mitarbeitern traf die Maßnahme leider auf wenig Verständnis. Es gab sogar Morddrohungen.«

Sie riss die Augen auf. »Was?«

»Davon hat er Ihnen also auch nichts erzählt?«

»Nein, das ist …« Hastig führte sie die Zigarette an ihre Lippen, aber zwischen ihren Fingern glomm nur noch der kurze Filter. »Eine Morddrohung? Wer macht denn so etwas? Von wem denn? Wer hätte ihn umbringen wollen?« Wütend schnippte sie die Kippe über die Balkonbrüstung, bevor sie die Tür viel zu heftig schloss. Einer der Sockel, auf denen Skulpturen präsentiert wurden, wankte, doch das Kunstwerk blieb zum Glück standhaft.

»Was meinen Sie, warum er Ihnen davon nichts erzählt hat?«

Carla Fielmeister setzte sich auf die Couch. Man konnte das Leder von ihren Bewegungen quietschen hören. »Ich nehme an, er wollte uns nicht beunruhigen, mich und die Kinder.«

»Mit wem könnte Ihr Mann stattdessen über die Morddrohungen gesprochen haben? Vielleicht mit Ihrem Schwager?«

»Ja, das ist wahrscheinlich.«

Erneut klingelte Kalkbrenners Mobiltelefon. Wieder seine Sekretärin. Wieder drückte er sie weg. »Wie war das Verhältnis zwischen Ihrem Mann und seinem Bruder?«

»Nun, Marten ist der Onkel unserer Kinder. Für die Jüngste, Elfi, ist er sogar der Patenonkel. Was wollen Sie hören? Selbstverständlich war ihre Beziehung von der Arbeit geprägt. Aber wenn wir etwas gemeinsam unternahmen, versuchten die beiden immer, den Beruf vor den Kindern nicht zu erwähnen.«

»Gab es Probleme zwischen Ihrem Mann und seinem Bruder?«

Sie rollte mit den Augen, als hätte Kalkbrenner die dümmste Frage aller Zeiten gestellt. »Ja, selbstverständlich gab es Probleme. Und bevor Sie danach fragen: Es gab sogar Streit. Und zwar nicht nur zwischen meinem Mann und Marten, auch ich habe mich mit Rudolph gestritten. So etwas kommt doch in den besten Familien vor. Oder bei Ihnen etwa nicht?«

Welche Familie? »Können Sie sich daran erinnern, ob es in jüngster Zeit solche Auseinandersetzungen zwischen den beiden gegeben hat?«

»Ja, vor drei oder vier Wochen sind sie aneinandergeraten.«

»War das in irgendeiner Art anders als die Male zuvor?«

»Nein. Normalerweise waren die beiden nach einem solchen Streit wütend aufeinander und gingen sich dann einige Tage aus dem Weg.« Mit einer fahrigen Geste strich sie ihr Kostüm glatt. »Allerdings kann es ein, dass es diesmal etwas länger dauerte, bis sie sich wieder vertrugen.«

»Aber die beiden haben sich versöhnt?«

»Ja, irgendwann gab es sogar eine Aussprache, daran erinnere ich mich. Am Abend wirkte mein Mann viel gelöster. Er sagte: ›Alles ist erledigt, Marten wird sich darum kümmern.‹ Aber bitte, fragen Sie mich jetzt nicht, wovon er sprach.«

Kalkbrenner tat ihr den Gefallen nicht: »Wovon?«

Erbost blickte ihn die Witwe an: »Von einem Auftrag. Eines Großkunden. Darum ging es immer. Wie schon gesagt: Die Zeiten sind im Moment nicht einfach.«

»Also nicht um Drogen?«

Sie lachte auf. »Das ist doch eine uralte Geschichte, die Sache ist mindestens fünf Jahre her.«

»Aber seitdem gab es wiederholt Anzeigen gegen Ihren Schwager. Es kam lediglich zu keinem Verfahren. Außerdem haben wir festgestellt, dass er Schulden in nicht unbeträchtlicher Höhe hat. Es gibt sogar Hinweise darauf, dass er ein Spieler ist.«

»Das kann nicht sein! Davon hätte mir mein Mann doch bestimmt erzählt.«

»Sind Sie sich da sicher?«

»Sicher sein kann man sich nie. Vielleicht hätte ich mich auch mehr dafür interessieren sollen, was meinen Mann in der Firma beschäftigte. Nein, wahrscheinlich hätte ich es tun sollen. Aber er wollte ja nie mit mir darüber sprechen.« Carla Fielmeister steckte sich eine neue Zigarette an. »Und jetzt ist es zu spät.«

Kalkbrenner suchte nach einer passenden Erwiderung, aber es fiel ihm nichts ein, sodass er es bei einer kurzen Verabschiedung beließ.

Im Fahrstuhl vergrub Muth frustriert die Hände in den Hosentaschen. »Die hatten alles, was man sich wünschen kann: Geld, Luxus, Kinder, Familie – aber sie haben aneinander vorbeigelebt.«

Anscheinend gab es verschiedene Formen, nicht miteinander zu reden. Kalkbrenner war sich nicht sicher, welche die schlimmste war. *Aneinander vorbei? Oder gar nicht?* Sein Handy läutete schon wieder. »Was gibt's denn, Rita?«

»Paul, bist du das?«, brummte eine tiefe, raue Stimme, die einem nordbulgarischen Bierkutscher zur Ehre gereicht hätte.

»Wer ist denn dran?«

»Friedrich Thanner. Erinnerst du dich nicht?«

»Doch, natürlich! Hallo, Friedrich!« Thanner war ein alter

Freund aus Studienzeiten an der Fachhochschule der Polizei. Später war er zum LKA gewechselt, und sie hatten sich aus den Augen verloren. »Hast du mich vorhin schon zu erreichen versucht?«

»Wer denn sonst?«

»Was machst du an Ritas Apparat?«

»Das hörst du doch: mit dir reden.« Thanner wieherte lauthals in den Hörer. »Ich dachte, lieber schau ich selbst bei meinem alten Kumpel vorbei, bevor ich dir in dieser Sache lange E-Mails schreibe.«

»In welcher Sache?«

»Ich habe vor einer halben Stunde über Interpol eure Fahndung nach Marten Peglar auf den Tisch bekommen.«

»Wie denn das? Du bist doch beim LKA und kümmerst dich um Verkehrsunfälle.«

»Ach, das ist schon lange, lange her. Mittlerweile habe ich ein neues Betätigungsfeld.«

»Und das wäre?«

»Essen!« Thanner brach in kehlig polterndes Gelächter aus. Bierkutscher-Lachen. »Hast du Hunger? Dann lass uns gleich in Mitte treffen. In der *Malzstube*. Gute tschechische Küche. Und absolut sauber, wie ich dir versichern kann.«

34

»Celil Kaan hat fast drei Stunden ohne Unterlass erzählt. Drei Stunden!« Nur mit Mühe konnte Sackowitz seine Begeisterung im Zaum halten. »Kannst du dir das vorstellen?«

»Du hast eine Zwiebel am Kinn kleben«, ging Bodkema nicht auf die Frage des Reporters ein.

»Stan, hast du verstanden, was ich dir eben gesagt habe?«

»Ja, aber trotzdem hast du da eine Zwiebel.«

Sackowitz legte den Döner auf Bodkemas Schreibtisch ab und säuberte sich umständlich sein Gesicht. »Also, was sagst du dazu? Ein drei Stunden dauerndes Interview – das ist doch enorm, oder?«

»Schon, aber vergiss nicht, sie hat dich entführen lassen. Von einer türkischen Jugendgang.«

»Aber das war doch nur halb so schlimm.« Vor wenigen Minuten hatten Öndar und seine Freunde Sackowitz aus Neukölln wieder zurück zum Alex kutschiert. Unterwegs hatten sie ihm sogar noch den Döner spendiert, mit dem in der Hand er nach seiner Ankunft beim Verlag schnurstracks in Bodkemas Büro geeilt war. »Das war … Ach, das spielt doch keine Rolle. Letztendlich geht es nur um das, was Celil Kaan mir über ihren Bruder erzählt hat.«

»Das habe ich jetzt auch schon begriffen. Aber ich verstehe immer noch nicht, wieso seine Hochzeit eine so gute Story sein soll, wie du behauptest.«

»Weil die Hochzeit mit seiner Cousine geplant war.«

»Mit seiner Cousine?«

»Das habe ich doch gerade versucht, dir zu erklären.«

»Davon hast du aber nichts gesagt.«

»Habe ich nicht?« Sackowitz schwirrte sein Schädel angesichts der endlosen Ausführungen Celil Kaans noch immer. Während er seinen Döner vertilgte, versuchte er, seine Gedanken zu ordnen.

»Kannst du damit nicht bis später warten?«, beschwerte sich Bodkema und rümpfte die Nase.

»Aber ich habe seit dem Frühstück nichts mehr gegessen«, verteidigte sich Sackowitz.

»Und deshalb musst du dein Mittagsmahl unbedingt in meinem Büro nachholen? Ausgerechnet mit Knoblauchsauce? Hast du eine Ahnung, wie das stinkt?«

»Immer noch besser als Kloreiniger und Scheiße«, parierte Sackowitz.

»Ich habe dir doch schon gesagt: Ich kümmere mich darum. Aber von heute auf morgen geht das nun auch wieder nicht.«

Sackowitz zerkaute ein weiteres Stück Lammfleisch mit Knoblauchsauce, schluckte es hinunter und begann nun endlich, seine Erzählung logisch wiederzugeben: »Alpa Kaan hatte als aufstrebender Student der Physik eine vielversprechende Zukunft vor sich. Auf Geheiß der Eltern sollte er seine Cousine aus der Türkei heiraten, deren mittellose Familie sich durch die Verbindung eine bessere Zukunft für die Tochter erhoffte. Dummerweise hatte Alpa zwischenzeitlich seine deutsche Freundin geschwängert, sodass seine Eltern auf eine Abtreibung bestanden. Als Alpa sich wehrte, wurde er gegängelt, erpresst und verprügelt. Das Unglück nahm also seinen Lauf.«

»Das ist ja gut und schön, aber warum redet die Schwester erst heute darüber?«

»Weil sie selbst bis vor Kurzem unter dem Einfluss der Familie stand. Auf Anordnung der Eltern hatte sie ihren Cousin heiraten müssen. Den Bruder von Alpas Cousine.«

Bodkema schauderte bei der Vorstellung. »Was für eine Schweinerei.«

»Du sagst es, und ich habe sie exklusiv«, freute sich Sackowitz.

»Ja, das ist schön«, sagte Bodkema, aber richtige Begeisterung klang anders. Er legte den Kopf schräg. »Und was ist mit dem Fall Fielmeister? Gehe ich recht in der Annahme, dass du mit dieser Story immer noch keinen Schritt weitergekommen bist?«

Sackowitz verdrückte den letzten Dönerhappen und wischte sich mit einer Serviette über Nase, Mund und Kinn, bevor er ein Fax aus seiner Tasche zauberte. Seine Finger hinterließen auf dem Papier Fettflecken, aber das kümmerte ihn nicht. Noch immer lag ein überhebliches Grinsen auf seinem Gesicht. »Hier. Lesen!«

»Was ist das?«

»Eine Agenturmeldung: Demnach hat die Polizei Marten Peglar zur Fahndung ausgeschrieben. Peglar ist der Stiefbruder von Rudolph Fielmeister, offiziell haben sie den Betrieb gemeinsam geführt.«

»Und er wird des Mordes verdächtigt?«

»Davon steht natürlich nichts in der Meldung, nur dass Peglar im Zusammenhang mit dem Mord an Fielmeister gesucht wird.«

Bodkema schnalzte mit der Zunge. Jetzt war er hundertprozentig bei der Sache. »Das klingt nach einer Familientragödie.«

»Wie wäre es mit der Überschrift: *Missratener Stiefbruder dreht durch*?«

»Missraten? Ist da noch etwas, was ich nicht weiß?«

Beherzt holte Sackowitz einen Stapel Archivmaterial aus seiner Tasche. »Ich habe da ein wenig recherchiert.«

Den Großteil der Arbeit hatte zwar Lothar erledigt, aber erstens war der Praktikant dafür da, und zweitens brauchte Bodkema nichts davon zu wissen, zumindest nicht im Moment.

Flüchtig blätterte der Chefredakteur durch die alten Zeitungsartikel über mal mehr, mal weniger berühmte Berliner Celebrities. Auf den Fotos, welche die Meldungen illustrierten, drängelte sich immer wieder Marten Peglar vor die Kameralinse. Auffallend viele der abgedruckten Bilder waren im *Café Hermano* aufgenommen worden, einem berüchtigten Treff für die High Society und alle, die sich dafür hielten: Politiker, Unternehmer, Eintagsfliegen aus den Charts, Soap-Starlets, Models und Gigolos. Sogar Zuhälter und ihre Nutten waren des Öfteren unter den Gästen gesichtet worden. Erst vor einem Vierteljahr war der Laden einem Brandanschlag aus dem Rotlichtmilieu zum Opfer gefallen.

»Peglar ist bei Weitem kein Unbekannter«, erklärte Sackowitz. »Es gab allerhand Skandale, in die er verwickelt war. Auch Drogengeschichten.«

»Hm«, machte Bodkema.

Wieder hätte sich Sackowitz ein bisschen mehr Freude über seine spektakulären Enthüllungen gewünscht. »Behauptest du jetzt immer noch, ich wäre keinen Schritt weitergekommen?«

Der Chefredakteur schaute ernst von den Unterlagen auf. »Hardy, sei mir nicht böse, dass ich das so sage, aber im Endeffekt hast du einfach nur Glück gehabt. Ohne diese Agenturmeldung hättest du nichts ...«

»Ja, ja, ist schon gut«, pflaumte Sackowitz seinen Chef beleidigt an. »Aber das kannst du mir schwerlich zum Vorwurf machen, Stan. Immerhin wurde ich vorhin entführt.«

»Ach? Jetzt war es also doch eine Entführung?«

Sackowitz ersparte sich eine Antwort und stapfte verstimmt aus dem Büro.

»Aber falls es dich tröstet«, tönte Bodkemas Stimme ihm durch das Vorzimmer hinterher, während die blondierte Sekretärin ungerührt an ihren pinkfarbenen Fingernägeln feilte, »beide Storys bringen wir morgen auf Seite eins. Schreib mir zwei knackige Teaser für die Aufmacher, die Fortsetzungen laufen dann im Innenteil.«

Für Sackowitz währte der Trost nur wenige Sekunden. Als er seinen Schreibtisch erreichte, waberte ihm bereits eine Wolke erbärmlichen Gestanks entgegen.

»Das stinkt schon seit ein paar Stunden so«, informierte ihn Lothar.

»Und warum lüftest du nicht?« Sackowitz zog das Fenster auf. Sofort blies ihm eisiger, feuchter Wind ins Gesicht.

»Deshalb«, meinte Lothar und grinste gehässig.

Schwere Wolken umhüllten die Kuppel des Fernsehturms, das Restaurant war nur noch schwer zu erkennen. Alle Zeichen standen auf Schnee. Sackowitz griff nach dem Telefon, um endlich einen Anruf zu erledigen, den er bis jetzt hatte aufschieben müssen. »Till, es tut mir wirklich leid, dass ich mich jetzt erst melde. Ich war kurzfristig verhindert.«

»Das habe ich mir schon gedacht«, erwiderte sein Sohn. Es klang nicht, als sei er allzu sauer. »Aber wann können wir dann das Interview nachholen?«

»Am besten morgen früh vor dem Turnierstart. Wie wäre es mit einem gemeinsamen Frühstück?«

»Einverstanden. Bis dann.«

Ein heftige Böe wirbelte Zettel, Papiere und Notizen auf Sackowitz' Schreibtisch durcheinander. Schnell legte er auf und schloss mürrisch das Fenster. Bevor er auf seinem Platz erfror, erstickte er doch lieber an dem Klogestank.

»Lothar«, wandte er sich seinem Praktikanten zu. »Hättest du vielleicht Lust, den Bericht über den Fall Fielmeister zu schreiben?«

Dem Jungen traten schier die Augäpfel aus den Höhlen. »Ich?«

»Siehst du hier noch einen anderen Lothar?«

»Nein, aber ich …«

»Du hast doch schon über Peglar recherchiert, oder?«

»Ja, schon, aber …«

»Also, was denn nun? Willst du nun Journalist werden oder nicht?«

»Klar!«

Ohne sich weiter mit seinem Praktikanten herumzuschlagen, setzte sich Sackowitz an den Mac und begann zu schreiben. Während seine Finger über die Buchstaben flogen, achtete er tunlichst darauf, keine falschen Tasten zu berühren. Nach kurzer Zeit hatte er sogar den WC-Gestank vergessen, und die Zeilen flossen nur so aus ihm heraus. Dann war der Artikel endlich fertig.

Lothar war anscheinend bereits in den Feierabend entschwunden. In seinem Schreibrausch hatte Sackowitz gar nicht mitbekommen, wie der Praktikant sich verabschiedet hatte. Den Fielmeister-Bericht hatte ihm der Teenager schon vor geraumer Zeit per E-Mail geschickt. Darin brachte er den aktuellen Ermittlungsstand überraschend treffend auf den Punkt. Vielleicht war der Neffe des Verlegers ja doch noch zu mehr als zum Telefondienst zu gebrauchen. *Das solltest du dir für die Zukunft merken.*

Sackowitz mailte die beiden Texte an die Layouter, die in der vierten Etage des Verlagshauses beheimatet waren, dann schaltete er, mit sich und dem Tag zufrieden, den Rechner aus. Als der Monitor dunkel wurde, fiel ihm Magda Michels' Zettel ins Auge, der am Gehäuse pappte. Bevor er wusste, wie ihm geschah, hatte er bereits nach dem Telefon gegriffen. *Du lässt sofort Frau Michels in Frieden!* Beim Gedanken an Bodkemas Worte zuckte seine Hand zurück. *Das ist reine Zeitverschwendung.*

Aber nein, da war Stan einfach mal auf dem Holzweg unterwegs. Sackowitz war überzeugt, dass sein tagelanges Warten keineswegs vergebens gewesen war. Schließlich hatte er doch nicht umsonst klaglos die gecoverte Musik der Flippers ertragen und sich den Attacken balzwütiger mittelalterlicher Damen ausgesetzt. Nein, sein Chef musste sich irren.

Beim Gedanken an Renate verzogen sich Sackowitz' Mundwinkel unwillkürlich zu einem Grinsen. Ihre schamlos zur Schau gestellten Reize hatten bei ihm durchaus Wirkung gezeigt. Es war keineswegs gelogen gewesen, als er behauptet hatte, dass sie ihm nicht unsympathisch sei. *Ja, ja, jetzt gib's doch zu: Du wärst nicht abgeneigt gewesen.* Vielleicht sollte er wieder – er musste kichern. *Was? Du willst tatsächlich noch einmal ins* Verdun? *Freiwillig?*

Aber warum eigentlich nicht? Seit seiner Scheidung war es um Sackowitz' Liebesleben nicht zum Besten bestellt, und das war noch beschönigend ausgedrückt. Er hatte nun mal nicht viel Zeit für das andere Geschlecht. Seine Arbeit als Journalist verlangte enormen Einsatz von ihm, und kürzerzutreten war ein Ding der Unmöglichkeit: Da waren die Kreditraten für das Haus in Pankow zu bezahlen, und dazu kam noch der Unterhalt für Leonie und Till sowie die Miete für die eigene Wohnung.

Nicht zuletzt hing sein Mangel an weiblicher Bekanntschaft auch mit dem Suff und seinem Herzinfarkt zusammen. Während der langen Zeit der Genesung hatte er sich verständlicherweise mehr mit sich selbst als mit den Frauen beschäftigt. Inzwischen war er über den Berg und – Gott sei Dank! – wieder berufstätig. Aber eben auch wieder im Stress, sodass es Freizeit für ihn nur in homöopathischen Dosen gab. Ein Kreislauf, dem man nur schwer entkommen konnte. Aber was sprach schon gegen ein bisschen Vergnügen? Sozusagen als kleine Belohnung für den heutigen Tag. Jawohl, den Besuch im *Verdun* hatte er sich redlich verdient. Und wenn er dabei zufällig Magda Michels wiedertraf, unverbindlich mit ihr plauderte und sie dabei ganz nebenher ein paar Informationen preisgab – nun, dagegen konnte Bodkema nur schwerlich etwas einwenden.

35

»Mein Gott«, entfuhr es Sera Muth.

»Nein, das ist nur Thanner.« Dann begrüßte Kalkbrenner seinen Freund aus Ausbildungszeiten, der bereits an einem der Tische in der *Malzstube* auf sie wartete. »Immer noch der Alte, was?«

»Nix da. Abgenommen hab ich.« Mit dröhnendem Wiehern schlug sich Thanner auf den Bauch. »Ganze zwanzig Pfund. Sieht man das nicht?«

Ich wünschte, man täte es. »Ohne jeden Zweifel«, beeilte

Kalkbrenner sich, überzeugt zu antworten, denn auch mit zehn Kilo weniger auf den Rippen glich sein einstiger Kollege immer noch einem, nun ja, nordbulgarischen Bierkutscher. *Dick* wäre eine höfliche Untertreibung gewesen. »Darf ich dir meine Kollegin vorstellen? Das ist Sera Muth.«

Die junge Kriminalkommissarin reichte dem Koloss ehrfürchtig die Hand.

»Und? Arbeiten Sie schon lange mit Paul zusammen?«, fragte Thanner.

»Nein, zwei Monate«, antwortete Muth.

»Zwei Monate erst?« Thanner mühte seinen Leib verschwörerisch über den Tisch. »Und? Wie verhält er sich so bei Ihnen? Ist er immer noch so ein Schweiger? Einer, der am liebsten seinen eigenen Weg geht?«

»Paul ist ein ausgezeichneter Kollege«, blieb Muth diplomatisch.

»Genau, das ist er. Im Grunde kein übler Kerl, und ich weiß, wovon ich rede.«

»Sag jetzt ja nichts Falsches«, warnte Kalkbrenner.

Thanner ignorierte ihn. »Wir haben eine Menge Zeit miteinander verbracht. Hatten auch ziemlich viel Spaß. Paul, kannst du dich noch an diesen einen Abend erinnern? Die ganze Nacht lang lief Deep Purple. Wir haben Wodka getrunken und immer wieder dieses Lied gehört: *Lay Down, Stay Down* …«

»Es war *The Bird Has Flown.*«

»Hä?«

»Wir haben *The Bird Has Flown* gehört.«

Thanner zog die wulstigen Augenbrauen zusammen. »Ja, stimmt. *And the bird it has flown. To a place on it's own. Somewhere all alone.* Und dazu Wodka. Am Ende konnten wir uns kaum noch auf den Beinen halten. Haben's gerade noch bis nach Kreuzberg geschafft, in eure Wohnung. Wohnt deine Mutter eigentlich noch immer da?«

Bevor Kalkbrenner auch nur überlegen konnte, was er darauf antworten sollte, trompetete Thanner schon weiter: »Und als wir am Morgen fast die FH verpennt hätten, hat sie uns in voller Montur unter die Dusche gesteckt und den Hahn aufgedreht. Eiskaltes Wasser! Die Frau war wirklich erbarmungslos. Aber nett. Hat er Ihnen erzählt, wie sie uns damals immer genannt hat?«

»Thanner und Schimanski«, antwortete Muth schmunzelnd.

Der Dicke machte ein ungläubiges Gesicht.

»Sie ist einfach eine ausgezeichnete Kollegin«, lobte Kalkbrenner.

Endlich deutete sein alter Freund auf eine Frau in dunklem Kostüm, die schon die ganze Zeit neben ihnen gestanden und den Wortwechsel mit wachsender Erheiterung mitverfolgt hatte. Im Vergleich zu Thanner wirkte sie mit ihren Armen und Beinen, die dünn wie Zeltstangen waren, wie eines dieser unsäglichen Hungermodels. »Das ist Louise Beckmann. Meine Kollegin. Und nein, bevor ihr fragt, ich futtere ihr nicht heimlich das Lunchpaket weg.«

Beckmann verdrehte die Augen. »Sie wissen ja, wie er ist.«

»Stimmt, er scheint sich nicht verändert zu haben.« Kalkbrenner setzte sich mit Muth an den Tisch. Sofort rauschte die Kellnerin heran, eine wohlgenährte Mamutschka mit grellem Lippenstift, der ihr selbst noch im Dunkeln den Weg durchs Restaurant geleuchtet hätte. Die Speisekarte war eher schlicht gehalten, ganz so wie der Rest der *Malzstube.* Die Möbel stammten von Ikea, an einigen Lampen und Blumenvasen klebten sogar noch die Herstellernachweise. Zumeist: »Made in China«. Willkommen in der Tschechei.

»Lass dich bloß nicht täuschen«, warnte Thanner, dem Kalkbrenners abschätzender Blick nicht entgangen war. »Das Ambiente ist zwar unterer Durchschnitt, trotzdem kriegst du hier das beste *Veprová Pecene* der ganzen Stadt.«

»Ich wäre beruhigter, wenn du mir noch sagen könntest, was das überhaupt ist.«

»Das tschechische Nationalgericht mit mährisch Kraut und Knödeln. Einfach nur lecker. Glaub mir, ich weiß, wovon ich rede.«

»O ja, das stimmt«, seufzte Beckmann dramatisch, was Thanner mit einem Wiehern quittierte.

Paul Kalkbrenner folgte bei der Essenswahl der Empfehlung seines Freundes, Beckmann entschied sich für gebackenes Schollenfilet mit Kartoffeln und Dillrahmsoße, und Muth äußerte den Wunsch nach einem vegetarischen Gericht, was die Kellnerin vor ein ernsthaftes Problem stellte. Erst nach freundlichem Zureden konnte sie dazu bewogen werden, den Koch um eine warme Gemüseplatte zu bitten.

Als sie wieder unter sich waren, wollte Kalkbrenner endlich seine Neugierde stillen: »Also, in welcher Abteilung arbeitet ihr?«

Der Hüne Thanner klopfte mit den Knöcheln der rechten Hand auf seinen schwergewichtigen Leib. »Fleisch. Abteilung Fleisch. Um genau zu sein: in der Einsatzgruppe ›Fleisch‹ beim LKA. Und meine Louise hier ist … Ach, warum erzählst du nicht selbst, womit du deinen Hungerlohn verdienst?«

»Ich bin Fahnderin des für Veterinär- und Lebensmittelaufsicht zuständigen Überwachungsamtes in Berlin-Mitte.« Sie lächelte.

»Wisst ihr jetzt, warum ich beim LKA bin?«, ulkte Thanner. »Das kann ich mir wenigstens merken.«

»VetLeb ist nicht viel schwerer«, widersprach Beckmann. »Allerdings klingt es auch nicht wirklich sympathisch.«

Die Mamutschka balancierte die Getränke heran. Die beiden Frauen hatten sich für ein Mineralwasser entschieden, die Männer für Staropramen, ein tschechisches Bier. Thanner trank das halbe Glas in einem Zug aus. Er stieß auf, seufzte und fragte anschließend: »Habt ihr jetzt eine Ahnung, warum wir uns mit euch treffen wollten?«

»Ich fürchte, das haben wir.« Auch Kalkbrenner nahm jetzt einen Schluck vom Staropramen. Es schmeckte angenehm frisch und würzig. »Aber dass ich noch Appetit aufs Essen habe, wenn wir über den wirklichen Grund reden, möchte ich bezweifeln.«

»Ach was, da gewöhnt man sich dran«, meinte Thanner leichthin.

»Und damit hat er ausnahmsweise mal recht«, versicherte Beckmann grinsend.

Thanners mächtiges Doppelkinn schwabbelte, während er heftig nickte. »Wir ermitteln unter anderem gegen Nils de Jong, einen deutschen Fleischgroßhändler, der hier in Berlin sitzt.«

»Wobei, von einer Ermittlung zu sprechen ist beinah schon übertrieben«, korrigierte seine Kollegin. »De Jong steht erst mal unter Beobachtung. Er ist nämlich nicht irgendwer, sondern Marktführer in der Schlachtabfall-Branche und betreibt eine Tochterfirma der Boko. Kennen Sie Boko?«

»Nie gehört.« Kalkbrenner und Muth sahen sich fragend an.

»Boko-Produkte hat man nahezu täglich auf dem Tisch, denn die niederländische Firma Boko N. V. ist der größte Fleischverarbeiter in Europa. Ein paar Zahlen: über 12 Millionen Schweineschlachtungen jährlich, 8,9 Milliarden Euro Umsatz, Gewinnsteigerung im letzten Jahr 25 Prozent. In den vergangenen Jahren konnte das holländische Unternehmen viele in der deutschen Fleischbranche schlucken. Die Heroldsfleisch, die Kemmerfleisch, Assdorf, Belko, Fritz und eben auch De Jong – heute ist offiziell alles Boko aus Amsterdam.«

»Amsterdam?«, wiederholten Kalkbrenner und Muth unisono.

»Genau«, bestätigte Beckmann.

»Und wir haben diesen Fleischmulti Boko – um genau zu sein: seine Tochterfirma De Jong in Berlin – unter Verdacht, mit der internationalen Fleischmafia in Verbindung zu stehen«, führte Thanner aus. »Im Grunde ist die Sache ganz einfach: Großhändler, Lebensmittelproduzenten, Supermärkte, die ganze Palette möglicher Abnehmer wird geschmiert, damit sie neu etikettiertes Gammelfleisch übernehmen.«

»Was sich zuerst einmal so einfach anhört, ist allerdings ein komplexes System mit äußerst kriminellen Strukturen«, erklärte Beckmann. »Es gibt einen britischen Fleischimporteur namens Kombifleisch, der sein Büro am Großmarkt Berlin-Beusselstraße hat. Kombifleischs Geschäft besteht darin, Fleisch billig aufzukaufen und – wie auch immer – wieder an den Mann zu bringen. Bevorzugt erwirbt die Firma große Mengen Retourprodukte, also Ware, deren Haltbarkeitsdatum überschritten ist, und Schlachtabfälle. Offiziell darf dieses sogenannte K3-Material nur noch zu Tierfutter verarbeitet werden. Für den menschlichen Verzehr ist es ungeeignet.« Beckmann hielt in ihrer Ausführung inne und nahm einen Schluck Wasser, bevor sie fortfuhr: »Jüngst erwarb Kombifleisch aus einer Insolvenz etwa neunzig Tonnen Schlachtabfälle und veräußerte sie kurz darauf an De Jong. Eine Transaktion, die uns stutzig machte, denn der Verkaufspreis war ungewöhnlich hoch, statt der üblichen 10 wurden 30 Cent gezahlt. Aber gut, bis dahin war noch alles im grünen Bereich. Selbst an der amtstierärztlichen Bescheinigung des Berliner Bezirksamtes konnte nichts bemängelt werden. Doch anschließend verkaufte De Jong das Fleisch an D+R, eine kleinere K3-Firma in Holland. Wir vermuten, dass es dort niemals angekommen ist und stattdessen irgendwo auf halbem Weg als Frischfleisch umetikettiert wurde, um anschließend von De Jong zu ungleich höheren, aber für die Abnehmer noch immer günstigen Preisen an Lebensmittelbetriebe veräußert zu werden.«

Wie aus dem Nichts erschien die Kellnerin an ihrem Tisch und platzierte vier Teller mit dampfendem Essen vor ihnen.

»Das ging aber flott«, staunte Kalkbrenner.

»Ja, flott und gut.« Thanner machte sich bereits über seine Knödel her, während Kalkbrenner noch Messer und Gabel in den Händen hielt und skeptisch das Schweinefleisch prüfte, das auf seinem Teller in einer Soße aus Zwiebeln, Paprika, Ketchup und Käse ersoff. Er warf einen Blick hinüber auf Muths Teller. Der Koch hatte sich tatsächlich zu einem Auflauf aus Blumenkohl und Brokkoli durchgerungen. »Vielleicht wäre es ja doch gar nicht so verkehrt?«

»Was?«, erkundigte sich Thanner mit vollem Mund.

»Vegetarier zu werden?«

Sein alter Freund krümmte sich vor Lachen. »Keine Sorge, ich sagte doch schon, alles sauber. Hier ist die Schlachtware, von der wir eben sprachen, bestimmt nicht angekommen. Da brauchst du auch nicht so misstrauisch zu schauen.«

Noch immer zweifelnd schob sich Kalkbrenner den ersten Bissen in den Mund und war erstaunt: Er schmeckte erstaunlich gut. *Aber kann man Gammelfleisch tatsächlich schmecken?* »Und inwieweit ist Fielmeisters in diese Sache verwickelt?«

»Nun, vor etwa vier, fünf Wochen tauchte erstmals der Name Marten Peglar in Verbindung mit De Jong auf.«

Vor drei oder vier Wochen. Das war die Antwort von Carla Fielmeister auf Kalkbrenners Frage gewesen, wann sich ihr Mann und Marten Peglar zuletzt miteinander gestritten hatten. Und kurz darauf sollte Fielmeister ihr gesagt haben: *Alles ist erledigt, Marten wird sich darum kümmern.* Was war damit gemeint? Peglars Schulden oder vielleicht die finanziellen Engpässe bei der Firma?

»Was ist mit seinem Bruder?«, erkundigte sich Muth. »Rudolph Fielmeister? Wurde dessen Name auch genannt?«

»Nein.«

»Wie sieht es mit dem Namen Friedrichs aus Potsdam aus?«

»Wer soll das sein?«

»Das war der Name, unter dem Rudolph Fielmeister im Hotel *Adler* eincheckte, wo wir ihn am Dienstagabend ermordet auffanden.«

»Nein, auch dieser Name ist mir kein Begriff. Aber ich weiß, worauf Sie anspielen.« Thanner lächelte der jungen Türkin zu. »Angesichts der finanziellen Situation der Firma ist es durchaus denkbar, dass Rudolph Fielmeister an den krummen Geschäften seines Bruders beteiligt oder zumindest darin eingeweiht war.«

Damit kam der Frage von Dr. Salm – *Wo ist etwas faul in der Firma?* – eine ganz neue Bedeutung zu. »Kann es also sein, dass jemand aus der Branche für Fielmeisters Tod und für das Verschwinden seines Bruders verantwortlich ist?«

Thanner hob seine mächtigen Schultern und ließ sie mit einem erleichterten Schnauben wieder fallen. »Dazu kann ich nichts sagen.«

Kalkbrenner stoppte die Gabel auf halbem Weg zu seinem Mund. »Kannst du oder darfst du nicht?«

»Paul, wir stehen mit den Ermittlungen noch ganz am Anfang. Ich habe doch schon erklärt, dass wir davon ausgehen, dass das Gammelfleisch an Lebensmittelbetriebe veräußert wurde, aber beweisen können wir noch nichts. Gerade erst ist es uns gelungen, einen verdeckten Ermittler in die Branche einzuschleusen.« Thanner nahm den letzten Rest seines *Veprová Pecene* auf die Gabel und kaute dann nachdenklich darauf herum. »Tja, und jetzt hat uns über Interpol die Fahndung nach Peglar erreicht, dessen Verschwinden, zusammen mit dem Tod seines Bruders, in der Branche mächtig Staub aufwirbeln wird. Das macht uns die Arbeit nicht gerade leichter.«

»Was schlägst du also vor?«

Mit einer Wendigkeit, die man seinem massigen Körper nicht zugetraut hätte, fischte Thanner eine Visitenkarte aus seiner Brusttasche. »Ich würde sagen: Information und Kooperation.«

Kalkbrenner verharrte grübelnd. Einerseits hatte er seine Erfahrungen mit den Landes- und Bundesbehörden gemacht, andererseits war Thanner ein alter Freund. Er atmete tief durch und griff nach der Visitenkarte. »Einverstanden.«

»Wunderbar.« Mit den Fingern schnipsend winkte Thanner der Kellnerin. »Bitte die Karte für das Dessert.« Dann wandte er sich wieder Kalkbrenner zu: »Und? Jetzt erzähl schon: Wie geht es deiner Mutter? Lebt sie immer noch am Görlitzer Park?«

36

»Hierhin kannst du gehen, wenn du Langeweile hast«, erklärte Aidan.

Langeweile war wirklich das Letzte, was Tabori nach diesem Tag verspürte, eher schon Erschöpfung.

Aber Aidan hatte die Eingangstür bereits geöffnet und war in den Laden hineingegangen. »Worauf wartest du? Jetzt komm schon«, rief er ihm über die Schulter zu.

An der Backsteinfassade prangte ein riesiger, blau-orangener Schriftzug: *Saturn*. Tabori konnte sich nicht vorstellen, wie man in einem Kaufhaus Spaß haben sollte. Seine Erfahrungen damit beschränkten sich darauf, darin mit seiner Mutter eine Hose oder Schuhe für Mickael zu kaufen. Er selbst hatte niemals etwas anprobieren dürfen, weil er die alten Klamotten seines Bruders auftrug.

Allerdings verspürte er noch weniger Lust, wieder alleine durch die Stadt zu streifen. Schließlich hatte er nicht einmal eine Unterkunft für die kommende Nacht, ganz abgesehen davon, dass er sich von seinem verdienten Geld auch keine hätte leisten können. Er hoffte darauf, dass Aidan ihm später anbieten würde, ihn zu begleiten, wohin auch immer. Aidan war schon seit einem Jahr in Berlin, da war es wahrscheinlich, dass er an einem warmen Platz die Nacht verbrachte.

Lustlos folgte Tabori seinem neuen Freund in das Kaufhaus. Direkt am Eingang standen riesige, flache Fernseher dicht neben- und übereinander. Ihre Bilder waren klar und deutlich, nicht so verschwommen und flackernd wie die der Holzkiste in der Kneipe von Gracen. Gleich daneben waren Radios aufgereiht. Auch ihre Auswahl war enorm. Dennoch entschied sich Tabori auf Anhieb für das kleinste ausgestellte Gerät, das mit seinen zwei Lautsprechern, drei Knöpfen und der großen Antenne trotzdem noch deutlich größer als das blöde Radio war, das daheim fast nie funktioniert hatte. Ganz sicher würde es ausreichen, um die Hitparade von *Top Channel* aus Tirana zu empfangen. Ja, das würde Tabori sich kaufen, sobald er genug Geld besaß. Er würde es seiner Mutter mitbringen und dann gemeinsam mit ihr und Mickael im Wohnzimmer Musik hören.

»Jetzt beeil dich!« Aidan scheuchte ihn durch Regalreihen mit Kühlschränken, Waschmaschinen und anderen technischen Wundergeräten. Bei den Ablagen voller CDs hielten sie sich länger auf. Die meisten Musiker und Bands waren Tabori unbekannt, aber dann entdeckte er eine Hülle mit dem Bild von Tokio Hotel.

Ein junges Mädchen mit feuerroten Haaren und Sommersprossen im Gesicht hatte ebenfalls nach einer CD gegriffen und hielt nun den schwarzen Barcode an einer blauen Vorrichtung unter rotes Licht, bevor sie sich bereithängende Kopfhörer über ihre Ohren stülpte.

Auch Aidan hatte sich bereits an einer dieser Apparaturen Kopfhörer aufgesetzt und schüttelte nun seine wilde Mähne zu einer Musik, die nur er hören konnte. Tabori suchte sich einen freien Platz und wiederholte die Prozedur, die er bei dem Mädchen beobachtet hatte. *Du stehst auf. Und kriegst gesagt, wohin du gehen sollst …*, klang es in sein Ohr, klar und ohne das Rauschen und Knistern, wie er es von dem alten Radio daheim gewohnt war. *Wenn du da bist. Hörst du auch noch, was du denken sollst.* Als der Liedauszug nach dreißig Sekunden endete, begann der nächste, den Tabori noch nicht kannte, obwohl er ebenfalls unverkennbar von Tokio Hotel stammte.

Er stellte sich vor, wie es sein würde, Tokio Hotel immer und immer wieder hören zu können, unabhängig vom *Top Channel*. Nein, beschloss er spontan, er würde sich kein neues Radio anschaffen, sondern einen CD-Spieler – und dazu die aktuellen CDs von Tokio Hotel, von US5 und von Eminem.

Jäh übermannte ihn ein schlechtes Gewissen. Er träumte bereits davon, Geld auszugeben, das er noch nicht einmal verdient hatte. Außerdem war er doch nach Berlin gekommen, um Geld für Mutter und Mickael zu verdienen, nicht für sich. Damit Sorti niemals wieder zu ihnen nach Hause kommen würde. Damit Mickael einen Arzt besuchen konnte, der ihm besser half. Damit sie in ein neues Haus ziehen konnten. Und ganz am Ende, wenn nach all diesen Dingen noch Geld übrig war, dann erst würde er etwas für sich kaufen, aber kein Radio und keinen CD-Spieler, sondern eine neue Gitarre, um selbst Musik zu machen – und damit wieder Geld zu verdienen.

Reumütig machte er sich auf die Suche nach Aidan. Er fand ihn in der hintersten Ecke des Kaufhauses, inmitten einer Horde Jugendlicher, die aufgeregt vor hektisch flackernden Bildschirmen zappelten.

»Ich möchte gehen«, verkündete Tabori, als er neben Aidan stand.

Während die anderen Jungs ihn anfeuerten, hieb Aidan auf eine kleine schwarze Scheibe mit Knöpfen ein. Seine struppigen Haare standen noch wilder ab als zuvor. »Und wohin?«

»Arbeiten.«

»Nein, das macht jetzt keinen Sinn. Es ist Abend. Die Leute sind genervt und wollen nur nach Hause.«

Tabori fühlte sich unwohl inmitten des verführerischen technischen Wunderlandes. Als gehöre er hier nicht hin.

»Da!« Aidan gab ihm die Scheibe mit den Knöpfen. »Versuch mal!«

»Was ist das?«

»Ein *Gamepad*. Mit den Knöpfen steuerst du die PlayStation. Vorsicht, jetzt musst du springen!«

Tabori drückte einen der Knöpfe, und die Figur auf dem Monitor vollführte eine Rolle rückwärts.

»Nein!« Die Jugendlichen lachten. »Nicht so.« Aidan presste einen anderen Button, und die Figur köpfte einen Ball im hohen Bogen ins Tor. Auf dem Monitor explodierte ein Feuerwerk, aus den Lautsprechern drang das Jubeln Tausender von Menschen.

»Siehst du, so geht das.« Aidan nahm das Gamepad wieder an sich. »Guck her, ich zeige dir, wie das Spiel funktioniert.«

»Ist das *futboll?*«, fragte Tabori.

»*Street Soccer.*«

»Aber es sieht doch wie Fußball aus.«

»Ist es ja auch.«

Aidan brachte Tabori die wichtigsten Kniffe bei, und danach spielten beide gegeneinander.

»Du sollst rennen«, rief Aidan.

»Mach ich doch!«

»Und warum fallen deine Spieler alle um?«

Die Figuren purzelten aberwitzig über das Spielfeld.

»Jetzt schieß!«

Tabori drückte hektisch einige Knöpfe, und sein Spieler hockte sich hin, als würde er sein Geschäft mitten auf dem Spielfeld verrichten wollen. Lauthals prusteten alle los, sogar Tabori musste lachen. *Street Soccer* machte Spaß.

Je länger sie spielten, desto besser gelang es ihm, seine Figuren zu steuern. Das dritte Spiel gewann er sogar. In der Zwischenzeit wurde Aidan immer leiser, bis er am Ende gar nichts mehr sagte. Er schwieg sogar noch, als sie aufgefordert wurden, das Kaufhaus zu verlassen. Es war acht Uhr abends.

»Was ist mit dir?«, fragte Tabori auf dem Weg zur Straße.

»Nichts.«

»Ist es wegen des Spiels? Weil du verloren hast?« Tabori kam sich undankbar vor. Aidan hatte ihm den ganzen Tag über geholfen, und Tabori hatte ihn im Gegenzug dafür nicht einmal gewinnen lassen. Weil er sich nicht traute nachzuhaken, schritten sie schweigend nebeneinander den Bürgersteig entlang. Es hatte geschneit, und ein feiner weißer Flor lag auf dem Asphalt.

»Das war ein schöner Tag. Seit Langem mal wieder«, brach Aidan das Schweigen.

»Ja, das stimmt.« Es war tatsächlich toll gewesen. Und eigentlich wollte Tabori nicht, dass der Tag endete. Aber jetzt war Abend, und morgen wollte er wieder Geld verdienen. »Aidan, wo schläfst du?«

»Mal hier, mal da.«

Die Antwort verwunderte Tabori. Er drehte sich um die eigene Achse. Den ganzen Tag über hatten sie sich nicht weit von der Kreuzung entfernt, an der sie sich zum ersten Mal über den Weg gelaufen waren. »Ich weiß einen Platz, wo wir schlafen können.«

»Darf ich mitkommen?«, bat Aidan.

37

Das sanfte Licht der Nachttischleuchte schmeichelte dem Gesicht der alten Frau. Sie lächelte, als sie eine Bewegung wahrnahm. »Paul, da bist du ja endlich.«

Kalkbrenner hängte seinen Mantel über die Stuhllehne. »Hallo, Mama.«

Seine Mutter spähte erwartungsvoll in die Dunkelheit hinter ihm. »Wo hast du Ellen gelassen? Kommt sie noch?«

»Nein, heute nicht.«

»Und Jessy? Erzähl mir von ihr.«

Er zögerte.

»Kann sie endlich laufen?«

»Weißt du denn nicht mehr, dass Jessy inzwischen studiert?«

»Sie studiert?« Käthe Maria legte die Stirn in Falten. Nach reiflicher Überlegung entschied sie, dass sie ihren Sohn wohl nicht richtig verstanden hatte. Oder dass er sich einen Scherz mit ihr erlaubt hatte. »Jedenfalls solltet ihr sie langsam an das Töpfchen gewöhnen. Glaube mir, je eher, desto besser. Als du noch ein kleines Baby warst, hast du dir auch ständig in die Hosen gemacht, und erst …« Sie hielt inne, und ihr Oberkörper fuhr empor. »Herrje, jetzt reden wir hier und vergessen dabei ganz die Zeit. Wie spät haben wir's denn?«

Kalkbrenner bettete sie sanft zurück aufs Kissen. »Jetzt bleib doch liegen, Mama.«

»Lass mich! Dein Vater kommt gleich von der Arbeit, und du weißt doch, dass er grantig wird, wenn sein Abendbrot nicht rechtzeitig auf dem Tisch steht.« Sie atmete schwer. Die plötzliche Bewegung hatte sie angestrengt. »Reich mir doch bitte den Wecker rüber. Er steht dort drüben, bei dem Bild von deinem Vater. Ich werde ihn mir zum nächsten Mittagsschlaf stellen.«

»Das brauchst du nicht«, beruhigte Kalkbrenner sie und gab ihr stattdessen die Schnabeltasse.

Begierig trank sie vom Wasser, bevor sie seine Hand liebkoste. »Bald bist du ein großer Junge.«

Die jäh aufflammende Deckenlampe riss Kalkbrenner zurück in das harte Licht der Wirklichkeit. Auf dem Nachttisch befand sich kein Wecker. Auch kein Bild seines Vaters stand da. Kalkbrenner war längst ein erwachsener Mann, seine Mutter hingegen nur noch ein trauriges Abbild ihres einstigen Ichs. Das Lieblingsnachthemd, übersät mit kleinen Rosen in verschiedenen Rosa-Tönen, schlotterte an ihrem hageren Leib. Das Gesicht war eingefallen, die Augen müde, die Haut fahl und durchscheinend wie Pergament.

»Einen schönen guten Abend«, grüßte Dr. Pliska.

Was soll daran denn schön sein? Kalkbrenner reichte dem leitenden Arzt der Charité die Hand. Eine Schar Weißkittel baute sich wie eine Mauer hinter ihm auf.

»Paul«, flüsterte Käthe Maria mit Angst in der Stimme. »Wer ist das?«

»Das ist der Arzt. Er wird dich untersuchen.«

»Wie ist er in unsere Wohnung …?« Mitten im Satz entdeckte sie ihre Zimmernachbarin, die im Bett gegenüber schnarchte. »Was macht diese Frau hier?« Ihre Blicke irrten panisch durch den Raum. »Wo bin ich?«

»Es ist alles in Ordnung«, versicherte der bärtige Arzt. »Herr Kalkbrenner, würden Sie bitte kurz den Raum verlassen?«

Der Ermittler wartete auf dem Flur, bis die Doktoren ihre Visite beendet hatten. Während die anderen Ärzte geschlossen bereits das nächste Zimmer aufsuchten, leistete ihm Dr. Pliska Gesellschaft. »Es geht Ihrer Mutter gut.«

»Gut?«

»Nun, den Umständen entsprechend, ja. Schließlich haben nicht nur die Lungenentzündung und der Herzinfarkt ihrem ohnehin schon schwachen Körper zugesetzt, sondern auch noch die Lungenstauung und eine Niereninsuffizienz. Wenn im Pflegeheim nicht so schnell reagiert worden wäre, dann ... Nun ja, Sie können es sich denken.« Obwohl Dr. Pliska die ernsten Worte nicht aussprach, machte das nicht erträglicher, was er anschließend sagte: »Aber nur, weil Ihre Mutter nicht mehr auf der Intensivstation liegt, heißt das noch lange nicht, dass sie wieder gesund ist.«

»Und was bedeutet das jetzt konkret?«

»Sagen wir es mal so: Sie hat sich erstaunlich gut erholt. Aber ihre Herzfunktion ist noch immer gestört.« Der Doktor nestelte an seinem Clipboard herum. »Und das erzähle ich Ihnen nicht, weil ich den Teufel an die Wand malen möchte, sondern damit wir uns keine falschen Hoffnungen machen. Der Zustand Ihrer Mutter ist nach wie vor kritisch.«

Kalkbrenner hatte genug gehört. Er verabschiedete sich vom Arzt und trat zurück in das Krankenzimmer. Gnädigerweise hatte die Visite das grelle Licht wieder gelöscht. Die funzelnde Nachttischlampe wies ihm den Weg zum Bett – zurück zu seiner Mutter und in die schützende Dunkelheit.

»Ist dein Vater schon daheim?«, fragte Käthe Maria. »Er muss doch gleich kommen. Sagst du ihm bitte, dass ich mich nicht gut fühle?«

»Natürlich, das mache ich.«

»Sein Essen steht im Ofen.« Sie richtete sich halb auf.

»Ich sage es ihm.«

Müde und mit wirrem Haar sank sie in das Kissen zurück. »Danke, mein Engelchen.«

Mein Engelchen. Mit diesem Kosenamen hatte sie ihn als kleinen Jungen angeredet, und manchmal war er für sie noch heute das Engelchen. Dann warteten sie gemeinsam auf seinen Vater, der niemals von der Arbeit kommen würde, weil er schon vor Jahren gestorben war. An anderen Tagen, wenn

Kalkbrenner seine Mutter besuchte, war er wieder mit Ellen verheiratet und Jessy noch ein kleines Baby. Käthe Maria reiste kreuz und quer durch die Zeit, ohne je in die Gegenwart zurückzufinden. Es war, als existiere das Jetzt für sie nicht mehr. Es war weg. Einfach verschwunden. *Wie so vieles andere auch*. Kalkbrenners Ehe. Seine Tochter. Und … *Lebst du jetzt mit ihr zusammen?*

Kalkbrenner hob die Decke an, um nach der Hand seiner Mutter zu suchen. Er fand nichts als Haut und Knochen. *Nur Reste. Abfälle.* Er schämte sich, dass er selbst in dieser Situation noch an die Arbeit denken musste. *Die Frau war wirklich erbarmungslos.* Kaum vorstellbar, dass Käthe Maria mit diesen dürren Fingern und ihren schmächtigen Ärmchen einmal zwei junge Männer unter die Dusche gezogen und ihnen ihre nächtlichen Eskapaden mit eiskaltem Wasser abgeschrubbt hatte. Nach vollbrachter Tat hatte seine Mutter sie abgetrocknet, in frische Klamotten gestopft und, damit die Lehrer den Alkohol nicht rochen, mit ihrem Parfüm eingesprüht. Ausgerechnet mit 4711. Obwohl er Kölnischwasser immer abscheulich gefunden hatte, vermisste Kalkbrenner in diesem Augenblick den Geruch.

Eine raschelnde Bewegung an der Tür schreckte ihn aus seinen Gedanken auf. Hatte der Arzt etwas vergessen? *Die falschen Hoffnungen*. Doch der kleine schwarze Schatten gehörte nicht zu Dr. Pliska. »Ich wusste nicht, dass du auch hier bist«, sagte eine sanfte Stimme.

38

Der Mittwochabend im *Café Verdun*, so verriet ein Plakat am Eingang, gehörte ganz dem Rock'n'Roll. Eddy & The Strawberries schrammelten Ted Herold und Peter Kraus.

Gib dein Ziel niemals auf. Du hast manche Nacht drüber nachgedacht. Wie man glücklich wird. Was erfolgreich macht. Die Gassenhauer hatten zwar bereits etliche Jahre auf dem Buckel, klangen in Sackowitz' Ohren aber immer noch besser als das Schlagereinerlei der Vorabende. Einige der Stücke kannte er sogar noch aus seiner Jugend.

Er nahm seinen angestammten Platz an der Theke ein, und der Barkeeper stellte ihm ohne Aufforderung eine Cola light hin. Sackowitz war sich unsicher, ob er es als gutes Zeichen werten sollte, dass er anscheinend bereits Stammgast war.

Während er an seinem Getränk nippte, hielt er nach Magda Michels Ausschau, doch Tisch 141 war nicht besetzt. Überhaupt war die Singlebörse heute Abend nicht besonders gut besucht. Nur vereinzelte Damen und Herren saßen an den Tischen. Das rockige Musikangebot schien wohl weniger den Geschmack des betagten Stammpublikums zu treffen.

Er entdeckte keine vertrauten Gesichter. Was nicht bedeuten sollte, dass er in den letzten Tagen viele der Gäste kennengelernt hatte. Sackowitz überlegte ernsthaft, ob er sich an einen der Tische setzen und darauf warten sollte, dass das Telefon klingelte, aber das kam ihm dann doch zu albern vor. *Du warst nahe dran, und dein schöner Plan hätte fast geklappt, hast nur Pech gehabt.* Er beschloss, den Ted-Herold-Song als Aufforderung zum Gehen zu betrachten.

»Ach, hat dich deine neue Freundin versetzt?«, frotzelte es plötzlich neben ihm.

Sackowitz blieb auf seinem Barhocker sitzen und setzte zur Verteidigung an: »Sie ist nicht meine neue Freundin.«

»Zumindest wolltest du mit ihr tanzen«, stichelte Renate weiter, worauf ihm keine Erwiderung einfiel. »Und was war das gestern mit deiner Frau?«

»Wie ich schon sagte: Ich bin geschieden.«

»Das war also nicht gelogen?«

»Nein, ist alles gestern nur ein bisschen blöd gelaufen.«

Renate lächelte, als wäre sie erleichtert. »Mein ›Mistkerl‹, den ich dir an den Kopf geworfen habe, war aber auch nicht gerade die feine englische Art.«

»Dann sind wir also quitt?«

Sie hob ihr Prosecco-Glas. »Ja, lass uns noch einmal von vorne beginnen.«

Er stieß mit der Cola an. »Das machen wir.«

»Kann ich mir dann Hoffnungen machen, dass du gleich mit mir tanzt?«

Heute hatte Renate sich nicht derart aufgebrezelt wie am Abend zuvor, und auch das Dekolleté ihres schwarzen Kleides offenbarte deutlich weniger nackte Haut – aber immer noch genug, um Sackowitz' Fantasie Kapriolen schlagen zu lassen. *Lang, lang ist's her, lang, lang ist's her,* behaupteten gerade Eddy & The Strawberries im Hintergrund, und Sackowitz war geneigt, ihnen recht zu geben. *Seit damals hab ich geträumt Tag und Nacht.*

Der Reporter führte Renate auf das Parkett, zählte ein, und auf vier schwang er sein Bein. Doch Renate brauchte keine Führung. Mit eleganten, fließenden Bewegungen wirbelte sie ihn über die Tanzfläche. *Und wenn wir tanzen, Baby, dann nimm dich in Acht. Wenn ich tanze, ja, dann tanze ich die ganze Nacht.* Sackowitz fand zunehmend Gefallen am Rock'n'Roll seiner Jugend.

Als die Band ein ruhiges Stück anstimmte, sagte Renate: »Nicht dass du denkst, ich mache so etwas immer.«

»Was meinst du?«

»Na, Männer angraben und …«

»… zum Tanz auffordern?« Er lachte. »Was soll denn daran schlimm sein? Ich dachte, das Motto lautet Ball Paradox?«

»Natürlich, aber wenn man wie ich regelmäßig ins *Café Verdun* geht, dann hat man schnell einen Ruf weg, Motto hin, Männerwahl her. Auf der anderen Seite: Wo lernt man als alleinstehende Frau in meinem Alter sonst noch neue Leute bei Tanz und Musik kennen?«

Es war schwer einzuschätzen, wie alt Renate wirklich war. Im Halbdunkel konnte Sackowitz kaum Falten in ihrem Gesicht erkennen, aber das konnte auch am Make-up liegen, das heute zwar wesentlich dezenter ausfiel als bei ihrer letzten Begegnung, aber dennoch nicht zu übersehen war: Rouge rötete ihre Wangen, schwarzer Eyeliner umrandete ihre Augen. Sie musste definitiv älter als vierzig sein. Aber älter als fünfzig? »I wo, so schlimm kann es doch gar nicht sein.«

»Hardy, ich weiß es wirklich zu schätzen, dass du dir Mühe gibst, aber ich kenne sehr wohl den Ruf, den das *Verdun* in Berlin genießt.«

Er gab sich ahnungslos. »Und welcher soll das sein?«

»Restepoppen«, flüsterte sie.

Wenn, wenn du sagst, wenn du sagst: Okay!, Eddy & The Strawberries gingen zu einem flotteren Titel über, *dann, dann komm ich bei Regen und bei Schnee.*

»Warte!« Renate griff in sein Haar. »Du hast da was.«

Er hielt es für einen Vorwand, ihn zu berühren, aber sie zeigte ihm einen weißlichen Fussel, der sich tatsächlich in seinen Strähnen verfangen hatte.

Sein verdutztes Gesicht brachte sie zum Lachen. »Wie? Du hast gedacht, ich würde …? Wie kommst du denn darauf, ich würde das wollen?«

»Willst du es denn?«, fragte er kess zurück.

Zur Antwort schloss Renate seinen Mund mit ihren Lippen. Sie waren weich und vom Lipgloss etwas klebrig. Ihre Zunge bahnte sich den Weg zwischen seinen Lippen hindurch, langsam und vorsichtig, als habe sie Angst, etwas zu zerstören. Dabei war es doch nur ein Kuss. Ein ganz normaler Kuss. Wie vertraut ihm das Gefühl war. *Was hast du gedacht? Dass du es verlernt hast?* Nun, zumindest hatte er es vermisst.

»Und, was sagt man in einem solchen Moment?«, fragte Renate.

»Ich weiß nicht?« Sackowitz grinste sie fragend an.

»Gehen wir zu mir oder zu dir?« Sie kicherte glucksend. »Klingt wie in einem richtig schlechten Film. Aber das ist kein Film, oder?«

»Zumindest kann ich keine Kameras entdecken.«

»Dann lass uns zu mir gehen«, schlug Renate vor.

39

Kalkbrenner benötigte eine Weile, bis er seine Verblüffung überwunden hatte. »Ich wusste gar nicht, dass du kommen wolltest.«

»Offenbar wissen wir im Moment beide nicht sehr viel voneinander.« Jessy machte auf dem Absatz kehrt. »Tut mir leid, ich wollte euch nicht stören. Ich komm später noch mal wieder.«

»Nein, nein.« Kalkbrenner zog seinen Mantel vom Stuhl. »Bleib du nur. Ich wollte sowieso gerade nach Hause.«

»Ach so?«

»Ja, Bernie wartet.«

Zögernd ging seine Tochter zum Krankenbett hinüber. Käthe Maria war eingeschlafen, der Unterkiefer herabgesackt, was ihr dünnes Gesicht in dem fahlen Licht der Nachttischlampe noch eingefallener erscheinen ließ. Ein leises Wimmern entwand sich ihrem Mund, und für einen kurzen Moment hatte es den Anschein, als wolle Jessy über den Zustand ihrer Großmutter augenblicklich in Tränen ausbrechen. Doch sie presste, wild entschlossen, sich keine Blöße zu geben, die Lippen aufeinander.

Kalkbrenner verspürte den Wunsch, sie zu trösten. Aber

was sollte er ihr sagen? Vielleicht: *Was nicht zu ändern ist, ist nicht zu ändern.* Nein, wenn es um sein Privatleben ging, hatte sich sein umfangreicher Zitatenschatz noch nie als eine wertvolle Hilfe erwiesen. *Nicht reden, sondern handeln.* Er konnte seine Tochter einfach in den Arm nehmen, ließ es aber bleiben. Im Grunde war er schon froh darüber, dass sie ihn nicht angiftete, was er noch in diesem Zimmer verloren habe.

»Wie geht es Oma?«, erkundigte sich Jessy förmlich.

»Gut.«

»Gut?«

»Den Umständen entsprechend.«

»Und was heißt das jetzt?«

»Die Lungenentzündung, der Herzinfarkt, die Lungenstauung und die Niereninsuffizienz haben ihr zugesetzt. Wenn sie im Pflegeheim nicht so schnell reagiert hätten, dann …« Er stockte, weil ihm bewusst geworden war, dass er die Worte des Arztes wiederholte. Obwohl seine Tochter nichts davon wusste, kam er sich unbeholfen vor.

»Wird sie wieder?«

»Der Arzt sagt, nur weil sie nicht mehr auf der Intensivstation liegt, heißt das nicht, dass sie wieder gesund ist.«

»Typisch Götter in Weiß! Bloß keine verbindliche Aussage, man könnte sie ja später darauf festnageln.«

Kalkbrenner war sich nicht sicher, ob sie mit dem letzten Satz tatsächlich den Doktor gemeint hatte. »Ich gehe dann mal.«

»Warte, ich begleite dich.«

»Aber du bist doch gerade erst gekommen?«

»Oma schläft sowieso.« Sie strich ihrer Großmutter liebevoll durch das Haar. »Außerdem wollte ich nur ganz kurz vorbeischauen. Eigentlich bin ich auf dem Heimweg von der Uni.«

Wortlos liefen sie gemeinsam zum Ausgang. Draußen fiel

Schnee. Ein dichter weißer Teppich hatte sich schon über Gehwege und Straßen gelegt, und noch immer standen sie sich stumm gegenüber.

Jessy trug einen braunen Fellmantel, eine Röhrenjeans und Stiefel mit Absatz. Das strähnig braune Haar hatte sie seit ihrem letzten Treffen wachsen lassen. Jetzt wallte es bis auf ihre Schultern hinab. Ansonsten hatte sie sich kaum verändert. *Was hast du auch erwartet?*, schimpfte er sich selbst. *Dass sie gewachsen ist?* Käthe Maria war die Einzige, für die Jessy noch das kleine Baby war, das sie einst im Kinderwagen durch den Park geschoben hatte. Hier draußen im Jetzt, in der wirklichen Welt, war Jessy längst zur Frau gereift, erwachsen geworden. Das zu sehen machte Kalkbrenner zugleich stolz und traurig, denn es hielt ihm vor Augen, wie viel er in den letzten Jahren versäumt hatte. Er gab sich einen Ruck. »Ich habe versucht, dich zu erreichen.«

»Ich weiß.«

»Du hast bestimmt viel zu tun.«

»Ja, das Studium ist ganz schön zeitaufreibend.«

»Wie läuft es denn?«

»Ist anstrengend, macht aber Spaß.«

Schon als Kind hatte Jessy leidenschaftlich gerne gemalt. Später in der Schule hatten sich die Aquarelle, Ölbilder, Porträt- und Aktstudien aus dem Kunstunterricht in ihrem Zimmer gestapelt. Freilich erschöpfte sich Kalkbrenners Kunstverständnis in den beiden Urteilen »Schönes Bild« und »Schlechtes Bild«. Aber er fand, dass das Ölbild, das sie für ihn gemalt hatte und das demnächst einen Ehrenplatz in seinem neuen Wohnzimmer erhalten würde, von ihrem außerordentlichen Talent zeugte. Das mussten doch auch die anderen erkennen, die Lehrer und Professoren zum Beispiel. »Und die Klausuren sind überstanden?«

»Die ersten, ja.«

»Mit guten Noten, oder?«

»Könnte besser sein.«

Wieder herrschte quälendes Schweigen zwischen ihnen. »Und bei dir und Leif ist auch alles in Ordnung?«

Leif war Jessys Freund, mit dem sie seit dem letzten Sommer liiert war. »Das wiederum könnte nicht besser sein.«

»Das freut mich, ehrlich.«

Vor dem Krankenhauseingang bremste ein Taxi, aus dessen Fond ein Mann sprang. Er umrundete schlitternd den Wagen, rutschte auf dem Schneepulver aus, öffnete die andere Hintertür und half seiner schwangeren Frau aus dem Auto, die sich stöhnend den kugelrunden Bauch hielt.

»Ich muss dann mal«, sagte Jessy.

Mit einem Satz. »Ja, hast recht. Ist ja auch schon spät.«

»Ich muss noch für die Prüfungen lernen.«

»Weißt du, ich würde dich ja gerne nach Hause fahren, aber …«

»Ist schon okay.«

»Ich bin selbst mit der U-Bahn hier.«

»Es ist vollkommen okay, Paps.«

Paps, echote es in seinem Schädel. *Paps.*

Schnee umwirbelte jetzt Jessys dichtes, braunes Haar. Eine weiße Flocke landete direkt auf ihrer Nasenspitze. Wie durch einen Nebel hörte er sie sagen: *Es war schön, dich zu sehen.* Aber nein, in Wirklichkeit winkte sie ihm nur kurz zu: »Wiedersehen.« Dann schloss sich der Schnee wie ein Vorhang hinter ihr. *Wiedersehen!,* hatte sie gesagt. Kalkbrenner beschloss, das trotzdem als den Anfang zur Verbesserung ihrer Beziehung zu werten.

»Es ist leider nicht sauber hier.« Tabori zwängte sich durch den schmalen Spalt in die Baustellenkammer, die ihm schon in der letzten Nacht als Schlafgelegenheit gedient hatte.

»Aber warm.« Aidan lehnte sich erleichtert seufzend an das Heizungsrohr. »Nanu, wer ist denn das?« Aus der Ecke fixierten sie zwei gelbe achtsame Augen. »Ist das deine Katze?«

Tabori kraulte den Stubentiger, der daraufhin zu schnurren begann. »Nein, sie war schon vor mir hier.«

»Hat sie einen Namen?«

Aus einem Impuls heraus sagte Tabori: »Ja, sie heißt Gentiana.«

»Ein schöner Name.«

»Ja, fand ich auch.« Aus seiner Gesäßtasche zog er seine Fotos und heftete sie an die Nägel in der Wand. Als er sich danach neben Aidan niederließ, sprang die Katze sofort auf seine ausgestreckten Beine. Tabori streichelte sie, während ihrer Kehle ein gleichförmig dunkler Ton entwich.

»Wer ist das?« Aidan bestaunte die Bilder. »Da, neben deinem Cousin. Sie ist sehr hübsch.«

»*Das* ist Gentiana«, verriet Tabori nicht ohne Stolz.

Aidans Blick wanderte langsam zu der Katze. »Ich verstehe.«

Tabori hatte keine Ahnung, was es da zu verstehen gab.

»Und auf dem Bild daneben? Deine Mutter?«

»Ja, zusammen mit meinem älteren Bruder Mickael.«

»Was ist mit ihm? Er sieht irgendwie komisch aus. Ist er krank?«

»Irgendwie schon. Er redet blödes Zeug, macht sich in die Hose und sabbert. Eigentlich ist er gar nicht wie ein großer Bruder, eher wie ein Baby.« Tabori wollte nicht weiter über Mickael reden. »Hast du auch Geschwister?«

»Ja, einen Bruder. Aber ich weiß nicht, wo er ist.«

»Wieso denn nicht?«

»Ist halt so«, brauste Aidan auf. »Du kannst ja auch nicht genau sagen, was dein Bruder für eine Krankheit hat.«

Der barsche Tonfall hielt Tabori von weiteren Fragen ab. Für eine Weile sagte keiner von ihnen etwas, bis Aidan aus seiner Jackentasche eine Packung Zigaretten holte. »Tut mir leid«, nuschelte er. »Ich wollte dir nicht … Es ist nur … Also, mein Vater …«

»Du magst deinen Vater nicht, stimmt's?«

»Wie kommst du denn darauf?«

»Du hast gesagt, er sei blöd.«

»Ist er ja auch.«

»Siehst du, und das sagt man nicht über seinen Vater.«

»Doch, über meinen schon. Er ist ein Säufer. Kümmert sich nicht um die Familie. Eigentlich hat er uns immer nur geschlagen, meine Mutter, meinen Bruder und mich.« Aidan rupfte die Hülse von einer der Zigaretten. Über dem Tabak zerbröselte er etwas, das wie getrocknetes Unkraut aussah. »Mein Bruder hat es eines Tages nicht mehr ausgehalten und ist abgehauen. Hat mich alleine gelassen. Vor einem Jahr hab ich dann auch meine Sachen gepackt.«

»Und seitdem bist du in Berlin?«

»Ja, in Berlin.« Aidan rollte den Tabak wieder in die Hülse. »Magst du rauchen?«

»Nein, ich will keine Zigarette.«

»Das ist aber keine Zigarette.«

»Was denn dann?«

»Ein *Joint*.«

»Was ist das?«

»Wie? Du hast keine Ahnung, was ein Joint ist?«

Tabori schämte sich, obwohl er nicht wusste, warum. In Gracen hatte es schließlich so vieles nicht gegeben: keine Burger in Pappschachteln, keine flachen Fernseher, keine PlayStations und eben auch keine Joints.

Aidan steckte sich die Zigarette, die keine war, zwischen die Lippen. Die Art, wie er sie anzündete, ließ Routine erkennen. Nach kurzer Zeit erfüllte süßer Duft den Verschlag. Es roch nicht unangenehm, ganz anders als die stinkigen Zigarren, welche die Männer im Wohnzimmer rauchten, abends, wenn sie bei Taboris Mutter waren.

Aidan hielt Tabori auffordernd den Joint hin.

»Nein, wirklich, ich rauche nicht.«

»Jetzt komm schon, ist nicht schlimm. Im Gegenteil: Du kriegst gute Laune davon.«

Tabori wollte einwenden, dass er den ganzen Tag schon gute Laune gehabt hatte, aber er wollte nicht wieder wie ein Kind dastehen, das von nichts eine Ahnung hatte. Also nahm er Aidan den Joint ab und sog den Rauch ein. Dem angenehmen süßen Geschmack folgte ein überraschend kräftiger Hieb auf die Lunge. In seiner Luftröhre kratzte es, und Tabori musste husten.

»So ist das immer beim ersten Mal«, beruhigte ihn Aidan. »Du musst es einfach noch mal versuchen.«

Tabori zögerte und probierte erneut. Wieder hustete er.

»Noch einmal«, kam es von Aidan.

Beim dritten Mal hatte sich Tabori an den Joint gewöhnt. Er atmete den Rauch ein, spürte aber nichts.

»Und warum soll ich mich jetzt gut fühlen?«, fragte er.

»Warte einfach ab«, kicherte Aidan.

Abwechselnd pafften sie den Joint, bis nur noch ein kurzer Stummel übrig war. Aidan löschte die Glut im Dreck, und sie betrachteten die grauweißen Rauchschwaden, die in kunstvollen Bahnen durch die Kammer schwebten.

Mit einer Hand streichelte Tabori dabei die Katze weiter. Ihr Fell schien unter seinen Fingern zu prickeln. Plötzlich war da ein leichtes Sirren, das seinen Arm hinauf zur Schulter floss und von dort seine Brust erfüllte. Ein eigenartiges Gefühl, ein Kribbeln, aber nicht unangenehm, irgendwie … Er war überrascht, als er sich selbst kichern hörte.

»Siehst du«, lachte Aidan. »Es wirkt.«

»Fühlt sich gut an, oder?«, lachte Tabori jetzt ebenfalls. Er fühlte sich wohl. Möglicherweise lag es an dem Joint, vielleicht war aber auch nur der schöne Tag dafür verantwortlich, den er verlebt hatte. »Aidan, warum bist du eigentlich so nett zu mir?«

»Weil ich es leid bin, alleine zu sein.«

Das konnte Tabori gut verstehen. Von irgendwoher drang das Schnurren der Katze an sein Ohr. Der Katze namens Gentiana. Lächelnd schlief Tabori ein.

Berliner Kurier, Donnerstag, 12. Januar

Alpa K. (25): Vater und Mutter im Schlaf erstochen

Endlich: Schwester von Elternmörder redet

Von Harald Sackowitz

Berlin. Geschichten türkischer Mädchen, die in Deutschland zwangsverheiratet werden, sind bekannt. Über die Männer, die zur Ehe gezwungen werden, spricht hingegen niemand. Bis jetzt.

»Das ist richtig übel, wenn du dich zum Sex mit einem Verwandten zwingen musst«, sagt Celil K., die Schwester von Alpa, 25, der seine Eltern erstach. »Das ist doch krank! Mit dem Cousin ersten Grades.« Lesen Sie mehr im Innenteil dieser Ausgabe.

Wendung im Mordfall Fielmeister

Polizei fahndet nach Bruder

Von Lothar Bertram

Berlin. Überraschende Wendung im Mordfall Fielmeister: Die Polizei hat den Stiefbruder des Unternehmers, Marten Peglar, zur Fahndung ausgeschrieben.

Über die Gründe für diesen Schritt schweigt sich die Polizei allerdings aus: Wird der Stiefbruder als Tatverdächtiger gesucht? Ein Sprecher der zuständigen Staatsanwaltschaft will zum Fall keine Stellungnahme abgeben. Peglar ist der Polizei allerdings kein Unbekannter mehr. Lesen Sie mehr im Innenteil dieser Ausgabe.

41

Tabori wurde von einem Schnurren geweckt. Doch es war nicht Gentiana, die sich auf seinem Bauch eingerollt hatte, von der das Geräusch stammte, es war sein eigener Magen, in dem es rumorte. Tabori fuhr empor. Erschrocken ob der überraschenden Bewegung stieß sich die Katze von ihm ab, indem sie ihre Krallen durch den Pullover in seine Haut grub. Der Schmerz war schlimm, aber nichts gegen den in seinem Magen.

»Was ist?«, fragte Aidan schlaftrunken aus dem Halbdunkel.

Tabori flitzte bereits zum Ausgang.

»Brauchst du Hilfe?«, rief ihm Aidan hinterher.

Auf den Straßen herrschte bereits reger Verkehr, aber die Dämmerung hatte noch nicht eingesetzt. Über Nacht war noch mehr Schnee gefallen. Gehsteig, Bauschutt und die Bagger waren weiß überzogen.

Tabori hockte sich hinter ein Gebüsch. Es gab einige Dinge, bei denen brauchte er keine Hilfe – Schritte knirschten hinter dem Nachbarbusch – und auch keine Gesellschaft. Tabori duckte sich. Gegen seinen Willen gelang es ihm nicht, die Rebellion von Magen und Darm zu unterdrücken.

»Das kommt von dem Joint«, erklärte Aidan.

»Dann werde ich nie mehr einen rauchen.«

Ein Furz ertönte aus dem nahen Unterholz. »Ach was, daran gewöhnt man sich.«

»Das möchte ich aber nicht.«

»Deinem Magen wird es besser gehen, wenn du erst einmal was gegessen hast.«

Wie konnte sein Freund jetzt nur ans Essen denken? Taboris Magen drohte zu explodieren, sein Hintern schien zu platzen. Auch ihm entglitt ein Geräusch, das nicht zu überhören war.

Verschämt wischte er sich den Po mit Schnee ab und zog die Hose wieder über die Hüfte. Trotzdem fühlte er sich noch immer schmutzig. Kein Wunder, er hatte sich seit Tagen nicht mehr gewaschen.

Aidan erwartete ihn am Eingang zu ihrer Behausung. Er hatte sich bereits den Mantel angezogen. »Was ist? Können wir gehen?«

»Aber es ist doch noch dunkel.«

»Je früher wir an der Kreuzung stehen, desto besser. Dann ist es erst einmal unsere Kreuzung.« Aidan fuhr sich einige Male durch sein wirres Haar. Mittlerweile hatte es jegliche Ähnlichkeit mit einer Frisur verloren. »Wir sind schließlich nicht die Einzigen, die Arbeit suchen.«

Schnell holte Tabori seinen Rucksack mit dem Putzzeug aus dem Unterschlupf. Noch immer hing der Geruch vom Joint in der Luft, aber er war nicht mehr süß und angenehm. Selbst ihre Kleider stanken jetzt nach kaltem Rauch. »Ich würde mich gerne waschen.«

»Klar, aber erst essen wir.«

Während Tabori die Fotos zurück in die Gesäßtasche steckte, tigerte Gentiana um seine Beine. »Heute Abend komme ich wieder«, versprach er ihr.

Das Maunzen des Vierbeiners klang wie erfreute Zustimmung.

»Diesmal hast du mich verstanden, nicht wahr?«

Das Frühstück bei *McDonald's* bestand für Tabori aus heißem Kakao und einer kleinen Portion Rührei mit Speck. Bei dem herzhaften Duft gerieten die Bauchschmerzen von vor wenigen Minuten wie von selbst in Vergessenheit.

»Schling nicht so«, warnte Aidan.

»Es schmeckt aber.«

»Trotzdem, oder willst du nachher wieder knatternd ins Gebüsch?«

Tabori errötete und aß langsamer. Als sein Teller leer war, hatte er noch immer Hunger, aber einen Nachschlag musste er sich erst verdienen. Seine Finger waren fettig. »Weißt du, wo ich mich waschen kann?«

»Da vorne!« Aidan zeigte auf eine Tür.

»Auf den Toiletten?«

Tabori hielt das für einen Scherz, aber sein Freund sah so ernsthaft aus, dass Tabori zur WC-Tür ging. Tatsächlich befand sich in dem Raum dahinter ein breites Waschbecken, in dem er sich nicht nur seine Hände, sondern auch Gesicht, Arme und Achselhöhlen reinigen konnte. Das war zwar nichts gegen eine Dusche, aber immerhin fühlte er sich sauberer als zuvor. In dem großen Spiegel überzeugte er sich davon, dass die Beule an der Wange nicht mehr zu sehen war.

Dann kam auch Aidan, um sich zu waschen. Anschließend glättete er mit feuchten Händen seine Haare und füllte Wasser in seine Flasche ab. »Bist du fertig?«

42

Drei Männer betraten das Gebäude. Sie schlichen durch das gedimmte Licht im langen Flur, bis einer von ihnen vor einer Tür hielt. Aus seiner Manteltasche kramte er hektisch einen Schlüsselbund, den er fest umklammerte, damit er in der Stille nicht verräterisch klimperte.

Die Luft in dem Zimmer war leicht abgestanden, aber zum Glück hatte man zuvor bereits oft genug gelüftet, sodass sich wenigstens der typische Geruch von Alter und Krankheit verflüchtigt hatte. Zwei der Männer, groß gewachsen, breitschultrig und muskulös, begannen, ihre Arbeit aufzunehmen. Sie stemmten eines der beiden Sofas auf ihre Schultern und schleppten es zum Lieferwagen, der draußen vor dem Haus parkte.

Der dritte Mann, der die Tür geöffnet hatte und ungleich kleiner als seine beiden Begleiter war, setzte sich auf das Bett. Dem Laken entwich ein Hauch von 4711.

»Herr Kalkbrenner, Sie?« Peer rauschte in den Raum. »Das ist aber … eine Überraschung.«

Peer gehörte zu den Pflegern des St.-Antonius-Stiftes, die sich bis zu Käthe Marias Herzanfall um sie gekümmert hatten. Als die beiden starken Männer ins Zimmer zurückkehrten, schoben sie ihn galant beiseite.

»Irgendwann musste es doch getan werden«, meinte Kalkbrenner.

»Schon, aber so früh?«

»Ich dachte, ich sei bereits zu spät dran?«

Der Pfleger überging die sarkastische Spitze. »Wie geht es Ihrer Mutter?«

»Nicht besser.«

»Das tut mir leid. Sie war eine so liebe, lebenslustige Frau. Die Ärzte gehen also nicht davon aus, dass sie zurückkommt?«

Die beiden Möbelpacker, die Kalkbrenner mitsamt Lkw für diesen Morgen bei einer kleinen Umzugsfirma gebucht hatte, widmeten sich mittlerweile dem Couchtisch. »Ich dachte, das wüssten Sie längst?«, sagte Kalkbrenner.

»Na ja …« Der Pfleger hüstelte verlegen. »Wir stehen mit dem behandelnden Arzt in Kontakt.«

»Na also.«

»Aber Ihre Mutter ist lange Zeit unser Gast gewesen. Wir alle haben sie gemocht und nehmen an ihrem Schicksal Anteil.« *Aus gutem Grund.* »Sie haben unseren Anruf also erhalten?«

Aus diesem Grund. »Wäre ich sonst hier?«

Peer schien sich für einen Moment kleiner machen zu wollen, als er war. »Sie dürfen das nicht falsch verstehen, Herr Kalkbrenner, Pflegeplätze sind eben rar. Es gibt eine große Nachfrage, und wenn ein Zimmer nicht mehr gebraucht wird, dann …«

Einer der Umzugshelfer fluchte. Er konnte an der glatten Tischkante keinen richtigen Halt finden. Das schwere Ungetüm senkte sich gefährlich schräg Richtung Boden, bevor es der Möbelpacker im letzten Moment zu fassen bekam. »Alles in Ordnung«, versicherte er Kalkbrenner, der von dem heiklen Unterfangen kurz abgelenkt worden war.

Dann nickte Kalkbrenner dem Pfleger wieder zu. »Deswegen bin ich hier.«

»Und was die Kosten für das Zimmer betrifft«, wand sich Peer, »also, der Januar ist ja schon angebrochen, und eigentlich war das Zimmer nur bis Dezember …«

»Wahrscheinlich ist es besser, wenn ich gleich mit dem Geschäftsführer rede. Ist er da?«

»Ich glaube schon.«

Bis auf die beiden Möbelpacker, die den Couchtisch zur Tür hinausschleppten, machte niemand Anstalten, sich vom Fleck zu bewegen.

»Vielleicht könnten Sie ihn kurz holen?«, schlug Kalkbrenner dem Pfleger vor und lehnte sich auf der Matratze zurück. Es war die eine Hälfte von Käthe Marias Ehebett. Daneben stand noch die Nachtkommode, ein Überbleibsel der biederen Sechziger. Aus der gleichen Zeit stammten auch die beiden Couchelemente mit dem Nierentischchen, die er von der ehemals umfangreichen Wohnzimmergarnitur seiner Eltern ins Pflegeheim hinübergerettet hatte. An der Wand hing nur ein schmales Holzbrett, auf dem zwei kleine Bilderrahmen standen. Die Fotos zeigten seine Mutter mit ihrem Mann, Pauls Vater, und Kalkbrenner als kleinen Jungen. Daneben lag eine offene Schmuckschatulle, die Ketten, Ringe und Ohrclips enthielt.

In dem Ungeheuer von Nussbaumschrank stapelten sich Kleider, Bettwäsche und ein paar weitere Fotos. Den Großteil der Bilder hatte Kalkbrenner im letzten Herbst entsorgt, direkt nachdem seine Mutter den Herzanfall erlitten hatte, und wenige Tage, nachdem er selber … Er bremste seine Gedanken. *Erst wenn man alles hinter sich gelassen hat, hat man die Freiheit, etwas Neues zu beginnen.*

Das Klingeln seines Handys durchbrach die frühmorgendliche Stille. Es war Sera Muth. »In der vergangenen Nacht hat die niederländische Polizei Marten Peglar am Flughafen von Amsterdam verhaftet. Offenbar wollte er sich nach Madrid absetzen.«

»Das ist ja eine Überraschung. Dürfen wir ihn vernehmen?«

»Rita kümmert sich schon um das Amtshilfeersuchen.« Aus dem Hintergrund war Bergers Stimme zu vernehmen, dann heulte ein Martinshorn auf. »Sebastian will wissen, ob du bereits auf dem Weg ins Präsidium bist.«

»Mehr oder weniger.«

Erneut war Bergers Stimme wie von ferne zu vernehmen, und erneut war es Muth, die ihn fragte: »Und wo genau bist du?«

»Im Pflegeheim meiner Mutter. Warum?«

Berger nuschelte etwas. »Sebastian sagt: ›Bis gleich!‹«, leitete die Kriminalkommissarin kurz und bündig weiter.

Kalkbrenner erhob sich vom Bett und warf einen letzten Blick auf die verbliebenen Möbel seiner Mutter, die klägliche Summe eines langen Lebens. Die Wahrheit war doch: Wenn man das Wagnis einging und alles hinter sich ließ, dann war die Gefahr verdammt groß, dass man einsam und alleine in einer leeren Bude endete. *Dann ist alles verschwunden. Einfach weg.* Er hielt einen der Möbelpacker, der gerade an ihm vorbeigehen wollte, am Ärmel fest. »Bringen Sie die Möbel bitte zu mir.«

»Nich uffen Sperrmüll?«

»Nein, nicht auf den Sperrmüll.« Er notierte die Adresse seiner neuen Wohnung auf einem Zettel und reichte ihn dem Mann. »Dorthin.«

»Also nich uffen Sperrmüll.«

»Ganz genau.« Er gab dem Umzugshelfer die Haustür- und Wohnungsschlüssel. »Dritter Stock.« Er atmete auf. Die Einrichtung seiner Mutter würde erst einmal in Sicherheit sein – zumindest vorerst. Irgendwie war ihm das plötzlich wichtig.

Ein hoch aufgeschossener Mann im Anzug stakste in das Zimmer. »Guten Morgen, Herr Kalkbrenner, ich hörte, Sie wollen mich sprechen?«

»Ja, aber das hat sich glücklicherweise gerade erledigt.« Kalkbrenner ließ den Geschäftsführer des Pflegeheims ohne Verabschiedung alleine im Zimmer zurück. Auf dem Flur drehte er sich noch einmal zu einem Umzugshelfer um: »Und nicht erschrecken, in meiner Wohnung ist ein Hund. Aber der tut nichts.«

»Also nich uffen Sperrmüll?«

»Nein, den bitte auch nicht auf den Sperrmüll.«

43

Spider-Schwein, Spider-Schwein, dudelte der CD-Player in der Küche. *Ja, ich bin das Spider-Schwein, Spider-Schwein.* Dann wieder von vorne. *Spider-Schwein, Spider-Schwein. Ja, ich bin das Spider-Schwein.* Und das seit Tagen. Jeden Morgen. In einer Endlosschleife.

Obwohl die Geräusche in der Diele nur gedämpft zu hören waren, verlor Anna Benson die Nerven. »Mensch, Manuel, das macht mich noch wahnsinnig! Kannst du nicht mal etwas anderes hören?«

In dem Moment übertönte ein Scheppern die Musik. Anna griff nach ihrem Blazer an der Garderobe und rannte zum Frühstückstisch. Das Messer, mit dem ihr Sohn sich gerade Nutella auf das Brot hatte schmieren wollen, war auf den weißen Küchenfliesen gelandet.

Draußen rumpelte ein Lkw über das Kopfsteinpflaster der Kopenhagener Straße und brachte den Boden ihrer Parterrewohnung zum Beben. Die Milch in Manuels randvoller Tasse schwappte über, und auf dem Holztisch, in dessen Mitte der Fuß des kleinen, bunt flackernden Weihnachtsbaums stand, bildete sich ein weißer See.

Anna warf ihre Jacke über einen Stuhl und bückte sich nach einem Lappen unter der Spüle. »Kannst du nicht aufpassen?«

Sie entfernte die Schokocreme vom Boden, wischte die Milch vom Tisch und feuerte das dreckige Tuch auf die Anrichte. »Und warum bist du noch nicht angezogen? Wo ist deine Schultasche? Musst du immer so trödeln?«

Spider-Schwein, Spider-Schwein. Ja, ich bin das Spider-Schwein. Entnervt drückte Anna den Stopp-Button des CD-Players. Ruhe kehrte ein, aber ihr Sohn machte keinerlei Anstalten, sich von seinem Platz zu erheben. Sie hastete in sein Zimmer. Auf dem Regalbrett hockte eine ganze Kompanie Teddybären, der im Kampf gegen einen übermächtigen Gegner bereits einige Arme, Beine und Augen abhandengekommen waren. An der Wand hingen fünf Poster. Drei zeigten die Simpsons, die restlichen zwei waren einem haarlosen, glubschäugigen Alien und Thomas Godoj vorbehalten. »Was ist das eigentlich für ein Chaos hier? Kannst du nicht einfach mal aufräumen?«

Manuels leuchtend blauer Ranzen, der mehr ein Rucksack

war, verlor sich zwischen Hosen, Simpsons-Socken, Simpsons-Shirts, Simpsons-Spielfiguren, Simpsons-Bettwäsche, einem Wimpel von Hertha BSC und der PlayStation Portable. Als Anna sich durch das Zimmer kämpfte, begann die kleine Spielkonsole zu fiepen. Geschätzte tausend Fußballfans feuerten virtuelle Kicker an – *Street Soccer* war neben dem *Simpsons-Jump'n'Run* das Lieblingsspiel ihres Sohnes.

Dass sie den Knopf zum Ausschalten nicht fand, steigerte ihre Rage nur noch mehr. »Manuel, du bist wirklich schrecklich. Du weißt doch ganz genau, dass ich morgens wenig Zeit habe.«

Zurück in der Küche, empfing sie ein leises Wimmern. Manuels Kopf lag auf dem Frühstückstisch, sein kleiner Körper zitterte. Reumütig kniete Anna sich neben ihn und streichelte sein braunes Haar. »Mein Schatz, was hast du denn?«

Manuel schluchzte weiter, sagte aber keinen Ton. Anna überwältigte das schlechte Gewissen. »Aber das war doch nicht so gemeint.«

»Bin ich wirklich so schrecklich?« Er wischte sich die Tränen aus den Augenwinkeln.

»Aber natürlich nicht.«

Sein rundes, weiches Gesicht ließ ihn klein, empfindsam und verletzlich erscheinen – was er im Grunde auch noch war. Der Anblick brach Anna als Mutter das Herz. Sie hatte Schuld an seinem Zustand.

»Es ist nur … Weißt du …« Sie widerstand dem Impuls, selbst in Tränen auszubrechen. Schließlich hätte das auch nichts an ihrer Situation geändert. Wenn sie weinte, half das ihrem Sohn nicht weiter. *Wenn ich nur eine Idee hätte, was ich tun kann?* »Ich weiß im Augenblick einfach nicht, wo mir der Kopf steht. Meine Agentur, die Sache mit Alan, alles ist gerade so … schwierig. Das verstehst du doch?«

Er nickte, obwohl er natürlich nichts davon verstand. Er war ja noch ein Kind. Ein trauriges, verzweifeltes Kind. Seine Zustimmung rührte Anna fast noch mehr als seine Tränen. Sie verpasste ihm einen aufmunternden Stups. »Also, wie wär's? Bevor ich zur Arbeit fahre, bring ich dich noch zur Schule. Würde dir das gefallen?« Es kam ihr vor, als würde sie mit dem Vorschlag nur ihr schlechtes Gewissen beruhigen.

Manuels Miene hellte sich schlagartig auf. »Ja.«

Gewöhnlich legte er den Weg alleine zurück, denn die Grundschule lag nur fünf Straßen weit entfernt. Meistens fehlte Anna die Zeit, ihn zu begleiten. Normalerweise war sie schon längst selber in Eile und auf dem Weg zur Arbeit.

Sie erhob sich und stolperte über Manuels Rucksack. »Scheiße!«, rutschte es ihr heraus.

»Scheiße stinkt«, sagte er.

»Was ist denn das für ein Spruch?«

Manuel zuckte zusammen. »Weiß nicht. Habe ich irgendwo gehört.«

Naserümpfend zog sie den Blazer an, verkniff sich jedoch eine Bemerkung. »Willst du nach der Schule wieder mit zu Peter gehen?«

»Nein.«

»Oder zu Philip?«

»Nein.«

»Aber die sind doch noch deine Freunde, oder?«

»Ja.« Es klang nicht überzeugend.

»Habt ihr euch letzte Woche gestritten?«

»Nein.«

»Na, dann bin ich ja beruhigt.« Sie rückte den Anstecker gerade, der an Manuels Shirt festgemacht war. Er zeigte die komplette Simpsons-Familie: Marge, Homer, Lisa, Bart und Maggie. Auf dem Shirt, das Alan, ihr Mann – obwohl die Bezeichnung Exmann es wohl besser traf –, ihm zu Weihnachten geschenkt hatte, war in großen Buchstaben aufgestickt: *Spider-Schwein*. Darüber grinste ein großes gelbes Bart-Gesicht. Es war lange her, dass Anna ihren Sohn ähnlich ausgelassen lachend erlebt hatte. Ein gerahmtes Foto von ihm an der Wand zeugte jedoch davon, dass es solche Augenblicke durchaus gegeben hatte.

Sie streifte ihm die Jacke über und wickelte den Schal um seinen Hals. »Also magst du heute nicht zu Peter oder Philip gehen?«

»Nein, will nicht.«

Sie ahnte die Gründe dafür, wollte sie aber nicht zur Sprache bringen. *Nicht schon wieder.* »Na gut, aber dann kommst du nach der Schule schnurstracks heim. Ich möchte nicht, dass du dich alleine auf der Straße herumtreibst.«

»Zu Hause bin ich doch auch alleine.«

»Junger Mann, hast du verstanden, was ich gesagt habe?«

Er nickte.

»Außerdem bist du heute nicht alleine. Nane kommt.« Was Anna daran erinnerte, dass sie der Haushälterin noch den Lohn für den letzten Monat schuldete. Sie zögerte, als sie die drei Scheine aus ihrem Portemonnaie nahm. Wenn sie ehrlich mit sich selbst war, konnte sie sich solchen Luxus nicht mehr leisten. Die Miete für die Wohnung im Prenzlauer Berg war teuer genug. Aber Zeit für den Wohnungsputz hatte Anna auch nicht, und obendrein kochte Nane für Manuel das Abendessen und half ihm bei den Hausaufgaben. Anna bedauerte es, ihren Sohn nicht zu seinen Großeltern geben zu können. *Aber das ist ein Thema für sich.* Und es hatte sie schon viel zu viele Nerven gekostet. »Aber am Wochenende bist du dann bei Alan, so wie letztes Wochenende, ja?«

Manuel schwieg.

»Magst du nicht zu Alan?«

»Doch.« Er klang nicht so, als würde er sich freuen. Anna legte die Banknoten fächerförmig auf die Anrichte, packte eine Schachtel Gauloises in ihre Tasche und löschte die

Lichter vom kleinen Weihnachtsbaum. »Wenn ich es heute Abend früher aus der Arbeit schaffe, bringe ich Kartoffelchips mit. Und Brause, die magst du doch so gerne. Und dazu gucken wir eine Simpsons-Folge. Was hältst du davon?«

»Ja.«

Sie wünschte, der Plan würde ihm mehr Begeisterung entlocken. Aus dem Kommodenspiegel blickte ihr eine gestresste, übernächtigte Frau entgegen. Ihr Teint war stumpf, ihre Haut blass. Ihr Haar hatte keinen Halt mehr, und die Jacke spannte sich noch deutlicher als vor einem Monat über der Hüfte. Auf ihrer imaginären To-do-Liste notierte Anna: Solarium. Friseur. Fitnessstudio. Natürlich würde sie nichts davon erledigen. *Viel zu teuer. Und keine Zeit.* Sie schaute auf die Uhr. Mist, sie war spät dran. Also zwang sie sich zu einem Lächeln und sagte: »Na gut, mein Schatz, dann machen wir das so.«

44

Warme, nackte Haut schmiegte sich an seinen Rücken. Sie erinnerte Harald Sackowitz an die vergangene Nacht, in der er zu wenig Schlaf bekommen hatte. Aber es gab durchaus Dinge, für die er gerne wach blieb. Eine gute Story zum Beispiel. Oder Sex. *Wie hast du nur so lange darauf verzichten können?*

Durch einen schmalen Spalt im Vorhang fiel ein Strahl Tageslicht. Der Reporter wälzte sich herum. Renates Schlaf blieb davon ungestört, doch unter dem Schaukeln der Matratze glitt ihre Zahnbrücke erbarmungslos noch einige Millimeter weiter über ihre Lippen, und Speichel rann ihr den Mundwinkel herunter.

Sackowitz befühlte seine eigenen Dritten. Zum Glück befanden sie sich an Ort und Stelle. Trotzdem schwang er mit seltsamer Scham seine Beine über die Bettkante. *Ja, so ist das in unserem Alter.* Ihn überkam Abscheu, als er sein Gesicht im Badezimmer mit kaltem Wasser bespritzte und dabei seine verquollene Haut, die Hängebacken und das schüttere Haar betrachtete.

Er versuchte, lautlos seine Kleider zusammenzusammeln, die verstreut vor dem breiten französischen Bett im Schlafzimmer lagen. Umsonst. Auf dem Kissen bewegte sich jemand hörbar. »Bleibst du nicht zum Frühstück?«, fragte Renate schlaftrunken und nuschelnd.

»Kann leider nicht. Ich bin heute Morgen mit meinem Sohn verabredet. Er reitet ein Turnier, und ich habe ihm versprochen, dass ich ihn begleite. Außerdem muss ich mit ihm noch ein …«

»Hardy!« Renate setzte sich am Kopfende auf. »Das ist schon okay.«

»Ich wollte nur sagen, dass ich …«

»Wirklich, es ist kein Problem für mich.«

Die Decke verhüllte nur ihre Scham. Ihre Brüste hingen herab, das Gewicht vieler Jahrzehnte. Sosehr er sie letzte Nacht auch begehrt hatte, jetzt konnte Sackowitz nicht mehr hinschauen.

»Du bist mir keine Rechenschaft schuldig. Und bitte, auch keinerlei Verpflichtungen.« Ihr Make-up, das die Nacht nicht unversehrt überstanden hatte, entblößte jetzt Renates Falten und ihre Enttäuschung.

Er überwand sich und beugte sich zu ihr hinab. Ihre kühlen Lippen berührten sich, aber die Leidenschaft vom Vorabend war erloschen.

Wie ein Dieb stahl er sich aus der Wohnung, die in einem Neubau lag, den man zwischen zwei Altbauten im Prenzlauer Berg eingepfercht hatte.

Während der Fahrt zur Reithalle in Tegel schaltete Sackowitz zur Ablenkung das Radio ein. Mit dem Antennenstumpf empfing er noch immer nur ein Rauschen und wenige Fetzen Schlagermusik. *Früher war alles anders. Früher konnte ich verstehen. Früher ging alles ganz einfach, und früher …* Auf dem Reitgelände striegelte sein Sohn im Stall das Pferd. Mit seinen fünfzehn Jahren war Till schon so groß wie sein Vater. Zum Glück besaß er eine andere Figur. »Mensch, Hardy, was machst du denn für ein Gesicht?«

»Tut mir leid, ich habe kein anderes.«

»Dann hast du aber ein mächtiges Problem.«

»Sehr witzig!« Er streckte seinem Sohn die Zunge raus, der mit seinem ausgestreckten linken Mittelfinger reagierte. »Ich habe Hunger. Wenn du nichts dagegen hast, gehe ich schon mal vor.«

Das Reitercafé war ein rustikal eingerichtetes Lokal, in dem alte Kutschersitze als Stühle dienten. An drei Wänden waren Hufeisen neben Sätteln, Gerten und anderen Utensilien angebracht worden, deren Zweck sich Sackowitz nicht erschließen wollte. Die vierte Wand gab durch ein breites Panoramafenster den Blick auf die angrenzende Reithalle frei, in der später am Tag das Dressurturnier stattfinden sollte.

Sackowitz bestellte ein großes Frühstück, eine Kanne Kaffee und ging die Fragen durch, die er seinem Sohn für das Interview stellten wollte.

»Hardy, geht es dir wirklich gut?«, fragte Till, nachdem er sich zu seinem Vater gesellt hatte. »Du siehst irgendwie … mitgenommen aus.«

»Hatte eine lange Nacht.«

»In der Redaktion?«

»Nein.« Die Antwort klang schärfer als beabsichtigt, obwohl Sackowitz nichts von dem bereute, was geschehen war. Er hatte seinen Spaß gehabt, und wenn sein Eindruck ihn nicht trog, war auch Renate nicht zu kurz gekommen. Aber das Erwachen. Diese Scham und diese Abscheu! *Früher war wirklich alles anders.*

Der Frühstücksteller wurde serviert, und gemeinsam machten sie sich über die Brötchen und die Marmelade her. Sie sprachen wenig, aber Sackowitz entging nicht, dass sein Sohn mehrere Anläufe unternahm, etwas zu sagen, bevor er unverrichteter Dinge in die Schrippe biss. »Willst du mir irgendetwas mitteilen?«

»Ach, eigentlich will ich nicht davon anfangen.« Till war sichtbar befangen.

»Vom Geld?«

»Ich soll dich daran erinnern. Es ist noch nichts eingegangen. Sagt Mama.«

Sackowitz schmierte schweigend Butter auf sein Brötchen. Zwar hatte er sich damit abgefunden, dass sein Sohn ihn mit Vornamen ansprach, allerdings wunderte es ihn, dass Till seine Mutter nach wie vor Mama nannte. »Ich bin noch nicht dazu gekommen. Weißt du, ich hatte die letzten Tage viel zu tun.«

Plötzlich berührte ihn eine Hand an der Schulter, und eine vertraute Stimme fragte mit vorwurfsvollem Unterton: »Ist das auch der Grund, weshalb Sie mich nicht angerufen haben?«

45

In der Wolkendecke taten sich einige Lücken auf und ließen das auf dem Schnee glitzernde Sonnenlicht durch.

»Schönes Wetter macht die Leute fröhlicher«, erklärte Aidan.

»Und? Bezahlen sie dann mehr?«, fragte Tabori.

»Nein, das nicht. Aber es gibt mehr, die uns putzen lassen.«

Tatsächlich füllten sich Taboris Taschen an diesem Morgen rasch mit Münzen, was die Kälte erträglicher machte. Von einem Teil des Geldes würde er sich später Handschuhe kaufen. Weil er noch immer Hunger verspürte, wollte er wissen: »Was heißt *një bukë* auf Deutsch?«

»Brot.«

»Und *ëmbëlsirë?*«

»Kuchen. Sag mal, denkst du immer nur ans Essen?« Aidan grinste.

»Nein, auch an Musik. *Mua më pëlqen muzika.* Was heißt das?«

»Ich mag Musik.«

»*I bie kitarrës?*«

»Ich spiele Gitarre. Hast du eine?«

»Sie hat meinem Opa gehört. Sie ist alt, und eigentlich kann ich nur *Povijn 'krushqi.* Viel lieber würde ich etwas von Tokio Hotel spielen.«

Aidan steckte sich den Zeigefinger in den Mund und imitierte ein Würgen.

»Hey, das ist meine Lieblingsgruppe!« Tabori legte das Putzzeug beiseite und rieb seine frostigen Finger. Die Wolken verdichteten sich wieder, und erste Schneeflocken segelten auf sie herab. »Soll ich dir was vorsingen?«

»Das wagst du nicht!«

Natürlich traute sich Tabori nicht, nicht auf der Straße, vor all den Leuten. Aber es machte ihm Spaß, Aidan zu necken.

Der hielt sich bereits die Ohren zu. »Bloß nicht! Nein!«

»Und ob!« Tabori lachte amüsiert über Aidans entsetztes Gesicht. Schließlich begann er, die erste Strophe zu summen. »Wovor hast du Angst? Dass man uns von der Kreuzung schmeißt?«

»Wir sollten verschwinden«, sagte Aidan plötzlich ernst.

Tabori lachte jetzt aus voller Kehle.

Entsetzt riss Aidan die Augen auf.

»Was ist mit dir?«, fragte Tabori, der nun auch begriffen hatte, dass Aidan ihn nicht mehr veralberte, während er sich einige vorwitzige Schneeflocken von der Nase wischte.

»Komm. Lass uns abhauen.«

Taboris Übermut verpuffte. Voller Hektik suchte er sein Putzzeug zusammen.

»Lass es liegen!« Aidan machte sich bereits davon. »Wir kaufen dir neues.«

Aber Tabori hörte nicht auf ihn. Schließlich hatte er teuer dafür bezahlt und keine Lust, sein ganzes Geld schon wieder für eine neue Ausrüstung auszugeben. Er fegte die Utensilien in seinen Rucksack, richtete sich auf – und prallte gegen eine finstere Gestalt. »Hiergeblieben!«

46

Die Büros des Morddezernats waren zum großen Teil verwaist. Auch im Konferenzsaal fand Kalkbrenner keine Spur von den ehrenwerten Kollegen. Wenigstens brodelte die Kaffeemaschine. Er schenkte sich eine Tasse der schwarzen Brühe ein und vertiefte sich in die farbigen Notizzettel an der Pinnwand. Rita hatte die wichtigsten Eckdaten zum Fall Fielmeister zusammen mit einem Foto des Ermordeten angeheftet. Seit der Zusammenkunft am gestrigen Nachmittag waren keine neuen Informationen hinzugekommen.

»Was machst du denn hier?«, hörte er seine Sekretärin hinter seinem Rücken.

»Und wo warst du?«, konterte er.

»Entschuldige, aber aufs Klo wird man ja wohl noch dürfen.«

»Und die anderen?«

»Die sind da, wo du auch sein solltest – in Charlottenburg.«

»Hat das etwas mit Marten Peglar zu tun?«

»Wer redet denn von dem?«

Kalkbrenner stellte den Kaffee beiseite. »Rita, jetzt pass mal auf: Sera hat mich gerade angerufen und gesagt, dass Peglar in Holland gefasst wurde.«

»Stimmt, und ich habe mich zwischenzeitlich um das Amtshilfeersuchen gekümmert. Über den weiteren Fortgang wird uns Dr. Salm in einer Konferenz am Mittag aufklären, und bis dahin solltest du eigentlich beim Einsatz in Charlottenburg sein.«

»Davon weiß ich nichts.«

»Hat Sebastian dich nicht erreicht?«

Kalkbrenner warf einen raschen Blick auf das Display seines Handys. »Nein, und versucht hat er es auch nicht.«

»Wahrscheinlich ist er im Stress.«

»Sebastian und Stress?« Kalkbrenner wollte in Lachen ausbrechen, aber es blieb ihm im Hals stecken. »Warum hat er mir nicht Bescheid gegeben?«

»Das solltest du besser ihn fragen, nicht mich.«

»So viel also zum Thema: Ihr solltet miteinander reden.«

»Paul, du drehst mir meine eigenen Worte im Mund um. Ich habe zu dir gesagt …«

»Ist schon gut«, unterbrach er ihren Redefluss. »Um was geht es bei dem Einsatz?«

»Am Karl-August-Platz an der Trinitatiskirche haben sie eine tote Prostituierte gefunden.«

»Wie bitte?«

»Ich sagte, am …«

Das Satzende bekam Kalkbrenner schon nicht mehr mit, weil er durchs Treppenhaus hinab zum Parkplatz sprintete. Mit quietschenden Reifen lenkte er den Passat auf die Straßen – und kroch anschließend eingekeilt zwischen Blech links, Blech rechts, Blech hinter und Blech vor ihm dahin. Er fluchte, als er auch auf der Leipziger Straße nur im Schneckentempo vorwärtskam. Weil Berger ihn nicht benachrichtigt hatte. Vor allem aber, weil die Nachricht als solche ihn in helle Aufregung versetzte. Nervös trommelte er auf das Lenkrad.

Dann endlich hatte er freie Fahrt und raste vorbei am Beisheim-Center auf die Potsdamer Straße, bis ihn am Reichpietschufer ein erneuter Rückstau ausbremste. Entnervt schaltete er das Autoradio ein. Ein Popsternchen namens Rhianna piepste *Ride when we ride we ride.* Machte sich die Göre lustig über ihn? Er zappte weiter und fand einen Schlagersender. Sein Trommeln steigerte sich zu einem aggressiven Hämmern.

Erste Schneeflocken fielen auf seine Windschutzscheibe. Kalkbrenner aktivierte die Scheibenwischer. Noch immer im Kriechtempo passierte er die Kreuzung Lützowstraße, einige Minuten später die Pohlstraße. An der Kurfürstenstraße sprang die Ampel auf Rot. Passanten überquerten die Straße. Wieder gab es für ihn kein Weiterkommen.

Er nutzte die Zeit, um Thanners Visitenkarte hervorzukramen und ihn anzurufen. Auf dessen Mobiltelefon meldete sich nur die Mailbox. »Marten Peglar wurde letzte Nacht in Amsterdam gefasst«, teilte ihr Kalkbrenner mit. »Das Amtshilfeersuchen läuft, und«, in einer Hofdurchfahrt auf der anderen Straßenseite rangelten Kinder, »wenn du Zeit hast – heute Mittag klären wir mit Dr. Salm das weitere Vorgehen. Ruf doch meine Sekretärin an und ...«

Plötzlich sah er, dass einem der Jungen Blut über sein Gesicht rann. Ohne lange zu überlegen, feuerte Kalkbrenner sein Handy auf den Beifahrersitz und fuhr den Passat an den Bordstein. Der Spoiler knirschte, Kalkbrenner sprang aus dem Wagen, die Ampel wechselte auf Grün, die Autos rollten an, und ein Lkw donnerte an ihm vorbei.

»Hey, ihr!«, brüllte Kalkbrenner gegen den Straßenlärm an. »Das Messer runter!«

47

Sackowitz brauchte einen Moment, bis er seine Überraschung überwunden hatte. »Sie haben mir gar nicht erzählt, dass Sie auch zum Turnier kommen!«

»Nun, Sie haben mich auch nicht danach gefragt«, antwortete Magda Michels. »Außerdem haben Sie unseren Abend im *Verdun* so abrupt beendet, da dachte ich …«

Entgeistert starrte Till seinen Vater an. *Du warst im* Verdun?

»Das tut mir wirklich leid«, sagte Sackowitz. »Aber wie ich schon sagte: Meine Arbeit hat mich voll im Griff. Aber vielleicht könnten wir den Abend ein andermal fortführen?«

Till schüttelte fassungslos den Kopf. *Und willst noch einmal hin?*

»Und das ist Ihr Sohn?«, wechselte Magda das Thema, ohne auf Sackowitz' Frage einzugehen.

»Ja, das ist Till. Till, das ist Frau …« Rechtzeitig besann er sich. *Verplappere dich nicht schon wieder!* »Sie haben mir Ihren Nachnamen noch gar nicht verraten!«

»Michels. Magda Michels. Till, es freut mich, Sie kennenzulernen. Ihr Vater hat mir bereits einiges über Sie erzählt. Ich hörte, Sie reiten Hanflinger.« Sie lächelte. »Sagte Ihr Vater jedenfalls.«

Tills Bestürzung wich Erheiterung. »Das hat er gesagt? Er meinte wohl …«

»Haflinger, ich weiß.« Auch Magda Michels amüsierte sich. »Ihr Vater war wohl an dem Abend ein bisschen zerstreut.« Sie zwinkerte Sackowitz zu. »Oder von anderen Dingen abgelenkt.«

Der Reporter war sich nicht sicher: Was wollte sie mit dieser Bemerkung bezwecken? Der abschätzige Blick seines Sohnes war allerdings eindeutig. *Till denkt gerade mit Sicherheit nichts Gutes von dir.* Aber es würde sich später richtigstellen lassen. Vorher wollte Sackowitz aber noch die unverhoffte Chance nutzen. »Magda, wollen Sie uns nicht Gesellschaft leisten?«

»Störe ich Sie denn nicht?«

»I wo«, winkte Sackowitz ab.

»Sollten Sie nicht vorher auch Ihren Sohn fragen?«

Aber Till rückte schon zuvorkommend an den Rand seines Kutschersitzes. »Kein Problem, setzen Sie sich. Ist ja Platz genug.«

Die Kellnerin brachte ihnen eine weitere Tasse, die Sackowitz mit Kaffee aus der Kanne füllte. Magda Michels gab noch Milch und Zucker hinzu. »Till, wie heißt denn Ihr Pferd?«

»Satoshi.«

»Das ist ein schöner Name, aber eher ungewöhnlich. Was bedeutet er?«

»Er ist japanisch und steht für scharfsinnig, geistreich und weise.«

»Na, wenn das mal kein gutes Omen für ein Dressurpferd ist.« Magda nahm einen Schluck aus der Tasse. »Aber sagen Sie: Reiten Sie tatsächlich Haflinger? Normalerweise sind das doch gar keine Turnierpferde.«

»Haflinger gibt es tatsächlich eher selten im Pferdesport«, bestätigte Till. »In Deutschland bestreiten nur ganz wenige Reiter Turniere auf Haflingern. Ich glaube, in Berlin sind es nur drei oder vier. Und einer davon bin ich.« Er strahlte. »Aus diesem Grund will mein Vater auch …«

»… keines seiner Turniere verpassen.« Sackowitz verschluckte sich an seinem Brötchen und räusperte sich. »Denn ich bin wahnsinnig stolz auf meinen Sohn. Leider lässt es sich wegen der Arbeit nicht immer einrichten, aber heute«, er hustete den Krümel frei, der nicht aus seiner Kehle weichen wollte, »heute bin ich da.«

An Tills Miene ließen sich Zweifel ablesen. *Was quasselt Hardy da eigentlich für einen Schwachsinn?* »Ich glaube, ich muss dann mal wieder zu Satoshi. Wir sehen uns später, Hardy.«

Sackowitz spülte den Brotkrumen mit einem Schluck Kaffee hinunter. »Okay, dann klären wir auch den Rest.«

»Du meinst das …«

»Genau das mein ich, dann reden wir, du weißt schon, über dich und Satoshi.«

»Ein netter Junge«, bescheinigte ihm Magda Michels, nachdem Till kopfschüttelnd gegangen war.

»Ja, ich bin sehr stolz auf ihn.«

»Und deshalb schreiben Sie auch einen Zeitungsbericht über ihn?«

Die Kaffeetasse in seiner Hand begann zu zittern. »Was?«

»Herr Sackowitz, ich weiß, dass Sie Journalist sind.« Ein feinsinniges Lächeln glitt über Magda Michels' Lippen. »So ausgiebig, wie Sie sich für Politik interessieren, lese ich die Zeitung.«

»Sie haben die ganze Zeit gewusst, wer ich bin?«

»Ja, als Sie sich am Dienstag im *Verdun* zu mir an den Tisch setzten, wusste ich bereits, dass Sie Harald Sackowitz sind, Reporter beim *Berliner Kurier*. Und ich war mir sicher, dass nicht ich als Person der eigentliche Grund war, weshalb es Sie in das Lokal verschlagen hatte.«

»Aber warum haben Sie denn nichts gesagt?«

»Ich wollte wissen, wie weit Sie zu gehen bereit sind. Aber offenbar nicht sehr weit. Übrigens haben Sie meine Frage von gerade eben noch gar nicht beantwortet: Sie haben mich nicht angerufen, oder?«

Sie irritierte ihn. »Nein, aber das wissen Sie doch.«

Sie schmunzelte, was seine Irritation noch steigerte. »Ja, jetzt weiß ich es, und eigentlich müsste ich enttäuscht darüber sein. Aber das bin ich natürlich nicht. Immerhin wusste ich ja von Anfang an, worauf ich mich bei Ihnen einlasse.«

»Magda … Frau Michels, Sie müssen verstehen, es …«

»Aber natürlich verstehe ich das. Sie machen nur Ihren Job.« Ihre Stimme war kühl, distanziert, ohne jede Emotion.

Sackowitz hielt noch immer die Kaffeetasse, jetzt mit beiden Händen. Die schwarze Brühe schwappte in dem Porzellan heftig hin und her. »Es geht mir darum zu erfahren, was …«, schnaufend holte er Luft, »also, ich meine … woran Ihr Chef gestorben ist.«

»Ist schon klar«, lächelte sie. »Daran haben Sie bereits am Dienstag keinen Zweifel gelassen. Aber ich kann Ihnen versichern, dass Herr Schulze tatsächlich an einem Schlaganfall gestorben ist.«

»Mir wurde gesteckt, er habe sich umgebracht.«

»Und warum hätte er das tun sollen?«

»Weil er sich durch den Freitod der Enthüllung eines Skandals entziehen wollte.«

»Was denn für ein Skandal?«

»Das werde ich noch herausfinden.« Er unterstrich seine Entschlossenheit, indem er endlich die Tasse unsanft auf den Tisch zurückstellte. »Und wenn Sie, Frau Michels, etwas wissen, dann müssen Sie es mir sagen.«

Sie sah ihn an. Einen Deut zu lange. »Ich muss?« Sie lachte.

»Es geht schließlich um die Wahrheit.«

Ihr Lachen verflog so schnell, wie es den Raum erfüllt hatte. »Ausgerechnet Sie wollen mir etwas von Wahrheit erzählen?«

»Natürlich, es ist meine Pflicht …«

»Ihre Pflicht?«, wiederholte sie ungläubig.

Ja, denn genau darum ging es ihm: um seine Pflicht. Gleichermaßen war er jedoch davon überzeugt, dass die Klärung des Todes ebenso in der Verantwortung von Magda Michels lag. Es war die Aufgabe eines jeden Menschen, der Unrecht erfuhr oder davon wusste. Die Wahrheit musste ans Tageslicht, koste es, was es wolle. »Dann verraten Sie mir wenigstens, wie es sich mit dem langjährigen Vertrauten von Herrn Schulze, Ernst Radomski, verhält?«

»Was soll mit ihm sein?«

»Seit Schulzes Tod ist er wie vom Erdboden verschluckt. Warum?«

»Das fragen Sie mich noch? Das liegt doch auf der Hand: Er möchte von Leuten wie Ihnen nicht belästigt werden.«

»Ich glaube eher, dass er etwas verbirgt.«

»Das ist doch absurd.«

Sackowitz konnte und wollte ihr nicht glauben. »Sagen Sie mir, wo Herr Radomski sich aufhält.«

»Wissen Sie was, Herr Sackowitz? Selbst wenn ich es wüsste, ich würde es Ihnen nicht verraten.« Sie erhob sich. »Ihr Sohn wartet.« Auf dem sandigen Feld der Turnierhalle galoppierte Till mit dem majestätischen Satoshi. »Schreiben Sie einen schönen Bericht über ihn.«

Hoch erhobenen Hauptes verließ sie das Restaurant. *Verdammt!* Sackowitz hatte es versaut. So viel Zeit investiert – und alles war umsonst gewesen. Bodkema hatte also recht behalten: Alles hatte sich als reine Zeitverschwendung entpuppt. *Nein!* Da war Magda Michels' Blick gewesen, ein kurzer Moment des Zögerns, bevor sie ihn gefragt hatte: »Ich muss?« Vielleicht ein Hinweis darauf, dass sie nur nicht antworten wollte? *Oder konnte?* Genau! Ihr Innehalten war ein klares Signal gewesen, er hatte es nur nicht gleich interpretiert. Sackowitz lächelte. Er war auf der richtigen Spur.

Bist du das wirklich? Eine andere von Frau Michels' Bemerkungen irritierte ihn: »Sie haben mich nicht einmal angerufen. Das haben Sie nicht, oder?« Während er zum Turnierparcours schlenderte, grübelte Sackowitz über die Worte nach. Dann holte er sein Handy hervor und hatte kurz darauf Lothar am Apparat.

»Hardy, es ist gerade eine Mitteilung eingegangen. Die Fahndung nach Marten Peglar war erfolgreich«, berichtete der Praktikant ihm aufgeregt.

»Scheiße!«

»Wieso?«

»Nicht wegen Peglar. Ich bin in einen Pferdeapfel gelatscht.« Sackowitz klaubte einen Büschel Stroh vom Boden, um den Dung von seinen Sportschuhen zu entfernen, doch stattdessen verschmierte er den Großteil des übelriechenden Mists über die gesamte Sohle. *Aber heißt es nicht, wer in Scheiße tritt, den ereilt schon bald das Glück?* »Lothar, du musst mir einen Gefallen tun. Gib mir doch bitte mal die Telefonnummer durch, die an meinem Monitor haftet.«

»Aber da kleben so viele.«

»Ich meine die auf der linken Seite, etwa in der Mitte. Muss eine Berliner Nummer sein.«

»Ah, ich hab sie.«

Der Praktikant diktierte die Ziffern, die Sackowitz parallel dazu in sein Handy speicherte. Als er aufgelegt hatte, wählte er die notierte Nummer. Nach wenigen Freizeichen verkündete eine männliche Stimme: »*Berliner Zeitung*, Leserservice, wie kann ich Ihnen helfen?«

Sackowitz' Zuversicht fiel wie ein Turm in sich zusammen. Magda Michels' Nummer gehörte der Hotline der Konkurrenz.

48

Zwei, drei, vielleicht auch vier Gestalten bauten sich vor Tabori auf, viel zu schnell, als dass er sie hätte zählen können.

»Tabori!«

Aidan eilte ihm durch die immer wilder wirbelnden Schneeflocken zu Hilfe. Plötzlich stellte ihm jemand ein Bein, und der Junge stürzte kopfüber aufs Straßenpflaster. Was danach mit seinem Freund geschah, blieb Taboris Augen verborgen. Er selbst wurde von den Jugendlichen in den breiten Durchgang hin zu einem Hinterhof gedrängt.

Mehrere von ihnen trugen polierte Turnschuhe, saubere Baggy Jeans, neue Jacken von Nike und verspiegelte Sonnenbrillen – und das bei diesem Mistwetter. Der größte hatte eine Armeehose an. Undefinierbare Tätowierungen prangten auf seinen Händen. »Was habt ihr hier zu suchen?«

Tabori umklammerte seinen Rucksack. »Wir arbeiten.«

»Und wer hat euch das erlaubt?«

»Wir waren zuerst hier.«

»Vielleicht, aber jetzt sind wir hier.« Der Dialekt des Tätowierten erinnerte Tabori an die rumänischen Wanderarbeiter, die vor ein paar Monaten die Hauptstraße von Gracen ausgebessert hatten. »Und wir entscheiden, wer hier was darf.«

»Wir gehen jetzt«, beschloss Tabori und wollte zurück auf die Straße stolpern, als Aidan in die Durchfahrt torkelte. Ein Auge war rot unterlaufen, die Lippen aufgeplatzt. Zwischen seinen Zähnen klaffte eine blutige Lücke.

»Lasst ihn in Ruhe«, lispelte er. »Es ist alles meine Schuld.«

Tabori war entsetzt. Was redete Aidan da nur?

»Er kann nichts dafür. Er ist nur … mein kleiner Bruder. Lasst ihn gehen!«

Plötzlicher Stolz erfüllte Tabori. Ja, Aidan war wie der große Bruder, den er sich immer gewünscht hatte. Aber gerade deshalb kam es nicht in Frage, dass er ihn im Stich ließ. »Nein, wir gehen beide.«

»Und wer sagt uns, dass ihr morgen nicht schon wieder hier steht?«, spöttelte der Tätowierte.

Das Schneegestöber gewann an Heftigkeit, und der zunehmende Wind scheuchte die Passanten an der Durchfahrt vorbei. Niemand nahm von den Jungen Notiz. Es war fast so, als würden sie für die Welt da draußen nicht existieren. »Wir werden hier bestimmt nicht wieder auftauchen«, versprach Tabori.

Blitzartig packte ihn die tätowierte Hand am Kragen und hob ihn in die Höhe. Hilflos baumelten Taboris Füße einige Zentimeter über dem Asphalt. Er presste die Augen zusammen, wappnete sich für einen schmerzhaften Schlag, doch dann ließ der Typ ihn wieder runter, entriss ihm stattdessen den Rucksack und entleerte diesen mitsamt Aidans Tasche auf den Bürgersteig. Unter höhnischem Gelächter zertraten die Typen die Wischer und zerfetzten die beiden Schwämme. Dann hatten sie plötzlich Feuerzeuge in der Hand, und die Rucksäcke gingen in Flammen auf. Schwarzer, stinkender Qualm stieg auf.

»Gib mir dein Geld!«, forderte der Tätowierte.

»Das brauche ich aber«, widersetzte sich Tabori.

»Gib es ihnen«, flehte Aidan ihn panisch an.

»Und wovon soll ich …?« Finger gruben sich in eine seiner Jackentaschen – sie war leer. Durch die Berührung klingelte es verräterisch in der anderen, doch da duckte sich Tabori bereits zur Seite. Aber der schmerzende Griff lockerte sich keinen Deut. Dann wurde Tabori herumgewirbelt. Eher zufällig erwischte seine Hand das Kinn des Tätowierten, der ihn daraufhin zornig zu Boden stieß. Mit einem hässlichen Knirschen riss der Stoff von Taboris Jacke, und die Münzen prasselten in den Schnee.

Der Tätowierte rieb sich das Kinn, bevor er ein Taschenmesser aufschnappen ließ. Die Klinge legte er sanft auf Taboris Brust. »Das war ein Fehler.«

49

»Das ist alles?« Anna inspizierte ungläubig die beiden Skizzen, die ihr Kollege auf dem Schreibtisch ausgebreitet hatte. Es waren die Entwürfe einer Anzeigenkampagne für Sachsopharm, einen Arzneikonzern aus Sachsen-Anhalt. »Du nimmst mich doch auf den Arm, Dietrich, oder?«

Nur ein Scherz, mein Schatz. Doch Dietrich zauberte keine weiteren Ausdrucke hervor. Nicht aus seinem Köfferchen, das er in der Arbeit immer dabeihatte, und auch nicht aus den Taschen seiner karierten Bundfaltenhose, dem weißen Hemd mit Button-down-Kragen oder unter seinem unverwechselbaren karierten Schlips. Nervös zupfte er an den Schnürsenkeln seiner Doc Martens herum: »Also, in meinen Augen sind das die zwei besten Entwürfe, die ich habe.«

Anna zog an ihrer Zigarette, während sie nochmals ihren Blick über die Arbeiten schweifen ließ. Vielleicht hatte sie ja etwas übersehen? Aber nein. Sie stieß den Qualm aus den Lungen. »Also in meinen Augen sind das zwei identische Entwürfe.«

»Nein, nein, guck mal, hier und hier gibt es schon einige …«

»Dietrich«, unterbrach sie ihn barsch. »Wenn ich schon Schwierigkeiten habe, Unterschiede zu erkennen, wie soll es dann erst unserem Kunden gehen?«

»Ich bin überzeugt, er wird begeistert sein.«

»Was du übrigens von deinem letzten Entwurf auch behauptet hast – und Sachsopharm hat ihn trotzdem abgelehnt.«

Trotzig reckte Dietrich das Kinn vor. »Diesmal wird es anders laufen.«

»Diesmal, dachte ich, waren wir uns einig, dass wir uns ein bisschen mehr Mühe geben.« Sie drückte die Gauloise im Ascher aus. »Nein, geben müssen.«

»Ist es denn wirklich so schlimm?«, fragte Dietrich besorgt.

Nein, es ist noch viel schlimmer. Aber das sprach sie nicht aus. Nur ein Blick den Flur hinunter, und Dietrich hätte sich die Antwort selbst zusammenreimen können. Vier von den neun Büros in Annas kleiner Werbeagentur mit dem Namen Gestalter nahe den Hackeschen Höfen standen leer. Mehreren Mitarbeitern hatte sie schon vor einer ganzen Weile kündigen müssen, und jetzt fragte sie sich ernsthaft, ob sie den falschen Grafiker entlassen hatte. *Für diese Bedenken ist es jetzt zu spät.* »Du wirst mir bis zum Meeting am Mittag vier gescheite Entwürfe für die Anzeigenkampagne vorlegen. Ende der Ansage.«

»Aber … aber … das ist in einer Stunde!« Dietrichs Stimme hatte einen weinerlichen Tonfall angenommen.

»Na und?«, fauchte Anna. Dann störte sie ihr Telefon. Sie bedauerte sehr, über keine Sekretärin mehr zu verfügen, welche die Anrufer für sie selektierte. Aber die Bürokraft war die entbehrlichste und daher erste Angestellte gewesen, die Anna hatte feuern müssen. Seitdem übernahmen die verbliebenen Kollegen die eingehenden Telefonate – wenn sie nicht gerade anderweitig beschäftigt waren. *Aber was heißt schon beschäftigt?*

Anna zögerte, das Gespräch anzunehmen. Einer weiteren Hiobsbotschaft fühlte sie sich nicht gewachsen. *Aber wenn es ein Kunde ist? Ein neuer Auftrag?* Sie griff nach dem Hörer und sagte professionell freundlich: »Agentur die Gestalter, Frau Benson, einen schönen guten Tag. Was kann ich für Sie tun?«

»Hallo, Anna, du klingst aber gestresst.«

Es war Bernd, der Bruder von Alan, ihrem Fast-Exmann.

Noch so ein Problem. »Ich bin auf dem Sprung zu einem Meeting. Gibt es etwas Wichtiges?«

»Nein, ich wollte nur hören, wie es dir geht.«

»Gut, danke.«

»Außerdem dachte ich mir, ich könnte morgen früh mal wieder mit Manuel …«

»Bernd!« Anna schnippte sich eine neue Gauloise aus der Packung. »Manuel muss zur Schule.«

»Sind die Ferien schon vorbei?«

Die Schusseligkeit ihres Schwagers rang ihr trotz allem ein Schmunzeln ab. »Seit einer Woche.«

Bernd war Künstler und, wie die meisten Exemplare dieser Spezies, ein eher introvertierter Typ. Auch wenn seine Skulpturen, signiert mit Bernd E. Benson, in etlichen nationalen und internationalen Galerien gezeigt wurden und viele seiner Exponate in Haushalten der Berliner Prominenz zu finden waren, suchte er selbst doch die Ruhe, in der er sich seiner Kunst widmen konnte. Wenn er arbeitete, verbat er sich jedwede Störung. Und wenn er sich dann doch mal aus seinem Atelier wagte, das er sich in einer ehemaligen Bauernkate in Brandenburg eingerichtet hatte, wunderte er sich jedes Mal, wie viel Zeit in der übrigen Welt schon wieder vergangen war.

»Geht es Manuel auch gut?«, erkundigte er sich.

»Ihm geht es besser. Glaube ich jedenfalls.«

»Du bist dir aber nicht sicher?«

Als Anna nicht antwortete, sich dafür aber die Zigarette entzündete, begriff Bernd auf Anhieb. »Es läuft also immer noch nicht mit deiner Agentur?«

Der herbe Geschmack der Gauloise legte sich auf Annas Zunge.

»Mein Angebot steht noch«, sagte Bernd. »Wenn du Hilfe brauchst, dann …«

»… kann ich auf dich zählen, ich weiß.« Sie pustete den

Qualm in Richtung Monitor. »Das ist lieb von dir, aber …« Sie verschluckte den Rest mit einem Zigarettenzug.

»Wir sollten wirklich noch einmal ausführlich darüber reden«, schlug ihr Nochschwager vor. »Was hältst du davon? Ich komme heute Abend vorbei.«

»Ich weiß nicht, wie lange ich in der Agentur bin.«

»Dann komme ich eben dorthin.«

»Nein, Bernd.« Gereizt schnippte sie die Asche ab. »Bitte, lassen wir das.«

»Mein Gott, Anna, wie oft denn noch: Sag mir einen Grund, der dagegen spricht!«

»Den weißt du ganz genau. Und jetzt entschuldige mich bitte, ich habe ein Meeting. Es geht um … meine Agentur.«

50

Die Jugendlichen auf der anderen Straßenseite ignorierten Kalkbrenner oder konnten ihn durch den Lärm der viel befahrenen Straße nicht hören. Auf jeden Fall reagierten sie nicht.

»Hey, ihr!«, schrie er deshalb noch einmal, diesmal lauter. »Das Messer runter, hab ich gesagt!«

Gleichzeitig machte er einen Schritt auf die Straße und hob die Hand. Mit aufgebrachtem Hupen stiegen Autofahrer in die Eisen. Einige Reifen quietschten, fanden auf der feinen Schneeschicht, die sich auf dem Asphalt gebildet hatte, nur mühsam Halt. Der Verkehr geriet ins Stocken, während Kalkbrenner sich durch die Karosserien schlängelte. Der Schneefall wurde immer dichter, sodass die rangelnden Jugendlichen auf der anderen Straßenseite nur noch als Umrisse zu erkennen waren.

»Ihr sollt das Messer runternehmen!«

Endlich bemerkten ihn die Jungen. Hektische Rufe ertönten, und die Meute zerstreute sich in alle Himmelsrichtungen. Zurück blieben die beiden drangsalierten Opfer. Der kleinere Junge trug schmutzige, zerrissene Klamotten am Leib, dem anderen mit dem wirren Haar rann eine Blutspur über das Kinn.

»Alles in Ordnung mit dir?«, fragte ihn Kalkbrenner.

»Danke, ja«, antwortete der Junge mit einem starken Akzent.

»Hast du dir sonst noch irgendwo wehgetan?«

»Nur ein Zahn.« Der Junge entblößte eine blutige Lücke. Dann flackerten seine Augen, und er drohte zu Boden zu stürzen.

Kalkbrenner fing ihn im Fallen auf. Stöhnend hielt sich der Junge den Hinterkopf. Zwischen den struppigen Haarsträhnen klaffte eine Platzwunde, nicht besorgniserregend, aber auch nicht besonders beruhigend.

»Kommt mit zu meinem Wagen.« Kalkbrenner sprach betont langsam. »Dort habe ich einen Erste-Hilfe-Kasten.«

»Ja, Erste Hilfe.« Der Junge humpelte auf seinen kleineren Freund zu, der wie sein Bruder aussah. Dem Jüngeren war es besser ergangen. Zum Glück hatte das Messer keinen Schaden angerichtet.

»Wer waren die Typen?«, wollte Kalkbrenner wissen.

»Rumänen«, antwortete der große Junge.

»Was wollten die von euch?«

»Geld.«

»Haben die euch abgezogen?«

Die beiden nickten.

»Wo müsst ihr jetzt hin?«

Sie wechselten einen bedeutungsvollen Blick, der Kalkbrenner alles verriet. *Schulschwänzer. Ausreißer*. Der Beamte winkte sie zum Passat. »Na kommt, gehen wir erst einmal zum Auto. Dort habe ich Desinfektionsmittel und Pflaster.«

Während sie an der Fußgängerampel warteten, klingelte sein Handy.

»Sebastian hier«, meldete sich Berger. »Wir haben einen Einsatz.«

Schön, dass du mich auch schon anrufst. »Ich auch.«

»Wie, du auch?«

Die Ampel sprang auf Grün. Sie setzten sich in Bewegung. Der Kleinere streckte den Finger zum Passat aus. »Ky është një polic!«

»Jo, policia«, antwortete der Größere. »Na marrin me vete.«

Kalkbrenner verstand das Wort *policia,* aber da suchten die beiden Kids schon das Weite.

»Wo wollt ihr hin?«, rief er ihnen nach. Umsonst.

An den Passanten vorbei flitzten sie in eine Einkaufsgalerie. Was immer die zwei ausgefressen hatten, sie waren wild entschlossen, sich nicht erwischen zu lassen.

»Was ist los?«, fragte Berger. »Alles in Ordnung bei dir?«

»Jetzt ja.« Kalkbrenner setzte sich auf den Fahrersitz des Wagens und startete den Motor. »Ich mache mich auf den Weg zu euch.«

»Wir sind in Charlottenburg. Am Karl-August-Platz.«

»Weiß ich längst.«

»Ach ja?«

Wütend legte Kalkbrenner auf.

51

Tabori hatte die Ausrüstung im Fahrzeug ihres Retters erkannt. »Das ist ein Polizist!«

»Keine Polizei!«, warnte Aidan. Zum Glück konzentrierte sich der Mann mehr auf sein Telefongespräch als auf sie. »Lass uns abhauen!«

Aidan rannte voraus. Er humpelte nicht mehr und ließ sich die Schmerzen, die er zweifellos haben musste, auch sonst nicht anmerken. Nach wenigen Metern suchten sie in einer belebten Einkaufsgalerie Zuflucht. Auf einer schmalen Bühne schmetterte ein gedrungener Mann Schlager. Er schien sehr beliebt zu sein, denn das klatschende Publikum drängte sich vom Podest bis zum Ausgang.

Tabori und Aidan bahnten sich einen Weg durch die dichte Menschenansammlung. Auf der anderen Seite des Gebäudes gelangten sie schließlich wieder zu einem Ausgang.

»Und wohin jetzt?«, fragte Tabori, während dichter Schneefall ihn umfing.

Aidan reagierte nicht. Er war nicht mehr an Taboris Seite.

»Aidan?« Tabori wirbelte panisch herum. »Wo bist du?«

Doch nur die helle Stimme des Sängers antwortete ihm. Der Mann dankte gerade dem Publikum für den Applaus und stimmte gleich darauf ein neues Lied an. Er hatte lockiges, schulterlanges Haar, einen schiefen Schnurrbart und trug eine Trachtenuniform, wie sie zu Feiertagen auch in Taboris Dorf Tradition war. Normalerweise hätte Tabori sich nicht daran sattsehen können, weil die Kleidung Erinnerungen an seinen Opa wachrief, der selber einen stattlichen Festanzug besessen hatte, aber jetzt hielt er Ausschau nach Aidan.

Er brauchte eine Weile, bis er in dem Irrgarten aus Beinen und Hüften, Hosen und Röcken, Winterstiefeln und Lederschuhen zurück zum Eingang der Einkaufspassage gefunden hatte, doch auch hier war weit und breit nichts von Aidan zu sehen.

Selbst der Polizist und die rumänische Bande waren nicht mehr zu entdecken, was aber bedeuten konnte, dass diese Typen ihm immer noch in irgendeinem der umliegenden Hauseingänge auflauern konnten. Es war schwer, in so einer großen Stadt den Überblick zu behalten. Hinzu kam, dass der Wind die Schneeflocken wie Konfetti durch die Straßen trieb.

Tabori ging wieder in der Galerie in Deckung, wo der Sänger gerade seinen Auftritt beendete. Die Menge vor der Bühne lichtete sich bis auf wenige Damen, die um Autogramme bettelten.

Der verführerische Duft von Essen stieg in Taboris Nase, und er prüfte den Inhalt seiner Jackentasche. Keine einzige Münze war ihm geblieben. Noch viel schlimmer aber war das große, klaffende Loch im Stoff. Der Parka wärmte nicht mehr, bot keinen ausreichenden Schutz mehr vor der Kälte des Winters.

Eine neue Jacke, wie eine von denen, die hier zuhauf in den Schaufenstern ausgestellt waren, konnte er sich nicht leisten. Er besaß ja nicht einmal mehr eine Putzausrüstung, um Geld zu verdienen. Aber selbst wenn er seinen Wischer und den Schwamm vor der Zerstörungswut der Jungs gerettet hätte, ihm fehlte schlichtweg der Mut, sich wieder an den Straßenrand zu stellen – zumindest in diesem Viertel. Und wer konnte ihm versichern, dass es an anderen Straßenzügen nicht auch solche Banden gab?

Überhaupt: Wo war Aidan? Hatten die Typen ihn etwa doch noch erwischt? Daran wollte Tabori nicht einmal denken. Er entschied sich dafür, die Gegend nicht eher zu verlassen, bis er seinen Freund gefunden hatte. Vorsichtig riskierte er einen Blick auf die Straße, dann spurtete er los. Je weiter er lief, umso stärker wurde der Eindruck, dass er die verkehrte Richtung eingeschlagen hatte.

»Wo ist *Saturn*, bitte?«, fragte er eine Passantin, woraufhin die Frau tatsächlich dahin wies, von wo er gekommen war.

Tabori kehrte also um und hielt unterdessen weiter Ausschau nach Aidan – oder nach potenziellen Verfolgern. Das immer stärker werdende Schneetreiben erschwerte seine Bemühungen. Schützend hielt er sich die Hand vor Augen, weshalb ihm auch die beiden Gestalten, die sich durch das Gestöber auf ihn zubewegten, erst spät auffielen. Fast zu spät. Einer trug Turnschuhe, Jeans und eine Jacke von Nike, der andere hatte Armeeklamotten an. Auf seiner Hand prangten Tätowierungen.

52

Wie dicke Schneemänner, denen Leben eingehaucht worden war, stapften die Kriminaltechniker in ihren weißen Einwegoveralls um ein Pavillonzelt herum, das man über dem Tatort errichtet hatte. Dr. Wittpfuhl trat aus dem Schutzbereich und ließ einen Regenschirm aufschnappen, den die erste Windböe sofort auf links kehrte. »Beschissenes Wetter«, kommentierte der Gerichtsmediziner. »Man sollte meinen, die Leute blieben daheim vor der Heizung – und dann *das*!«

»Und was ist das?«, fragte Kalkbrenner.

»Habe ich alles schon Ihrem Kollegen erklärt.«

»Ist Ihnen etwas Besonderes aufgefallen?«

»Auch darüber weiß Herr Berger bereits Bescheid.« Der Arzt klappte unter Flüchen seinen nutzlos gewordenen Schirm zusammen. Nasse Schneeflocken verfingen sich in seinem Haar. »Nehmen Sie es nicht persönlich, aber ich sehe lieber zu, dass ich zurück ins Warme komme.«

Kalkbrenner entdeckte Berger und Muth vor dem Eingangsportal der Kirche, wo sie sich mit einem Mann im Talar unterhielten, dessen verzweifelte Stimme in diesem Moment über den Vorplatz hallte: »Warum denn bloß hier?«

Kalkbrenner hatte eine Ahnung. An Bergers Miene konnte er erkennen, dass es seinem Kollegen nicht anders erging. Muth löste sich aus dem Trio und steuerte auf Kalkbrenner zu. Sie schien ihm seine Verärgerung anzusehen, denn sie deutete ein entschuldigendes Achselzucken an. *Ich kann nichts dafür.* »Der Pfarrer der Gemeinde hat die Leiche vor ungefähr anderthalb Stunden entdeckt, als er zur Andacht in seine Kirche wollte. Die Tote ist Stephanie Klee, siebenundvierzig, Prostituierte.«

Die Gegend passte jedenfalls. Am vorderen Ende der Weimarer Straße lag die Kantstraße. Dort und in den vielen Seitenstraßen Charlottenburgs wurden etliche Bordelle und Puffs betrieben. Aber es war nicht die unmittelbare Nähe zum Rotlichtviertel, die Kalkbrenner in diesem Augenblick am meisten Unbehagen bereitete.

Schweigend folgte er seiner Kollegin unter das Zeltdach. Doch noch ehe er des Opfers ansichtig wurde, bemerkte er Ludwig Harenstett. »Sie? Hier? Ich dachte, es ginge um Mord?«

Harenstett war der stellvertretende Leiter der LKA-Abteilung 2, in deren Aufgabenbereich Schleusungs- und Rotlichtkriminalität in Berlin und Umland fielen. »Hallo, Herr Kalkbrenner, Sie würden staunen, wie oft ich es mit ermordeten Prostituierten zu tun habe.«

»Kennen Sie die Tote?«

»Natürlich. Die ist jedem ein Begriff, der sich ansatzweise mit dem Rotlichtmilieu beschäftigt. Stephanie Klee, eine der bekanntesten Hurenrechtlerinnen der Republik. Als Person habe ich sie sehr geschätzt, aber dass wir es nicht unwesentlich ihr zu verdanken haben, dass das Prostitutionsgesetz auf den Weg gebracht wurde, nehme ich ihr übel. Dadurch wurden Zuhältern und Bordellbetreibern sozusagen Freibriefe gegeben und viele Jahre unserer Arbeit zunichtegemacht.«

Kalkbrenner erinnerte sich. Etwas Ähnliches hatte Harenstett bereits vor geraumer Zeit erwähnt. »Dann wird man sie im Milieu vermutlich auf Händen getragen haben?«, vermutete er.

»So ähnlich«, grollte Harenstett.

»Also gibt es keinen Grund, warum jemand aus dem Milieu sie umgebracht haben sollte.«

»Tja, das könnte man meinen.« Harenstett zog eine Zigarettenschachtel aus seiner Jackentasche. »Allerdings gibt es bei näherem Hinschauen einige Dinge, die mich das Gegenteil glauben lassen.«

Hat das mit eurem Fall vom Oktober zu tun? »Immer noch nicht aufgehört?«, fragte Kalkbrenner, während er auf die Kippen deutete.

»Ach was, die Qualmerei gebe ich niemals auf.« Der LKA-Beamte deutete mit dem Kinn über die Schulter, bevor er kopfschüttelnd das Zelt verließ. »Zumindest nicht, solange ich so etwas noch zu sehen bekomme.«

So etwas – auch wenn es hart war, die Bezeichnung passte. Die Leiche, die die Kriminaltechniker vom Schnee befreit hatten, wurde vom Unterleib abwärts von einem Busch verborgen. Ihr Oberkörper krümmte sich in den Sandkasten des Spielplatzes. Ein Großteil der Kleidung war der Frau vom Leib gerissen worden, blutige Striemen übersäten die nackte Haut. Sogar den Kopf hatte der Mörder nicht verschont: Vom Gesicht der Frau war kaum etwas übrig geblieben.

»Und?« Berger hatte unbemerkt das Zelt betreten. »Was denkst du?«

»Nein, was denkst du?«, gab Kalkbrenner die Frage zurück.

»Ich denke nichts. Ich sehe nur eine Frau, die zu Tode geprügelt wurde.«

»Geprügelt?«

»Okay, gepeitscht«, korrigierte sich Berger.

»Macht das denn einen Unterschied?«, wollte Muth wissen.

»Ja«, sagten Kalkbrenner und Berger wie aus einem Mund. Falls die Kriminalkommissarin auf eine weitere Erklärung hoffte, wartete sie vergeblich. Ihre Kollegen verfielen wieder in Schweigen, das Kalkbrenner erst nach einer Weile durchbrach: »Ist das der Grund, warum du mich nicht angerufen hast?«

Berger spielte an seinem vereisten Bart herum. »Nein, natürlich nicht, woher sollte ich denn wissen, dass …«

»Dann hättest du mich ja ohne Probleme sofort verständigen können.«

»Na ja, ich wollte mich erst einmal vergewissern, worum es überhaupt geht. Damit du nicht umsonst herkommst.«

»Wie fürsorglich. Das Risiko, Harenstett umsonst anreisen zu lassen, hast du allerdings, ohne länger nachzudenken, auf dich genommen!«

Berger öffnete den Mund, schloss ihn aber, als Dr. Bodde aus der dicken Fellmütze ihres Anoraks den Dialog unterbrach: »Die Leiche liegt schon seit mindestens sechs oder sieben Stunden hier. Durch den Schneesturm in der letzten Nacht wurden nahezu alle Spuren beseitigt.«

»Nahezu?«, wiederholte Kalkbrenner. »Das heißt im Klartext: nicht alle?«

Die Leiterin der Spurensicherung zog sich die Kapuze vom Kopf. Diesmal trug sie ihr Haar offen. »Tatsächlich haben meine Kollegen etwas entdeckt, das für Sie möglicherweise von Interesse sein könnte.« Sie hielt drei Beweismitteltüten hoch. In der ersten befand sich ein zerkratzter Armreif, in einer zweiten eine Halskette, die ähnliche Gebrauchsspuren aufwies. Die letzte schwenkte Dr. Bodde vor den Gesichtern der Beamten hin und her. »Dieses Medaillon wurde der Toten an ihre Kette gehängt.«

Der Anhänger war daumengroß, kreisrund und flach wie eine Geldmünze. Auf der Vorderseite war die Gravur einer weiblichen Figur zu sehen. »Eine griechische Göttin.« Dr. Bodde drehte den Beutel um. »Auf der Rückseite des Medaillons steht: *Aletheia*. Übersetzt bedeutet das: Wahrheit.«

»Sie sagten gerade, dieser Anhänger sei der Toten an die Kette gehängt worden?«, vergewisserte sich Berger. »Was heißt das für uns?«

»Nun, der Mörder hat der Frau das Medaillon um den Hals gelegt, nachdem er sie so zugerichtet hat.«

»Sind Sie sich sicher?«

»Der Anhänger weist kaum Blutspuren auf, was bedeutet, dass das Medaillon erst an der Kette befestigt wurde, als das Blut der Toten bereits geronnen war.«

»Ich verstehe.« Bergers nächste Frage war Beweis dafür, dass er tatsächlich begriffen hatte. Aber eigentlich war es auch keine wirkliche Frage mehr, sondern eine felsenfeste Feststellung. »Die Frau wurde also nicht an diesem Ort getötet?«

»Genau, der Fundort ist nicht gleich dem Tatort. Der Täter hat sie nur erneut hier abgeladen.«

»Moment mal!«, meldete sich Muth. »Was heißt hier erneut?«

Dr. Bodde musterte die junge Kommissarin erstaunt. »Hat Ihnen das noch niemand gesagt? An genau dieser Stelle haben wir im letzten Oktober schon einmal eine Prostituierte gefunden. Auch sie wurde zu Tode gepeitscht.«

53

Tabori verschwand in der Tür des nächstbesten Ladens und duckte sich zwischen den hüfthohen Regalen. Vorsichtig lugte er zum Schaufenster des türkischen Kiosks hinaus, wo die beiden Rumänen standen. Der Schnee wirbelte ihnen um die Ohren, während sie die Köpfe zusammensteckten. Hatten sie Tabori entdeckt? Warteten sie vielleicht nur darauf, dass er sich wieder aus dem Geschäft traute?

Er ging in die Hocke und lauschte auf Geräusche an der Tür. Schritte näherten sich. Doch statt der zwei Rabauken klopfte sich im Eingangsbereich eine Frau den Schnee von der Jacke. Die beiden Typen waren nicht mehr zu sehen.

Trotzdem wollte Tabori nicht gleich zurück in die grimmige Kälte. Er behielt die Straße im Auge, während er an den Auslagen des Ladens vorbeischlenderte. Obst und Gemüse füllten die Regale, es gab Brot, Gebäck und sogar Kuchen. In diesem kleinen Geschäft gab es viel mehr, als der Bäcker in Taboris Heimatdorf je im Angebot gehabt hatte.

Sein hungriger Magen meldete sich schlagartig zurück, aber selbst für eine kleine Mahlzeit, eine Schrippe, eine Birne oder einen Apfel fehlte ihm das Geld. Zudem hielt der Verkäufer einen wachsamen Blick auf ihn gerichtet. Rasch wandte Tabori sich dem Ausgang zu, wo eine junge Frau gerade ihren Kinderwagen in den Kiosk schob. Der Kassierer beugte sich lächelnd zu dem brabbelnden Baby hinunter. Er wechselte einige Worte mit der Mutter, bevor er ihr einen Brotlaib in eine Plastiktüte wickelte. Nach wie vor beobachtete er Tabori aus den Augenwinkeln. Erst als die Frau ihre Geldbörse zückte, trat der Händler hinter die Kasse, und Tabori war unbeobachtet.

Er kam am Obst vorbei. Die Äpfel waren frisch. Nicht eine einzige braune Stelle verunzierte ihre verlockend glänzende Schale. Es konnte so einfach sein. Nur ein schneller Handgriff. Tabori streckte die Hand aus, seine Finger berührten die Frucht, dann zog er den Arm zurück, als hätte er sich verbrannt, und floh aus dem Laden – nur weg von der Versuchung, der er beinahe erlegen wäre. Er hatte noch nie geklaut, nicht einmal einen Apfel, und er war nach Berlin gekommen, weil er arbeiten wollte, nicht, um ein Dieb zu sein.

Nach einigen hundert Metern leuchtete der orange Schriftzug von *Saturn* vor ihm auf. Im Elektronikmarkt hielt sich ein fremder Junge, der etwas jünger als Tabori war, bei den Spielkonsolen auf. Als er Tabori auf sich zukommen sah, fragte er: »Möchtest du mit mir spielen?«

»Wo … Aidan?«

»Kenne ich nicht.«

Auch zwischen den Regalreihen war sein Freund nicht zu entdecken, sodass Tabori dem Kaufhaus entmutigt den Rücken kehrte. Auf der Straße hatte der Sturm noch einmal an Stärke zugelegt. Nur wenige Schritte, und Tabori war von einer weißen Schneeschicht eingehüllt. Die eisige Nässe sickerte durch den Riss in seiner Jacke bis auf die Haut. Bibbernd flüchtete er zurück ins Kaufhaus.

»Und?«, wollte der Junge an der Konsole wissen. »Hast du Aidan gefunden?«

Tabori verstand nicht. Der Junge wiederholte seine Frage und betonte dabei jede Silbe.

»Nein.« Tabori schüttelte traurig den Kopf. »Nicht gefunden.«

»Vielleicht kommt er ja noch.«

»Bitte?«

»Aidan … kommt … sicherlich … noch. Bei dem Wetter … ganz bestimmt.«

»Ja, bestimmt.« Tabori musste nur Geduld haben. Immerhin war es warm im *Saturn*. »Ich warte.«

»Wollen wir dann spielen?«

»Ja, spielen.«

»Du sprichst aber komisch.« Der Junge lächelte.

»Ich … Tabori.«

Aus den Konsolenlautsprechern jubelte ein ganzes Stadion. »Ich bin Manuel.«

54

Seit dem Meeting brütete Anna schon über dem Exposé der Sachsopharm-Kampagne. Fünfzehn Seiten hatte sie bereits zusammen, aber ihre Aufzeichnungen enthielten noch immer keine realistische Einschätzung der Marktlage und somit keinerlei Gewissheit darüber, ob das Budget in Höhe von 250.000 Euro für die Gestalter in trockenen Tüchern war.

Und jetzt klopfte es auch noch an ihrer Tür. Mit Mühe löste sich Anna von ihrem Monitor. Ninas Kopf lugte durch den Türspalt. »Störe ich?«

Nina Gieskens war die dienstälteste Mitarbeiterin der Agentur und außerdem Annas beste Freundin. Annas Blick streifte seufzend das Exposé, die ungelesenen E-Mails und den Stapel Papier im Posteingang. In einem Folder auf ihrem Schreibtisch harrten zudem drei Kostenvoranschläge seit Tagen dringender Bearbeitung. Bisher umsonst. *Dann können sie auch noch weitere fünf Minuten warten.* Ein kurzer Schwatz mit Nina würde sie mit Sicherheit aufmuntern. »Komm rein.«

Auf ihren acht Zentimeter hohen Pumps stakste Nina ins Büro, bevor sie mit einer eleganten Drehung in den Sessel glitt, die Beine übereinanderschlug und den verrutschten Rock über das Knie zog.

»Ich frage mich immer wieder, wie du das bloß machst«, beneidete sie Anna. »Das mit deiner Figur, meine ich.«

»Darling, was ist denn mit meiner Figur?«

»Jetzt tu halt nicht so!« Anna drehte demonstrativ eins ihrer Speckröllchen mit ihrer Hand. »Im Gegensatz zu mir bist du trotz zweier Schwangerschaften spindeldürr.«

Ninas Hände glitten abschätzend über ihren Bauch. »Auch nicht mehr lange.«

»Wie? Soll das heißen …?«

Nina lachte. »Ja, Darling, ich werde zum dritten Mal Mutter.«

Anna schwankte zwischen Unglauben und Freude, dann überwog die Begeisterung, und sie umrundete den Schreibtisch. »Das freut mich für dich. Wirklich, das ist so schön!« Ausgelassen herzte sie ihre Freundin. »Und was sagt dein Mann dazu?«

»Was soll er schon sagen? Er war schließlich dabei, als es passierte.«

»Da ist übrigens noch etwas, was ich nicht begreife«, sagte Anna wieder ernster, während sie zurück zu ihrem Platz ging. »Wie schaffst du es nur, Familie und Beruf unter einen Hut zu bekommen?«

Anna hatte ihr die Frage schon häufiger gestellt, und wie immer antwortete Nina: »Ein offenes Geheimnis: Du musst es nur wollen.«

Dass es nicht ganz so einfach war, das wusste natürlich auch Nina, gerade sie, aber ihre Worte enthielten trotzdem einen wahren Kern. Nina war der lebende Beweis dafür. Bei Anna dagegen hatte die Symbiose von Arbeit und Familie eher nicht so gut funktioniert. Aber vielleicht war das auch der Preis dafür, dass sie Geschäftsführerin der Agentur war und Nina Angestellte.

Anna griff nach der Schachtel Gauloises, warf sie jedoch zurück auf den Schreibtisch. »Dann rauche ich mal besser nicht mehr in deiner Anwesenheit.«

»Das wäre lieb.«

»Vielleicht schaffe ich es dann ja endlich, mit der Quarzerei aufzuhören.«

Nina selber rauchte seit der Geburt ihres ersten Kindes nicht mehr. »Ein Baby ist immer ein guter Anlass.«

Auch das war Anna bewusst. Vor Manuels Geburt hatte sie es eine Zeit lang geschafft, mit dem Rauchen aufzuhören. Dann allerdings war Thorsten, ihr erster Mann und Manuels Vater, bei einem Autounfall ums Leben gekommen, sie hatte wieder mit dem Laster begonnen, und daran hatte auch die spätere Hochzeit mit Alan nichts ändern können. Woran auch er die Schuld mittrug, denn Alan war passionierter Raucher. »Bist du wegen der Schwangerschaft zu mir gekommen?«

Ihre Freundin nickte und wurde ernst. »Und, na ja, wenn ich demnächst in den Mutterschutz gehe und …«, sie spielte verlegen mit dem Rocksaum, »also, was wird dann mit Sachsopharm?«

Anna presste die Lippen aufeinander.

»Wie schlimm ist es?«

Wehmütig sah Anna sich in ihrem Büro um. Der Raum war nicht übertrieben exklusiv eingerichtet, wie man es von einer typischen Werbeagentur vielleicht erwartet hätte. Doch obwohl Tisch und Schränke ausnahmslos aus Eichenfurnier bestanden und günstig gewesen waren, besaßen sie jenen Charme, den Anna sich immer für ihren eigenen, kreativen Arbeitsplatz gewünscht hatte. Vor dreizehn Jahren hatte sie sich den Traum erfüllt und die Gestalter gegründet.

Damals hatte Thorsten noch gelebt. Anfangs war die Agentur in einem kleinen Arbeitszimmer in ihrer Wohnung in Prenzlauer Berg untergebracht gewesen. Der Erfolg war unerwartet und plötzlich über sie hereingebrochen, also hatten sie nach einem größeren Büro gesucht und mit Nina ihre erste Angestellte gefunden. Nach und nach waren immer mehr Mitarbeiter hinzugekommen, bis sie schließlich in eine der Top-Adressen Berlins hatten ziehen können: die Hackeschen Höfe in Mitte.

Kurz nach der Jahrtausendwende hatten Anna mehrere Schicksalsschläge auf einmal ereilt. Thorstens Tod. Dann auch noch die Wirtschaftskrise. Die Konsumflaute war nicht spurlos an der Agentur vorbeigegangen. Ein Auftrag nach dem anderen brach weg. Die Gestalter besaßen zwar noch einige Kunden, aber Sachsopharm war mit Abstand der größte von ihnen. »Lass es mich so formulieren: Wir müssen den Auftrag retten.«

»Ansonsten?«

Allein die Vorstellung bereitete Anna Magenschmerzen. »Ansonsten brauche ich mir in Zukunft nicht mehr den Kopf darüber zu zerbrechen, ob ich mit Dietrich den richtigen Grafiker behalten habe oder nicht.«

»Scheiße«, war Ninas Reaktion.

»Scheiße stinkt! Sagt Manuel.«

»Wie geht es ihm?«

Anna schob den Ärmel ihrer Bluse einige Zentimeter nach oben. Ihre Finger glitten gedankenverloren über die hebräischen Schriftzeichen über ihrem Gelenk. Die Buchstaben, die sie sich voller Stolz wenige Wochen nach der Geburt ihres Sohnes hatte tätowieren lassen, standen für »Manuel«, was im Hebräischen so viel wie »Gott ist mit uns« bedeutete. »Es geht.«

»Also nicht gut.«

Anna wollte nicht darüber reden.

»Darling, vielleicht solltest du das Angebot von deinem Schwager Bernd doch annehmen?«

Dieses Thema behagte Anna noch weniger. »Das halte ich für keine gute Idee.«

»Bist du dir sicher? Schließlich ist er ein erfolgreicher Künstler, verfügt über eine Menge an Kontakten – und besitzt viel Geld.«

»Kommt nicht in Frage!«, beschied Anna knapp.

»Weil er dein Schwager ist?«

»Nein, weil ich Verpflichtungen fürchte, die ich möglicherweise eingehen müsste.«

»Du meinst, er würde etwas von dir wollen?«

»Bernd hat nie einen Zweifel daran gelassen, dass es mehr

ist als nur familiäre Zuneigung, die er für mich empfindet. Von Anfang an war er der Auffassung, Alan habe mich nicht verdient. Na ja, und als die Sache zwischen Alan und mir eskaliert ist, das hat Bernd seinem Bruder natürlich übel genommen. Er hält Alan für einen dummen Feigling. Seitdem sind sich die beiden nicht mehr grün.«

»Schön und gut, Darling, aber das ist etwas zwischen den zweien, was ist mit dir?«

»Mit mir? Ich möchte die Freundschaft zu Bernd nicht durch eine Affäre gefährden.« Anna kostete es Überwindung, der Versuchung zu widerstehen, zu den Gauloises zu greifen. »Außerdem weiß ich nicht, was eine Beziehung zu Bernd mit Alan anrichten würde.«

»Ich höre wohl nicht recht? Du nimmst Rücksicht auf Alan? Ausgerechnet auf ihn?«

»Nicht auf Alan.«

Nina nickte wissend. »Auf Manuel, richtig?«

Noch immer sträubte sich Anna, über ihren Sohn zu reden.

Nina ließ nicht locker. »Es hat sich nicht gebessert, stimmt's?«

Anna schwieg betroffen.

»Du darfst dir keine Vorwürfe deshalb machen«, meinte Nina. »Ich will dir was sagen: Du hattest gute Gründe, dich von Alan zu trennen, verdammt noch mal.«

»Eigentlich war es ja nur einer: Wir haben uns auseinandergelebt.«

»Ha!«, machte Nina verächtlich. »Das ist aber eine sehr charmante Umschreibung dafür, dass er keinerlei Notiz mehr von dir und deinen Problemen genommen hat.«

»Ja, aber für Manuel war er trotzdem wie ein Vater.«

»Schön und gut, aber …«

»Nein, kein Aber«, unterbrach Anna. »Als ich mich von Alan trennte, hätte ich wissen müssen, dass es für Manuel ein Schock sein würde. Für ihn ist es, als hätte er zum zweiten Mal seinen Vater verloren. Er redet kaum noch mit mir. Wird immer verschlossener. Empfindlicher. Und er ist wieder viel zu nah am Wasser gebaut.« Die Worte waren selbst ihr peinlich. *Wie muss sich dann erst Manuel fühlen?*

»Es ist doch ganz normal, dass er weint.«

»Das meine ich nicht.«

»Macht er wieder in die Hose? Meine Güte, auch das passiert Kindern manchmal.«

»Aber Manuel ist zehn!« Anna heulte auf. »Und was meinst du, wie ein Junge in seinem Alter darunter leidet? Wenn er sich auf der Klassenfahrt plötzlich in die Hose pieselt? Wenn die anderen über ihn lachen? Er schämt sich in Grund und Boden. Traut sich nicht mehr, mit seinen Freunden zu spielen. Freiwillig geht er kaum noch vor die Tür.« *Zu Hause bin ich auch alleine.* Plötzlich überkam Anna der Drang, ihren Sohn daheim anzurufen. Sie ließ es bleiben. Er würde sowieso keinen Ton über die Lippen bringen, und auch ein Telefonat würde nichts an seiner Situation ändern. »Er braucht mich, und was mache ich? Ich bin nicht da, habe keine Zeit für ihn. Und das Schlimmste: Ich kann nicht einmal etwas daran ändern. Schon jetzt halte ich uns nur mit Mühe über Wasser, aber wenn die Agentur auch noch den Bach runtergeht, dann …« Wieder fiel ihr Blick auf die Tätowierung. Anna war kein besonders gläubiger Mensch, aber falls es einen Gott gab, dann hatte er sich in der letzten Zeit aus ihrem Leben geschlichen. »Wenn das passiert, dann weiß ich nicht mehr, was aus mir und Manuel werden wird.«

Nina nahm Annas Hand und streichelte sie. »Darling, was auch immer wird, eines ist sicher: Ihr habt immer noch euch beide.«

55

»Das ist kein verdammter Zufall!« Berger hämmerte mit der Faust vehement auf den Tisch. »Ich bin überzeugt: Das ist kein Zufall!«

Der Zufall spielt manchmal ein merkwürdiges Spiel. Kalkbrenner wollte gern an sein kleines Helferlein glauben, doch er musste zugeben, dass sein Kollege mit der Behauptung nicht falschlag.

Dr. Salm breitete ungeduldig die Tageszeitungen vor sich auf dem Konferenztisch aus. »Bitte, Berger, werden Sie doch etwas konkreter! Was ist Ihrer Ansicht nach kein Zufall?«

Ludwig Harenstett, der Leiter der LKA-Abteilung Rotlicht, pflichtete dem Dezernatsleiter nickend bei.

Kalkbrenner wusste genau, was Harenstetts Anwesenheit bedeutete, konnte aber schwerlich etwas dagegen ausrichten.

»Vor drei Monaten wurde doch der Lehrer Matthias Brodbeck an der Berthold-Hauptschule in Neukölln erschossen«, sagte Berger.

»Sie und Kalkbrenner haben in dem Fall ermittelt«, erinnerte sich Dr. Salm. »Wie wir vermuteten, hatten nicht die zwei Schüler Brodbeck auf dem Gewissen, sondern … Kalkbrenner, wie hieß dieser Mann noch gleich?«

»David Block«, antwortete Berger, noch ehe Kalkbrenner zu Wort kommen konnte.

»Block war Anwalt und Buchhalter der berüchtigten Berliner Rotlichtgröße Miguel Dossantos«, fügte Harenstett präzisierend hinzu.

Berger blätterte durch eine Akte, während er sich mit seiner freien Hand die geschwungenen Enden seines Bartes zwirbelte. »Auch wenn wir die Motive für den Mord bis heute nicht in Erfahrung bringen konnten – Block entzog sich seiner Verhaftung leider durch Selbstmord –, fanden wir in seiner

Wohnung doch eindeutige Beweise für seine Täterschaft. Wie Sie sicherlich nicht vergessen haben, war er für den Lehrermord, für einen Brandanschlag mit vier Toten sowie für den Mord an der Prostituierten Melanie Hauser verantwortlich.«

Der Dezernatsleiter schauderte affektiert. »Das war wirklich eine äußerst unangenehme Geschichte.«

Kalkbrenner wich Bergers Blick aus, der ihn suchte. Obwohl er keinen Hunger verspürte, nahm er sich eine Ecke von dem Sahne-Kuchen-Gemisch, das Rita auch dieses Mal wieder in der Tischmitte aufgebaut hatte, und schaufelte sie auf seinen Teller.

»Schon damals hatten wir den Verdacht, dass die Beweise, die David Block als Täter überführten, einen Tick zu eindeutig waren«, erklärte Berger. »Wenn jemand so raffiniert seine Morde einfädelt – und die Taten waren ausgesprochen raffiniert begangen –, dann lässt er doch nicht einfach so alle Beweise in seiner Wohnung herumliegen.«

»Sie wollen damit also andeuten, dass ihm die Morde nur angehängt wurden?«, schlussfolgerte Dr. Salm erstaunt.

»Zumindest einer von ihnen, ja.«

»Können Sie das bitte konkretisieren?«

»Wir haben schon damals vermutet, dass auch Miguel Dossantos seine Finger im Spiel gehabt haben könnte. Es wäre möglich, dass er den Mörder seines Sohnes, der eines der Opfer des Brandanschlags war, zum Selbstmord gedrängt und uns anschließend die Beweise für Blocks Schuld frei Haus geliefert hat.«

»Ihren Verdacht in allen Ehren, Berger«, zweifelte Dr. Salm, »aber was hat das alles mit der toten Prostituierten von heute Morgen zu tun?«

Berger klappte den Ordner zu. »Ganz einfach. Die Leiche der Prostituierten, die wir heute Morgen gefunden haben, wurde am gleichen Ort entdeckt wie die der Hure vor drei Monaten. Im gleichen Stadtteil, auf dem gleichen Spielplatz. Herrgott, ich glaube, sie lag sogar unter dem gleichen Busch.« Er verschränkte die Arme vor der Brust, als sei ihm kalt. Doch der Eindruck täuschte, immerhin war schon eine Stunde vergangen, seit sie vom Fundort der Leiche in Charlottenburg zurückgekehrt waren, und sie befanden sich im aufgeheizten Konferenzraum. »Zu guter Letzt ist auch die Art und Weise, auf die beide Frauen ums Leben kamen, identisch: Der Mörder hat sie zu Tode gepeitscht.«

»Sollten wir nicht erst abwarten, was Gerichtsmedizin und Spurensicherung zu der Sache sagen, bevor wir solche Vermutungen anstellen?«, wandte der Dezernatsleiter ein.

»Dr. Wittpfuhl hat uns bereits alles Wesentliche bestätigt«, versicherte Harenstett. »Vorhin am Tatort.«

Kalkbrenner schob sich ungerührt eine Gabel Karottenkuchen nach der anderen in den Mund und verzichtete auf den Vermerk, dass er nicht dabei gewesen sei. Schließlich würde auch das nichts an der Wahrheit ändern. *Aletheia*. Trotz der vielen Sahne klebte der Rührteig wie Beton an seinem Gaumen.

»Die Öffentlichkeit hat bis heute kein einziges Detail über den Mord von vor drei Monaten erfahren«, warf Berger ein. »Es kann sich also um keinen Nachahmungstäter handeln. Und um einen Zufall schon mal gar nicht.«

»Dossantos hat uns vor drei Monaten also nicht nur den Lehrermörder frei Haus geliefert«, resümierte Dr. Salm, »sondern auf diese Weise auch noch einen weiteren Mörder gedeckt.«

Bergers Arme sanken ergeben herab. »Stimmt. Derjenige, der die Prostituierten auf dem Gewissen hat, läuft noch frei herum und hat jetzt zum zweiten Mal zugeschlagen. Er fordert uns sogar heraus, indem er die Leiche am gleichen Ort ablegt und uns obendrein noch eine Botschaft hinterlässt.«

»Was denn für eine Botschaft?«

»Der Frau in Charlottenburg wurde nach ihrem Tod ein

Anhänger an ihrer Kette befestigt. Er trägt die Aufschrift ›Aletheia‹, das ist griechisch und steht für Wahrheit. Aus welchem Grund auch immer …« Erneut ruhte Bergers Blick auf Kalkbrenner. Auch Muth beobachtete aus den Augenwinkeln interessiert, wie Kalkbrenner noch immer Kuchen in sich hineinstopfte. »Der Mörder will, dass wir endlich die Wahrheit erfahren.«

»Und diesem Wunsch schließe ich mich an«, sagte Harenstett. Dann musste er wegen eines Hustenanfalls kurz innehalten, bevor er weitersprechen konnte. »Damals waren wir mit einer Soko ganz dicht an Miguel Dossantos dran. Einfach ärgerlich, dass er sich in letzter Sekunde einem Verfahren entziehen konnte. Die Zeugin, die bereit war, gegen ihn auszusagen, wurde umgebracht – es handelte sich dabei übrigens um seine eigene Frau. Aber das nur nebenbei. Viel wichtiger ist doch: Wenn Dossantos vor drei Monaten einen Mord vertuscht hat und der Mörder von damals jetzt wieder zugeschlagen hat …«

»… und sogar nach der Wahrheit verlangt!«, warf Berger ein.

»… dann will ich verdammt sein, wenn ich die Gelegenheit nicht nutze, um Dossantos endlich an die Wand zu nageln.«

Kalkbrenner legte die Kuchengabel beiseite. Die Sahne lag ihm schwer im Magen, sodass er keinen Bissen mehr hinunterbekam. Hier braute sich etwas zusammen. Etwas ganz Gewaltiges.

Dr. Salm holte tief Luft. »Das heißt, der Fall von damals muss noch einmal aufgerollt werden?«

»Ja«, pflichtete ihm Berger bei. »Und es muss geprüft werden, ob und was vor drei Monaten übersehen wurde und«, er dehnte seine Worte, während er Kalkbrenner eindringlich fixierte, »worüber vielleicht gar nicht gesprochen wurde.«

Sebastian sagte, er hat versucht, mit dir zu reden. Kalkbrenners Stuhl knackte besorgniserregend, doch der Sessel hatte dreißig Jahre lang unzählige Polizistenhintern verkraftet, da würde er sicherlich auch die nächsten zehn Minuten überdauern. Allerdings war sich Kalkbrenner nicht sicher, ob er selbst so lange durchhalten würde.

»Kalkbrenner, was sagen Sie dazu?«, fragte Dr. Salm jetzt zu allem Überfluss noch. »Denken Sie, dass im Herbst etwas übersehen wurde?«

Kalkbrenner schaute Berger an. *Du weißt ganz genau, um wen es geht.* »Ich habe keine Ahnung.«

Mühsam unterdrückte Berger seinen Zorn, nur sein Bart zuckte unbeherrscht.

»Also«, befand Dr. Salm, »wenn Dossantos tatsächlich in die Sache verwickelt war beziehungsweise ist, dann sollten wir in dieser Angelegenheit eng mit dem LKA zusammenarbeiten. Berger, Sie werden Herrn Harenstett bei der Klärung der Prostituiertenmorde zur Seite stehen. Und Sie, Kalkbrenner, Sie leiten den Fall Fielmeister.«

Kalkbrenners Unbehagen wuchs. »Mit Verlaub, Dr. Salm, aber ich …«

»Sie«, fiel ihm der Chef ins Wort, »Sie fliegen noch heute nach Amsterdam, und …«

»… ich werde ihn dabei begleiten«, dröhnte überraschend eine tiefe Baritonstimme aus dem Vorzimmer.

»Himmel, wer sind Sie denn?«, entfuhr es Dr. Salm.

Der schwergewichtige Thanner feixte. »Dass man jetzt schon den Himmel bei meinem Anblick anruft, sollte …«

»… Ihnen wirklich zu denken geben.« Kollegin Beckmann trat aus Thanners Schatten. Keiner wusste, wie lange die beiden sich schon in Ritas Büro aufgehalten hatten. Niemand waren sie aufgefallen.

»Gestatten, Friedrich Thanner vom LKA, Abteilung Fleisch, und das hier ist meine Kollegin Louise Beckmann vom VetLeb.«

»Das ist das für Veterinär- und Lebensmittelaufsicht zuständige Überwachungsamt in Berlin-Mitte«, erläuterte Beckmann.

»Interessant«, bestätigte Dr. Salm kühl und wandte sich dem uniformierten Beamten zu, der in dieser Sekunde das Vorzimmer betrat. »Und wer sind Sie, zum Henker?«

»Kriminalobermeister Gesing, schönen guten Tag auch. Es geht um die Befragung der Mitarbeiter in der Firma Fielmeister und ...«

»Ja, ja«, polterte Dr. Salm. »Dazu kommen wir gleich. Warten Sie bitte einen Moment.« Er richtete seine Aufmerksamkeit wieder auf Thanner und Beckmann. »Also, was können wir für Sie tun?«

»Am besten wäre es wohl, erst einmal ein bisschen Platz zu schaffen«, stichelte Beckmann mit einem Blick auf ihren beleibten Kollegen.

»Hmm, wenn ich so darüber nachdenke, dann«, Thanner durchmaß mit kritischem Blick den engen Konferenzraum, »bleibe ich wohl besser im Vorzimmer.«

»Es geht um den Fall Fielmeister«, beeilte sich Kalkbrenner zu erklären, weil einerseits der Chef an die Decke zu gehen drohte, Kalkbrenner selbst aber andererseits froh war, auf unverfängliche Weise das Thema wechseln zu können – auch wenn sich sein Unbehagen dadurch nur marginal verringerte. »Genauer gesagt um Marten Peglar und seine Verbindung zur organisierten Fleischmafia.«

»Peglar und Fleischmafia?« Statt sein Interesse zu wecken, nahm die Verärgerung des Dezernatsleiters eher noch zu. »Warum steht davon nichts in der Ermittlungsakte?«

»Dazu fehlte mir die Zeit.«

Dr. Salms flache Hand knallte auf den Tisch. »Ein Grund mehr, warum Sie Ihre anscheinend so knappe Zeit nicht mit dem Prostituiertenfall verschwenden sollten.« Noch einmal hieb er auf die Tischplatte. Der Luftzug, der seiner Bewegung folgte, ließ die vor ihm liegenden Zeitungen flattern. »Und jetzt geben Sie mir bitte eine zügige Zusammenfassung über den aktuellen Ermittlungsstand!«

Kalkbrenner ordnete schnell die Gedanken in seinem Kopf. »Marten Peglars Name tauchte vor etwa vier Wochen zum ersten Mal in Verbindung mit dem Berliner Fleischgroßhändler De Jong auf.«

»De Jong handelt mit Schlachtabfall«, warf Louise Beckmann ein, »und wird verdächtigt, mit der Fleischmafia in Kontakt zu stehen.«

»Ob auch Rudolph Fielmeister in die Sache verstrickt war, wissen wir noch nicht«, fügte Thanner hinzu. »Aber angesichts der kritischen finanziellen Situation seiner Firma ist es durchaus denkbar, dass auch er davon gewusst hat.«

»Mir scheint, dass der Fall immer eindeutigere Züge annimmt«, konstatierte Dr. Salm. »Auch wenn die Sache dadurch nicht angenehmer wird, im Gegenteil. Hier, haben Sie schon gelesen, was diese Schmierfinken in den letzten Tagen geschrieben haben?« Mit ausholender Geste hielt er ihnen die Titelseiten einiger Berliner Zeitungen unter die Nase. Von *Mord im Nobelhotel* über *Unternehmer R. Fielmeister erschossen!* und *War eine Liebesaffäre das Motiv?* bis hin zu *Fahndung nach dem Brudermörder* konnte man anhand der Schlagzeilen recht treffend die Chronologie der polizeilichen Ermittlungsarbeit nachvollziehen. »Da können Sie sich ja in etwa ausmalen, welche Auswirkungen so eine Berichterstattung auf die Firma Fielmeister hat. Zwar hat Gustav Fielmeister, der Vater des Opfers, vorübergehend wieder die Geschäftsführung übernommen, aber …«

Ein heiter verspielter Klingelton unterbrach seinen Redefluss. Unter den teils amüsierten, teils genervten Blicken der Anwesenden färbte sich Gesings Gesicht puterrot.

»Wollen Sie nicht rangehen?«, donnerte Dr. Salm, der endgültig die Beherrschung verlor, ihm entgegen.

»Ja, Entschuldigung, natürlich«, stammelte Gesing und fummelte das fiepende Mobiltelefon hektisch aus seiner Uniform. »Ja? … Moment!« Er eilte in den Korridor und schloss die Tür hinter sich.

Noch immer sichtlich genervt setzte der Dezernatsleiter seine Rede fort. »Wo war ich? Ach ja, also, Gustav Fielmeister hat die Geschäftsführung von Fielmeisters übernommen, um das traditionsreiche Unternehmen durch die Krise zu führen. Aber wenn jetzt zusätzlich auch noch dieser Gammelfleischskandal in der Presse breitgetreten wird – dann gute Nacht. Über kurz oder lang dürfte das das Aus für das Unternehmen und für die verbliebenen eintausenddreihundert Arbeitsplätze bedeuten – was verheerende Auswirkungen für die Infrastruktur der Region zur Folge haben würde.« Er warf einen Blick in die Runde, um sich der Aufmerksamkeit aller zu vergewissern. »Der Senior Gustav Fielmeister hatte heute Morgen eine Unterredung mit Potsdams Oberbürgermeister und unserem Regierenden Bürgermeister Anton Heiland, die anschließend mit dem Polizeipräsidenten sprachen, der wiederum mich anrief. Auf allen Ebenen herrscht Einvernehmen: Dieser Fall muss zügig vom Tisch. Die Bundesanwaltschaft hat bereits ein Amtshilfeersuchen an die Generalstaatsanwaltschaft der Niederlande gerichtet. Aber das ist natürlich nur ein formaljuristischer Vorgang, dessen Abschluss außer Frage steht. Die niederländische Polizei zeigt sich kooperativ.« Dr. Salm sah Kalkbrenner an. »Und deshalb fliegen Sie noch heute nach Amsterdam und vernehmen Peglar. Am Flughafen Schiphol erwartet Sie ein Verbindungsbeamter. Frau Barnitzke wird Ihnen den Flug reservieren.«

»Zwei Flüge!«, korrigierte Thanner.

»Ich bin mir nicht sicher, ob das …«

»Machen Sie sich keine Sorgen«, beruhigte ihn der LKA-Beamte. »Schließlich bin ich ebenso an Herrn Peglar interessiert wie Sie.«

»Und wegen der Flugkosten«, sagte Louise Beckmann, »wird unsere Abteilung natürlich für die beiden Sitzplätze von Herrn Thanner aufkommen.«

Ein Lächeln huschte sekundenschnell über Dr. Salms Gesicht. »Einverstanden. Holen Sie sich Peglars Geständnis, und wir legen den Fall zu den Akten.« Er schichtete die Zeitungen wieder zu einem ordentlichen Haufen. »Und das bitte, bevor die Presse Wind von der Sache mit dem Gammelfleisch bekommt. Haben wir uns verstanden?«

56

Tabori schlug sich als Anfänger tapfer beim *Street Soccer*, doch gegen Manuels flinke Finger hatte er keine Chance. Frustriert spielte er seiner dritten Niederlage in Folge entgegen.

»Ist nicht weiter schlimm«, tröstete ihn Manuel.

»Was sagst du?«

»Guck nach vorne!« Wie betrunken torkelte Taboris Mannschaft über das Spielfeld. Verzweifelt bearbeitete er das Gamepad, aber es war zu spät. Manuels Stürmer schoss, und der Ball krachte unhaltbar in das gegnerische Tor. Applaus brandete aus den Lautsprechern auf, noch lauter als in den Spielen zuvor. Zum Glück herrschte nicht so viel Betrieb im Kaufhaus. Einzig eine Angestellte, die Regale einräumte, schaute bei dem Geräusch in ihre Richtung. Dann strich sie sich eine Strähne ihres struppigen schwarzen Haares aus der Stirn und störte sich nicht weiter an dem bunten Monitorgeflacker.

Auf dem Bildschirm verkündete ein Schriftzug erst: »Neuer Highscore«, dann: »Bitte Name eingeben«. Manuel tippte seinen Namen in die Liste. Jetzt belegte er offiziell Platz 1.

»Das habe ich noch nie geschafft!«, freute er sich. »Dabei bin ich oft hier. Fast jeden Tag.« Er sprach sehr schnell. »Deshalb will auch keiner mehr mit mir spielen.«

Was erzählt Manuel da?

»Weil ich ständig gewinne.«

Obwohl Tabori kein Wort verstand, erklärte er kurzerhand: »Ich mag *Street Soccer.*«

»Ja, ich auch.«

»Ich weiß«, sagte Tabori.

»Woher?«

»Du gewinnst ... immer.«

»Sag ich doch!«

Auch wenn sie aneinander vorbeiredeten, war Manuel ein netter Kerl. Nicht so nett wie Aidan, aber fast. Und anders. Manuel erweckte nicht wie Aidan oder die anderen Jungs bei *Saturn* den Eindruck, als würde er sich die meiste Zeit des Tages auf der Straße herumtreiben. Seine Hände waren sauber, sein Äußeres gepflegt, die Kleidung ordentlich. Unter der Jacke trug er ein Shirt, auf dem ein großes gelbes, grinsendes Comicgesicht leuchtete. In fetten Buchstaben stand *Spider-Schwein* darunter. Was immer das bedeuten sollte. Auf einem Button war eine seltsame gelbe Familie zu sehen.

»Schönes Shirt«, meinte Tabori.

»Hat mir mein ... Vater geschenkt.«

»Mein Vater tot«, sagte Tabori.

»Meiner auch.«

Tabori begriff nicht. Wie konnte der Vater ihm etwas schenken, wenn er doch tot war? Oder war er erst vor Kurzem gestorben?

»Das ist scheiße«, meinte Manuel.

»Was heißt *scheiße?*«

»Scheiße stinkt!«

Und was bedeutet das nun wieder? »Bist du aus Berlin?«

»Ja. Und du?«

»Ich aus Gracen.«

»Wo ist das?«

»Albanien.«

»Krass! Und warum bist du in Berlin?«

»Ich arbeite«, sagte Tabori nicht ohne Stolz. »Für Mama. Und Mickael. Mickael … krank. Du … Familie?«

Aber Manuel schien das Interesse zu verlieren. Er schnappte sich seinen blauen Rucksack und ließ Tabori an der Konsole stehen.

»Wohin … du?«, fragte Tabori.

»Ich geh pinkeln.«

Pinkeln? »Kommst du?«

»Ja, ich komme wieder.«

Tabori atmete erleichtert auf. »Ich gewinne!«

»Freu dich nicht zu früh.«

Manuel lief zum Ausgang und überquerte die Straße zu *Burger King*, während Tabori ein Trainingslevel startete. Ein viertes Mal wollte er beim *Street Soccer* nicht verlieren. Nachdem er die Hälfte des Levels durchgespielt hatte, ging er Manuel suchen. Er fand ihn vor dem Eingang, wo ein älterer, leicht ergrauter Mann sehr ernst mit ihm sprach. Wahrscheinlich war das Manuels neuer Vater, der ihn tadelte, weil er so viel Zeit mit Fußball verbrachte und nicht mit Hausaufgaben. Doch noch bevor sich Tabori bemerkbar machen konnte, stiegen die beiden ein paar Meter weiter in einen Wagen, der am Bordstein parkte. Wenige Sekunden später fädelte sich der Pkw in den Verkehr ein und war gleich darauf verschwunden.

Manuel hatte sich nicht einmal von Tabori verabschiedet. Er war einfach abgehauen – und hatte Tabori wieder allein gelassen. Schlagartig erinnerte er sich daran, warum er überhaupt zu *Saturn* gekommen war. Jetzt ärgerte er sich, weil er sich so leichtfertig hatte ablenken lassen. Er hatte nicht einmal mehr an Aidan gedacht. Erneut durchstreifte Tabori das Kaufhaus. Aber hätte Aidan nicht längst auftauchen müssen?

Draußen färbte sich der Himmel wieder dunkel. Orangefarbene Autos mit großen Schaufeln vor der Stoßstange räumten den frisch gefallenen Schnee von den Straßen. Ein schier aussichtsloses Unterfangen, denn immer neue Flocken rieselten auf die Stadt und Tabori nieder.

Frierend blieb er vor einem Café stehen. Im Inneren flackerten Kerzen, es sah gemütlich aus. An einem Tisch am Fenster hatten sich eine Großmutter und ein kleines Mädchen, bestimmt ihre Enkelin, zu Kuchen mit Sahne niedergelassen. Dazu tranken sie heißen Kakao.

Der Anblick machte Tabori wehmütig, er erinnerte ihn an sein Zuhause. Oft hatte sein Großvater am Abend, nachdem Mickael gewickelt worden war, einen alten Stumpen in der Stube entzündet, und sie hatten sich zum funkelnden, warmen Kerzenschein gesetzt. Opa hatte in einer alten Zeitung gelesen, Taboris Mutter seine Socken gestopft und Tabori selbst der Hitparade auf *Top Channel* gelauscht. Aber das war lange her. Jetzt war Opa tot, abends kamen Männer, und auch das Radio war kaputt.

Taboris Augen füllten sich mit Tränen. Aber Weinen half ihm auch nicht weiter. Im Gegenteil: Es machte alles nur noch schwieriger. Fortan vermied er es, in die Schaufenster der Geschäfte und Cafés zu schauen. Insgeheim hoffte er, Aidan würde ihn auf der Baustelle erwarten, in der Kammer, vielleicht mit ein bisschen Geld, einem Burger, Pommes und Cola oder einfach nur mit der Aussicht, einen neuen, schönen Tag gemeinsam verbringen zu können.

Doch der Raum lag verlassen da, und anders als an den Vortagen waren die Heizungsrohre kalt. Bei der Kälte hatte sich selbst Gentiana davongestohlen. Nur einige Büschel ihres schwarzen Fells hafteten noch an der spröden Mauer. Tabori pikste die Fotos auf die Nägel, doch diesmal wollte sich kein Gefühl von Heimat einstellen. Traurig knüllte er den zerrissenen Parka zu einem Kopfkissenersatz zusammen und wünschte sich einen weiteren Joint. Egal ob er davon am nächsten Morgen Durchfall bekäme oder nicht, ein Joint würde mit Sicherheit dafür sorgen, dass er sich besser fühlte.

57

Noch immer über Magda Michels' Finte grollend erweckte Sackowitz seinen Computer aus dem Ruhezustand. *Okay, sie hat dir eine falsche Telefonnummer gegeben.* Aber was besagte das schon? Dass er seinem Instinkt nicht mehr trauen durfte? *Blödsinn!* Die Frau hatte ihn nur prüfen wollen. *Ich wollte wissen, wie weit Sie zu gehen bereit sind.* Wie ernst es ihm mit seiner Story war. *Was für eine Frage!* Schließlich war er durch und durch Reporter.

Sein Monitor blieb dunkel. Vorsichtig berührte Sackowitz die Tastatur. Nichts geschah. Er rüttelte mit der Maus über sein Pad. Immer noch nichts. *Verdammt, nicht schon wieder!* Er versuchte einen Neustart. Auch nichts. Dann griff er nach dem letzten Strohhalm und rief Heiko Richter an.

»Hast du wieder die falschen Tasten gedrückt?«, ulkte der Experte.

»Nein, habe ich nicht«, blaffte Sackowitz.

»Zufällig eine Datei gelöscht?«

»Ich mag zwar ein Laie sein, aber doof bin ich nicht.«

»Also, wenn man so wie du die Tastatur …«

»Heiko? Leck mich!« Aus dem Augenwinkel bemerkte Sackowitz Stanislaw Bodkema. *Nicht auch noch der.* Als der Chefredakteur ihn zu sich winkte, trottete Sackowitz zaudernd durch das Großraumbüro. *Was für ein einmalig beschissener Tag.*

Zur Begrüßung rümpfte Bodkema die Nase. »Mein Gott, Hardy, du stinkst ja wie …«

»Ich war im Reitstall bei meinem Sohn.«

»Und dort hast du in einem Haufen Dung gebadet?«

Sackowitz schob seine Füße weit unter den Stuhl, um seine dreckigen Schuhe zu verbergen. »Sehe ich etwa so aus?«

»Nein, eigentlich nicht. Aber … ist ja jetzt auch egal.« Bodkema machte das Fenster einen Spalt weit auf. Die frische Luft vertrieb schnell den Geruch nach Pferdemist. »Eigentlich wollte ich nur kurz mit dir über deinen Text reden. Ich dachte, es interessiert dich vielleicht, dass die verkaufte Auflage von heute eine der höchsten in diesem Jahr ist.«

»Willst du mich verarschen? Das Jahr ist erst zwölf Tage alt.«

»Na und? Mensch, Hardy, ich dachte, du freust dich.«

»Mach ich auch. Aber vor allem darüber, dass mein Riecher der richtige war.«

Bodkema lehnte sich auf seinem Stuhl zurück. »Jetzt übertreib mal nicht: Die Geschichte war ja wohl eher Zufall.«

»Klar, wenn die Jungs mich nicht zu ihr geführt hätten, wäre ich nie an Celil Kaan herangekommen. Aber mein Instinkt hat mir sofort gesagt, dass das Interview eine tolle Schlagzeile abwirft.«

Bodkema verschränkte die Hände hinter dem Kopf. »Na schön, ich gebe zu: Du hast eine gute Story gebracht, und die Verlagsleitung ist zufrieden. Ist es das, was du hören wolltest?«

»Nein«, gab sich Sackowitz betont bescheiden, doch in Wahrheit hatte er es tatsächlich genau auf diese Worte aus dem Mund von Bodkema abgesehen. Schließlich räumte ihm das Lob die Chance ein, ein anderes Thema anzuschneiden. *Wenn nicht jetzt, wann dann?* »Stan, ich wollte noch einmal mit dir über Jan-Sönken Schulze reden.«

Die Haltung seines Chefs wirkte plötzlich merklich angespannter.

»Ich habe dir ja schon erzählt, dass mir vor drei, vier Wochen jemand etwas gesteckt hat.«

Damals, an einem lausigen Dezembertag, war Sackowitz bei einem Prozess in Moabit dabei gewesen. Zwei rechtsradikale Jugendliche hatten einen libanesischen Imbissbetreiber krankenhausreif geschlagen, weil der sich geweigert hatte, ihnen eine Currywurst zu servieren, ein Gericht, das nicht einmal auf seiner Speisekarte stand.

Im Anschluss an den Richterspruch war ein Mann an Sackowitz herangetreten und hatte drei Sätze hervorgepresst. Eigentlich waren es nicht einmal richtige Sätze gewesen, sondern nur Satzfetzen: »Herr Sackowitz. Schulze, das war kein Schlaganfall. Es war Selbstmord.« Gleich darauf war der Mann wieder im Menschengetümmel untergetaucht, doch die unverhohlene Angst, mit der er die Nachricht überbracht hatte, war nicht zu überhören gewesen und hatte Sackowitz' Neugier geweckt.

»Und seitdem versuchst du herauszufinden, ob Schulze in einen Skandal verwickelt war oder nicht«, resümierte Bodkema. »Vergeblich, wie ich anmerken darf.«

»Ja, aber heute Morgen habe ich Schulzes Sekretärin wiedergetroffen …«

Mit einem Ruck schoss Bodkema aus seinem Sessel empor und beugte sich zu Sakowitz. »Du hast was?«

»Ganz zufällig«, fügte der Reporter hinzu. »Im Reitstall bei meinem Sohn.«

Bodkemas aufmerksame Augen fixierten ihn auffällig. »So, so, im Reitstall bei deinem Sohn? Und zufällig?«

»Stan, ich habe mit ihr gesprochen, und Frau Michels weiß etwas über den Tod ihres Chefs. Da bin ich mir ganz sicher. Mein Gefühl sagt mir …«

Bodkemas Halsschlagader pochte sichtbar. »Hast du vielleicht noch etwas anderes als dein Gefühl anzubieten?«

»Früher hat euch mein Instinkt doch auch gereicht?«

»Früher?« Bodkema hämmerte auf den Tisch ein. »Ja, früher, als du noch gut warst.«

Mehr als gut sogar. Sackowitz war der beste Polizeireporter der Hauptstadt gewesen. Keiner hatte spektakuläre Storys schneller auftreiben können als er. Sein Jagdinstinkt war legendär gewesen. Selbst den Verlegern des *Kurier* war es bisweilen rätselhaft erschienen, wie er an seine Geschichten rankam. Aber letztlich hatte es sie nicht weiter interessiert, solange er Aufmacher lieferte, welche die Leute das Blatt kaufen ließen. *Früher war alles anders. Früher konnte ich verstehen. Früher ging alles ganz einfach, und früher …* Und heute?

»Und heute? Heute gehst du wochenlang einer fadenscheinigen Information nach, die dir jemand gesteckt hat. Aber bist du vielleicht einem Skandal auf die Schliche gekommen? Hast du Beweise? Fakten? Irgendwas? Nein, hast du nicht. Weil es sie nämlich nicht gibt, genauso, wie es den Skandal nicht gibt. Nur merkst du das nicht. Und weißt du, warum das so ist?«

»Du wirst es mir gleich sagen.«

Bodkemas Stimme wurde sanfter. »Du bist alt geworden.«

»Verdammt, Stan, komm mir nicht mit so etwas. Es sind nur zwei Jahre vergangen!«

»Trotzdem, noch nicht einmal mehr mit deinem Computer kannst du ohne Probleme umgehen.«

»Das war natürlich klar, dass du mir das vorhältst.«

»Denkst du etwa, ich habe gerade nicht mitbekommen, wie du vor deinem PC verzweifelst?«

»Es ist ein Mac.«

»Das … ist … nicht … witzig!«, pflaumte Bodkema.

Die beiden Männer stierten sich über den Schreibtisch hinweg an wie zwei Cowboys, die kurz davor waren zu ziehen. Die Luft zwischen ihnen sirrte vor Spannung. Jeden Augenblick drohte sie Feuer zu fangen. Es brauchte nur einen einzigen Funken, ein falsches Wort, dann würde es zu einer Explosion kommen. Sackowitz hielt den Mund.

»Hardy«, mahnte Bodkema, »du klammerst dich so sehr an die guten alten Zeiten, bist derart verbissen, willst auf Biegen und Brechen einen Skandal, deine heiße Story, dass du dabei das Offensichtliche übersiehst: Es gibt keinen Skandal. Es gibt nur eine Schmutzkampagne, wodurch die neue Senatsregierung diskreditiert werden soll – und du gehst ihr auch noch prompt auf den Leim.« Er erstickte Sackowitz' Einspruch mit einer harschen Handbewegung. »Kannst du dir eigentlich vorstellen, welches Bild dies auf dich, auf unsere Redaktion, auf das Verlagshaus wirft, wenn das publik wird? Was meinst du, was die Geschäftsleitung davon hält, na?«

»Aber«, wandte Sackowitz ein, »wenn es wahr ist, dann …«

»Nein, Hardy, der Fall Schulze ist für dich abgehakt, endgültig. Das ist eine Anweisung von ganz oben, und ich rate dir, sie ernst zu nehmen. Du weißt ja, dass die Geschäftsleitung dich nach deinem Aussetzer …«

»Das war ein Herzinfarkt!«

»Soll ich dich vielleicht daran erinnern, wie es dazu kam? Also: Die Verlagsleitung hätte dich am liebsten sofort ausgemustert. Eigentlich verdankst du deine Rückkehr nur dem guten Wort, das ich für dich eingelegt habe. Also, verscherze es dir nicht mit mir, und kümmere dich endlich um den Mord an Fielmeister. Das ist dein Job, nicht mehr und nicht weniger. Warum wurde nach Marten Peglar gefahndet? Ist er der Mörder seines Bruders? Geht es um die Firma oder um etwas Privates? So viele Fragen. Mein Gott, muss ich dir denn alles vorkauen?«

Nein, musst du nicht. Ich bin nämlich nicht alt geworden! Sackowitz stemmte sich aus dem Sessel und verließ schweigend Bodkemas Büro.

Kurt Hirschmann, der Anzeigenverkäufer, hastete mit wehenden Haaren auf ihn zu. »Hardy, du bist gestern gar nicht mehr vorbeigekommen.«

»Und warum hätte ich das tun sollen?«

»Es geht um unsere Häuser. Ich sagte doch, dass ich einen Gutachter an der Hand habe, einen Freund der Familie, der sich am …«

»Kurt, bitte.« Sackowitz atmete tief durch. »Können wir das nicht ein andermal besprechen? Ich habe im Augenblick wirklich andere Sorgen.«

»Na gut.« Hirschmann guckte enttäuscht aus der Wäsche. »Aber beschwere dich hinterher nicht, wenn es …«

Sackowitz ließ ihn mitten im Monolog stehen. Weil Heiko bereits an dem defekten Computer unter seinem Schreibtisch schraubte, nutzte Sackowitz die aufgedrängte Pause für einen Anruf. Eine hölzerne Stimme meldete sich. »Ja?«

»Hallo, Werner, wie geht es dir?«

»Moment.« Eine Tür schlug zu. »Mensch, Hardy, ich habe dir doch gesagt, dass du mich nicht mehr auf dem Handy anrufen sollst.«

»Stimmt, jetzt, wo du es sagst, fällt es mir auch wieder ein.«

»Jetzt tu nicht so scheinheilig. Was willst du?«

Sackowitz beschloss, auf weiteren Smalltalk zu verzichten. »Es geht um den Mordfall Fielmeister.«

»Darüber weiß ich nichts.«

»Und das soll ich dir glauben?«

»Die Kollegen sind schon beim letzten Mal skeptisch geworden.«

»Aber du weißt schon: Es soll dein Schaden nicht sein.«

»Nein, diesmal besser nicht.« Und damit legte Werner auf.

Sackowitz ließ ein Donnerwetter vom Stapel, das sich gewaschen hatte.

»Was schimpfst du so?« Heiko hatte sich vergnügt auf Sackowitz' Bürostuhl niedergelassen. »Dein Mac funktioniert doch wieder einwandfrei.«

Auf dem Monitor flimmerte ein *YouTube*-Filmclip. Ein Güterzug überrollte ein kleines, orangefarbenes Männchen: *South Park*.

»Warum fragt der Rechner mich nicht nach meinem Passwort?«, bemängelte Sackowitz.

»Stimmt, das müssen wir neu einrichten.«

»Was war denn jetzt mit dem Kasten los?«

»Sag mal«, Heiko glättete sein T-Shirt, auf dem heute in Neonfarben zu lesen war: »Mac – Die Kraft sei mit dir«, dann fächelte er sich mit der Hand frische Luft zu, »heute riecht es hier aber nach …«

»Ich habe dich gefragt, was mit dem Computer war.«

Heiko griente. »Irgendwas mit den Systemdateien. Hat mit den Zugriffsrechten zu tun. War jemand Fremdes an deinem Mac?«

»Wohl kaum. Ich hatte ja ein Passwort.«

»Was ein geübter Mac-User ist, der …«

»Erspar mir deine Lobhudeleien. Wozu sollte sich jemand an meinem Computer vergehen?«

»Okay, hast du vielleicht die Software aktualisiert? Oder über die Boot-CD gestartet?«

»Machst du Witze?«, brummte Sackowitz. »Ich weiß noch nicht mal, was eine Boot-CD ist.«

»Dann kann ich dir auch nicht erklären, was passiert ist.«

»Ich dachte, ein Mac ist ein Geschenk, das …«

»Hardy? Leck mich doch!«

58

Anna kam erst spät von der Agentur nach Hause. Wie jeden Abend. Und wie immer fühlte sie sich schlapp. Vor einem Blick in den Kommodenspiegel im Flur hütete sie sich wohlweislich, aber wenigstens war das Exposé für Sachsopharm so gut wie fertig geworden. Morgen mussten vielleicht noch einige Korrekturen eingefügt werden, aber dann war es reif für die Kundenpräsentation – sogar mit vier von Dietrichs Layoutentwürfen. Erstaunlich, zu welcher Leistung der Grafiker fähig war, wenn man ihm nur Beine machte!

Annas Freude war daher nicht einmal aufgesetzt, als sie in die Dunkelheit der Diele rief: »Manuel, ich bin wieder da!«

Nicht dass sie mit einer Antwort rechnete, höchstwahrscheinlich daddelte ihr Sohn in seinem Zimmer an der PlayStation Portable. Ihr grauste schon vor dem *Street Soccer*-Getöse, das erst enden würde, nachdem sie beide einen schier endlosen Kampf übers Zubettgehen ausgefochten hatten.

Ninas Worte kamen ihr wieder in den Sinn. Sie waren so schlicht wie wahr: *Ihr habt immer noch euch beide.* Mit dieser tröstlichen Gewissheit hängte Anna den Blazer an die Garderobe. »Manuel, ich habe uns was Leckeres mitgebracht.«

Auf dem Heimweg hatte sie an der Tankstelle Kartoffelchips und Ahoi-Brause eingekauft. Die Uhr rückte zwar bereits auf zehn vor, aber vielleicht munterten die Snacks ihren Sohn ja doch noch ein wenig auf. Möglicherweise würde er sogar anschließend ohne großes Tamtam unter die Bettdecke kriechen. »Willst du nicht wissen, was ich besorgt habe?«

Im Wohnzimmer brannte keine Lampe. Nicht einmal die Rollos hatte Manuel heruntergelassen. In einem Dreieck breitete sich das Licht der Straßenlaterne auf dem Teppich aus. Anna ließ die Jalousien unter Krach hinunter. Als das Rattern verklungen war, wurde ihr die Stille in der Wohnung bewusst. Kein Fiepen, kein Gebrüll, kein *Street Soccer.* Lag Manuel schon im Bett? Freiwillig? *Das wäre das erste Mal.* Für gewöhnlich nutzte er die Abwesenheit seiner Mutter, um aufzubleiben, bis sie abends heimkehrte.

Aber auch in seinem Zimmer brannte kein Licht, und

das Bett war leer. Weil sie Chips und Brause in den Händen hielt, knipste Anna die Deckenlampe mit dem Ellbogen an. Das Durcheinander von heute Morgen hatte sich nicht verändert. Hosen, Shirts, der Hertha-Wimpel und die PlayStation lagen noch immer an der gleichen Stelle.

»Manuel?«

Das Badezimmer war so dunkel wie verlassen.

»Wo steckst du?«

Auch in ihrem Schlafzimmer fand sie ihn nicht.

»Okay, gewonnen! Du hast mir einen gehörigen Schrecken eingejagt. Jetzt komm wieder raus!«

Sie schleuderte die Chips- und Brausetüten auf das Federbett und überprüfte den Kleiderschrank, in dem sie außer raschelnden Blusen und Blazern nichts fand.

»Manuel, es reicht!«

In der Küche lachte ihr Manuel aus dem Bilderrahmen entgegen.

»Das ist nicht mehr lustig, hast du mich gehört?«

Falls ja, ließ er es sie nicht wissen.

»Mensch, Manuel, ich hab's ja begriffen …«

Anna durchpflügte erneut Manuels Kleiderschrank, suchte hinter dem Sofa im Wohnzimmer, im leeren Fach unter der Küchenspüle, noch einmal in seinem Zimmer, ihrem Zimmer, im Bad. Mit Ausnahme des Zimmers ihres Sohnes waren alle Räume aufgeräumt und sauber, wie sie es von ihrer Haushälterin Nane erwartete. Der dreckige Lappen aus der Spüle von heute Morgen war fortgeräumt, das Geld von der Anrichte verschwunden. Ansonsten gab es kein Anzeichen, dass während ihrer Abwesenheit jemand hier gewesen war. Kein Kissen war eingedrückt. Die Fernbedienung vom Fernseher lag da, wo sie liegen sollte. Auch auf dem Teppich waren keine Simpsons-Spielfiguren verstreut. Die Wohnung wirkte so, als sei Manuel nach der Schule noch nicht daheim gewesen.

Keine Panik!, bremste sie ihre galoppierenden Gedanken, nahm das Telefon aus der Ladeschale und wählte. Während sie darauf wartete, dass jemand abnahm, entzündete sie eine Gauloise. Als sich ihr Mann meldete, ließ sie ihn nicht zu Wort kommen. »Ist Manuel bei dir?«

»Nein, er sollte doch erst am Wochenende zu mir kommen.«

»Also hast du ihn heute nicht gesehen?«

»Nein. Aber was soll denn die Frage?«

Sie legte auf. Nervös sog sie an der Kippe und wählte eine weitere Nummer. Nach enervierend langem Freizeichen-Getute meldete sich die verschlafene Stimme von Käthe Stewens, der Mutter von Peter, Manuels bestem Freund.

»Ist Manuel noch bei Ihnen?«, fragte Anna.

»Manuel? Nein, der war doch schon lange nicht mehr hier. Wie geht es ihm?«

Schon lange? »Aber er hat doch letzte Woche bei Ihnen gespielt?«

»Nein, nicht dass ich wüsste.«

»Aber das hat Manuel erzählt. Und die Woche davor auch.«

»Nein, ich sagte Ihnen doch: Er war schon seit ein oder zwei Monaten nicht mehr bei uns.«

Annas Magen verkrampfte sich. »Können Sie Peter fragen, ob er weiß, wo Manuel stattdessen war?«

»Na, zu Hause doch wohl.«

Da bin ich mir nicht so sicher. »Bitte, fragen Sie Ihren Sohn.«

»Als Mutter sollten Sie das aber wissen.«

»Bitte.«

Käthe Stewens seufzte. »Peter schläft schon.«

»Es ist sehr wichtig.«

Erneut dauerte es eine halbe Ewigkeit, bis sich Peters Mutter am Apparat zurückmeldete. »Nein, Peter weiß auch nicht, wo sich Ihr Sohn aufgehalten hat. Die beiden haben sich nur noch selten getroffen. Ist denn etwas mit Manuel passiert?«

Anna beendete das Gespräch. Anders als sonst wollte die Gauloise ihre Nerven nicht mehr beruhigen. Sie drückte die Zigarette in den Ascher und rief Nane an. »Bist du gerade mit Manuel unterwegs?«

»Nein, wieso?«

»War Manuel heute Mittag zu Hause?«

»Nein.«

»Wie, nein?«

»Nein, er war nicht da.«

Anna fühlte sich wie vor den Kopf geschlagen. »Und er hat auch keine Nachricht hinterlassen?«

»Nein.«

»Und das fandest du normal?«

»Ja.«

Noch ein Hammer, der Annas Kopf traf. »Aber … das …« Sie brauchte einen Moment, bis sie wieder einen klaren Gedanken fassen konnte. »Heißt das, er war nachmittags häufiger nicht daheim?«

»Ja, fast nie mehr. Aber am Abend tauchte er immer wieder auf.«

Anna glaubte, sich verhört zu haben. »Und das erzählst du mir jetzt einfach so?«

»Du hast es ihm doch erlaubt.«

»Ich?«

»Das hat Manuel jedenfalls gesagt.«

»Und du bist nicht auf die Idee gekommen, bei mir nachzufragen, ob das stimmt?«

»Anna, es tut mir leid, aber ich habe dich gefragt. Und du meintest nur: ›Ja, ja, ist schon in Ordnung.‹«

Das Telefon in Annas Hand begann zu zittern. »Das habe ich gesagt?«

»Ja, aber du warst beschäftigt. Im Stress. So wie immer.«

So wie immer. Anna entglitt der Hörer. Gleich darauf schoss ihr ein Gedanke durch den Kopf. *Vielleicht ist Manuel ja bei …?* Noch einmal griff sie zum Telefon und wählte diesmal die Handynummer ihres Schwagers. »Bernd?«

»Anna! Das ist aber schön, dass du anrufst. Hast du noch mal darüber nachgedacht …«

Sie ließ ihn nicht ausreden. »Ist Manuel bei dir?«

»Was? Manuel? Bei mir? Nein, ich arbeite gerade im Atelier. Da kann ich … Moment mal, Anna, was ist los?«

»Manuel ist weg!« Die Türklingel schrillte. Mit dem Telefon in der Hand sprintete Anna in die Diele.

Im Hausflur stand Alan. »Ist er immer noch verschwunden?«

Vor Annas Augen begann sich ihre Wohnung zu drehen, während Bernds Stimme aus dem Hörer ertönte: »Ihr müsst etwas unternehmen!«

59

Am Terminalausgang wartete ein großer, kurzhaariger Mann in blauer Uniform, die im Vergleich zur grünen Dienstkluft deutscher Streifenbeamter ungewohnt schick wirkte. In der Hand hielt er ein Pappschild: *Kalkbremer.*

Thanner wieherte, aber Kalkbrenner war nicht nach Spaß zumute. Nachdem sie sich die Hände geschüttelt hatten, teilte er dem niederländischen Verbindungsbeamten seinen korrekten Namen mit.

»Ich bin Bart van de Winkel«, stellte der sich in dialektfreiem Deutsch vor. Sein Streifenwagen war strahlend weiß mit blau-orangenen Streifen. Auch die Fahrzeuge der holländischen *Politie* waren moderner als die der deutschen. »Ich bringe Sie zum Hotel.«

»Nicht zu Herrn Peglar?«

»Herr Peglar steht Ihnen erst morgen früh zur Verfügung.«

Thanner wuchtete seinen schweren Leib auf die Rückbank. »Haben niederländische Untersuchungshäftlinge etwa die Möglichkeit, ihren persönlichen Terminplan zu machen?«

Van de Winkel lächelte kühl. »Nein. Genauso wenig, wie deutsche Beamte über ihre Termine bestimmen dürfen.«

Wortlos kutschierte er sie zu einem Hotel ins Zentrum, wo sie eincheckten, ihr Gepäck auf die Zimmer brachten und sich anschließend zum Stadtbummel trafen. Die auch hier anhaltenden Schneeböen trieben sie zügig in eine Eckkneipe, die einen typischen Ausblick bot: Sie schauten auf eine Gracht und auf die Fenstermädels in den windschiefen Handelshäusern. Ungeniert und auf Highheels räkelten sich die Frauen hinter rot beleuchteten Glasscheiben und kämpften so um die Aufmerksamkeit der wenigen Touristen, die bei dem schlechten Wetter unterwegs waren. Doch Kalkbrenners Interesse galt nicht den halb nackten Körpern, er war bereits in Gedanken versunken.

»Und du, Paul?«, fragte Thanner.

»Wie bitte?«

»Ich habe dem Kellner gerade eben mitgeteilt, dass ich einen Kaffee nehme. Die haben Douwe Egberts. Mal sehen, wie der schmeckt. Und danach ein Wiener Schnitzel mit Kartoffeln und ein Heineken. Und was willst du?«

»Auch ein Heineken. Und einen kleinen Salat.«

»Geht es dir nicht gut?«

Nein, gar nicht gut. Kalkbrenners Magen rumorte, seit sie Berlin verlassen hatten.

Aus einer Musikbox dudelte Mick Jagger. *You're not the only one. With mixed emotions. You're not the only ship. Adrift on the ocean*. Der Kellner servierte den Kaffee und das Bier. Als Thanner den ersten Schluck nahm, entgleisten ihm seine Gesichtszüge. »O Gott, ist der Kaffee übel!«

Das Heineken fand Kalkbrenner herb, aber nicht unangenehm. Ein paar Flaschen davon, und er würde an nichts mehr denken. *Keine unangenehme Vorstellung.*

Thanner hatte sein Handy hervorgezogen und telefonierte mit seiner Familie, während Kalkbrenner lustlos im Salat herumstocherte. Aber der Hunger wollte sich partout nicht einstellen. Als sein Kollege mit seinen Kindern scherzte, überkam Kalkbrenner der Neid, wofür er sich sofort schämte. Kurzentschlossen kramte er sein eigenes Mobiltelefon hervor und rief Milena, Bernies Babysitterin, an. »Ich wollte nur wissen, ob mit Bernie alles in Ordnung ist.«

»Natürlich, ich kümmere mich um ihn, das habe ich doch versprochen.«

»Und morgen früh auch, oder?«

»Machen Sie sich keine Sorgen«, kicherte das Mädchen. »Ihr Bernie ist bei mir in den besten Händen. Genießen Sie Ihren Urlaub.«

»Ich bin nicht im Urlaub, Milena«, berichtigte sie Kalkbrenner.

»Trotzdem eine schöne Zeit.« Schon legte sie auf.

Thanner hatte ebenfalls sein Gespräch beendet und anscheinend Teile von Kalkbrenners Telefonat mitgehört. Auf seinen Lippen lag ein Lächeln. »Und? Wie alt ist dein Sohn?«

»Kein Sohn. Nur ein Hund.«

»Ich dachte, du wärst verheiratet?«

»War ich auch. Bis vor drei Tagen.«

»Oh, das tut mir leid.«

Kalkbrenner nahm einen erneuten Schluck vom Heineken. »Ist schon okay, ist besser so.«

»Klingt nicht gerade nach einer einvernehmlichen Trennung?«

»Tja, wenn das beinhaltet, dass meine Frau nicht gut auf mich zu sprechen ist und meine Tochter kaum mehr ein Wort mit mir redet, dann hast du recht.«

»Meine Güte, was ist passiert?«

»Zu wenig Zeit und zu viele Tote. Berufskrankheit eben.«

»Mann, bin ich froh, dass ich mit so etwas nichts zu tun habe. Ich wollte ja schon immer zur Polizei, aber von Anfang an war mir klar: nichts mit Toten. Auf Dauer könnte ich das auch gar nicht.«

»Es ist wirklich nicht einfach«, räumte Kalkbrenner ein. »Aber es ist auch eine Herausforderung und Verantwortung. Und eine Verpflichtung. Jeden Tag aufs Neue.«

Thanners Schnitzel wurde serviert. »Und davon bist du überzeugt? Oder redest du dir das nur ein?«

»Nein, ich bin mir sicher.«

»Die Antwort kam ganz schön schnell.«

»Weil ich mir wirklich sicher bin.«

Thanners Kiefer mahlten auf einem Stück Schnitzel herum. »Hast du nie daran gedacht, den Job hinzuschmeißen? Den ganzen Rotz einfach Rotz sein zu lassen und was ganz anderes zu machen?«

Kalkbrenner leerte nachdenklich die Bierflasche. »Kannst du dich noch an Judith erinnern?«

»Klar, vom Namen her. Sie war deine Flamme während der Schulzeit. Ihr wart ein tolles Paar. Und kurz vor dem Abitur seid ihr gemeinsam verschwunden, von einem Tag auf den anderen. Du hast mir damals die Geschichte häufiger erzählt.«

Kalkbrenner gab dem Kellner ein Zeichen, der sofort ein neues Heineken brachte. »Ja, das war verrückt und leichtsinnig. Aber wahrscheinlich macht man so etwas, wenn man jung ist. Wir wollten alles hinter uns lassen. Ein neues Leben beginnen.«

»Meine Güte, aber euer Leben hatte doch kaum begonnen.«

»Das war denn wohl auch der Grund, warum aus unserem Plan nichts geworden ist. Und anschließend haben wir uns aus den Augen verloren. Ich begann bei der Polizei, lernte Ellen, meine Exfrau, kennen, wir heirateten, Jessy wurde geboren, ich wurde Hauptkommissar und … Tja, und das Ende der Geschichte habe ich dir gerade erzählt.« Leise kräuselte sich Van Morrison aus der Jukebox. *These are the days, the time is now. There is no past, there's only future. There's only here, there's only now.* »Nur dass die Geschichte eben anscheinend doch noch nicht zu Ende ist.«

»Wie jetzt?«

Kalkbrenner setzte das Heineken an die Lippen, nahm einen großen Schluck. Möglicherweise lag die Melancholie am Alkohol, vielleicht auch an der Musik. *These are the days.* Wahrscheinlich aber war der wirkliche Grund dafür, dass er seit einiger Zeit mit aller Kraft versuchte, die Vergangenheit ruhen zu lassen und in der Gegenwart zu leben, sich eine Zukunft zu schaffen – vergeblich. *Du weißt ganz genau, um wen es geht.* »Ich habe Judith wiedergetroffen.«

»Nein, ehrlich? Wann …?«

»Vor drei Monaten. Ihr Mann wurde ermordet. Sicherlich hast du von der Sache im Oktober gehört: Der Lehrer, den sie an der Neuköllner Hauptschule erschossen haben, war Judiths Mann.«

»In echt? Klar habe ich davon gehört, der Fall hat Politik und Medien ja mächtig bewegt. War aber auch kein Wunder, so kurz vor den Senatswahlen. Und wie hat Judith es verkraftet?«

Kalkbrenner schaute schweigend in seine leere Bierflasche.

Thanner verstand auf Anhieb. »Du hattest wieder was mit ihr?«

»Weißt du, es war wie früher. Als lägen keine zwanzig Jahre dazwischen. Die Vorstellung war verlockend: Wir beide, ich und Judith, noch einmal ein neues Leben …« Er verstummte. *Erst wenn man alles hinter sich gelassen hat, hat man die Freiheit, etwas Neues zu beginnen.* Das waren im

Oktober Judiths Worte gewesen. Vor einer gefühlten Ewigkeit. »Aber dann gab es Hinweise darauf, dass nicht die zwei Schüler, die wir zunächst verdächtigt hatten, ihren Mann erschossen hatten. Tatsächlich war der Mörder ein gewisser David Block, Wirtschaftsanwalt. Er hatte seinen Boss, die Berliner Rotlichtgröße Miguel Dossantos, um ziemlich viel Geld betrogen, und der Lehrer hatte davon Wind bekommen. Also galt es, sich zu schützen.«

»Aber was hatte Judiths Mann mit diesem Anwalt zu schaffen?«

»Nichts. Nicht direkt jedenfalls. Judith hatte ein Verhältnis mit David Block. Die beiden wollten mit dem erpressten Geld abhauen.«

Thanner blickte betroffen auf sein Schnitzel. Bis auf ein kleines Stück hatte er noch nichts davon verzehrt. Inzwischen war es kalt. Er schob den Teller von sich und griff stattdessen zur Bierflasche. »Und als du davon erfahren hast, war es zu spät. Da hatte Judith dich bereits um den Finger gewickelt, nicht wahr?«

Kalkbrenner presste die Lippen aufeinander.

Seine Leibesfülle schien Thanner nicht davon abhalten zu können, beeindruckend schnell zu kombinieren. »Was ist aus ihr geworden?«

»Sie ist mit dem Geld abgehauen.« Kalkbrenner griff nach dem Heineken, aber die Flasche war schon wieder leer. *Ihr seid also kein Paar? Warum?* Heftiger als beabsichtigt stellte er sie zurück auf den Tisch. »Dossantos hat sie aufgespürt und umgebracht. Sie kann uns nichts mehr über die tatsächlichen Zusammenhänge erzählen. Darüber, wer letztendlich an allem die Schuld trägt. Irgendwie spielt das auch keine Rolle mehr. Sie ist tot.«

»Aber du weißt, was passiert ist.«

»Nein. Das tu ich eben nicht.« Kalkbrenner dämpfte seine Stimme. »Jedenfalls nicht alles.«

»Aber dein Kollege Berger glaubt, dass du mehr weißt, als du zugibst?«

»Was hat denn jetzt Sebastian damit zu tun?«

»Auf der Konferenz heute Mittag war schwer zu überhören – und zu übersehen –, wie er zu dir steht.«

»Das hast du mitbekommen?«

Thanner zeigte ein wissendes Lächeln. »Wie sagte Berger noch so schön dem Sinn nach? *Was ist vor drei Monaten übersehen worden, und worüber wurde nicht gesprochen?* Sein Blick ging dabei in deine Richtung – eindeutiger geht es nun wirklich nicht.«

Kalkbrenners Finger spielten fahrig mit der Bierflasche.

»Du solltest mit ihm reden«, schlug Thanner vor.

»Und selbst wenn ich es täte …«

»Er glaubt dir nicht, ist es das?«

»Schlimmer noch!«

»Er vertraut dir nicht mehr?«

»Aletheia«, sagte Kalkbrenner.

»Hä?«

»Das ist griechisch und bedeutet Wahrheit.«

60

Polizeiobermeister Funkels' Ruhe war so groß wie der Bauch, der sich über die Gürtelschnalle seiner Uniform wölbte. Anna fegte wütend Alans Hand von ihrem Arm und schimpfte: »Sie müssen etwas unternehmen!«

Funkels nickte mitfühlend. »Das tun wir. Aber vorher erzählen Sie mir bitte, was genau passiert ist.«

»Woher soll ich das denn wissen?« Sie schnappte nach Luft. Außerdem hatte sie schon drei-, vier-, nein, fünfmal erklärt, weswegen sie in der Wache im Prenzlauer Berg so einen Aufstand machte. »Mein Sohn ist verschwunden. Manuel ist nach der Schule nicht mehr zu Hause gewesen.«

Der Beamte seufzte. »Ist es nicht normal, wenn ein Jugendlicher …?«

»Aber Manuel ist erst zehn! Er ist noch viel zu jung, als dass er … dass er …« Anna stoppte abrupt. *Dass er was? Nach der Schule nicht heimkommt? Nicht zu seinen Freunden fährt? Sondern schon seit Wochen …*

»Was?«, fragte Funkels.

Annas Schultern sackten nach unten. »Irgendwie haben Sie ja recht. Es stimmt: Mein Sohn ist schon öfter nach der Schule nicht heimgekommen. Aber er ist auch nicht zu seinen Freunden gegangen. Schon seit Wochen nicht mehr, wie ich heute herausgefunden habe. Aber am Abend war er zu Hause. Jeden verdammten Abend! Immer! Nur eben heute nicht. Ich mache mir Sorgen.«

»Wie?«, mischte sich Alan ein. »Manuel war mittags nicht daheim? Und auch nicht bei Freunden? Aber wo hat er sich dann rumgetrieben? Warum hast du mir nichts davon erzählt?«

Der Vorwurf in seiner Stimme machte sie verrückt. »Wieso hätte ich dir davon erzählen sollen?«

»Na hör mal, ich bin schließlich sein …«

»Nein, das bist du nicht«, fiel sie ihm ins Wort.

Alan kniff die Augen zu zweifelnden Schlitzen zusammen. »Du hast selbst nicht gewusst, dass er nicht daheim ist, richtig? Warum nicht?«

»Warum? Warum?«, fuhr sie ihn an. Dabei bohrte sie die Fingernägel in den Blazer und wünschte sich, es wäre ihre Haut. Nein, noch besser: Alans Haut. »Warum, meinst du, ging es ihm denn so mies?«

»Anna«, sagte Alan und sah zu dem Polizisten, der den Schlagabtausch aufmerksam mitverfolgte. »Ich glaube, das spielt im Moment keine Rolle.«

»Ach ja? Und ob das eine Rolle spielt! Du warst es doch, der mich im Stich gelassen hat. Du hast mich doch dazu gezwungen, dass …«

»Anna«, unterbrach Alan sie. »Es geht hier weder um dich noch um mich. Und ausnahmsweise auch nicht um die Agentur, falls du darauf hinausmöchtest. Lass die Arbeit bitte ein Mal aus dem Spiel. Diesmal geht es einzig und allein um Manuel.«

Unangenehmes Schweigen erfüllte das Revier. Polizeiobermeister Funkels ließ einige Sekunden verstreichen, dann sagte er: »Familiäre Probleme sind häufig der Grund, weshalb Kinder nicht mehr nach Hause kommen.«

»Aber wieso sollte Manuel nicht nach Hause kommen wollen?«, tobte Anna. »Das ist doch …«

Der Beamte räusperte sich. »Es tut mir leid, aber ich muss Ihnen diese Fragen stellen: Besteht bei Ihrem Sohn Suizidgefahr?«

»Was reden Sie da?«, entfuhr es Anna entsetzt. *Manuel und Selbstmord?* Wie zur Antwort tauchte sein kleines, rundes Gesicht vor ihrem geistigen Auge auf. Ihr Sohn schaute sie mit seinen sanften, empfindsamen Augen an. Gänsehaut ließ ihren ganzen Körper erschaudern. »Nein, das ist undenkbar. Sie müssen …«, ihre Stimme versagte, »Sie müssen endlich etwas tun!«

»Lassen Sie uns jetzt erst einmal eine Vermisstenanzeige aufnehmen.«

Anna lieferte dem Beamten eine exakte Beschreibung der Kleidung, die Manuel am Morgen getragen hatte: das Shirt mit dem Bart-Simpson-Aufdruck, seine Daunenjacke, der hellblaue Rucksack – sie vergaß auch den Button nicht, den er so heiß und innig liebte. Außerdem gab sie Funkels ein Foto, das sie in weiser Voraussicht mitgenommen hatte. »Was werden Sie jetzt unternehmen?«

»Die Personenbeschreibung wird an alle Kollegen weitergegeben, die in der Stadt auf Streife sind. Sie werden dann nach Ihrem Sohn Ausschau halten.«

Es mochte gut und gerne ein Vierteljahrhundert her sein, dass Anna zum letzten Mal auf einem Polizeirevier gewesen war. Während ihres Studiums war sie mit einigen Freundinnen beim Kiffen erwischt worden. Schon damals hatte die Wache keinen vertrauenswürdigen Eindruck erweckt, und bis heute schien sich nicht viel daran geändert zu haben: Die Möbel waren noch immer altersschwach, die Atmosphäre muffig und die Beamten träge. »Das ist alles?«

»Mehr kann ich im Augenblick nicht für Sie tun. Allerdings sollten Sie selber versuchen herauszufinden, wohin Manuel verschwunden sein könnte. Schauen Sie zum Beispiel im Kinderzimmer nach. Hat er irgendwo einen Hinweis auf seinen Aufenthaltsort hinterlassen? Oder eine Nachricht? Wenn Manuel einen Computer besitzt, vielleicht finden Sie dort einen Hinweis. Zum Beispiel eine E-Mail von einem Freund, von dem er Ihnen nichts erzählt hat.« Der Polizeiobermeister heftete Manuels Foto an ein Clipboard. »Rufen Sie außerdem alle Bekannten und Verwandten an und fragen, ob Manuel sich inzwischen bei ihnen hat blicken lassen. Und bitte, seien Sie dabei eindringlich. Lassen Sie sich nicht mit einer schnellen Antwort abspeisen. Möglicherweise hat er darum gebeten, dass man Ihnen seinen Aufenthaltsort nicht verrät.« Er blickte abwechselnd Anna und Alan an. »Wenn Sie bis morgen früh nichts von ihm gehört haben, dann melden Sie sich wieder.«

»Erst morgen früh?« Ihre Stimme klang schrill und hysterisch. »Aber draußen ist es kalt. Es ist Winter. Wir sollten …«

Funkels schenkte ihr ein seltenes Lächeln. »Zuallererst sollten Sie sich beruhigen. In neunundneunzig Prozent aller Fälle tauchen verschwundene Kinder bald wieder auf, und es gibt für alles eine vernünftige Erklärung.«

»Und wenn Manuel zu dem restlichen einen Prozent gehört?«

»Davon lassen Sie uns im Moment mal nicht ausgehen.«

Die Vorstellung, Manuel könnte sich auf und davon gemacht haben, war für Anna beängstigend – und abwegig. Ihr Sohn haute nicht einfach so ab. Er war viel zu jung. Er würde sich nicht allein in die U-Bahn setzen und auch nicht ohne Begleitung durch die Stadt stromern. Aber konnte sie das wirklich mit aller Bestimmtheit sagen? Was wusste sie denn wirklich von dem Innenleben ihres Sohnes?

Am Ende war der Gedanke, dass er nur das Weite gesucht hatte, weil er seiner Mutter einen Schrecken einjagen und auf seine Einsamkeit aufmerksam machen wollte, noch der erträglichste. *Zu Hause bin ich auch alleine.* Denn wenn er nicht ausgerissen war … *Nein, daran darfst du nicht mal denken.* Verbissen versuchte sie, sich an der Aussage von Polizeiobermeister Funkels festzuhalten: *Es gibt für alles eine vernünftige Erklärung.* Bestimmt hatte Manuel einfach nur die Zeit vertrödelt. *Ja, das passt zu ihm.* Oder er hatte sich verlaufen. Auch so etwas passierte schnell bei Kindern. Vielleicht hatte er auch einen Unfall gehabt und lag irgendwo im Krankenhaus? Gerade bei diesem Wetter, dem Schnee, dem Glatteis.

Alan hielt vor ihrem Haus in der Kopenhagener Straße. »Wir müssen bei den Krankenhäusern vorbeischauen. Vielleicht ist ihm ja etwas passiert? Lass uns fahren«, sagte Anna.

»Nein«, widersprach Alan. »Was, wenn Manuel in der Zwischenzeit nach Hause kommt und niemand da ist?«

Annas Mann, ihr Exmann, saß mit unerschütterlicher Ruhe neben ihr im Auto. Er war etwas kleiner als Thorsten, ihr verstorbener Gatte. Mit schneeweißen, ebenmäßigen Zähnen, vollem schwarzem Haar, sorgfältig getrimmtem Bart und seiner drahtigen Statur war er eine attraktive

Erscheinung, um die Anna viele alleinstehende Frauen beneidet hatten. Aber Aussehen alleine war eben nicht alles, was sich auch bei ihm bestätigt hatte. »Glaubst du, Manuel ist abgehauen?«

»Nein, das kann ich mir nicht vorstellen«, antwortete er ohne ein Zögern.

»Dann rufen wir die Krankenhäuser an«, schlug sie vor.

»Ja, das können wir machen. Geht auch viel schneller«, befand Alan.

Ein weiterer beängstigender Gedanke schoss Anna durch den Kopf. »Und was ist, wenn …?« Sie wagte nicht, ihn weiterzuspinnen.

Aber Alan begriff auch so. Er sprang aus dem Auto und eilte Richtung Schönhauser Allee. »Kümmere du dich um die Krankenhäuser. Ich laufe seinen Schulweg ab.«

61

Musik schlich sich in Taboris Bewusstsein. Es waren keine Lieder, die er kannte, aber die bloßen munteren Klänge verbesserten seine Stimmung schlagartig. Aidans zerzauster Schopf erschien, und alles war wieder gut.

»Ey, werd mal wach!«

Tabori wurde von hellem Licht geblendet. Er blinzelte schlaftrunken.

»Mensch, Junge, was machst du denn hier?«

Der Kegel der Taschenlampe fiel auf den Boden. Dahinter war ein Mann in Uniform zu erkennen. Nein, keine Uniform, kein Polizist. Es war ein Bauarbeiter in schmutzigem Overall.

»Du kannst hier nicht schlafen.«

Wo denn dann? Etwa in der Kälte?

»Wir reißen die Hütte gleich ein.«

Tabori, der kaum ein Wort verstand, nahm seine Jacke und flüchtete nach draußen. Die Stadt hielt noch immer ihren kalten Winterschlaf. Einzig die Baustelle wurde von hellen Strahlern erleuchtet. Ein Baggermotor startete mit monströsem Getöse, dann grub sich die Schaufel in die Mauer, und binnen Sekunden zerfiel Taboris Unterkunft zu Schutt. Bräunlicher Staub vermengte sich mit den Schneeflocken, die vom Himmel schwebten.

Niedergeschlagen suchte Tabori das Weite. Viele Räumfahrzeuge waren schon unterwegs, und an jeder Kreuzung kämpfte sich der Junge durch die Schneehaufen am Bordstein, nur um am nächsten Übergang erneut in ihnen zu versinken. Bald waren seine Hosenbeine durchnässt, seine Schuhe sowieso, und seine Zehen mutierten zu Eiszapfen. Er konnte sich nicht einmal die Zeit in Kaufhäusern vertreiben, weil es noch zu früh war. Auch in den Wohnungen brannte kaum ein Licht.

Bei einem blauen Schild mit weißem U führte eine Treppe unter die Erde. Aus der Tiefe dampfte warme Luft. Die Stufen mündeten in einen Gang, der zu einem Bahnsteig führte. Ein Zug, der einen Schwall stickiger Luft vor sich hertrieb, rauschte heran. In den Waggons hockten fast ausschließlich verschlafene Pendler. Die meisten von ihnen hatten ihre Augen geschlossen, wahrscheinlich fuhren sie heim, wo es warm war, oder zur Arbeit in eine Fabrik, wo sie zur Frühschicht eingeteilt waren.

Mit einem Mal schrillten zwei Sirenen abwechselnd über den Bahnsteig. Kurz darauf schlossen sich die Türen, der Zug raste in den Tunnel und hinterließ gespenstische Stille, die nur durch das Knurren von Taboris hungrigem Magen durchbrochen wurde.

Zwischen dem Zeitungskiosk und der Bäckerbude, die beide noch geschlossen hatten, ließ er sich auf eine Bank sinken. Der Plastiksitz drückte hart in seinen Po, aber hier unten war es immer noch besser als an der Oberfläche mit Frost und Schnee. Zwei Plätze weiter schnarchte ein Mann. Plötzlich kippte seine Hand mitsamt einer Flasche zur Seite, und der Bierrest tropfte auf die Hose. Tabori dachte darüber nach, ihn darauf hinzuweisen, ließ es aber bleiben.

Stattdessen begann er, seine eigene Hose von Katzenhaaren zu befreien. Zärtlich strich er mit den Fingern darüber. Trotzdem fühlte es sich anders an als der weiche, warme Katzenkörper. Er vermisste das Schnurren der Katze. Genauso stark, wie ihm Aidan fehlte. Und Gentiana. Seine Mutter. Mickael.

Plakate jenseits der Gleise warben für das Konzert einer Gruppe, die Tabori nicht kannte. Daneben hatte ein Möbelhaus seine neue Bettenkollektion abgelichtet. Tabori sehnte sich sein warmes Bett zu Hause in Gracen herbei. Und die Gitarre seines Opas. Er begann zu summen, aber diesmal fehlten dem *Povijn 'krushqi* die Wärme und das Glück. Das Lied klang leer und sinnlos.

Tränen sammelten sich in Taboris Augen. Es war ihm schnuppe. Bis auf den Betrunkenen war er alleine auf dem Bahnsteig. Er brauchte sich für nichts zu schämen.

Berliner Kurier, Freitag, 13. Januar

Mordfall Rudolph Fielmeister

Fahndungserfolg in Amsterdam

Von Harald Sackowitz

Berlin. Geschnappt: Marten Peglar, Stiefbruder des ermordeten Unternehmers Rudolph Fielmeister, wurde gestern in Amsterdam gefasst.

Nach wie vor erteilt die Polizei keinerlei Auskünfte über die eventuelle Verbindung von Peglar mit dem Mord an seinem Stiefbruder. Der Umstand allerdings, dass zuletzt nach ihm gefahndet wurde, drängt den Verdacht zumindest einer Tatbeteiligung geradezu auf. Worin ist Peglar verstrickt?

Über die näheren Hintergründe wollte ein Sprecher der zuständigen Staatsanwaltschaft keine Erklärung abgeben. Allerdings hat der *Kurier* in Erfahrung bringen können, dass Beamte bereits zur Vernehmung Peglars nach Amsterdam gereist sind.

62

Mit jeder Nummer, die Anna Benson gegen vier Uhr morgens wählte, wuchs ihre Angst. »Und bei Ihnen ist wirklich kein Manuel eingeliefert worden?«

Die Gesprächspartner in den Krankenhäusern reagierten geduldig. »Nein, bei uns ist kein Junge mit diesem Namen aufgenommen worden.«

»Und auch kein Junge, dessen …«

»… Namen wir nicht kennen. Tut uns leid.«

Ohne ein weiteres Wort legte Anna auf. *Bloß keine Zeit vergeuden.* Sie hakte die angerufene Nummer mit dem Kugelschreiber ab und nahm die nächste auf ihrer Liste in Angriff. Sie hatte sich aus dem Internet eine Übersicht ausgedruckt, die mehr als einhundert Krankenhäuser umfasste. Und es war nicht einmal sicher, ob sie vollständig war. Als ein Schlüssel in der Diele klapperte, keimte in Anna Hoffnung auf. Sie schleuderte das Telefon beiseite, und – es war nur Alan.

Er schlotterte vor Kälte in seiner viel zu dünnen Jacke. »Ich habe ihn nicht gefunden.«

Natürlich, es ist ja auch zu dunkel und die Gegend zu weitläufig. Aber das war Anna ebenso wenig ein Trost wie der Gedanke, Manuel könnte ausnahmsweise einen anderen Heimweg gewählt haben. Wenn er sich jetzt noch im Freien befand, dann war es egal, ob auf seiner üblichen Route oder anderswo: Er würde mit Sicherheit erfrieren.

Das Telefon läutete. Beide hechteten sie ins Wohnzimmer. Anna war zuerst am Apparat. »Ja?«

»Endlich komme ich bei dir mal durch«, stöhnte Bernd. »Bei dir ist ja laufend besetzt. Ist Manuel zurück?«

Annas Stimme bebte. »Nein, er ist … immer noch weg.«

»Soll ich vorbeikommen?«

»Das ist lieb, aber nein. Alan ist bei mir.«

»Wenn du Hilfe brauchst, gib mir Bescheid.«

»Danke, Bernd, aber …«

»Versprich es mir!«

Sie versprach es und legte auf.

»Wie viele Krankenhäuser hast du schon erreicht?«, wollte Alan wissen.

In Annas Liste waren gerade einmal vierunddreißig oder fünfunddreißig mit einem Haken versehen. »Mein Gott, so viele sind noch übrig?«

»Ich bin nicht einmal sicher, ob die Liste überhaupt komplett ist.«

»Scheiße.«

»Kannst du den Rest übernehmen?«, bat Anna. »Dann schaue ich mich in der Zwischenzeit in Manuels Zimmer um.«

Sie war froh, dass das Durcheinander in dem Raum noch nicht aufgeräumt worden war. Bis heute hatte sie sich noch nie große Mühe gegeben, eine Logik hinter dem Durcheinander zu erkennen – Chaos blieb nun mal Chaos –, aber war es nicht so, dass Manuel in dem Sammelsurium aus Kleidung und Spielzeug auf Anhieb immer das gefunden hatte, wonach er suchte? Also musste ihr Sohn sehr wohl eine wenn auch bisher nur ihm selbst vertraute Ordnung haben. Anna musste jetzt lernen, sie zu begreifen, sie zu durchschauen, dann würde sie auch einen Hinweis auf Manuels Verbleib finden. *Ganz bestimmt.*

Die Teddybären auf dem Regal sparte sie sich, ebenso wie die fünf Poster an der Wand, und begann, in den Schubladen und Regalen am Schreibtisch zu suchen. Ihre bleiernen Hände wühlten sich durch Schulhefter, Klassenarbeiten und Bilder von Thorsten, von Alan und von ihr selbst mit Manuel. Das vertraute Miteinander von Mutter und Sohn wirkte an einem solchen Abend befremdlich.

Auf der Kopenhagener Straße holperte ein Auto über das Kopfsteinpflaster. Vor ihrem Haus brach das Rumpeln ab. Anna horchte konzentriert in die ausgehende Nacht. Lieferte die Polizei Manuel zu Hause ab? *Oder überbringt sie eine schlimme Nachricht?* Als niemand klingelte, wusste Anna nicht, ob sie enttäuscht oder erleichtert sein sollte.

Gleich darauf fuhr ihr ein Schock in die Glieder. In einer Hutschachtel stieß sie auf die Todesanzeige ihres ersten Mannes. Manuel hatte die Anzeige fein säuberlich aus der Zeitung ausgeschnitten und mit seinen Filzstiften ungestüm, voller Bitterkeit durchgestrichen. Wo hatte er die herbekommen? Er war doch damals noch ein Kleinkind gewesen. Das Gefühl von Fremdheit wurde immer stärker. Wie einsam und verzweifelt musste sich Manuel gefühlt haben? *Und du hast nichts bemerkt. Warum? Warum, verflixt noch mal?*

Dann fiel ihr die PlayStation Portable in die Hand. Wie funktionierte so eine kleine Konsole eigentlich? Manuel beherrschte sie blindlings, Anna hatte sich hingegen nie die Mühe gemacht, sich damit zu beschäftigen. Sie sah in den Kartons der PlayStation-Spiele nach, fand jedoch keine Anleitung, geschweige denn einen Hinweis auf Manuels Verbleib. Die Ergebnislosigkeit der Suchaktion machte sie zornig. Wütend stocherte sie in den Shirts und Hosen am Boden und im Schrank herum. Da. Etwas kam ihr merkwürdig vor. *Aber was? Was?* Ihr Verstand war wie benebelt, unfähig, klar zu denken. Wiederholt kämpfte sie sich durch Manuels Klamotten, seinen Schreibtisch und die Regale. *Streng dich an!* Das Chaos in ihrem Kopf stand dem um sie herum in nichts nach. Nein, hier gab es keine Ordnung. Das hier war einfach nur das riesengroße, wüste Durcheinander, in dem sich Kinder nun einmal wohlfühlen. »Verdammt, wo steckt er nur?«

»Dein Fluchen hilft dir auch nicht weiter«, sagte Alan, der sich an den Türstock lehnte.

Sie warf einen Haufen Shirts aufs Bett. »Wie oft habe ich ihm gesagt, er soll aufräumen. Warum konnte er nicht einfach mal auf mich hören?«

»Er ist doch noch ein Kind.«

»Eben deshalb. Was hat er sich nur dabei gedacht?«

»Aber Anna, kein Kind räumt gern auf.«

»Das meine ich ja auch gar nicht. Was hat er sich dabei gedacht, mich zu belügen? Einfach abzuhauen! Kann er sich nicht denken, dass ich mir Sorgen mache?«

»Doch, das weiß er mit Sicherheit.«

»Und ich weiß mit Sicherheit, dass er was erleben kann, wenn er nach Hause kommt!«

»Anna, wir sollten …«

»Wir?« Ihre Finger umkrampften den Wimpel von Hertha BSC. »Erdreiste du dich ja nicht, mir vorzuschreiben, wie ich …«

»Anna!«, rief Alan sie zur Ruhe. »Jetzt komm mal wieder runter. Das löst die Situation doch auch nicht. Und vor allem: Auch Manuel ist damit nicht geholfen.«

Am liebsten hätte sie das Fähnchen zwischen ihren Händen zerrissen, das verschnörkelte Autogramm von Stürmerstar Marco Pantelic in hundert Einzelteile zerfetzt. *Auch Manuel ist damit nicht geholfen*. Manuel. Ihr Sohn. *Wo steckt er nur?*

Anna kämpfte gegen die heißen Tränen an, von denen eine bereits ihre Wange verbrannte. Noch eine. Und dann noch eine. *Ihr habt immer noch euch beide.* Mit den Tränen verließ sie auch der letzte Rest an Zuversicht, an den sie sich noch geklammert hatte. Sie fühlte sich müde und am Ende ihrer Kräfte. Ein klägliches Wimmern stahl sich aus ihrer Kehle.

Alan streichelte ihr Haar. »Es wird für alles eine ganz harmlose Erklärung geben. Davon bin ich überzeugt.«

Sie trocknete ihr Gesicht mit dem Wimpel, dann hängte sie ihn an den Schreibtischknauf.

»Wir dürfen die Hoffnung nicht aufgeben«, beschwor Alan sie.

»Weißt du, wie das hier funktioniert?« Sie griff nach der PlayStation.

Er schaute sie verwundert an.

»Meinst du, es gibt eine Möglichkeit, darauf Notizen zu speichern?«

Alan startete den kleinen Computer und klickte sich durch die Programme. »Wonach soll ich suchen?«

»Woher soll ich das wissen?« Sie schluckte und starrte auf das Telefon, als könnte sie es auf diese Weise dazu bewegen, endlich zu klingeln. Dann würde jemand von der Polizei anrufen und ihr mitteilen, dass sie Manuel gefunden hätten. Dass er sich nur verlaufen hatte. Dass alles wieder in Ordnung käme. *Ja, so wird es sein.*

63

Wie Fanfaren hallten die tutenden Signaltöne durch die U-Bahn-Station, und wenige Sekunden danach rauschten die Waggons wieder in die unterirdischen Gewölbe. Schulkinder reihten sich jetzt mürrisch am Bahnsteig auf. Warum hatten sie so schlechte Laune? Es schien, als würden sie mit dem Lehrer einen Ausflug unternehmen, um später am Tag wieder nach Hause zu kommen, wo ihre Mütter sie schon mit einer warmen Mahlzeit erwarteten.

Ein Geschäftsmann im Anzug ließ sich neben Tabori auf der Plastikbank nieder und brüllte in sein Handy. Beim Zeitungskiosk ratterten jetzt die Schaufensterrollläden hoch, und auch der Bäcker öffnete die Ladentür, aus welcher der Duft von frischem Brot über den Bahnsteig strömte.

Tabori hielt es nicht mehr auf seinem Platz aus. Er trollte sich zum Ausgang. Das Laufen bereitete ihm Mühe, weil seine Schuhe noch nicht trocken waren, die Nähte scheuerten und die Zehen schmerzten. Klamm klebte ihm seine Hose an den Oberschenkeln.

Die Rolltreppe trug ihn zur Straße hinauf, wo ein Großteil der Bürgersteige bereits vom Schnee befreit war. Der schneidende Wind pfiff über den Asphalt. Tabori zitterte vor Kälte. Klappernd schlugen seine Zähne aufeinander. Er versuchte, den Böen zu entgehen, indem er sich nahe entlang der Häusermauern bewegte. Die Fassaden, die ihm bei seiner Ankunft in der Stadt noch so imposant und herrschaftlich erschienen waren, ragten jetzt grau und trist in den Himmel. Gefangen in ihren riesigen Schatten kam sich Tabori winzig vor, inmitten der vielen Menschen allein und verlassen.

Von einem Fensterbrett brach er sich einen Eiszapfen ab. Er nahm ihn in den Mund, wo er nach und nach zu Wasser zerschmolz. Das löschte immerhin den gröbsten Durst. Als er ihn sich wieder besah, ähnelte der verbliebene Zapfen einem gläsernen Speer. Am liebsten hätte er ihn in eines der Schaufenster geworfen. Er wollte es krachen hören. Er wollte das Glas in tausend Splitter zerfallen sehen.

Unter dem breiten Vordach eines türkischen Krämerladens stapelten sich frisches Obst und Gemüse in den Auslagen. Ein Verkäufer in weißem Kittel sorgte sich geschäftig um die ersten frühmorgendlichen Kunden. Der kleine Junge, der sich neben den Kisten herumdrückte, war ihm noch nicht aufgefallen.

Tabori zögerte. Worauf wartete er? Er würde sich schämen. Auch seine Mutter würde nicht stolz auf ihn sein, aber er brauchte ihr ja nichts davon zu erzählen. Für diesen Gedanken schämte er sich noch mehr. Aber der Hunger war einfach stärker.

Wie von selbst glitt seine Hand nach vorn. So als gehöre sie gar nicht mehr zu ihm. Sie griff nach einem Apfel und vergrub ihn geschwind unter seinem Parka. Ebenso schnell brach sie von einem Büschel eine Banane ab, stopfte sie in die Jacke. Sie nahm sich noch eine Orange, dann drehte sich Tabori um. Ihm war, als würde jemand anders seine Bewegungen steuern. Und dieser Jemand schrie in dem Augenblick aus Leibeskräften: *Und jetzt nur noch weg!*

Doch er konnte sich nicht von der Stelle bewegen. Ein Mann hatte Tabori am Kragen gepackt.

64

Das Vernehmungszimmer im *Politiebureau* war klein, aber dank eines hohen, vergitterten Fensters ungewöhnlich hell. Es gab den Blick auf die berühmte Prinsengracht frei, die sich mitten durch Amsterdams historisches Zentrum schlängelte. Hausboote, die unter einer Schneeschicht fast zu versinken drohten, lagen auf beiden Seiten des Kanals fest vertäut.

Marten Peglar hatte mit der idyllischen Schönheit des erwachenden Morgens wenig gemein. Sein teurer Anzug war von der Nacht in der Zelle zerknittert, Kinn und Wangen waren unrasiert und stoppelig, das bis in die Spitzen blondierte Haar ohne Halt. »Sie kommen aus Deutschland?«, fragte er. »Vielleicht können Sie mir dann endlich verraten, warum man mich verhaftet hat?«

Paul Kalkbrenner blickte zum holländischen Vernehmungsbeamten auf, der mit ihnen im Raum stand. Er nickte. Kalkbrenner schob das Mikrofon des Tonbandgeräts näher an Peglar heran. »Sie wurden verhaftet, weil Sie Ihren Bruder ermordet haben.«

In Peglars grauen Augen spiegelte sich jene Arroganz, die Kalkbrenner bereits auf den Fotos erahnt hatte. »Wieso hätte ich das tun sollen?«

»Weil er Ihnen auf die Schliche gekommen ist«, antwortete Thanner.

»Wovon reden Sie?«

»Von De Jong.«

»Was soll mit dem sein?«

»Das Gleiche wie mit Kombifleisch.«

»Ich habe keine Ahnung, worauf Sie hinauswollen.«

»Warum, Herr Peglar? Wegen Ihrer Schulden?«

»Ich weiß wirklich nicht, was Sie meinen.«

»Oder für die Firma?«

»Wie bitte?«

»War Ihr Bruder an den Geschäften beteiligt?«

»Wären Sie jetzt bitte so liebenswürdig, mich darüber aufzuklären, wovon Sie reden?«

Thanner brachte seinen voluminösen Oberkörper in Stellung. »Ich frage mich schon die ganze Zeit, was passieren würde, wenn Fahnder des LKA in Babelsberg auftauchten. Was würden unsere Kollegen in Ihrer Firma finden?«

Doch Peglars Selbstherrlichkeit war nicht zu erschüttern. »Tomatensuppe. Hühnersuppe. Rinderbraten. Und noch viele andere Produkte. Was denken Sie denn?«

»Vermutlich finden wir tatsächlich nichts«, spie Thanner aus. »Wahrscheinlich wurde das Gammelfleisch längst zu Fielmeisters Beste verwurstet und an den Handel ausgeliefert. Ihr Bruder hatte keine Ahnung davon, und als er dahinterkam, haben Sie ihn umgebracht: So war's doch, hab ich recht?«

Peglar kreuzte die Arme vor seiner Brust. »Das ist vollkommener Quatsch. Sie spinnen sich da was zurecht.«

In einem der Hausboote auf dem Kanal flammte ein Licht auf. An einem Frühstückstisch studierte ein Mann eine Zeitung, zu seinen Füßen streckte sich ein Hund, der geistesabwesend von ihm gestreichelt wurde. Obwohl sich das alles nur auf einem kleinen und wahrscheinlich kalten Boot abspielte, wirkte der Moment beneidenswert behaglich und entspannt. Kalkbrenner war meilenweit davon entfernt, ein gemütliches Zuhause zu haben. Und ausgeglichen war er schon lange nicht mehr. Selbst nach den paar Heineken hatte er die halbe Nacht wach gelegen und über die Arbeit nachgegrübelt: über den Fall Fielmeister, die tote Prostituierte, Berger und … *Du weißt ganz genau, wen ich meine.*
»Okay«, nahm er jetzt wieder das Gespräch auf, »reden wir vielleicht erst mal über das, was wir ganz sicher wissen: Sie waren am Dienstag im Hotel *Adler* in Berlin.«

»Ich bin nie im *Adler* gewesen.«

»Leugnen ist zwecklos. Man hat Sie dort gesehen.«

»Na gut, dann war ich halt im *Adler*. Ist ja nicht verboten.«

»Dort ist es zwischen Ihnen und Ihrem Bruder zum Streit gekommen.«

»Das stimmt nicht. Ich habe mich nicht mit ihm gestritten.«

»Lassen Sie das. Auch dafür gibt es Zeugen.«

Fielmeisters Stiefbruder lehnte sich lässig zurück. »Dann haben wir uns eben gestritten. Passiert in den besten Familien mal. Ist auch kein Verbrechen, oder?«

»Wenn der Streit mit dem Tod eines der beiden Beteiligten endet, dann schon.«

»Ich sagte Ihnen doch schon, ich habe ihn nicht umgebracht!«

»Aber Sie haben sich mit ihm geprügelt.«

Peglar verzog keine Miene. »Na gut, ich gestehe hiermit: Wir haben miteinander gerangelt.«

»Ach, so nennt man das heute, ja?«

Peglar zuckte mit den Schultern.

»Sie haben Ihren Bruder wenig später erschossen.«

»Quatsch, als ich das Zimmer verlassen habe, war Rudolph noch quicklebendig.«

»Herr Peglar, wir können das Gegenteil beweisen.«

Der Verdächtige warf in einem Anflug von Ergebenheit die Arme hoch. »Verflucht, ja, okay, okay, ich bin noch einmal in sein Zimmer zurückgekehrt, weil ich mich für den Streit bei ihm entschuldigen wollte. Aber da war er schon tot … und ich …«

»Und Sie«, brauste Kalkbrenner auf, der angesichts der Salamitaktik des Verdächtigen die Geduld verlor, »Sie hatten nichts Besseres zu tun, als sich in das Flugzeug nach Amsterdam zu setzen?«

»Wie hätte es denn ausgesehen, wenn ich die Polizei gerufen hätte?«

»Sieht es jetzt vielleicht besser aus?«

»Das ergibt doch keinen Sinn«, ächzte Peglar, »kapieren Sie das denn nicht? Glauben Sie, ich hätte mich tatsächlich so dumm angestellt, wenn ich ihn wirklich hätte töten wollen?«

Thanner grinste. »Glauben Sie, den Staatsanwalt interessiert es, wie Sie einen Mord geschickter hätten ausführen können, als Sie es getan haben?«

Peglar strich sich durchs gefärbte Haar, aber es war keine Geste der Verzweiflung. »Haben Sie schon mal darüber nachgedacht, dass mir jemand den Mord in die Schuhe schieben möchte?«

»Und wer soll dieser Unbekannte sein?«, fragte Kalkbrenner.

Peglar schwieg. Er schien etwas Zeit zu brauchen, die Kalkbrenner ihm gerne gewährte. Erst nach einigen Minuten fragte er nach: »Also: Wer hat Ihrer Meinung nach Ihren Bruder umgebracht?«

»Das ist eine lange Geschichte.«

»Erzählen Sie«, fauchte Thanner.

»Und was habe ich davon?«

Thanner pfropfte seine Zeigefinger in die Ohrmuschel und deutete ein Säubern an. »Habe ich Sie gerade richtig verstanden? Sie wollen sich mit einer Aussage über die Leute, mit denen Sie Gammelgeschäfte getrieben haben, vom Mord an Ihrem Bruder freikaufen?«

»Nein, das haben Sie vollkommen falsch verstanden«, kam der arrogante Schnösel in Peglar wieder zum Vorschein. »Ich liefere Ihnen Informationen über den Mörder meines Bruders, und danach werden Sie«, er schaute Kalkbrenner an, »dafür sorgen, dass er seine Strafe bekommt. Und Sie«, er fasste Thanner ins Auge, »Sie vergessen!«

»Was soll ich vergessen?«

»Darüber werde ich *danach* reden.«

Am liebsten hätte Kalkbrenner seinen Gefühlen nachgegeben und Peglar das überhebliche Lächeln aus seiner Visage geprügelt. Aber er beherrschte sich und erkundigte sich stattdessen: »Erklären Sie mir, wieso ich das Gefühl nicht loswerde, dass Sie genau das von Anfang an im Sinn hatten?«

»Hören Sie, wenn Sie nicht wollen, dann …«

»… wandern Sie in den Knast, mein Lieber. Für den Mord an Ihrem Bruder. So einfach ist das.« Thanner beugte seinen massiven Oberkörper vor. »Glauben Sie denn ernsthaft, Sie sind im Moment in der Situation, Forderungen zu stellen?«

Kalkbrenner schob das Mikrofon des Tonbandgeräts noch näher zu Peglar hinüber. »Erzählen Sie uns, was Sie wissen.«

»Und wir«, fügte Thanner lächelnd hinzu, »überlegen uns anschließend, ob wir Ihnen glauben.«

65

Als es dämmerte, fiel Anna ein, was sie während ihrer Suche in Manuels Zimmer irritiert hatte, und Furcht streifte sie wie ein eisiger Windhauch. Sie erwachte mit einem Schrei. Sofort war da wieder dieses Schuldgefühl. *Wie kannst du nur schlafen, während dein Sohn vermisst wird?*

Von der Wohnungstür erklang ein Geräusch. Ein Hoffnungsschimmer flackerte auf. Mit einem Satz sprang Anna vom Sofa. *Wenn Manuel jetzt nach Hause kommt, dann verzeihe ich ihm alles.* Die Unordnung, seine Lügen, wirklich alles.

Im Korridor stand Alan.

Annas Zuversicht verflüchtigte sich so schnell, wie sie gekommen war. »Wo warst du?«

Ihr Mann zog eine Schachtel Marlboro aus der Jackentasche. »Ich hatte keine mehr.«

Unwillkürlich tastete Anna ihre Hosentaschen nach ihren Zigaretten ab.

Alan hielt ihr die neue Packung hin. »Möchtest du?«

Sie lehnte dankend ab. Marlboro war nicht ihr Geschmack. Sie eilte in die Küche, wo ihre Gauloises lagen. »Warum hast du mich schlafen lassen?«

Alan friemelte eine Zigarette aus seiner Schachtel, die er danach wieder in der Jackentasche verstaute. »Ich dachte, du kannst eine Mütze Schlaf vertragen.«

»Weil ich die nächsten Tage keinen Schlaf mehr finden werde?« Ihre Stimme klang scharf.

»Wie kommst du denn darauf?«

»Manuel ist …« Sie konnte nicht mehr weitersprechen und nahm einen neuerlichen Anlauf. »Er hat weder ein zweites Hemd noch eine zusätzliche Hose eingepackt. Noch nicht einmal seine PlayStation. Nichts.«

»Du glaubst also, er hatte nicht vor auszureißen?«

»Manuel ist nicht ausgerissen«, platzte es aus ihr heraus. »Ihm ist etwas passiert. Ich bin mir ganz sicher. Wir müssen wieder zur Polizei.«

Keine zehn Minuten später betraten sie erneut die Wache. Der kugelrunde Funkels hatte seine Schicht beendet, doch der diensthabende Polizeikommissar Hansen war glücklicherweise über ihr Anliegen informiert. Er stellte Anna weitere Fragen zu ihrer Verwandtschaft.

Sie verlor die Geduld. »Das habe ich doch gestern Abend alles schon erklärt.«

»Aber könnte Manuel nicht zu seinen Großeltern gefahren sein?«

»Meine Mutter ist gestorben, und mein Vater redet nicht mehr mit mir, seit ich ein zweites Mal geheiratet habe. Manuel hat seinen Großvater in den letzten vier Jahren nicht gesehen.«

»Was ist mit den Eltern Ihres verstorbenen Ehemannes?«

»Die leben in Spanien. Manuel weiß nicht einmal genau, wo Spanien liegt. Und bevor Sie fragen: Seine Tante wohnt auch im Ausland.«

Annas Handy summte. Sie wandte sich von Hansen ab und nahm an. Es war Nina, sie meldete sich aus der Agentur. »Wo steckst du denn? Wir warten mit dem Meeting auf dich. Alle sind schon da.«

»Ich kann nicht kommen«, eröffnete ihr Anna.

»Geht es Manuel nicht gut?«

Wenn es nur das wäre! »Nein, er ist weg.«

»Wie? Weg?«

»Verschwunden.«

»Du meinst … Soll ich vorbeikommen?«

»Nein, nein, Alan ist da. Er hilft mir. Aber kannst du dich um … Sachsopharm kümmern?« Ihre eigenen Worte klangen für Anna seltsam fremd in ihren Ohren. *Vergiss Sachso-*

pharm. Jetzt gab es wirklich Wichtigeres. »Das Exposé ist auf meinem Rechner abgespeichert. Du müsstest noch einmal drüberschauen und es korrigieren. Und die Präsentation am Montag …«

»Darling, mach dir keinen Kopf. Ich kümmere mich darum. Und wenn du Hilfe brauchst, dann melde dich.«

Polizeikommissar Hansen hatte geduldig gewartet, bis sie das Gespräch beendete, dann erkundigte er sich nach Alans Verwandtschaft.

»Nun, eigentlich ist da nur Bernd, mein Bruder.«

»Bernd E. Benson?« Der Beamte prüfte seine Notizen. »Ist das nicht der …?«

»Ja, der Künstler. Aber tut das jetzt etwas zur Sache?«

»Nein, natürlich nicht«, entschuldigte sich Hansen. »Aber wäre es nicht möglich, dass Manuel bei ihm ist?«

»Nein, außerdem haben wir bereits mit Bernd gesprochen«, fuhr Anna auf.

»Gut«, sagte Hansen.

Was ist daran denn gut?

»Trotzdem brauche ich die Adressen und Telefonnummern aller Verwandten und Bekannten«, sagte der Polizist, »auch der Freunde von Manuel, seiner Schulkameraden, seiner Lehrer, sofern Sie sie dabeihaben. Ansonsten können Sie sie mir auch gleich telefonisch durchgeben.« Er sah in seine Unterlagen. »Eine detaillierte Personenbeschreibung und ein Foto Ihres Sohnes haben wir ja bereits.«

»Und was machen Sie damit?«, wollte Alan wissen.

»Damit wird eine Ermittlungsgruppe die Suche nach Ihrem Sohn aufnehmen.«

»Und was können wir tun?«

»Sie fahren jetzt nach Hause und beruhigen sich, soweit es geht. Dann überlegen Sie, ob es nicht doch noch einen Ort oder eine Person gibt, den oder die Ihr Sohn hätte aufsuchen können. Wenn Ihnen etwas einfällt, setzen Sie sich sofort mit uns in Verbindung. Ansonsten wird sich mein Kollege, der Leiter der Ermittlungsgruppe, bald bei Ihnen melden.«

66

»So, und was mache ich jetzt mit dir?« Der Mann, dessen Finger sich in den Kragen von Taboris Jacke krallten, sprach viel zu schnell, als dass er ihn hätte verstehen können. »Was mache ich mit dir?«

»Polizei?«, flüsterte Tabori ängstlich.

»Ganz genau, wir rufen die Polizei.«

»Nein!«

»Doch, der Verkäufer wird die Polizei rufen.«

»Hab … Hunger.«

»Trotzdem darfst du nicht klauen.«

»Kein Geld.«

Der Besitzer des Ladens nahte mit wehendem Kittel. Er hatte eine Glatze, einen mächtigen Schnauzbart und war einen halben Kopf größer als der Mann, der Tabori beim Klauen erwischt hatte. Unter den grimmigen Blicken der beiden Erwachsenen schrumpfte Tabori zusammen. Er malte sich aus, wie seine Mutter reagieren würde, wenn sie erfuhr, dass er nun doch zu einem Dieb geworden war. Einem Verbrecher. Sie würde enttäuscht sein. Genauso wie Florim und Gentiana. *Pass auf dich auf,* hatte Gentiana ihn gebeten. Und jetzt das!

»Was hat er gestohlen?«, fragte der Händler.

»Zeig das Obst!«, forderte ihn der Mann auf.

Tabori wollte die Früchte zurück in die Regale legen, aber dann wurde er zurückgehalten.

»Warte!«, sagte der Mann und drehte sich zu dem Händler um. »Ich bezahle.«

Der Ladenbesitzer sah Tabori an, als würde er eine Reaktion erwarten, aber der Junge war wie gelähmt vor Furcht, Reue – und Überraschung. Weil Tabori nicht reagierte, zuckte der Händler gleichgültig mit den Schultern und nahm das Geld von dem Mann entgegen. Er steckte es in die linke Tasche seines Kittels, dann zählte er das Wechselgeld aus der rechten ab. Anschließend kümmerte er sich um die übrigen Kunden seines Ladens, als sei nichts geschehen.

Tabori reichte dem Mann verschämt das Obst.

»Nein, das gehört dir«, sagte dieser.

»Du … bezahlen?« Tabori verstand nicht.

»Ja, richtig, ich habe für dich bezahlt.«

»Warum?«

»Weil du Hunger hast. Darum.«

War das die wirkliche Erklärung für die wundersame Hilfsbereitschaft? Oder war der Mann etwa doch …?

»Nein, keine Angst«, beruhigte er ihn, als habe er seine Gedanken gelesen. »Ich bin nicht von der Polizei.«

Aber so leicht ließen sich Taboris Zweifel nicht ausräumen.

»Ich habe keinen Polizeiausweis«, der Mann kehrte das Futter seiner Taschen nach außen, »und auch keine Pistole. Leider.« Er lächelte, raffte die Mantelschöße und drehte sich einmal um sich selbst. Sein Mantel blähte sich auf wie ein Ballettkleid. Nein, so albern benahm sich kein Polizist.

Die Panik fiel langsam von Tabori ab. Sein erschöpfter Körper entspannte sich, und er drohte zu fallen. Gerade noch rechtzeitig war der Mann zur Stelle. »Geht es dir gut?«

Dankbar lehnte sich Tabori gegen seinen Arm.

»Dir ist kalt.« Es war keine Frage, sondern eine Feststellung.

Tabori bückte sich nach dem Apfel, der seiner Hand entglitten war.

»Lass das Obst!«

»Aber ich essen!«

»Ja, aber du brauchst etwas anderes!« Der Mann legte seinen Arm um Taboris Schultern und führte ihn über die Straße, direkt zum Restaurant mit dem großen M, das Tabori bereits kannte.

Der Junge schüttelte vehement den Kopf. »Nein, kein Geld.«

Ohne auf seine Worte zu achten, schob der Mann ihn in das Restaurant, in dem es nach fleischigen Burgern und fettigen Pommes duftete. Noch angenehmer aber war die behagliche Wärme, die Tabori plötzlich umfing.

»Wie heißt du?«, fragte der Mann.

»Tabori.«

»Und ich bin Ludwig. Also, Tabori, was willst du?« Er formte mit der Hand eine Art Schüssel, die er an den Mund hob. »Kakao? Tee? Kaffee? Du musst etwas Warmes trinken.«

»Warmes?«

»Du brauchst Kraft.« Einem Gorilla gleich trommelte sich Ludwig auf die Brust.

»Kraft«, wiederholte Tabori.

Ludwig schenkte ihm ein aufmunterndes Lächeln. »Also, was willst du?«

»Heiß, bitte.«

»Was, heiß?«

»Heißer Kakao?«

Ludwig salutierte grinsend. »Ein heißer Kakao, zu Befehl, Herr Offizier.«

Und zum ersten Mal an diesem Tag lächelte auch Tabori.

67

Peglar richtete seinen Anzug, strich die Falten glatt und fuhr sich erneut mit der Hand durch sein glattes blondes Haar, als bereite er sich auf eine Aufführung vor. Und in gewisser Weise stimmte das sogar, denn sein großer Auftritt stand unmittelbar bevor. Blieb für Kalkbrenner und Thanner nur zu hoffen, dass das Stück keine Komödie werden, sondern sie endlich einen Schritt weiterbringen würde. »Es ist etwa sechs oder sieben Wochen her. An den genauen Zeitpunkt kann ich mich nicht mehr erinnern. In einem Café am Ku'damm, in dem ich mich gelegentlich mit Geschäftspartnern zum Essen treffe, lernte ich Adrian Carls kennen und …«

»Adrian Carls?«, unterbrach Thanner. »Und Sie wussten, wer er ist?«

Peglars Miene sprach Bände: *Wie können Sie mir bloß eine derart törichte Frage stellen?*, und auch seine Antwort war nicht viel besser: »Ich arbeite in der Lebensmittelbranche. Natürlich kennt man sich, was denken Sie denn?«

»Gerade sagten Sie aber noch, Sie hätten Adrian Carls erst vor sechs Wochen kennengelernt.«

»Verflucht, was ich meinte, war natürlich: Ich kannte seine Firma Kombifleisch. Ich hatte von ihr gehört. Ich wusste, was sie macht. So besser?«

»Erzählen Sie weiter«, forderte Kalkbrenner ihn auf.

»Es war reiner Zufall, dass ich Adrian Carls in dem Café traf.« Peglar machte eine Pause. »Obwohl: Je länger ich darüber nachdenke, umso mehr wächst in mir die Überzeugung, dass es keineswegs ein bloßer Zufall war, sondern das Treffen gezielt eingefädelt wurde. Aber beschwören möchte ich das nicht. Wie auch immer: Ich lernte Carls dort persönlich kennen, und ein paar Tage später stellte er mir Nils de Jong vor. Dieser machte mir ein Angebot, das …«

»… Sie nicht abschlagen konnten«, murmelte Thanner. »Dass die Firma De Jong Marktführer in der Schlachtabfall-Branche ist, hat Sie dabei nicht gestört?«

»De Jong gehört zu Boko. Und Boko ist der größte Fleischverarbeiter Europas. Auch wir bei Fielmeisters arbeiten oft und gerne mit Boko zusammen. Wieso hätte ich misstrauisch sein sollen?«

»Na klar, wieso hätten Sie misstrauisch sein sollen?« Fassungslos schüttelte Thanner den Kopf. »Und wie sah dieses Angebot aus?«

»Fürs Erste hat er mir zehn Tonnen Putenhack angeboten – für 60 Cent pro Kilogramm.«

Thanner stutzte. »Marktüblich wären 1,80 Euro. Ob das Fleisch bei diesem Preis noch genusstauglich war, darüber haben Sie sich natürlich auch keine Gedanken gemacht, oder?« Er fixierte Fielmeisters Stiefbruder.

Peglar hob die Schultern, als würde er jede Schuld von sich weisen wollen.

»Nein, natürlich nicht. Es war Ihnen schlichtweg egal«, folgerte Thanner. »Nicht dass dieses miese Geschäft ehrenvoller gewesen wäre, wenn Sie damit die angeschlagene Firma hätten retten wollen. Aber um die prekäre Situation von Fielmeisters ging es dabei gar nicht, habe ich recht? Vielmehr sollte Ihr privates finanzielles Problem in Angriff genommen werden. Der Gewinn, den Sie mit diesem günstigen Deal erzielt haben, war bestimmt ein schöner Geldregen für Ihr leeres Konto.«

Peglar erging sich in Schweigen. Das war Antwort genug.

»Und was ist mit dem vergammelten Fleisch passiert?«

Die Stimme von Fielmeisters Stiefbruder war kaum zu hören. »Würstchen.«

Thanner begann zu zählen. »Dürften etwa vierzigtausend bei rumgekommen sein. Na denn, guten Appetit mit Fielmeisters Beste.«

Kalkbrenner entsann sich der Konserve, deren Inhalt er noch vor zwei Tagen verzehrt hatte. Schlagartig verspürte er Übelkeit in seinem Magen aufsteigen. »Sie sagten gerade: ›Fürs Erste‹. Also waren weitere Geschäfte mit De Jong geplant beziehungsweise wurden schon abgeschlossen?«

Peglar bejahte.

»Und Ihr Bruder? War er in die Sache eingeweiht?«

»Nein, er hatte keine Ahnung. Er sollte nichts davon erfahren, kam dann aber durch einen Fehler von mir doch dahinter. Ich hatte nicht aufgepasst …«

»… oder mal wieder zu viel Kokain im Schädel, was?«, spottete Thanner.

Peglars Pupillen schleuderten ihm zornige Blitze entgegen.

»Ihr Bruder hat also mitbekommen, was Sie hinter seinem Rücken so treiben«, fuhr Kalkbrenner fort. »Natürlich war er davon nicht sonderlich angetan, und es kam zum Streit zwischen Ihnen. Das alles ist etwa vier Wochen her.«

»Ja, er wollte, dass ich die Angelegenheit bereinige, absage, reinen Tisch mache. Ich erklärte ihm, dass das nicht so leicht sein würde. Schließlich konnte ich nicht einfach zu De Jong gehen und sagen: ›Sorry, ich will das nicht mehr.‹ Wir hatten eine Abmachung.«

»Und die wollten Sie nicht brechen. Warum?«

»Diese Leute sind unberechenbar.«

Thanner lachte. »Ach, wirklich? Und das war Ihnen nicht klar, als Sie sich mit ihnen eingelassen haben?«

»Doch, aber ich habe gedacht, dass sie … sie … Ach, ich weiß doch auch nicht. Dann habe ich aus nächster Nähe mitbekommen, wie sie einem Typen fast den Schädel eingeschlagen haben, weil er … weil er nicht mehr so wollte wie sie. Er hatte gedroht, an die Öffentlichkeit zu gehen, und sie haben ihn mit Gewalt dazu gebracht, dass er das nicht mehr wagte.«

»Haben Sie Ihrem Bruder von diesem Vorfall erzählt?«, fragte Kalkbrenner.

»Nein, er hätte das sowieso nicht hören wollen. Mein Bruder war einer von den wenigen, die immer noch an das Gute im Menschen glauben. Die davon überzeugt sind, dass man mit einem offenen Gespräch alles lösen kann. ›Wir reden mit ihnen, und dann werden sie das schon verstehen.‹ Das waren seine Worte. Das hat er immer gesagt.«

»Bloß nichts an die große Glocke hängen«, fiel Kalkbrenner die Charakterisierung Fielmeisters von seiner Sekretärin ein. »Alles im Stillen regeln. Unter vier Augen.«

»Ja, genau. Was meinen Sie denn, warum es der Firma zuletzt so schlecht ging? Rudolph war kein guter Geschäftsmann …«

»Ganz im Gegensatz zu Ihnen?«

»Jedenfalls bin ich nicht so naiv, wie es Rudolph war!«

»Immerhin naiv genug, sich mit Leuten wie Adrian Carls und Nils de Jong einzulassen.«

»Verflucht!«, ließ Peglar seiner Wut freien Lauf. »Okay, ich habe eine Dummheit begangen, aber ich war mir wenigstens anschließend darüber bewusst, in welchem Dilemma wir steckten und dass wir mit einem Gespräch nichts erreichen würden.«

»Trotzdem haben Sie Ihrem Stiefbruder versprochen, dass Sie die Sache wieder ins Lot bringen. Und der war der Auffassung, dass alles damit erledigt gewesen sein würde. Denn Sie, Herr Peglar, hatten ihm Ihr Wort gegeben, sich darum zu kümmern. Zumindest hat er das seiner Ehefrau gesagt. Und? Haben Sie alles bereinigt? Oder …«

»Natürlich hab ich das, ich hatte ja keine andere Wahl. Ich traf mich mit De Jong und sagte ihm, dass mein Bruder von unserem Geschäft wusste und nun verlangte, dass ich aussteige. Dabei versicherte ich ihm, dass Rudolph anschließend den Mantel der Verschwiegenheit über die Angelegenheit ausbreiten würde. Er wollte ja selbst keinen großen Skandal. Aber De Jong hat nur gelacht. Er sagte, er wäre schön blöd, wenn er uns das abnehmen würde. Wir säßen mit ihm im Boot, daran sei nichts zu ändern, und … und wir würden schon sehen, was wir davon hätten. Ich erzählte Rudolph von der Unterhaltung, und er beschloss daraufhin, mit der Boko-Zentrale zu reden.«

»Weshalb Sie beide am Dienstag nach Amsterdam fliegen wollten?«

»Genau, aber dann erteilte Rudolph mir morgens eine Absage. Er sagte, er habe einen Termin, wollte mir aber nicht verraten, worum es sich dabei handelte.«

»Aber wenn Sie wussten, dass er nicht mit Ihnen nach Amsterdam fliegen wollte oder konnte, warum haben Sie seine Frau dann kurz vor Ihrer Abreise noch angerufen?«

»Ich dachte, dass sie vielleicht weiß, wo er steckt. Aber entweder hatte er Carla eingeweiht oder genauso belogen. Also lauerte ich ihm auf und folgte ihm. Er fuhr ins *Adler*, wo er unter falschem Namen eincheckte. Das alles war mir ein Rätsel, also fing ich ihn vor dem Zimmer ab, aber er wollte mir nicht verraten, was er vorhatte. Wir stritten uns, und in meiner Wut rutschte mir die Hand aus, das gebe ich zu. Und ja, ich war noch einmal auf dem Zimmer, als er schon tot war. Ich sah seine Leiche, erschossen, und dann habe ich die Nerven verloren und …«

»… sind zur Firma gefahren«, unterbrach Kalkbrenner. »Sie haben einen Einbruch vorgetäuscht und die Festplatten mit allen Beweisen verschwinden lassen.«

»Was für ein Einbruch?«

»Sie haben also nicht die Festplatten Ihrer Firmen-PCs entwendet?«

Fielmeisters Stiefbruder sah ihn belustigt an. »Warum hätte ich das tun sollen? Auf den Rechnern waren alle Hinweise auf Kombifleisch oder De Jong längst gelöscht. Dafür hatte Rudolph schon gesorgt, ich sagte doch: Er wollte keinen Skandal und ganz sicher auch keine Beweise für einen Skandal auf seinem eigenen Rechner.«

Irgendetwas erschien Kalkbrenner an Peglars Aussage unstimmig. *Der Zufall treibt manchmal ein merkwürdiges Spiel.* »Sie sind also nach Amsterdam geflogen?«

»Ja, ich wusste nicht mehr weiter. War panisch. Und ich war davon überzeugt, dass ich der Nächste sein würde, den De Jong zum Schweigen bringen würde.«

»Sie denken, De Jong hat Ihren Bruder getötet?«

»Wer denn sonst? Er war der Einzige, der allen Grund dazu gehabt hätte.«

»Sie auch!«

Erbost schnappte Peglar nach Luft. »Ich habe meinen Bruder nicht umgebracht, das müssen Sie mir glauben.«

Kalkbrenner erhob sich schweigend und ging zur Tür. Thanner folgte stumm seinem Beispiel.

Binnen Sekunden verflüchtigte sich Peglars Selbstsicherheit. »Was haben Sie jetzt vor?«

»Wir fliegen zurück nach Berlin.«

»Und ich? Was wird aus mir? Glauben Sie mir?«

Kalkbrenner blieb stehen und wandte sich um. »Das wird der Staatsanwalt entscheiden.«

68

Der Anruf erreichte Harald Sackowitz unter der Dusche. *Typisch!* Er wischte sich die Seife aus den Augen, fingerte blindlings nach dem Handtuch, fand es nicht, rutschte mit nassen Füßen auf den Fliesen aus und schlug sich am Badezimmerschrank die Schulter an. Endlich bekam er das Handtuch zu fassen. Er trocknete sich ab, während er zum

Telefon in die Wohnküche hetzte. »Ja, Sackowitz, wer ist da?«

»Werner.«

Der Reporter schlang sich das Handtuch um den Bauch, was angesichts seines Volumens mehr schlecht als recht gelang. Kurzerhand setzte er sich auf einen Küchenstuhl und drapierte den Frotteestoff so, dass er seinen Unterleib verdeckte. »Werner, was für eine Überraschung am frühen Morgen!«

»Gilt dein Angebot noch?«

Sackowitz massierte sich mit der freien Hand die schmerzende Schulter. »Hast du Infos zum Fall Fielmeister?«

»Ja, aber ...«

»Dann kriegst du das Geld. Erzähl!«

»Erst wenn wir uns sehen.«

»Gib mir einen Tipp, damit ich weiß, dass es sich lohnt.«

»Gammelfleisch. Reicht dir das?«

Sackowitz' Finger pulten in einem Schimmelfleck an der Tapete. Das klang zwar keineswegs nach einer Familientragödie, aber trotzdem interessant. »Woher weißt du das?«

»Nicht jetzt. Später, in meiner Mittagspause. Um zwölf, alter Treffpunkt, die Kneipe in Friedrichshain. Und vergiss die Kohle nicht.«

Mit dem Handtuch vor seiner Blöße öffnete Sackowitz in seinem Schlafzimmer die Tür zum Balkon. Über Nacht hatte es weitergeschneit. Ein weißer Teppich breitete sich gnädig auf dem Sperrgut im Hinterhof aus. Trotzdem würde er den Hausmeister noch einmal auf das Gerümpel aufmerksam machen. Es konnte doch nicht angehen, dass sich der Müll bis zur Unterkante seines Balkons stapelte. *Wie sieht das denn aus?*

Er zog sich seine Klamotten über und entschied nach einem Blick in den leeren Kühlschrank, dass es ihm guttun würde, aufs Frühstück zu verzichten. Als er die Balkontür wieder in den Rahmen drückte, verwarf er den Plan, sich sofort beim Hausmeister zu beschweren. Es kam eh nie Besuch. *Wen schert es also, wie es im Hinterhof aussieht?*

Aus seiner Armada von Sportschuhen wählte er die braunen Sneakers. An den schwarzen klebte noch der Pferdemist vom vorigen Tag, aber der erbärmliche Gestank hatte sich zum Glück gelegt.

Auf dem Weg zur Redaktion machte er einen Zwischenstopp bei der Sparkasse, weil er Geld für Werner, seinen Informanten, brauchte. Zudem musste er endlich die Überweisung an seine Exfrau in die Wege leiten. Zu seiner Verblüffung stieß er vor der Bankfiliale auf eine aufgeregt diskutierende Menschenmenge, die sich neugierig nahe der verschlossenen und zersplitterten Eingangstür drängte.

»Letzte Nacht ist eingebrochen worden«, erklärte ihm ein älterer Herr mit Strickjacke und Pfeife wichtigtuerisch. »Die Täter sind mit einem Traktor oder Lkw angerückt, haben den Automaten aus dem Boden gerissen und dann fortgeschafft.«

»Und wie viel Geld haben sie erbeutet?«, fragte Sackowitz.

»Keinen Cent.« Der alte Mann lachte hämisch. »Die waren so dämlich und haben nicht den Geldautomaten, sondern den Kontoauszugsdrucker gestohlen.«

Auch wenn es Sackowitz tröstete, dass er nicht der einzige Mensch auf diesem Planeten zu sein schien, der sich im Leben mit moderner Technik schwertat, war damit sein Problem mit der Unterhaltszahlung noch nicht vom Tisch. Er würde sie wieder einmal verschieben müssen. Und was Werner, den Informanten, betraf, würde Sackowitz seinen Chef Bodkema um das Geld bitten. Schließlich war er es gewesen, der den Auftrag zur Recherche im Fall Fielmeister gegeben hatte. *Aber was heißt hier Auftrag?* Befehl traf es wohl eher. Dementsprechend war es nur recht und billig, wenn der Verlag für etwaige Kosten aufkam.

Stanislaw Bodkema war leider anderer Auffassung, als

Sackowitz ihn nach seiner Ankunft beim *Kurier* darauf ansprach. Nach einigem Murren drückte ihm der Chefredakteur aber schließlich doch noch 150 Euro aus dem Redaktionsbudget in die Hand. Mit gefülltem Geldbeutel nahm Sackowitz an seinem Schreibtisch Platz.

»Da hat jemand für dich angerufen«, erklärte Lothar.

»Wer?«

»Weiß nicht.«

»Hast du ihn nicht nach dem Namen gefragt?«

»Nein, er wollte ausschließlich dich sprechen. Es klang wichtig.«

»Ging es um den Fall Fielmeister?«

»Das hat er nicht gesagt.«

»Und woher willst du dann wissen, ob es wichtig war?«

»Es klang halt so.«

»Aha«, machte Sackowitz und revidierte sein vorschnelles Urteil. Wahrscheinlich war es für den Praktikanten doch noch ein sehr langer Weg bis zum guten Journalisten. Das Telefon klingelte.

»Vielleicht ist er das ja wieder«, meinte Lothar und griff nach dem Hörer.

Doch der Reporter war schneller. »*Berliner Kurier*, Sackowitz.«

»Sind Sie das, Herr Sackowitz?«

»Das sagte ich doch gerade.«

Für einen Moment herrschte Stille in der Leitung.

»Hallo? Wer ist denn dran?«, fragte Sackowitz ungeduldig.

»Hier ist Radomski. Ich muss mit Ihnen reden.«

Radomski? »Hat Magda … Frau Michels mit Ihnen gesprochen?«

»Das spielt keine Rolle.«

Stimmt. »Worüber wollen Sie mit mir reden?«

Radomski hustete. Seine Stimme klang gehetzt. »Was glauben Sie denn?«

»Über den Tod Ihres Chefs?« *Der Fall Schulze ist abgehakt.* »Tut mir leid, diese Sache ist für mich offiziell abgeschlossen.«

»Aber der Tod von Fielmeister nicht, oder?«

Sackowitz brauchte einen Moment, um die Worte zu verdauen. »Was hatte denn Fielmeister mit Herrn Schulze zu schaffen?«

»Ich will erst eine Antwort«, keuchte Radomski. »Treffen wir uns oder nicht?«

69

Die heiße Schokolade flößte Taboris unterkühltem Körper wieder Leben ein. Das Gefühl kehrte in seine steif gefrorenen Hände und Füße zurück, und die durchnässte Hose trocknete, je länger er seine Beine an die Heizung drängte.

»Geht es dir besser?«, fragte Ludwig.

»Ja, besser«, erwiderte Tabori.

»Dann musst du jetzt essen.«

Tabori wischte sich unschlüssig den Milchschaum vom Mund.

»Essen«, wiederholte Ludwig. »Lecker essen.« Er zerkaute etwas Unsichtbares. Alles, was er sagte, unterstrich er mit Gesten, die es Tabori leichter machten, ihn zu verstehen. »Was willst du?«

»Burger. Cheeseburger.«

»Das ist nicht genug. Was noch?«

»Pommes. Pommes mit Ketchup.«

»Noch etwas?«

»Danke, nein.« Tabori wollte Ludwigs Hilfsbereitschaft nicht stärker als nötig strapazieren.

»Aber etwas zu trinken?«

»Cola!«

»Cola ist keine so gute Idee.«

»Cola!«, beharrte Tabori.

»Okay.«

Während Ludwig an der Theke bestellte, schaute er immer wieder besorgt zu Tabori hinüber. Keine zwei Minuten später stellte er Plastiktüten und -becher vor dem Jungen ab. Auch für sich hatte er etwas mitgebracht: mehr Pommes und Burger, als Tabori auf einen Blick erfassen konnte. Mit dem dampfenden Essen vor seiner Nase erwachte auch der Hunger wieder. Mit schnellen Bissen schlang Tabori Cheeseburger und Pommes hinunter, doch das Loch in seinem Magen ließ sich nicht stopfen.

Ludwig schob das Tablett mit seinem gewaltigen Burgerhaufen in die Tischmitte. »Hier, iss. Das ist für dich und für mich.« Er deutete auf sich und Tabori.

Amüsiert sah er dabei zu, wie sich der Junge in den nächsten Minuten über einen weiteren Cheeseburger und einen Royal TS hermachte. Tabori fühlte sich wie bei dem ersten Restaurantbesuch mit Aidan. Das war erst vorgestern gewesen, aber es kam Tabori so vor, als wäre mittlerweile schon eine halbe Ewigkeit verstrichen. Wie es Aidan wohl erging? Ob er seinen Freund jemals wiedersehen würde? Betrübt verzehrte er den letzten Rest seines Burgers. Seine Finger waren völlig mit Ketchup verschmiert. Tabori wollte sie sich an der Hose abwischen, doch Ludwig hielt ihn davon ab und reichte ihm einige Papiertücher.

Dann nippte Tabori an der Cola und rülpste.

»Also bitte«, rügte Ludwig. »So etwas macht man nicht.«

Obwohl Tabori nicht genau verstand, begriff er. Er errötete.

»Gehst du jetzt nach Hause?«, wollte Ludwig wissen.

»Nein. Zu Hause … nicht Berlin.«

»Nicht Berlin?« Ludwig legte den Burger beiseite, in den er hatte beißen wollen. »Wo ist dein Zuhause?«

»Albanien.«
»Wo sind Mama und Papa?«
»Mama zu Hause. Papa tot.«
»Du bist alleine in Berlin?«
»Ja, alleine.«
»Wie alt bist du, Tabori?«
Tabori kratzte sich am Kopf. »Was ist alt?«
»Ich bin dreiundvierzig Jahre alt. Drei…und…vier…zig. Und du?«
Tabori behalf sich mit seinen Fingern.
»Du bist also elf.«
Tabori streckte noch einen weiteren Finger aus. »Geburtstag.«
»Du hast Geburtstag. Das ist schön. Wann hast du Geburtstag?«
Tabori zeigte zwei Finger.
»Am Sonntag wirst du zwölf. Dann bäckt deine Mama sicherlich einen großen Kuchen für dich?«
Tabori schüttelte traurig den Kopf. »Nein. Kuchen teuer.«
»Aber deine Mama wird bestimmt eine andere Überraschung für dich besorgt haben.«
»Überraschung?«, rätselte Tabori.
»Ein Geschenk. Zu Hause.«
»Nein, nicht zu Hause. Ich … in Berlin.«
»Was?« Ludwig tat erstaunt. »Du willst nicht nach Hause?«
»Ich will arbeiten. Geld. Für Mama.«
»Aber du bist erst elf …«
»Zwölf!«
»Na, meinetwegen, dann eben zwölf! Aber du musst zur Schule, nicht arbeiten.«
»Ich will arbeiten«, erklärte Tabori mit aller Entschiedenheit, die er aufbringen konnte. »Ich habe Arbeit.«
»Du hast Arbeit?«
Tabori nickte. Dann schüttelte er erneut den Kopf.

»Was denn nun?«

»Autos putzen. Aber …« Tabori suchte vergeblich nach dem richtigen Wort. Dann formte er mit der Hand eine Faust und deutete einen Hieb ins Gesicht an.

»Du hast Prügel bekommen. Man hat dich vertrieben. Ja, Berlin ist ein gefährliches Pflaster.«

»Aber ich will arbeiten.«

»Das habe ich schon verstanden, du bist ja auch wirklich hartnäckig.«

»Ich will Ryon finden. Mein … Cousin.«

»Ist Ryon auch in Berlin?«

»Ja, in Berlin. Er verdient Geld. Viel Geld.«

»Hat er das gesagt?«

»Gentiana hat gesagt, er verdient Geld.«

»Herrgott, und wer ist nun wieder Gentiana?«

»Gentiana ist Freundin.«

»Du hast schon eine Freundin?«

»Nein, nein. Gentiana nicht meine Freundin. Freundin von Ryon.«

Ludwig machte eine kurze nachdenkliche Pause, bevor er sagte: »Ich glaube, ich kenne Ryon.«

Überrascht sprang Tabori vom Stuhl auf.

»Nein, nein«, beruhigte ihn Ludwig. »Ich meine nur, dass ich den Namen schon einmal gehört habe. Er ist selten.«

»Zu Hause Ryon ist oft.«

»Ja, bestimmt, Ryon gibt es in deiner Heimat häufig. Aber hier ist nicht Albanien. Hier heißen Kinder wie du Markus, David, Philip, Manuel oder Felix.« Er kicherte. »Oder Ludwig.«

Tabori fiel es immer schwerer, sich auf Ludwigs Worte zu konzentrieren, so aufgeregt war er. »Kannst du helfen?« Er griff in seine Gesäßtasche. Sie war leer. Enttäuscht plumpste er auf seinen Stuhl zurück. Er hatte die Fotos von Mama, Mickael, Gentiana und Ryon in seinem Unterschlupf auf der Baustelle vergessen – der jetzt nur noch ein Trümmerhaufen war.

»Was ist mit dir?«, sorgte sich Ludwig.

»Ich habe Foto von Ryon.«

»Wo?«

»Weg.«

»Das ist nicht schlimm«, sagte Ludwig sanft. »Ich sagte doch: Den Namen Ryon gibt es hier nicht so oft. Wenn du willst, dann …«

»Ja, ich will. Ich will!«

»… suche ich nach Ryon. Ich kenne mich in Berlin aus.«

Sollte Tabori doch noch Ryon wiedersehen? Dann würde alles endlich gut werden, oder? »Ja, bitte.«

»Und wenn ich ihn gefunden habe, wo finde ich dich?«

Tabori fiel in sich zusammen und schaute Ludwig ängstlich an.

»Was? Du hast keinen Platz zum Schlafen? Aber draußen ist es doch viel zu kalt.«

»Ja. Kalt«, wiederholte Tabori betrübt.

Ludwig klatschte in die Hände. »Ich habe da eine Idee.«

70

Sackowitz beschlichen leise Zweifel. War das, was er hier vorhatte, wirklich eine gute Idee? Schließlich hatte sich Bodkema klar und deutlich ausgedrückt. *Der Fall Schulze ist abgehakt*. Sackowitz' Job war die Recherche in Sachen Fielmeister, nicht mehr und nicht weniger. *Na und? Genau das tust du doch! Du recherchierst im Mordfall Fielmeister!* Wenn sich dabei noch zufällig ein Zusammenhang zum Tod von Schulze ergab, in welcher Form auch immer, dann konnte selbst der Chefredakteur nichts dagegen haben.

»Wo sollen wir uns treffen?«, fragte Sackowitz.

»Irgendwo, wo viele Menschen sind.«

»Haben Sie Angst?«

»Die hätte jeder in meiner Situation.«

»Dann treffen wir uns im Hotel *Park Inn* am Alexanderplatz«, schlug Sackowitz vor.

»Warum ausgerechnet da?«

Weil es gleich auf der anderen Straßenseite von meiner Redaktion liegt. Aber das war kein überzeugendes Argument. *Weil meine Exfrau dort arbeitet*? Auch nicht besser. »Weil es weitläufig und von Touristen nur so überlaufen ist. Da ist es unmöglich, jemanden im Auge zu behalten. Ich reserviere ein Zimmer auf meinen Namen. Sie fragen dann einfach an der Rezeption nach.«

»Okay, dann in einer Stunde.«

Mit neuem Elan schnappte sich Sackowitz seine Jacke.

»Warum hast du es denn so eilig?«, wollte Lothar wissen.

»Ich treffe mich mit einem Informanten.«

»Cool. Darf ich mitkommen?«

Das hat mir gerade noch gefehlt. »Nein, aber ich bin auch gleich wieder da.«

Das *Park Inn* war damals noch von den DDR-Oberen als Interhotel *Stadt Berlin* gebaut worden, vornehmlich für Gäste aus dem nichtsozialistischen Ausland und zum Zwecke der Devisenbeschaffung. Viele der Besucher hatte man im Auftrag der Stasi von Prostituierten aushorchen lassen. Die Staatssicherheit gab es seit der Wende natürlich nicht mehr, aber trotzdem karrten noch heute, zwanzig Jahre nach dem Fall der Mauer, Busse die Touristen aus dem In- und Ausland wie am Fließband heran. Im *Park Inn* herrschte zu jeder Tageszeit ein hektisches Wuseln, in dem man schnell den Überblick verlor.

Karin, Sackowitz' Exfrau, versuchte gerade an der Rezeption, einer Horde hilfloser Engländer weiterzuhelfen. Obwohl die fünf Männer durcheinander auf sie einschnatterten, verlor sie nicht die Geduld. Sie war vierundfünfzig, drei Jahre älter als Sackowitz, hatte sich aber gut gehalten. Die hohen Wangenknochen, das Kinngrübchen und das lange Haar, in dem sich noch immer kaum graue Strähnen zeigten, ließen sie mindestens zehn Jahre jünger erscheinen. Selbst die dunkle Dienstuniform wirkte an ihr irgendwie adrett. Als die britische Gruppe endlich vom Tresen aufbrach, entdeckte sie Sackowitz. »Was willst du denn hier?«, fragte sie mit großen Augen.

»Ein Zimmer. Für zwei, drei Stunden.«

»Aber Harald, wir sind doch kein Stundenhotel.«

»Es ist nicht, was du denkst. Es ist nur ein Gespräch mit …«

»… einer Frau?« Karin lächelte.

»Nein, mit einem Informanten. Beruflich. Für ein Interview.«

»Lass mich raten: Du willst, dass ich dir das Zimmer umsonst gebe?«

Genau das war seine Absicht gewesen. Trotzdem schwenkte er empört die 150 Euro von Bodkema, die er eigentlich für seinen anderen Informationsbeschaffer eingeplant hatte. »Nein, ich bezahle natürlich dafür.«

»Schön, dass du gerade das Finanzielle erwähnst.« Sie warf ihren Kollegen an der Rezeption einen schnellen Blick zu, doch die waren beschäftigt. »Das Geld ist immer noch nicht auf meinem Konto.«

»Ich hatte vor, es heute Morgen zu überweisen.«

»Du hattest vor? Heute Morgen? Weißt du noch, wann wir darüber gesprochen haben? Am Dienstag?«

»Karin, ich bin nicht dazu gekommen. Und noch etwas: Schick wegen des Geldes nie mehr die Kinder vor. Oder war das wieder eine von Wolfgangs geistreichen Ideen?«

»Lass meinen Bruder aus dem Spiel«, zischte sie gereizt.

»Außerdem ist es ganz egal, wessen Idee das war – wenn das die einzige Möglichkeit ist, dich erfolgreich daran zu erinnern, dass du den Unterhalt für deinen Nachwuchs nicht vergisst, dann …«

»Karin, bitte, ich habe das Geld nicht vergessen, ich werde es gleich nachher überweisen. Aber jetzt brauche ich erst einmal ein Zimmer.« Er blätterte die Euro-Scheine auf den Tresen. »Von mir aus auch für eine ganze Nacht. Es ist wirklich wichtig.«

An ihrer Miene sah er, dass sie nur mühsam die Fassung bewahrte. Dann studierte sie den PC-Monitor und gab ihm einen Schlüssel. Das Geld rührte sie nicht an. »Zimmer 542. Für drei Stunden. Aber keine Sekunde länger.«

»Danke!« Die 150 Euro steckte er grinsend zurück in seine Tasche. Er wandte sich zum Fahrstuhl um, hielt aber in der Drehung inne. »Und könntest du mir vielleicht noch ein kleines Frühstück aufs Zimmer schicken? Ich bin bisher nicht dazu gekommen.«

»Und dazu vielleicht noch eine Flasche Champagner? Alles auf Kosten des Hauses?«

So geduldig Karin im Umgang mit Kunden war, so schnell ging sie bei ihm auf die Barrikaden. Sackowitz entschloss sich, nicht mehr wegen des Frühstücks nachzuhaken. »Wenn jemand nach mir fragt, dann …«

»… schick ich sie auf dein Zimmer, ich weiß.«

Nummer 542 erwies sich als kümmerliche Einbettkammer mit kleinem Tisch und zwei Stühlen, aber für ein Interview sollte das genügen. Weil ihm noch etwas Zeit bis zum verabredeten Termin blieb, zappte Sackowitz durch das Fernsehprogramm. Er landete beim Pay-TV. *Mach's mir, Baby. Härter, schneller. Du bist so geil.* Unter das künstliche Stöhnen mischte sich das Klingeln des Zimmertelefons. Als er abhob, meldete sich Karin: »Da ist ein Anruf für dich. Ich verbinde.«

Die Stimme, die gleich darauf in Sackowitz' Ohr keuchte, war unverkennbar. »Eine kleine Planänderung. Wir können uns nicht im *Park Inn* treffen.«

»Aber ich habe ein Hotelzimmer. Dort sind wir sicher.«

»Das bezweifle ich. Lieber in Grünau.«

Der Stadtteil befand sich im tiefen Osten Berlins, vom zentral gelegenen Alexanderplatz war er eine halbe Weltreise entfernt. »Übertreiben Sie es jetzt nicht ein bisschen mit Ihrer Geheimniskrämerei?«

»Lassen Sie das, und kommen Sie nach Grünau. Fahren Sie zur Spree. Am Übergang der Regattastraße zur Sportpromenade warte ich auf Sie. In einer Stunde.« Dann hörte Sackowitz nur noch ein Tuten.

Vor dem Hotelfenster staute sich der Verkehr auf der Karl-Marx-Allee, Unter den Linden, der Otto-Braun-Straße, der Prenzlauer Allee, eigentlich überall, wohin der Reporter schaute. Er würde viel Glück brauchen, um in weniger als einer Stunde den Treffpunkt zu erreichen. Aber hatte er eine andere Wahl? *Ja, die hast du.* Er konnte zurück in die Redaktion gehen, sich an den Computer setzen und darauf warten, dass … *Ja, worauf denn eigentlich?* Dass ihm eine gute Story einfach so in den Schoß fiel? *Aber, verdammt, die gute Story ist in greifbarer Nähe!* Er eilte ins Erdgeschoss und an der Rezeption vorbei nach draußen.

»Harald?«, hörte er Karin noch seinem Rücken zurufen.

»Tut mir leid, aber ich muss weg.«

»Was ist mit deinem Frühstück?«

»Heb's auf!«

71

»Du kommst einfach mit zu mir!«, schlug Ludwig vor.

Im ersten Moment klang die Idee sehr verlockend, dann erinnerte sich Tabori an Gentianas Bitte: *Pass auf dich auf.* Verstohlen musterte er den Mann, der ihm Kakao, Burger und Pommes spendiert hatte. Ludwig war von mittlerer Statur, hatte dichtes graues Haar und leicht gebräunte Haut. Auch seine Jeans und der hellblaue Pullunder weckten nicht Taboris Unbehagen, aber dennoch …

»Hast du etwa Angst vor mir?«, fragte Ludwig.

Tabori knabberte stumm an einem kalten Kartoffelschnitz.

Ludwig schaute enttäuscht drein. »Bin ich vielleicht ein schlechter Mensch?«

Tabori erschrak. Er hatte seinen Wohltäter nicht vor den Kopf stoßen wollen.

Ludwig ließ sich auf seinem Stuhl zurücksinken und verschränkte die Arme vor der Brust. »Also ja? Ich bin ein schlechter Mensch für dich?«

»Nein!« Tabori vermied es, mit seinem Blick die Pappschachteln und -becher zu streifen. Er war undankbar. »Du … nett. Danke.«

»Da hast du recht.« Ludwigs Stimme hatte einen verärgerten Unterton angenommen. »Mein Vorschlag war nur nett gemeint. Sonst nichts.«

Tabori bekam ein schlechtes Gewissen.

»Du hättest dich bei mir ausschlafen können. Im Warmen. Außerdem«, Ludwig betrachtete Tabori skeptisch von Kopf bis Fuß, »endlich mal waschen.«

Peinlich berührt senkte Tabori die Augen.

»Du hättest sogar frische Hosen und Shirts von meinem Sohn bekommen können.«

»Du hast Sohn?«

»Das ist doch jetzt egal. Ich wollte nur nett sein.«

Nun war es Tabori, der sich wie ein schlechter Mensch vorkam.

»Du hättest dich bei mir erholen können. Erholung, Kraft! Verstehst du?« Ludwig seufzte. »Und unterdessen hätte ich nach Ryon gesucht.«

»Ryon«, flüsterte Tabori.

»Ja, nach deinem Cousin.« Ludwig griff nach seinem Mantel und machte Anstalten, sich zu erheben. »Aber wenn du nicht willst …«

»Doch. Ich will!« Vor allem aber wollte Tabori Ludwig davon erzählen, was ihm in den letzten Tagen widerfahren war. Dass er nur ein bisschen vorsichtiger sein wollte. Aber es stimmte: Er sehnte sich nach einer anständigen Unterkunft. Einem warmen Bad. Und frischer Wäsche. Es fehlten ihm nur die richtigen Worte. Deshalb fragte er: »Du hast Sohn?«

Verdrossen öffnete Ludwig seine Geldbörse und zeigte Tabori ein Foto im Seitenfach. »Das ist Fritz.«

Auf dem Bild schwang ein sommersprossiger Junge auf einem Spielplatz seine Schippe wie ein Schwert. Er schaute nicht aus wie Ludwig, aber Tabori hatte seinem Vater auch nicht ähnlich gesehen. Zumindest hatte das Opa immer behauptet.

Tabori erinnerte sich, wie Aidan ihm während des ersten Essens bei *McDonald's* erklärt hatte: *Nicht alle Jungs sind so wie Miro*. Und was für Jungs galt, sollte eigentlich auch auf Erwachsene zutreffen. Nicht alle von ihnen waren genervt, in Eile oder kümmerten sich nicht um ihre Mitmenschen. Es gab auch andere, nette Erwachsene, und Ludwig war ganz sicher einer von ihnen. Tabori freute sich darauf, seinen Sohn kennenzulernen. »Fritz zu Hause?«

»Nein, leider nicht.« Ludwigs Gesicht verfinsterte sich.

»Er lebt bei meiner geschiedenen Frau, seiner Mutter. Wir treffen uns nur selten. Er will mich nicht sehen.«

»Aber ich«, verkündete Tabori.

»Schön! Dann iss auf, und los geht's.«

72

Thanner hatte es sich auf dem letzten freien Platz im Flughafenbistro bequem gemacht. »Und Paul, was hältst du von Peglar?«

Kalkbrenner führte sich gerade einen Douwe Egberts zu Gemüte. »Kein angenehmer Zeitgenosse.«

»Glatt«, stimmte Thanner zu. »Wie ein Aal.«

»Und immer geht's nur ums Fleisch.«

»Wie meinst du das?«

Aus unsichtbaren Musikboxen hagelte Bernhard Brink auf die Köpfe übellauniger Passagiere herunter. *Weckst in mir die schönsten Träume, selbst im Winter blühen Bäume. Ein Wunder, mein blondes Wunder.*

Kalkbrenner schmunzelte über die deutsche Beschallung in Holland. »*Ein Lebemensch,* so hatte die Sekretärin Peglar beschrieben. *Leichtlebiger Umgang, Frauen und solche Sachen.*«

Thanner gluckste. »Dann ist er der Branche ja treu geblieben. Fleisch bleibt eben Fleisch. Das eine kostet ihn Geld, das andere bringt ihm was ein. Aber beides stürzt ihn ins Verderben.«

Ein Gongschlag unterbrach die Musik, bevor eine blecherne Durchsage darüber informierte, dass ein Großteil der Abflüge wegen des Schneesturms über Schiphol eine weitere Stunde Verzögerung haben würde. Der Flug LH217 nach Berlin-Tegel ließ bereits seit zwei Stunden auf sich warten. Ein genervtes Raunen ging durch die Restaurantgäste, bevor der nächste Schlager einsetzte.

Thanner rührte seinen Schwarztee um. »Schmeckt dir der Kaffee eigentlich?«

Kalkbrenner schob die Plörre von sich. »Nee. Ungenießbar.«

Thanner nickte, als habe er keine andere Antwort erwartet. »Hältst du Peglars Aussagen für glaubwürdig?«

Im Geiste spulte Kalkbrenner Peglars kontrollierten Auftritt noch einmal ab. »Immerhin klingen sie schlüssig.«

»Und? Sind sie es in deinen Augen auch?«

Gedankenverloren zog Kalkbrenner den Kaffee wieder zu sich heran. Er hatte die Tasse schon halb an seine Lippen gehoben, als er sich besann. Kopfschüttelnd stellte er sie wieder beiseite. Etwas störte ihn an Peglars Aussage. Und zwar mächtig. Aber was?

Er winkte dem Kellner. Kalkbrenner spürte, dass es ihn nicht nur nach einem neuen Getränk und zwei Käse-Schinken-Baguettes, sondern auch nach einer Antwort auf seine Frage verlangte. »Wäre es nicht möglich, dass Peglar das typische Täterverhalten an den Tag legt? Er hat die Tat begangen und versucht nun durch Schuldzuweisungen von sich abzulenken.«

»Sei mir nicht böse, Paul, aber für mich klingt diese Theorie wie aus dem Lehrbuch für Polizeischüler, aber nicht nach dir. Was *denkst* du?«

Es war noch gar nicht so lange her, da hatte Kalkbrenner blindlings seiner Intuition folgen können. *Und meinen kleinen Helferlein.* »Was ist, wenn er seinen Stiefbruder doch umgebracht hat?«

»Ich tue es ungern, aber in diesem Punkt muss ich Peglar recht geben«, widersprach Thanner. »Falls er seinen Bruder hätte umbringen wollen, dann hätte er es mit Sicherheit geschickter angestellt. Meine Güte, derart offensichtlich Spuren zu hinterlassen, das ist doch wirklich dilettantisch.«

»Aber wozu hätte sich Peglar groß Mühe mit dem Vertuschen von Spuren geben sollen?«, fragte Kalkbrenner. »Früher oder später wäre der Verdacht sowieso auf ihn gefallen, bei seinen Schulden und den miesen Geschäften.«

»Moment mal!« Thanner setzte sich aufrecht hin. »Willst du etwa behaupten, er wollte sich erwischen lassen?«

»Ist das denn so abwegig? Er hat genau so viele Spuren am Tatort hinterlassen, dass man ihn zwar des Mordes verdächtigen, ihm aber die Tat nicht hundertprozentig nachweisen können würde.«

»Du hältst ihn für so raffiniert?«

»Wenn ich an den Einbruch denke …«

»Den Peglar nicht begangen hat!«

»Sagt er. Aber wer käme sonst noch in Frage? Wer außer Peglar – von den Fielmeisters-Mitarbeitern mal abgesehen – kann von den Morddrohungen nach den Kündigungen gewusst haben?«

Der Kellner servierte die Baguettes, und Kalkbrenner bezahlte, was Thanner nur nach langem Diskutieren zuließ. Aus den Bistrolautsprechern erklang ein neuer Schlager. Wieder deutsch. *Du hast dir alles selber zuzuschreiben*, schmetterte der unbekannte Barde, *den ganzen Eklat, dein schneidendes Leiden.*

»Vielleicht ist die Sache mit den Morddrohungen doch nur ein Zufall«, warf Thanner ein.

»Ja«, lachte Kalkbrenner bitter auf. »Und diese Morddrohungen befinden sich zufällig auf dem Rechner, der geklaut wird. Und zwar bei einem Einbruch, der sich zufällig am gleichen Abend wie das Treffen im *Adler* ereignet. In der Firma zufällig eine doppelte Trugspur, im Hotel zufällig ein falscher Name, der Streit: alles nur ein riesiger Zufall. Nein, das glaub ich nicht! Der Mord an seinem Bruder. Der Flug nach Amsterdam. Die Flucht. Das alles passt wunderbar zusammen. Alles ist aalglatt, so wie Peglar in der Vernehmung.

Mit seiner Salamitaktik hat er uns erst zappeln lassen, um herauszufinden, was wir schon wissen, und weil er sich denken konnte, wie heiß du auf De Jong bist, hat er uns dann diesen Deal angeboten.«

»Der wirklich verlockend ist«, gab Thanner zu. »Wenn Peglar als Zeuge vor Gericht aussagt, können wir Kombifleisch und De Jong und möglicherweise alle anderen, die in diese Gammelfleischgeschäfte verwickelt sind, drankriegen. Damit würden wir einen richtig großen Schlag gegen die ganze Branche landen.«

»Genau, und außerdem lenkt er auf diese Weise, sozusagen ganz nebenbei, den Mordverdacht auf Kombifleisch und De Jong, weil auch sie – wie praktisch – gute Gründe hatten, Fielmeister junior aus dem Weg zu räumen.« Kalkbrenner holte Luft. Allmählich wurde ihm immer klarer, was ihn an der Sache störte. »Nur werden wir sie für den Mord an Fielmeister nicht drankriegen, weil uns dafür die Beweise fehlen. Aber die fehlen uns auch gegen Peglar …«

»Ich dachte, ihr habt Beweise?«

»Leider nicht. Nur Spuren. Indizien. Ich habe keine Ahnung, ob die dem Staatsanwalt reichen werden. Entscheidend aber ist bei der Taktik von Peglar: Wenn sie aufginge, hätte er sich mit einem Schlag aller Probleme entledigt – sein möglicherweise geschwätziger Bruder ist schon tot, und der skrupellose de Jong wäre hinter Gittern, wo er ihm nicht mehr gefährlich werden könnte. Er selbst würde mit einem blauen Auge davonkommen, denn mehr als eine Bewährungsstrafe hätte er wohl nicht zu fürchten. Also bitte, wenn das nicht geschickt ist, was dann?«

Der Gong ertönte erneut. Die Stimme kündigte den baldigen Abflug von Flug LH217 nach Berlin an. Die Flugnummer war noch nicht ganz ausgesprochen, da schnellten die Wartenden auch schon wie von unsichtbaren Taranteln gestochen in die Höhe und schulterten ihre Rucksäcke oder

Handtaschen, als stünde der Flieger bereits auf der Startbahn.

Thanner hatte es nicht eilig. Er blieb sitzen. »Paul, du kannst mir erzählen, was du willst, aber das klingt alles ziemlich hanebüchen. Warum sollte Peglar einen so gewaltigen Masterplan aushecken, um sich am Ende zu entlasten – obwohl er es doch selber war, der, dumm, wie er ist, den Verdacht von Anfang an auf sich gelenkt hat? Wie ich dir bereits vor wenigen Minuten sagte: Das hätte er alles einfacher haben können, indem er am Tatort überhaupt keine Spuren hinterlassen hätte, die auf ihn deuten.« Er machte eine kurze Pause, schüttelte den Kopf und blickte Kalkbrenner an. »Paul, worum geht es dir hier tatsächlich?«

Kalkbrenner biss in ein Sandwich. Es schmeckte, als hätte es schon seit drei Tagen offen in der Küche rumgelegen.

»Befürchtest du, dass Peglar mit einem Mord davonkommt? Dass man dich – wie vor drei Monaten – linkt?« Thanner schaute ihn durchdringend an. »Oder ist es etwas anderes?«

»Nämlich?«

»Rache.«

»Rache? An wem denn? Peglar?« Kalkbrenner lachte auf.

»Jetzt lach halt nicht. Die Sache mit Judith hat dich geprägt. Du hast gemerkt, dass dich deine Gefühle angreifbar gemacht haben. Dein Leben und dein Job hängen von deiner Intuition ab, aber in diesem Fall hattest du dich getäuscht. Das hat dich verletzt, und jetzt bist du wütend. Verbittert. Verspürst den Wunsch nach Rache. Und das trübt dein Urteilsvermögen.«

»Das ist doch totaler Schwachsinn!« Kalkbrenner erschrak über den ruppigen Klang seiner Stimme.

»Denk über meine Worte nach!« Thanner wuchtete sich keuchend von dem Stuhl hoch und ging zu ihrem Gate.

73

Der Schneefall wurde immer dichter. Die Sicht reichte nur noch bis knapp über die Motorhaube. Sackowitz verringerte die Geschwindigkeit seiner Rostlaube. Die Heizung nahm sich ein Beispiel daran, indem sie nur noch zögerlich Wärme aus den Schotten pumpte. Endlich in Grünau, quälte sich der Journalist über holprige, vereiste Waldwege zu den Bootsanlegern an der Spree. Vor einer Kleingartenkolonie parkte er den Wagen und legte die letzten Meter bis zur Sportpromenade zu Fuß zurück.

Direkt am Wasser war es noch lausiger. Wind pfiff ihm um die Ohren und peitschte ihm die eisigen Flocken ins Gesicht. Sackowitz setzte die Kapuze seiner Jacke auf und versuchte, nicht gänzlich auszukühlen, indem er auf der Stelle trat. Doch so schnell, wie die Körpertemperatur fiel, konnte er sich gar nicht bewegen. Je kälter ihm wurde, umso mehr schwand auch seine Euphorie dahin.

Seit Radomskis zweitem Anruf war bereits über eine Stunde vergangen. Sackowitz war zu spät. Bestimmt war der Mann schon wieder verschwunden. *Oder er ist gar nicht erst aufgetaucht!* Wahrscheinlich saß er zusammen mit Magda Michels im Warmen bei einer Tasse Kaffee und lachte sich halb schlapp über den aufdringlichen, dummen Reporter, den sie raus in den Osten gelockt hatten, wo er sich die Glieder und weiß Gott was noch abfror.

Zum Glück ließ das Schneegestöber etwas nach. Jenseits der Schienen der Uferbahn, die an Sommertagen entlang der Promenade verkehrte, begann der Berliner Stadtforst. Zwischen den jetzt blattlosen Bäumen und Büschen war die Laubenpieperkolonie auszumachen, aber von Menschen fehlte fast jede Spur. Nur ein einsamer Jogger trabte seines Weges. Irgendwo im Wald bellte ein Hund, ansonsten herrschte winterliche Stille. Kaum zu glauben, dass er sich nur wenige Kilometer von der Hauptstadt befand. Weil sich noch immer niemand blicken ließ, machte Sackowitz sich daran, zum Wagen zurückzukehren.

Plötzlich knackten Zweige neben ihm, und ein Mann löste sich aus dem Windschatten des Strandbades. Der Reporter erkannte Radomski anhand der Bilder, die er von ihm bereits gesehen hatte. Im Vergleich zu den Fotos war sein ungekämmtes Haar jetzt länger, und die ganze Erscheinung wirkte so gehetzt, wie die Stimme am Telefon geklungen hatte. Nervös suchten seine Augen die Umgebung ab, während er fragte: »Herr Sackowitz?«

Der Journalist zückte seinen Presseausweis.

Sein Gegenüber begutachtete das Stück Pappe, als wäre es ein Rettungsring, der ihn vor dem Ertrinken retten würde. »Haben Sie jemandem erzählt, dass wir uns treffen?«

»Nein, niemandem. Sie?«

»Ich bin doch nicht blöd.« Radomskis Blick irrte flackernd umher. »Ist Ihnen jemand gefolgt?«

»Nein, warum denn auch? Ich sagte ja schon: Niemand weiß, dass wir uns treffen.«

Mitleidig lächelnd gab Radomski Sackowitz seinen Ausweis zurück. »Sie haben keine Ahnung, um was es geht, oder?«

»Um Gammelfleisch?«, nahm Sackowitz den Hinweis auf, den er von seinem anderen Informanten bekommen hatte.

»Gammelfleisch?« Radomski gab ein höhnisches Krächzen von sich. »Wohl eher Frischfleisch.«

Sackowitz rieb sich mit seinen Fäusten die kalten Wangen. »Das verstehe ich nicht.«

»Das werden Sie, wenn Sie die Fotos sehen. Eine Riesensauerei, die da vor sich geht.«

»Haben Sie die Bilder dabei?«

»Sind Sie bescheuert, Mann? Nein, die sind wie die Namen und Adressen in sicherer Verwahrung.«

Sackowitz konnte sein Glück kaum fassen. »Namen und Adressen? Wo?«

»Im *Park Inn*. Hotelsafe.«

»Das ist doch nicht Ihr Ernst?« Konsterniert starrte Sackowitz seinen Gesprächspartner an. »Und warum haben Sie mich dann raus nach Grünau gescheucht?«

»Nur zur Sicherheit. Ihrer und meiner.«

Sackowitz schluckte seinen Zorn hinunter. Er wollte Radomski nicht vergrätzen, er wollte endlich handfeste Informationen. »Was ist nun mit dieser Riesensauerei? Was hat es damit auf sich? War Ihr Chef Schulze darin involviert? Und Fielmeister?«

»Es sind noch viele mehr.«

»Und was ist mit Ihnen? Inwieweit sind Sie daran beteiligt?«

»Ich habe …« Radomskis Stimme erstarb, dann fasste er sich wieder. »Ich habe nichts damit zu tun. Ich habe nur davon erfahren.« Seine Worte klangen nicht überzeugend, eher nach einem Mann mit schlechtem Gewissen, der sich die Hände so lange schmutzig gemacht hatte, bis ihm irgendwann erschrocken aufgegangen war, dass sein ganzer Körper gerade dabei war, im Dreck zu versinken. »Irgendetwas ist schiefgelaufen. Es gab einen Toten.«

»Ihr Chef!«, triumphierte Sackowitz. Sein Instinkt hatte ihn also doch nicht im Stich gelassen, sein gottverdammter Riecher war von Anfang an auf der richtigen Spur gewesen. »Schulze hat sich umgebracht.«

»Ja, er hat sich das Leben genommen, weil er die Enthüllung mehr als den Tod fürchtete.«

»Und sein Selbstmord wurde anschließend vertuscht.«

»Natürlich. Es durfte ja keine unangenehmen Fragen geben.« Radomski holte tief Luft und stieß sie gleich darauf in einer kleinen weißen Wolke wieder aus. »Aber Schulze war es nicht, den ich gemeint habe. Monate, bevor er sich umgebracht hat, gab es einen anderen Toten. Er brachte alles erst ins Rollen.«

Zwei Tote? Das wurde ja immer besser! Eine prächtige Story. *Eine verdammt heiße Story.* »Und wer war das Opfer?«

»Den Namen kenne ich nicht. Aber ich weiß, dass der ...«

Ein plötzliches Zischen durchbrach die Stille. Dann machte Radomskis Körper einen Satz, als hätte er einen Schlag bekommen, und Blut spritzte aus seinem Schädel.

In der nächsten Sekunde krachte ein zweiter Schuss.

74

Es dauerte endlose Stunden, unzählige Telefonate und unendlich viele Zigaretten, bis der Leiter der Ermittlungsgruppe endlich bei Anna klingelte. Polizeihauptkommissar Peter Veckenstedt war kaum zur Tür hereingetreten, da bestürmte sie ihn schon mit Fragen: »Haben Sie etwas herausgefunden? Haben Sie einen Hinweis? Eine Spur? Können Sie ...?«

Veckenstedts Kopfschütteln ließ sie verstummen. »Es tut mir leid, ich kann Ihnen keine positive Nachricht überbringen.«

Annas Stimme schraubte sich eine Oktave höher. »Aber warum nicht? Was haben Sie ...?«

Alan führte die beiden ins Wohnzimmer. Als sie auf dem Sofa saßen, fragte er: »Haben Sie die Suche nach unserem Sohn eingeleitet?«

Unserem Sohn, schoss es Anna wie ein Echo durch den Kopf. Merkwürdigerweise störte sie die Formulierung nicht. Sosehr sie Alan am Abend zuvor noch hatte verletzen wollen, so dankbar war sie jetzt, ihn an ihrer Seite zu wissen. Seine Nähe flößte ihr Kraft ein, die sie dringend brauchte, um das hier durchzustehen.

»Mein Team hat sich mittlerweile mit den Lehrern und Schulkameraden Ihres Sohnes unterhalten«, begann Veckenstedt. »Manuel war gestern in der Schule …«

»Natürlich war er da!«, unterbrach ihn Anna aufgebracht. »Schließlich habe ich ihn dort abgesetzt.«

Veckenstedt nickte nachsichtig. »Eine Lehrerin kann sich daran erinnern, Ihren Sohn nach Unterrichtsende gesehen zu haben, wie er die Schule verlassen hat. Wir haben versucht, seinen Heimweg zu rekonstruieren, konnten aber leider bis jetzt keinen weiteren Zeugen finden, der Ihren Sohn bemerkt hat. Wohin Manuel nach der Schule gegangen ist, lässt sich zum gegenwärtigen Zeitpunkt nicht feststellen.«

»Auf jeden Fall nicht nach Hause!« Anna warf dem Beamten einen vorwurfsvollen Blick zu. Mit seinen grauen Haaren, dem Schnauzbart und dem von Falten gezeichneten Gesicht wirkte er wie ein älterer Mann, der sich in aller Gemütlichkeit auf seine Pension vorbereitete. *Bloß keinen Stress auf die letzten Tage.* Das Gefühl, dass ein angehender Rentner mit der Suche nach ihrem Sohn betraut war, behagte ihr ganz und gar nicht. »Er ist jetzt schon fast vierundzwanzig Stunden verschwunden!«

»Weswegen wir die Sache auch sehr ernst nehmen.«

»Das freut mich zu hören.« Sie konnte den Sarkasmus in ihrer Stimme nicht verbergen. »Aber was sitzen wir dann noch hier? Sollten wir nicht …?«

»Frau Benson, wir haben bereits eine Sonderkommission eingerichtet. Die Kollegen der Bereitschaftspolizei sind inzwischen im Einsatz. Sie suchen die Gegend rings um Ihre Wohnung und die Schule ab und nehmen den Weg dazwischen genau unter die Lupe.«

Sosehr Anna auch erleichtert war, dass endlich etwas unternommen wurde, ihren Zorn konnten die Informationen nur bedingt besänftigen. »Das hat mein Mann letzte Nacht doch auch schon gemacht.«

»Das war auch gut so«, bestätigte Veckenstedt, »aber die Kollegen der Bereitschaft werden die Suche auch ausweiten. Straßenzug um Straßenzug werden wir durchkämmen und danach mit Spürhunden in leer stehende Gebäude und Fabrikgelände gehen – dafür bräuchte ich etwas Persönliches wie ein T-Shirt von Manuel. Darüber hinaus möchte ich sein Zimmer von einigen Kollegen nach möglichen Hinweisen prüfen lassen.«

Anna platzte der Kragen. »Auch das haben wir bereits gemacht!«

»Frau Benson, meine Kollegen sind geschult für derartige Vermisstenfälle. Das ist ihr Beruf. Sie wissen, wonach sie suchen müssen«, Veckenstedt machte eine kurze Pause, »und auch, nach wem.«

»Nach wem?« Anna wechselte einen verständnislosen Blick mit ihrem Mann. »Wie meinen Sie das?«

Veckenstedt hob abwehrend die Hände. »Wir wollen natürlich nicht vom Schlimmsten ausgehen. Und neunundneunzig Prozent aller Vermisstenfälle stellen sich sowieso als …«

»Das wissen wir bereits! Worauf wollen Sie hinaus?«

Der Polizist sog geräuschvoll die Luft in die Lungen und schien zu überlegen, wie er seine Gedanken formulieren sollte. Dann sagte er: »Wir überprüfen zurzeit die einschlägig vorbestraften Triebtäter, die im Prenzlauer Berg gemeldet sind.«

»Triebtäter?«, fragte Alan.

»Triebtäter?«, stieß Anna zur gleichen Zeit hervor, während sich ihr Magen umdrehte. *Aber warum bist du so entsetzt?* Im Grunde wusste sie bereits seit dem Morgen, dass etwas passiert sein musste, aber dabei hatte sie immer an einen Unfall gedacht, im Autoverkehr, wegen des Glatteises, irgendetwas in dieser Richtung. Aber ein Triebtäter? Nein, das wollte sie sich nicht ausmalen. *Auf keinen Fall! Niemals!*

Als es an der Tür klingelte, stürzte sie in die Diele. *Das ist er!* Aber noch während sie durch den Flur stürmte, fiel es ihr wie Schuppen von den Augen, dass sie sich nur etwas vormachte. *Manuel wird nicht plötzlich vor der Tür stehen.* Immerhin war die Störung eine willkommene Gelegenheit, um vor Veckenstedt und dem, was er zu sagen hatte, zu fliehen.

Im Hausflur katzbuckelte Frau Krause vor ihr. »Ich habe gehört, was geschehen ist. Das tut mir ja so leid.«

Der mitleidige Ton der alten Nachbarin aus dem zweiten Stock brachte Anna zum Schaudern.

»Manuel war so ein lieber Junge.«

»War?«, schrie Anna jetzt außer Rand und Band. »Wieso *war* er ein lieber Junge?«

Frau Krause schrumpfte in sich zusammen. »Aber ich …«

»Manuel ist nicht tot.«

»Anna!« Alan eilte durch den Flur auf seine Frau zu, umarmte sie und geleitete sie zurück auf die Couch. Dann ging er noch einmal zur Tür und wechselte einige Worte mit Frau Krause.

Deren durchdringende Stimme hallte durch die Diele bis ins Wohnzimmer. »Ich wollte doch nichts Böses. Nur helfen. Ich mochte Manuel …«

»Er ist nicht tot!«, brüllte Anna vom Sofa aus.

»… doch genauso. Anna soll nur sagen, wenn sie etwas braucht. Ich bin sofort zur Stelle. Auch am Abend. Sogar in der Nacht. Überhaupt kein Problem. Ach, Manuel war, äh … ich meine, er ist so ein lieber Junge.«

Als Alan ins Wohnzimmer zurückkehrte, sagte er erklärend zu Veckenstedt: »Die Nachricht vom Verschwinden Manuels hat sich anscheinend im Haus herumgesprochen.«

»Das ist gut«, befand der Polizist. »Sorgen Sie dafür, dass auch die Straßenanwohner davon erfahren. Je mehr Leute von Ihrer Suche nach Manuel mitbekommen, umso größer ist die Wahrscheinlichkeit, dass sich jemand meldet, der etwas gesehen hat.«

Was sollen die Leute denn gesehen haben? Annas Hände verkrampften sich. *Einen Triebtäter?* Bei dem Gedanken wurde ihr kotzübel. Sie griff nach den Gauloises. Nur mit Mühe gelang es ihren zitternden Fingern, eine Zigarette zu entzünden. Doch die Kippe entglitt ihr beinah wieder, als Veckenstedt fragte: »Haben Sie Feinde, die Ihnen schaden wollen? Geschäftspartner zum Beispiel? Oder Kunden der Agentur? Gibt es Anlass zur Vermutung, dass jemand sich an Ihnen rächen will?«

Etwas Böses? Rächen? Wie das klang. Fast noch absurder als der Triebtäter. *Aber wäre es dir lieber, wenn ein Triebtäter Manuel in der Hand hat?*

»Wie ich hörte, mussten Sie Mitarbeiter entlassen?«

»Das stimmt. Aber es hat keine böse Stimmung gegeben.«

»Was ist mit Geld? Wie stehen Sie finanziell da?«

»Finanziell?«

»Ist denkbar, dass jemand Sie erpressen will?«

Anna stierte auf die glühende Spitze der Gauloise. Sie hatte noch keinen einzigen Zug genommen. »Wie Sie gerade eben schon gesagt haben: Ich musste Mitarbeiter entlassen. Jetzt stehe ich kurz davor, meinen wichtigsten Kunden zu verlieren. Mit anderen Worten: Ich bin so gut wie pleite. Nur mit Mühe kann ich mich und Manuel über Wasser halten. Was meinen Sie, warum es meinem Sohn so schlecht ging?« Sie hob die Zigarette, hielt inne und fügte dann hinzu: »Und warum er abgehauen ist?«

Noch während ihr die letzte Frage über die Lippen kam, schalt sie sich schon eine Närrin. *Rede keinen Unsinn!* Manuel konnte nach der Schule durch die Stadt gestromert sein. Ja, das war denkbar. Aber er war nicht von zu Hause ausgerissen. *Du kennst die Wahrheit!*

Angewidert drückte Anna die Zigarette auf einer Untertasse aus. Die Asche wirbelte auf, und einige der grauen Teerfasern landeten auf ihrer Tätowierung am Handknöchel. *Gott ist mit uns.* Unmerklich faltete Anna die Finger. Falls es ihn doch gab, diesen Gott, dann bat sie ihn jetzt darum, ihr ein Zeichen zu senden. Nur ein kleines Signal von Manuel. Dass es ihm gut ging. Dass alles wieder gut werden würde. *Bitte, lieber Gott, bitte gib mir meinen Sohn zurück.*

75

Die Kugel verfehlte Sackowitz nur knapp. Er versuchte, sich durch einen Sprung über die Schienen der Uferbahn in Sicherheit zu bringen, aber sein Fuß verfing sich in einem Gleisbolzen. Sackowitz stürzte der Länge nach ins dichte Gestrüpp, das ihm die Hände zerkratzte. Der Schmerz war ihm egal, als ein weiterer Schuss neben ihm einschlug.

Voller Panik robbte Sackowitz durch das starre Unterholz. Dass die Äste ihm das Gesicht zerschrammten, merkte er nicht. Dann endlich stemmte er sich verzweifelt auf die Beine und rannte in den Wald hinein.

Was ging hier vor? *Blöde Frage!* Radomski war vor seinen eigenen Augen hingerichtet worden. Aber warum? *Sie haben keine Ahnung, um was es geht.* Auf jeden Fall nicht mehr um einen dummen Scherz. Das hier war blutiger Ernst. *Das hast du doch gewollt!* Eine heiße Story. Mörderisch heiß sogar. Hinter ihm hörte er Äste knacken.

In welcher Richtung stand der Polo? Sackowitz hatte die Orientierung verloren. Immerhin war es unwahrscheinlich, dass er sich verlief. Der Stadtforst war nur von unbedeutender Größe, allerdings groß genug, um unbemerkt zu erfrieren, wenn er nicht rechtzeitig den Wagen erreichte. Zum Beispiel weil seine Kräfte auf halber Strecke versagten. Mittlerweile pumpte sein Herz wie wild. Jeder Schlag in seiner Brust hatte die Sprengkraft eines mittelgroßen Chinaböllers. Jeder einzelne sprengte seinen Schädel, raubte ihm die Sicht, ließ ihn taumeln.

Bäume streckten ihre Äste wie Finger nach ihm aus. Büsche griffen gierig nach seinen Füßen, wollten ihn zu Boden zerren. Sackowitz stolperte blindlings über sie hinweg. Hastete vorwärts. Wankte. Behielt aber das Gleichgewicht. Solche Anstrengungen war er nicht mehr gewohnt. Er spürte, dass er langsamer wurde. Der Arzt in der Reha-Klinik hatte ihm damals ausdrücklich körperliche Anstrengungen verboten. *Aber verdammt!* Er hatte nicht die Scheidung überstanden, dem Suff getrotzt und einen Herzinfarkt überwunden, nur um in diesem verfluchten Wäldchen zu sterben. Beispielsweise, indem er von einem durchgedrehten Killer über den Haufen geschossen wurde!

Die Laubenpieperkolonie erschien in seinem Blickfeld. *Gott sei Dank.* Keuchend bog Sackowitz das Geäst einer Hecke beiseite und rannte an den schneebedeckten Gartenhäuschen vorbei. Hinter manchen Fenstern glitzerten noch Weihnachtsgestecke. Mitte Januar! Er hielt Ausschau nach Hilfe, konnte aber nichts und niemanden entdecken. *Keine Menschenseele weit und breit, verflucht.*

Unter ans Limit gehenden Anstrengungen hievte er sich über einen Lattenzaun, bevor er das dahinterliegende Gartenbeet umrundete. Es war ordentlich gepflegt, sofern er das erkennen konnte. Laubenpieperkolonien unterlagen selbst im Winter strengen Regeln. Kein Abfall. Keine Unebenheiten. Kein Unkraut. *Und keine Toten.* Ob der Mörder das wusste? Wohl eher nicht.

Sackowitz ging hinter einem Haufen Kaminholz in die Hocke. Er hielt sich die schmerzende Brust. Unter seinen Fingern raste das Herz. *Viel zu schnell.* Er zwang sich, ruhig zu atmen. Als er Schritte hörte, presste er eine Hand auf die Lippen. *Keinen Laut.*

Dann klingelte das Handy in seiner Jackentasche.

76

Ludwig kaufte für Tabori ein U-Bahn-Ticket. Mit etwas Glück fanden sie in den vollen Abteilen zwei freie Plätze. Während die Waggons durch den Untergrund rumpelten, wechselten sie kein Wort miteinander. Manchmal blitzte Licht im Tunnel auf, dann waren für den Bruchteil von Sekunden abzweigende Schächte wie in den dunklen Höhlen auf dem Skanderberg zu erkennen, bevor sie wieder in die Finsternis abtauchten.

Tabori deutete aus dem Waggonfenster ins Dunkel. »Menschen leben hier?«

»Hier unten?« Ludwig wirkte erschrocken. »Nein.«

Wieder verfiel er in Schweigen. Bestimmt war er noch immer enttäuscht von ihm. Oder traurig, weil sein Sohn Fritz ihn nicht sehen wollte. Tabori konnte das nicht begreifen. Wenn sein Vater noch am Leben wäre, hätte es keinen Grund der Welt gegeben, der ihn davon abgehalten hätte, ihn zu sehen.

Als die Bahn abbremste, stand Ludwig auf, und Tabori folgte seinem Beispiel. In der nächsten Station wechselten sie in die S-Bahn. Über der Erde fuhren sie sieben Stationen weiter. Tabori zählte stumm mit, bis sie gegenüber einem futuristisch anmutenden Einkaufszentrum ausstiegen. Grelle rote Buchstaben verkündeten: *Eastgate.*

An einem Schaukasten deutete Ludwig mit seinem Zeigefinger auf einen Punkt inmitten eines komplizierten, bunten Musters. »Wir sind hier.«

Marzahn, das ausnahmslos aus Hochhäusern bestand, lag etwas abseits vom Zentrum der Stadt. Tabori schaute zu den oberen Stockwerken hinauf. Wie konnten die Menschen dort oben nur wohnen, ohne dass ihnen schwindelig wurde?

Es fiel dem Jungen schwer, mit Ludwig Schritt zu halten,

der zügig einem der Häuser entgegenstrebte. Es war eines der höchsten in der Straße, das Mauerwerk schien vor nicht allzu langer Zeit mit gelber Farbe gestrichen worden zu sein. Die Holzverkleidung im Fahrstuhl war hingegen zerkratzt und mit unleserlichen Sprüchen verschmiert.

In der vierten Etage stiegen sie aus, und Ludwig schloss die Tür zu seiner Wohnung auf. Der lange, schmale Flur war mit einem grauen Teppich ausgelegt. An den Wänden hingen große Bilder mit sommerlichen Strandmotiven. Eine Heizung hielt selbst den Gang angenehm warm. Unter das Gluckern der Heizungskörper mischte sich das schwere Ticken einer Standuhr, die wie ein wachsames Auge auf einem Sideboard thronte.

»Möchtest du etwas trinken?«, fragte Ludwig.

Der Weg vom Bahnhof bis zum Haus war frostig gewesen. »Danke, ja.«

»Einen heißen Kakao?«

»Bitte, ja.«

Im ersten Raum, der vom Flur abging, befand sich die Küche. Sie war hell und modern eingerichtet. Kein Vergleich mit dem Backofen, dem Herd und den billigen Schränken zu Hause in Gracen. Sogar ein kleiner Fernseher stand auf dem Kühlschrank.

»Geh ruhig«, sagte Ludwig. »Ganz hinten ist dein Zimmer.«

»Zimmer von Fritz?«

»Ja, natürlich, das ist … Das war das Zimmer von Fritz. Dort kannst du jetzt schlafen.«

Die Worte weckten ein unbeschreibbares Bedürfnis in Tabori. Die Aussicht auf ein warmes Bett ließ ihn dem Gang bis zum Ende folgen. Behutsam öffnete er die Tür, und alle Müdigkeit war wie fortgeblasen.

»Gefällt es dir?«, rief ihm Ludwig aus der Küche zu.

»Ja«, war das Einzige, was Tabori hervorbrachte.

An der Wand befand sich ein breiter Kleiderschrank. Er war aus dem gleichen hellen Holz gefertigt wie das Bett, das vor dem Fenster stand. Es war unglaublich breit. Tabori und Mickael hätten mit Leichtigkeit darin Platz gefunden. Auf der Matratze lagen einige Teddybären, wahrscheinlich letzte Überbleibsel von Fritz' ehemaliger Anwesenheit. Was sicherlich auch für die Kiste am Boden galt, in der Tabori eine Holzeisenbahn entdeckte.

Auf dem Schreibtisch wartete ein Computer darauf, benutzt zu werden. Vor dem Monitor lag ein Gamepad, dessen Kabel sich zu einer PlayStation schlängelte. Es war die gleiche Konsole, an der Tabori mit Aidan bei *Saturn* gespielt hatte! Gleich daneben, auf einem halbhohen Schrank, gab es einen CD-Player mit großen Lautsprecherboxen. Etliche CDs stapelten sich vor ihm. Sie waren zu weit entfernt, als dass Tabori die Titel hätte erkennen können, und obwohl er neugierig war, blieb er auf der Schwelle stehen. So einladend das Zimmer auch auf ihn wirkte, es gehörte Fritz.

»Schau dir die CDs ruhig an.« Ludwig war unbemerkt hinter ihn getreten. »Tut ja sonst keiner.«

In einer Nische hinter der Tür waren zwei Poster an die Wand geheftet. Eines zeigte Michael Jackson, das andere veranlasste Tabori, endlich den Raum zu betreten.

»Magst du Tokio Hotel?«

»Ja, das ist meine … Gruppe.«

»Du meinst, deine Lieblingsgruppe?«

Taboris Herz machte einen noch freudigeren Satz, als er in eine Ecke schaute. »Ich mag Musik«, sagte er und deutete auf das Instrument, das auf dem Teppichboden lag. »Ich spiele Gitarre.«

»Nein, wirklich?« Ludwig klatschte begeistert in die Hände. »Du musst mir etwas vorspielen.«

»Vorspielen?«

»Du. Spielen. Gitarre. Für Ludwig.«

Tabori bereute es schon, ihm von seiner Leidenschaft erzählt zu haben.

»Ist dir das peinlich?« Ludwig nahm die Gitarre auf und drückte sie Tabori in die Hand. »Ach was, trau dich.«

77

In Panik fingerte Sackowitz nach dem verräterischen Telefon. Blindlings drückte er irgendwelche Tasten, Hauptsache, das verdammte Teil gab so schnell wie möglich Ruhe. Endlich! Das Handy verstummte. Gleichzeitig näherte sich ein Schatten dem Gartenhäuschen. Sackowitz pumpte noch kräftig, aber er versuchte, die Luft anzuhalten. Er mobilisierte seine letzten Kräfte. Er wollte nicht sterben. Nicht jetzt. Nicht hier.

Das kauzige Gesicht eines alten Mannes in Gärtnerkluft linste um die Ecke. »Was hockst du denn da?«

Erleichtert atmete Sackowitz aus.

»Hier is' nix für Penner!«

»Ich bin kein Penner. Ich …«

»Na, dann guck dir doch mal an. Hoffentlich biste schnell verschwunden!«

Seine Gelenke protestierten schmerzhaft, während Sackowitz sich fluchend erhob. Er spähte in alle Himmelsrichtungen. Niemand war zu sehen. Er eilte zu seinem Wagen, aber auch dort war von einer Bedrohung keine Spur, nur ein Rentner beäugte ihn misstrauisch über die Hecke der Laubenpieperkolonie hinweg.

Auf den Waldwegen kurvte Sackowitz zurück in die Stadt. Immer wieder blickte er in den Rückspiegel, bemerkte aber nichts Auffälliges. Niemand folgte ihm.

An der nächsten Ampel zog Sackowitz sein Handy aus der

Jackentasche. Der Anruf vorhin, der ihn so in Panik versetzt hatte, stammte von Kurt Hirschmann, dem Anzeigenberater beim *Kurier.* Er hatte eine Nachricht auf der Mailbox hinterlassen. »Hardy, ich weiß, du hast viel zu tun, aber ich wollte mich noch mal wegen unserer Häuser bei dir gemeldet haben. Nichts Lebenswichtiges, es geht nur um den Gutachter, der sich die Schäden ansehen möchte. Keine Ahnung, ob es was bringt, aber ich habe einen Termin mit ihm vereinbart, und es wäre schön, wenn …«

Sackowitz löschte die Nachricht, ohne sie zu Ende angehört zu haben. Er hatte im Moment weiß Gott anderes im Kopf. *Lebenswichtiges.* Sein hysterisches Kichern erstickte, als sich das Handy erneut meldete. »Verdammt, Kurt, ich habe keine Zeit.«

»Nee, nicht Kurt. Hier ist Werner.«

»Gesing?«

»Verdammt, nicht meinen Nachnamen! Und Scheiße, Mann, wo steckst du? Ich warte schon die ganze Zeit auf dich.«

Werner, seinen anderen Informanten, hatte Sackowitz völlig vergessen. »Ich bin auf dem Weg.«

»Jetzt brauchst du dich auch nicht mehr beeilen. Meine Mittagspause ist gleich rum.«

»Warte!«, bat Sackowitz, bevor Werner auflegen konnte. »Ich will noch etwas wissen.«

»Stimmt, deswegen wollten wir uns ja treffen.« Werner war hörbar angesäuert.

»Was ist mit Ernst Radomski? Oder Jan-Sönken Schulze? Weißt du über die beiden auch etwas?«

»Nee, nichts. Nur über Fielmeister. Hab ich doch schon gesagt.«

»Und dabei ging es um Gammelfleisch?«

»Ja doch. Aber mehr kriegst du von mir erst, wenn …«

Sackowitz legte auf. Wahrscheinlich brauchte er Werners

Informationen gar nicht mehr. Stattdessen würde er ins Hotel *Park Inn* fahren, wo Radomski Fotos, Namen und Adressen hinterlegt hatte. Als er sich im Rückspiegel jedoch näher betrachtete, verwarf er den Gedanken fürs Erste. Sein Gesicht war zerkratzt. Hinzu kam, dass die Jacke schmutzig war und die Jeans zerschlissen. Seine Hände, die sich ums Lenkrad krampften, waren blutig aufgeschürft, die Fingernägel schwarz. *Hier is' nix für Penner!* Kurzentschlossen änderte er sein Ziel: Statt den Alexanderplatz anzusteuern, lenkte Sackowitz den Polo zu seiner Wohnung in Friedrichshain.

Dort angekommen entkleidete er sich bis auf die Unterhose und wusch sich im Bad das Blut von den Wangen und Händen. Während er seine Haut mit lauwarmem Wasser betupfte, wurde ihm schlagartig bewusst, wie knapp er dem Tod entronnen war. Radomski hatte weniger Glück gehabt.

Plötzlich hallte der Schuss noch einmal in Sackowitz' Ohren. Vor seinem geistigen Auge spritzte wieder Blut, er sah Radomski erneut zu Boden sinken. Sackowitz' Herzschlag beschleunigte sich. Übelkeit drängte seine Kehle hinauf, und er übergab sich in das Waschbecken. Noch immer würgend wischte er sich die bittere Galle von den Lippen. Er hatte noch immer nichts gegessen.

Unter Stöhnen schleppte er sich in sein Schlafzimmer und zog sich frische Klamotten an. Dann setzte er sich aufs Sofa. Nur zögerlich beruhigte sich sein Magen, sein Herz jedoch klopfte mit unverminderter Heftigkeit weiter. Die Aufregung der letzten Stunden war einfach zu viel gewesen. Er brauchte etwas Ruhe. Nur einige Minuten. Schließlich war die beste Story nichts wert, wenn er – Sackowitz' Herz machte einen neuerlichen Satz.

Eine Diele quietschte. Vor seiner Wohnungstür, ohne Zweifel. *Ein Nachbar?* Sackowitz traute sich nicht zu atmen. Das Herz schlug ihm bis hinter die Schläfen.

Eine Faust, ein Fuß, eine Schulter, was auch immer, auf

jeden Fall etwas Kräftiges donnerte gegen das Holz der Wohnungstür. Leise öffnete Sackowitz die Balkontür und schlich sich hinaus. Zwei Schritte durch den Schnee, dann überwand er die eiserne Balkonbrüstung und kraxelte am Sperrmüll hinab. *Nie hätte ich gedacht, dass ich mich mal über den alten Plunder freuen würde.* Er sprang den letzten Meter und landete auf dem Boden. Etwas knirschte. Zum Glück waren es nicht seine Knöchel, sondern nur der vereiste Abfall unter seinen Schuhsohlen.

Ohne einen Blick zurück durchquerte er den Hinterhof. Kurz bevor er den Hinterausgang des gegenüberliegenden Altbaus erreichte, hallte eine Stimme zu ihm herüber. »Herr Sackowitz, ist alles in Ordnung mit Ihnen?«

Er drehte sich um.

Am geöffneten Treppenhausfenster stand der Hausmeister im Overall und schwenkte grüßend seinen Wischmopp. »Ist Ihre Wohnungstür kaputt?«

»Nein, nein, alles bestens.«

»Sie wissen aber schon, dass Sie das Treppenhaus ruhig benutzen können, wenn ich putze.«

Sackowitz winkte zum Dank und fand sich kurze Zeit später auf der Frankfurter Allee wieder. *Beruhige dich!* Es hatte sich kein Mörder vor seine Tür geschlichen. Nur der Hausmeister! Freitag war Reinemachtag.

78

Lustlos stocherte Anna in den Bratnudeln herum, die Nina vom Chinesen um die Ecke mitgebracht hatte. Sie mühte sich kauend mit einem erkalteten Bissen ab, während ihre Freundin von Sachsopharm erzählte. Doch die Gestalter waren für Anna unglaublich weit entfernt. Ein ganzes Leben.

Sie zwang sich zur Aufmerksamkeit. Vielleicht würde sie das unverfängliche Geplauder etwas ablenken? Mit der Hoffnung wuchs gleichzeitig ihr schlechtes Gewissen. *Manuel braucht deine Hilfe, und was tust du?* Sie hörte überflüssigem Zeug zu – und wartete. Aber sie wusste nicht, was sie noch hätte tun können. Die Tatenlosigkeit, zu der sie jetzt verurteilt worden war, erzeugte in ihr ein Gefühl der Ohnmacht. Es war, als ergebe sie sich dem Schicksal. *Was geschieht gerade mit Manuel? Was macht er? Was wird mit ihm gemacht?* Sie mochte es sich nicht ausmalen. Die Gedanken vertrieben auch den letzten Rest ihres sowieso schon kümmerlichen Appetits. Die Nudeln verschwammen vor ihren Pupillen. Tränen tropften ins Essen.

Aus dem Augenwinkel bemerkte sie, dass Alan sich seine Jacke überzog. »Wohin willst du?«, fragte sie sofort.

»Ich sagte doch gerade, ich muss in die Firma.«

»Du willst jetzt in die Arbeit?«

»Von Wollen kann keine Rede sein, aber ich muss mit meinem Chef reden.«

Anna stach so heftig in die Bratnudeln, dass die Gabel die Pappbox durchbohrte. Inzwischen hatte sie sich so sehr an Alans Beistand gewöhnt, dass die Vorstellung, er würde sie allein lassen – und wenn es nur für eine oder zwei Stunden war –, Beklemmungen in ihr auslöste. »Kannst du deinen Chef nicht anrufen? Er muss das doch verstehen.«

Ihr Mann nahm ihr Gesicht in seine Hände. »Ich bin bald zurück. Außerdem ist ja Nina da.«

Annas Freundin rutschte um den Tisch herum zu ihr. »Natürlich bleibe ich bei dir, Darling, keine Bange.« Sie schwiegen, bis sie hörten, wie Alan vor dem Haus den Wagen startete. In den Motorenlärm hinein fragte Nina: »Ist alles in Ordnung mit euch beiden?«

Anna zündete eine Gauloise an. »Er hilft mir. Er steht mir bei. Endlich.«

Nina entriegelte das Küchenfenster.

»Tut mir leid.« Hastig fächelte Anna den Rauch fort. Die Zigarette drückte sie in dem Nudelbrei aus. »Ich habe nicht daran gedacht.«

»Ist schon okay.« Mit der offenen Hand fing Nina einige Schneeflocken auf, die in den Raum segelten. Die meisten landeten auf der Anrichte, wo sie schmolzen und kleine durchsichtige Seen hinterließen – wie Tränen. »Das mit dir und Alan, das ist gut.«

»Aber zu spät.« Annas Blick heftete sich an das Bild an der Wand. Manuels Lachen erschien ihr keineswegs mehr so ausgelassen und fröhlich wie am Morgen zuvor. »Weißt du, wenn wir uns nicht …«

»Nein, Darling!«, befahl Nina. »So etwas darfst du nicht einmal denken.«

Verzweifelt warf Anna ihre Arme in die Höhe. »Aber wenn es doch stimmt? Wenn ich nicht …«

Die Türklingel brachte sie und ihr schlechtes Gewissen zum Verstummen. Stattdessen glomm Hoffnung in ihr auf. Mal wieder. Sie erlosch, als Kriminalhauptkommissar Peter Veckenstedt in den Korridor trat – allein. Anna versuchte, in seiner Miene zu lesen. Unter dem grauen Haar, in dem Reste von weißen Schneeflocken schmolzen, wirkte das Gesicht des Ermittlers nicht niedergeschlagen, was Anna beruhigte. *Aber er sieht auch nicht fröhlich aus.*

»Wie Sie wissen, wurden mit Hilfe Ihrer Nachbarn Handzettel verteilt«, begann er. »Die zentrale Frage dabei war, ob einer der Anwohner Manuel gesehen oder etwas beobachtet hat. Wir haben etliche Hinweise erhalten, aber leider war nichts Konkretes dabei.«

»Gar nichts?«, flüsterte Anna.

»Es gibt einen Mitschüler, der Manuel gestern Mittag mit einem Fremden auf der Wiese im Mauerpark gesehen haben will. Leider waren die Angaben sehr widersprüchlich. Darüber hinaus halten wir es inzwischen für unwahrscheinlich, dass Ihr Sohn sich zu dieser Zeit noch im Prenzlauer Berg aufgehalten hat, denn wir haben das Videomaterial des U-Bahnhofs Schönhauser Allee ausgewertet.«

Unsicher umfasste Anna die Gabel. »Das ist direkt um die Ecke.«

»Ja. Von dort ist Manuel gestern Mittag, kurz nach Unterrichtsende, mit der U2 zum Alexanderplatz gefahren.«

Manuel sollte allein mit der U-Bahn quer durch Berlin gefahren sein? »Das ist unmöglich!«

Veckenstedt hielt ihr einen verschwommenen Abzug eines Bildes von einer Überwachungskamera entgegen. »Ist das Ihr Sohn?«

Annas Fingerknöchel wurden weiß.

»Am Alexanderplatz verliert sich leider Manuels Spur. Die Kollegen haben die Aufzeichnungen der Kameras an den anderen Bahnsteigen und Ausgängen wiederholt überprüft, aber bei diesem Wetter und dem Betrieb ist uns Manuel entwischt. Wir haben Passanten und Pendler befragt, und auch in den umliegenden Geschäften haben wir Erkundigungen eingeholt. Leider ist er niemandem aufgefallen.«

Verbissen fixierte Anna den winzigen Weihnachtsbaum auf dem Küchentisch. »Was hatte Manuel am Alexanderplatz zu suchen?«

»Nun, es gibt drei Möglichkeiten, was am Alexanderplatz passiert sein könnte. Die erste wäre: Er hat den Ausgang zur Straße genommen. Dann wäre es hilfreich zu wissen, ob er Freunde in der Nähe hat. Leben dort vielleicht Bekannte, von denen Sie uns noch nichts erzählt haben?«

»Ich sagte doch schon, die hätten uns längst Bescheid gegeben.«

»Die zweite Möglichkeit wäre, dass Ihr Sohn in eine andere Bahn umgestiegen ist.«

»Lässt sich das nicht überprüfen?«, wollte Nina wissen. »Dazu müssten Sie doch nur …«

»Wir sind dabei«, fiel Veckenstedt ihr ins Wort. »Aber vom Alexanderplatz führen sechs U- und S-Bahn-Linien in zwölf verschiedene Richtungen an mehr als einhundert Bahnhöfen vorbei. Da können Sie sich in etwa ausmalen, wie lange die Sichtung aller Videoaufnahmen dauert. Aber vielleicht können wir so die Suche abkürzen.« Er schob die Schachtel mit den Bratnudeln beiseite und entfaltete einen Bahnstreckenplan der Berliner Verkehrsbetriebe. »Überlegen Sie bitte, welche Ziele Ihr Sohn angesteuert haben könnte.«

Anna knallte die Gabel auf den Tisch. »Wenn ich das wüsste, hätte ich dort doch schon längst selbst gesucht. Außerdem – was sollte er dort so lange tun? Bei diesem Wetter? Er ist ein kleiner Junge. Er hätte sich längst gemeldet. Irgendetwas muss …« Sie griff nach der Gabel und bohrte sich deren Zinken in ihren Daumen. »Was ist die dritte Möglichkeit?«

»Er wurde von jemandem mitgenommen.«

»Aber von wem?« Doch die Antwort lag auf der Hand. *Verbrecher? Rächer? Oder ein Triebtäter?* Vor Angst schwirrte ihr der Kopf. »Was haben Sie jetzt vor?«

»Wir werden eine Suchmeldung an die Presse geben, schalten Fernsehen, Radio und die Printmedien ein. Ich denke, das ist in Ihrem Sinne.« Er legte einen Zettel auf den BVG-Plan. »Zeugen, die etwas beobachtet haben, egal was, egal wen, können sich an diese Nummer hier wenden, sie landen dann direkt bei der Soko. Im Augenblick sind dort achtzig Beamte …«

»Achtzig?« *Reichen die denn für eine Stadt wie Berlin aus? Mit über drei Millionen Einwohnern?* »Achtzig sind viel zu wenig!«

»Frau Benson, die Kollegen sind erfahrene Profis und unermüdlich im Einsatz. Sie befragen mögliche Zeugen, sichten die Videos und werden Hinweisen aus der Bevölkerung nachgehen.« Er erhob sich von seinem Platz. »Außerdem haben wir für solche Fälle ein Kriseninterventionsteam, dem auch Psychologen angehören. Wenn Sie möchten …«

»Ich brauche keinen Psychologen. Ich will, dass Sie Manuel finden!«, fuhr Anna auf, und ihre Stimme überschlug sich fast. »Und erst recht keinen Quacksalber, der mir einredet, ich solle mich beruhigen.« Im nächsten Atemzug bereute sie schon ihren scharfen Ton. Selbstverständlich unternahm die Polizei alles nur Menschenmögliche. *Aber das ist eben nicht genug.* Denn wenn Manuel tatsächlich verschleppt worden war … Nein, daran wollte sie nicht denken.

Sie starrte auf das bunte Geflecht der Berliner U- und S-Bahn-Linien, das sich auf ihrem Küchentisch ausbreitete. *Überlegen Sie bitte!* Aber was sollte das bringen? *Nun, es ist allemal besser, als tatenlos herumzusitzen.* Das Nichtstun verstärkte nur ihr schlechtes Gewissen. Sie musste etwas unternehmen. *Aber was?*

»Anna«, sagte Nina, nachdem Veckenstedt die Wohnung verlassen hatte. »Wir waren vorhin bei *Sachsopharm* stehen geblieben.«

Anna zuckte gleichgültig mit den Schultern. Bis gestern war ihr das Budget des Arzneikonzerns wichtig gewesen. So wichtig sogar, dass sie ihren eigenen Sohn dafür vernachlässigt hatte. Jetzt spielte die Firma keine Rolle mehr, aber trotzdem trug sie noch die Verantwortung für die Mitarbeiter. *Trage sie erst einmal für Manuel.* Anna gab einen unwilligen Ton von sich.

Nina verstand. »Es ist okay. Du brauchst dir keinen Kopf darüber machen.« Sie räumte die Nudelschachteln vom Tisch. »Ich werde mich um die PR-Kampagne kümmern. Wozu haben wir denn sonst den großen Presseverteiler?« Sie bog die Gabel in die ursprüngliche Form zurück und legte sie in das Spülbecken. »Ich verspreche dir, wir werden das Budget von Sachsopharm bekommen, und alles wird …«

»Was hast du gerade gesagt?«, unterbrach Anna.

»Äh, ich?«

»Wofür wir denn sonst den großen Presseverteiler haben, das hast du gefragt.«

»Ja, stimmt, aber …«

»Und was hat dieser Veckenstedt gemeint?« *Wir werden eine Suchmeldung an die Presse geben, schalten Fernsehen, Radio und die Printmedien ein. Ich denke, das ist in Ihrem Sinne.* Anna machte einen Satz zur Tür. »Nina, wir müssen in die Agentur.«

»Du? Wir? Jetzt? Ich glaube nicht, dass das …«

Anna hatte schon ihren Blazer angezogen. »Doch!«

Alan kam zur Tür herein. Beim Anblick der beiden im Aufbruch befindlichen Frauen nahm sein Gesicht einen bestürzten Ausdruck an. »Was ist passiert?«

»Du bleibst hier«, bestimmte Anna. »Für den Fall, dass Manuel sich meldet. Oder falls …« Sie verschwieg lieber, was sie dachte.

»Anna?« Das Gesicht ihrer Freundin sprach Bände. *Hast du den Verstand verloren?* »Was ist los mit dir?«

In einem Akt der Entschlossenheit ballte Anna ihre rechte Hand zur Faust. »Wir haben eine Werbeagentur, richtig?«

Nina und Alan tauschten besorgte Blicke aus.

»Und wir haben einen extrem großen Presseverteiler!«

Nina schlug sich mit der flachen Hand gegen die Stirn. »Natürlich, jetzt verstehe ich. Du willst …«

»… an die Presse, ja, und zwar richtig. Ganz groß.« Anna fühlte, wie Kraft und Zuversicht zurückkehrten. »Ich habe Manuel für die Agentur vernachlässigt, jetzt muss die Agentur ihm und uns helfen. Mit allem, was ihr zur Verfügung steht.«

79

Tabori bestaunte das Instrument wie ein wundersames Artefakt.

»Du wirst ganz bestimmt besser spielen als ich«, versicherte Ludwig.

Trotzdem konnte sich Tabori nicht überwinden. Er hatte noch nie vor Publikum gespielt – von seinem Großvater abgesehen und dem einen Mal, als er von Gentiana in der Höhle auf dem Skanderberg überrascht worden war.

»Ich kann nämlich nicht gut spielen«, erklärte Ludwig.

Tabori knetete nervös die Finger.

»Pass auf, ich zeig es dir.« Ludwig zupfte wahllos und ohne Melodie an den Saiten. Dazu sang er. Ziemlich schief, wie Tabori fand, der sich vergeblich bemühte, ein Lied zu erkennen.

»Nicht schön!«, bestätigte Tabori.

»Hab ich es dir nicht gesagt?« Ludwig legte die Gitarre vor Tabori auf den Boden, aber Tabori verharrte stocksteif an Ort und Stelle. »Na gut.« Geknickt zuckte Ludwig mit den Achseln. »Dann hole ich dir mal den Kakao.«

Als er nicht mehr zu sehen war, entledigte sich Tabori seiner Jacke und setzte sich auf den Teppichboden. Seine Hände glitten über die Fasern. Sie fühlten sich an wie das weiche Fell von Gentiana, der Katze. Aber irgendwie war der Teppich sogar fast noch angenehmer.

Tabori wartete. Weil Ludwig nicht zurückkam, legte er sich irgendwann die Gitarre auf den Schoß. Sie war fast neu. Selbst auf dem Lack, mit dem das Holz überzogen war, waren kaum Fingerabdrücke zu erkennen. Ehrfürchtig entlockte er den Saiten einige Töne. Sie klangen harmonischer als Ludwigs entsetzliches Rumgezupfe vor wenigen Minuten.

»Das klingt gut«, lobte Ludwig. »Was spielst du da?«

Tabori stoppte erschrocken.

»Nein, nicht aufhören.«

Tabori schüttelte verschüchtert den Kopf.

Ludwig reichte ihm eine Tasse Kakao. »Möchtest du trinken?«

»Bitte, ja.«

Dankbar nippte Tabori an dem heißen Getränk. Mit der freien Hand fuhr er durch die Teppichfasern. Er genoss das flauschige Prickeln zwischen den Fingern. Fritz' Zimmer war gemütlich, ganz anders als sein Raum in Gracen und erst recht als die Baustellenkammer. Tabori konnte sich immer noch nicht vorstellen, warum Ludwigs Sohn nicht gerne herkam. Wenn Tabori so ein Zimmer besäße, würde er sich nirgendwo anders mehr aufhalten. Er gähnte.

»Möchtest du schlafen?«

Tabori schaute fragend an sich herab.

»Ja, stimmt. Du solltest dich waschen. Verstehst du das?« Ludwig tat so, als würde er seinen Körper einseifen. »Waschen.«

Das Badezimmer war mit weißen Fliesen ausgelegt und glänzte, als hätte es erst vor wenigen Minuten jemand geputzt. Ludwig legte ein Handtuch auf einen Hocker, erklärte die Bedienung der Armaturen und ließ ihn alleine.

Tabori schämte sich, als er sein Gesicht im Spiegel betrachtete. Das Haar war nicht so lang wie das von Aidan, aber es stand ihm genauso wirr vom Kopf ab. In einem Mundwinkel klebte noch ein Rest Ketchup. Wenigstens war die Beule an seiner Wange nicht mehr zu sehen.

Er entkleidete sich und suchte einen Platz, wo er seine schmutzige Wäsche hinlegen konnte. Da er nichts dreckig machen wollte, ließ er sie schließlich auf die Fliesen fallen. Dann stieg er in die Badewanne, die zugleich als Dusche diente, und hielt, während er den Wasserhahn aufdrehte, den Schlauch über seinen Kopf. Das kalte Wasser ließ ihn vor Schreck aufschreien. Japsend öffnete er den anderen Hahn und wartete, bis endlich warmes Wasser auf ihn niederprasselte. Es fühlte sich prächtig an, und Tabori begann, sich zu entspannen.

Das Gefühl verging schlagartig, als Ludwig das Badezimmer betrat. Hastig und mit hochrotem Kopf bedeckte Tabori seine Blöße.

»Ich wollte dir nur frische Kleidung bringen, für später.« Ludwig breitete Hosen und mehrere Shirts auf der Waschmaschine aus, dann betrachtete er Tabori abschätzend von Kopf bis Fuß. »Ja, das müsste deine Größe sein.«

»Danke«, stammelte Tabori.

»Ich hoffe, es passt.«

»Danke, ja.«

»Probiere es einfach an.«

»Ja, ja.«

»Und wenn es nicht … Was ist mit dir?«

Tabori verkrampfte sich noch stärker.

»Oh, entschuldige. Es ist dir unangenehm, dass ich dich so sehe? Das tut mir leid. Ich dachte eigentlich, du bist schon ein großer Junge.« Kopfschüttelnd verließ Ludwig das Badezimmer.

Während Tabori sich einseifte, kam ihm sein Verhalten im Nachhinein kindisch vor. Es gab keinen Grund, sich vor Ludwig zu schämen. Selbst Gentiana hatte ihn schon einige Male nackt gesehen, zum Beispiel damals im Sommer, als sie in dem kleinen See am Skanderberg schwimmen gewesen waren.

Er schrubbte seinen Körper, bis er glaubte, die Haut würde sich ablösen. Seit Tagen fühlte er sich das erste Mal wieder richtig sauber. Auch die Müdigkeit war verflogen. Er drehte das Wasser ab, stieg aus der Wanne und griff nach dem Handtuch.

Jetzt, wo er noch mal über die Sache mit der Gitarre

nachdachte, kam er sich nicht nur kindisch, sondern richtig albern vor. Wie wollte er Musiker werden, wenn er sich nicht einmal traute, vor Ludwig zu spielen? Er würde ganz sicher nicht über ihn lachen. Ludwig war nett. Außerdem hatte er sich selbst gerade vor ihm, Tabori, entsetzlich beim Musikmachen blamiert.

Tabori wählte eine Jogginghose aus, die ihm mindestens eine Nummer zu groß war, und ein dazu passendes T-Shirt von Nike, das ihm zu klein war. Er wollte sich nach seiner alten Kleidung bücken, aber die hatte Ludwig anscheinend schon weggenommen. Er trat auf den Flur. Der Teppich unter seinen nackten Füßen war angenehm warm.

Ludwig erwartete ihn in Fritz' Zimmer. »Geht es dir gut?«

»Gut. Aber meine … Hose, mein Pullover?«

Ludwig zeigte auf den Mülleimer. »Die habe ich weggeschmissen.«

»Aber … Das sind meine!«, protestierte Tabori.

»Du kannst dir alles, was du willst, von Fritz aussuchen. Er braucht sie sowieso nicht mehr. Er ist schon größer als du.«

Tabori verstand nicht alles von dem, was Ludwig sagte, konnte sich jedoch den Rest zusammenreimen, als der auf Fritz' Kleiderschrank zeigte. Ganz wohl war Tabori nicht dabei, aber seine alten, schmutzigen und zerrissenen Kleider waren wahrscheinlich wirklich nur noch ein Fall für den Abfall gewesen. Außerdem, rief er sich in Erinnerung, hatte er daheim ja auch die Kleider von Mickael aufgetragen.

Ludwig tätschelte die Matratze. »Willst du schlafen?« Er griff das Gamepad der PlayStation. »Oder lieber etwas spielen?«

Es war verlockend, doch ehe Tabori antworten konnte, hatte Ludwig schon eine neue Idee. »Nein, ich weiß etwas viel Besseres.« Er nahm die Gitarre. »Ich möchte dich jetzt unbedingt spielen hören.«

80

»Und? Hat er gestanden?« Mit ungeduldiger Geste deutete Dr. Salm auf die Stühle vor seinem Schreibtisch. Kalkbrenner sollte sich gefälligst setzen.

»Ja und nein.«

»Was ist das denn für eine Antwort?«

Die lange Wartezeit am Flughafen Schiphol hatte Kalkbrenner erschöpft. Als der Flieger aus Amsterdam endlich in Tegel gelandet war, hatte er nur einen Wunsch verspürt: schnurstracks heimzufahren. Doch er hatte bereits geahnt, dass der Dezernatsleiter ihren Bericht erwartete. Und zwar sofort.

Kalkbrenner nahm auf dem Schwingstuhl Platz. Wenig überraschend gab dieser keinen Ton von sich. Anders als die Zimmer und Möbel der Mordkommission hatte das Büro des Dezernatsleiters in der vierten Etage die Wende nicht überlebt und war inzwischen mit frischer Tapete und sauberer Auslegware herausgeputzt worden. Auch die neuen Möbel zeugten von erlesenem Geschmack. Es war, als befände man sich in einer anderen Welt. Dennoch: Wann immer Kalkbrenner dieses Büro betrat, fühlte er sich unwohl und irgendwie fehl am Platz. »Herr Peglar gibt die Gammelfleischgeschäfte zu. Er ist bereit, gegen die Hintermänner auszusagen, die er zugleich für den Mord an seinem Bruder verantwortlich macht. Dafür …«

»… will er einen Deal?«, beendete Dr. Salm den Satz und lachte auf. »Auf keinen Fall!«

Kalkbrenner schaute überrascht auf. So viel Integrität hatte er dem Dezernatsleiter gar nicht zugetraut. Dieser knipste die Schreibtischlampe an, als sich draußen der Abend immer tiefer über die Stadt senkte. »Oder gibt es einen triftigen Grund, Peglars Version Glauben zu schenken?« Interessiert beugte sich Dr. Salm über seinem Schreibtisch vor.

Für Kalkbrenner gab es jedenfalls tausend triftige Gründe, es *nicht* zu tun. *Du verspürst den Wunsch nach Rache. Sie trübt dein Urteilsvermögen.* Er schwieg.

Der Dezernatsleiter nickte zufrieden und reichte Kalkbrenner eine Akte. »Hier. Lesen Sie.«

Es war der Abschlussbericht der Spurensicherung zum Tatort im Hotel *Adler*. Neben denen, die von Marten Peglar hinterlassen worden waren, hatte Dr. Boddes Team noch eine Menge anderer unterschiedlicher Spuren auf Zimmer 245 sichergestellt. Unter anderem Hautcreme und Puder an der Kommode, Haare auf Stuhl und Bett sowie im Bad, Schuhabdrücke, Faseranhaftungen und Hautpartikel auf dem Teppich – all das, was man in einem durchschnittlichen Hotelzimmer so fand. Allerdings ließ sich damit keine Verbindung zum Tod von Rudolph Fielmeister herleiten. Außerdem hatte die Spurensicherung fast fünfzig latente Fingerabdrücke im Zimmer und weitere zehn an der Tür gefunden. Viele davon waren durch andere überlagert oder unvollständig. Die, die ausgeprägt genug waren, um sie identifizieren zu können, hatten sie durch die Datenbank laufen lassen, aber die Ergebnisse waren entweder negativ, oder die Leute, denen die Fingerabdrücke zugeordnet worden waren, standen in keinerlei Zusammenhang mit Rudolph Fielmeister. Kurzum: Es gab keinen Hinweis auf einen möglichen anderen Täter.

Dr. Salm lächelte. »Ich habe bereits mit dem Staatsanwalt gesprochen. Er wird Anklage erheben, sobald Peglar nach Deutschland überstellt worden ist. Seine Auslieferung ist bereits beantragt.« Er griff zum Telefon, ein untrügliches Zeichen, dass das Gespräch beendet war. »Ich habe Ihnen ja gesagt, was auf dem Spiel steht. Die Sache muss zügig vom Tisch.«

Für einige Minuten hatte Kalkbrenner beinahe vergessen, dass die Integrität Dr. Salms eigentlich immer einen Haken besaß. Der Dezernatsleiter war ein selbstverliebter Bürokrat, der sich zuallererst um seine Karriere und seinen Ruf sorgte. War sein Vorgesetzter damit allerdings so viel schlechter als er, Kalkbrenner, der Peglar vor allem deshalb in der Zelle sitzen sehen wollte, weil er auf … *Rache* … aus war? Andererseits waren die Spuren im Fall Fielmeister auch objektiv eindeutig, der Fall war so gut wie abgeschlossen. Demonstrativ klappte er die Akte zu.

Seltsamerweise fühlte er weder Erleichterung noch Befriedigung, als er den Raum zum Ausgang hin auf dem weichen Teppich durchquerte, der alle Geräusche verschluckte. An der Tür blieb er stehen. »Haben wir eigentlich neue Erkenntnisse im Fall Stephanie Klee?«

Dr. Salm legte den Hörer, den er gerade abgenommen hatte, wieder zurück auf die Gabel. »Wer soll das sein?«

»Die tote Prostituierte von gestern.«

»Ach die. Warum fragen Sie?«

Aus gutem Grund. »Nur so.«

»Meinen Sie nicht, Sie haben mit Fielmeister noch genug zu tun? Ich erwarte schnellstmöglich Ihren Abschlussbericht!«

Kurze Zeit später quietschten Kalkbrenners Schritte ein Stockwerk tiefer auf dem verblichenen Linoleum. Während er sich eine Tasse von Ritas Kaffee genehmigte, fielen ihm die verlassenen Büros seiner Kollegen auf. »Wo sind Sebastian und Sera?«

»Sebastian ist zu Vernehmungen in der Mordsache Stephanie Klee gefahren«, erklärte Rita.

»Es gibt also eine Spur?«

»Warum willst du das wissen?«

»Weil es mich interessiert.«

»Warum?«

Kalkbrenner stieß einen stillen Seufzer aus. »Und Sera?«

Rita ließ ihn nicht aus den Augen. »Ist beim Arzt.«

»Ist sie etwa krank?«

»Nein, keine Sorge. Es ist nur einer jener Termine, die wir Frauen zweimal im Jahr wahrnehmen müssen.«

»Sie ist aber nicht schwanger, oder?«

»Meinst du nicht, dass sie dazu erst einmal einen Freund bräuchte?«

Kalkbrenners Handy läutete. Als er auf das Display schaute, überraschte ihn die Nummer.

»Was ist?«, fragte Rita, weil das Motorola noch immer schrillte. »Willst du nicht rangehen?«

»Doch.« Er verschwand in seinem Büro und presste die grüne Taste. »Hallo, Jessy.«

Er spürte mehr, als dass er es sah, wie Rita ihm neugierig hinterherguckte. Mit einer Hand schloss er die Tür.

»Hallo, Paps.«

»Geht es dir gut?«

Das auf seine Frage folgende Lachen seiner Tochter war Balsam auf seiner Seele. »Hat sich in den letzten zwei Tagen nicht viel getan.«

Wenigstens bei einem von uns. Aber das sprach er nicht aus. Warum rief sie an? Ausgerechnet jetzt?

»Paps, ich wollte dich eigentlich fragen, ob du heute Abend schon etwas vorhast.«

Auf seinem Schreibtisch stapelte sich die Arbeit. *Meinen Sie nicht, Sie haben mit Fielmeister noch genug zu tun?* »Nein, habe ich nicht. Sollen wir uns zum Essen treffen?«

»Ja, gerne. Wo?«

Er entsann sich des letzten Versuchs eines gemeinsamen Abendessens mit seiner Tochter. Damals hatte es Garnelen zu Weißbrot und Salat gegeben, aber kaum dass er alles serviert hatte, war er von Berger zu einem Mordfall gerufen worden. »Treffen wir uns bei mir?«

»Bei dir?« In Jessys Stimme schwang ein zweifelnder Unterton mit.

»Natürlich, ich besitze immerhin eine Einbauküche, die darauf wartet, eingeweiht zu werden.«

»Hast du auch was zum Sitzen?«

»Klar. Sagen wir um zwanzig Uhr?« Er nannte ihr seine Adresse.

»Einverstanden. … Paps?«

»Ja?«

Und bitte nicht wieder vergessen, absagen oder … »Bis nachher.«

Seine Tochter hatte bereits aufgelegt, als ihm bewusst wurde, dass er keine Ahnung hatte, was er kochen sollte. Zum Glück nahte Rettung in Form seiner Sekretärin, die schon wieder an seine Tür klopfte.

»Gibt es etwas zu feiern?«, fragte Rita. »Möchtest du ein Stück Kuchen?«

»Wenn du mich schon belauscht hast«, er grinste ihr zu, »dann solltest du auch mitbekommen haben, dass ich mich vor wenigen Minuten mit meiner Tochter zum Abendessen verabredet habe. Warum also sollte ich noch Kuchen essen?«

»Du magst meinen Kuchen nicht mehr!«, klagte Rita eingeschnappt.

Kalkbrenner nahm ihre Hand. »War nicht böse gemeint. Ich weiß deine Sorge wirklich zu schätzen …«

»Da bin ich mir manchmal gar nicht so sicher.«

»… und deinen Kuchen noch viel mehr.«

Sie stemmte ihre Hände in die nicht gerade zarte Hüfte. »Und warum glaube ich dir das nicht?«

Theatralisch hob er die Finger zum Schwur. »So wahr ich mich heute Abend mit meiner Tochter treffe – ich sage die Wahrheit.« Dann schaute er Rita verschwörerisch in die Augen. »Und genau deshalb brauche ich deine Hilfe: Was soll ich Jessy zum Essen servieren?«

»Soll ich dir vielleicht etwas von meinem Kuchen einpacken?«

»Rita!«

»Schon gut. Was isst sie denn gerne?«

»Sie mag Garnelen, Sushi, alles, was mit Fisch zu tun hat. Aber das ist mir in der Kürze der Zeit ein bisschen zu aufwendig.«

Rita legte nachdenklich einen Finger an die Lippen. »Hm, wie wäre es mit Lasagne? Das ist einfach zuzubereiten, dauert zwar etwas, aber schmeckt mir immer …«

»Es soll nicht dir schmecken, sondern Jessy.«

»Aber wenn es mir schmeckt, dann schmeckt es ihr auch.«

»Deine Logik leuchtet mir zwar nicht ein, aber«, Kalkbrenner war optimistisch gestimmt, »Lasagne ist sicherlich nach Jessys Geschmack.«

81

Tabori ließ sich im Schneidersitz auf dem flauschigen Teppich nieder.

»Jetzt bin ich aber gespannt«, sagte Ludwig erwartungsvoll und nahm ebenfalls mit gekreuzten Beinen ihm gegenüber Platz. »Bestimmt spielst du richtig schön.«

»Nicht viel«, warnte Tabori und stellte die Gitarre auf seine Oberschenkel. »Nur ein Lied. Opa hat gelernt.«

»Er hat es dich gelehrt«, korrigierte Ludwig freundlich.

Taboris Finger entlockten den Saiten erste Töne. Sie klangen unsicher.

Aber Ludwig lachte ihn nicht aus. »Das ist toll«, meinte er stattdessen.

Das spornte Tabori an. Je länger er spielte, desto klarer wurde die Melodie.

Sein Zuhörer schloss die Augen und bewegte verträumt dazu den Kopf im Takt, als würde ihm gefallen, was er hörte. Die Reaktion verlieh Tabori zusätzliche Sicherheit. Es war gar nicht so schlimm, vor anderen Leuten zu spielen. Die Melodie von *Povijn 'krushqi* entfaltete sich fast automatisch, ohne sein Zutun. Trotzdem traute sich Tabori nicht zu singen.

»Ich würde gerne spielen können wie du«, lobte Ludwig. »Ich wollte schon immer Musik machen. Ich hoffte, Fritz bringt es mir eines Tages bei. Er spielt fast so schön wie du. Er hat sogar Musikunterricht. Aber ... er ist ja nicht mehr da.«

Tabori hatte nur die Hälfte verstanden. Er konnte sich zwar nicht vorstellen, wie es sein musste, wenn ein Sohn nichts mehr mit seinem Vater zu tun haben wollte, er wusste allerdings, wie man sich fühlte, wenn man seinen Vater sehen wollte, es aber nicht mehr konnte. So ähnlich musste es Ludwig gehen. Tabori verspürte Mitleid. »Ich spiele für dich.«

»Du bringst es mir bei?« Ludwig klang erfreut.

Langsam breitete sich die Erschöpfung wieder in Tabori aus, doch für einige kleine Fingerübungen sollten seine Kräfte noch reichen. Er hockte sich neben Ludwig und gab ihm die Gitarre. Dann erinnerte er sich daran, wie sein Großvater es ihm vor Jahren gezeigt hatte, und platzierte Ludwigs Finger auf den Saiten, begann, mit ihnen zu zupfen, und entlockte der Gitarre einige Töne. Sie klangen noch immer hölzern, und es fehlte ihnen jeder melodische Fluss, doch das Lied war erkennbar.

»Du hast Talent, Tabori«, freute sich Ludwig.

»Was ist ... Talent?«

»Du spielst schön. Gut. Sehr gut. Du hast Talent.«

Tabori dachte an seine letzte Stunde in Gracen zurück, als Gentiana ihm und seiner Musik in der Höhle auf dem Skanderberg heimlich zugehört hatte. Anschließend hatte sie ihm genau das erklärt, was jetzt auch Ludwig sagte: *Du hast Talent*.

Es kam ihm vor, als sei das alles schon eine halbe Ewigkeit her. Dabei hatte er doch versprochen: *Ich bleibe nicht lange weg. Aber ich komme mit viel Geld nach Hause. Das wird Mutter freuen*.

»Du bist traurig«, erkannte Ludwig. »Woran denkst du?«

»Zu Hause.«

»Du vermisst dein Zuhause?«

Was für eine Frage. Aber darum ging es jetzt nicht. Taboris Finger fuhren über den Teppich. Er war so flauschig, warm und behaglich. All das, wonach er sich daheim gesehnt hatte. Er gähnte. »Ryon«, sagte er leise.

»Ja, ich weiß, ich habe dir versprochen, mich nach ihm umzusehen.«

»Danke.«

Unerwartet griff Ludwig nach Taboris Hand. »Pass mal auf!«

Tabori zuckte unter der jähen Bewegung zusammen.

»Du brauchst dich nicht ständig bei mir zu bedanken«, sagte Ludwig, während er noch immer Taboris Linke hielt. »Wenn es jemandem so wie dir schlecht geht, dann sollte das eine Selbstverständlichkeit sein, dass man ihm hilft. Jeder andere hätte das auch getan.«

»Wie bitte?«

»Jeder hilft dir.«

Da war sich Tabori nicht so sicher, schließlich hatte er schon das Gegenteil erlebt. Aber er traute sich nicht zu widersprechen. Ludwig war plötzlich so ernst, und Tabori wollte ihn nicht wieder verärgern. Außerdem war er müde. Sehr müde.

Ludwigs Hand schloss sich enger um seine Finger. »Du gehst jetzt ins Bett.«

Die Ereignisse der letzten Tage, der quälende Hunger, die

bittere Kälte, der Schock, zusammengeschlagen zu werden – das alles war zu viel für Taboris kleinen Körper gewesen.

»Tabori!«

Aber er war schon eingenickt. Einfach so. Sein Kopf ruhte schwer an Ludwigs Schulter.

»Ab ins Bett.« Ludwig fegte die Teddybären von der Matratze und schlug die Decke zurück.

Dankbar sank Tabori im Halbschlaf unter die weichen Daunen.

»Ruh dich aus.« Ludwig breitete sanft die Decke über ihn aus. »Morgen wird es dir besser gehen. Gute Nacht, mein Junge.« Er löschte das Licht.

82

Anders als die Suchmeldung der Polizei, die lediglich aus Manuels Foto und einer nüchternen Personenbeschreibung bestand, verfasste Anna ihre Pressemitteilung bewusst persönlicher. Frank, der Creative Director der Gestalter, der in seinem vorherigen Leben Boulevardjournalist gewesen war, brachte es auf den Punkt: menschlicher. Er hatte ihr auch geholfen, die richtigen Worte zu finden, sodass auf diese Weise ein eindringlicher Text zustande gekommen war – über Annas Beziehung zu Manuel und die Angst einer Mutter um ihren Sohn.

Nina legte ihre Stirn in nachdenkliche Falten. »Glaubst du, das ist richtig?«

Anna rief sich andere Fälle vermisster Kinder vor Augen. Die Sache in Spanien vor ein paar Jahren. Oder jüngst das Verschwinden des kleinen Mädchens in Leipzig. »Du weißt doch, wie das Geschäft funktioniert.«

»Aber Darling, diesmal geht es um kein Geschäft.«

»Nein, ich weiß, es geht um Manuel, meinen Sohn.«

»Deshalb solltest du auch wissen, was mit dieser Mitteilung auf dich zukommt.«

»Aber gerade weil ich das weiß, bin ich überzeugt, dass es richtig ist.« Entschlossen drückte Anna ihrer Freundin die Pressemitteilung in die Hand. »Fax sie raus.«

Bereits eine Stunde später sendeten der *RBB, MDR, TV Berlin, Radio 1, RTL 104,6* und einige andere lokale Fernseh- und Radiostationen Annas Aufruf. Weitere dreißig Minuten später sprangen die ersten überregionalen Medien darauf an. *So funktioniert das Geschäft. Sobald die Redaktionen eine Tragödie wittern, senden sie ihre Reporter aus.*

Im Meetingraum der Gestalter schaltete Nina den Fernseher ein. Zwischen ihre Schulter und das Kinn hatte sie ihr Telefon geklemmt. Auf einer anderen Leitung sprach Anna gerade mit dem stellvertretenden Geschäftsführer von Lit-Company, die Berliner Bushaltestellen, S- und U-Bahnhöfe mit Leuchtreklame bestückte. Er wollte bei der Suche nach Manuel gerne helfen, konnte aber seinen Chef nicht erreichen, der bereits in den Feierabend entschwunden war.

»Du bist mir einen Gefallen schuldig«, erinnerte ihn Anna.

»Ich weiß, trotzdem kann ich das nicht alleine entscheiden.«

»Dann gib mir wenigstens die Leerflächen, die gerade nicht vermietet sind.«

Nach einigem Zaudern willigte er endlich ein und versprach, umgehend einen Trupp Plakatierer mit der Vermisstenmeldung in Postergröße loszuschicken, die Dietrich in weiser Voraussicht schon entworfen und vervielfältigt hatte.

Als Anna aufgelegt hatte, berichtete Nina sofort: »Gerade habe ich mit der *Bild* gesprochen. Sie möchten deine Geschichte morgen auf der Titelseite bringen. Allerdings will der Redakteur ein Foto, das nicht in der Abendausgabe vom *Tagesspiegel* erscheint.«

Anna warf dem Praktikanten ein weiteres Bild von Manuel zu, das sie zu Hause einem Familienalbum entnommen hatte. »Scan das bitte ein!«

Dietrich kam ins Zimmer und schwenkte einen Stapel Papiere. »Und wer kriegt jetzt die neuen Handzettel?«

Seine karierte Hose und das gestreifte Hemd taten Anna in ihren überanstrengten Augen weh. »Schick sie bitte an ProMa.« Die befreundete Promotionagentur hatte in der Vergangenheit einige Aufträge für die Gestalter erledigt. »Sie werden die Handzettel in den Kneipen und Restaurants der Stadt verteilen.«

Nina drehte am Lautstärkeregler des TV-Apparats, und alle Gespräche verstummten. Die *RTL*-Nachrichten informierten ihre Zuschauer über das Verschwinden *des kleinen Manuel.* In großen Lettern prangte sein Name auf dem Bluescreen unter seinem Foto und hinter dem Anchorman.

War das da wirklich ihr Sohn? Geschah das alles tatsächlich mit ihr? Ein überwältigendes Gefühl von Irrationalität bemächtigte sich Annas. Zum Glück brachte Nina sie auf andere Gedanken: »*Pro7* will ein Interview mit dir.«

Anna überlegte nicht lange. »Okay. Führen wir das Gespräch vor meinem Haus.«

»Geht das jetzt nicht wirklich zu weit?«, zweifelte Nina.

»Im Gegenteil«, widersprach Anna. »Sollte Manuel tatsächlich entführt worden sein und sein Entführer das Interview mitbekommen, dann möchte ich, dass dieser Scheißtyp nicht mehr nur einen kleinen, fremden Jungen in ihm sieht, sondern Manuel, der ein Zuhause und eine besorgte Mutter hat.«

Kurze Zeit später machten Nina und Anna sich auf den Weg nach Prenzlauer Berg. Auf dem Bürgersteig der Kopenhagener Straße wimmelte es bereits vor Kameras, Stativen und Kabeln. An ein Durchkommen war kaum zu denken. Vermutlich wäre der Reportertross längst in Annas Wohnung vorgerückt, hätte ein Polizeiaufgebot ihn nicht daran gehindert, sodass der Großteil der Journalisten auf dem Bürgersteig vor dem Haus in der Kälte ausharrte, während sich ihre Kollegen in den benachbarten Cafés und Kneipen aufwärmten.

Mit einer Mischung aus Faszination und Abscheu betrachtete Anna die Menschenmenge vor ihrem Haus. »Da müht man sich jahrelang ab, um Journalisten für tolle Kampagnen zu begeistern, und dann …«

»Was redest du da?« Nina schaute sie entsetzt an.

Nur mit Verzögerung wurde Anna bewusst, was sie da gerade von sich gegeben hatte. *Aber ist das ein Wunder?* In den zurückliegenden Stunden, in der hektischen Betriebsamkeit der Agentur, hatte sich Manuel, ihr Sohn, zu einem Produkt gewandelt, das Anna nach bestem Vermögen in die Presse bringen wollte. Beschämt schüttelte sie den Kopf. »Vergiss bitte, was ich gesagt habe. Das war ein dummer Gedanke. Das war nicht ich.«

Plötzlich sahen sie, wie Alan aus dem Haus zu ihnen herübereilte. Kriminalhauptkommissar Veckenstedt und ein Trupp uniformierter Beamter bemühten sich, mit ihm Schritt zu halten. Damit wurden nun auch die Reporter auf Anna aufmerksam. Innerhalb von Sekunden richteten sich Objektive auf ihren Wagen, Scheinwerfer blitzten auf, und die Journalistenschar wogte ihnen wie eine mächtige Welle entgegen. Die Streifenpolizisten formierten sich zur schützenden Kaimauer.

Als Alan die Autotür öffnete, drängte Veckenstedt ihn beiseite und beugte sich mit hochrotem Kopf zu Anna hinunter. »Sie hätten uns darüber informieren sollen, was Sie unternehmen!«

»Was unternehme ich denn Schlimmes?« Sein Vorwurf empörte Anna. »Ich suche nur nach meinem Sohn.«

»Dagegen ist ja auch nichts einzuwenden. Aber … wir sollten uns abstimmen.«

»Schön«, stellte Anna fest. »Dann tun wir das hiermit.«

Veckenstedt stöhnte resigniert. »Wir haben währenddessen die Suche intensiviert. Auf Anweisung vom Polizeipräsidenten wurde die Soko noch einmal um achtzig Beamte der Bereitschaftspolizei aufgestockt. Eine ganze Hundestaffel ist im Einsatz, außerdem ein Hubschrauber mit Wärmebildkamera.«

»Wäre dies auch geschehen, wenn ich die Presse nicht eingebunden hätte?«

»Natürlich!« Veckenstedts Protest erschien Anna eine Spur zu vehement. »Außerdem werden wir Ihnen einige Beamte vor das Haus stellen. Die Presse wird ziemlich hartnäckig sein.«

»Das ist mir lieber als Untätigkeit.« Sie war sich nicht sicher, wen sie mit ihren Worten treffen wollte. Den Polizisten? Oder sich selbst? Egal, sie für ihren Teil würde von nun an nicht länger tatenlos zusehen, sondern kämpfen, für Manuel. Sie umschloss Alans Hand, holte noch einmal tief Luft, tankte Kraft. Dann trat sie vor die Kameras.

83

Wie ein Wirbelwind raste Leonie auf Sackowitz zu. Sie stürzte sich in seine Arme und lachte vor Vergnügen. Als er seine Tochter absetzte, fragte sie ihn mit herzallerliebstem Augenaufschlag: »Papa, kommst du spielen?«

Seit Weihnachten nannte sie ein neues, großes Puppenhaus ihr Eigen – ein Geschenk von Onkel Wolfgang. Karins Bruder hatte sich nicht lumpen lassen: Das Holzhaus nahm fast ein Viertel von Leonies Zimmer in Anspruch. Sackowitz' Geschenk, ein Satz Playmobilfiguren auf Pferden, nahm sich dagegen eher winzig aus, aber immerhin hatten die Figuren mitsamt Pferden bereits Einzug in das Puppenhaus gehalten – neben Hardy, der Papa-Puppe, in deren Rolle Sackowitz für gewöhnlich schlüpfte, wenn er seine Tochter besuchte.

»Du solltest doch erst morgen auf Leonie aufpassen«, sagte Karin erstaunt, als sie in der Tür erschien. Ihre Hoteluniform hatte sie gegen ein schlichtes Hauskleid eingetauscht, unter dem grün-gelb gestreifte Strumpfhosen hervorschauten.

»Ich weiß.« Sackowitz wurde von Leonie in die Wohnung geschleift. »Darf ich trotzdem kurz reinkommen?«

Mit skeptischem Blick betrachtete Karin sein zerkratztes Gesicht. »Du bist ja schon drin.«

Auf dem Herd brutzelten in einer Pfanne Bratkartoffeln mit Speck. Till hockte mit einem aufgeschlagenen Buch neben dem Teller am Tisch. Den Bildern nach schmökerte er in einem Fachbuch über Dressurreiten. Während er sich eine mit Kartoffeln beladene Gabel in den Mund schaufelte, nuschelte er: »Hey, Hardy, was ist denn mit dir passiert?«

Sackowitz betastete die Kratzer auf seinen Wangen. »Hatte einen kleinen Berufsunfall, nichts Schlimmes. Wie war dein Turnier gestern?«

»Hätte besser laufen können. Kommt morgen der Bericht?«

»Ist schon geschrieben und an die Sportredaktion überstellt.«

»Cool.«

Leonie wuselte um Sackowitz' Beine herum und zerrte am Hosenstoff. »Papi, kommst du? Spielst du mit mir?«

Er tauschte einen kurzen, fragenden Blick mit Karin. Seine Exfrau zuckte mit den Schultern. »Alles andere würde sie dir übel nehmen.«

Schnell hob er seine Tochter auf den Arm. »Klar, mein Küken, wir spielen gleich. Aber vorher möchte ich mit deiner Mama reden, ja?«

Leonie verzog die Lippen zu einem Schmollmund. »Aber ich habe auch Hausaufgaben gekriegt. Da musst du mir helfen!«

»Nix da, junge Dame«, widersprach Karin. »Die erledigst du schön selbst.«

»Aber ich will mit Papa spielen.«

»Wenn du die Hausaufgaben fertig hast, dann sind wir bestimmt mit unserer Unterhaltung fertig, und du kannst auch mit ihm spielen.«

Der Satz war kaum zu Ende gesprochen, da verschwand Leonie schon in ihrem Zimmer, und auch Till verzog sich wenig später. Sackowitz schielte zur Bratpfanne hinüber. Karin folgte seinem Blick. »Hast du Hunger?«

Obwohl sein Magen sich mit einem Grummeln bemerkbar machte, war Sackowitz sich nicht sicher, ob er überhaupt einen Bissen hinunterbekommen würde. »Ein bisschen. Aber nur, wenn noch etwas übrig ist.«

»Ja, sieh es als dein Frühstück an, das dir heute Morgen entgangen ist.« Sie tischte ihm einen Teller voller Kartoffeln auf. Binnen weniger Sekunden hatte er alles verputzt.

»Ach, nur ein bisschen Hunger?«, spöttelte Karin.

»Na ja, ich habe heute eigentlich noch gar nichts gegessen.«

»Willst du noch etwas?«

»Gerne.«

Den Nachschlag verdrückte er ebenso schnell. Die Kartoffeln schmeckten ihm wie eigentlich jedes Gericht, das Karin zubereitete, und sei es noch so einfach. Seine Exfrau besaß einfach ein Händchen dafür. Etwas, das er manchmal vermisste. So wie ihm seine Familie manchmal fehlte.

Sein melancholischer Blick verlor sich aus dem Küchenfenster. Von Scheinwerfern in seidenes Licht getaucht, erhob sich gegenüber die Auenkirche in den Abendhimmel. Das neugotische Gotteshaus aus dem 19. Jahrhundert war der Mittelpunkt des historischen Stadtkerns von Wilmersdorf. *Ein angenehmerer Anblick als Sperrmüllberge vor dem Balkon*. Karin und die Kinder lebten seit der Scheidung hier.

»Also, worüber willst du mit mir reden?«, fragte seine Exfrau, während sie das Geschirr in die Spülmaschine räumte.

»Du musst mir einen Gefallen tun.«

Erstaunt hob sie die Augenbrauen.

»Ich habe dir doch heute Mittag von meinem Informanten erzählt. Sein Name ist Radomski. Er hat mir erzählt, dass er Informationen im Hotelsafe vom *Park Inn* hinterlegt habe. Wahrscheinlich hat er das getan, kurz nachdem ich auf das Hotelzimmer gegangen bin und bevor ich den Anruf von ihm bekam. Du weißt schon, das Gespräch, das du mir durchgestellt hast. Darin hat er mich nach Grünau geschickt.« Er machte eine kurze Pause, in der er seine weiteren Worte sorgfältig abwog. »Ich bitte dich darum, mir Radomskis Unterlagen aus dem Safe zu besorgen. Er will, dass ich sie bekomme.«

Karin füllte den Geschirrreiniger in die Plastikverschalung der Maschine und schaltete das Spülprogramm ein. Während das Wasserrauschen die Stille der Küche erfüllte, setzte sie sich zu ihrem Exmann an den Tisch. »Ist dir eigentlich klar, was du da eben von mir verlangt hast?«

»Selbstverständlich, aber …«

Er verstummte, weil sie die Hand hob. »Stopp, das könnte mich meinen Job kosten.«

»Ich weiß, aber ich würde dich nicht darum bitten, wenn es nicht wichtig wäre.«

»Darf ich dich daran erinnern, dass meine Arbeit auch wichtig ist? Ohne das Geld, das ich im Hotel verdiene, könnte ich unsere Kinder nicht ernähren. Denn du bekommst es ja nicht hin, den Unterhalt pünktlich und«, sie beugte sich mit einer giftigen Miene vor, »regelmäßig zu überweisen.«

»Karin, bitte! Lass uns nicht wieder davon anfangen.«

»Wovon denn dann? Von deinen Artikeln, Reportagen, Informationen? Das ist dir lieber, was?« Sie ging zum Kühlschrank und schenkte sich ein Glas Wasser ein. »Möchtest du auch?«

Mit einem Kopfschütteln lehnte er ab. »Diesmal ist es wirklich wichtig. Es geht um einen Skandal.«

»Nämlich?« Sie setzte sich wieder zu ihm an den Tisch.

»Ich weiß es noch nicht, das heißt, ich weiß nichts Genaues. Nur diffuse Andeutungen, die aber auf etwas Großes schließen lassen. Eine Riesensauerei, so hat sich Radomski ausgedrückt, die vertuscht werden soll. Deshalb brauche ich diese Unterlagen.«

»Und warum holt dieser Radomski die Sachen nicht einfach selbst im Hotel ab und gibt sie dir?«

»Das ist es ja gerade: Er kann nicht.«

»Dann soll er dir eben eine Vollmacht ausstellen.«

Sackowitz zögerte. »Das geht auch nicht.«

Karin wollte gerade einen weiteren Schluck Wasser nehmen, hielt aber in der Bewegung inne. »Warum nicht?«

Die Spülmaschine gluckerte monoton. Aus Tills Zimmer wummerte Rockmusik. Leonie sang ein Kinderlied, dessen Töne sie nicht traf. *Kam ein kleiner Teddybär aus dem Spielzeuglande her. Und sein Fell war wuschelweich*. Beide Kinder waren beschäftigt, trotzdem sprach Sackowitz gedämpft: »Weil er tot ist.« Er senkte seine Stimme zu einem fast lautlosen Flüstern. »Er wurde erschossen. Vorhin. In Grünau. Irgendjemand muss ihm gefolgt sein.«

Langsam und vorsichtig fragte Karin: »Und das war dein Berufsunfall?«

»Ja, ich war … Zeuge.«

Sie unterzog sein zerschrammtes Gesicht einer eingehenden Prüfung. »Ich würde sagen, du warst mehr als nur ein Zeuge.«

»Na ja, ich konnte entkommen.«

Karin starrte ihn an. »Und jetzt?«

Er zuckte mit den Schultern. »Jetzt brauche ich unbedingt die Unterlagen. Aus dem Hotelsafe. Des *Park Inn*. Ich muss wissen, worum es bei dieser Sache geht.«

»Nein«, wehrte Karin ab. »Du solltest besser zur Polizei gehen.«

»Und was soll ich denen erzählen?«

»Erzähl von den Unterlagen …«

»Nein!«

»… und davon, was du vorhin in Grünau gesehen hast.«

»Aber ich habe nichts gesehen.«

»Ich dachte, du warst ein Zeuge?« Endlich kam sie dazu, ihren Schluck Wasser zu trinken.

»Ja, aber den Mörder habe ich nicht gesehen.«

»Aber er dich!« Karin ließ ihr Glas laut auf den Tisch krachen. »Und du hast nichts Besseres zu tun, als zu mir und den Kindern zu fahren? Verdammt, Harald! Was ist, wenn der Mörder dir gefolgt ist? Wenn er alles daransetzt, dass diese Riesensauerei auch weiterhin ein Geheimnis bleibt?«

Er wollte nach ihren Fingern greifen, doch Karin entzog sie ihm. »Meinst du nicht, dass er mir dann schon vorhin in meiner Wohnung aufgelauert hätte? Oder längst vor deiner Tür stehen würde?«

Für Sekunden hatte es den Anschein, als wollte Karin ihm an die Kehle springen. »Ein tolles und vor allem sehr beruhigendes Argument, wirklich, das ist so typisch für dich!«

»Ich wollte damit nur deutlich machen, dass ich dem Mörder entkommen bin. Es gibt also keinen Grund, Angst zu haben.«

»Trotzdem habe ich sie. Und keine Bange, Harald, nicht um dich. Du bist mir scheißegal.« Ihr Gesicht strafte ihre Worte Lügen, aus denen einzig und allein Wut sprach. »Aber ich sorge mich um die Kinder.« Ihre Züge glätteten sich, als sie Leonie im Türrahmen stehen sah, und ein Lächeln umspielte ihre Lippen. »Mein Schatz, was gibt es?«

»Papa!«, trompetete die Kleine. »Ich habe die Hausaufgaben fertig. Kommst du jetzt?«

Auf einmal drängte es Sackowitz in die Zimmer seiner Tochter und von Till. Er wollte seine Kinder fest an sich drücken. Sie festhalten. Sie mitnehmen. *Aber was, wenn Karin recht hat?* Er musste versuchen, sich seine eigene Angst nicht anmerken zu lassen. Er wollte Karin nicht noch mehr beunruhigen, als er es schon getan hatte. Es gab keinen Grund zur Panik. »Ja, mein Küken, gleich.«

»Nein, jetzt. Mama hat gesagt, wir spielen, wenn ich die Hausaufgaben fertig habe.«

»Okay«, er stand auf. »Geh du schon mal vor und baue alles auf. Ich komme sofort.«

Mit Freudengeheul hopste Leonie in ihr Zimmer.

Sackowitz sah seine Exfrau an. »Was ist? Fahren wir gemeinsam ins Hotel?«

Karins Lächeln erlosch, als hätte jemand einen Schalter umgelegt. »Nur unter einer Bedingung: Wir holen die Sachen aus dem Safe, wenn du sie gleich danach der Polizei übergibst.«

»Und was ist, wenn sie gar nichts Wichtiges enthalten?«

»Gerade eben warst du noch vollkommen überzeugt davon, dass sie megawichtig seien.«

»Ja, okay, ich glaube auch, dass sie es sind. Aber wissen tu ich es nicht. Deshalb möchte ich mich erst selbst davon überzeugen, bevor …«

Angewidert schüttelte Karin den Kopf.

Aus Leonies Zimmer unterbrach sie ein ungeduldiger Schrei. »Papa! Wo bleibst du?«

»Komme gleich«, rief er zurück.

Er und Karin schwiegen sich an. Er kannte das, aber die Stille behagte ihm nicht. Es hatte zu viele solcher Momente gegeben, bevor sie ihn verlassen hatte.

»Und? Was ist jetzt?«, fragte sie.

»Na gut«, willigte er ein. »Wollen wir gleich los?«

Karin lachte verächtlich. »Du glaubst doch nicht, dass ich jetzt zur Arbeit fahre? Weißt du eigentlich, wie spät es ist? Leonie müsste längst im Bett sein, und wir können sie nicht alleine lassen.«

»Aber Till ist doch hier.«

»Du willst die beiden sich selbst überlassen?« Sie strafte Sackowitz mit einem stechenden Blick. »Außerdem gibt es keinen Grund, warum ich jetzt ins Hotel fahren und an den Safe gehen sollte. Den Kollegen würde das auffallen, der Chef würde Fragen stellen, ein Verdacht würde entstehen. Das verstehst sicher selbst du?«

Er musste sich eingestehen, dass sie nicht ganz unrecht hatte. »Okay, aber morgen früh dann?«

Karin reagierte nicht.

»Papa!«, tönte Leonies Stimme durch die Diele. »Komm endlich!«

Sackowitz wandte sich zum Gehen, hielt dann inne und räusperte sich.

Karin nickte. »Du kannst auf der Couch schlafen. Wie immer.«

84

Ein Blick auf das Rezept, das er sich aus dem Internet heruntergeladen hatte, klärte Kalkbrenner darüber auf, welche Zutaten ihm für die Lasagne noch fehlten: eigentlich alle – bis auf die Milch. Beim Umsteigen kaufte er am Ostbahnhof Hackfleisch, Olivenöl, Zwiebeln, Knoblauchzehen, Rotwein, Tomaten, Käse, Mehl, Salz, Pfeffer, Muskatnuss und Lasagneplatten.

Der Einkauf machte ihm Freude, denn er war ein Zeichen

dafür, dass er sich nicht nur die Küche, sondern auch sein neues Leben einrichtete. *Und Jessy gehört dazu!* Er packte noch zwei Flaschen Rotwein, Spätburgunder, in den Wagen, bezahlte und fuhr weiter nach Treptow, wo er beschwingt seine Wohnung enterte. Bernie kriegte sich vor Freude über das Wiedersehen kaum ein.

»Ist es dir mit Milena gut ergangen?«, fragte er den Vierbeiner.

Der Bernhardiner kläffte zustimmend. Obwohl er ausgewachsen so groß war wie ein Schäferhund, brachte er nur ein fiependes Bellen zustande. Trotzdem würde er, würde die Situation es erfordern, bestimmt jeden Einbrecher zu Fall bringen – vor Lachen. Kalkbrenner tätschelte ihm liebevoll die Flanke. »Du hast zugenommen, oder?«

Er inspizierte den Schrank mit dem Hundefutter und stellte zufrieden fest, dass die Hundesitterin sich während seiner Abwesenheit exakt an seine Vorgaben gehalten hatte.

Dann krempelte er seine Ärmel hoch, würfelte die Zwiebeln, zerkleinerte die Knoblauchzehen und briet das Hackfleisch in einer Pfanne an. Während er zufrieden vor sich hin arbeitete, fiel ihm ein, dass er keine Auflaufform besaß. *Himmel, das ist ja schlimmer als zu deiner Junggesellenzeit.* Notgedrungen schichtete er die Lasagne in die Pfanne und schob sie in den Backofen. *Du bist ja auch wieder Junggeselle*, gemahnte ihn eine Stimme. Aber irgendwie fühlte es sich komisch an, nicht zu vergleichen mit den Empfindungen, die er mit achtzehn oder neunzehn verspürt hatte. *Alles andere als Sturm und Drang.*

Die wenigen Möbel seiner Mutter hatten die Umzugshelfer kunterbunt über die Wohnung verteilt. Auch die Kisten standen noch herum. Er rückte die Sofas, Schränke und das Bett zurecht und packte die Kartons aus, bis er glaubte, die beiden Zimmer halbwegs geschmackvoll eingerichtet zu haben. Bei dem Anblick der alten Sachen fühlte er sich wie ein kleiner Junge, der vierzig Jahre zurück durch die Zeit gereist war und sich nun in der Wohnung seiner Eltern wiederfand. Einzig Jessys Bild, das er an der Wand über dem Sofa angebracht hatte, stellte die Verbindung zur Gegenwart her – und das Türklingeln, das ihn in dieser Sekunde aus seinen Gedanken riss.

Bernie tänzelte aufgeregt vor der Wohnungstür auf und ab und gab erst Ruhe, als Jessy in die Diele trat und ihrem Vater eine Topfpflanze in die Hand drückte. »Alles Gute zum Einzug.«

»Danke«, freute er sich. Dann schielte er auf das weiße Etikett in der Blumenerde und erfuhr, dass es sich bei der Blume mit den eckig-herzförmigen Blättern um eine Zimmerlinde handelte. Das erste Grün in seiner Wohnung. Er selbst hatte bisher keinen Gedanken an Pflanzen verschwendet.

Jessy hängte ihre Jacke an die Behelfsgarderobe: zwei Nägel, die er schnell noch in die Wand geschlagen hatte. »Wie praktisch«, schmunzelte sie.

»Wird alles noch.« Er hielt die Linde in den Händen, unschlüssig darüber, wo er sie abstellen sollte. »Magst du dir die Wohnung ansehen?«

»Ja, natürlich.« Staunend betrachtete sie das Mobiliar. »Ist das von Oma?«

»Gefällt es dir nicht?«

»Ein bisschen rustikal.«

»Rustikal?«

»Okay, alt eben.«

Er platzierte die Linde auf dem Fensterbrett im Schlafzimmer. »Ist ja auch ein Altbau«, versuchte er einen Scherz.

»Wieso sind die Möbel hier?«

Kalkbrenner haderte mit sich. *Aber warum nicht die Wahrheit sagen?* »Sie hätten eigentlich entsorgt werden müssen, aber das habe ich einfach nicht übers Herz gebracht.«

Jessy nickte, als gefiele ihr die Antwort. Sie setzte sich auf die Couch, Bernie wurden einige Streicheleinheiten zuteil, und der Ermittler entkorkte eine der beiden Weinflaschen. Er schenkte ein, dann stießen sie miteinander an.

»Worauf trinken wir?«, wollte Jessy wissen.

»Auf den heutigen Abend?«, kam es zögernd als Antwort.

»Klingt nicht schlecht.«

Während sie an dem Spätburgunder nippten, kehrte Stille ein. Die Situation war weit davon entfernt, vertraut zu sein. Obwohl ihm seine Tochter immerhin schon gegenübersaß, war noch eine große Distanz zu überwinden. *Auf den heutigen Abend.* Trotzdem: Es war ein Anfang. Er schaltete den Kassettenrekorder auf Radioempfang. Deep Purple würde seiner Tochter bestimmt auch zu rustikal erscheinen. Aus den Lautsprechern erklangen die Red Hot Chili Peppers. *I tumble into space, try to stop the fall. My body ripped and tore, I could have floated in space.* Das traf wohl eher Jessys Geschmack. Sicher konnte er sich aber nicht sein.

»Was gibt es zu essen?«, fragte sie.

»Lasagne.«

Sie lächelte. »Und ich dachte, es wären Würstchen, die da gerade anbrennen.«

Fluchend rannte er in die Küche. Aus dem Backofen quoll eine dichte Rauchwolke, die Lasagne war nur noch ein verkohlter Haufen.

Jessy erschien im Türrahmen. »Alles in Ordnung, Paps?«

»Na klar.«

Sie deutete auf die Pfanne in seiner Hand. »Klar sieht für mich aber irgendwie anders aus, meinst du nicht auch?«

Sie brach in Lachen aus, und er stimmte mit ein, was ihre Befangenheit für den Moment löste. Gemeinsam entsorgten sie die verbrannte Lasagne im Mülleimer. Bernie winselte, als er das Fleisch roch, aber sein Betteln wurde nicht erhört.

»Und was essen wir jetzt?« Jessy untersuchte den Kühlschrankinhalt, dann wandte sie sich einem Küchenschrank zu. »Ah! Wie wäre es mit Suppe?«

Sie hielt die Dose Fielmeisters Beste in der Hand. Hühnersuppe mit extragroßen Würstchen. *Und was ist mit dem vergammelten Putenfleisch passiert? Würstchen!* »Nein, auf keinen Fall!«

»Für mich wäre das schon okay.«

Hastig riss er seiner Tochter die Konserve aus der Hand und hastete ins Bad.

»Was hast du vor?«

Er zog den Deckel auf und kippte den Doseninhalt in die Kloschüssel.

»Was soll das denn?«

Der Abzug rauschte, und die Suppe verschwand für immer im Berliner Abwasser. »Bestellen wir lieber was.«

»Bei *Papa No*?«

Weil Kalkbrenner die Karte der Sushi-Bar in Kreuzberg nicht auswendig kannte, übernahm seine Tochter das Telefonat. Sie orderte Hot-&-Sour-Suppe, Tsuna Negi Roll, Kappa Philadelphia Maki und Tekka Maki. Kalkbrenner verstand nur Bahnhof, doch besser als Hühnersuppe mit extragroßen Würstchen würden die exotischen Gerichte allemal sein.

»Ich werde auch bald umziehen«, sagte Jessy unvermittelt.

»Aber du bist doch gerade erst …?«

»Paps, das ist schon sechs Monate her.«

Schon? Sie meint wohl: erst.

»Leif und ich, wir wollen zusammenziehen.«

»Wirklich?«, staunte er.

»Findest du das schlimm?«

Er sinnierte einen Augenblick. »Nein, wenn ihr glücklich seid?«

»Das sind wir.«

»Dann freue ich mich für euch.«

»Ehrlich?«

Ja, das war durchaus ehrlich gemeint. Wenn Jessy glücklich war, dann wollte er sich mit ihr freuen. Er prostete ihr zu. »Auf dich und Leif!«

»Danke, Paps.« Aber statt einen Schluck vom Wein zu trinken, schaute sie ihn über den Glasrand hinweg an, als würde sie noch etwas Wichtiges sagen wollen, sei aber noch auf der Suche nach den richtigen Worten.

Kalkbrenner wartete. Jetzt, wo sie wieder miteinander redeten, hatte er Zeit. Doch Jessy hüllte sich in Schweigen. Im Radio wurden die Nachrichten gesendet. Der Sprecher berichtete von einem Jungen, dem zehnjährigen Manuel, der verschwunden war. Die Polizei organisierte gegenwärtig eine der größten Suchaktionen, die die Hauptstadt je erlebt hatte. Es folgte ein Aufruf, in dem Augenzeugen gebeten wurden, sich zu melden. Wer hatte Manuel zuletzt gesehen?

»Hoffentlich nimmt das nicht wieder ein schlimmes Ende«, zeigte sich Jessy schockiert. »Wenn ich mir vorstelle, dass so etwas meinem Kind passieren würde, da wird mir ganz schlecht!«

Kalkbrenner horchte interessiert auf. War das etwa der wahre Grund, weshalb sie umziehen wollte? Hatte sie ihn deshalb heute treffen wollen? »Seid ihr … äh, ich meine, bist du schwanger?«

Sie lachte. »Aber bitte, Paps!«

»Das klang aber so.«

Nichts deutete darauf hin, dass sie etwas vor ihm verheimlichte. Sollte er darüber erleichtert sein? Vor wenigen Minuten noch war er sich inmitten seiner Wohnsituation wie ein Teenager vorgekommen. Was wäre gewesen, wenn Jessy ihn mit einem Geständnis zum Großvater in spe gemacht hätte?

»Ich habe das nur so gesagt«, versicherte sie. »Nur wegen der Vorstellung, dass das irgendwann mal meinem Kind passieren könnte.«

»Zum Glück ist die Wahrscheinlichkeit sehr gering.«

»Aber wenn man die Nachrichten mitverfolgt, dann …«

»Genau die sind doch das Problem! Die Medien bauschen jedes Verschwinden eines Kindes zu einer Katastrophe auf, die immer noch entsetzlicher sein muss als die letzte. Natürlich ist jeder einzelne Fall eine Tragödie, aber diese zunehmende Hemmungslosigkeit bei der Berichterstattung schürt eine Emotionalität, die dazu führt, dass die Bevölkerung glaubt, überall würden einem Kindermörder auflauern.« Jetzt sprudelten die Worte nur so aus ihm heraus. Endlich bewegte er sich wieder auf dem vertrauten Terrain seiner Arbeit. »Dabei ist die Zahl der Fälle in den letzten Jahrzehnten nicht wirklich angestiegen. Im Gegenteil: Die Tötungsdelikte an unter Vierzehnjährigen werden seit vielen Jahren kontinuierlich weniger.«

»Tatsächlich?«

»Die meisten Kinder, die verschwinden, tauchen unbeschadet wieder auf. Sie haben sich verlaufen oder sind einfach von zu Hause ausgerissen.«

Jessy dachte über seine Worte nach, während der Radiosender David Bowie spielte: *Take my hand as we go down and down. Leave it all behind nothing will be found.* »Wie können sie denn …? Hilfe, was ist denn das?«

Ein Wummern erschütterte die gesamte Wohnung. Wände wackelten, Fensterscheiben klirrten. Die Weingläser auf dem Tisch machten einen Satz, der Inhalt schwappte über den Rand und bildete sofort zwei rote Lachen. Auf dem Schrank kippte einer der Bilderrahmen um. Bernie kläffte erschrocken.

Kalkbrenner richtete den Blick fragend zur Decke, von wo das Dröhnen kam. »Ich weiß nicht.«

»Das klingt nach Schritten. Weißt du, wer da oben wohnt?«

»Niemand.«

»Aber da läuft doch jemand herum!«

»Die Maklerin hat gesagt, dass sich nur der Dachboden über mir befindet.«

»Dann ist da jemand oben.«

Schon wieder rumste es, und die Wohnung bebte. Dann ertönte ein ohrenbetäubendes Quietschen. Und noch eines.

»Da schiebt doch jemand Möbel herum«, meinte Jessy.

Kalkbrenner schüttelte den Kopf, doch er musste zugeben, dass sich die Geräusche ganz eindeutig nach Möbelrücken anhörten. Er riss das Fenster auf und beugte sich zum Dachfirst vor.

Jessy trat an seine Seite. »Kannst du was erkennen?«

»Nein.«

»Doch, da … warte!« Sie lehnte sich übers Fensterbrett hinaus.

»Jessy, pass doch auf!«

Sie zog ihren Oberkörper zurück. »Da oben brennt Licht.«

Dann klingelte der Lieferservice und brachte ihr Abendessen. Sie breiteten alles vor sich auf dem Wohnzimmertisch aus, doch Kalkbrenner rührte die Reisröllchen mit Fisch nicht an. Stattdessen lauschte er zum Dachboden hinauf. Stille. Es war nichts mehr zu hören.

»Bist du wütend?«, fragte Jessy.

Er zwang sich zu einem gequälten Lächeln. »Quatsch, ich bin nur …«

Sie pikte ihn mit dem Essstäbchen. »Klar doch, die Maklerin hat dich belogen, und jetzt bist du sauer.«

»Bin ich nicht.«

»Ach, Paps, ich kenne dich doch!«

Er wollte widersprechen, schluckte seinen Drang aber hinunter. *Paps, ich kenne dich doch!* Dann war sein Zorn mit einem Mal verraucht, und im Radio gab Westernhagen Weisheiten zum Besten: *Wir geben, wir nehmen, und was dabei herauskommt, ist das Leben*. Kalkbrenner tunkte eine Sushi-Rolle in Sojasauce und balancierte sie dann mit den Stäbchen in seinen Mund. Erstaunlicherweise schmeckte sie ihm – bis Jessy ihn fragte: »Bereust du manchmal, was geschehen ist?«

Etwas in seinem Inneren krampfte sich zusammen. Er wollte sie fragen, was genau sie damit meinte, aber im Grunde wusste er es doch. Genauso wie er hätte ahnen müssen, dass eine Annäherung zwischen ihm und Jessy nur möglich sein würde, wenn er endlich über seinen Schatten sprang und bereit war, über das Vergangene zu reden. War das der Grund, warum sie ihn heute angerufen hatte?

Diesmal konnte und durfte er nicht ausweichen. Seine weitere Beziehung zu seiner Tochter hing von dieser Antwort ab. Aber wie sollte er beginnen? *Am besten ehrlich.* »Jessy, ich weiß, dass ich deine Mutter verletzt habe. Und zwar nicht, weil ich etwas mit einer anderen Frau hatte, sondern weil ich deine Mutter in dem Glauben gelassen habe, dass es sich zwischen uns wieder bessern könnte.«

»Aber es sah doch ganz danach aus, als würde es besser werden?«

»Ja, vielleicht.« Er ließ seinen Kopf hängen. »Nein, eigentlich nicht. Nicht wirklich. Deiner Mutter und mir war längst klar, dass das mit uns nichts mehr werden würde; und mir vielleicht sogar noch ein bisschen klarer als ihr.«

»Das verstehe ich nicht.«

»Das geht mir auch manchmal so. Aber dann habe ich wieder diese Momente der Klarheit. Und dann weiß ich, dass wir zwar zusammenlebten, aber nicht mehr zusammengehörten. Kannst du das nachvollziehen? Deine Mutter und ich, wir lebten aneinander vorbei. Wir waren noch ein Paar, aber nur, weil wir verheiratet waren. Wir klammerten uns aneinander, obwohl wir uns längst nicht mehr zu fassen bekamen.« Jessy hörte ihm aufmerksam zu. Er war ihr dankbar, dass sie ihn nicht unterbrach. »Im Nachhinein ist es schwer zu sagen, wie es so weit hat kommen können. Aber ich glaube, dass wir am Ende beide Schuld daran haben. So schwer es deiner Mutter fiel, mich und meinen Job zu verstehen, so schwer war es für mich, mich auf sie einzulassen.«

Es überraschte ihn nicht, als er Jessy im nächsten Moment sagen hörte: »Aber du hättest dich ändern können.«

Die Antwort auf die Frage hatte er schon einmal gegeben. Sie war ihm derart präsent, dass er jetzt glaubte, sogar die gleichen Worte wie damals zu verwenden. »Ja, ich habe gedacht, ich könnte etwas ändern. Ich könnte mich ändern, um noch mal neu anzufangen – mit meinem Leben, meiner Familie, der Arbeit. Aber mein Beruf ist nun mal mein Beruf. Es ist schwer, von ihm loszulassen, denn er ist das, was ich immer wollte. Was ich immer noch will. Und er ist das, was ich am besten kann. Mörder finden. Sie überführen. Daran kann ich nichts ändern, selbst wenn ich wollte. Es ist einfach so.«

Bernie streckte sich und stand auf. Gähnend trottete er zu Kalkbrenner hinüber und legte seine Schnauze auf dessen Oberschenkel. *Streichel mich!* Sein Schweif fegte bittend hin und her. Kalkbrenner fuhr dem Vierbeiner durch den Pelz, was ihn vor Freude nur noch wilder wedeln ließ.

»Aber das alles heißt nicht, dass mir meine Familie nichts bedeutet hat. Im Gegenteil: Ich habe euch zu jeder Zeit geliebt und tue das noch heute. Ich fühle mich deiner Mutter nach wie vor sehr verbunden, auch wenn wir nicht mehr zusammenleben … oder besser: zusammenleben können. Ich bin ihr dankbar für die schöne Zeit, die ich mit ihr verbringen durfte. Denn die gab es ja auch. Außerdem ist sie die Mutter meiner Tochter, die ich«, er stockte einen Moment und blickte Jessy verunsichert an, »die ich über alles liebe. Ich hoffe, dass du mich verstehst. Und dass du nachvollziehen kannst, dass manchmal nicht alles so einfach ist, wie man es gerne hätte.«

»Keine Sorge. Ich verstehe«, sagte sie. Er forschte in ihrem Gesicht nach einem Urteil, nach Spott oder nach Verärgerung, fand aber nichts dergleichen. Seine Tochter nippte am Rotwein, aß einige Happen Sushi, dann schaute sie auf und lächelte.

Seine Antwort war die richtige gewesen.

Tagesspiegel, Samstag, 14. Januar

Großaufgebot sucht nach vermisstem Jungen

Manuel (10) verschwunden

Berlin. Zwei Tage nach dem Verschwinden des zehnjährigen Manuel Benson aus Prenzlauer Berg fehlt noch immer jede Spur von ihm. »Wir können eine Straftat nicht ausschließen«, sagte ein Polizeisprecher.

Anna Benson, die Mutter des verschwundenen Manuel und Schwägerin des bekannten Künstlers Bernd E. Benson, ist überzeugt davon, dass ihr Sohn lebt. Gestern Abend trat sie vor die Presse und appellierte an die Öffentlichkeit: »Bitte helfen Sie, damit mein Sohn wieder nach Hause kommt.«

Wer hat den Jungen (siehe Foto) gesehen? Hinweise nimmt jede Polizeidienststelle entgegen.

Die Polizei hat unterdessen die Soko »Manuel« mit mehr als 160 Spezialkräften gegründet. Sie sucht in den Berliner Parks mit Spürhunden und einem Hubschrauber mit Wärmebildkamera nach Manuel.

85

Ein Bettlaken war nur ein unzureichender Ersatz für eine blickdichte Gardine. Das Tageslicht fiel durch den dünnen Stoff direkt auf Paul Kalkbrenners Gesicht. Trotz der Wolken am Himmel war er von der Helligkeit aufgewacht, aber das war zu verschmerzen, nachdem er die erste Nacht im neuen Bett, dem seiner Mutter, tief und fest geschlafen hatte. Er streckte sich genüsslich, was dem Lattenrost ein Stöhnen entlockte. Das Geräusch weckte wiederum Bernie. Ein Satz, und der Vierbeiner bequemte sich, neben dem Ermittler auf der Matratze Platz zu nehmen. Gleich darauf entfleuchte seiner Schnauze schon wieder ein geräuschvolles Schnarchen.

Kalkbrenner rupfte das Laken vom Fensterrahmen. Der Nachtfrost hatte Eisblumen auf der Glasscheibe erblühen lassen, die den Blättern von der Zimmerlinde gar nicht mal so unähnlich waren. Als Jessy sich am Abend zuvor von ihm verabschiedet hatte, war Kalkbrenner mit einem zufriedenen Gefühl zu Bett gegangen. Trotz der missratenen Lasagne war es ein gelungenes Treffen gewesen, das berechtigten Anlass zur Hoffnung gab.

Bernie fiepte. Wahrscheinlich träumte er schlecht. Kalkbrenner weckte den Hund, der sich sofort auf den Rücken wälzte und alle viere von sich streckte. *Bitte, streichel mich!* Von Zärtlichkeiten konnte der Bernhardiner nicht genug bekommen. Doch Kalkbrenner machte sich schnell tageslichttauglich und scheuchte Bernie ins kalte Treppenhaus. Aufs Joggen würde er heute ausnahmsweise verzichten. Lieber wollte er mit dem Hund nach Kreuzberg laufen und sich dort in einem der Cafés ein entspanntes Frühstück genehmigen. Nach dem Verlauf des gestrigen Tages und Abends hatte er sich das wahrlich verdient.

Eine Stimme, hell wie die eines Kanarienvogels, sprach ihn im Innenhof an. »Juten Morjen, Herr Kalkbrenner! Det sin' Se doch, oda?« Eine obskure weibliche Gestalt tätschelte Bernie den Schädel. »Un' du bist ooch een Süßa, wa?«

Aus den weißen Socken, die in goldenen Pantöffelchen mit Absatz steckten, einer schreiend blauen Küchenschürze und den wild wuchernden grauen Haaren setzte sich das Bild einer älteren Dame zusammen. »Se sin' neu einjezogn, wa?«

»Genau. Vor drei Tagen.«

»Und? Jefällt et Ihnen beim Herrn Stadlmeister?«

»Wer ist denn Herr Stadlmeister?«

»Na, der hat doch vor Ihnen in der Dritten jewohnt.« Sie kratzte sich ihr Kinn, aus dem, selbst für Kalkbrenner sichtbar, ein langes graues Haar spross. »Sechs Jahre, gloob ick, könnte aba och länger jewesen sein. Is' 'ne schöne Wohnung oben. Jeht die Heizung noch?«

»Sollte sie etwa nicht?«

»Na, Se wissen doch, wie det so is' in den Altbauten. Mal jeht et, mal jeht et nich'. Ick kümmere mir drum. Un' da der Herr Stadlmeister unter der Woche imma viel unterwechs war, der war ja Jeschäftsmann oder so, kann et ja sein, det niemand det mitjekricht hat, det de Heizung manchmal nich' jeht. Wenn se also nich' jeht, sagen Se mir einfach Bescheid.«

Endlich begriff Kalkbrenner, wen er da vor sich hatte. »Sie sind die Hauswartin.«

»Ja, richtig, ick bin Frau Stephan, ick kümmere mich um allet, wat hier so anfällt. Wenn also wat is', wenden Se sich an mir, wa.«

»Das ist sehr nett, danke.«

»Dafür nich'.« Ihr Lächeln erlosch. »Hab ja nich' mehr so

viel zu tun, wissen Se? Seit meen Mann jestorben is', vor elf Jahren, da guck ick hier nach dem Rechten. Kann ja nich' schaden, so 'n bisschen, wenn man aufmerksam is'.« Die Kälte schien Frau Stephan trotz der dünnen Küchenschürze nichts auszumachen. Die Rolle als treusorgende Hauswartin und Nachbarin hatte sie abgehärtet. »'nen schönen Hund ham Se da. Se sin' ja nich' der Eenzigste, der een Haustier hat, wissen Se? Drüben, in der Zwo, die ham ooch 'nen Hund. Aba wie die Rasse heeßt, fragen Se mich lieba nich'. Aber 'nen schönen Hund ham se, wissen Se? Un inna Vier, da ham se zwee Katzen. Ick hab mir drum jekümmert, als se in Urlaub warn. Nette Leute. Und zwee Katzen …«

»Frau Stephan, ich …«

»Ich sach Ihnen mal wat. Drüben in der Fünf, da ham se och Katzen, die seh ick manchmal auf der Dachterrasse üba Ihnen, wo …«

»Moment!« Kalkbrenner unterbrach ihren Redefluss und schaute zu seiner Wohnung hinauf. Außer der Regenrinne war dort oben nichts zu erkennen. »Sagten Sie gerade Dachterrasse? Über mir?«

»Ja, 'ne Dachterrasse un' 'n Atelier. Jehört beides dem Meier ausser Fünf. Wissen Se det denn nich'?«

So viel zum Thema ruhige Wohnung. »Nein, das hat mir niemand gesagt.«

»Die hat der Meier vor sechs oder sieben Jahren jebaut. War lange Zeit 'ne richtige Baustelle da üba Ihnen.«

»Eine Baustelle ist es doch immer noch.«

»Wie meen Se det jetzt?«

In dem Moment tauchten in der Durchfahrt zum Innenhof zwei Männer auf. »Herr Kalkbrenner?«, fragte einer von ihnen, der Jeans und Felljacke trug, und klappte seinen Dienstausweis auf: Mordkommission der Direktion 6, die für den Ostteil der Stadt zuständig war. »Ich bin Hauptkommissar Hertz.« Der Beamte war von eher kleiner, untersetzter Statur. Ein Kranz grauer Haare umsäumte seine Glatze, einer Tonsur nicht unähnlich. Sein Partner in dem Parka war auffallend größer, schlaksiger und dazu noch rothaarig. Seine Nase war von etlichen Sommersprossen übersät. »Das ist mein Kollege Milowski.«

Die Hauswartin trat einen Schritt auf die Männergruppe zu. »Hab schon jehört, det Se bei der Polizei sin', Herr Kalkbrenner.« Neugierig beäugte sie die beiden Neuankömmlinge. »Dann leben wir ja jetze richtich sicha mit so viel Polizei im Haus. Obwohl's im Park noch nie wirklich jefährlich war, in den janzen vierzich Jahren nich, die ick hier lebe, wissen Se?« Sie atmete tief durch, drohte aber zu einem weiteren Schwatz anzusetzen.

Kalkbrenner nutzte den kurzen Moment der Stille, um Frau Stephan einen schönen Tag zu wünschen. Nur widerwillig folgten ihm beide Beamte in den Park. Schwere graue Winterwolken hingen über der verschneiten Wiese.

Der rothaarige Milowski nieste dreimal rasch hintereinander und schnäuzte sich in ein Taschentuch. »Würde es Ihnen etwas ausmachen, wenn wir uns irgendwo einen warmen Platz zum Unterhalten suchen?«

Kalkbrenner löste Bernie von der Leine. Der Vierbeiner verdrückte sich sofort ins Unterholz. »Mir nicht, aber ich glaube, mein Hund hätte etwas dagegen.«

Milowski stöhnte verschnupft. Sein Kollege Hertz setzte sich eine Wollmütze auf den haarlosen Schädel. »Sie haben hoffentlich nichts dagegen, dass wir Sie zu Hause aufgesucht haben?«

»Nein, mitnichten. Ich liebe es geradezu, wenn die werten Kollegen morgens an meinem Bett stehen. Da beginnt der Tag doch gleich richtig entspannend.«

Hertz rückte seine Mütze auf dem Kopf zurecht und vermied es, auf Kalkbrenners Antwort einzugehen. »Kennen Sie Ernst Radomski?«

Kalkbrenner schleuderte einen vereisten Ast auf die Wiese. Wie ein Wirbelwind sprintete Bernie hinterher, und sein Herrchen wäre ihm nur allzu gern gefolgt, quer durch den Schnee, ganz schnell, einfach nur weg. »Nein, nie gehört.«

»Die Leiche von Herrn Radomski wurde gestern Abend von einem Spaziergänger am Spreeufer in Grünau gefunden. Radomski ist gestern Mittag erschossen worden – mit der gleichen Tatwaffe, die schon im Fall Fielmeister verwendet wurde, daran lassen die ballistischen Untersuchungen keinen Zweifel.« Mit einem Lächeln beobachtete Hertz den Bernhardiner, der ausgelassen im Schnee herumtollte. Wenigstens einer war glücklich. »Die KTU konnte außerdem Spuren sicherstellen, ich glaube, es waren Schuhabdrücke, die ebenfalls identisch mit denen im Hotel *Adler* sind. Wir haben gehört, dass Sie einen Tatverdächtigen haben?«

So viel zum gemütlichen Frühstück. »Jetzt nicht mehr.«

»Äh, wieso?«

»Er sitzt bereits seit zwei Tagen in niederländischer Haft, und ich glaube nicht, dass ihm die Kollegen für einen Mord Freigang erlaubt haben.«

»Stimmt«, gab Milowski von sich und wischte sich seine triefende Nase. »Der kann es wirklich nicht gewesen sein.«

Bernie hatte den Stock apportiert und bellte, weil Kalkbrenner ihn ignorierte. Als sein Herrchen den Ast endlich wieder Richtung Wiese feuerte, stürzte der Bernhardiner mit wehendem Schweif hinterher. »Und wer ist das Opfer? Dieser Radomski?«

»Bis vor anderthalb Monaten arbeitete er als persönlicher Referent von Jan-Sönken Schulze, dem parlamentarischen Staatssekretär vom Berliner Bürgermeister Anton Heiland.« Milowski trat frustriert in eine kleine Schneekugel, die jemand, wohl als Beginn für einen Schneemann, auf die Wiese gerollt hatte.

»Was ist dann passiert?«

»Jan-Sönken Schulze ist gestorben.«

»Eines natürlichen Todes«, fügte Hertz nach Kalkbrenners Empfinden eine Spur zu hastig hinzu.

»Und Sie haben keine Zweifel daran?«

»Nein, eigentlich nicht. Schulze hatte einen anstrengenden Wahlkampf hinter sich, viel Stress, Hektik und Aufregung. Der Hausarzt, der den Totenschein ausgestellt hat, attestierte als Todesursache einen Schlaganfall. Es gibt keinen Grund, diesen Befund anzuzweifeln.«

»Sie glauben, dass sein Tod mit den beiden anderen Morden in Zusammenhang steht?«

»Das habe ich nicht behauptet, aber ... Es ist schon ein bisschen seltsam, finden Sie nicht auch? Erst Schulzes überraschender Tod, und dann der Mord an Herrn Radomski und die Verbindung zwischen den Taten.«

»Gibt es denn – von der Tatwaffe mal abgesehen – zwischen den beiden Mordopfern noch mehr Gemeinsamkeiten?«

»Leider nicht«, antwortete Hertz mit säuerlicher Miene. »Radomskis Fachgebiet waren die Bildungs- und Schulpolitik. Fielmeister verdiente seinen Lebensunterhalt als ... Na ja, das wissen Sie mittlerweile bestimmt besser als ich.«

»Allerdings ...« Milowski nieste und prustete anschließend geräuschvoll in sein Taschentuch. Seine Nase war rot, die Augen tränten. Mit belegter Stimme erklärte er: »Doch, es gibt noch einen Zusammenhang, auch wenn wir noch nicht wissen, wie wir ihn richtig einordnen sollen. Bei der Überprüfung von Radomskis Handydaten haben wir festgestellt, dass er am Morgen vor Fielmeisters Tod mit ihm telefoniert hat.«

Kalkbrenner entsann sich der Vernehmung Peglars. Was hatte er gesagt? Richtig. »Dann erteilte Rudolph mir morgens eine Absage.« War das Telefonat mit Radomski der Grund dafür gewesen? Kalkbrenner zog sein Handy aus der Tasche und wählte Thanners Nummer.

»Paul, was gibt's denn?«, brummte der LKA-Beamte. Im Hintergrund waren die fröhlichen Stimmen seiner Kinder zu hören.

»Ich störe dich nur äußerst ungern am Wochenende.«

»Wie sagtest du so schön? Berufskrankheit. Also, was ist los?«

»Ist dir bei deinen Ermittlungen gegen De Jong oder Kombifleisch der Name Ernst Radomski untergekommen?«

»Nee, wer soll das denn sein?«

»Offiziell der persönliche Referent von Staatssekretär Jan-Sönken Schulze.«

Das Geplärre der Kinder wurde lauter. »Jungs, Papa telefoniert, und es ist wichtig. Seid mal kurz leise!« Umgehend kehrte Stille ein. »Wieso bekomme ich gerade so ein ungutes Gefühl?«

Im Park nahte ein Tross Nordic Walker mit stampfenden Schritten. Die Gehstöcke durchfurchten den Schnee und zerhäckselten alles, was sich ihnen in den Weg zu stellen wagte. Kalkbrenner konzentrierte sich wieder auf das Telefonat. »Schulze ist vor anderthalb Monaten gestorben, angeblich eines natürlichen Todes. Und Radomski wurde gestern Mittag erschossen – mit der gleichen Waffe wie Fielmeister.«

Thanner schnaufte angestrengt, schwieg aber.

»Und die Namen sagen dir wirklich nichts?«, fragte Kalkbrenner.

»Nein, ich höre sie zum ersten Mal.«

»Danke trotzdem.« Mit einer kurzen Verabschiedung beendete er das Gespräch.

Die Nordic Walker marschierten direkt auf Kalkbrenner zu. Sie waren zu einer regelrechten Seuche geworden, egal in welchem Berliner Park man unterwegs war. Interessanterweise hielt sich keiner der Sportler an den Rhythmus, den ihm die Stöcke vorgaben. Stattdessen wurde der Walk zum

Anlass genommen, um ausgiebig Klatsch und Tratsch auszutauschen.

Kalkbrenners Blick schweifte zu den beiden Kommissaren aus Grünau. »Möglicherweise kannten sich Radomski und Fielmeister privat.«

»Auch bei unseren bisherigen Vernehmungen im persönlichen Umfeld Radomskis tauchte der Name Fielmeister nicht auf«, warf Hertz ein. »Allerdings hatten wir bis zur Nachricht der KTU auch keinen Grund, danach zu fragen.«

»Jetzt schon.«

»Richtig, und deshalb befinden wir uns auch auf dem Weg nach Trebbin, wo Radomski mit seinem Lebensgefährten lebte.«

»Radomski war homosexuell«, fügte Milowski hinzu, als würde das einen Unterschied machen. Aber die schwule Gesinnung eines Berliner Politikers spielte seit dem medienwirksamen Coming-out des früheren Bürgermeisters keine Rolle mehr.

Bernie trabte schon wieder heran und legte den Ast auffordernd vor Kalkbrenners Füße. Der ließ den Stock ein paarmal kreisen und ließ ihn nach etlichen Sekunden des Innehaltens, in denen der Bernhardiner ungeduldig kläffte, über die Wiese segeln.

Es war zu erwarten, dass die Ermittlungen in den Mordfällen Fielmeister und Radomski von den Beamten beider Dezernate schon bald gemeinsam geführt werden würden. Es gab also keinen Grund, nicht schon jetzt damit zu beginnen. »Ich werde noch einmal zu Fielmeisters Witwe fahren«, erklärte Kalkbrenner, »sie erneut vernehmen und nach Radomski befragen.«

Hertz schüttelte den Kopf, wobei ihm seine Strickmütze über die Augen rutschte. »Das ist nett, aber wir würden Sie gerne um etwas anderes bitten.« Genervt stopfte er die Mütze in die Jackentasche. »Die letzten beiden Anrufe, die

Radomski gestern vor seinem Tod getätigt hat, wurden mit einem gewissen Harald Sackowitz an dessen Arbeitsplatz geführt. Wir gehen davon aus, dass sich die beiden in Grünau verabredeten und bei diesem Treffen vom Mörder überrascht wurden. Sackowitz konnte entkommen. Ach so, dieser Herr Sackowitz ist …«

»… Reporter beim *Kurier*, ich weiß.«

»Man sagte uns schon, dass Sie ihn kennen.«

»Na ja, kennen ist übertrieben, aber ich bin einige Male mit ihm aneinandergeraten, und im letzten Herbst haben wir in einem Fall sozusagen zusammengearbeitet.«

»Dann wissen Sie ja auch, wie sich das mit den Journalisten und ihrem Pressegeheimnis verhält.«

»Sie glauben also, er wird sich eher mit mir als mit Ihnen unterhalten wollen?«

Die beiden Ermittler aus Grünau nickten erwartungsvoll.

Kalkbrenner pfiff Bernie zu sich. Er hatte an dieser Theorie so seine Zweifel, willigte aber ein: »Okay, ich werde mit ihm reden.«

86

»Guten Morgen!« Statt Jeans und Pullunder hatte Ludwig heute einen feinen Anzug an. »Na? Gut geschlafen?«

»Ja, gut.« Tabori hatte auf der weichen Matratze eine wunderbare Nacht verbracht. Zum ersten Mal seit Tagen war er auch nicht unsanft aus dem Schlaf gerissen worden, heute hatte ihn der Duft frischen Brotes geweckt.

»Magst du frühstücken?«, fragte Ludwig. »Ich habe extra frische Brötchen gekauft.«

»Brötchen?«

»Schrippen.«

»Ah!« Schrippen kannte Tabori aus der Bäckerei. In der Küche tischte Ludwig zusätzlich Toast und Rosinenbrot auf, dazu gab es Wurst, Käse, Erdbeermarmelade und einen Schokoladenaufstrich. Tabori hatte keine Ahnung, ob er daheim in Gracen jemals ein so fürstliches Frühstück gegessen hatte.

Ludwig schaltete den Fernseher auf dem Kühlschrank an. Aus den winzigen Lautsprechern klang heitere Popmusik. »Ich gucke zum Frühstück immer *MTV*. Du auch?«

»Nein, Radio. Aber Radio ist …« Tabori wollte das richtige Wort nicht einfallen. »… tot?«, machte er einen Versuch.

»Was ist mit deinem Radio?«

Tabori beschrieb mit seinen Händen einen Gegenstand, der auf den Boden fiel.

»Es ist heruntergefallen? Und jetzt ist es kaputt?«

»Ja, kaputt!«

»Das ist nicht schön.«

»Und Fernsehen … Mama sagt: Fernsehen ist zu viel Zeit.«

»Sie meint Zeitverschwendung?« Die Mikrowelle machte sich bemerkbar, und Ludwig stellte eine Tasse mit dampfendem Kakao vor Tabori. »Da hat deine Mutter auch recht: Zu viel Fernsehen ist nicht gut. Aber sie wird bestimmt nichts dagegen haben, wenn du ein bisschen *MTV* schaust. Du brauchst es ihr ja nicht zu verraten.«

»Nicht verraten!«, wiederholte Tabori entschlossen und schmierte sich die Schokocreme dick auf eine Schrippenhälfte. Heimlich Fernsehen zu gucken war ganz sicher nicht so schlimm wie der versuchte Diebstahl, den er seiner Mutter verheimlichen würde.

Ludwig drehte den Tonregler, und die Musik wurde lauter. Dazu klatschte er fröhlich in die Hände. Er begann sogar zu tanzen, aber seine Bewegungen waren ungelenk und er besaß kein Taktgefühl. Tabori konnte ein Kichern nicht unterdrücken.

»Was ist? Gefällt dir mein Tanz nicht?«

»Du … Tanz … wie Gitarre spielen.«

»Was? So schlecht?«, fragte Ludwig belustigt. »Vielleicht solltest du mir auch noch das Tanzen beibringen.«

Tabori verschluckte sich bei der Vorstellung an seiner Schrippe.

»Bestimmt tanzt du richtig gut.«

»Nein, nein, ich nicht!« Vor anderen Leuten zu musizieren, das war schon schwer genug, aber die Vorstellung, vor ihnen auch noch tanzen zu müssen, das war völlig abwegig.

»Ich habe heute leider nicht so viel Zeit für dich«, sagte Ludwig und wurde sofort wieder ernst. »Ich muss zur Arbeit.«

»Was arbeitest du?«

»Nun, ich bin … Wirtschaftsinformatiker.«

»Was ist das?«

»Ich arbeite mit Computern. Kennst du Computer? Natürlich kennst du Computer. Gut, also, ich sorge dafür, dass ein Computer mit einem anderen Computer reden kann. Verstehst du das?«

»Ja«, sagte Tabori, schüttelte aber unbewusst den Kopf.

Ludwig lachte schallend. »Manchmal geht es mir genauso wie dir, Tabori. Dann verstehe ich auch kein Wort.«

»Ich auch … arbeiten?«

»Ob du mitkommen kannst? Nein, das ist nichts für dich.«

Tabori spürte, wie sich in seinem Hals ein Kloß bildete. Das Schlucken fiel ihm schwer.

»Aber wenn du willst, kannst du in der warmen Wohnung bleiben, während ich nach deinem Cousin Ryon suche. Das habe ich dir ja versprochen.«

Erleichtert kaute Tabori weiter.

»Du kannst Fernsehen schauen.«

Auf dem Bildschirm erkannte Tabori Chris, Izzy und Jay von US5. »Oder PlayStation spielen. Oder Gitarre. Dann kannst du heute Abend noch einmal für mich Musik machen.« Ludwigs Gesichtsausdruck wurde bei der Vorstellung auf einmal ganz verträumt. »Deine Musik hat mich gestern an meinen Sohn erinnert. Das gefällt mir.«

Tabori war stolz und nickte zustimmend.

»Fühl dich wie zu Hause. Und falls dir die Decke auf den Kopf fällt, also falls dir langweilig wird, kannst du auch einen Ausflug in die Stadt machen. Dir Berlin angucken. Hast du schon den Fernsehturm gesehen? Das musst du unbedingt. Man kann nach oben fahren und von dort auf die Stadt hinunterschauen. Wirklich toll. Oder du gehst ins Sealife. Dort haben sie viele bunte Fische. Auch Haie und so.«

Ludwig legte zwei Geldscheine neben Taboris Teller. Es waren zweimal 50 Euro. Tabori betrachtete die Banknoten, als seien sie Außerirdische.

»Davon bezahlst du den Eintritt ins Sealife und kannst dir Essen kaufen. Ich will nicht, dass du hungerst. Und klauen sollst du auch nicht, denn beim nächsten Mal bin nicht ich es, der dich dabei erwischt, sondern die Polizei. Und das willst du doch nicht, oder?«

»Nein, keine Polizei.«

»Und wenn du nicht ins Sealife willst, dann kauf dir einfach was Neues zum Anziehen.«

»Nein!« Das wollte Tabori noch viel weniger. Ludwig hatte ihm gerade Kleidung von Fritz geschenkt, wie würde das denn aussehen, wenn er sich andere Sachen kaufte? Als ob er unzufrieden und undankbar wäre.

»Mach einfach, was du willst«, meinte Ludwig. »Hauptsache, wir treffen uns am Abend wieder. Vielleicht habe ich bis dahin auch schon Ryon gefunden.«

»Ja, danke!« Tabori strahlte, als er daran dachte, seinen Cousin bald wiederzusehen.

»Jetzt muss ich aber los. Und lass das Geschirr stehen. Ich räume es später ab. Bis heute Abend, Tabori.« Bevor Ludwig die Wohnung verließ, drückte er Tabori noch einen Fahrschein in die Hand. »Falls du in die Stadt fährst: Das ist ein Tagesticket. Wir wollen doch nicht, dass man dich beim Schwarzfahren erwischt.«

»Schwarzfahren?«

»Fahren ohne Ticket. Das ist nicht erlaubt.«

»Wie Klauen.«

»Genau. So wie Klauen.«

Tabori hob die Hand zum Eid. »Nein, versprochen. Keine Polizei.«

87

Die Modersohnbrücke verband die sogenannte Upper Eastside mit dem Boxhagener Kiez. An lauen Sommerabenden bot sich den Berlinern, die draußen bei Rotwein und Kerzenlicht saßen, ein traumhafter Sonnenuntergang über der imposanten Skyline von Mitte. Heute war die Faszination nur zu erahnen. Kalte graue Schwaden hüllten die Stadt ein wie ein Kokon. Aber das war okay, der triste Anblick entsprach haargenau Kalkbrenners Gemütszustand.

Er parkte seinen Passat am Boxhagener Platz, der In-Ecke von Friedrichshain, wo die Cafés und Kneipen hippe Namen wie *Burgeramt, Feuermelder* oder *Strudelmanufaktur* trugen. Der *Frühstücksclub* bestand zum überwiegenden Teil aus Küche und Theke, sodass er nur wenigen Gästen Platz bot, dadurch aber gemütlicher wirkte.

»Kleiner Geheimtipp«, lächelte Sera Muth zur Begrüßung und pickte aus ihrer Platte mit türkischem Frühstück ein paar Oliven heraus.

Kalkbrenner betrachtete die frischen Tomaten, Gurken, das Rührei und das Fladenbrot. Bei ihm hatte es nur für zwei

Stullen mit drei Tage altem Bierschinken gereicht, der schon leicht fluoresziert hatte. »Ein heißer Tipp im Fall Fielmeister wäre mir lieber.«

Seine Kollegin bedachte ihn mit einem angesäuerten Blick, packte die Überreste ihres Frühstücks in eine bereitstehende Plastikschale und belohnte den Koch zum Abschied mit drei Wangenküsschen, bevor sie in Kalkbrenners Passat stieg. Schweigend legten sie den Weg zur Warschauer Straße zurück und passierten die Kuppeltürme des Frankfurter Tors. Als Kalkbrenner nicht zum Präsidium am Alexanderplatz abbog, überwand sich Muth endlich und fragte: »Wohin fahren wir?«

»Zur Wohnung von Harald Sackowitz.« Er berichtete kurz, was er vor wenigen Minuten von den Kollegen aus Grünau erfahren hatte.

»Deshalb also deine schlechte Laune«, schlussfolgerte Muth.

»Und was ist mir dir? Geht es dir gut?«

»Natürlich.« Sie klang nicht mehr sauer.

»Rita sagte mir, dass du beim Arzt warst.«

»Hat sie sich Sorgen gemacht?«

»Nein, ich.«

»Ach was, es war nur ein Vorsorgetermin. Was hast du denn gedacht?«

Kalkbrenner zuckte stumm mit den Achseln.

»Du hast gedacht, ich sei schwanger?« Muth lachte schallend. »Das fehlte mir gerade noch: Gerade erst den neuen Job angetreten und schon im Mutterschutz. Ganz toll. Das wären ja die allerbesten Voraussetzungen für eine steile Karriere.«

»So etwas kann doch immer mal passieren.«

Ein Schatten legte sich über ihr Gesicht, das gerade noch so heiter gewesen war. »Nein, mir darf und wird so etwas nicht passieren.«

Kalkbrenner glaubte zu erahnen, woher ihre plötzliche Schwermut rührte. *Als türkische Frau sowieso.*

Er hielt in der Rigaer Straße, die von Häusern im Stil der Dreißiger gesäumt wurde. Eine ältere Dame mit Handwagen mühte sich die vereisten Eingangsstufen zum Bürgersteig hinab. Kalkbrenner reichte ihr hilfsbereit seinen Arm, während Muth schon die Tür aufhielt. Die Seniorin dankte dem Ermittler schüchtern und trippelte dann weiter zum *Ring-Center*.

Die beiden Polizisten stahlen sich zum Hauseingang hinein und bis in die erste Etage hinauf. »Schau dir mal die zersplitterte Türzarge an«, sagte Muth.

Kalkbrenner streifte sich Einmalhandschuhe über und verpasste der Holztür einen sanften Stoß. Sofort flog sie auf, und eiskalter Wind schlug ihm entgegen. »Herr Sackowitz?«

In der Diele hatte jemand eine schmale Kommode umgestürzt. Die Schublade war aus den Schienen gezerrt, Kleinzeug wie Schreibblöcke und Kugelschreiber lag auf dem Boden. »Herr Sackowitz, sind Sie da?«

Ein oder zwei Stockwerke weiter oben drang plärrende Hip-Hop-Musik aus einer Wohnung. Hinter einer anderen Tür rauschte vernehmlich die Klospülung. In Sackowitz' Wohnung herrschte jedoch durchdringende Stille.

Kalkbrenner tat einen vorsichtigen Schritt in den Flur. Neben einer zerbrochenen Schublade lag in einem Haufen ein Mantel, der vom Kleiderhaken gerissen worden war. Daneben türmten sich drei Paar Sneakers des Modells Adidas Superstar in Rot, Blau und Schwarz.

In einem Zimmer stand die Balkontür weit offen und gewährte dem Frost und allem, was noch so kommen mochte, freimütig Einlass. Sämtliche Möbel waren auf übelste Weise zugerichtet, der Sessel mit dem Rosenblütenmuster zum Großteil seiner Polsterung beraubt. Ein Tisch und ein Stuhl waren umgekippt worden, und unweit der Kochnische hatte der Eindringling die Essteller zerschmettert, die Töpfe demoliert und alle Schubladen entfernt.

»Wohl kaum ein Zufall«, stellte Muth fest.

»Davon hatten wir in der Tat schon viel zu viele.«

»Was glaubst du, welche Rolle Sackowitz in der Sache spielt?«

»Nun, er ist Journalist«, sagte Kalkbrenner. »Er wird auf Informationen gestoßen sein, die andere gerne für sich behalten möchten. Ich verständige jetzt erst einmal die Spurensicherung.«

Während Kalkbrenner telefonierte, fegte der Wind mit einem beängstigenden Heulen über die Balkonbrüstung in die Wohnung. In der vereisten Schneeschicht auf dem Balkon konnten die Beamten geriffelte Schuhabdrücke ausmachen, die sich über das meterhoch aufgetürmte Sperrgut im Hinterhof entfernten.

»Wer bricht denn zur Tür ein und verschwindet dann über den Balkon?«, zweifelte Muth.

»Vielleicht hat ihn Sackowitz auf frischer Tat ertappt?«

»Dann wäre er wie die anderen einfach erschossen worden.«

Kalkbrenner ging in die Diele, kehrte mit dem blauen Paar Sneakers zurück und verglich das Profil mit den Abdrücken im Schnee. »Aber nicht, wenn er fliehen konnte.«

88

»Schläfst du?«, hörte sie Alans körperlose Stimme in der Dunkelheit.

Anna erschrak, und der Traum, der aus einem Sammelsurium an beängstigenden Bildern bestanden hatte, entwand sich noch im selben Augenblick ihrem Gedächtnis. Für wenige Sekunden lag sie erleichtert in der Finsternis. *Es war al-*

les nur ein Traum. Dann tastete sie um sich, spürte das Kissen, die weiche Biberbettwäsche und die zerknitterte Bluse, die ihr schweißnass am Oberkörper klebte. *Doch kein Traum. Es ist Realität.*

»Entschuldige, ich wollte dich nicht wecken«, sagte Alan.

»Und ich wollte nicht schlafen!«, stöhnte Anna. Es war ihr peinlich, sich ausgeruht zu haben.

Nach ihrem Auftritt vor der Presse war gestern Abend alle Kraft und alles Selbstbewusstsein, die sie vor den Kameras demonstriert hatte, mit einem Ruck von ihr abgefallen. Die Anstrengungen der vergangenen Monate waren zusammen mit der Panik der letzten Tage zu viel für sie gewesen. In der Küche war sie zusammengebrochen. Alan hatte sie ins Bett getragen, aber sie hatte sich dagegen gewehrt, liegen zu bleiben. *Was, wenn Manuel genau jetzt heimkommt?* Alan hatte besänftigend auf sie eingeredet, und irgendwann war sie dann wohl eingeschlafen.

»Ist Manuel …?« Mehr traute sie sich nicht zu fragen.

Alans schwarzer Schatten zeichnete sich dicht neben ihr ab. Er schüttelte den Kopf.

»Und die Polizei? Hat sich die Polizei gemeldet?«

Er wälzte sich auf die Seite und stützte seinen Kopf in die Handfläche. »Nein, noch nicht.«

»Wie spät ist es?«

»Kurz nach zehn.«

Enttäuscht sank Anna zurück aufs Kissen. Inzwischen mussten alle wichtigen Fernseh- und Radiosender über Manuel berichtet haben. Zur Stunde wurden die Tageszeitungen an den Berliner Frühstückstischen oder von den Berufspendlern gelesen. »Warum ruft niemand an?«

»Es rufen bestimmt viele Leute an. Aber«, Alans Hand tauchte neben ihrem Gesicht auf, »die Polizei wird alle Hinweise erst mal überprüfen, bevor sie uns Bescheid gibt. Und so etwas dauert. Wir müssen Geduld haben.«

Anna fröstelte es in der klammen Kleidung. »Geduld?« Sie lachte hoffnungslos.

Seine Finger streichelten ihre Wange, und Anna ließ es zu. Sie war viel zu erschöpft, als dass sie sich dagegen hätte wehren können, und sie musste zugeben, dass das warme Gefühl, das ihren Körper durchströmte, ihr guttat. Es entspannte ihre Nerven, nur ein wenig, aber gerade genug, um sie wieder eindämmern zu lassen.

Ein Geräusch von der Straße riss sie aus dem Schlummer. *Du darfst nicht schlafen,* tadelte sie sich. *Was ist, wenn sich jemand meldet, der Manuel gesehen hat?* Es fiel ihr schwer, sich gegen die Erschöpfung aufzulehnen. Sie hatte keine Kraft mehr, und auch der Mut verließ sie, von Stunde zu Stunde mehr. Sie musste dagegen ankämpfen. *Du darfst nicht resignieren! Manuel lebt! Er wird heimkehren! Das weißt du!* Sie schob sich näher an Alan heran, umarmte seinen Bauch und spürte seine Muskeln und die Kraft, die in ihnen steckte.

»Du solltest versuchen, noch etwas Schlaf zu finden«, flüsterte er.

»Ich kann«, sie presste sich enger an ihn, »nein, ich will nicht schlafen.«

Die Wärme, die seinen Körper umgab, liebkoste sie wie sanfte Hände, und für einen Moment erlaubte sie es ihrem Verstand, sich fallen zu lassen. *Alan ist bei dir. Alles wird gut.* Sie schmiegte sich noch dichter an ihn und genoss es, sich geborgen zu fühlen. Zum ersten Mal seit langer Zeit. *Wie sehr ich das vermisst habe!* Es tat so gut, dass er bei ihr war. Sie spürte die Stärke, die von ihm in ihren Körper strömte. Sie würde wieder Kraft und Geduld haben – sie würde so lange durchhalten, bis sie Manuel wieder in ihre Arme schließen konnte. *Ja, das werde ich!* Sie drehte ihren Kopf, um zu Alan aufzuschauen. Dabei streifte ihre Nase sein Kinn. Er nickte, als würde er ihre Gedanken kennen. Sie war ihm so dankbar für seine Anwesenheit. Ohne es geplant zu haben, fanden ihre Lippen seinen Mund. Sie drängte sich ihm entgegen, fuhr mit der Hand durch sein Haar. Sie wollte ihn an sich ziehen, ihm nahe sein, noch mehr von seiner schier unendlichen Kraft, seiner Hilfe und seiner Güte in sich aufsaugen.

Sanft stieß er sie von sich fort. »Nein!«

Als hätte sie sich an ihm verbrannt, zuckte ihr Körper zurück.

»Ich kann das nicht«, sagte er leise.

Anna war durcheinander.

»Manuel wird vermisst, und wir … wir …«

Augenblicklich wurde Anna wieder von Schuldgefühlen überwältigt. *Wie kannst du mit ihm rummachen, während dein Sohn irgendwo dort draußen im Schnee herumirrt oder … noch Schlimmeres.* Sie rutschte aus dem Bett und schlich sich wie ein geprügelter Hund ins Badezimmer. Dort ließ sie kaltes Wasser über ihren Kopf laufen, aber auch das beruhigte sie kaum. Vielleicht sollte sie doch unter die Dusche steigen? Wie lange war es her, dass sie sich das letzte Mal gewaschen hatte? *Dafür ist später Zeit!* Jetzt brauchte sie eine Zigarette.

Die Gauloises im Wohnzimmer waren leer. Sie tastete Alans Jacke an der Garderobe nach seiner Schachtel ab. In einer Tasche spürte sie ein Loch im Stoff, in der anderen fühlte sie einen festen Widerstand. Aber als sie danach griff, hatte sie statt einer Packung Kippen eine Schachtel Tabletten in der Hand. Ritalin – Zentralnervöses Stimulans. Sie ging zurück ins Schlafzimmer. »Alan, was ist das?«

Er knipste das Licht auf dem Nachtschränkchen an. »Was?«

»Dieses Medikament hier.«

Viel zu schnell riss er es aus ihrer Hand. »Verdammt, wo kommt das her?«

Der schroffe Tonfall verwirrte Anna. »Ich … ich … wollte doch nur Zigaretten.«

»Du warst an meiner Jacke?«

»Du hast doch immer welche in der Tasche.«

»Und das gibt dir das Recht, einfach so an meine Klamotten zu gehen?«

»Alan«, sagte sie kleinlaut. »Was hast du?«

»Was soll ich denn haben?« Ohne ein weiteres Wort der Erklärung flüchtete er in die Küche.

Warum reagierte er so ungehalten? *Es sind doch nur Tabletten!* Und in der Situation, in der sie sich befanden, brauchte er sich nicht zu schämen, darauf angewiesen zu sein. Das war doch nachvollziehbar. Plötzlich fühlte sich Anna wieder alleine. Müde und traurig suchte sie Zuflucht unter der Decke.

Nach einer Weile spürte sie, wie die Matratze nachgab. Alan kniete neben ihr. »Es tut mir leid.«

Sie schlug die Decke zurück, mied aber seinen Blick.

»Es war nicht so gemeint.« Er strich ihre Tränen fort. Sie hatte überhaupt nicht bemerkt, dass sie geweint hatte. »Es ist nur so, dass das alles an mir auch nicht spurlos vorübergeht. Manuel ist für mich wie … mein Sohn. Und diese Ungewissheit macht mich verrückt.«

»Und deshalb brauchst du Ritalin?«

Er schüttelte die Tablettenschachtel. »Ich habe sie von meinem Chef. Er nimmt die Pillen, wenn der Job ihm zu sehr an die Nieren geht.«

»Das ist ein Beruhigungsmittel für Kinder.«

»Aber es hilft.«

Jetzt verspürte Anna nur noch Mitleid mit Alan. Sie schob ihre Hand unter der Decke hervor, ergriff seine Finger und drückte sie.

Mit seiner freien Hand hielt er zwei Zigaretten hoch. »Magst du noch?«

»Gerne.«

»Es sind aber Marlboro.«

»Das ist mir jetzt egal.«

Er entzündete die beiden Kippen und steckte ihr eine zwischen die Lippen. Anna betrachtete, wie die rote Glut der Zigarettenspitze sich ausbreitete, als sie inhalierte. Um die Stille nicht länger ertragen zu müssen, sagte sie: »In deiner Tasche ist ein Loch.«

»Ach ja?«

»Ich kann es nähen, wenn du magst.«

Anna nahm einen weiteren Zug von der Marlboro und wartete. Bloß worauf? Die Nacht war längst vorüber, und noch immer schien die Polizei keine neuen Hinweise auf Manuel zu haben.

89

Während der gesamten Fahrt nach Mitte hüllte sich Harald Sackowitz in Schweigen. Erst als er den Wagen in einer freien Parknische abstellte, die er ausnahmsweise mal direkt vor dem Verlagsgebäude gefunden hatte, konnte er nicht mehr an sich halten. »Karin, war das wirklich nötig? Ich bin mir sicher …«

»Mir ist egal, ob du dir sicher bist oder nicht«, schnitt ihm seine Exfrau barsch das Wort ab. »Mir ist jedenfalls wohler dabei.«

»Aber musste es denn ausgerechnet dein Bruder sein?«

Mit einer ungehaltenen Geste strich sie die Falten ihrer Uniform glatt. Ihre Schicht im *Park Inn* begann in wenigen Minuten.

»Auch Leonie und Till schienen keine große Lust zu haben, den Samstag bei Wolfgang zu verbringen«, sagte Sackowitz.

»Aber nicht, weil sie ihn nicht leiden können. Sie mögen

ihn nämlich sehr wohl – ganz im Gegensatz zu dir.« Sackowitz öffnete den Mund zum Protest, bekam jedoch keine Gelegenheit, auszusprechen, was ihm auf der Zunge lag. »Die Kinder waren nicht begeistert von meiner Idee, weil der Samstagvormittag normalerweise anderen Aktivitäten gehört. Und dass daraus heute nichts wird, verdanken sie ganz alleine dir. Ich hoffe, du bist dir dessen bewusst.«

»Jetzt übertreibst du aber. Du musst doch heute sowieso arbeiten.«

»Ach ja? Und wenn schon!« Mit einem Bein war sie bereits ausgestiegen. »Einer muss sich schließlich um die Kinder sorgen. Und du hast ja Wichtigeres zu tun, wie ich erfahren durfte.«

Sie knallte die Tür hinter sich zu, sodass Sackowitz für einen kurzen Moment befürchten musste, der Polo würde in seine rostigen Einzelteile zerfallen. »Warte, ich komme mit!«

»Nix da«, schnauzte Karin über das Autodach hinweg zu ihm herüber. »Du wartest hier.«

»Aber soll ich nicht besser …?«

»Was? Dumm im Foyer herumstehen? Super Idee. Was denkst du dir eigentlich? Dass ich schnurstracks ins Hotel marschiere, gezielt an den Safe gehe und binnen Sekunden deine verfluchten Unterlagen in der Hand habe?«

Ergeben ließ sich Sackowitz hinters Lenkrad zurückfallen und startete den Motor. Nach wenigen Sekunden machte er ihn wieder aus. Es hatte sowieso keinen Sinn: Die Heizung funktionierte ohnehin nicht. Außerdem würde ihn die Kälte wach halten. Die letzte Nacht war viel zu kurz gewesen. Bis in den späten Abend hatte er mit Leonie spielen müssen, und schon am frühen Morgen hatte sie ihn auf dem Sofa geweckt, um ihn als menschgewordenen Punchingball zu missbrauchen. Ach ja, das Familienleben.

Gähnend vergrub er den Kopf in dem Kragen seiner Jacke. Um sich zu beschäftigen, begann er, die Sekunden und

Minuten zu zählen. Kleine Atemwölkchen formten sich vor seinen Lippen, als er halblaut vor sich hin murmelte.

In einigen Läden der Karl-Liebknecht-Straße glitzerten noch Christbäume und Sterne, doch in den meisten Schaufenstern war der Adventsschmuck bereits von Faschingsdekoration abgelöst worden. Plakate warben für den morgigen verkaufsoffenen Sonntag. Schon seltsam. Die Leute hatten doch noch nicht einmal den vorweihnachtlichen Kaufrausch richtig verdaut. Aber Konsum musste anscheinend sein. Besonders in Zeiten wie diesen.

Jäh legte sich ein Schatten auf ihn, und er zuckte überrascht zusammen. Karin freute sich diebisch. »Hab ich dich erschreckt?«

»Würdest du dich besser fühlen, wenn ich Ja sage?«

»Nun, ein bisschen schon.« Sie warf ein schmales Kuvert in seinen Schoß.

»Das ist alles?« Aus dem Umschlag glitt eine schmucklose Plastikhülle mit unbeschrifteter CD.

»Eine CD-ROM«, sagte Karin. »Sie wird die Informationen enthalten, die dein …«

»Na, herzlichen Dank. Ich mag zwar von Computern im Allgemeinen keine Ahnung haben, aber eine CD-ROM kenn ich gerade noch.«

»Ist ja gut, Harald, war nicht so gemeint. Jetzt krieg dich wieder ein. Was hast du nun vor?«

Er legte die Parkscheibe aufs Armaturenbrett, stieg aus und verriegelte den Wagen. »Ich statte der Redaktion einen Besuch ab und schaue nach, was sich auf der CD befindet.«

»Und dann?«

»Was soll dann sein?«, fragte er unbedarft.

Karins Miene verdüsterte sich bedrohlich.

»Ja, natürlich. Dann gehe ich sofort zur Polizei«, fügte er rasch hinzu. »Ich werde mit denen reden und ihnen die CD geben. Wie ich es dir versprochen habe.«

Trotz seiner offensichtlich ehrenwerten Absichten schaute seine Exfrau keineswegs freundlicher. »Warum habe ich so ein ungutes Gefühl, Harald?«

»Warum fragst du mich das?«

Karin trat einen Schritt auf ihn zu. »Du wirst trotzdem deine Story schreiben, oder?«

»Natürlich, warum denn auch nicht?«

»Ich dachte, du würdest die Finger davonlassen?«

»Ich habe dir versprochen«, sagte er, »die Unterlagen der Polizei auszuhändigen, und das werde ich auch tun. Aber warum sollte ich deswegen auf einen Artikel verzichten? Ich bin schließlich Journalist.«

»Und du bist auch Vater!«

»Ja und? Als Vater muss ich meine Arbeit machen, mit der ich den Unterhalt für meine Kinder verdiene.«

»Wenn du ihn wenigstens bezahlen würdest.« Karin seufzte tief, und Wut ließ ihre Augen funkeln. Sie standen nur wenige Zentimeter voneinander entfernt. Ihre Nasenspitzen berührten sich fast. »Und solange du das nicht tust, solange du deine Kinder stattdessen in Gefahr bringst, solange brauchst du dich nicht mehr bei uns blicken lassen, Harald. Halte dich von Leonie und Till fern, und lauf auch mir nicht über den Weg, verstanden?«

Ohne eine Antwort abzuwarten, stürmte sie ins Hotel zurück. *Halte dich von Leonie und Till fern*. Ihre Worte schnitten ihm ins Herz. Selbstverständlich konnte er ihre Sorge verstehen, aber er hielt sie für vollkommen unbegründet. Spätestens gegen Mittag würde er die CD mit allen wichtigen Daten, so sie denn überhaupt welche enthielt, bei der Polizei abgeliefert haben – selbstverständlich nachdem er einen Artikel über den Skandal geschrieben hatte. Das war sein Job. Und sein Bedürfnis. Danach lag der Fall in den Händen der Ermittler, und die Riesensauerei würde bald vom Tisch sein. Wo also lag das Problem? Frauen!

Im Foyer des Verlagshauses schnappte er sich vom Empfangstresen die aktuelle Ausgabe, deren Titelseite er auf dem Weg in die sechste Etage überflog. *Großaufgebot sucht nach vermisstem Jungen: Manuel (10) verschwunden.* Den Bericht über Till und die Haflingerdressur fand er im Sportteil. Schnell tippte er eine SMS an seinen Sohn: *Schon den* Kurier *gelesen? Ich bin stolz auf dich!* Der Artikel würde Till für den verkorksten Samstag, wenn es denn für seinen Sohn einer werden sollte, entschädigen. *Wozu hat man denn einen Vater bei der Zeitung?*

Bis auf das Tastaturgeklapper der wenigen Kollegen, die für die Samstagsschicht eingeteilt waren, hielt sich der Betrieb in der Redaktion in Grenzen. Stanislaw Bodkema hatte sich in seinem Büro verschanzt, was er immer tat, wenn er etwas Besonderes ausheckte.

Sackowitz fuhr seinen Rechner hoch, was ihm ohne Schwierigkeiten glückte. Von den Kloräumen wehte ein ungewöhnlich schwacher Gestank herüber. *Wenn das mal keine guten Vorzeichen sind!* Freudig schob er die CD in das Laufwerk.

Gleich würde er die Antwort auf seine brennende Frage erhalten. *Was ist tatsächlich mit Schulze passiert?* Dann würde er auch die Zusammenhänge herstellen können. *Was hat der Politiker mit Fielmeister zu tun?* Im Geiste sah er bereits die Schlagzeile vor sich: *Berliner Fleischskandal!* Nein, noch besser machte sich: *Gammel in Politik & Wirtschaft!*

Ein kleines, unbenanntes CD-Symbol blinkte auf dem virtuellen Schreibtisch auf. Als Sackowitz es anklickte, wurde in einem weiteren Fenster ein Ordner mit dem Titel *Orange* sichtbar. Als Sackowitz ihn mit einem Doppelklick öffnen wollte, verlangte der Computer nach einem Passwort. Er tippte »Radomski« ein, aber der Rechner verweigerte den Zugriff. Er versuchte es mit »Fielmeister« – vergeblich. »Schulze« – ergebnislos.

Sackowitz rief sich das kurze Gespräch mit dem Informanten in Erinnerung. Von einem Passwort hatte er nichts erwähnt. Enttäuschung bemächtigte sich seiner. Kein Passwort bedeutete: keine Fotos, keine Namen, keine Adressen und erst recht keine Story. Nur ein verdammter Ordner, der seinen Inhalt nicht preisgeben wollte, weil Sackowitz den Zugriffscode nicht kannte.

Und jetzt? Sosehr er sich auch bemühte, er hatte keine Idee, was ihm in dieser Situation weiterhelfen konnte. So verbissen, wie er auf den Monitor starrte, würde er allenfalls noch Kopfschmerzen bekommen, aber keine Lösung finden.

Resigniert überließ er den Rechner dem Ruhezustand und stiefelte zu den Toiletten. Am Waschbecken beträufelte er Nacken und Schläfe mit kaltem Wasser. *Verdammt!* Wieder einmal rächte es sich, dass er keine Ahnung von der Welt der Computer hatte. Heiko Richter hatte recht – in Zukunft sollte er sich tatsächlich ein bisschen mehr für seinen Rechner interessieren. Doch dieser gute, wenn auch verspätete Vorsatz fürs angebrochene Jahr brachte ihn jetzt auch nicht weiter.

Einer Eingebung folgend kramte er sein Handy aus der Tasche und wählte Heikos Nummer. Nur das Freizeichen antwortete ihm, kein Wunder, schließlich war Samstag, Wochenende. Versuchsweise klingelte er den Computerexperten auf dessen Mobiltelefon an.

»Ach nee, Hardy«, grunzte Heiko. »Hast du eine Ahnung, wie spät es ist?«

»Es ist fast elf Uhr am Vormittag. Hast du noch geschlafen?«

»Na ja, ich bin quasi gerade erst ins Bett gekommen.«

»Du musst mir helfen.«

»Wenn du schon wieder ein Problem mit deinem Mac hast, lege ich augenblicklich auf.«

»Nein, mit dem ist zum Glück alles in Ordnung. Aber

ich habe eine CD mit wichtigen Daten, die durch ein Passwort geschützt ist. Könntest du vielleicht mal einen Blick draufwerfen?«

»Könnte ich. Aber erst am Montag.«

Sackowitz benetzte mit der freien Hand seine Stirn mit etwas Wasser. »Es ist aber extrem wichtig.«

»Hardy, selbst wenn ich wollte, geht es nicht. Ich bin nicht in Berlin, sondern mit Frau und Kindern in Hannover. Meine Schwiegereltern feiern Geburtstag.«

Sackowitz näherte sich dem Spiegel. Die Schrammen, die er sich gestern auf seiner abenteuerlichen Flucht durch den Grünauer Wald zugezogen hatte, waren kaum noch zu erkennen. Dafür hatten die Augenringe beängstigend an Tiefe und Dunkelheit zugenommen. »Scheiße.«

»Aber wenn es wirklich so wichtig ist, wie du sagst, kannst du Christian, einen Kumpel von mir, fragen.«

»Ist er auch so ein Computerheini?«

»Schlimmer.«

»Wie? Schlimmer?«

»Christian ist kein Heini, er ist ein Freak. Hockt tags wie nachts immer nur daheim hinterm Rechner. Programmiert und hackt und überhaupt ... Manchmal hört und sieht man eine Woche lang nichts von ihm, aber man gewöhnt sich dran.« Heiko diktierte Sackowitz eine Adresse in Kreuzberg. »Du kannst gleich bei ihm vorbeifahren, ich telefoniere mit ihm und kündige dich an. Er öffnet seine Tür nämlich nur, wenn er schon vorher weiß, wer bei ihm klingelt. Ach, Hardy, und noch etwas: Hüte dich vor Anton.«

»Wer ist Anton?«

Sackowitz hörte noch ein übernächtigtes Kichern, dann wurde das Gespräch gekappt. Er trocknete sich das Gesicht mit einem Papierhandtuch, öffnete die Tür zur Redaktion und blieb auf der Stelle stehen.

»Dahinten ist er ja«, hörte er Bodkema sagen.

90

Ludwig hatte ihm zwar aufgetragen, er solle das Geschirr und alles andere stehen lassen, aber Aufräumen war doch das Mindeste, was Tabori für seinen Gastgeber tun konnte. Während ein Video von Britney Spears über den Fernsehschirm flimmerte, stellte er Marmelade, Butter, den Aufschnitt und den Käse in den Kühlschrank, der bis zum Rand mit Joghurt und Quark in bunten Plastikbechern gefüllt war, die obendrein Sammelbilder zu enthalten schienen. Selbst der Käse war mit Comicfolien umwickelt. Tabori grinste bei der Entdeckung.

Der Bass von Scooter wummerte energiegeladen aus den Lautsprechern. Die Techno-Band war keine von Taboris Lieblingsgruppen, aber die Musik fand er trotzdem lustig. Er drehte den Fernsehton lauter und tanzte zur Morgenwäsche ins Bad. Die Bilder in der Diele zeigten lange Sandstrände, an denen sich die weißschaumigen Wellen brachen. Der Himmel strahlte blau, die Sonne glitzerte im Meer. Ob Ludwig die Fotos selbst gemacht hatte?

Neben dem Badezimmer stand die Tür zu Ludwigs Schlafzimmer einen Spaltbreit offen. Tabori zögerte, dann aber dachte er an Ludwigs Worte: *Fühl dich wie zu Hause.*

Auf dem Bett war eine braune Tagesdecke ausgebreitet worden. In einem Fach vom Nachtschränkchen lag ein Fotoapparat. Jetzt war Tabori überzeugt davon, dass die Bilder von Ludwig waren. Er war zwar kein guter Sänger und Tänzer, aber fotografieren konnte er anscheinend. Am Abend würde Tabori ihn um ein Erinnerungsfoto bitten. Dann könnte er nach seiner Heimkehr das Bild seiner Mutter zeigen und erzählen, dass Ludwig es gewesen war, der ihm in Berlin geholfen hatte.

Dem Bett gegenüber nahm ein riesiger Kleiderschrank die

gesamte Breite der Wand ein. Tabori posierte vor den Spiegeltüren. Zwar war ihm der Jogginganzug an den Beinen eine Nummer zu groß, aber er hatte noch nie zuvor einen besessen. Er fand, dass er gut darin aussah. Was wohl Gentiana dazu sagen würde?

Aus der Küche plärrte jetzt Eminem: *Now I'm gonna make you dance. It's your chance. Yeah boy, shake that ass.* Tabori streckte den Arm aus, als würde er ein Mikrofon in der Hand halten. Mit den Füßen wippte er im Takt der Hip-Hop-Musik: *Well I'm sorry. I don't remember. All I know is this much. I'm not guilty.* Irgendwie schaute er nicht gerade aus wie Eminem, aber ganz sicher besser als der ungelenke Ludwig.

Auch im Schlafzimmer hingen große Landschaftsaufnahmen an den nicht zugestellten Wänden. Fotos von Fritz entdeckte Tabori nicht. Wahrscheinlich stimmten die Ludwig nur traurig. Auch Taboris Mutter hatte im Haus keine Bilder von seinem Vater nach dessen Tod aufbewahrt.

Nach einer fixen Katzenwäsche im Badezimmer machte Tabori den Fernseher aus und beschäftigte sich mit der PlayStation in Fritz' Zimmer. Es musste toll sein, wenn man seine eigene Konsole besaß, mit der man zu jeder Zeit spielen konnte, selbst wenn die Geschäfte längst geschlossen hatten.

Fritz schien einen ganzen Haufen Spiele zu besitzen. Auch *Street Soccer* war darunter. Im Single-Modus kämpfte Tabori gegen den Computer, verlor aber zwei Niederlagen später die Lust und schaltete die Konsole aus. Es war still in der Wohnung. Nur das monotone Ticken der Uhr in der Diele war zu hören. Tabori fläzte sich aufs Bett, fühlte sich aber seltsam dabei. Irgendwie fremd. Kein Wunder: Es war eben nicht sein eigenes Zimmer. Es gehörte Fritz, der es nicht einmal benutzte.

Er ging an den Kühlschrank in der Küche und nahm sich einen Joghurt. Aber eigentlich hatte er gar keinen Hunger. Er stellte ihn wieder zurück und knipste stattdessen den

Fernseher ein. Aber auch jetzt kehrte nach einigen Minuten das Unwohlsein zurück. Er vergeudete hier nur seine Zeit. Unruhig stand er auf.

Aus der Fülle von Fritz' Kleiderschrank wählte er eine Jeans, einen warmen Pullover und eine noch dickere Daunenjacke. Die Hose war ihm wieder zu groß, das Oberteil zwickte ihm erneut unter den Achseln. Immerhin passten die Handschuhe, die er noch fand, wie angegossen.

Draußen war es kalt, aber es schien wenigstens die Sonne. Tabori folgte dem vom Schnee befreiten Gehweg zur U-Bahn-Station, wo er den Streckenplan studierte. Er fand den Bahnhof Zoologischer Garten. Hier war er angekommen. Im Grunde war der Plan gar nicht so kompliziert, wie er befürchtet hatte. Mit ein bisschen Anstrengung würde er sich in Berlin zurechtfinden können.

Die Gegend um den Bahnhof Zoo herum erkannte er auf Anhieb wieder, als er den breiten Bürgersteig entlangschlenderte. Bei einem der fliegenden Händler erstand er eine Grillwurst. Obwohl es der gleiche Verkäufer wie am Abend seiner Ankunft war, wurde Tabori nicht von ihm erkannt. Diesmal konnte der Junge seinem Wunsch immerhin problemlos Ausdruck verleihen, sodass er ohne Komplikationen seine Wurst auf einer Pappschale mit Weißbrot erhielt – und mit ganz viel Ketchup.

Munter mampfend spazierte er die Straße entlang. Erneut fielen ihm die leuchtenden Farben der Kleidung in den Schaufenstern auf. Besonders ein schwarzes Kapuzenshirt mit grellem Berlin-Aufdruck tat es ihm an. Wenn Tabori damit nach Gracen zurückkehrte, würden die Jungs in seiner Klasse vor Neid erblassen – und Gentiana würde mächtig stolz auf ihn sein. Er befühlte die Geldscheine in seiner Hosentasche. Ludwig hatte es ihm ausdrücklich erlaubt.

Staunend betrat er den Laden und ging auf die Regale mit den Hosen und Hemden zu.

»Kann ich dir helfen?«, fragte eine junge Frau mit langen braunen Haaren, an der Tabori sofort ihre goldenen Ohrringe auffielen. Wie sie wohl an Gentiana ausschauen mochten? Ganz bestimmt wunderbar. Er deutete auf den Schmuck. »Ich finde das schön.«

»Aha«, gab die Verkäuferin verwundert von sich.

»Wie viel kostet das?«

»Nee, die kannst du nicht kaufen. Sind meine.«

»Wo … gekauft?«

»Weiß ich doch nicht mehr.«

»Aber ich will das kaufen.«

»Dann schau mal bei *H&M* nebenan. Da haben sie Ohrringe.«

»Ohrringe?«

»Ja, und noch ganz viel anderen Plunder!«

»Plunder?«

»Sag mal, willst du mich verarschen?«

Tabori hatte die aggressiver werdende Stimme der Frau bemerkt und beeilte sich, in den nächsten Laden zu kommen. Er hatte gerade die Ohrringe, den Plunder, wie die Verkäuferin ihn genannt hatte, entdeckt, als eine vertraute Stimme hinter ihm auf Albanisch fragte: »Ist das Tokio Hotel? Oder nur Tabori?«

91

»Meine Sekretärin sagte mir, Sie seien von der Kriminalpolizei und wollen zu Herrn Sackowitz?« Der gepflegte, große Mann im Anzug, der ungefähr fünfundfünfzig Jahre alt sein mochte, stemmte beide Hände in die Hüften. »Hat er etwas ausgefressen?«

Er lächelte bemüht, als würde es ihn nicht überraschen,

wenn die Antwort positiv ausfiele. Kalkbrenner wertete dies als ein gutes Zeichen und stellte sich und Sera Muth vor.

Schlagartig hellte sich das Gesicht von Stanislaw Bodkema, dem Chefredakteur des *Berliner Kurier*, auf. Erfreut schüttelte er ihnen die Hände. »Herr Kalkbrenner, das freut mich! Ich habe schon einiges von Ihnen gehört. Die Sache letzten Herbst im Untergrund, diese Story, die Sie Herrn Sackowitz verschafft haben – alle Achtung!«

Auch diese Reaktion ließ den Ermittler auf eine ergiebige Unterredung hoffen.

»Haben Sie etwa wieder eine Story für uns?«

»Ich hatte eigentlich gehofft, dass Herr Sackowitz diesmal eine für mich hat.«

Bodkemas Lächeln gefror. »Wie darf ich das verstehen?«

»War nur ein Scherz.«

»Ach so.« Der Chefredakteur ging wieder hörbar auf Distanz. »Und was verschlägt Sie jetzt tatsächlich zu uns?«

Kalkbrenner wog seine Worte sorgfältig ab. *Bloß nicht noch mehr Schlagzeilen fabrizieren.* »Wie ich schon sagte, hätten wir uns gerne mit Herrn Sackowitz unterhalten.«

Bodkema verzog das Gesicht und seufzte. »Das tut mir leid. Sein Platz ist leer. Er ist nicht da.« Doch seine Neugier, wichtigste Voraussetzung für seinen Beruf, war noch immer nicht erloschen. Den meisten späteren Journalisten wurde sie bereits mit der Muttermilch eingeflößt – und nie mehr ausgeschieden. »Kann ich Ihnen möglicherweise weiterhelfen?«

Kalkbrenner schaute sich um. Drei Viertel der Redaktionsschreibtische im Großraumbüro waren unbesetzt. Nur vereinzelt hockten Redakteure hinter ihren Rechnern. Von Sackowitz war nichts zu sehen. »Ist nicht sehr viel los heute«, stellte er fest.

»Es ist Wochenende, und sonntags erscheinen wir nicht. Deshalb fahren wir samstags nur mit halber Kraft.«

»Und wer entscheidet, wer samstags Dienst schiebt und wer nicht?«

»Das funktioniert nach dem einfachen Rotationsprinzip.«

»Hätte Herr Sackowitz denn heute Dienst?«

Der Chefredakteur zog die Augenbrauen zusammen. »Herr Kalkbrenner, jetzt aber mal ehrlich: Sie sind Beamter der Mordkommission und ganz sicher nicht gekommen, um sich mit Herrn Sackowitz über seinen Dienstplan auszutauschen.«

»Ich wollte eigentlich nur wissen, ob er heute noch erwartet wird.«

»Und warum fragen Sie das nicht gleich?«

»Stimmt, das war umständlich von mir. Also: Wird Herr Sackowitz heute noch erwartet?«

»Das weiß ich nicht.«

»Aber Sie könnten es möglicherweise in Erfahrung bringen?«

»Ja«, sagte Bodkema, verharrte aber wie eine Betonmauer an Ort und Stelle.

»Wann haben Sie Herrn Sackowitz zum letzten Mal gesprochen?«

Die Betonmauer zeigte menschliche Regungen. »Ist ihm etwa etwas passiert?«

»Das weiß ich noch nicht.«

»Was soll das denn heißen?«

»Das soll heißen, dass ich mir nicht sicher bin. Vielleicht, vielleicht aber auch nicht. Also, wann haben Sie ihn gesprochen?«

Geb ich dir was, gibst du mir was. Das journalistische Kalkül stand Bodkema auf der Stirn geschrieben. »Gestern Mittag haben wir uns unterhalten.«

»Hat er mit Ihnen über das Thema gesprochen, an dem er arbeitet?«

Bodkema hatte jetzt jenen Blick aufgesetzt, den nur Journalisten kannten – und Polizisten, die mit ihnen zu tun hatten. Kalkbrenner nannte ihn den Sensationsblick. »Es geht also um den Fall Fielmeister«, schlussfolgerte Bodkema triumphierend. »Deshalb sind Sie hier. Sie leiten die Ermittlungen in dem Mordfall, stimmt's?«

»Und Herr Sackowitz?«, fragte Kalkbrenner, ohne auf die Frage einzugehen. »Woran arbeitet der?«

»Sie meinen, er hat etwas herausgefunden, von dem Sie glauben, dass es Ihnen helfen könnte?«

»Das frage ich Sie.«

Der Chefredakteur blickte plötzlich durch die Beamten hindurch. »Da haben Sie aber Glück, dass Sie ihm die Frage gleich selbst stellen können. Dahinten ist er ja.«

92

»Aidan!«, jubelte Tabori.

»Tabori!«, lachte sein Freund. Noch immer hingen ihm der Lodenmantel und die speckige Jeans am Leib. Auch die struppige Mähne hatte in den letzten Tagen kein Wasser gesehen. Sein Gesicht schien schmutziger, sein Körper dürrer zu sein. Zwischen den Zähnen klaffte eine schwarze Lücke: Überbleibsel des Zusammenstoßes mit der rumänischen Gang.

»Wo bist du gewesen?«, fragte Tabori. »Ich habe den ganzen Nachmittag bei *Saturn* auf dich gewartet!«

»Da wollte ich auch hin, aber dann bin ich wieder diesen Typen begegnet und musste mich verstecken. Ich hatte Schmerzen, konnte mich kaum bewegen. Schließlich bin ich eingeschlafen. Und als ich gestern zur Baustelle gegangen bin, hatten sie alles schon abgerissen.«

»Ja, sie haben mich auch vertrieben.«

Aidan griff in seine Manteltasche. »Aber das hier habe ich noch gefunden.« Er strich ein zerknittertes Stück Papier glatt und gab es Tabori.

Außer sich vor Freude betrachtete der Junge das Foto von Mickael und seiner Mutter. Dann steckte er es in die Gesäßtasche und schwor sich, es nie wieder zu verlieren.

»Dir ist es anscheinend besser ergangen«, stellte Aidan mit einem Blick auf Taboris Klamotten fest.

»Ein bisschen.« Es war Tabori unangenehm, dass er bei Ludwig Unterschlupf gefunden hatte, während sein Freund irgendwo in der Kälte Schmerzen hatte erleiden müssen.

»Ich habe seitdem leider noch nichts verdient.«

»Willst du eine heiße Schokolade?« Tabori wollte ihn aufmuntern. »Ich kann dich einladen!«

»Hast du so viel Geld mit Autowaschen gemacht?«

»Ach was«, winkte Tabori ab, sagte aber nichts weiter. Seinem glücklosen Freund zu erzählen, dass er das Geld geschenkt bekommen hatte, wäre unfair gewesen, weshalb er es bei dem Vorschlag beließ: »Lass uns etwas trinken gehen!«

Weil die Tische bei *McDonald's* alle besetzt waren, schlürften sie die heiße Schokolade auf der Straße, während sie sich an die Rückwand eines Zeitungskiosks lehnten.

»Lass uns gleich ein bisschen Spaß haben«, sagte Aidan.

»Ja, das machen wir.« Tabori hielt den Vorschlag für eine tolle Idee. Als er den leeren Plastikbecher in einem Mülleimer entsorgte, erregte ein Plakat im Kioskfenster seine Aufmerksamkeit. Das Gesicht auf dem Poster kam ihm bekannt vor, mehr aber noch das Shirt mit dem debil grinsenden gelben Comickopf. »Das ist Manuel!«

»Was ist?«, rief Aidan, der bereits einige Meter vorgelaufen war und sich nun wieder umdrehte. »Wer?«

»Manuel.«

»Und wer soll das sein?«

»Er war bei *Saturn*. Wir haben zusammen gespielt.«

Aidan deutete auf die Titelseiten einiger Zeitungen, die in einem Rollständer vor dem Kiosk klemmten. »Siehst du, jetzt ist er in der Zeitung. Komisch.«

»Manuel war der Beste beim *Street Soccer.*«

»Vielleicht ist er ja Meister geworden?«

Tabori kicherte und bemühte sich, die Worte einer Schlagzeile zu verstehen: *Manuel (10) verschwunden!* Seine Erheiterung verflog. »Guck mal, seine Mutter und sein Vater suchen nach ihm.« Ein weiteres Foto zeigte die verzweifelten Eltern des Jungen.

Aidan hatte den Artikel ebenfalls überflogen. »Ja, das stimmt. Die Polizei fragt nach Leuten, die ihn zuletzt gesehen haben.«

»Aber ich habe ihn gesehen. Mit diesem Shirt.«

»Ja und?«

»Vielleicht sollte ich ja …?«

»Spinnst du! Dann kriegst du es mit der Polizei zu tun. Und du weißt doch, was dann mit dir passiert.«

Tabori wurde es im Magen flau.

»Sicherlich hat er sich nur verlaufen!«, versuchte Aidan, Tabori zu beruhigen. »Du weißt doch am besten, wie schnell man sich in Berlin verirrt.«

Das stimmte, das wusste er nur zu gut.

»Also, lass uns gehen.«

Doch Tabori verharrte unschlüssig vor dem Zeitungsbericht.

»Worauf wartest du noch?«

Vermutlich hatte Aidan recht. Tabori atmete tief durch und folgte seinem Freund, der ihm einen übermütigen Schlag auf die Schulter verpasste, als sie gleichauf waren. »Bereit für eine Niederlage?«

»Freu dich nicht zu früh«, antwortete Tabori auf Deutsch.

93

Sackowitz' Hand krampfte sich um die Klinke der Toilettentür. Was hatte Kalkbrenner hier in der Redaktion zu suchen? Ermittelte der nicht im Mordfall Fielmeister? *Nicht nur er. Noch viele mehr.* Eine plötzliche unangenehme Ahnung befiel Sackowitz.

»Herr Sackowitz, wir müssen mit Ihnen reden!«, rief ihm just in dem Moment der Kommissar wie zur Bestätigung zu.

Das konnte nur eines bedeuten: Radomskis Leiche war gefunden worden, und die Ermittler waren dahintergekommen, dass Sackowitz sich am Tatort aufgehalten hatte. *Kein Wunder, so viele Spuren, wie ich hinterlassen habe.* Aber was, wenn sie eine Verbindung zum Mord an Fielmeister hergestellt hatten? *Und dann auch noch zum Tod von Schulze.*

Ohne den Kommissar eines Blickes zu würdigen, eilte Sackowitz zu seinem Mac. Er weckte ihn aus dem Ruhezustand, tippte sein Passwort ein und gab dann den Befehl zum CD-Auswurf.

Kalkbrenner kam auf ihn zu, aber noch während das Laufwerk surrte, ergriff Sackowitz schon seine Jacke, stopfte die CD in die Tasche und eilte Richtung rückwärtiges Treppenhaus.

»Herr Sackowitz?«, rief der Polizist erstaunt.

»Hardy!«, brüllte Bodkema.

Aber der Reporter stieß bereits die Tür auf. Erst nahm er zwei Stufen auf einmal, dann drei, dann sprang er vier hinunter. Als er die fünfte Etage hinter sich gelassen hatte, flog über ihm die schwere Metalltür ein weiteres Mal auf, und die Schritte eines Verfolgers hallten durch das Treppenhaus.

In der vierten Etage, in der die Grafiker und Layouter des *Kurier* arbeiteten, stand einer der Kollegen am Treppenhausfenster und frönte seinem qualmenden Laster. Als sichernder Keil, der die Tür nicht zufallen ließ, hatte er einen kleinen Karton zwischen Tür und Rahmen geklemmt. Sackowitz kickte die Pappe mit seinem Sneaker beiseite, und ein paar Sekunden später fiel die Tür mit einem Scheppern hinter ihm zu.

Dem paffenden Kollegen entglitt vor Schreck die Zigarette. »Hey!«, schrie er und hämmerte panisch mit der Faust gegen das Metall. Die Türen ließen sich vom Treppenhaus aus nicht öffnen.

Sackowitz stürmte derweil an den Arbeitsnischen vorbei. Anders als in der Redaktion waren diese im Grafikbereich durch Sichtschutzeinrichtungen voneinander getrennt. Als er die Etage durchquert hatte und auf den Fahrstuhl wartete, entdeckte er einen Layouter, der sich gerade auf den Weg zum Treppenhaus machte.

»Nicht aufmachen!«, warnte Sackowitz.

Doch der Mann beachtete ihn nicht und drückte die Türklinke hinunter. Wie von einer Tarantel gestochen, brauste der Raucher in den Raum. »Wo steckt das Arschloch?«

Direkt hinter ihm folgte Kalkbrenner. Weil der Aufzug noch immer nicht da war, verschwand Sackowitz hinter der nächstbesten Stellwand. *Was tust du hier eigentlich?* Zum zweiten Mal innerhalb von läppischen vierundzwanzig Stunden befand er sich auf der Flucht. Aber diesmal floh er nicht vor einem Mörder, sondern vor der Polizei. Was sollte der Kommissar bloß von ihm denken? *Dass du etwas zu verbergen hast, was sonst!*

Immerhin war er im Besitz einer CD, auf der Fotos, Beweise und Namen abgespeichert sein sollten. Und die er natürlich Kalkbrenner hätte aushändigen können, so wie er es Karin versprochen hatte. *Danach liegt der Fall in den Händen der Ermittler – und die Riesensauerei wird baldigst vom Tisch sein. Wo also liegt das Problem?* Ganz einfach, Sackowitz hätte keinen Zugriff mehr auf die CD: keine Fotos, keine Beweise, keine Namen. Im schlimmsten Fall würde er selber aus der Presse erfahren müssen, worum es in der ganzen Angelegenheit überhaupt gegangen war. All die Arbeit, die Aufregung und die Angst wären umsonst gewesen. Für die Katz.

Nein, erst einmal wollte er selbst herausbekommen, was sich auf der passwortgeschützten CD befand.

»Herr Sackowitz, sind Sie hier?«, rief der Kommissar durch die Abteilung.

Der Reporter kroch die Trennwände entlang zurück zum Treppenhaus. Wie eine Katze schlich er vorsichtig über verknotete Kabelstränge. Als sich eine Heftzwecke in seine Handfläche bohrte, unterdrückte er den Schmerzenslaut und lauschte einige Sekunden in die Stille des Büros hinein. *Wo ist Kalkbrenner?* Der Beamte war weder zu sehen noch zu hören. Vorsichtig krabbelte Sackowitz weiter.

Dann näherten sich ihm Schritte. Sie wurden immer lauter, und ein Schatten glitt über ihn hinweg. Ein Kollege hatte sich an seinen Schreibtisch gesetzt und runzelte die Stirn, als er Sackowitz neben sich kauern sah. Der Journalist gab ihm ein Zeichen. *Halt bloß den Mund.* So flink, wie es ihm niemand zugetraut hätte, kroch Sackowitz weiter und gelangte zum Treppenhaus.

Er spähte um die Ecke, doch ein Tisch versperrte ihm die Sicht. Er hob den Kopf und konnte Kalkbrenner am anderen Ende des Raums erkennen, direkt vor dem Aufzug, dessen Türen mit einem Klingeln auseinanderglitten.

Sackowitz zwängte sich durch einen schmalen Spalt ins Treppenhaus, vernahm aber schon wieder Schritte. Schnell eilte er weiter in Richtung Erdgeschoss.

»Herr Sackowitz!«, erscholl Kalkbrenners Stimme über ihm.

Der Reporter beschleunigte seine Schritte. Noch zwei Stockwerke. Mittlerweile spielte seine Lunge verrückt, und sein Herz raste. Die letzte Etage. Sein Arzt würde die Hände über dem Kopf zusammenschlagen. Falls Sackowitz seinen Doktor überhaupt jemals wiedersehen würde.

Keuchend stolperte er ins Foyer und durch die Tür hinaus auf die Straße. Kalter Wind schlug ihm ins Gesicht. Der Reporter hechtete zu seiner Rostlaube, stieg ein, startete den Motor und fuhr davon.

94

Kalkbrenner verharrte auf dem Treppenabsatz und beobachtete vom Fenster aus, wie Sackowitz über die Karl-Liebknecht-Straße auf den Parkstreifen am Alexanderplatz zurannte, in seinen alten roten Polo sprang, vom Randstein losquietschte und Richtung Westen verschwand.

Die Fensterscheibe beschlug von Kalkbrenners Atem. Als er sie mit der Hand abwischte, spiegelte sich in dem Glas sein eigenes Gesicht. Vor Anstrengung war er knallrot angelaufen, und Schweiß lief ihm über die Stirn. Was brachte die fast tägliche Jogging-Qual, wenn ihm selbst ein kleiner, dicker Mann davonlief, der nun wirklich nicht den Eindruck einer Sportskanone machte? Ausgerechnet Sackowitz!

Kalkbrenner erklomm die Stufen zurück in den sechsten Stock, wo auch er feststellen musste, dass sich die Türen zu den Redaktionsräumen nicht vom Treppenhaus öffnen ließen. Er klopfte mehrmals, aber nichts tat sich. Also stieg er fluchend erneut hinab ins Erdgeschoss, wo er den Fahrstuhl nahm.

Oben führte der Chefredakteur Muth und Kalkbrenner durch die Großraumredaktion, in der die wenigen Journalisten an ihren Tischen standen, miteinander tuschelten und den Kopf schüttelten. In seinem Büro angelangt knallte Bodkema die Tür ins Schloss. »Was ist hier los?«

Kalkbrenner atmete schwer. Seine Lunge hatte sich noch nicht beruhigt.

»Geht es dir gut?«, sorgte sich Muth.

»Für solche Hetzjagden bin ich allmählich zu alt.« Er zwang sich zu einem schiefen Lächeln. »Herr Bodkema, wissen Sie, warum Herr Sackowitz vor uns geflüchtet ist?«

»Beim besten Willen, nein, ich habe keine Ahnung, was in ihn gefahren ist.«

»Und da sind Sie sich sicher?«

»Wenn ich es Ihnen doch sage!« Bodkema wirkte wie jemand, dessen schlimmste Befürchtung – *Hat er etwas ausgefressen?* – sich realisiert hatte.

Kalkbrenner atmete einige Male tief durch. Die Nachricht von Radomskis Tod würde bald die Runde machen. Auch auf eigene Faust würden die Zeitungsleute Verbindungen zum Selbstmord des Staatssekretärs herstellen. Es machte also keinen Sinn, die Zusammenhänge noch länger zu verschweigen. »Hat Herr Sackowitz zuletzt vielleicht im Todesfall Jan-Sönken Schulze recherchiert?«

»Was hat denn das mit …?« Bodkema brach erstaunt ab. »Wie kommen Sie darauf?«

Für die Beamten war seine Reaktion eindeutig gewesen. Sackowitz hatte tatsächlich in dieser Angelegenheit recherchiert. *Und Bodkema weiß davon.*

»Herr Schulze ist an einem Schlaganfall gestorben«, sagte der Chefredakteur betont ruhig. »Eine tragische Geschichte, keine Frage, aber was hat die Mordkommission mit der Sache zu tun?«

»Mit Herrn Schulze für den Augenblick wenig.«

»Aber mit dem Fall Fielmeister?«

»Auch der spielt für den Moment keine Rolle.«

»Herr Kalkbrenner«, meinte Bodkema. »So werden wir uns doch nur im Kreis drehen, und keiner hat etwas davon. Wollen wir nicht endlich offen miteinander reden?«

Nein. »Okay«, antwortete Kalkbrenner. »Erzählen Sie mir also, was Sie über den Fall Schulze wissen.«

Dass Bodkema sich die Offenheit nicht so vorgestellt hatte, war ihm an seiner Miene abzulesen. Trotzdem antwortete er: »Herr Schulze ist vor anderthalb Monaten gestorben. Das kam überraschend für alle – nur knapp einen Monat nach dem Wahlsieg seiner Partei und seiner Berufung zum Staatssekretär, kurzum: nach dem Erreichen all seiner beruflichen Ziele. Aber die Todesursache war eindeutig: ein Schlaganfall. Überarbeitung und Stress sind ja bei Politikern nicht selten, aber das alles sollte Ihnen ja bekannt sein – oder zumindest Ihren Kollegen, die damals mit dem Fall betraut waren.«

»Und damit war das Thema für Sie in journalistischer Hinsicht abgeschlossen?«

»Ja. Es gab keinerlei offene Fragen mehr.«

»Aber Herr Sackowitz hatte Zweifel, richtig?«

»Nein, die hatte er«, Bodkema dehnte seine Worte, »eigentlich nicht.«

»Also: Für Sie war das Thema abgehakt, für Herrn Sackowitz aber nicht. Liege ich mit der Vermutung richtig?«, präzisierte Muth.

Bodkema drückte sich um eine direkte Antwort, aber sein Schweigen bestätigte ihre Schlussfolgerung.

»Wir wissen inzwischen, dass Herr Sackowitz gestern mit Ernst Radomski, Schulzes damaligem Sekretär, telefoniert hat. Etwa eine halbe Stunde später wurde Radomski ermordet.«

Der Chefredakteur riss die Augen auf. »Er wurde was?«

»Herr Sackowitz hat Ihnen nichts davon erzählt?«

»Ich sagte doch, wir haben gestern das letzte Mal gesprochen.«

»Und auch in den Tagen davor hat er nicht durchblicken lassen, dass er einer heißen Sache auf der Spur ist?«

»Ich wüsste nicht, was das für eine heiße Sache gewesen sein sollte.«

»Eine, die ihn jetzt vor der Polizei flüchten lässt.« Kalkbrenner verließ Bodkemas Büro und ging zu Sackowitz' Schreibtisch. »Was hat er da gerade mitgenommen?«

»Sah nach einer CD aus«, sagte Muth.

»Was haben Sie vor?«, wollte Bodkema erregt wissen.

Kalkbrenner berührte die Computertastatur, der Bildschirmschoner verschwand, und ein Passwort wurde abgefragt. Der Kommissar blickte auffordernd zum Chefredakteur, der sich jedoch abwandte.

»Ihnen ist bestimmt klar, dass wir den Rechner von Herrn Sackowitz beschlagnahmen müssen?«, fragte Kalkbrenner rhetorisch.

»Auf keinen Fall! Das verstößt gegen die ...«

»Oder wäre es Ihnen lieber, wenn ich gleich dem Staatsanwalt die Angelegenheit schildere?« Kalkbrenner hielt Bodkema sein Handy vor die Nase. »Ich bin nämlich davon überzeugt, dass er die richterliche Anordnung zur Beschlagnahme des Computers erwirken wird, im schlimmsten Falle sogar eine Durchsuchung der gesamten Redaktion – und alles noch, bevor Sie Ihr Büro erreicht haben.«

»Dann machen Sie halt. Meinetwegen!«, stieß Bodkema wutschnaubend hervor.

Muth entfernte die Kabel vom Rechner und klemmte sich den Mac unter den Arm, dann verließen sie in eisiger Atmosphäre die Redaktion.

»Gib mir den Rechner«, sagte Kalkbrenner im Fahrstuhl.

»Warum?«

»Darum.«

»Weil ich eine Frau bin?«

»Weil er für dich zu schwer ist.«

Die junge Kollegin lachte und hielt den Mac weiterhin an sich gedrückt. »Ich bin wirklich nicht schwanger!«

Gemeinsam hasteten sie durch die Kälte zum Präsidium hinüber. Im Sitzungssaal schwitzten bereits die Kommissare

Hertz und Milowski aus Grünau, drei weitere, Kalkbrenner unbekannte Personen hielten sich an ihrer Seite auf. Ihr Vorgesetzter und zwei zusätzliche Ermittler der Direktion 6, vermutete Kalkbrenner. Alle trugen betroffene Mienen zur Schau. Auch Thanner und seine dürre Kollegin Louise Beckmann, die am Tisch saßen, hatten offensichtlich sichtbar schlechte Laune, aber angesichts der Wendungen im Fall Fielmeister war ihnen das nicht zu verübeln.

Eigentümlicherweise hatte sich auch Berger zu der Runde gesellt. Im zerknitterten Anzug lehnte er an der Pinnwand und zwirbelte sich deprimiert seine Bartspitzen. Rita, die neben ihm stand, kullerte eine Träne über die Wange.

Es war ein merkwürdiger Moment. Alle Augen richteten sich auf Kalkbrenner, aber niemand gab einen Ton von sich. Es herrschte beklommene Stille. Kalkbrenner suchte Bergers Blick. *Was ist vor drei Monaten übersehen worden, und worüber wurde nicht gesprochen?* Kalkbrenners Mund fühlte sich auf einmal trocken an. Sein Kollege setzte zu einer Erklärung an, wurde aber unterbrochen.

»Kalkbrenner, da sind Sie ja endlich!« Mit einer Zeitung unterm Arm stürmte Dr. Salm ins Zimmer. »Ich muss mit Ihnen reden. Sofort!«

Berger schüttelte den Kopf. *Das hat nichts mit mir zu tun.* Kalkbrenner glaubte ihm nicht. Nicht in diesem Augenblick.

Der Dezernatsleiter stand bereits in Kalkbrenners Büro. »Jetzt kommen Sie schon!«

Der Hauptkommissar nahm schnell noch einen Zettel von Ritas Schreibtisch, notierte einige Zahlen darauf und reichte ihn Muth. »Unter dieser Nummer erreichst du Bernd Schöffel, einen PC-Experten in der Abteilung für Computerkriminalität beim LKA. Sorge dafür, dass er schnell Sackowitz' Rechner bekommt. Und er soll uns Bescheid geben, sobald er an die Daten der Festplatte rangekommen ist.«

Schweigend folgte er Dr. Salm in sein Büro. Der Chef

schloss die Tür und klatschte ihm eine Ausgabe des *Kurier* auf seinen Schreibtisch. Akten, Zettel und Papiere fielen zu Boden. »Das ist eine verdammte Sauerei!«

Kalkbrenner war sich nicht sicher, ob der Dezernatsleiter die Unordnung in seinem Büro meinte oder etwa ... In der schmalen News-Spalte der Zeitung, neben dem Artikel über den verschwundenen Jungen und dem Versprechen eines Supermillionengewinns beim Supermillionenbingo, fanden sich die Schlagzeilen, Politiknachrichten, Kulturberichte sowie ein Vermerk auf die Ermordung der Hurenrechtlerin Stephanie Klee. *Also doch.* Kalkbrenner ahnte Schlimmes voraus.

»Ich ziehe Sie von der Leitung im Fall Fielmeister ab«, verkündete Dr. Salm.

Kalkbrenner schaute zum Konferenzraum zurück, aber Berger war bereits in sein eigenes Büro abgetaucht. »Warum?« Er versuchte, kühl zu bleiben.

»Die Verbindung zum Fall Radomski ist so offensichtlich, dass von nun an die Kollegen der Mordkommission aus der Direktion 6 die Ermittlungen weiterführen. Die werden schon herausfinden, was Fielmeister und Radomski mit der Fleischmafia zu schaffen hatten.«

Das ist aber nicht wirklich die Antwort auf meine Frage.

»Und Sie, Kalkbrenner, Sie übernehmen ab sofort die Soko in diesem Fall hier.« Dr. Salms Finger berührte das Bild eines kleinen Jungen, dessen Gesicht noch deutlich vom Babyspeck gezeichnet war. Es war rund und sanft, aber die Augen schauten den Betrachter mit einer Trauer an, die einem das Herz erweichen musste. Die Schlagzeile dazu lautete: *Manuel (10) verschwunden!*

»Aber der Junge wird doch vermisst«, wandte Kalkbrenner ein. »Ich meine, das ist ...«

»... jetzt Ihr Fall, Kalkbrenner«, ließ Dr. Salm ihn nicht ausreden. »Leider!«

Was hatte er eigentlich gedacht? Was hatte er gehofft? Dass es schlimm werden würde? *In Wahrheit ist es noch viel grausamer!*

95

Als Anna die Wohnzimmerjalousie hochzog, wurde sie von grellem Scheinwerferlicht geblendet. Die Reporter rückten unerbittlich heran, sodass es den Polizeibeamten, die von Veckenstedt vor dem Haus postiert worden waren, nur mit Mühe gelang, den Eingang vor den Journalisten abzuschirmen. *Du weißt doch selbst, wie das Geschäft funktioniert.* Anna ließ die Lamellen wieder hinunter. Sofort wurde das Wohnzimmer wieder in Dunkelheit getaucht. Selbst die kleine Leuchte auf dem Sideboard schien mehr Schatten als Licht zu produzieren.

In den Schatten verbirgt sich der Tod, hatte Anna vor einiger Zeit in einem Buch gelesen, konnte sich aber nicht entsinnen, wie der Roman geheißen hatte. Schlimm genug, dass ihr diese Zeilen ausgerechnet jetzt einfielen. Sie schaltete die Zimmerlampe und den Deckenfluter ein, und mit einem Mal wurde es hell. Das Licht brannte in ihren übermüdeten Augen.

Sie floh ins Bad, hockte sich auf die Kloschüssel, stützte die Ellenbogen auf ihre Knie und den Kopf auf die Hände. *Dieses Warten. Herumsitzen. Nichtstun!* Es strapazierte ihre Nerven bis aufs Äußerste. Kostete Kraft. Raubte den Verstand.

Sie betätigte die Spülung und überlegte, während das Wasser rauschte, sich unter die Dusche zu stellen. Es war inzwischen achtundvierzig Stunden her, dass sie sich das letzte Mal gewaschen hatte. Sie müffelte nach Schweiß, und das Haar hing ihr fettig in die Stirn. Obendrein trug sie nach wie vor die Bluse, in der sie Manuel zur Schule gebracht hatte, zur Arbeit gefahren war und … *Nein, daran denke ich jetzt nicht.*

Aus der Küche hörte sie Alans Handy klingeln, das er kurz darauf übereilt zuklappte.

»Wer war das?«, fragte sie.

»Nur die Firma«, erklärte er missmutig.

»Ich dachte, du hast frei?«

»Ja, aber manchmal gibt es trotzdem noch einige Fragen.«

»Welche denn?«

»Ach, lassen wir das.« Er entnahm der Kaffeemaschine die volle Kanne. »Möchtest du?«

Für einen kurzen Moment drohte sich ihre innere Unruhe zur Panik auszuwachsen, ohne dass Anna den Grund dafür hätte benennen können. Mit den Fingerkuppen massierte sie sich die Schläfen und spürte kurz darauf, wie sich die Beklemmung löste.

»Muss denn so viel Licht brennen?«, fragte Alan aus dem Wohnzimmer.

»Licht ist Hoffnung«, antwortete Anna. Auch das war ein Zitat aus einem Buch gewesen, aber eines, das ihr jetzt Kraft gab.

Alan hatte den Fernseher eingeschaltet. Das *ARD-Morgenmagazin* strahlte die Suchmeldung der Polizei aus, daran schloss sich ein Ausschnitt von Annas Auftritt am Vorabend an. Erneut wurde die Bevölkerung um Mithilfe gebeten. *Zum wievielten Mal schon?* Und noch immer gab es weder einen Hinweis noch eine Nachricht von der Polizei. Dabei hatte Veckenstedt doch am Abend erklärt, die Beamten der Soko »Manuel«, wie sie von der Presse inzwischen genannt wurde, seien unermüdlich im Einsatz. Aber warum, verflixt noch mal, klingelte dann das Telefon nicht?

Sie wählte Veckenstedts Nummer. »Benson hier. Hat es noch immer keinen Hinweis gegeben?«

»Sehr viele sogar«, gab der Ermittler zu. »Und ich kann Ihnen versichern, wir gehen jedem nach. Aber bisher war kein konkreter dabei.«

»Kein einziger? Nach all den Fernsehberichten und den Zeitungsartikeln?«

»Es tut mir leid.«

»Aber irgendjemand muss Manuel doch gesehen haben!«, schrie Anna jetzt aufgebracht. »Es kann doch nicht sein, dass …« Wütend schmiss sie das Telefon zu Boden und rannte zur Tür.

»Was hast du vor?«, rief Alan ihr hinterher.

»Ich möchte … Nein, ich werde noch einmal mit der Presse reden.« Sie hielt die Türklinke bereits in der Hand, als vor dem Haus ein Tumult ausbrach. Anna riss die Tür auf, und wenige Augenblicke später stand Alans Bruder im Flur. »Bernd?«

Er umarmte sie. »Ach, Anna, ich musste einfach kommen. Kann ich dir irgendwie helfen?«

Alan knurrte genervt. »So wie du …«

»Bruderherz, ich habe nur meine Hilfe angeboten, sonst nichts. Hilfe!« Bernd hob seinen Zeigefinger. »Falls du überhaupt weißt, was das bedeutet.«

»Besser als …«

»Alan! Bernd!« Annas schneidende Stimme ließ die Streithähne verstummen. »Könntet ihr eure Zwistigkeiten bitte vergessen? Nur dieses eine Mal?«

Ihr Mann band sich seinen Schal um. »Lass uns gehen.«

»Wohin wollt ihr?«, erkundigte sich Bernd.

Anna versuchte vergeblich, ihre Bluse zu glätten. Auf dem hellen Stoff prangte mittlerweile ein dunkler Aschefleck. Aber wen scherte das schon? Sie ging in die Küche und entnahm dem Bilderrahmen Manuels Foto. Behutsam strich sie über sein lachendes Antlitz. »Ich möchte noch einmal an die Öffentlichkeit appellieren.«

»Eine gute Idee«, pflichtete ihr Bernd bei und hielt den beiden die Tür auf.

»Willst du nicht mitkommen?«, fragte Alan.

»Seid mir nicht böse, aber ich und die Presse, ihr wisst, dass ich das …«

»Ich weiß! Aber dieses Mal geht es nicht um dich.«

»Alan, hör auf damit!« Anna drückte Bernd die Hand. »Danke, dass du überhaupt gekommen bist.«

Dann trat sie mit Alan vor die Presse. Sofort richteten sich die Kameras auf sie, und wie ein Hagelschauer prasselten die Fragen auf sie nieder. »Wie geht es Ihnen?«

»Haben Sie eine Spur von Ihrem Sohn?«

»Was sagt die Polizei?«

»Hat sich der Entführer gemeldet?«

»Was, glauben Sie, werden die Entführer verlangen?«

Anna schwieg, bis Stille einkehrte. Erst dann hob sie das Bild vor ihre Brust und präsentierte es den Kameras. »Ich möchte Ihnen für Ihre große Anteilnahme danken.« Sorgsam wählte sie jedes einzelne Wort, das über ihre Lippen kam. »Ich möchte Ihnen auch für die vielen Hinweise danken, die Sie mir, meinem Mann und der Polizei geben. Die Beamten gehen allen Hinweisen nach, aber leider war bislang keiner dabei, der Informationen über den konkreten Verbleib meines Sohnes liefern konnte.«

Unruhe am Rand des Pressepulks erregte ihre Aufmerksamkeit. Ruppig drängelten sich ein Mann und eine Frau an den Reportern vorbei.

Anna konzentrierte sich wieder. »Manuel ist also noch immer verschwunden. Ich weiß nicht, wo er ist, und ich weiß auch nicht, bei wem er ist, aber ich bin davon überzeugt, dass er lebt. Deshalb möchte ich Manuel auf diesem Wege sagen, dass er keine Angst haben muss. Ich bin bei ihm. Ich liebe dich, mein Schatz. Und dein Vater«, sie drückte Alans Hand, »dein Vater liebt dich auch.«

Der forsch voranschreitende Mann ließ den Kordon aus Polizisten und seine weibliche Begleitung hinter sich. Wenige Meter vor Anna blieb er stehen. Seine Miene war ausdruckslos.

»Manuel ist noch ein Kind. Ich bitte Sie, haben Sie ein Herz und …« Ihre Stimme erstarb. Annas Blick fand den des Mannes. Die Fragen der Reporter setzten wieder ein, aber sie hörte sie nicht mehr. Ihre Kehle war wie zugeschnürt. Wie in Zeitlupe begriff sie: Das Gesicht des Mannes war nicht ausdruckslos, es kündigte das Furchtbarste an, das sie sich vorzustellen gewagt hatte. *Gott ist nicht mit mir.* Dann gaben ihre Beine unter ihr nach.

96

Das Läuten schien vergeblich zu sein. Niemand meldete sich. Hatte Heiko seinem Kumpel Christian vielleicht gar nicht Bescheid gegeben? Sackowitz wollte ihn anrufen, hätte aber dazu sein Handy, das er auf dem Weg nach Kreuzberg ausgeschaltet hatte, wieder aktivieren müssen. *Besser nicht!* Er konnte sich zwar nicht ernsthaft vorstellen, dass sich die Polizei in der Kürze der Zeit schon um die Ortung seines Mobiltelefons bemüht hatte – ganz zu schweigen von der Frage, ob dieser Aufwand sich für ihn überhaupt lohnen würde –, aber sicher war sicher. Erneut drückte Sackowitz auf den Klingelknopf und ließ es läuten – lange.

Eine gefühlte halbe Ewigkeit später bellte ihm tatsächlich eine Stimme aus der Gegensprechanlage entgegen. »Ja, verflucht. Sonst noch Probleme?«

»Ich bin Harald Sackowitz. Herr Richter schickt mich.«

»Ich weiß, Heiko hat angerufen. Aber musst du deshalb Sturm klingeln? Anton hat sich zu Tode erschreckt.«

Hüte dich vor Anton. »Das tut mir wirklich leid, aber Herr Richter sagte, Sie könnten mir helfen.«

»Na, wenn er das sagt?« Ein paar unflätige Flüche drangen aus dem Lautsprecher auf den Bürgersteig der Oranienstraße hinaus. »Komm ins Hinterhaus, erster Aufgang, zweite Etage. Und hör bloß auf, mich zu siezen. Klingt ja fürchterlich.«

Im angegebenen Stockwerk sprang eine mit Flyern und Stickern übersäte Tür auf. Sackowitz folgte einem langgezogenen Flur mit niedriger Decke, in dem mehrfach überklebte Plakate an alle erdenklichen Underground-Partys der letzten zehn Jahre erinnerten. Durch ein Fenster konnte Sackowitz erkennen, wie sich in einem winzigen Innenhof ein hagerer Baum zwischen Mülltonnen in den grauen Nachmittagshimmel wand.

Christian war das genaue Gegenteil von Heiko: groß, kurze Haare, dazu trug er Pullover und Shorts. »Du kommst gerade richtig zum Frühstück.«

»Später vielleicht, danke«, lehnte Sackowitz ab.

»Wer redet denn von dir?« Christian schlappte in ein Zimmer, pickte mit einer Pinzette einen Regenwurm aus einer Plastikdose und trug ihn behutsam zu einem der beiden Terrarien hinüber. »Ich meine Anton.«

Eine Schlange glitt durch den hellen Wüstensand und umkreiste ihr wild zuckendes Frühstück.

»Anton ist eine Strumpfbandnatter. Gestern waren wir beim Tierarzt. Er ist verschnupft und hat nur wenig Appetit.«

Das breite Maul der Schlange stülpte sich Stück für Stück über den Regenwurm, der sich gegen die Verdauung mit Leibeskräften wehrte. Ohne Erfolg.

»Den Eindruck habe ich aber nicht«, befand Sackowitz.

»Ist auch kein Wunder.« Christian bugsierte einen weiteren Regenwurm in den Glasbehälter. »Wir waren ja beim Tierarzt.«

Angewidert wandte Sackowitz sich ab. Der Inhalt des zweiten Terrariums behagte ihm da schon eher, auch wenn er partout nicht begreifen mochte, was Leute an Geckos finden konnten. Den lieben langen Tag klammerten sich die Echsen an einen winzigen Baumstamm und starrten mit der lähmenden Gleichgültigkeit ihrer Glubschaugen in die Weltgeschichte – oder eben in die hoch technisierte Einraumwohnung, als die sich Christians Zuhause entpuppte. Außer einem Hochbett entdeckte Sackowitz nur noch einen Haufen vernetzter PCs – oder Macs. Von Anzeichen einer Küche fehlte in der Bude jede Spur, ganz zu schweigen von einer Couch, einem Tisch oder einem Fernseher.

»Und du lebst hier?«, zweifelte Sackowitz.

»Sieht man das nicht?« Christian verstaute die Regenwürmer, die Antons Mahlzeit überlebt hatten, in einem kleinen Schrank, aus dem er nun ein raschelndes Döschen zutage förderte. Die Heuschrecken, die kläglich darin fiepten, kippte er, ohne innezuhalten, zu den Geckos. Sofort erwachten die Exoten zum Leben, kraxelten über den Baumstamm und schnappten sich mit ihren erstaunlich schnellen Zungen die Insekten.

Wie ein Vater sein Neugeborenes verfolgte Christian verträumt das Futterschauspiel seiner Reptilien. Als alle Geckos gesättigt und wieder in ihre Starre zurückverfallen waren, wandte er sich zum ersten Mal Sackowitz zu.

»Und wo isst du?«, wollte dieser wissen.

»In meiner Küche.«

»Äh …?«

»Meine Küche ist der Inder gegenüber«, lachte Christian. »Oder der Marokkaner daneben. Ein Stück weiter rauf ist auch noch ein Argentinier. Und gleich danach kommt ein Spanier. Du siehst, in meiner Küche geht es sehr international zu. Und nebenan ist die *Morena*-Bar. Dort frühstücke ich fast jeden Morgen, wenn ich nicht …«

»… tagelang hinterm Rechner sitze, ich weiß. Heiko erwähnte es bereits.«

Christian grinste noch breiter. »In solchen Fällen lasse ich mir das Frühstück liefern. Das machen die nur für mich. Die italienische Platte kann ich dir wärmstens empfehlen. Es gibt nichts Besseres.«

Wie hatte es Heiko noch mal ausgedrückt? *Christian ist ein bisschen verschroben*. Das war ganz eindeutig untertrieben. Selbst der Begriff »Nerd«, der häufig für Computerfreaks verwendet wurde, brachte Christians Erscheinung nur unzureichend auf den Punkt. Aber wenn er sich auf PC-Probleme verstand, dann sollte Sackowitz seine Persönlichkeit egal sein. Er zog die CD aus seiner Jackentasche. »Kannst du dir die mal anschauen?«

»Was ist denn drauf?«

»Eine Datei. Aber sie ist mit einem Passwort geschützt.«

Christian fütterte seinen Rechner mit dem Datenträger. Wie Sackowitz klickte er den Ordner an, woraufhin er sofort nach einem Passwort gefragt wurde.

»Siehst du?«, sagte Sackowitz. »Das meine ich.«

»Ja, das sehe ich.«

»Und?«

»Und was?«

»Kannst du da irgendwie rankommen?«

»Hm.« Christian wippte unruhig auf seinem Stuhl und hackte auf die Tastatur ein. Fenster ploppten scheinbar willkürlich auf dem Bildschirm auf und schlossen sich wieder. Dann startete er ein Programm. Zumindest nahm Sackowitz das an.

»Was machst du da?«

»Ich probiere was aus.«

»Was denn?«

Christians Finger flogen in unglaublicher Schnelligkeit über die Tasten.

»Meinst du, du schaffst das?«

Christians Augen verschmolzen mit dem Monitor. Sackowitz ahnte, dass er keine Antwort auf seine Frage bekommen würde, und setzte sich auf den einzigen Stuhl, der in der Bude noch frei war – direkt neben Antons Terrarium. *Hüte dich vor Anton!* Der Journalist rückte den Schemel etwas weiter weg in respektvollen Abstand zu dem Tier. Sein Blick wechselte zwischen der Natter, die zischelnd durch den Sand im Glaskasten glitt, und Christian, der ebenso leise vor sich hin murmelte.

Plötzlich klatschte er in die Hände. »Hab ich's mir doch gedacht!«

»Was?«

»Na, das!«

»Ich kann nichts erkennen.«

Christian markierte ein Dokument auf dem Desktop. »Auf der CD waren versteckte Dateien. Zwei, nehme ich an, sind unbedeutend, aber die dritte erscheint mir wichtig.«

Nachdem er die Textdatei mit Word geöffnet hatte, baute sich auf dem Monitor ein Feld voller kryptischer Zeichen auf:

1p11001pp0111ppp00 P00pp0pp1111ppp 10001101p 1pp100ppp1pp
1p0100p1p01p1000p11pp 1011pp01111010p10011010p01p1pp 11111p1ppp00
0111001pp 11p1110111001ppp0001p 1110101p0 0pp11110pp001pp
11p1pp1011pp11p1pppp10p1pp10001p1pppp 11101011010p 1p11ppp00
P01110110110pppp0p0001p01111010p01001p00p 1p11ppp00 1101p1 10001101p
ppp010p00 1ppp001p0010ppp1p11pppp 11111p1ppp00 1p11001pp
01p1pp11010pppp100p1p 00p010p00
0p11ppp0001111010pp100101pp011011010ppp101 10110011p01p 1pp011
01p11101p0111111pp11010pp1010011010p 100pp1 100ppp01p1ppp00ppp1pp01p

Mit der Maus scrollte Christian an das Ende der Seite, an die sich zwei weitere mit einer ähnlichen Ziffernfolge anschlossen. »Man könnte meinen, es sei ein Binärcode.«

»Ein was?«

»Heiko erwähnte bereits, dass du keine Ahnung von Computern hast.« Christian lächelte.

»Stimmt, aber trotzdem: Was ist ein Binärcode?«

»Ein Binärcode ist so etwas wie eine Programmierung.«

»Um das Passwort zu bekommen?«

»Hm. Andererseits kann es kein Binärcode sein. Das P hat da nichts zu suchen.«

Sackowitz verstand nur Bahnhof. »Und was ist es dann?«

»Weiß ich nicht.«

»Kannst du es herausfinden?«

In der nächsten halben Stunde sprach Christian von mathematischen Algorithmen, von einer Helixstruktur und von zahllosen weiteren Begriffen, die Sackowitz sofort wieder vergaß, nachdem er sie gehört hatte.

Er wandte den Blick nach draußen. Außer den trüben grauen Mauern von den Nachbarhäusern war vor dem Fenster nicht viel zu sehen. Von dieser Wohnung aus war es unmöglich zu erkennen, ob es Morgen, Mittag oder schon Abend war. »Ich geh mal auf die Toilette«, beschloss der Reporter gelangweilt.

Neben der Kloschüssel stapelten sich die PC-Zeitschriften. Sackowitz schnappte sich eine, begriff aber kein Wort. Da konnte er genauso gut dem verschrobenen Reptilienfreund bei seinem Gemurmel lauschen. Nachdem er die Spülung betätigt hatte, nahm er seinen Platz vor den Terrarien wieder ein. »Und?«

»Und was?«

»Wie lange, meinst du, brauchst du noch?«

»Eine Minute. Zwei Stunden. Drei Tage.«

»Was?«

»Es dauert so lange, wie es eben dauert. Außerdem muss ich mich noch um zwei andere Jobs kümmern.«

»Können die nicht warten? Ich meine, das hier ist wirklich wichtig.«

»Hallo?«, japste Christian. »Meine Aufträge sind auch wichtig. Bis Mittwoch muss ich damit fertig sein. Aber falls es dich tröstet: Ich kümmere mich um deine CD nebenher.«

»Kann ich solange hier warten?«

Christian schaute von der Tastatur auf. »Wieso gehst du nicht runter ins Café? Das ist nett da.«

»Ach nein, im Augenblick lieber nicht.«

»Dann geh eben nach Hause.«

»Nee, auch gerade keine gute Idee.«

»Heiko sagte, du hast Kinder. Geh mit ihnen ins Aquarium.«

»Geht auch nicht.«

Mit einem Ruck löste Christian sich vom Monitor. »Sag mal, was ist denn mit dir los? Hast du etwa Scheiße gebaut?«

»Ich nicht. Aber …« *Ich bin mit mutmaßlichem Beweismaterial vor der Polizei abgehauen.* »Ach, nichts. Eigentlich ist es auch egal.«

Gebieterisch verschränkte Christian seine Arme vor der Brust. »Also bevor ich hier für dich noch irgendeinen Klick mache, musst du mir schon verraten, was auf der CD drauf sein soll.«

»Beweise. Für einen Skandal.«

»Aha. Und was für ein Skandal?«

»Fleisch. Gammelfleisch. Glaube ich zumindest. Aber eines ist sicher: Dafür mussten bereits Menschen sterben.«

»Sterben? Du meinst wohl eher, sie sind ermordet worden. Verdammte Scheiße, Mann.« Christian ließ sich in seinen Sessel zurückplumpsen. »Und auf dich haben die es jetzt auch abgesehen, ja?«

»Nein, nein, das glaube ich nicht«, beruhigte ihn Sackowitz. »Niemand weiß, dass sich die CD in meinem Besitz befindet.«

»Und wenn doch?«

»Ich bin Journalist. Lass das mal meine Sorge sein.«

»Würde ich ja gerne, nur … Was ist, wenn man auch mich um die Ecke bringt, weil ich dir geholfen habe?«

»Ach was. Wer sollte das schon tun? Ich hab dir doch gesagt, dass niemand von der CD weiß. Und keiner hat mitbekommen, dass ich bei dir bin – na ja, bis auf Heiko. Aber der ist in Hannover bei seinen Schwiegereltern und hat ganz sicher nichts mit Gammelfleisch zu tun.« Sackowitz setzte eine zweifelnde Miene auf. »Oder vielleicht doch?«

»Hey, jetzt mal langsam! Lass meinen Kumpel aus dem Spiel.«

Sackowitz lächelte schmal. »Du brauchst mir also nur die Daten zu entschlüsseln, danach verschwinde ich sofort wieder. Und niemand wird je davon erfahren, dass du involviert warst.«

»Hoffentlich.« Christian rollte mit seinem Sessel zu dem Schlangenterrarium und streichelte liebevoll das Glas. »Wer soll sich sonst auch um Anton kümmern?« Er verpasste seinem Stuhl einen neuerlichen Schubs, der ihn zurück an seinen Computer beförderte. »Und jetzt lass mich in Ruhe arbeiten. Morgen früh kannst du wieder vorbeikommen, bis dahin habe ich deine CD ganz sicher geknackt. Ach, und nicht vergessen«, in unleserlicher Schrift kritzelte er seine Telefonnummer auf einen Schmierzettel, »ruf mich vorher an.«

Sackowitz nahm das Papier entgegen. »Morgen früh erst? Aber wo soll ich denn bis dahin …?«

»Hey, bist du Journalist oder ich? Dir wird schon etwas einfallen.«

97

Anna Benson brach zusammen, noch ehe Kalkbrenner etwas sagen konnte. Der Kommissar half den Beamten vor Ort, sie zurück in die Wohnung zu tragen, fort von den Reportern, die ihre gierigen Objektive sofort auf die bewusstlose Frau gerichtet hatten. Als sie drinnen wieder die Augen aufschlug, hetzte ihr Blick zwischen den Menschen hin und her, die sich in dem Wohnzimmer versammelt hatten.

Da die Jalousien heruntergelassen waren, tauchten statt Tageslicht ein halbes Dutzend Leuchten das Zimmer in unwirkliche Helligkeit, die in den Pupillen schmerzte. Ein Mann, der sich als Manuels Stiefvater vorstellte, machte sich gnädigerweise daran, einige Lampen zu löschen.

Sein Bruder, anscheinend ein bekannter Künstler, dessen Name Kalkbrenner in letzter Zeit irgendwo gehört hatte, ließ sich neben seiner Schwägerin nieder. »Wie geht es dir?« Seine Stimme war sanft.

Anna Bensons Augen waren starr auf Kalkbrenner gerichtet. Ihr Gesicht hatte jede Farbe verloren. Sie öffnete den Mund, doch über ihre Lippen kam nur ein krächzender Laut.

Sie weiß es. Aber sie will es nicht glauben. Kalkbrenner suchte nach den richtigen Worten. Aber hier gab es weder richtig noch falsch. Es gab einzig und allein die Wahrheit. *Aletheia.* Komisch, dass er ausgerechnet jetzt daran denken musste. »Es tut mir sehr leid. Seit heute Morgen ist es traurige Gewissheit, dass …«

»Nein!«, schrie Anna Benson. Es war ein einziger verzweifelter Laut, der aus ihrem Mund drängte, aber dennoch allen erdenklichen Schmerz einer Mutter, die ihr Kind verloren hatte, zum Ausdruck brachte. »Nein!«

Sie presste die Hände auf die Ohren, wollte nichts hören. *Wenn sie es nicht hört, dann existiert es für sie nicht. Noch nicht.* Ihr Mann wollte sie in den Arm nehmen, aber sie wehrte sich und schlug nach ihm. Dann steckte sie die Finger fest in ihre Ohren und rollte sich auf dem Sofa zusammen. Machte sich so klein, als hätte sie vor, im Polster zu versinken.

»Wo ist …?«, fragte Alan Benson mit zittriger Stimme. »Ich meine: Wo haben Sie ihn gefunden?«

Wie Kalkbrenner solche Momente hasste: Worte, die klangen, als würde man sich über irgendwelche verloren geglaubten Geldbörsen, Schlüsselanhänger oder andere Nichtigkeiten unterhalten, die aber in Wahrheit schmerzhaft an die gesunde Psyche rührten. »In einem Park in einem Industriegebiet bei Schmargendorf.«

»Wo soll das sein?«

»Am südwestlichen Rand Berlins.«

Ein Zucken erfasste Manuels Mutter. Erst die Finger, den Arm, dann begann ihr ganzer Körper unkontrolliert zu beben. »Das muss ein Irrtum sein!«, kreischte sie.

»Und Sie wissen unbezweifelbar, dass es sich um Manuel handelt?«, wollte ihr Mann wissen.

Tatsächlich konnte Kalkbrenner diese Frage nur ausweichend beantworten, denn außer der Mitteilung Dr. Salms und dessen Anweisung, den Eltern die traurige Nachricht zu überbringen, wusste er zur Stunde über keine weiteren Details Bescheid, von den spärlichen Informationen der Zeitungen mal abgesehen, die er auf dem Weg nach Prenzlauer Berg überflogen hatte.

»Wir müssen den gefundenen Körper identifizieren«, ergriff Alan Benson die Initiative.

Die Mutter schnappte nach Luft. »Auf keinen Fall!«

»Das müssen Sie tatsächlich nicht«, beruhigte sie Kalkbrenner. »Wir können alles über einen DNA-Abgleich erledigen.«

»Nein!«, widersprach Alan Benson. »Ich werde das machen. Umso eher haben wir Gewissheit.«

»Wissen Sie, ob Manuel jemanden in Schmargendorf kannte?«, mischte sich jetzt Muth in das Gespräch ein. »Jemanden, den er dort besucht haben könnte?«

Alan Benson barg das Gesicht seiner Frau in den Händen. »Nein, davon weiß ich nichts.«

»Und was ist mit Ihnen, Frau Benson? Wissen Sie, ob Ihr Sohn Freunde in Schmargendorf hatte?«

Ihr Blick war abwesend, weit entfernt, an einem anderen Ort. Oder in einer anderen Zeit. »Er war doch noch vorgestern bei mir. Ich meine, ich habe ihn doch noch zur Schule gebracht, ihm durchs Haar gestreichelt. Ich habe ihm einen Kuss gegeben. Ich kann ihn noch immer riechen. Er ist noch hier, bei mir.«

»Hatte Manuel einen Grund, nach Schmargendorf zu fahren?«

»Nein, das kann nicht sein. Das ist alles nicht wahr. Manuel kommt wieder zurück.«

»Frau Benson, bitte, wir müssen der Spur des Mörders …«

»Nein!« Mit einem herzzerreißenden Schrei erhob sie sich vom Sofa und torkelte dann wie betrunken durch die Diele ins Kinderzimmer. Die Tür knallte.

»Musste das denn sein?«, schäumte ihr Schwager. »Haben Sie nicht gesehen, dass sie unter Schock steht?«

»Natürlich«, sagte Kalkbrenner ruhig. »Aber bitte, versuchen Sie auch zu verstehen, dass wir die Spur des Mörders so schnell wie möglich aufnehmen müssen.«

»Dann sollten wir die kostbare Zeit nicht mit Plaudereien vertun.« Alan Benson begab sich grimmig entschlossen in die Diele. »Zeigen Sie mir die Leiche. Bernd, du bleibst bei Anna.«

98

»Du bist ja richtig gut geworden!« Aidan prügelte auf das Gamepad ein, ohne dass es ihn zum Erfolg führte.

Obwohl Tabori sich die letzten Minuten nicht einmal mehr viel Mühe gegeben hatte, triumphierte er zum zweiten Mal in Folge über seinen Freund. »Ich habe trainiert.«

»Warte nur ab!«, schwor Aidan. »Das nächste Spiel verlierst du.«

»Nein, ich mag nicht mehr.«

»Warum nicht?«

»*Street Soccer* ist langweilig.« Tabori legte das Gamepad zurück in die Ablage. »Ich wollte mir ein Kapuzenhemd kaufen. Magst du mitkommen?«

Aidan zeigte nach draußen. Mit dem Nachmittag war die Dunkelheit angebrochen, aber in den hell erleuchteten Geschäften herrschte nach wie vor reger Betrieb. »Es ist doch noch so viel Zeit, und …«

»Ich wollte auch Ohrringe für Gentiana kaufen.«

»Für die Katze?«

»Nein, für Gentiana in Gracen.«

»Du willst schon zurück nach Albanien?«

»Quatsch! Ich will mir doch noch eine richtige Arbeit suchen.«

In Aidans Gesicht spiegelte sich Erstaunen. »Aber ich dachte, du hast Arbeit? Du hast doch gesagt, dass du Geld verdient hast. Oder etwa nicht?«

Nein, so hatte es Tabori nicht formuliert. Eigentlich hatte er überhaupt kein Wort darüber verloren, weil es ihm unangenehm war. »Nein, es war eher ein Geschenk.«

»Ein Geschenk?« Aidan ließ das Gamepad sinken. Misstrauisch schaute er Tabori an. »Aber wer schenkt dir denn Geld für ein Shirt und … für Ohrringe für deine Freundin?«

»Sie ist nicht meine Freundin.«

»Das ist doch jetzt egal!«

»Aber warum bist du plötzlich so aufgebracht?«

»Weil niemand einem kleinen Jungen einfach so viel Geld schenkt! Niemand, verstehst du?«

»Doch, Ludwig!« Jetzt hatte er sich verraten.

Aidans Stimme überschlug sich. »Wer … ist … Ludwig?«

Einige der Kaufhauskunden drehten sich bereits zu ihnen um. Auch eine Verkäuferin ließ sie nicht mehr aus den Augen. Leise sagte Tabori: »Ich kann bei ihm schlafen.«

»Warum?«

»Weil ich sonst auf der Straße …«

»Nein, warum?«, schrie Aidan. »Sag mir, warum er dich bei sich schlafen lässt?«

»Weil er nett ist.«

»Wie? Nett?«

Was war denn daran so schwer zu verstehen? »Nett. Wie ein Freund eben, weißt du?«

In Aidans Augen flackerte es gefährlich. Aus seinen Worten sprach grenzenlose Enttäuschung. »Und ich dachte, du wärst anders.«

Tabori begriff gar nichts mehr. »Was soll das heißen? Was meinst du damit?«

»Du hast versprochen, dass du anders bist als Miro.«

Tabori war bestürzt. »Aber das bin ich doch.«

»Bist du nicht.« Aidan schmiss das Gamepad zu Boden, wo es mit einem Scheppern zerbrach. »Du bist auch so ein Homo!«

Die *Saturn*-Mitarbeiterin stampfte entschlossen auf sie zu. Die zotteligen Haare fielen ihr ins Gesicht. Mit einer zornigen Handbewegung fegte sie sie beiseite, bevor sie ein paar Meter vor ihnen anhielt und sie anstarrte.

»Aber …?« Tabori suchte nach einer Erklärung. Doch eine Erklärung wofür? »Wir können das Geld gerne teilen«, schlug er vor.

»Bah«, spie Aidan abfällig aus.

»Dann lass uns eben wieder gemeinsam arbeiten. Und wenn ich erst einmal Ryon wiedergetroffen habe, dann kann er uns beiden, dir und mir …«

»Mit dir möchte ich nichts mehr zu tun haben.« Aidan verpasste ihm einen Stoß. Auf Deutsch sagte er: »Tabori, du Homo!«

Tabori prallte gegen die Spielkonsole. Sie wankte, drohte zu stürzen. Gerade noch rechtzeitig konnte er sie auffangen. »Aidan, was bedeutet das?«

»Das weißt du doch genau!«

War alles vielleicht doch nur ein Witz? Tabori zwang sich zu einem Lächeln.

Als Aidan es erwiderte, entspannte er sich. Alles war nur ein Scherz gewesen. Ein dummer *shaka*. Aber als er die PlayStation zurück an ihren Platz rückte, machte Aidan kehrt und sprintete zum Ausgang.

99

Kalkbrenner führte Alan Benson durch das Institut für Rechtsmedizin der Charité. Der Mann schien ihm beherrscht, fast schon gleichmütig zu folgen. Muth dagegen, die neben ihm lief, zog ihre Lederjacke immer enger um den Leib. Die ewige Stille auf den weiß gefliesten Fluren gemahnte an das, was hinter den Türen lauerte: der Tod. Schon an normalen Tagen war es in der Gerichtsmedizin wenig einladend, doch heute war die Atmosphäre noch beklemmender.

Auf einer Metallbahre im Obduktionssaal zeichneten sich unter weißem Leinen die Konturen eines kleinen Körpers ab. Dr. Wittpfuhl schlug das Tuch vom blassen Gesicht des Jungen zurück.

Alan Benson nickte. »Wie normal er aussieht. Als würde er nach einem anstrengenden Schultag Mittagsschlaf machen.«

Der Gerichtsmediziner hatte in der kurzen Zeit gute Arbeit geleistet. Manuel schien zu lächeln. Aber Kalkbrenner wusste, dass der Gesichtsausdruck nur eine freundliche Illusion war. Dahinter lauerten schwarze Abgründe.

»Was ist mit ihm passiert?«, fragte Alan Benson.

»Das kann ich Ihnen noch nicht sagen«, bedauerte Dr. Wittpfuhl.

»Hat man ihn …?«

»Auch darauf kann ich Ihnen erst später eine Antwort geben.«

»Warum?«

»Ich muss Ihren Sohn erst noch … untersuchen.«

Kalkbrenner hatte schon mehrere Hinterbliebene erlebt, die in diesem Moment die Nerven verloren hatten. Wenn sie begriffen, was mit dem Verstorbenen während der Sektion geschehen würde, schimpften und weinten sie.

»Selbstverständlich.« Alan Benson hingegen nahm die Nachricht auf, als wäre sie das Natürlichste von der Welt. »Anna wird wissen wollen, wann …« Seine Hand näherte sich vorsichtig Manuels Stirn, aber Dr. Wittpfuhl hielt ihn von der Berührung ab. »Wann können wir ihn beerdigen?«

»Das wird wohl noch einige Tage dauern«, beantwortete Kalkbrenner die Frage. »Ich hoffe, Sie verstehen das. Soll meine Kollegin Sie nach Hause bringen?«

»Nein danke. Ich nehme die Bahn.«

»Sie müssen aber nicht alleine …«

»Nein, das ist schon gut. Ich möchte gerne alleine sein.«

Muth brachte ihn zum Ausgang, während Dr. Wittpfuhl unterdessen die Bahre in einen Nebenraum schob, wo sich auf einem kleinen Tisch allerlei Instrumente und Geräte stapelten. Ihre verschiedenen Funktionen hatten sich Kalkbrenner bis heute nicht gänzlich erschlossen, allerdings musste er zugeben, dass er bisher auch nie besonders darauf erpicht gewesen war, mehr über Obduktionen herauszufinden als unbedingt nötig.

Für einen Moment erfüllte Stille den Saal. Nur das Surren der Klimaanlage, das selbst im Winter den Raum erfüllte, war zu hören. Es ähnelte dem leisen Wispern vieler Stimmen, die daran erinnern wollten: *Wir sind tot. Vergesst uns nicht! Wirsindtotvergesstunsnicht!*

Der Arzt glättete das Laken wieder über Manuels Gesicht. »Keine schöne Sache.«

Kalkbrenner vermied es, den toten Körper noch länger anzuschauen. »Das ist es nie.«

»Aber der Vater hat es sehr gefasst aufgenommen, findest du nicht?«, meinte Muth, die zurückgekommen war.

»Für mich macht er sogar einen regelrecht gelassenen Eindruck«, stimmte Kalkbrenner ihr zu.

»Jeder Mensch hat eine andere Art, mit dem Tod umzugehen«, meinte Dr. Wittpfuhl.

Kalkbrenner wusste, was der Pathologe meinte. In den vergangenen fünfzehn Jahren war er unzählige Male mit dem Tod konfrontiert worden. Jeder Fall war auf seine eigene Weise erschütternd gewesen, egal ob das Opfer erstochen, erschossen, erdrosselt, verstümmelt oder vergewaltigt worden war. Der Kommissar hatte gelernt, damit zu leben. *Es ist das, was ich am besten kann.* Aber an ein Kind auf der Bahre, daran würde er sich nie gewöhnen können, egal wie er sich auch anstrengte. Wahrscheinlich kam ihm deshalb der Obduktionssaal heute auch finsterer vor als sonst. Er wollte so schnell wie möglich raus hier, aber vorher gab es noch einige Fragen zu klären. »Was ist mit Manuel passiert?«

Ohne Vorwarnung entblößte der Arzt den bleichen, von unzähligen tiefen, blutigen Wunden übersäten Körper des Jungen. Er spreizte ihm die Beine. Kalkbrenner hielt die Luft an, Muth gab ein Würgen von sich, dann wandten sie sich ab.

»Reicht Ihnen das als erster Eindruck?« Dr. Wittpfuhls Blick ruhte nachdenklich auf den Verstümmelungen, als würde er sie selbst zum ersten Mal sehen.

»Ist Ihnen schon etwas aufgefallen?«

»Was wollen Sie von mir hören, Herr Kalkbrenner?«

»Na das, was Ihnen aufgefallen ist.«

»Ob der Junge missbraucht wurde? Ob der Mörder ein Triebtäter ist?« Der Mediziner beugte sich zur Leiche hinab und betrachtete einige der Wunden aus direkter Nähe.

Kalkbrenner vermied es, noch einmal hinzuschauen. Die Verstümmelungen hatten sich sowieso bereits in sein Gehirn gebrannt, und er würde Mühe haben, sie wieder zu vergessen. »Ich dachte, Sie hätten bereits eine erste Leichenschau …?«

»Nein, der Junge ist erst vor einer Stunde eingetroffen. Und kurz darauf haben Sie auch schon den Vater zur Identifizierung angebracht.« Der Arzt verdeckte den toten Jungen wieder. »Aber falls es Ihnen weiterhilft: Was meinen Sie, warum jemand ein Kind entkleidet, es quält und am Ende tötet?«

Auch wenn die Antwort nicht schwerfiel: Leicht zu begreifen war sie nicht. Aus Dr. Wittpfuhls grüblerischer Miene ließ sich nichts ablesen. »Sie würden mir sagen, wenn Ihnen etwas auffällt, oder?«

»Was denken Sie denn? Natürlich!«, reagierte der Mediziner empört. »Aber ich ergehe mich nur ungern in Spekulationen. Damit ist niemandem geholfen.«

»Können Sie mir wenigstens mitteilen, wie lange der Junge schon tot ist?«

»Etwa zwölf, dreizehn Stunden. Ansonsten sage ich Ihnen das, was ich Ihnen schon mindestens tausendmal verklickert habe, Herr Kalkbrenner: Warten Sie bis nach der Obduktion.«

100

Die wütende *Saturn*-Verkäuferin preschte jetzt mit hochrotem Kopf auf Tabori zu. »Was ist hier los?«

Aber selbst wenn Tabori ihr hätte antworten können, er hätte nicht gewusst, was er sagen sollte. Er verstand ja selbst nicht, was in Aidan gefahren war. »Was ist mit dir?«, rief er hinter ihm her.

Auf dem Bürgersteig sah er seinen Freund sich bereits an den Passanten vorbeidrängeln. Tabori sprintete los. Aidans wilder Schopf verschwand in der Menschenmenge, dann tauchte er einen Moment später wieder auf.

»Aidan, jetzt warte doch!«

Tabori mühte sich, ihn zu erreichen. Immer wieder musste er Umwege laufen, weil ihm die Leute den Weg versperrten. Mehrmals prallte er mit Passanten zusammen, die ihn nicht rechtzeitig gesehen hatten. Einkaufstaschen entglitten ihnen, deren Inhalt sich auf den matschigen Gehsteig ergoss. Wüste Beschimpfungen hallten Tabori hinterher.

»Aidan, warte!«

Doch sein Freund war fort. Taboris Blick irrte suchend durch die Menge, aber Aidans wirre Mähne kam nicht mehr zum Vorschein. Tabori wartete trotzdem. Es konnte einfach nicht anders gewesen sein, es musste sich um einen dummen Scherz gehandelt haben.

Aber nachdem er sich fast eine Viertelstunde nicht von der Stelle bewegt hatte, gestand Tabori sich schließlich doch ein, dass Aidan tatsächlich nichts mehr von ihm wissen wollte.

Traurig nahm er die nächste U-Bahn nach Marzahn. Die Waggons waren mit Menschen vollgepfercht, die in den Samstagabend fuhren. Sie stanken nach Schweiß und Alkohol, irgendjemand hatte Knoblauch gegessen. Tabori war das schnuppe. Ihn quälte nur eine Frage: Warum hatte sich Aidan so blöd verhalten? Aber sosehr er sich auch seinen Kopf zerbrach, Tabori fand für das Verhalten seines Freundes keine Erklärung.

»Da bist du ja schon!« In der Hochhauswohnung empfing ihn Ludwig freudestrahlend. »Ich habe Essen gekocht. Setz dich!«

Aus der Küche duftete es nach würzigem Braten, doch Tabori verspürte keinen Hunger. Er gab Ludwig stumm das Geld zurück, das er nicht ausgegeben hatte, und stocherte lustlos in Kartoffeln und Gemüse herum.

»Schmeckt dir das Essen nicht?«

»Ja, schmeckt.« Demonstrativ schob sich Tabori eine kleine Kartoffel in den Mund.

»Was ist mit dir? Ist etwas passiert?«

»Nein, nichts … passiert.« Das war nur die halbe Wahrheit, aber was war die ganze? »Ich … Aidan getroffen. Aidan ist … Freund.«

»Ich versteh nicht. Wenn er ein Freund ist, warum bist du dann traurig?«

»Aidan … kein Geld verdient. Ich … Geld bekommen. Von dir.«

»Ich verstehe: Aidan war neidisch auf dich?«

»Neidisch?«

»Du hast Geld. Aidan hat kein Geld. Deshalb ist Aidan traurig. Oder neidisch. Verstehst du?«

Tabori verstand. Neid hätte er sogar nachvollziehen können, aber Aidans Reaktion war anders gewesen. Er versuchte zu erklären: »Wollte Geld … geben. Gerne. Aidan … ein Freund. Er will nicht. Er … wütend.«

»Wieso war er wütend? Das verstehe ich nicht.«

Genau das war auch Taboris Problem. »Aidan sagt: Ich … Homo?«

Skeptisch zog Ludwig die Augenbrauen zusammen. »Warum hat er das gesagt?«

»Was ist Homo?«

Ludwig überging die Frage. »Tabori, was genau hast du Aidan erzählt?«

Seine sorgenvolle Miene verstörte den Jungen. »Nichts.«

»Okay, was hast du ihm von mir erzählt?«

»Ich sage: Ludwig mir Geld geschenkt. Ich schlafen … bei Ludwig. Ludwig ist nett.«

»Und dann hat er Homo zu dir gesagt?«

»Was ist Homo?«

»So etwas sagt man nicht!« Obwohl sein Teller noch halb voll war, räumte Ludwig ihn ab. Offenbar war auch ihm der Appetit vergangen. Auf halbem Weg zur Spüle drehte er sich um. »Hat Aidan außer Homo sonst noch etwas zu dir gesagt?«

»Nein, nur Homo.«

»Bist du dir sicher?«

»Ja, und dann Aidan ist … weglaufen.«

Ludwigs Miene hellte sich auf. »Na, da hast du dir aber einen tollen Freund ausgesucht. Erst beschimpft er dich«, er verteilte flüssige Seife auf den schmutzigen Tellern in dem Spülbecken, »und dann rennt er ohne ein Wort davon.«

Immerhin so viel hatte Tabori begriffen: Er hatte seinen Freund erneut verloren – und diesmal wohl für immer.

»Mach dir nichts draus. Solche Freunde brauchst du nicht.« Ludwig legte Tabori die Hand auf die Schulter. »Vielleicht triffst du ja schon bald deinen Cousin wieder, wer weiß?«

»Du … Ryon gefunden?«

»Ich habe nach ihm gesucht.« Ludwig wuschelte Tabori aufmunternd durchs Haar. »Georg, ein guter Freund von mir, hat gesagt, er weiß, wo Ryon ist. Er gibt uns morgen Bescheid.«

Das zu hören machte Tabori wieder etwas froher.

»Dann wird alles wieder gut«, versicherte ihm Ludwig.

Das wollte Tabori ihm nur zu gerne glauben.

»Geht es dir jetzt wieder besser?«

Tabori nickte.

»Schön«, freute sich Ludwig. »Ich werde kurz duschen, und wenn ich damit fertig bin, spielst du mir etwas auf der Gitarre vor, okay?«

101

In Schmargendorf hatte sich die Nachricht vom Fund einer Leiche in Windeseile herumgesprochen. Schaulustige drängelten sich vor den rot-weißen Absperrbändern, die ihnen den Zutritt zu dem Industriegebiet und dem kleinen Park verwehrten. Familien hatten anscheinend sogar ihren Wochenendausflug hierher verlegt. Mit einer dick belegten Stulle zwischen ihren Handschuhen verfolgten mehrere Kinder interessiert die Arbeit der Polizisten. Und auch Journalisten waren da – Heerscharen von ihnen.

»Herr Kalkbrenner, warten Sie!« Einer der Reporter hatte ihn erkannt. Ein erwartungsvolles Raunen ging durch die Medienmeute. »Haben Sie Informationen für uns?«

»Was ist mit dem Jungen passiert?«

»Wurde er missbraucht?«

»Wissen Sie schon, wer ihn umgebracht hat?«

»Wann wird der Mörder verhaftet?«

»Haben Sie überhaupt eine Spur?«

»Hat die Polizei versagt?«

In dem Gedränge hatte Kalkbrenner seine junge Kollegin aus den Augen verloren. Er duckte sich unter dem Flatterband hindurch, um Distanz zwischen sich und die Reporter zu bringen, und plötzlich war Muth auch wieder an seiner Seite. »Denen hat doch jemand echt ins Gehirn geschissen.«

Wie immer treffend auf den Punkt gebracht.

»Denen sollte man mal gegen das Hirn hämmern«, empfahl jetzt auch ein dürrer Mittfünfziger mit tiefen Augenringen, unrasierten Wangen und mehr Falten im Gesicht als im Anzug. Er stellte sich als Peter Veckenstedt vor, der bisher als Leiter der Soko »Manuel« für die Suche nach dem verschwundenen Jungen verantwortlich gewesen war. »Wenn ich so etwas schon höre: *Hat die Polizei versagt?* Wieso fragen diese Geier nicht, *warum* das Kind überhaupt verschwunden ist?«

»Und warum ist es verschwunden?«, wollte Muth wissen.

Veckenstedts übernächtigtes Gesicht zeigte den Anflug eines Lachens, bevor ihm die auf ihn gerichteten Reporterlinsen bewusst wurden. Er winkte Kalkbrenner und Muth in ein Gebäude mit dem Türschild »Bücherei«. »Da müssen Sie wohl die Mutter fragen.«

»Anna Benson?«

»Der erste Mann ist gestorben, vom zweiten lebt sie getrennt. Ihre Firma steht kurz vor der Pleite, also vernachlässigt sie ihren Sohn. Er ist einsam und unglücklich, verdaddelt die Zeit mit diesem neumodischen Kram, *Street Soccer* oder wie das heißt, oder stromert nachmittags nach der Schule durch die Stadt.« Veckenstedt rieb sich die Lider. Im Weiß seines Augapfels zeichneten sich rote Äderchen wie dünne Blitze ab. »Und die Mutter hat von nichts eine Ahnung.«

»War Manuel auf seinen Touren alleine unterwegs?«

»Falls er sich mit jemandem getroffen hat, so hat er es verschwiegen.« Veckenstedt hob hilflos die Hände. »Und jetzt finden Sie mal einen Jungen, von dem Sie nur wissen, dass er sich möglicherweise mit irgendwem irgendwo in Berlin herumtreibt.«

»Da haben Sie schon eher einen Sechser im Lotto«, warf Veckenstedts Assistent ein, der sich als Oliver Hansen vorstellte.

Sie gelangten in ein hell erleuchtetes Zimmer mit niedriger Decke, hellem Holz, beigefarbenen Vorhängen und hässlichem grauem Linoleum. Tische und ein Großteil der Regale waren von Büchern befreit worden, um Platz für das provisorische Krisenzentrum des Teams von Dr. Franziska Bodde zu machen. Überall standen Laptops und Stellwände herum, waren unterschiedliche Stadtkarten aufgeschlagen. Die Kriminaltechniker arbeiteten bereits konzentriert und routiniert. Für sie schien es ein Verbrechensschauplatz wie die vielen anderen zu sein, an die man sie zuvor bestellt hatte. Aber das stimmte natürlich nicht. Ein Blick auf die Straße genügte. Oder auf die Pinnwand am Kopfende des Raumes, wo – einem Mahnmal gleich – ein DIN-A4-großes Porträt von Manuel prangte. Auf dem Foto lachte er und wirkte überraschend lebendig. Dieser Junge hatte nichts mit dem gemein, dessen bleicher, misshandelter und toter Körper zur Stunde von Dr. Wittpfuhl untersucht wurde.

»Sie waren schon in der Gerichtsmedizin?«, fragte eine Stimme.

Kalkbrenner drehte sich um und fand sich Dr. Robert Babicz gegenüber. »Sieht man mir das an?«

»Nein, man hat es mir gerade gesagt.« Babicz war das, was die Leute dank moderner TV-Serien unter der Bezeichnung »Profiler« kannten. Tatsächlich war er ein Psychologe. Einer, mit dem Kalkbrenner schon einmal vor Jahren zusammengearbeitet hatte. Damals war es um die Aufklärung eines heimtückischen Pfarrermordes gegangen, der die Öffentlichkeit erschüttert hatte. Gerade in solchen Ausnahmefällen wurde der Psychologe gerne zurate gezogen. »Hat Dr. Wittpfuhl Ihnen bereits etwas zu den näheren Todesumständen des Jungen mitteilen können?«

»Manuel wurde missbraucht und misshandelt. Sein Tod ist vor etwa zwölf bis dreizehn Stunden eingetreten.«

»Mehr hat er nicht gesagt?« Die dürftige Auskunft des

Gerichtsmediziners würde Babicz bei der Erstellung eines ersten Täterprofils nicht weiterhelfen.

»Vielleicht kann ich Ihnen ja nützlich sein«, meinte Veckenstedt und legte den Zeigefinger auf eine stark vergrößerte Stadtteilkarte vom Prenzlauer Berg. Mit seiner Fingerspitze zeichnete er die Kopenhagener Straße nach. »Hier wohnte Manuel mit seiner Mutter. Nachdem sie den Jungen in der Nacht von Donnerstag auf Freitag als vermisst gemeldet hatte, haben wir am Freitagmorgen die Fahndung eingeleitet.«

Er berichtete von der Suche der Bereitschaftspolizisten im Viertel, von der Überprüfung der vorbestraften Triebtäter, der Aktion der Nachbarn und dem Videomaterial, anhand dessen die Spur des Jungen bis zum Alexanderplatz nachverfolgt worden war. Abschließend erzählte er von der Pressekampagne der Mutter. »Anna Benson ist Chefin einer Werbeagentur und weiß, wie sie die Medien für sich nutzen kann. Das ist natürlich ihr gutes Recht, und manchmal hilft es sogar. Aber es erhöht auch unseren Druck: Warum findet die Polizei den Jungen nicht? Sucht sie überhaupt? Et cetera, Sie kennen die Kommentare.«

»Schon am frühen Abend, kurz nachdem die ersten Radio- und Fernsehmeldungen über die Sender gegangen waren, wurde die Soko auf Anweisung des Polizeipräsidenten um zusätzliche achtzig Beamte der Bereitschaft erweitert«, führte Hansen weiter aus. »Seitdem gehen sie den Hinweisen aus der Bevölkerung nach – aus ganz Berlin.«

»Es kostet uns enorm viel Zeit, die Trittbrettfahrer, Scherzkekse, Hellseher und Scharlatane auszusieben«, bedauerte Veckenstedt.

»Natürlich befinden sich auch immer ernst gemeinte Hinweise darunter, aber das Wetter der letzten Tage, das wiederholte Schneetreiben, alles zusammen bot keine gute Ausgangsbedingung für zuverlässige Beobachtungen«, sagte Hansen. »Mal soll das Opfer in Charlottenburg gesehen worden sein, mal in Friedrichshain. Ein Zeuge hat das Opfer in Treptow beobachtet, ein anderer in Schönefeld. Und alles zur selben Zeit.«

Kalkbrenner entging die besondere Wortwahl Hansens nicht. *Das Opfer.* Nicht: *der Junge.* Oder: *Manuel.*

»Es gab sogar Anrufer aus Potsdam und Frankfurt an der Oder«, ergänzte Veckenstedt. »Den Entfernungsrekord in diesem Fall hat ein Anrufer aus Hamburg aufgestellt.« Er drehte sich zum Fenster. Draußen beleuchteten die Halogenscheinwerfer der Spurensicherung in der Abenddämmerung die knochigen Bäume und Büsche sowie das fahle Schilfgras entlang einer Uferböschung, wo das Wasser im Teich zu Eis gefror. »Aus Schmargendorf hat sich dagegen niemand gemeldet. Bis heute Morgen.«

Aus Veckenstedts Worten sprachen Erschöpfung und Enttäuschung. Nachdem er und seine Kollegen in den vergangenen zwei Tagen kaum Schlaf gefunden hatten, waren sie nun verständlicherweise frustriert, weil sich die Plackerei als vergeblich herausgestellt hatte. Der Fahndung nach Manuel war kein glückliches Ende vergönnt gewesen.

Kalkbrenner hatte schon Beamte erlebt, gestandene Männer allesamt und Berserker vor dem Herrn, die im Angesichts des Todes von Schock, Schmerz und Trauer überwältigt wurden. Viele von ihnen waren Familienväter, die in so einer Situation nur ein Gedanke beherrschte: *Wenn ich mir vorstelle, dass meinem Kind so etwas passieren würde …*

Um von der Grausamkeit nicht verzehrt zu werden, griffen sie zu den unterschiedlichsten Mitteln. Manche schimpften auf die Eltern, die ihr Kind vernachlässigt hatten, manche auf die Presse, die ihnen stets Versagen vorwarf. Einige sprachen den Namen des toten Kindes nicht mehr aus, aus ihm wurde schlicht und einfach das Opfer. Andere knieten sich in die Arbeit, schauten nicht mehr nach links oder rechts und vergaßen alles außer dem Mörder, dem großen Unbekannten, der seine gerechte Strafe erhalten musste. Dabei kam es dann nicht selten vor, dass sie ihre eigene Familie, ihre Frauen, Töchter und Söhne vernachlässigten. Es war ein Teufelskreis, und nicht wenige Ehen scheiterten daran. *Es ist das, was ich am besten kann. Mörder finden. Sie fangen.*

»Es ist also denkbar, dass der Junge vom Alexanderplatz nach Schmargendorf gefahren ist?«, fragte Kalkbrenner nach Minuten des Schweigens.

»Möglicherweise«, entgegnete Veckenstedt. »Allerdings hat die Auswertung der Videos umliegender S- und U-Bahn-Stationen keinen Aufschluss darüber gebracht. Und auch die Anwohner, die wir bislang vernommen haben, haben den Jungen nicht gesehen. Es kann also auch sein, dass Manuel mit jemandem im Auto mitgefahren ist. Eventuell kennt er jemanden aus Schmargendorf. Hat die Familie hier Verwandte oder Bekannte? Was sagt die Mutter?«

»Anna Benson hat einen Schock erlitten. Sie ist derzeit nicht vernehmungsfähig.«

»Vielleicht gibt es aber auch überhaupt keinen Bezug zwischen Schmargendorf und dem Jungen beziehungsweise seiner Familie«, meldete sich erstmals Robert Babicz zu Wort. »Es könnte auch sein, dass Manuels Mörder den Stadtteil, das Industriegebiet und den Park nur deshalb zur Entsorgung der Leiche ausgewählt hat, weil hier am Wochenende nachts die Gefahr von Zeugen gleich null ist.«

»Das könnte dann heißen, dass der Mörder die Gegend gut kennt«, überlegte Veckenstedt.

»Oder dass er von hier kommt«, ergänzte Muth.

»Ja, das alles ist denkbar«, stimmte Dr. Babicz zu, »aber vorstellbar ist auch folgendes Szenario: Der Mörder hat die Leiche in diesem Park hier entsorgt, weil er den Verdacht auf die Anwohner lenken wollte. Dann liegt es nahe, dass er selbst aus einem ganz anderen Stadtteil stammt oder womöglich nur auf der Durchreise war. Es könnte auch ein Tourist gewesen sein, der sich einen kleinen Jungen geschnappt hat. Und heute ist der Typ schon wieder in Polen, Spanien oder Neuseeland.«

Was das für ihre Arbeit bedeuten würde, wurde den anwesenden Ermittlern schnell klar. In diesem Fall war der Mörder über alle Berge, und die Suche nach ihm würde im Sande verlaufen.

Der Psychologe räusperte sich. »Es gibt aber noch eine weitere Option, die ich nicht ausschließen möchte.« Er wies auf eine verkleinerte Berlin-Karte. »Beachten Sie bitte, dass wir uns nur unweit vom Stadtrand entfernt befinden. Nur zwei Kilometer weiter, und der Täter hätte die Leiche im Grunewaldsee inmitten einer großen Waldfläche entsorgen können. Das wäre um ein Vielfaches sicherer gewesen. Gerade nachts und bei diesem Wetter wäre das noch weniger risikoreich geworden. Außerdem wäre der Leichnam, hätte er ihn im Grunewaldsee versenkt, viel später entdeckt worden. Mit etwas Glück für ihn sogar nie.«

»Dann wäre der Mörder entweder strohdumm …«, begann Hansen.

»Nein, davon können wir nicht ausgehen«, widersprach Kalkbrenner. »Dann wäre er nachlässiger gewesen und hätte schon längst irgendwelche Spuren hinterlassen.«

»… oder aber er wollte, dass wir die Leiche finden«, beendete Muth Hansens Satz.

»Wieso sollte er das gewollt haben?«, fragte Kalkbrenner in die Runde.

»Gute Frage«, befand Babicz.

»Und wie ist Ihre Antwort darauf?«

»Für den Augenblick habe ich keine.«

Ernüchtert wandte sich Kalkbrenner dem Foto an der Pinnwand zu, das den fröhlich lachenden Manuel in seinen Kleidern zeigte. Die Leiche in der Charité war nackt gewesen. »Hatte der Junge noch seine Klamotten an, als man ihn gefunden hat?«

»Nein, keine Kleidung«, sagte Veckenstedt. »Und noch mal nein, auch im Park haben wir nichts gefunden. Nach Aussagen der Eltern trug er eine Daunenjacke, einen schwarzen Schal, eine gewöhnliche Jeans, dazu ein Shirt mit dem Kopf von Bart Simpson und dem Aufdruck *Spider-Schwein*. Besonderes Merkmal war eine Anstecknadel mit der Simpsons-Familie. Auch der blaue Rucksack, den er bei sich hatte, als er das letzte Mal gesehen worden ist, wird vermisst.«

»Dann sollten wir eine Suchmeldung danach herausgeben«, beschied Kalkbrenner.

»Wird erledigt«, versprach Veckenstedt.

Der Kommissar sah auf die Uhr. »Und danach, Herr Veckenstedt, machen Sie Feierabend und schlafen sich mal aus.«

Veckenstedts erschöpfter Blick streifte Manuels Porträt. »Als ob ich jetzt Schlaf finden könnte.«

102

Eingewickelt in die Simpsons-Bettwäsche krümmte sich Anna wie ein Baby auf Manuels Matratze. Wie war sie in das Zimmer ihres Sohnes gekommen? Für einen Moment blendete ihr Gedächtnis die Antwort aus, und aus Gründen, die sie nicht verstand, fühlte sie sich grenzenlos erleichtert. Doch in der nächsten Sekunde wurde ihr bereits wieder heiß und kalt: *Du bist davongelaufen! Weg von den Beamten, die dir weismachen wollten, dass … Nein, das ist nicht wahr!* Sie wollte das nicht denken. Durfte es nicht. Wütend schleuderte sie die Decke von sich und richtete sich auf.

Alan stand aufrecht im Zwielicht des Zimmers. Er war

wieder heimgekehrt. Seine Miene war unergründlich und zugleich erschreckend wahrhaftig. Der Anblick ließ sie sich wieder zurück auf das Bett werfen. Sie verkroch sich erneut unter der Decke, aber es gab kein Entkommen vor der Wahrheit.

Inmitten des immer stärker werdenden Entsetzens klammerte sie sich an den letzten Funken Hoffnung. »Es war ein Unfall, oder?«

Alan schwieg.

»Sag es mir!«, verlangte sie.

»Sie können es noch nicht mit Bestimmtheit sagen, aber es deutet alles darauf hin, dass …«

Annas Kehle zog sich zusammen. Sie würde ersticken. Panisch schnappte sie nach Luft. »Nein, das kann nicht sein! Manuel wurde nicht umgebracht.« Ihr Kopf zuckte herum. »So was macht doch niemand.« Sie schlug die Hand vors Gesicht und gab einen Schrei von sich, der in ein bitterliches Wimmern überging.

Irgendwann hatte sie das Gefühl, an ihren Tränen zu ertrinken. Nina hockte wie ein Häufchen Elend neben ihr auf der Matratze. Wann war ihre Freundin gekommen? *Habe ich geschlafen?* Anna konnte sich an nichts erinnern, auch an keinen Traum. Nur an Manuel am Frühstückstisch, Manuel im Bett, Manuel auf dem Schulweg, Manuel voller Angst, Manuel war tot … Sie wurde von Gedanken und Bildern überwältigt, denen sie hatte entfliehen wollen, denen sie aber nicht entkommen konnte. Ihre Bluse war nass von den Tränen, die sie ununterbrochen vergossen hatte, alleine, einsam, verlassen in Manuels Bett. »Alan?«

»Er musste etwas erledigen«, sagte Nina.

Was gibt es denn jetzt noch Wichtiges zu erledigen?

»Es tut mir so leid.«

Anna vergrub ihr Gesicht unter der Decke.

»Wenn ich etwas für dich tun kann …«

Die Bettwäsche roch nach dem Nachtschweiß ihres Kindes, unverwechselbar nach Manuel.

»Ich habe dir Tee gemacht.«

Anna stöhnte in den Stoff hinein.

»Er wird dich beruhigen.«

Manuel beruhigte Anna. *Nur Manuel.* Die Zeit verrann, vielleicht stand sie auch still. Egal, es war alles egal. Es gab nichts mehr zu tun.

Nina zog die Jalousie nach oben und öffnete das Fenster.

»Nein!« Anna fuhr auf.

Erschrocken verriegelte Nina das Fenster wieder. »Ich dachte nur, ein bisschen frische Luft würde …«

»Nein!« Anna roch den Staub, Dunst, alles, was im Zimmer schwebte, was da gewesen war, als auch Manuel noch da gewesen war, als würde es ihr auf diese Weise gelingen, ihren Sohn am Leben zu halten. Tatsächlich glaubte sie für einen Moment, Manuel direkt neben sich zu sehen. Entrückt zog sie die Beine an den Körper, legte die Arme um die Knie und betrachtete die Teddybären, die Poster, die PlayStation, mit der Manuel Stunden verbringen konnte. Sie ließ das Spielzeug nicht aus den Augen, den Wimpel von Hertha BSC genauso wenig wie die Simpsons-Figuren.

Die Melodie eines Liedes ging ihr durch den Kopf. Leise begann Anna zu summen. *Spider-Schwein, Spider-Schwein. Ja, ich bin das Spider-Schwein, Spider-Schwein.* Ihr wurde bewusst, dass es das letzte Lied gewesen war, das sie mit Manuel morgens gehört hatte. Und dann? Dann hatte sie ihn ausgeschimpft. *Bin ich wirklich so schrecklich?* Sie verdrängte Manuels bange Frage, wollte nur an die glücklichen Momente denken, an die Simpsons, an die Kartoffelchips und die Ahoi-Brause.

Wie ein gefräßiger Wurm bohrte sich der Song in ihren Schädel. *Ja, ich bin das Spider-Schwein. Spider-Schwein.* Sie würgte. Schlug sich mit den Fäusten gegen die Schläfe, erst sanft, als wolle sie einen klaren Kopf bekommen, dann immer heftiger. Als sie wieder ausholte, fiel ihr Blick auf die Tätowierung. *Gott ist mit uns. Ach ja, ist er das?* Sie lachte hysterisch auf und begann, mit den Fingernägeln über die Schriftzeichen zu kratzen.

»Was machst du da?«, fragte Nina bestürzt.

Annas Bewegungen wurden heftiger. Es brannte, als sich die ersten Hautschichten lösten.

»Anna, lass den Blödsinn!«

Komme, was wolle, sie würde das Tattoo zum Verschwinden bringen. So wie Gott verschwunden war. *Er ist nie da gewesen!*, schrie es in ihr. So wie Manuel auch nicht mehr da war. Ihre Fingernägel hinterließen tiefe Striemen auf der Haut, die sich bald darauf rot färbten. Der Schmerz lenkte sie ab von der Tortur in ihrem Schädel, verschaffte ihr Erleichterung.

Nina griff nach ihren Handgelenken. »Hör auf!«

Aber Anna schlug nach ihrer Freundin. Nina sprang beiseite, sodass die Faust nur das Bettgestell traf. Es krachte. Erneut hieb sie gegen das Holz. Noch einmal. Und immer wieder.

»Anna!« Alan war zurückgekehrt. Endlich. Wie ein kleines, unbändig wütendes Kind drosch Anna auf das Bett ein. Tränen rannen ihr die Wangen hinab. Der Schleim troff von ihrer Nase auf das Laken. Es kümmerte sie nicht mehr.

Alan sprach beruhigend auf sie ein, aber sie verstand seine Worte nicht. Außerdem wollte sie sich nicht beruhigen. Manuel war nicht mehr da, konnte das denn niemand verstehen? Sie verpasste ihm einen Hieb gegen die Brust. Nach Luft japsend ließ er von ihr ab, prallte gegen das Regal. Es wackelte, sodass ein Teddybär hinunterkippte. Anna beobachtete seinen Flug. Als er kopfüber auf dem Boden landete und dort reglos liegen blieb, kam ein haltloses Schluchzen aus ihrem Mund.

Sie floh wieder unter die Decke, in die Dunkelheit.

103

»Ach, du?« Der Tonfall verhieß keine Freude. »Was willst du denn hier?«

»Ich war gerade in der Gegend«, log Sackowitz. »Also, im Prenzlauer Berg.«

»Aha.«

Er setzte ein Lächeln auf, das noch blumiger als der Strauß gelber Rosen war, den er auf dem Weg schnell an einer Tankstelle erworben hatte. »Und da dachte ich, schaue ich doch mal bei dir vorbei.«

Aus Renates Wohnung waberte der Geruch von Rinderbraten. Er erinnerte Sackowitz schmerzlich daran, wie viel Zeit vergangen war, seit er seinem Magen zum letzten Mal etwas Nahrhaftes zugeführt hatte. Das war zum Frühstück mit Karin und den Kindern gewesen.

Zu ihnen nach Wilmersdorf konnte er nach Karins Worten schwerlich zurückkehren. *Halte dich von Leonie und Till fern.* Auch sein Zuhause in Friedrichshain bot keine akzeptable Lösung, da er damit rechnen musste, dass die Polizei die Wohnung überwachte. Viele Möglichkeiten waren ihm also nicht geblieben, sodass er die erste Alternative gewählt hatte, die ihm in den Sinn gekommen war.

Sein Lächeln wurde noch breiter. »Freust du dich denn gar nicht, mich zu sehen?«

»Nein!« Renate knallte ihm die Tür vor der Nase zu.

Dass sie ihn nicht mit offenen Armen empfangen würde, hatte er schon geahnt, aber auf einen solchen Groll war er nicht gefasst gewesen. *Dann eben nicht.* Er stopfte den Blumenstrauß in einen Abfalleimer und bestellte an einer Imbissbude eine Currywurst. Der schnauzbärtige Türke erwies sich als schwatzhafter Gastwirt. »Scheißwetter«, klagte er.

»Man könnte meinen, es wäre Winter, was?«, scherzte Sackowitz.

»Und diese Nacht soll's schon wieder schneien. Da sollte man die Kinder lieber im Haus behalten.«

»Ja, das ist mit Sicherheit besser.«

»Dann passiert auch nicht mehr so was wie mit diesem Jungen.«

»Welcher Junge?«

»Lesen Sie denn keine Zeitung?«

Nein, ich schreibe für eine. »Komme nicht so häufig dazu.«

»Dieser Manuel ist doch verschwunden. Der Neffe von so einem bekannten Künstler.«

Sackowitz entsann sich der Schlagzeile im *Kurier.* »Bernd E. Benson?«

»Kann sein. Hab's nicht so mit der Kunst. Jedenfalls haben sie vorhin im Radio gesagt, dass der Junge tot aufgefunden wurde.«

»Oh, das ist schlimm.«

»Sehr schlimm sogar. Wenn ich mir vorstelle, dass das meinem Sohn passiert wäre … Also …« Er erging sich in finsteren Drohungen. Sackowitz dachte an seine eigenen Kinder. *Solange du deine Kinder stattdessen in Gefahr bringst, solange brauchst du dich nicht mehr bei uns blicken lassen, Harald. Halte dich von Leonie und Till fern.* Ihm war der Appetit vergangen. Er bezahlte die Currywurst und suchte in seiner Rostlaube Zuflucht. Aber der Polo bot keine dauerhafte Unterkunft, nicht zu dieser Jahreszeit. *Und diese Nacht soll's schon wieder schneien.* Er verpasste der Heizung einen so wütenden Klaps, dass der Wärmeschalter mit einem lauten Knirschen abbrach. »Scheiße!«

Bleierne Müdigkeit legte sich auf ihn. Die letzten zwei Tage hatten ihm zu viel abverlangt. Er brauchte dringend Ruhe. Und viel Schlaf. Noch so einen Tag würde er nicht überstehen.

Er beschloss, auf der Prenzlauer Allee nach Pankow zu fahren. Am äußersten Stadtrand breitete sich linker Hand eine Neubausiedlung aus. Das Viertel war überschaubar und wirkte in den späten Abendstunden ungeheuer friedlich. Was allerdings vor allem daran lag, dass eine Vielzahl der Einfamilienhäuser nicht bewohnt war.

*Nein, falsch: nicht bewohn*bar *ist*. Die Dächer waren undicht, die Mauerwerke feucht. In den Zimmern tummelte sich der Schimmel. Als einer der Betroffenen hatte Sackowitz seine Stellung in der Redaktion genutzt und die Sache zu einer mittelschweren Skandalstory aufgebauscht: *Linker Wessi-Unternehmer betrügt junge Familien*. Kurz danach war der Geschäftsführer der Immobiliengesellschaft, welche die Siedlung nach der Wende regelrecht aus dem Boden gestampft hatte, in die Insolvenz abgetaucht. Das dafür verantwortliche spottbillige Bauunternehmen, das ihm als Tochterfirma ebenfalls gehörte, folgte Tage später.

Nur wenige Eigentümer hatten nach der Pleite noch die finanziellen Mittel besessen, die Mängel auf eigene Faust zu beheben. Die restlichen Häuser waren verwaist und verrotteten. Dennoch besaßen sie in Sackowitz' gegenwärtiger Situation einen unbestreitbaren Vorteil. Hier würde kaum jemand nach ihm suchen. Um aber auf Nummer sicher zu gehen, steuerte er nicht sein eigenes Haus an, mit dem er und Karin in ihr Unglück investiert hatten, sondern eines drei Straßen weiter. Es gehörte Kurt Hirschmann, dem Anzeigenberater beim *Kurier*.

Er nahm die Notfalldecke, die er immer dabeihatte, aus seinem Polo und gelangte über die Terrassentür, deren Fenster er einschlug, ins Innere. Dann machte er sich auf den Weg ins Schlafzimmer. Er fand es auf Anhieb. Die Neubauten waren damals am Reißbrett entworfen worden.

Der Schimmel hatte das Ehebett bereits an einigen Ecken zerfressen. Wohl deshalb hatte es Hirschmann beim Umzug gar nicht erst hinausgeschleppt, sondern einfach an Ort und Stelle stehen lassen. Sackowitz ließ sich seufzend auf der modrigen Matratze nieder. Für den Moment war die Schlafstätte allemal besser, als in seinem Auto zu frieren. Außerdem war es ja nur für eine Nacht. Mit diesem beruhigenden Gedanken rollte er sich in seine Decke.

Er schloss die Augen, konnte aber trotz der Erschöpfung nicht einschlafen. Seine Glieder schmerzten bei jeder Bewegung, und seine Gedanken rasten in einer Endlosschleife durch seinen Kopf. Er zwang sich zur Ruhe: Schließlich gab es nichts, was er jetzt noch tun konnte. Die Straßenlaternen warfen die Schatten der kahlen Bäume an die Wand. Manchmal fuhr ein Auto vorbei. Dann richtete sich Sackowitz auf und behielt die Scheinwerfer so lange im Auge, bis sie in der Dunkelheit zerfaserten. Er wusste nicht, wie oft sich das Spiel in dieser Nacht wiederholte.

104

Tabori tauschte Jeans und Pullover gegen den gemütlichen Jogginganzug. Das Foto, das Aidan ihm gegeben hatte, legte er auf den Nachttisch in Fritz' Zimmer.

»Wer ist das?«, fragte Ludwig interessiert, als er im weißen Bademantel den Raum betrat. Sein Haar war vom Duschen noch ganz nass, sodass er sich mit einem Handtuch den Kopf trocknete.

»Das ist Mama. Und Mickael. Bruder.«

»Was ist mit ihm?«

»Ist krank.« Mehr gab es dazu nicht zu sagen.

»Deine Mutter ist sehr schön.«

»Ja, Mama ist schön.«

»Bestimmt hat sie viele Verehrer?«

Wenn es das hieß, was er dachte, wollte Tabori darüber noch viel weniger reden als über seinen Bruder. »Du hast Fotoapparat. Ich möchte bitte Foto. Ich will Mama zeigen, wer geholfen hat.«

»Ich soll ein Foto von dir machen?«

»Nein, von Ludwig und Tabori.«

»Wenn du das willst, gerne.«

Falls Ludwig sauer war, weil Tabori sich in seinem Schlafzimmer umgesehen hatte, ließ er es sich nicht anmerken. Er holte den Fotoapparat und startete den CD-Player. *Watch out. Stay awake*, rockten Tokio Hotel. *They're lurking. Obsess you. They are always working, promising, everything you never asked for.* Ludwig machte ein Bild von Tabori.

»Ludwig und Tabori«, verlangte der Junge wieder.

»Später.« Ludwig schoss ein weiteres Foto. »Erst einmal nur Tabori. Du bist ein Popstar.«

»Ich … nicht Popstar.«

»Doch, du spielst Gitarre. Du bist Musiker. Du bist ein Popstar.«

Promising everything you never asked for. And one day it'll be too late, sang Taboris Lieblingsband. »Ich … bald … Popstar!«

»Auch gut!« Ludwig betätigte erneut den Auslöser. »Dann wirst du eben *bald* ein Popstar sein. Aber dazu solltest du besser nicht wie ein Kartoffelsack dastehen.«

»Kartoffelsack?«

»Wie ein … ein … Ich meine, du weißt doch bestimmt, wie die Jungen von Tokio Hotel auf der Bühne stehen?«

Tabori wehrte kopfschüttelnd ab.

»Jetzt trau dich schon.«

Aber Tabori wollte nicht.

»Du bist doch kein kleines, schüchternes Kind mehr. Außerdem siehst du viel besser aus als Bill.«

»Du lügst.«

»Warum sollte ich das tun?«

Darauf wusste Tabori nichts zu erwidern. *Scream 'til you feel it. Scream 'til you believe it.* Er fasste sich ein Herz und warf sich in Pose, so wie er es am Morgen vor dem Spiegel schon getan hatte.

»Jetzt von links!«

Tabori machte eine Drehung.

»Und von rechts.«

Je länger er posierte, umso leichter fiel es Tabori, und desto mehr Spaß machte es ihm auch. Währenddessen sprang Ludwig um ihn herum und fotografierte wie besessen. Von den schnellen Bewegungen verrutschte der Bademantel, sodass sein Penis entblößt wurde. Tabori wollte ihn darauf hinweisen. *Ich dachte eigentlich, du bist schon ein großer Junge.* Er ließ es bleiben.

Anschließend verband Ludwig die Kamera über ein Kabel mit dem Computer. Wie von Zauberhand herübergeschoben, tauchten die Bilder einige Sekunden später auf dem Monitor auf. Einige zeigten Tabori in reichlich albernen Posen, auf anderen gefiel er sich sogar besser als am Morgen vor dem Spiegel, als er allein gewesen war.

»Wie ein Popstar!«, sagte Ludwig bewundernd und schrieb schnell ein paar Zeilen. »Nur noch eine E-Mail verschicken.«

Tabori verstand nicht, ließ ihn aber gewähren. Mit der Gitarre setzte er sich aufs Bett und zupfte beliebige Saiten. Aus den Tönen kristallisierte sich die Melodie von *Povijn 'krushqi* heraus. Leise begann Tabori zu singen.

Ludwig ließ sich an seiner Seite nieder. Wie am Vorabend wiegte er den Kopf andächtig im Takt des Liedes. Je länger Tabori sang, umso mehr gewann seine Stimme an Festigkeit. Inzwischen hatte er sogar Spaß daran, vor Publikum Musik zu machen, auch wenn das Publikum nur aus einer Person bestand. Tabori fühlte sich wie ein richtiger Musiker.

Mit einem Mal glaubte er auch zu begreifen, was ihm die Strophen über Glück, Wärme und Vertrauen erzählen wollten. Es war schön und beruhigend zugleich, wenn sich jemand um einen sorgte. So musste es sein, wenn man einen Vater hatte, der am Abend Zeit mit einem verbrachte.

So leise, wie er es begonnen hatte, beendete Tabori das Lied. Der letzte Ton verklang mit einem fast lautlosen Summen einer Saite. Stille kehrte ein. Ludwig war auf das Bett gesunken. Der Bademantel war ihm halb vom Körper gerutscht, hatte Penis und Hoden freigelegt. Seine Augen waren noch immer geschlossen, wahrscheinlich war er eingeschlafen. Weil Tabori ihn nicht wecken wollte, legte er sich neben ihn, breitete die Decke über sie beide aus und löschte das Licht.

105

Sein Abendessen konnte Kalkbrenner an diesem Abend gestohlen bleiben. Von Muth ließ er sich in Treptow absetzen und drehte mit Bernie eine schnelle Runde im Park. Zu Hause schleuderte er seine Schuhe von sich, kippte sich den Rest Rotwein vom Vorabend in ein Glas und hockte sich damit in den Sessel vor die Heizung.

Während im Hintergrund das Radio dudelte, studierte er die Akten der Soko »Manuel«, die er mit nach Hause genommen hatte, um sich einen detaillierteren Überblick zu verschaffen. Insgeheim hoffte er, eine Spur zu entdecken, die von den Kollegen vergessen oder übersehen worden war. Doch er musste feststellen, dass sie bei der Fahndung sehr gewissenhaft gearbeitet und nahezu alle achthundert Hinweise aus der Bevölkerung überprüft hatten. Viele hatten sich recht schnell als absurd erwiesen, nur einige waren aufschlussreich gewesen. Dennoch war am Ende keine heiße Spur darunter gewesen. Und jetzt war der Junge tot.

Der Mörder wollte, dass wir die Leiche finden. Die Schlussfolgerung des Psychologen klang logisch. Aber sie war bisher trotzdem nur eine Spekulation. Erst die Ergebnisse der Obduktion sowie der erste Bericht der Spurensicherung würden etwas mehr Licht ins Dunkel bringen – oder sogar eine erste richtige Spur. Bis dahin galt es, irgendwie die Nacht zu überstehen. *Als ob ich jetzt Schlaf finden könnte.*

Kalkbrenner kippte den Wein hinunter. Der Alkohol würde ihm hoffentlich die nötige Bettschwere bringen. Er legte den Kopf in den Nacken und schloss die Augen. Sofort tauchten vor seinem geistigen Auge Bilder auf.

Es klingelte. Vor Schreck rutschte ihm die Akte vom Schoß, und ihr Inhalt verteilte sich auf den Holzdielen. Bernie sprang bellend auf, rutschte mit der Pfote auf den Unterlagen aus und ließ die Blätter und Fotos durch das ganze Zimmer flattern. Wer mochte so spät noch bei ihm klingeln?

»Paps, ich bin es«, knackte es aus der Gegensprechanlage. »Schläfst du schon?«

»Nein, komm hoch.«

Als Kalkbrenners Tochter durch die Tür trat, flippte der Bernhardiner regelrecht aus. Ob vor Freude über Jessys Besuch oder die Leckerlis, die sie ihm mitgebracht hatte, war nicht zu klären. Während sie ihn fütterte, sagte sie: »Ich habe noch Licht bei dir gesehen und dachte mir, ich klingel einfach.«

»Das freut mich.«

»Über deiner Wohnung brennt übrigens ebenfalls Licht.«

Er rollte genervt mit den Augen.

»Hast du herausgefunden, was es damit auf sich hat?«

»Ja, oben ist eine Dachterrasse. Und ein Atelier.«

»Und das ist so laut?« Jessy tätschelte den Vierbeiner ein letztes Mal und ging ins Wohnzimmer. »Mein Gott, was ist denn hier passiert?«

Kalkbrenner schob rasch die Blätter auf dem Boden zusammen. Zu spät.

Jessy griff nach einem der Fotos. »Ist das … der Junge?«

Ihr Vater nahm ihr das Bild aus der Hand und legte es mitsamt dem Ordner in die Kommode.

»Aber was hast du damit …« Ihre Augen weiteten sich. »Nein, nicht wirklich, oder?«

Kommentarlos griff Kalkbrenner zum Weinglas. Es war leer.

»Was ist mit ihm passiert?«

Er setzte sich seiner Tochter gegenüber auf die Couch. »Darüber kann ich nicht reden.«

»Vertraust du mir nicht?«

»Natürlich tu ich das. Aber es gibt Dinge, die man besser nicht weiß, wenn man noch ruhig schlafen möchte.«

Bernie leckte sich die Lefzen und tapste zu Jessy hinüber. Er legte ihr die haarige Schnauze aufs Bein, bettelte um mehr. Abwesend streichelte sie seinen Kopf. »Hast du schon eine Ahnung, wer es getan hat?«

»Noch nicht.«

»Gibt es einen Hinweis?«

Kalkbrenner musste lächeln. »Die Polizei hat achthundert Hinweise aus der Bevölkerung erhalten.«

Jessy legte ihren Kopf schief. »Und das ist zum Lachen?«

»Nun ja, es ist unglaublich, was für Spinnereien sich die Leute ausdenken.«

Sie betrachtete ihren Vater lange, unfähig, den fragenden Ausdruck in ihrem Gesicht durch einen anderen zu ersetzen.

»Ein Mann hat per Mail behauptet, den Aufenthaltsort von Manuel zu kennen«, sagte Kalkbrenner. »Aber für die Information verlangte er zwei Millionen Euro.«

»Da fehlen mir glatt die Worte.«

»Warte, bis du das hier gehört hast: Eine Frau erklärte, Manuel befände sich in ihrer Wohnung und wäre in Wahrheit ihr Sohn.«

Jessys Mund stand nun sperrangelweit offen.

»Ein anonymer Anrufer meinte wiederum, Manuel würde bereits seit fünf Jahren mittels geheimer Psi-Kräfte Kontakt zu ihm aufnehmen. Er hat den Beamten versprochen, den Jungen beim nächsten Gespräch zur Rückkehr zu bewegen.«

Jetzt zeigte auch Jessy Anzeichen von Erheiterung.

»Aber den Vogel abgeschossen haben ein paar Kids, die sagten, sie wüssten, dass Manuel am Montag wieder zur Schule kommen und Amok laufen würde, wenn die Weihnachtsferien nicht sofort um zwei Wochen verlängert würden.«

Jessy kicherte.

Als sie sich wieder gefasst hatte, fragte er: »Aber warum bist du eigentlich gekommen? Doch nicht nur, weil du Licht gesehen hast, oder?«

»Nein, ich wollte einfach noch mal mit dir reden.«

»Wieso?« Heute war Samstag und immerhin der zweite Tag in Folge, dass sie bei ihm auf dem Sofa saß. »Ist was mit dir und Leif?«

»Nein, nichts, ich meine, nichts Wichtiges.«

»Jessy, du sollst nicht denken, dass du, nur weil mich dieser Fall beschäftigt, nicht mit mir über …«

»Ach, Paps, wirklich, es ist nichts. Ich war in der Gegend und wollte nur mit dir quatschen.«

Sie lächelte. Es war ein aufrichtiges Lächeln. *Nur mit dir quatschen*. Er atmete tief durch und akzeptierte es. So wie seine Tochter ihn endlich wieder zu akzeptieren schien. Wie schnell sich manche Dinge änderten, zum Guten wie zum Schlechten. *Er war doch noch vorgestern bei mir.* Er schob den Gedanken beiseite und fühlte sich befreiter. *Mit einem Lachen lässt sich vieles leichter ertragen*. Vielleicht würde er in dieser Nacht ja doch noch etwas Schlaf bekommen.

Durch den kleinen Schlitz der Jalousie stahl sich gelbes Laternenlicht. In dem schmalen Streifen, der das Zimmer durchkreuzte, wirbelten kleine Staubpartikel umher. In lähmender Langsamkeit fielen sie zu Boden, als kämpften sie sich durch die dicke Luft. Allein dabei zuzusehen kostete Kraft. Aber als sie auf dem Schrank landeten, dem Schreibtisch, dem Bett, der Decke und schließlich auch noch auf Annas Brust und die Abertausende klitzekleiner Flocken sich dort zu einem flächigen Teppich vereinten, raubte ihr Gewicht Anna fast den Atem. Ihre Knochen drohten zu brechen und ihre Gedärme zu platzen.

Sie schnappte hektisch nach Luft, und der Schmerz breitete sich unvermittelt in ihrer Magengegend aus. Ihre Blase verlangte nach Entleerung, aber Anna wollte sich nicht bewegen, nicht aufstehen, nicht aus dem Zimmer gehen.

Eine ganze Weile gelang es ihr, das Bedürfnis zu verdrängen. Sie klammerte sich an einen Teddybären, der irgendwie seinen Weg in ihre Arme gefunden hatte. Sie schaukelte ihn wie ein kleines Baby, das es zu beruhigen galt, aber in Wahrheit war er es, der ihr Trost spendete.

Schließlich wurde das drängende Gefühl schier übermächtig. Sie hatte Angst, es würde sie zerreißen, also mühte sie sich von der Matratze, ohne von dem Teddybären abzulassen. Sie drückte ihn an ihre Brust und lief ins Bad.

Es klopfte an der Badtür. Das Pochen schien wie aus einem anderen Universum zu kommen. »Anna, ist alles in Ordnung?«

Sie betätigte die Spülung.

»Möchtest du duschen?«

Sie schüttelte den Kopf.

»Soll ich dir frische Klamotten bringen?«

Sie lauschte in die Stille der Wohnung. Offenbar stand Alan vor der Tür in der Diele und tat genau das Gleiche. Am Waschbecken stach ihr Manuels grüne Zahnbürste ins Auge und traf ihr Herz. Anna musste wieder in sein Zimmer, anders würde sie es nicht aushalten. Im Flur, den Alan anscheinend schon wieder verlassen hatte, bohrte sich ein spitzer Gegenstand in ihre Fußsohle. Der Schmerz war so überraschend, dass sie stolperte und auf die Knie fiel. Der Teddybär purzelte ihr aus den Händen und zu Boden.

Eine fingernagelgroße Plastikfigur hatte sich in ihren Fuß gebohrt. Es war ein ganz in Grün gekleideter Soldat, der mit seinem Gewehr im Anschlag auf ein imaginäres Ziel feuerte. Anna sah sich um. In den Teppichfasern unter der Garderobe gingen drei, vier weitere dieser Kämpfer in Deckung. *Manuel und seine Unordnung.*

Sie nahm den Soldaten, in den sie getreten war, in die Hand und umschloss ihn liebevoll mit ihren Fingern. Dann packte sie den Teddybären und humpelte zurück zum Bett ihres Sohnes. Kaum hatte sie sich hingelegt, setzte sie sich wieder auf. Irgendetwas stimmte nicht. Sie presste den Teddybären eng an sich und tapste zurück in den Flur.

Es fiel ihr schwer, einen klaren Gedanken zu fassen, aber sie musste sich jetzt konzentrieren. »Alan, hier liegen Soldaten.«

Aus der Küche brummte ihr Mann etwas Unverständliches.

»Hast du gerade ›Scheiße‹ gesagt?«

Eine Zeitung raschelte. »Nein, ich sagte: Weiß nicht.«

»Sind die Figuren von dir?«

Das Klappern der Garderobenbügel, an denen sie rüttelte, übertönte Alans Antwort. Aus seiner Winterjacke fiel ein weiterer Satz winziger Plastikmännchen zu Boden. »Alan?«

»Was soll ich denn mit Soldaten wollen? Sie gehören bestimmt Manuel.«

Anna hob die Figuren vom Boden auf und legte sie auf den Küchentisch. »Die waren aber in deiner Tasche.«

»Dann hat sie Manuel wahrscheinlich letzte Woche hineingetan, als er bei mir war.«

»Aber Manuel hatte solche Figuren nicht. Er mochte keine Soldaten. Er stand auf die Simpsons.«

Alan faltete die Zeitung. »Bist du dir da sicher?«

Wie versteinert stand Anna auf den Fliesen. Ihre nackten Füße waren kalt. »Was ... willst ... du ... damit ... sagen?«

»Na ja, ich meine, du wusstest ja auch nichts davon, dass er ...«

»... heimlich durch die Stadt strolcht? Ist es das, was du mir vorwerfen willst?«

»Nein, Anna, ich will dir gar nichts vorwerfen. Das ist doch alles Blödsinn.« Alan erhob sich und füllte die Kaffeemaschine mit Wasser auf. »Die letzten Tage waren für uns beide anstrengend. Nicht nur für dich. Da rutschen einem schnell Dinge heraus, die man eigentlich nicht so meint. Es tut mir leid.«

Anna wusste, dass sie sich in den zurückliegenden Tagen mehr als einmal nicht hatte beherrschen können, aber in dieser Sekunde ging es nicht um einen Konflikt verzweifelter, aufgewühlter Seelen. Da war noch etwas anderes, etwas Unverständliches, und es bereitete Anna Angst. *Ganz viel Angst.* »Aber heute Morgen waren die Soldaten noch nicht in deiner Tasche. Es war die mit dem Loch. Weißt du?«

»Dann musst du sie wohl übersehen haben.«

Anna mochte zwar niedergeschlagen und durcheinander vor lauter Trauer sein, aber daran, dass die Tasche leer gewesen war, konnte sie sich noch ganz genau erinnern. »Alan, warum belügst du mich?«

Ihr Mann maß das Kaffeepulver ab. Als er fertig war, klappte er den Deckel auf die Maschine, die sofort blubbernd das Wasser aufzukochen begann. »Ich belüge dich nicht.«

Das tust du wohl! Als könnte der Teddybär sie wie ein Schutzschild vor der hässlichen Wahrheit schützen, drückte sie ihn fest an ihre Brust. »Woher wusstest du am Donnerstagabend, dass Manuel verschwunden ist?«

»Das hast du am Telefon gesagt.«

»Nein, das habe ich nicht!«, schrie Anna. »Aber du, du hast Beruhigungsmittel für Kinder bei dir. Und fremdes Spielzeug in deiner Tasche. Du verheimlichst mir doch etwas. Was soll das alles?«

»Was willst du mir unterstellen?«

»Hast du etwas mit Manuels Verschwinden zu tun? Mit seinem …?«

Anna glaubte, ein entlarvendes Lächeln im Gesicht ihres Mannes zu erkennen, und die Vermutung wurde zur schockierenden Gewissheit. »Du warst es!«

So unverhohlen abschätzig er in diesem Moment auf sie herabblickte, so klar und eindeutig fügten sich die Dinge, die bisher unverständlich geblieben waren, für Anna zusammen. Plötzlich schmeckte sie Galle. Tränen trübten ihre Augen.

Durch einen Nebelschleier sah sie, wie Alan seine Hände nach ihr ausstreckte. »Anna, ich werde dich …«

Sie schleuderte den Teddybären in seine verlogene Visage, aber mit einer schnellen Handbewegung wischte er das Stofftier beiseite. Anna stolperte in die Diele und floh in den erstbesten Raum. Im Badezimmer verriegelte sie von innen die Tür. Alan stand auf dem Flur und hämmerte wütend gegen das schwere Holz, während er wie ein Irrer brüllte.

Benommen sank Anna auf die Fliesen. Der Raum um sie herum verschwamm vor ihren Augen. *Das ist doch alles nicht wahr!* Verzweifelt blinzelte sie in den Schein der Badezimmerleuchte. *Licht bedeutet Hoffnung.* Aber ihre Hoffnung war erloschen. Alles ergab plötzlich einen Sinn. *Doch was bringt das jetzt noch?* So viel Schrecken. So viel Leid. Es war mehr, als Anna ertragen konnte.

Sie wankte zum Schränkchen über dem Waschbecken. Aus der kleinen Schublade wühlte sie Aspirin, Beruhigungsmittel und andere Medikamente hervor. Aus einem Röhrchen kippte sie die Tabletten in ihre Handfläche, warf sie sich in den Mund und hielt anschließend den Kopf unter den Wasserhahn. Gierig trank sie. Schluckte noch mehr Tabletten. Und noch mehr Wasser. Bis keine Pillen mehr übrig waren.

Sie betrachtete sich im Spiegel. Ihr Gesicht war verzerrt, glich vielmehr einer zornigen Fratze, die sie anklagte: *Du bist schuld!* Weil Anna das Offensichtliche nicht erkannt hatte. *Weil du nur mit dir selbst beschäftigt warst*. Wie immer. Von Anfang an. *Mein Manuel, mein Schatz. Mit dir hat es den Falschen erwischt*. Sie schaute noch einmal auf das Tablettenröhrchen. *Diesmal kommt der Tod zur Richtigen.*

Schweiß brach ihr aus. Dann raste mit höllischer Geschwindigkeit eine Nebelwand heran, der Dunkelheit folgte. Und Stille. Und endlich Frieden.

Berliner Morgenpost, Sonntag, 15. Januar

Identifizierte Kinderleiche

Manuel (10) wurde ermordet

Berlin. In einem Teich im Ortsteil Schmargendorf wurde die Leiche des vermissten Manuel gefunden. Der Zehnjährige wurde ermordet. Details zur Tat will die Polizei noch nicht bekannt geben.

Manuel sei einem Gewaltverbrechen zum Opfer gefallen, so der Leitende Oberstaatsanwalt Jürgen Heindl. Die Ergebnisse der Obduktion lägen noch nicht vor und könnten auch später aus ermittlungstaktischen Gründen nicht veröffentlicht werden. Jürgen Heindl betonte: »Es geht uns jetzt primär darum, den Täter dingfest zu machen und zur Verantwortung zu ziehen.«

Gemeinsam mit dem Polizeipräsidenten Hartmut Diesel bat er um Verständnis, dass die Polizei nicht alle ihr bekannten Details zu der Tat veröffentlichen könne, da dies die Suche nach dem Täter erschweren würde. Das betreffe auch die Todesart, den Todeszeitpunkt und die Frage, ob der Junge sexuell missbraucht oder vergewaltigt wurde. Jürgen Heindl fügte hinzu: »Wir möchten kein Täterwissen bekannt geben, solange er noch frei herumläuft.«

107

»Du bist zu früh dran!« Ludwig scheuchte Tabori mit einem wirbelnden Handtuch spielerisch aus der Küche. »Ich bin noch nicht fertig.«

Kichernd blieb Tabori in der Diele stehen.

»Was gibt es da zu lachen?«

»Du … lustig«, sagte Tabori und deutete auf die Küchenschürze, die sich Ludwig umgebunden hatte. Auf ihr tummelten sich knallgelbe Enten.

Ludwig nahm die Schürze ab und hängte sie am Griff vor dem Backofenfenster auf. »Habe ich dich geweckt?«

»Nein. Ich … helfe Frühstück.«

»Das wirst du nicht! Du wartest!« Schnell verteilte Ludwig Teller, Messer und Gabeln auf dem Tisch. Anschließend öffnete er den Ofen und balancierte mit zwei Topflappen eine dampfende Kuchenform auf die Anrichte.

Mit wachsender Begeisterung sah Tabori, wie Ludwig Schokoladenglasur über den dunkelbraunen Kuchen strich, Kerzen in den Teig steckte und sie entzündete. »Lieber Tabori, herzlichen Glückwunsch und alles Gute zum Geburtstag!«

Tabori war sprachlos. Ludwig hatte tatsächlich an seinen Geburtstag gedacht!

»Ich habe dir einen Schokoladenkuchen gebacken. Den magst du doch besonders gerne, oder?«

Der Kuchen war zwar nicht ganz rund geraten, und die Glasur war an manchen Stellen nicht ganz deckend, trotzdem war es für Tabori der tollste Kuchen der Welt. Ganz bestimmt würde er richtig lecker sein.

»Magst du ihn nicht probieren?«, fragte Ludwig.

Einen Wimpernschlag später saß Tabori auf einem Stuhl am Küchentisch.

»Bevor du isst, musst du die Kerzen auspusten und dir etwas wünschen.«

»Auspusten?«

Ludwig blähte erklärend seine Wangen auf. Tabori brauchte zwei Anläufe, um alle Kerzen zu löschen. Erst danach schaufelte ihm Ludwig ein Stück Kuchen auf den Teller.

Allein der Duft nach Schokolade – Tabori konnte es immer noch nicht fassen. Wann hatte er das letzte Mal ein Stück frischen, noch warmen Kuchen gegessen? Und obendrein noch an seinem Geburtstag? Hätte er einen Wunsch frei gehabt, so hätte er sich jetzt seine Mutter, Mickael, Gentiana, Florim und Ryon herbeigewünscht. Ja, sogar Aidan, denn Aidan war in der letzten Woche doch wie ein großer Bruder zu ihm gewesen. Tabori wollte den Kuchen mit all seinen Freunden teilen, denn er schmeckte so wunderbar. Er nahm ein zweites Stück in Angriff.

Als er es zur Hälfte geschafft hatte und kurz innehielt, sagte Ludwig: »Leider habe ich kein Geschenk mehr für dich kaufen können.«

»Geschenk egal!«, beteuerte Tabori, und es war ihm ernst damit. Schon jetzt war der heutige Geburtstag der schönste seit Jahren. »Kuchen ist Geschenk.«

»Das ehrt mich und meine Backkünste.« Ludwig kratzte etwas von der Schokoglasur mit dem Finger ab und steckte ihn in den Mund. »Aber ich habe trotzdem eine Überraschung für dich. Sie ist sogar noch besser als der Kuchen.«

»Kann aber nicht besser sein.«

»Na gut, wenn dir der Kuchen Freude genug ist, dann«, Ludwig machte sich betont langsam daran, die Küche zu verlassen, »behalte ich die Überraschung eben für mich. Kein Problem.«

Das konnte doch nicht sein Ernst sein?

»Oder möchtest du wissen, was das für eine Überraschung ist?«

Was für eine Frage! »Bitte, ja.«

Schelmisch grinsend setzte Ludwig sich zurück an den Tisch. »Na gut. Heute Mittag fahren wir beide in die Stadt und treffen uns mit Georg. Ich habe dir schon von ihm erzählt, weißt du noch? Vorhin hat er angerufen und gesagt, er weiß vielleicht, wo Ryon ist.«

Die Nachricht war tatsächlich die beste Geburtstagsüberraschung, die Tabori sich vorstellen konnte.

108

Paul Kalkbrenner bewegte sich mit gleichbleibender Geschwindigkeit durch den Schnee. Seine Beine fanden einen eigenen Rhythmus, der Körper trieb wie in Trance dahin. Beim Joggen vergaß er die Ereignisse der letzten Tage: Peglar, Fielmeister, Radomski, tote Prostituierte, Manuel – alle waren sie weit weg. Er dachte an nichts. Einfach an nichts.

Nur ab und zu schaute er nach Bernie. Der Vierbeiner trabte freudig neben ihm her, hob zwischenzeitlich das Hinterbein an einem Busch, sprintete dann aber wieder los und holte auf. Kalkbrenner liebte die Leere in seinen Gedanken. Ein viel zu seltener Moment – der leider viel zu schnell ein Ende fand.

Frau Stephan fing sie im Innenhof ab. »Eenen schönen Sonntach och, Herr Kalkbrenner, jeht's Ihnen jut?«

Ungeachtet der zweistelligen Minustemperaturen trug die Hauswartin wieder ihren dünnen Kittel, unter dem der Saum eines Spitzenrocks hervorlugte. Wahrscheinlich sollten die weißen Tennissocken ihre Füße in den silbernen Pantöffelchen vor der Kälte schützen.

»Guten Morgen«, grüßte er verschwitzt und außer Atem zurück. Von der Aussicht auf einen erzwungenen Schwatz war er nur wenig begeistert. Ohne stehen zu bleiben, ging er auf die Eingangstür des Hinterhauses zu und spürte, wie sich der enttäuschte Blick der alten Dame in seinen Rücken bohrte. Glücklicherweise trat in diesem Moment aus dem Nachbarhaus eine weitere Chance auf sonntäglichen Plausch. »Eenen schönen Sonntach och, Herr Meier, jeht's Ihnen jut?«

Kalkbrenner drehte sich um. »Sie sind Herr Meier?«

»Der bin ich, und Sie?«, fragte ein hemdsärmeliger, langhaariger Mittvierziger in übergroßer Latzhose und mit Holzschuhen an den nackten Füßen.

»Ich bin Paul Kalkbrenner. Ich habe die Wohnung unter Ihnen.«

»Wie? Unter mir? Da wohnt doch Frau Stephan.«

»Ich meine, unter Ihrer Dachterrasse«, präzisierte Kalkbrenner.

»In der Dritten«, fügte Frau Stephan diensteifrig hinzu. »In der Wohnung von Herrn Stadlmeister.«

»Das ist doch Ihre Dachterrasse, oder?«

»Ja, die gehört mir.« Meier strich sich versonnen durch das lange Haar. »Aber wieso fragen Sie?«

Auf Kalkbrenner wirkte das Achtundsechziger-Fossil nicht gerade sympathisch. »Die Maklerin hat mir nichts von einer Dachterrasse gesagt.«

»Nicht? Hätte sie denn?«

»Ja, hätte sie denn?«, wiederholte Frau Stephan.

»Nun«, sagte Kalkbrenner. »Sie hat mir versprochen, dass es in meiner Wohnung ruhig ist.«

»Ist es denn nicht?«

»Nein, ist es nicht. Es ist laut. Und zwar ziemlich laut.«

»Warum?«

»Warum?«, echote die Hauswartin.

»Morgen!«, vernahm Kalkbrenner plötzlich eine weibliche Stimme aus der Durchfahrt zum Innenhof. Es war Sera Muth.

Mit einem Kopfnicken bat er die Kollegin um etwas Geduld. »Das weiß ich auch nicht. Deshalb frage ich Sie: Was machen Sie auf Ihrer Dachterrasse?«

»Ja, ich mache … Also, da ist mein Atelier.«

»Ja, det Atelier. Hab ick schon jesacht«, warf Frau Stephan ein.

»Und was kracht dort so?«, wollte Kalkbrenner wissen.

»Es kracht?«

»Ja, es rumst, sodass in meiner Wohnung alles wackelt.«

»Is' nich' wahr?«, staunte Frau Stephan.

»Dazu kann ich allerdings nichts sagen«, antwortete Meier.

»Aber ich. Es klingt wie …« *Ja, wie klingt es eigentlich?* Was zum Teufel tat er hier überhaupt? Die Kälte kroch durch Kalkbrenners durchnässte Klamotten in seine Knochen, es drängte ihn unter die heiße Dusche, in frische Kleider, auf die Arbeit, zu den trauernden Eltern, einem ermordeten Kind. *Und du regst dich über Lärm auf* … »… wie eine Tür, die mit voller Wucht zugeschlagen wird.«

»Ach so, ja, das ist die Schiffertür. Die habe ich mir ins Atelier bauen lassen, mit Bullauge und dem ganzen Kram. Die ist ziemlich massiv.« Meier kratzte sich an der Stirn. »Aber der Herr Stadlmeister hat sich nie darüber beschwert.«

»Ach, wirklich?«, grollte Kalkbrenner mit erhobener Stimme, und seine beiden Nachbarn zuckten zurück. »Das ist auch kein Wunder, denn der Herr Fielmeister …«

»Stadlmeister!«, korrigierte Muth lächelnd.

»Herr Stadlmeister war als Geschäftsmann oft unterwegs. Er musste sich also auch nicht beschweren, weil er gar nichts davon mitbekommen hat.«

»Hat er nicht?«

»Nein. Leuchtet Ihnen das ein?«

»Äh …«

»Also, Herr Meier, um das hier endlich zu Ende zu bringen: Wäre es möglich, dass Sie Ihre Schiffertür in Zukunft etwas leiser schließen? Ginge das?«

Zögerlich nickte der Hippie. »Ja, das ginge wahrscheinlich schon.«

»Und könnten Sie auch bitte keine Holzschuhe mehr tragen, wenn Sie sich dort oben über mir aufhalten?«

Meier schaute an sich hinab und legte die Stirn in erstaunte Falten, als entdeckte er zum ersten Mal die klobigen Schuhe an seinen Füßen. »Äh, ja, natürlich.«

»Wunderbar«, befand Kalkbrenner. »Dann sind wir uns ja einig. Vielen Dank.«

Auf der Treppe zu Kalkbrenners Wohnung wollte Muth wissen: »Was gibt's denn?«

»Ab sofort nur noch Ruhe.«

Noch immer erzürnt setzte er türkischen Kaffee auf. Anschließend duschte er sich mit heißem Wasser den Schweiß und die Wut vom Leib. Unter dem Strahl, der auf seinen Rücken pladderte, fragte er sich, auf wen er eigentlich so einen Groll verspürte. Auf die Maklerin? Seinen Übermieter Meier? Oder auf Dr. Salm, der ihm einen neuen Fall zugeteilt hatte? Oder auf den brutalen Kinderschänder?

Wenn ich mir vorstelle, dass so etwas mit meinem Kind passiert. Er wollte sich das gar nicht ausmalen. Es reichte ihm schon, dass er jeden Tag mit dem Tod von seiner Mutter rechnen musste. Auch deshalb war er wütend – auf sich selbst und seine Unfähigkeit, etwas gegen den schleichenden Verfall von Käthe Maria ausrichten zu können. Der Verstand, die Gesundheit, die Lebenskraft waren ihr zwar geraubt worden, aber es existierte kein Verbrecher, den er dafür zur Rechenschaft ziehen konnte. Es war der natürliche Zerfall, der jeden Menschen ereilte: das Alter. Immer das Gleiche: Wenn es um sein Privatleben ging, versagte er kläglich. *Aber halt, das stimmt ja nicht!*

Als er angekleidet mit zwei Tassen Kaffee ins Wohnzimmer trat, fand er seine Kollegin vor dem Ölbild stehend vor. »Bist du das?«

»Ja, mit meiner Tochter auf dem Arm, kurz nach ihrer Geburt.«

»Das ist ein schönes Bild. Wer hat es gemalt?«

»Jessy.« Er betrachtete die Farben. »Es erinnert mich immer wieder daran, wie talentiert sie ist, wie vernünftig, zielstrebig, klug – und mittlerweile auch erwachsen. Es zeigt mir, dass ich als Vater nicht auf der ganzen Linie versagt habe.«

Sein Handy sirrte. Es war Rita. Sie berichtete von einer Anruferin, die sich vor wenigen Minuten über die Soko-Hotline gemeldet hatte. »Sie arbeitet als Verkäuferin in einem Steglitzer *Saturn*-Markt, in dem sich Manuel wohl am Donnerstag aufgehalten hat, kurz bevor er verschwand.«

Im Atelier über ihm rumpelte es. Bernie kläffte erbost. »Und das ist ihr erst heute Morgen eingefallen?«

»Sie sagte, sie seit Freitag unterwegs gewesen. Discos, Berliner Nachtleben und so. Heute beim Frühstück habe sie dann die Fernsehnachrichten gesehen und Manuel erkannt.«

»Und es ist auszuschließen, dass es sich dabei um eine Verwechslung handelt?«

»Sie sagte, Manuel habe mit anderen Jugendlichen an den Konsolen *Street Soccer* gespielt.«

»Danke, Rita, wir werden uns drum kümmern.« Er legte auf.

Schon wieder rumste es. Kalkbrenner verdrehte leidend seine Augen.

»Die Schiffertür?«, fragte Muth.

»Die ich dem Hippie irgendwann noch um die Ohren hauen werde«, zischte Kalkbrenner. »Und der Hausverwaltung gleich mit!«

»Klingt ziemlich laut, aber es gibt Schlimmeres«, lächelte Muth.

Womit du nicht unrecht hast. Kalkbrenner tätschelte dem fiependen Bernhardiner die Flanke. »Komm, Sera, lass uns fahren.«

109

Eine Stimme drang an sein Ohr: »Schauen wir uns doch mal oben um.«

Harald Sackowitz schrak aus dem Halbschlaf empor. *Sie haben mich gefunden!* Von einem zähen Widerstand wurde er zurück auf die verschimmelte Matratze gedrückt. Die Decke, in die er sich eingewickelt hatte, schlang sich wie eine übergroße Fessel um seinen Körper. Geknebelt und seinem Schicksal ausgeliefert durch eigenes Verschulden. *Verdammt!*

Doch es war nicht die Polizei, die das Schlafzimmer stürmte, sondern Kurt Hirschmann, der Eigentümer und Sackowitz' Kollege beim *Kurier*. »Hardy? Was machst du denn hier?«

Erleichtert blinzelte Sackowitz zum Fenster. Draußen war es hell. »Wie spät ist es?«

»Hast du die Scheibe unten zerschlagen?«

»Ja, aber wie spät haben wir es?«

»Kurz vor elf.«

»Was? Schon so spät?« Sackowitz befreite sich umständlich von der Decke. Erst jetzt nahm er Notiz von dem Pärchen, das hinter Hirschmann stand. Die junge Frau trug ein grelles Pepita-Kostüm, er hatte einen Zweireiher an, dessen Hosenaufschläge den Staub sammelten. Aus den Blicken der beiden sprach irgendetwas zwischen Erheiterung und Abscheu.

»Was hast du hier zu suchen?«, fragte Hirschmann.

»Ich habe geschlafen.«

»Hast du wieder … gesoffen?«

Warum fragte ihn eigentlich jeder nach seinen längst überwundenen Alkoholproblemen? Würde er dieses Stigma denn niemals loswerden? »So ein Blödsinn!«

»Und warum pennst du dann nicht in deinem Haus?« Hirschmann ließ ihn nicht aus den Augen. »Da besitzt du einen Schlüssel und hättest keine Scheiben zu zerdeppern brauchen.«

»Tut mir leid. Es ging nicht anders.«

»Wie? Und mehr hast du mir dazu nicht zu sagen?«

»Ich erklär's dir ein andermal. Versprochen!« Sackowitz streckte sich. Seine Gelenke und Muskeln rebellierten vor Schmerz. In seinem Brustkorb drückte es unangenehm. Wenn er diese Sache überstanden hatte, würde er sich und sein Herz erst einmal von seinem Arzt auf den Prüfstand stellen lassen. »Und was ist mit dir? Was treibt dich an einem Sonntag in deine Bruchbude?«

Hirschmann deutete mit einer Kopfbewegung auf das Pärchen, das immer noch wie angewurzelt unterm Türsturz verharrte. »Das ist der Freund meines Schwagers. Er ist Gutachter. Ich habe dir von ihm erzählt.«

Sackowitz nickte und schaute wieder aus dem Fenster. Wie angekündigt war über Nacht weiterer Schnee gefallen, und der Winterdienst hatte es bisher wohl nicht ins Neubauviertel geschafft. Wozu denn auch? Es wohnte ja kaum noch jemand hier. »Ich erinnere mich.«

»Ich habe dir sogar gesagt, dass wir uns heute das Haus anschauen.«

»Nein, davon weiß ich nichts.«

»Ich habe dir eine Nachricht auf der Mailbox hinterlassen.«

Die ich nach der Hälfte gelöscht habe. »Stimmt.«

»Hast du deswegen hier übernachtet?«

»Nein«, antwortete Sackowitz und klopfte seine Klamotten aus. Ein modriger Geruch entwich dem Stoff.

Hirschmann rümpfte die Nase. »Also sollen wir uns dein Haus nicht ansehen?«

»Nein, heute nicht.«

»Wann denn dann?«

»Morgen vielleicht?«, meinte Sackowitz fragend. Morgen war die Story bestimmt schon geschrieben, das Lob von Bodkema eingeheimst, die Beweise bei der Polizei und Karin besänftigt. »Ja, morgen müsste dafür ein guter Tag sein. Ich geh dann mal.«

Vorsichtig setzte Sackowitz den Polo rückwärts die vereiste Auffahrt hinunter. Im Schneckentempo schlich er durch die Straßen und hielt nach einer Telefonzelle Ausschau. Doch öffentliche Fernsprecher waren inzwischen dank des eisernen Telekom-Sparkurses anscheinend Mangelware geworden. Als er endlich ein magentafarbenes Häuschen am Straßenrand entdeckte, war ein Gespräch nur mit Telefonkarte möglich. Er erwarb eine solche mit 20 Euro Guthaben an der nächsten Tankstelle, fuhr zurück und kontaktierte Christian, auf dessen Mailbox er wie vereinbart sein Kommen ankündigte.

Eine Viertelstunde später stand er vor dem Haus in der Oranienstraße. Diesmal betätigte Sackowitz den Klingelknopf nur kurz, denn er wollte Anton, der verschnupften Strumpfbandnatter, keine Furcht einjagen. Weil Christian nicht reagierte, sah sich der Journalist gezwungen, seine gerade entdeckte Tierliebe hintanzustellen, und klingelte erneut. Nichts passierte. Nur der Himmel öffnete seine Schleusen und ließ fiesen Schneeregen auf Sackowitz herabfallen.

Er beeilte sich, in der *Morena*-Bar gegenüber ein trockenes Plätzchen zu finden. Die Eckkneipe am Spreewaldplatz, direkt gegenüber dem Görlitzer Park, war in ihrer typischen Kreuzberger Stillosigkeit schon wieder faszinierend. Nicht nur das Ambiente war zünftig und neomodern, auch die Musik war es, die aus Lautsprechern plärrte.

Die Thekenkraft, eine übermüdete Studentin, wusste mit dem Namen Christian nichts anzufangen. »Meinst du vielleicht den Chris?«

»Er ist groß, kurzes Haar, so ein Computerheini. Kommt jeden Morgen zum Frühstück zu euch.«

»Ja, das ist Chris. Aber heute war er noch nicht da.«

»Hat er vielleicht eine Nachricht für mich hinterlassen?«

»Wie soll er das denn gemacht haben, wenn er nicht da war?«

Sackowitz besuchte der Reihe nach den Inder an der Wiener Straße, den Marokkaner und den Argentinier an der Oranienstraße und schließlich auch noch den Spanier an der Skalitzer. Die Restaurants hatten gerade erst geöffnet, sodass sich nur vereinzelte erste Gäste an den Tischen verloren. In den umliegenden Imbissbuden deckten sich verpeilte Nachtgeschöpfe mit alkoholischem Proviant für die Party nach der Party ein. Aber auch hier hatte Sackowitz kein Glück: Von Christian fehlte jede Spur.

Von einer Telefonzelle am Görlitzer Bahnhof versuchte es der Reporter noch einmal bei dem Computerfreak. Während die U-Bahn auf den Hochgleisen ratterte, brüllte er auf den Anrufbeantworter: »Ich stehe gleich wieder vor deiner Tür und werde klingeln.«

Er ging die wenigen Meter bis zu Christians Haustür und zählte bis zehn. *Tut mir leid, Anton.* Dann läutete er Sturm. Ohne Ergebnis. *Verdammt, wo steckt er?*

Notgedrungen begab sich Sackowitz noch einmal zur Telefonzelle. Wenig überraschend war auch Heiko Richter nicht zu erreichen.

»Ich stehe hier vor der Tür deines Kumpels«, schimpfte Sackowitz auf dessen Mailbox. »Aber er öffnet mir nicht. Und ja, ich habe ihn vorher angerufen. Wir waren sogar verabredet. Es ist wichtig. Mehr als wichtig. Wo steckt er? Ruf mich …«, er unterbrach seinen wütenden Wortschwall, als er realisierte, dass Heiko sich bei ihm nicht melden konnte, wenn er das Handy ausgeschaltet hatte. »Ach was, vergiss es einfach, sieh lieber zu, dass du deinen Kumpel auftreibst. Er soll nach Hause kommen. Es ist wichtig!«

In der *Morena*-Bar suchte Sackowitz sich einen Fensterplatz mit Blick auf die Tür von Christians Wohnhaus und bestellte ein italienisches Frühstück. Schon wieder war er dazu verdammt zu warten.

110

Weil bis zum Treffen mit Georg noch etwas Zeit war, fuhr Ludwig mit Tabori auf den Fernsehturm am Alexanderplatz. Dichte Wolken hingen am Himmel, sodass sie leider nur in eine trübe Wintersuppe blicken konnten. Ludwig spendierte einen heißen Kakao in dem sich über Berlin drehenden Restaurant, bevor der Fahrstuhl sie wieder zurück auf die Erde brachte, wo starker Eisregen die Straßen und Gehwege in tückische Rutschbahnen verwandelte.

Zum Glück war verkaufsoffener Sonntag. Gemeinsam streiften sie durch das *Alexa*, den gigantischen Einkaufstempel. In einem der Schaufenster fand Tabori das Kapuzenshirt mit dem leuchtenden *Berlin*-Aufdruck wieder und blieb stehen.

»Gefällt es dir?«, fragte Ludwig.

»Ja, sehr. Aber …«

»Willst du es haben?« Ohne seine Antwort abzuwarten, schleifte er Tabori zu den Umkleidekabinen.

Der Junge bestaunte sich im Spiegel. Mit dem Kapuzenshirt schaute er anders aus als sonst – viel cooler und flippiger. Er drehte sich zu Ludwig um, der zu Taboris Überraschung das gleiche Oberteil angezogen hatte. »Und? Gehen wir jetzt im Partnerlook?«

»Partnerlook?«

»Ludwig und Tabori. Das gleiche Shirt. Wie zwei gute Freunde.«

»Ja«, stimmte Tabori freudestrahlend zu. »Wie gute Freunde.«

»Also, kaufen wir sie uns!«

Der Rap-Song über ihren Köpfen verklang. Für wenige Sekunden drangen nur die Gespräche der Leute um sie herum zu ihnen, dann kündigte ein stampfender Bass das nächste Lied an. Tabori war kaum zu verstehen, als er ernst sagte: »Das sehr teuer.«

»Na und? Wenn es uns doch gefällt.«

»Ich will aber nicht.«

»Ist es wegen Aidan?«

»Nein, wieso Aidan?«

»Was hat Aidan zu dir gesagt?«

»Er nichts gesagt.«

»Außer Homo, oder? Und du weißt wirklich nicht, was es bedeutet?« Auch Ludwigs Stimme klang auf einmal sehr ernst, seine Heiterkeit war verflogen. »Du kannst es mir ruhig sagen. Ich bin dir nicht böse.«

Aber Tabori hatte keinen blassen Schimmer, worauf er hinauswollte. Ludwig streckte den Arm aus und umfasste seine Finger. Seine Hand war groß und auch viel stärker als seine eigene, die darin fast verschwand. »Du würdest mich nicht anlügen, oder?«

Der Tonfall machte Tabori Angst. Zum Glück erlöste ihn die Verkäuferin von der unangenehmen Situation. »Gefällt Ihrem Sohn das Cap-Shirt nicht?«

Schnell ließ Ludwig Taboris Hand los. »Doch, sehr sogar.«

»Und gefällt es Ihnen auch?«

»Auf jeden Fall. Wir nehmen beide.«

Ludwig bezahlte, und Tabori durfte die Tüte tragen, während sie durch den Regen zu *McDonald's* hasteten. Bei Cola, Burger und Pommes lachte Ludwig schon wieder: »Hast du das gehört? Die Verkäuferin dachte, du wärst mein Sohn.«

Der neuerliche Stimmungswechsel verunsicherte Tabori. »Was war mit dir?«

»Es ist nichts. Aber es tut mir leid, wenn ich dich erschreckt habe«, sagte Ludwig. »Das war nicht meine Absicht. Ich will nur nett zu dir sein.« Seine Finger umschlossen erneut Taboris Hand, doch diesmal war die Berührung sanft. »Du erinnerst mich an meinen Sohn. Nein, das stimmt nicht: Du bist in den wenigen Tagen wie ein Sohn für mich geworden. Und manchmal erschreckt mich das.«

Tabori verstand teilweise. Ihm erging es nicht viel anders. Ludwig war für ihn wie der Vater, den er nie besessen hatte. Aber warum sollte ihn das erschrecken? Eigentlich war es doch ein schönes Gefühl. Er wollte das gerade Ludwig sagen, als dieser zur Straße zeigte. »Sieh mal!«

Trotz des Regens herrschte auf dem Alex ein anhaltendes Gedränge aus Passanten, Touristen, Wursthändlern und Blumenverkäufern. In der Mitte des Platzes waren Holzbuden aufgebaut, an denen es Schmuck, Düfte und gebrannte Mandeln zu kaufen gab. Tabori konnte nicht erkennen, auf wen oder was Ludwig deutete.

»Da ist Georg. Ich habe dir schon von ihm erzählt.«

Taboris Herzschlag beschleunigte sich.

Ludwig winkte einem Mann zu, der trotz des Wetters eine Sonnenbrille trug und gerade das Fast-Food-Restaurant betrat. Durch die Tür folgten ihm drei Jugendliche, mit denen er einige Worte wechselte. Tabori konnte Ryon nicht erkennen. Die Gesichter der Jungen wurden vom Schatten der Kapuzen ihrer gesteppten Anoraks verborgen.

Tabori hielt die Luft an.

111

»Hi, ich bin Nicole.« Die Zeugin, die Manuel erkannt haben wollte, linste unter ihrer zotteligen schwarzen Mähne hervor. Die Augenlider hingen auf halb acht, anscheinend hatte sie das Partywochenende noch nicht ganz verdaut. Auch die Unlust, an einem verkaufsoffenen Sonntag in dem Elektromarkt Dienst schieben zu müssen, war ihr anzumerken. Daran konnte wohl nicht einmal die Anwesenheit ihres Freundes etwas ändern, ein schmächtiger Jüngling mit Rastalocken und pickeligen Wangen. Er hielt ihre Hüfte wie einen Rettungsring umklammert, der ihn vor dem Ertrinken bewahren sollte.

Kalkbrenner zeigte den beiden Teenagern Manuels Foto. »Ihr habt also diesen Jungen am vergangenen Donnerstag hier gesehen?«

»Also, ich nicht«, betonte der Rastafreund übertrieben bemüht. »Ich arbeite ja dort drüben, bei den DVDs.«

Seine Freundin spielte nervös an dem Piercing herum, das ihre Unterlippe durchbohrte. »Nur ich hab ihn gesehen. Dahinten!« Kalkbrenner folgte ihrem Blick zu der Traube Jugendlicher, die sich um die Spielkonsolen scharte. Die Jungen mochten zwischen zehn und vierzehn Jahre alt sein.

»War Manuel alleine hier?«

»Nee, mit den anderen Kids.«

»Erkennst du einige von ihnen wieder?«

»Nee, die guck ich mir nie so genau an.«

»Aber an Manuel kannst du dich erinnern?«

»Ja. Er hat den Highscore geknackt«, sie verdrehte ihre Unterlippe mit dem Piercing, »und ich war zufällig in der Nähe.«

»Und er ist wirklich tot?«, fragte der Freund.

»Mhm.«

»So richtig ermordet?«

Nein, falsch ermordet, das ist auch nur halb so schlimm. Kalkbrenner nickte.

»Krass«, sagte Nicole.

Der Kommissar hatte Mühe, das, was ihm auf der Zunge lag, herunterzuschlucken. Wenn die beiden die letzten zwei Tage nicht gefeiert, sondern nur ein einziges Mal die Zeitung gelesen oder Nachrichten geguckt hätten, dann hätten sie sich früher gemeldet – und Manuel wäre möglicherweise noch am Leben. *Das ist krass!* Aber es wäre ungerecht gewesen, ihnen einen Vorwurf zu machen, also beherrschte sich Kalkbrenner.

»Du weißt also nicht, ob Manuel das erste Mal hier war?«, fragte Muth.

»Nee, keine Ahnung. Wie gesagt: Ich guck mir die Kids nie so genau an.«

»Aber sie sind öfter da?«

»Klar, aber vor allem, wenn es draußen kalt ist«, erklärte der Freund. »Dann kommen sie zum Zocken und bleiben auch ziemlich lange.«

»Wird die andere Kundschaft dadurch nicht belästigt?«

»Doch, manchmal schon.« Nicole schob den kleinen Finger durch den Piercingring, zog daran und entblößte ihr Zahnfleisch. »Und natürlich sieht der Chef das gar nicht gerne. Wenn es nach ihm ginge, sollten wir sie sofort aus dem Laden scheuchen.« Sie deutete auf den Filialleiter, einen großen, kahlköpfigen Mann mit dicken, wulstigen Lippen und unzähligen Falten auf der Stirn. »Aber die vertreiben sich doch nur die Zeit an den Konsolen, und nach ein, zwei Stunden sind sie dann auch wieder verschwunden. Sollen wir sie etwa in die Kälte scheuchen, nur weil ein paar Leute sich aufregen? Ich meine, die Konsolen sind ja dazu da.«

»Zum Spielen«, fügte der Rastafreund hinzu.

»Aber«, flüsterte Nicole, »sagen Sie das bloß nicht meinem Chef.«

Kalkbrenner versprach es. Während er zu den Spielkonsolen ging, wies er Muth an, sich später um die Vernehmung der Anwohner und der umliegenden Händler und Geschäftsleute zu kümmern. Darüber hinaus bat er sie, die Auswertung der Bilder der Überwachungskameras der Steglitzer U- und S-Bahn-Stationen vom vergangenen Donnerstag zu organisieren.

Vor den Bildschirmen der PlayStations vergnügten sich an diesem Vormittag ausnahmslos Jungen und ausnahmslos Ausländer. Die virtuellen Wettkämpfe schienen sie derart in ihren Bann zu ziehen, dass sie die beiden Beamten nicht bemerkten.

»Lass mich mit ihnen reden«, schlug Muth vor, als sie sich einem der Spieler näherte, der jetzt mit großen, mandelförmigen Augen zu ihr aufschaute. Sie zeigte ihm Manuels Foto. »Hast du diesen Jungen schon mal gesehen?«

Der Kleine stupste seinen Kumpel an. Muth zeigte auch diesem das Bild und wiederholte ihre Frage auf Türkisch, als sie keine Antwort bekam.

Kalkbrenners Mobiltelefon klingelte. Er griff in die Jackentasche, drückte das Gespräch weg, ohne auf die Nummer des Anrufers zu gucken.

Die Jungs wechselten zwei, drei Worte, eines davon war »Polizei«, und im nächsten Moment preschten sie auch schon in unterschiedliche Richtungen davon. Aus einem Reflex heraus schoss Kalkbrenners Hand nach vorne und bekam den kleineren der beiden Burschen gerade noch zu fassen, der zu schreien begann. Im Nu waren auch die anderen Jugendlichen alarmiert. Wie aufgescheuchte Hühner türmten sie zum Ausgang hinaus.

Auch der Junge, dessen Kragen Kalkbrenner noch immer festhielt, wand sich aus seiner Jacke und sprintete hinter seinen Kollegen her. Kalkbrenner folgte ihm.

Draußen regnete es. Auf dem Bürgersteig gefror das Wasser zu einer gefährlichen Eisfläche. Der Junge glitt aus, wurde aber von einem Mann aufgefangen. Sofort suchte der Jugendliche Schutz hinten dessen Beinen. Der Mann lächelte Kalkbrenner aus einem rotblonden Vollbart an. Hinter einer Nickelbrille blickten seine Augen beinahe amüsiert. »Das können Sie sich sparen.«

»Was?«

»Ich habe Sie gerade beobachtet.«

»Aha, interessant. Und wer sind Sie?«

»Werner Wolfsbach. Sozialarbeiter bei Metrokids, einem Berliner Projekt für Jungs, die unterwegs sind.«

»Die unterwegs sind?«

»Na ja, Streuner. Ausreißer.«

Also Jungs wie Manuel. Kalkbrenner reichte dem Kind hinter Wolfsbach seine Jacke. Der Junge schnappte wie ein hungriger Bär danach und suchte das Weite. »Kennen Sie ihn?«

»Kennen ist übertrieben, aber er war einige Male in unserer Einrichtung. Wir haben einen anonymen Treffpunkt für die Kids.«

»Woher kommen sie?«

»Von überall. Aber vornehmlich aus Osteuropa, dem Balkan.«

»Und sie suchen im *Saturn* Unterschlupf, wenn es draußen kalt ist«, stellte Kalkbrenner fest.

»Genau, hier im *Saturn*, in jedem *Media Markt*, in Einkaufszentren allgemein, es gibt viele Möglichkeiten in Berlin.«

»Wo Sie mit Ihrem Verein doch Sozialarbeit leisten«, Kalkbrenner zog das Foto von Manuel aus seiner Tasche, »ist Ihnen dieser Junge auch schon begegnet?«

»Das ist doch der, den sie ermordet haben. Ich habe erst heute Morgen davon in der Zeitung gelesen.« Wolfsbach nahm die Brille ab und wischte die Regentropfen ab. »War er auch hier im *Saturn*?«

Kalkbrenners Handy schrillte erneut, und wieder drückte der Kommissar den Anrufer weg. Stattdessen führte er den Sozialarbeiter zu den Spielkonsolen im Elektromarkt.

»Sieh mal«, sagte Muth, als Kalkbrenner wieder neben ihr stand.

Auf dem Monitor flackerte der Highscore. Platz 1: Manuel.

»Verstehe.« Wolfsbach setzte seine – jetzt beschlagene – Nickelbrille auf. »Sie gehen davon aus, dass die Kids hier Manuel gesehen haben. Aber wie gesagt: Selbst wenn Ihre Theorie richtig ist, können Sie sich den Versuch sparen. Die Kinder werden nicht mit Ihnen reden. Dort, wo die meisten von ihnen herkommen, kann man der Polizei nicht trauen.«

»Aber Ihnen vertrauen sie?« Kalkbrenner sah den Sozialarbeiter bittend an.

»Sie meinen, ich soll die Kids für Sie nach Manuel fragen?«

»Das wäre hilfreich.«

»Na gut, ich kann es versuchen.« Der Sozialarbeiter steckte Manuels Bild und Kalkbrenners Visitenkarte ein. »Aber machen Sie sich nicht allzu große Hoffnungen.«

Er verabschiedete sich und floh fast ebenso schnell aus dem Elektromarkt wie seine Schützlinge.

Endlich hatte Kalkbrenner Zeit, sich mit seinem Motorola zu beschäftigen. Beide Anrufer hatten Nachrichten auf seiner Mailbox hinterlassen. Die erste stammte von einem Mitarbeiter der Charité: »Ihre Mutter ist gestürzt. Wir können noch nicht sagen, wie schwer die Verletzungen sind. Vielleicht nichts Schlimmes. Trotzdem möchten wir Sie bitten, zu uns …« Kalkbrenner schluckte.

»Alles in Ordnung?«, fragte Muth.

Nichts ist in Ordnung. Er nickte stumm, dann hörte er die nächste Nachricht ab. Dr. Salms gestresster Tonfall ließ noch mehr Alarmglocken in ihm schrillen. »Herr Kalkbrenner, kommen Sie sofort aufs Präsidium. Wir müssen miteinander reden.«

Tabori wagte kaum zu atmen. Georg, Ludwigs Freund, schlängelte sich an den Restauranttischen vorbei auf sie zu. Die drei Jungen, die mit ihm den Raum betreten hatten, bauten sich vor der Theke auf.

»Ach, hier seid ihr.« Georg fegte sich den Schnee von den Schultern seines Mantels. »Hältst du das, äh, für eine gute Idee?«

»Warum denn nicht?« Ludwig zuckte mit den Achseln. »Außerdem wolltest du doch …«

»Aber gerade jetzt sollten wir vorsichtiger sein«, unterbrach ihn Georg.

»Jetzt reg dich nicht so auf. Die Probleme werden sich schon klären.«

»Ach ja? Weißt du vielleicht etwas, wovon ich noch keine Ahnung habe?«

Tabori konnte der Unterhaltung nicht folgen, aber das war ihm auch egal. Stattdessen behielt er die drei Jungen am Verkaufstresen im Auge, deren Gesichter er immer noch nicht erkennen konnte. Welcher von ihnen war Ryon? Gespannt starrte er zu ihnen hinüber, als einer nach dem anderen sich die Kapuze vom Kopf streifte. Aber keiner der drei sah seinem Cousin auch nur im Entferntesten ähnlich. *Wo ist Ryon?*

»Das ist er also?«, fragte Georg.

»Ich bin Tabori«, platzte es aus ihm heraus.

»Ach, du sprichst Deutsch?«

»Hab ich dir doch gesagt«, antwortete Ludwig schnell.

Georg guckte sich in alle Richtungen um. Tabori konnte spüren, dass der Mann nervös war. Aber warum? Für einen Augenblick regte sich Angst in ihm, aber dann rief er sich zur Ordnung. Georg wirkte nicht gerade einschüchternd, eher war das Gegenteil der Fall. Er war kleiner als Ludwig und hatte weniger Haare, dafür aber einen Bierbauch. »Hallo, Tabori«, sagte er nun und streckte ihm die Hand entgegen. »Es freut mich, dich kennenzulernen.«

»Freu mich auch.« Die Neugier brachte Tabori schier zum Bersten. »Wo ist Ryon?«

»Äh, Ryon?«

»Ich habe dir doch von Taboris Cousin erzählt«, sagte Ludwig erklärend und schaute seinen Freund aufmerksam an.

Georg griff nach dem leeren Kakaobecher und drehte ihn zwischen den Fingern umher. Als er sich wieder in dem Restaurant umschaute, erhielt Taboris Hoffnung einen Dämpfer.

Aber dann meinte Georg: »Natürlich, Ryon! Jetzt weiß ich wieder, wen du meinst.«

»Und? Du ihn gefunden?«, drängelte Tabori.

»Nein, leider noch nicht.«

»Aber bald?«

»Ja, ja, auf jeden Fall. Ich kenne jemanden, der Ryon gesehen hat. Er will sich bei mir melden.«

»Wann?«

Georg sah fragend zu Ludwig. »Äh, morgen?«

»Ja, morgen«, bestätigte Ludwig.

Das war nicht die Antwort, auf die Tabori gehofft hatte. »Du suchen Ryon?«

»Auf jeden Fall«, versprach Georg. »Aber alles braucht halt auch seine Zeit. Berlin ist schließlich kein kleines Dorf.«

»Da wirst du dich also noch etwas gedulden müssen«, sagte Ludwig, während seine Finger durch Taboris Haar strichen. »Außerdem – umso besser für mich. So komme ich heute noch einmal in den Genuss, dich Gitarre spielen zu hören.« Er lächelte.

Aber das war nur ein schwacher Trost für Tabori.

113

Welcher der beiden Anrufe beunruhigte Kalkbrenner mehr? Die Nachricht aus der Klinik oder die vom Dezernatsleiter? Immerhin hatte der Arzt die potenzielle Verletzung eingeschränkt: *Vielleicht nichts Schlimmes.* Dr. Salm dagegen hatte geklungen, als hielte er ein ganzes Universum voller Hiobsbotschaften für Kalkbrenner persönlich bereit.

Aber vielleicht hatte er die aufgeregte Stimme auch nur falsch interpretiert, versuchte sich der Kommissar zu beruhigen. Das wäre schließlich nicht verwunderlich gewesen. *Nicht nach der Mitteilung aus dem Krankenhaus.*

Muth kutschierte den Wagen auf die Potsdamer Straße. Plötzlich scherte ein Streufahrzeug vor ihnen aus. Das Salz, das aus den Düsen wirbelte, flog gegen die Windschutzscheibe. Kalkbrenner rief seine Tochter an. »Jessy, tut mir leid, wenn ich dich störe, aber …«

»Ist nicht weiter schlimm, Paps. Ich wollte dich auch schon anrufen.«

»Wieso? Wegen Oma?«

Jessys Stimme nahm einen alarmierten Ton an. »Warum, was ist mit ihr?«

»Sie ist im Krankenhaus gestürzt.«

»Ist sie schwer verletzt?«

»Dazu konnte mir der Arzt noch nichts sagen.«

»Siehst du, wusste ich's doch. Typisch Ärzte!«

An der Kreuzung zur Kurfürstenstraße bremste Muth. Die Wagenräder drehten durch, und obwohl sofort das ABS einsetzte, rutschte der Passat ein paar Meter über den spiegelglatten Asphalt. Das Heck des vorausfahrenden Pkws näherte sich ihnen unaufhaltsam – erst wenige Zentimeter vor der Stoßstange kam das Fahrzeug der Beamten zum Stehen. »Ich möchte dich um etwas bitten, Jessy: Könntest du zu

Oma ins Krankenhaus fahren? Ich habe gerade einen weiteren Anruf erhalten, und es ist … Es geht um den kleinen Jungen.«

»Natürlich, Paps, kein Problem.«

»Ich komme dann nach, sobald ich fertig bin, okay?«

»Keine Sorge. Ich mache mich gleich mit Leif auf den Weg.«

»Danke.« Die Ampel sprang auf Grün, Muth gab wieder Gas, achtete aber nun darauf, dass die Tacho-Nadel die Dreißig nicht überschritt. »Und Jessy?«

»Ja, Paps?«

»Warum wolltest du mich anrufen?«

»Ich wollte etwas mit dir besprechen.«

»Was denn?«

»Darüber können wir auch später reden. Im Krankenhaus. Bis dann.« Sie legte auf.

Nachdenklich ließ er den Wortwechsel mit seiner Tochter noch einmal Revue passieren. An ihrem Tonfall war nichts Beunruhigendes gewesen. Er dachte an die letzten beiden Abende mit ihr. *Nur mit dir quatschen*. Er wurde einfach nicht den Verdacht los, dass sie etwas auf dem Herzen hatte.

Muth verlor die Geduld und gab wieder Gas. Kalkbrenner war das ganz recht, er wollte alles schnell hinter sich bringen. Auf dem Präsidium und im Krankenhaus. Wieder fanden die Räder des Pkws keinen Halt auf dem gefrorenen Asphalt. Das Heck brach aus, Muth löste den Fuß vom Gaspedal, eine letztes Schlingern, und dann hatte sie den Wagen wieder in ihrer Gewalt. Langsamer setzte sie die Fahrt fort, sodass Kalkbrenners Unruhe wuchs. Er fühlte sich, als würde er gegen die Zeit anrennen – und das in nicht nur einer Hinsicht.

Im Konferenzraum der Mordkommission hing Kuchenduft in der Luft. Die Welt mochte untergehen, aber wenigstens tat sie das mit Ritas Backkünsten.

Der Dezernatsleiter hatte sich noch nicht blicken lassen. Im Konferenzraum erblickte Kalkbrenner neben dem Psychologen Robert Babicz auch Dr. Bodde am Tisch. Kaum dass er im Türrahmen erschienen war, erklärte Rita auch schon: »Die Befragung der Anwohner und Geschäftsleute in Steglitz wurde eingeleitet.«

»Hat es bezüglich der Überwachungsvideos aus den S- und U-Bahnhöfen schon eine Rückmeldung gegeben?«

»Noch nicht. Aber wie schon gesagt: Bei den vorherrschenden Wetterverhältnissen und dem Betrieb in den Bahnhöfen würde ich nicht zu viel Hoffnung auf die Aufzeichnungen setzen.«

»Und was hat unser dringendes Treffen hier veranlasst?«

»Weiß nicht. Dr. Salm ist hereingestürmt und hat gesagt, wir müssten reden. Unbedingt.«

»Und wo steckt er, wenn es doch so wichtig ist?«

Die Sekretärin setzte gerade zur Antwort an, als Dr. Wittpfuhl das Vorzimmer betrat. »Robert Babicz?«, rief er erstaunt. »Was machen Sie denn hier?«

»Wo sollte ich Ihrer Meinung nach denn sonst sein?«, erkundigte sich der Psychologe.

Mit einem Papiertaschentuch befreite Dr. Wittpfuhl den Aufschlag seiner Hose und seine Edeltreter vom Streusalz. »Na, in den Staaten.«

»USA?«, fragte Dr. Bodde.

»Ich fliege erst in ein paar Tagen.«

»Und was machen Sie drüben?«

»Eine Fortbildung.«

»Nicht so bescheiden, Herr Kollege.« Der Gerichtsmediziner klopfte ihm anerkennend auf die Schulter. »Er gehörte zu den wenigen Auserwählten, die in den Genuss einer Profiler-Ausbildung an der FBI-Akademie in Quantico kommen.«

Im Flur waren Schritte zu hören. Im Gefolge von Dr. Salm

befand sich Jürgen Heindl, der nicht viele Worte an eine Begrüßung verschwendete. »Bitte, meine Damen und Herren«, begann der Staatsanwalt und knöpfte sein Jackett auf. »Lassen Sie kein Detail aus. Darüber, was der Presse mitgeteilt wird, entscheiden wir später.«

Einige Sekunden lang herrschte Schweigen. Niemand wollte das Wort als Erster ergreifen. Dr. Bodde hüstelte verlegen. Die Heizung gluckerte.

»Nun gut«, erbarmte sich schlussendlich Dr. Wittpfuhl. »Mache ich halt den Anfang.« Er legte seine Aktentasche auf die Oberschenkel, öffnete sie und brachte einige Papiere zum Vorschein. »Während der Obduktion konnte ich im Blut des Jungen Alkohol feststellen. Das legt den Verdacht nahe, dass der Täter ihn auf diese Weise gefügig gemacht hat. Einerseits ist das natürlich abscheulich, andererseits könnte der Junge dadurch in gewisser Weise betäubt gewesen sein.«

Das war ein Trost. *Aber, zugegeben, nur ein schwacher.*

»Anschließend hat der Täter den Jungen missbraucht, sowohl oral als auch anal. Vor allem die anale Penetration wurde mit großer Wucht ausgeführt.« Der Gerichtsmediziner reichte den Anwesenden mehrere Fotos.

Kalkbrenner ersparte sich den Anblick. Er konnte sich an die Verstümmelungen, die er gestern in der Rechtsmedizin schon hatte anschauen müssen, noch lebendig erinnern.

»Danach hat sich der Täter mit einem Messer an dem Jungen ausgelassen.« Dr. Wittpfuhl legte weitere Bilder auf den Tisch, auf denen blutige Fleischwunden und tiefe Kerben zu sehen waren, die stellenweise die Knochen freigelegt hatten. »Der Täter ist mit äußerster Brutalität vorgegangen. Der Junge lebte zu diesem Zeitpunkt noch, obschon wir davon ausgehen können, dass er nicht mehr bei Bewusstsein war. Erst im Anschluss an den Gewaltexzess hat der Täter ihn umgebracht, indem er ihn mit einem handelsüblichen Seil strangulierte. Damit trat der Tod ein.«

Der Gedanke an die Schmerzen, die der Junge bis dahin hatte erleiden müssen, Betäubung hin, Betäubung her, erzeugte bei Kalkbrenner Übelkeit. Und falls er den Gesichtsausdrücken der anderen Glauben schenken konnte, erging es ihnen nicht anders.

Dr. Wittpfuhl räumte die Fotos zusammen. »Bei der Sektion habe ich Reste von Sperma im Rektum des Jungen gefunden. Das heißt, wir …«

»… haben einen genetischen Fingerabdruck des Täters«, konstatierte Staatsanwalt Heindl. »Das ist doch schon mal was.«

»Ja, das ist ein erster Ansatz«, räumte Dr. Bodde ein. »Allerdings findet sich die DNA nur zum Teil in unserer Datenbank wieder.«

»Zum Teil?«, fragte Dr. Salm. »Was soll das heißen?«

»Die DNA-Spur lässt sich keiner der in den Datenbanken registrierten Personen eindeutig zuordnen. Sie ist jedoch mit der DNA-Spur identisch, die wir bei einem Kindermord vor einem Dreivierteljahr sichergestellt haben.«

»Damals wurde ebenfalls ein kleiner Junge missbraucht und gequält«, bestätigte der Gerichtsmediziner. »Die Misshandlungen von Manuel sind mit denen von damals nahezu identisch. Nur dass sie diesmal ungleich heftiger ausgefallen sind.«

»Verstehe ich Sie richtig«, der Dezernatsleiter rieb sich angestrengt über das Gesicht, »dass dieser andere Fall bisher nicht aufgeklärt wurde?«

Der Staatsanwalt bejahte. »Und das liegt im Wesentlichen daran, dass die Kinderleiche, die damals gefunden wurde, bis heute nicht identifiziert ist. Trotz mehrerer Presseberichte und Fernsehaufrufe hat sich niemand gemeldet, der den Jungen kannte, geschweige denn ihn vermisste.«

»Aber jemand muss seine Abwesenheit doch bemerkt haben!«, entrüstete sich Rita.

»Aber nicht in Deutschland«, sagte Kalkbrenner ruhig, »sondern in Osteuropa, wahrscheinlich in einem kleinen Dorf irgendwo auf dem Balkan. Aber das werden wir unter Umständen nie erfahren.«

Heindl sah ihn überrascht an. »Wie kommen Sie darauf?«

Kalkbrenner berichtete, was er in dem Steglitzer *Saturn*-Markt in Erfahrung gebracht hatte. »Der Elektromarkt, in dem Manuel von der Verkäuferin beobachtet wurde, gilt unter den Ausreißern, Streunern und Strichern als Treffpunkt. Vornehmlich kommen die Kids aus Osteuropa, vom Balkan.«

»Stricher?«, fragte Rita. »War Manuel etwa auch …?«

»Nein, ganz sicher nicht«, widersprach Dr. Wittpfuhl. »Es gab bei ihm keine alten, verheilten Analfissuren, wie sie typisch für Stricher sind.«

Der Staatsanwalt streckte seinen Rücken durch. »Dennoch hat der Täter seine Opfer anscheinend in diesem Umfeld ausgesucht.« Auf dem Bild, das Heindl jetzt präsentierte, war das schmale, mit fleckigen Wunden übersäte, wachsbleiche Gesicht eines elf- oder zwölfjährigen Kindes zu sehen. »Das ist der Junge, den wir vor einem Dreivierteljahr gefunden haben. Wie Sie anhand der Physiognomie leicht erkennen können, stammte er nicht aus Deutschland. Wir vermuteten Osteuropa oder den Balkan als seine Heimat, was durch mehrere Zeugen untermauert wurde, die den Jungen an einschlägig bekannten Orten bemerkt hatten, wo sich vornehmlich Ausreißer und Herumtreiber aus den erwähnten Ländern aufhalten. Dort soll er auch einem Streetworker ein- oder zweimal über den Weg gelaufen sein. Angeblich war sein Name Gregori, aber das kann auch eine Lüge gewesen sein. Letztlich ist sein Name aber auch egal, denn ich glaube nicht, dass der jetzt unser vordringliches Problem ist. Ich darf Sie daran erinnern, dass wir vor wenigen Minuten herausfinden konnten, dass wir es bei dem Mörder von Manuel mit einen Serientäter zu tun haben. In meinen Augen stellt dieser Umstand ein sehr viel wichtigeres Problem dar.«

Robert Babicz räusperte sich. »Mit Verlaub, etwas anderes scheint mir im Moment noch dringender zu sein.«

»Und was wäre das?« Alle Augen richteten sich auf den Psychologen.

»Die Frage, ob der Täter bald wieder töten wird.«

114

Anderthalb Stunden und eine Honigmelone mit Parma-Schinken, einen marinierten Schafskäse, Rührei mit Champignons und frischen Kräutern sowie einen Tomaten-Mozzarella-Salat später beschloss Sackowitz, dass er lange genug gewartet hatte. Sein Magen war gesättigt, der Körper wieder halbwegs bei Kräften. Dafür brummte ihm jetzt der Schädel, weil er die gesamte Zeit über stur die Haustür im Auge behalten hatte.

»Kann ich mal das Telefon benutzen?«, fragte er die Kellnerin.

»Hast du kein Handy?«

»Akku ist alle.«

»Das kostet aber.«

»Kein Problem«, versicherte er.

Sackowitz wählte auf dem tragbaren Gerät Christians Nummer, bekam aber wieder nur die Mailbox an die Strippe. Er ersparte sich eine Nachricht und rief stattdessen Heiko an. Dort erreichte er nur den Anrufbeantworter.

»Dein Kumpel ist immer noch nicht aufgetaucht.« Sackowitz blätterte suchend in der Speisekarte. »Ruf mich doch mal bitte zurück.« Er diktierte die Nummer der *Morena*-Bar. »Es ist wichtig, verdammt noch mal.«

Nach einer weiteren halben Stunde, in der sich nichts getan hatte, hielt Sackowitz es nicht mehr aus. Erneut bat er um das Telefon, und diesmal hatte er Glück: Heiko nahm das Gespräch entgegen.

»Mein Gott, wo steckst du denn?«, beschwerte sich Sackowitz.

»Dir auch einen schönen Sonntag, Hardy. Und wo ich stecke? Ich war im Kino.«

»Wer geht denn mittags in einen Film?«

»Ob du's glaubst oder nicht, Besucher von Kindervorstellungen tun das des Öfteren. Ich war mit den Kleinen in *Der Mondbär*. Ein putziger Film, kann ich dir nur empfehlen. Ist sicherlich auch was für deine ...«

»Heiko, danke für die Empfehlung, aber im Augenblick habe ich wirklich andere Sorgen. Und zwar geht es nicht um mich, sondern um deinen Kumpel Christian.«

»Was ist mit ihm?«

»Wir waren für heute Morgen verabredet. Er wollte bis dahin das Passwort geknackt haben. Und jetzt ist er weg.«

»Das glaube ich nicht. Der hockt bestimmt in seiner Bude. Ich hab dir doch gesagt, dass er sich, außer zum Essen, kaum vor die Tür wagt. Du musst vorher nur bei ihm anrufen.«

»Das habe ich bereits getan! Mehrmals.«

»Hm, dann ist er wohl tatsächlich nicht da.«

»Na, danke für diesen sensationellen Hinweis.«

»Hardy«, murrte Heiko. »Jetzt mach dich mal locker.«

»Nein, das mach ich nicht. Die Sache ist nämlich nicht mehr witzig. Inzwischen ist es weit nach fünfzehn Uhr, der Tag schon fast wieder rum, und ich habe noch immer nichts in der Hand.«

»Hast du es mal in der *Morena* probiert? Dort isst er meistens sein Frühstück.«

»Hallo? Es ist drei Uhr nachmittags!«, grunzte Sackowitz ins Telefon. »Und was glaubst du, von wo ich dich anrufe?«

»Aus der *Morena*?«

Schnelldenker! »Kannst du nicht versuchen, Christian zu erreichen?«

»Wenn du ihn nicht auf dem Handy erreichst, dann werde ich wohl auch nicht mehr Glück haben.«

»Hat er denn kein Festnetz?«

»Nein, nur sein iPhone. Und wenn er da nicht rangeht, dann schläft er entweder, oder er hat sein Handy irgendwo liegen gelassen. Oder …«

»Ich will's gar nicht hören.« Der bloße Gedanke genügte Sackowitz schon. *Manchmal hört und sieht man tagelang nichts von ihm.* »Das ist nicht wirklich dein Ernst, oder?«

»Nein, aber eigentlich ist er ein zuverlässiger Typ. Wenn er was mit dir vereinbart, dann hält er sich auch daran.« Heiko räusperte sich. »Meistens jedenfalls.«

»Na toll.«

»Und gib mir nicht die Schuld. Ich habe dich ja vorgewarnt, dass Christian ein wenig verschroben ist.«

»Aber nicht, dass er einfach so verschwindet. … Und was mache ich jetzt?«

»Warten. Bis er nach Hause kommt!«

Sackowitz legte ohne Verabschiedung auf. Nein, warten würde er ganz bestimmt nicht. Das hatte er schon lange genug getan. Er bezahlte sein Essen und die vertelefonierten Gesprächseinheiten und trat hinaus auf die Wiener Straße, die in die Oranienstraße überging. Der Himmel war eine einzige graue Masse. Sackowitz hasste den Winter. Immer wurde es früh finster, und die Tage gingen so schnell vorbei. Während er unschlüssig vor der Haustür verharrte, prasselte der Schneeregen auf ihn ein. Unter normalen Umständen gab es keinen Grund, über das Verschwinden von Christian besorgt zu sein, aber unter den aktuellen eben doch.

»Darf ich mal?«, bat eine junge Frau.

Sackowitz ging zur Seite, und sie schloss die Haustür auf.

Kurzentschlossen folgte er ihr durch den niedrigen Durchgang in den Innenhof, wo er hinauf zum Fenster in der zweiten Etage schaute. Eisige Flocken trafen sein Gesicht wie spitze Nadeln, aber erkennen konnte er nichts. Was hatte er denn erwartet? Dass Licht brannte? Dass Christian unbemerkt heimgekehrt war? *Mach dich nicht lächerlich.* Am Fenster der *Morena*-Bar sitzend hatte er den Hauseingang keine Minute aus den Augen gelassen. Selbst wenn eine Strumpfbandnatter das Gebäude verlassen hätte, Sackowitz hätte sie bemerkt. Sogar eine kleine Spinne wäre nicht ungesehen an ihm vorbeigekrabbelt.

Wie kommst du denn jetzt auf Spinne?

Sackowitz erschauderte, als er entdeckte, dass die Fensterscheibe von Christians Wohnung einen Sprung hatte. *Du irrst dich!* Er quetschte sich zwischen den Müllcontainern hindurch und hinter den knorrigen Baum. Von hier aus war der Blick auf das Fenster in der zweiten Etage frei. Nein, er hatte sich nicht getäuscht. Wie ein haarfeines Spinnennetz verästelte sich der Riss in dem Glas. Es war kein gravierender Schaden, aber das spielte keine Rolle, denn Sackowitz war überzeugt, dass sich der Sprung gestern noch nicht in der Scheibe befunden hatte.

115

Staatsanwalt Heindl ächzte ungehalten. »Ich sagte doch gerade ausdrücklich, dass wir es mit einem Serientäter zu tun haben. Also ist auch davon auszugehen, dass er erneut töten wird.«

»Ich glaube nicht, dass Dr. Babicz das anzweifeln wollte«, sagte Kalkbrenner.

»Sondern?«

»Wahrscheinlich hätte ich meine Frage klarer formulieren müssen«, lenkte der Psychologe ein.

»Wahrscheinlich«, befand Heindl und wischte sich den Schweiß von seiner Stirn. Die Hitze aus den defekten Heizkörpern ließ die Anwesenden aus allen Poren transpirieren, sofern das die unangenehmen Informationen nicht schon erledigt hatten.

»Für mich ist folgende Frage entscheidend: Wie viel Zeit bleibt uns noch, bis der Mörder abermals zuschlägt?«, erklärte Babicz.

»Nun, immerhin lag ein Dreivierteljahr zwischen den beiden Morden«, erwiderte Dr. Salm. »Wenn der Täter sein Tempo beibehält, können wir davon ausgehen, dass es bis zum nächsten Mord noch eine Weile dauern wird.«

»Und genau das glaube ich nicht«, hielt Babicz dagegen. »Wie Dr. Wittpfuhl vor wenigen Minuten bereits ausführte, sind die Verletzungen des zweiten Opfers ähnlich wie die des ersten, nur eben, und das ist wichtig, ungleich heftiger. Das könnte darauf hindeuten, dass der Mörder inzwischen einem enormen psychischen Druck ausgesetzt ist.«

»Können Sie das bitte präzisieren?«, verlangte der Staatsanwalt.

»Manuel wurde erst missbraucht, anschließend misshandelt und dann ermordet. Bitte beachten Sie die Reihenfolge. So hat die Tat stattgefunden, oder habe ich Sie falsch verstanden, Herr Dr. Wittpfuhl?«

Der Gerichtsmediziner schüttelte den Kopf, der Psychologe hatte alles richtig wiedergegeben.

»Aus diesem Tatablauf spricht in meinen Augen dreierlei: erst die Lust, danach die Wut und anschließend die Angst.«

»Passen diese drei Komponenten denn zusammen?«, zweifelte Dr. Salm.

»Das tun sie in der Tat: Der Täter verspürt so etwas wie Lust. Natürlich ist diese fehlgerichtet, aber trotzdem bleibt es Lust, die der Täter befriedigen will. Daraus resultiert der Missbrauch, anschließend kommt die Ernüchterung, und mit ihr übermannt ihn die Wut.«

»Auf die Kinder?«

»Wir wissen von ähnlichen Fällen, in denen die Täter im Anschluss an den Missbrauch unglaublichen Zorn verspürten, weil sie der Annahme waren, die Kinder hätten sie zu den sexuellen Handlungen ermuntert.«

Dr. Salm stieß ein bitteres Lachen aus. »Die Kinder sollen den Täter ermuntert haben? Wahrscheinlich haben sie ihn sogar verführt – oder gar genötigt? Das soll doch wohl ein Witz sein! Das ist nichts als eine der faulsten Ausreden, die ich je gehört hab.«

»Ja und nein«, meinte Babicz. »Um das zu verstehen, müssen Sie versuchen, sich in die Psyche des Täters hineinzuversetzen. Er ist sich durchaus des Missbrauchs bewusst, aber eigentlich kann er nichts dafür – redet er sich zumindest ein. Denn für ihn sind es die Kinder, die Schuld an seinem Verhalten haben. Sie sind so süß, reizend, verlockend. Warum tun sie das bloß? Warum bringen sie ihn in diese Situation? Und genau aus dieser Wut heraus bestraft er sie. Daher die schlimmen Verletzungen.«

»Und wie kommt die Angst, die Sie erwähnten, ins Spiel?«

»Die Angst bringt den Täter schlussendlich dazu, das Kind zu töten. Wenn Sie so wollen, ist das dann nur noch ein ganz normales Tötungsdelikt, um den Missbrauch zu vertuschen. Denn, wie schon gesagt, der Täter ist sich dessen bewusst, dass das, was er getan hat, falsch war.«

»Aber wenn er doch weiß, dass es falsch ist, was er da tut, warum kämpft er nicht dagegen an?«, fragte Rita.

»Das möchte er. Ich glaube, viele Täter wollen den Teufelskreis, in dem sie gefangen sind, durchbrechen.«

»In unserem Fall hat es der Täter darauf angelegt, dass wir die Leiche finden«, erinnerte sich Kalkbrenner. *Warum wollte er das?* Die Antwort lag nahe: »Weil er möchte, dass wir ihn finden.«

»Möglicherweise.«

»Und wenn wir ihn nicht finden?«

Kalkbrenner wusste die Antwort, noch bevor der Psychologe zu sprechen begann. Mit einem Mal war da wieder ganz massiv dieses Gefühl, gegen die Zeit anzurennen. Stärker als je zuvor.

»Dann wird er wieder töten, um uns ein weiteres Zeichen zu geben«, verriet Babicz. »Schon sehr bald.«

116

Sackowitz haderte mit sich selbst. *Dreh dich um, und bring dich in Sicherheit.* Das klang nach einer ausnehmend guten Idee, doch stattdessen hängte er seine klitschnasse Jacke an einen der ranzigen Müllcontainer. Bevor Kälte und Zweifel ihn eines Besseren belehren konnten, kletterte er auf den Abfallbehälter, der dem Baum am nächsten stand. Oben streckte er die Hand nach dem untersten Ast aus, an dem er sich emporzog.

Ein Fenster im Nebenhaus wurde geöffnet, und ein älterer Herr beugte sich heraus. »Was machen Sie da?«

Das frage ich mich auch. »Wonach sieht es denn aus?«

Der Mann rülpste. »Sie haben Ihren Schlüssel verloren?«

»Sie haben es erraten.« Sackowitz hielt sich krampfhaft am Baumstamm fest. Frost betäubte seine Hände. Die Finger verloren das Gefühl. Er schätzte die Entfernung zur Mauer ab, die den Innenhof von den anderen Gärten trennte. Sie führte im rechten Winkel bis an das Haus heran, in dem Christian wohnte und mit dem sie sich knapp unterhalb seines Fensters vereinte.

Für Sackowitz galt es, einen ganzen Meter in der Höhe zu überwinden. *Willst du überhaupt wissen, was in der Wohnung geschehen ist?* Aber es ging hier nicht ums Wollen, sondern ums Müssen. Und er musste Gewissheit haben. Möglicherweise war seine Sorge ja auch ganz und gar unbegründet. Er hoffte es. Trotzdem, damit hätte er wieder wertvolle Zeit vergeudet.

Er klammerte sich an einen weiteren Ast, der knapp über seinem Kopf waagerecht aus dem Stamm wuchs. Dann verpasste er seinem Körper einen Schwung. Sackowitz baumelte wie ein Pendel – ein schweres Pendel –, und als sich seine Füße der Mauer näherten, ließ er los. Für einen Moment hatte er das panische Gefühl, sein Ziel zu verfehlen, aber dann spürte er Beton unter den Schuhsohlen. *Geschafft!* Er gönnte sich eine kurze Pause, bevor er zu balancieren begann.

»Soll ich Ihnen nicht besser doch den Schlüsseldienst rufen?«

Sackowitz hatte seinen Beobachter schon fast vergessen gehabt. »Nein danke, klappt schon.«

»Aber wenn Sie jetzt runterfallen, dann …«

»… rufen Sie mir einfach einen Krankenwagen, okay?« Behände wie eine Katze bewegte sich Sackowitz auf der schmalen Mauer zum Haus. Drei Meter noch. Der Schneeregen wirbelte um ihn herum, eisige Flocken kitzelten ihn auf seiner Nase und drohten, ihn unkonzentriert werden zu lassen. Zwei Meter.

»Wo wohnen Sie eigentlich? Ich hab Sie hier noch nie gesehen.«

»Bin gerade erst eingezogen. In der zweiten Etage.« Der letzte Meter.

»Ach so. Dann wissen Sie sicherlich schon, dass Ihre Scheibe kaputt ist?«

»Danke, ist mir bekannt. Aber … können Sie sonst noch etwas erkennen?«

»Nee, ist ziemlich dunkel bei Ihnen in der Bude.« Er kippte sich einen Schluck Bier hinter die Binde und stieß erneut auf. Es schien ihn zu erleichtern. »Soll ich Ihnen gleich mal einen Glaser rufen? Ich kenne da …«

»Nein danke, alles ist …« *Perfekt,* hatte er sagen wollen. Aber in dem Moment schirmte er die Augen seitlich mit den Händen ab, legte das Gesicht an die Glasscheibe und wusste, dass nichts mehr perfekt war.

Die PC-Monitore in Christians Wohnung waren zerborsten und von den Schreibtischen geworfen worden. Die Rechner waren nur noch nutzloser Schrott. In tausend Splittern übersäten die Überreste der beiden Terrarien den Boden. Spitze Scherben steckten in den Geckos, und direkt daneben lag die Leiche von … Der Schock ließ Sackowitz wanken. Hektisch ruderte er mit den Armen. Im letzten Moment bekamen seine kalten Finger das Fensterbrett zu fassen, und er behielt das Gleichgewicht.

Christians Körper war absurd verdreht, sein Hemd blutdurchtränkt. Trotzdem schienen sich seine Finger zu bewegen. *Er lebt!* Unmöglich, sein halbes Gesicht hing in Fetzen herunter. Erst bei näherem Betrachten bemerkte Sackowitz, dass die Bewegung von Anton stammte, der sich durch die Glassplitter am Boden und über Christians Hand hinwegschlängelte. Durch die Schlange winkten seine Finger – wie zum Abschied.

Voller Abscheu kraxelte Sackowitz die Mauer entlang zurück zum Baum und hangelte sich ohne große Komplikationen an den Ästen hinab zu Boden. Dann rannte er wie von Sinnen auf die Straße.

117

Jessy und ihr Freund Leif warteten gemeinsam im Flur vor dem Krankenzimmer. Kalkbrenner beschloss, dies als ein gutes Zeichen zu werten. Aber als er einen Blick auf seine Armbanduhr warf, stellte er fest, dass es deutlich zu früh für die Visite war. »Wie geht es Oma?«, fragte er deshalb etwas bange.

Seine Tochter umarmte ihn zur Begrüßung. »Sie wird gerade geröntgt.«

»Hat sich der Arzt noch nicht geäußert?«

»Nein. Aber wir haben Oma gesprochen, kurz bevor sie zum Röntgen gebracht wurde.«

»Und was hat sie gesagt?«

»Sie sagte: ›Jessy, du kannst schon laufen? Weiß dein Vater das?‹«

Wenn Käthe Maria sich noch artikulieren und klar denken konnte – was immer *klar denken* in ihrem dementen Zustand bedeutete –, dann schien es nicht allzu schlimm um sie zu stehen. Zumindest versuchte Kalkbrenner, sich das einzureden. Seufzend ließ er sich neben dem Freund seiner Tochter auf einem der Besucherstühle nieder. »Und, Leif, wie geht es dir?«

»Mir geht es gut, danke.«

»Hast du inzwischen einen Job gefunden?«

Seit dem Sommer, in dem er Sozialstunden hatte ableisten müssen, suchte Leif eine Anstellung, in Berlin kein leichtes Unterfangen. Verlegen zupfte er sich am Hemdkragen. »Ich hatte was in Aussicht, aber nachdem wir …«

»Leif!«, fuhr Jessy mahnend dazwischen.

»Ach so«, sagte ihr Freund. Die einstmals struppigen Haare hatte er sich inzwischen schneiden lassen. Das und die lässige, weit geschnittene Jeans, in Verbindung mit einem schwarzen Hemd ein eher ungewohnter Anblick, ließen ihn älter und reifer wirken.

Unwillkürlich streifte Kalkbrenners Blick Jessys Bauch. »Nachdem ihr was?«

»Darüber reden wir später. Sieh mal, Paps, da kommt Oma.«

Ein Pfleger rollte das Krankenbett ins Zimmer. Im Schlaf wirkte Käthe Maria unverändert: blass, dürr und ausgelaugt. Nur ein leichtes Lächeln umspielte ihre Lippen, so als wäre nichts passiert.

Leise Hoffnung keimte in Kalkbrenner auf. »Was ist geschehen?«, fragte er den Stationsarzt.

»Ihre Mutter hat das Zimmer verlassen«, berichtete Dr. Pliska.

»Warum das denn?«

»Sie sagte, sie wolle nach Hause. In ihre Wohnung. Nach Kreuzberg.«

Kalkbrenner konnte nicht glauben, dass seine Mutter tatsächlich noch die Kraft gefunden hatte, aus dem Bett aufzustehen.

»Nicht auszudenken, was passiert wäre, wenn sie es raus in die Kälte geschafft hätte«, meinte Jessy.

Der Arzt rieb sich nachdenklich den Bart. Seine tiefen Augenringe ließen erahnen, dass schon eine lange Schicht hinter ihm lag. Für Kalkbrenner hatte er sehr viel gemein mit Polizisten, die einen Kindermörder jagten. »Dazu hätte sie am Portier vorbeigemusst. Der hätte sie mit Sicherheit aufgehalten. Aber so weit ist sie leider nicht gekommen.«

»Leider?«

»Ja, sie ist die Treppe zum Foyer hinuntergefallen und hat dabei eine Schenkelhalsfraktur erlitten. Sie braucht jetzt äußerste Bettruhe. Eine Schenkelhalsfraktur ist …«

»Ich weiß, ich weiß«, unterbrach Kalkbrenner eine Spur zu grob. »Ich weiß, was eine Schenkelhalsfraktur bedeutet.«

Was er nicht wusste, war, warum das Schicksal so ungnädig mit seiner Mutter umging. Warum setzte es immer noch einen drauf? *Noch mehr Schmerzen. Noch mehr Leid.*

»Aber ich möchte gerne wissen, was eine Schenkelhalsfraktur ist«, sagte Jessy.

Der Arzt sah Kalkbrenner fragend an. *Soll ich es ihr sagen?* Der Ermittler nickte.

»Eine Schenkelhalsfraktur ist ein Knochenbruch in unmittelbarer Nähe des Hüftgelenks. Im Volksmund wird er oft als Oberschenkelhalsbruch bezeichnet, aber das ist ein weit verbreiteter Irrtum.«

»Aha«, machte Jessy verständnislos, der das medizinische Kauderwelsch keine Klarheit brachte.

Dr. Pliska wechselte einen neuerlichen Blick mit Kalkbrenner. Noch eine ermunternde Kopfbewegung. *Eine Hiobsbotschaft mehr oder weniger, das spielt heute auch keine Rolle mehr.*

»Bei jungen Menschen lässt sich so ein Bruch unkompliziert mit einem Metallimplantat beheben. Ältere Menschen dagegen weisen häufig schon eine so geringe Knochendichte auf, dass keine Chance auf Osteosynthese besteht. In diesem Fall benötigen die Patienten eine lange Bettruhe, damit der komplizierte Bruch verheilen kann. Unglücklicherweise werden bei einer Schenkelhalsfraktur zudem auch die Gefäße verletzt, die den Schenkelhals und den Hüftkopf mit Blut versorgen. Häufig kommt es deshalb zur Hüftkopfnekrose. Die wenigsten ...« Er zögerte.

»Die wenigsten erholen sich wieder davon«, beendete Kalkbrenner den Satz.

Der Doktor stand unschlüssig im Zimmer. »Es tut mir leid.«

Es tut mir leid. Eine Floskel. Auch in diesem Punkt unterschieden sich Ärzte nicht von Ermittlern, die Hinterbliebenen die schlechte Nachricht übermitteln mussten. Und wie die Beamten ließen auch die Mediziner die Angehörigen im Anschluss mit der Trauer allein. Dr. Pliska entschuldigte sich mit einem raschen Blick auf die Uhr, dann verschwand er.

Käthe Maria lächelte noch immer, als würde sie ihre Krankheit verspotten. Vielleicht aber auch den Tod, wer wusste das schon? *Mit einem Lachen lässt sich vieles leichter ertragen.*

»Aber Oma ist stark.« Jessy wischte sich die Tränen, die sich aufgestaut hatten, aus den Augenwinkeln. »Das ist sie immer gewesen.«

Das stimmte nur zu gut. Bis zuletzt hatte Käthe Maria gegen das Alter angekämpft. Mit unglaublicher Beharrlichkeit war sie wiederholt aus dem Pflegeheim entwischt, hatte den Weg quer durch die Stadt nach Hause, in ihre alte Wohnung gesucht und gefunden, weil sie ihr vergangenes Leben nicht für beendet erklären wollte. Wahrscheinlich hatte sie auch wegen ihres unbeugsamen Willens die Lungenentzündung und den Herzinfarkt überstanden. Und deshalb war sie heute Morgen auch dem Krankenbett entstiegen.

»Sie wird sich nicht unterkriegen lassen«, machte Jessy sich selbst Hoffnung.

Kalkbrenner wollte es gerne glauben. »Sie braucht jetzt viel Ruhe.« Seine Tochter streichelte der alten Frau die Wange, und wie ein kleines Kind schmiegte sich Käthe Maria an ihre Hand. Es war ein zärtlicher Augenblick, voller Vertrautheit zwischen einem Erwachsenen und einem Kind, aber auch irgendwie verkehrt. *Wer ist hier das Kind? Wer der Erwachsene?*

»Wir sollten sie schlafen lassen«, sagte Kalkbrenner.

Zu dritt schlichen sie sich aus dem Krankenhaus. Der Schneeregen hatte noch einmal an Stärke zugelegt, und Kalkbrenner atmete die frostige Luft tief in seine Lungen. Jessy und Leif schalteten ihre Handys ein.

Kalkbrenner tat es ihnen nach. Schon wieder hatte er einen Anruf verpasst. *Gibt es keinen Moment der Ruhe mehr?*, verzweifelte er. *Was ist bloß jetzt schon wieder passiert?*

Die Nummer gehörte Bernd Schöffel, dem Computerexperten des LKA, eine Nachricht hatte er jedoch nicht hinterlassen. *Auch gut.* Falls er an die Daten auf dem Rechner des Reporters gekommen war, waren jetzt sowieso andere Ermittler dafür zuständig. Das fiel nicht mehr in Kalkbrenners Zuständigkeitsbereich.

»Worüber wolltet ihr denn mit mir reden?«, fragte er seine Tochter.

»Ich bin mir nicht wirklich sicher, ob jetzt der richtige Augenblick dafür ist.«

»Wann ist denn schon richtig?« *Dinge ändern sich so schnell.* »Und wann ist falsch?«

Als wollte es die Bedeutung seiner Frage unterstreichen, klingelte sein Handy. Wie erwartet verkündete Schöffel: »Ich habe den Mac geknackt. Du weißt schon, den vom Reporter.«

»Wunderbar, aber ich habe mit diesem Fall nichts mehr zu tun.«

»Ich habe schon mit Rita gesprochen, und sie sagte, die Daten würden dich trotzdem interessieren.«

»Wieso?«

»Ich habe auf dem Rechner von Sackowitz Fotos und Filme gefunden – ziemlich explizites Material. Im Klartext«, er holte tief Luft, bevor er fortfuhr, »Nacktbilder und Pornovideos mit Kindern. Darauf sind auch die beiden Jungen, Gregori und Manuel, zu erkennen, deren Fälle du bearbeitest.«

Kalkbrenner benötigte einen Moment, bis er die Tragweite von Schöffels Worten begriff. *Vielleicht nur ein Zufall,* mahnte eine Stimme in ihm. Es war die gleiche, die ihn aufforderte, das Telefon über die Straße und in den Graben zu werfen. Jetzt sofort. »Hast du sonst noch was gefunden?«

»Wie? Reicht dir das etwa nicht?«

»Ich meine, irgendwelche Namen? Daten? Fakten?«

»Nein, nur Artikel, Notizen, Recherchen, dazu auch ziemlich viel Müll, der aber nichts mit diesem widerwärtigen Dreck zu tun hat.«

»Kannst du mir den Rechner schicken?«

»Natürlich.« Dann legte er auf.

Sorgenvoll betrachtete Jessy ihren Vater. »Es ist wegen der Sache mit dem ermordeten Jungen, nicht wahr?«

Wenn es nur das wäre!

»Musst du jetzt los?«

»Ich weiß nicht. Wahrscheinlich schon, aber es kommt mir falsch vor.«

Sanft berührte Jessy seinen Arm. »Wann ist richtig, und wann ist falsch?«

Wie erwachsen seine Tochter war. Hatte er unter Jessys Pullover gerade den Ansatz eines kleinen Bauches entdeckt?

Sie lächelte. »Was hältst du davon: Ich komme morgen früh zum Frühstück vorbei? Dann reden wir. Ist neun Uhr in Ordnung?«

»Wenn du die Brötchen mitbringst – ja.« Eilig verabschiedete sich Kalkbrenner von den beiden und rief auf der Fahrt Richtung Mitte Thanner an. »Paul, was willst du noch so spät?«, brummte der ihm mit tiefer Baritonstimme zur Begrüßung entgegen.

»Das Verbrechen kennt keinen Schlaf.«

»Mag sein.« Thanner wieherte müde. »Aber wir gehören zur anderen Seite. Wir kennen und brauchen ihn gelegentlich.«

»Was habt ihr im Fall Radomski und Fielmeister herausgefunden?«

Schlagartig wurde Thanner ernst. »Wenn du die Wahrheit hören möchtest: nichts. In was auch immer die beiden verstrickt gewesen sind, so sie es denn waren, sie haben es geschickt verheimlicht.«

»Und Sackowitz? Habt ihr ihn aufgetrieben?«

»Nein, aber wir haben ihn zur Fahndung ausgeschrieben.«

»Und bis jetzt keine Spur?«

»Nicht wirklich, aber die Kollegen aus Grünau glauben, seine Exfrau, Karin Spindler, könnte etwas über seinen Verbleib wissen. Allerdings will sie nicht mit der Sprache rausrücken. Wir überwachen ihr Haus.«

»Wo wohnt sie?«

»Aber Paul, was hat das denn jetzt mit dem Fall dieses ermordeten Jungen zu tun?«

»Inzwischen sind es bereits zwei tote Jungen: Manuel und Gregori. Und das ist längst nicht alles. Sackowitz' Rechner wurde inzwischen entschlüsselt. Es waren explizite Fotos und Filme darauf gespeichert – unter anderem zeigen sie Manuel und Gregori.«

»Heißt das, Radomski und Fielmeister sind die eine Seite, Manuel und Gregori die andere und der Reporter das verbindende Glied?«

»Weiß nicht, könnte auch alles ein Zufall sein.«

»Hallo? Warst nicht genau du derjenige, der das bestritten hat?«

Dem konnte er ehrlicherweise nicht widersprechen.

Thanner stöhnte auf: »So viel Gammelfleisch kann ich gar nicht fressen, wie ich kotzen möchte.«

Das traf die Dimensionen, die ihr Fall plötzlich annahm, Kalkbrenners Meinung nach direkt auf den Punkt. »Sagst du mir jetzt, wo Sackowitz' Exfrau wohnt?«

118

Patschnass und durchgefroren erreichte Tabori die Wohnung in Marzahn. Auch Ludwig klebte das Haar am Kopf, sein Mantel hatte ihn jedoch vor Schlimmerem bewahrt.

»Du gehst jetzt erst einmal heiß baden«, empfahl er dem zähneklappernden Jungen.

»Baden?«

»Klar, warum denn nicht?«

»Nur duschen. Baden … kostet Geld.«

»Natürlich kostet es hier auch Geld, aber das ist okay, trotzdem darfst du es.« Ludwig war schon auf dem Weg in die Küche. »Und wenn du fertig bist, mache ich dir einen heißen Kakao, einverstanden?«

Tabori nieste wie zur Antwort, weshalb er auch alle Vorbehalte über Bord warf. Im Badezimmer zog er sich die klammen Kleider aus, während das Wasser in die Wanne plätscherte. Er kippte einen kräftigen Schuss aus einer Flasche hinzu, von der er annahm, dass sie einen Badezusatz enthielt. Kurz darauf tauchte er in warmes Nass ein, und Berge von fluffigem Schaum umgaben seinen erkalteten Körper. Für die nächste halbe Stunde war er mit sich und der Welt zufrieden und dachte an nichts, dann kletterte er aus der Wanne.

Beim Abtrocknen fiel Tabori auf, dass er zuvor vergessen hatte, sich neue Kleidung herauszusuchen. Er spähte in die Diele. Aus der Küche hörte er Geschirrgeklapper, die Luft schien rein zu sein. Das Handtuch um die Hüfte geschlungen, hastete er in Fritz' Zimmer. Ludwig hatte den CD-Player eingeschaltet. *Just a normal day*, sang Tokio Hotel. *Streets turn into graves. So cold the night. They at once lose the fight. So many of them out there. No one seems to care.*

Tabori suchte nach dem Jogginganzug, konnte ihn aber nicht finden. Als er den Kleiderschrank aufmachte, löste sich mit der Bewegung das Handtuch und fiel zu Boden. Er durchstöberte die Fächer, bis er eine Unterhose fand, die er schnell anzog.

»Bist du traurig wegen Ryon?« Ludwig stand im Zimmer und hatte wieder den Bademantel an. Der Junge hatte ihn nicht kommen hören. »Weil du ihn nicht getroffen hast, nicht wahr?«

»Ja«, gab Tabori zu.

»Das brauchst du nicht.« Ludwig trat hinter ihn. »Du wirst ihn ganz bestimmt wiedersehen. Ich dagegen werde Fritz …« Er sprach nicht weiter, dafür spürte Tabori eine Hand auf seiner Schulter. »Und weißt du, was das Schlimmste ist? Mit jeder Stunde, die wir beide, Tabori, gemeinsam verbringen, erinnerst du mich mehr an meinen Sohn.«

Der Junge wusste nichts darauf zu antworten.

»Das macht meinen Schmerz nur noch schlimmer.«

»Aber ich will nicht dir wehtun«, sagte Tabori.

Ludwig streichelte seine Schulter. »Ich weiß, und das ist nett von dir.«

Die Berührung bewirkte bei Tabori eine Gänsehaut.

»Du siehst sogar ein bisschen aus wie Fritz!«

Das fand Tabori zwar gar nicht, aber so genau konnte er sich auch nicht mehr an das Foto in der Geldbörse erinnern. Ludwigs Finger glitten sanft an seinem Arm hinab. Sie liebkosten Taboris Hand. Der Junge dachte an Gentiana in Gracen und wie sie ihm zum Abschied die Hand gestreichelt hatte, aber bei Ludwigs Berührung wollte sich das warme Gefühl nicht einstellen.

»Du bist wie ein Sohn für mich«, sagte Ludwig.

Aus dem Augenwinkel sah Tabori, dass sich etwas bewegte. Ludwigs Bademantel glitt zu Boden. Darunter war er nackt. Vorsichtig legte sich seine Hand auf Taboris Hüfte. Der Junge sah an sich hinab und beobachtete, wie Ludwigs Finger an dem Gummi seiner Unterhose herumspielten. Dann schlüpften sie unter den Hosenbund. »Ist dir das unangenehm?«

Nein, das war es nicht. Er schüttelte den Kopf. Eher fühlte es sich seltsam an. Seltsam und fremd. Tabori versuchte, sich auf etwas Vertrautes zu konzentrieren. Zum Beispiel auf Tokio Hotel. *Lost and so alone. Born but never known. Left all on their own. Forgotten children.* Er konnte dem Text nicht folgen, aber er hätte ihn sowieso nicht verstanden. *You'll never hear a name. They carry all the blame. Too young to break the chains.*

Ludwig drehte Tabori, jetzt wieder mit seinen Händen auf dessen Schultern, zu sich um. Er hockte sich hin, sodass ihre Gesichter einander sehr nahe waren. Die Nasenspitzen berührten sich fast. »Weißt du, wie oft ich mir wünsche, ein bisschen Zeit mit meinem Sohn zu verbringen, so wie mit dir? Gemeinsam mit ihm Computer spielen. Musik hören. Vor dem Fernseher kuscheln. Alles das, was Vater und Sohn so zusammen machen.«

Tabori nickte verunsichert.

»Vater und Sohn«, Ludwigs Stimme war nur noch ein trauriges Flüstern, »die immer füreinander da sind.«

Ludwigs Finger berührten ihn zwischen den Schenkeln. War es tatsächlich das, was Vater und Sohn miteinander machten? Taboris Körper versteifte sich. *Die immer füreinander da sind.* Langsam strich ihm Ludwig die Hose vom Leib, bevor er fast unhörbar sagte: »Gib mir deinen Mund.«

119

Karin Spindler empfing Kalkbrenner im Schlafanzug, den sie notdürftig unter einem Morgenrock verbarg.

»Ich hoffe, ich habe Sie nicht geweckt?«, sagte Kalkbrenner.

Mit einer entschlossenen Bewegung knotete sie den Gürtel ihres Mantels enger um die Hüfte. »Ich habe Migräne.«

»Können wir uns drinnen unterhalten?«

»Wenn Sie Ihre nassen Schuhe ausziehen.«

Kalkbrenner stellte die Stiefel neben der Tür ab. Eine seiner Socken hatte ein Loch, sodass der große Zeh herausragte.

»Ich wusste gar nicht, dass es Beamten *so* schlecht geht«, kommentierte Sackowitz' Exfrau mit einem ironischen Grinsen den Anblick.

Als Kalkbrenner seinen triefenden Mantel an die Garderobe hängte, übersah er den Turm aus Sandaletten, Sneakers und Absatzschuhen, der sich auf einem verschmutzten Läufer erhob. Er stolperte und brachte ihn zum Einstürzen.

»Und dass Sie tollpatschig sind, war mir auch nicht bewusst.«

»Ist Papa da?« Der neugierige Wuschelkopf eines kleinen Mädchens schaute aus dem Kinderzimmer heraus. »Darf ich mit ihm spielen?«

»Nein, Leonie, das ist nicht Papa. Und überhaupt, du solltest längst im Bett sein.« Aus dem Zimmer daneben lärmte Rockmusik. Karin Spindler klopfte gegen die Tür. »Und du, Till, mach bitte etwas leiser. Deine Schwester muss schlafen.« Im Wohnzimmer drehte sie an dem Heizungsregler.

Kalkbrenner nahm auf der Couch Platz. »Ich bin auf der Suche nach Ihrem Mann.«

»Exmann, bitte.«

»Stimmt, Entschuldigung. Ich suche also Ihren Exmann.«

»Willkommen im Club. Den suche ich nämlich auch. Seit Wochen ist er den Unterhalt für unsere Kinder schuldig.«

»Deshalb also noch der Name Sackowitz am Türschild?«

»Immerhin können Sie schnell kombinieren.« Karin Spindler musste um Mitte vierzig sein. Nur wenige Falten waren auf ihrem Gesicht mit den hohen Wangenknochen und einem Kinngrübchen zu entdecken. In ihrem Haar leuchteten einzelne graue Strähnen, aber auch die konnten ihre Attraktivität nicht trüben. Vom Aussehen her wollte sie so gar nicht zu dem kleinen, dicklichen Reporter passen. Aber sie war ja auch von ihm geschieden.

»Warum haben Sie sich eigentlich von Ihrem Mann getrennt?«, fragte Kalkbrenner.

»Was wollen Sie hören? Die ausführliche Reportage oder nur den Teaser?« Sie lachte. »Sein Job war der Grund. Die unregelmäßigen Arbeitszeiten. Seine Unzuverlässigkeit. Und überhaupt – es passte einfach nicht mehr. Verstehen Sie? Ich bin ein Familienmensch. Wir haben zwei Kinder. Ich hätte gerne einen Mann gehabt, der für uns da ist. Und der nicht nur für die Zeitung, seinen Job und seine Geschichten lebt.«

»War das jetzt die Reportage oder nur der Teaser?«

»Was glauben Sie?«

»Meine Kollegen sind der Ansicht, Sie wissen, wo sich Ihr Exmann versteckt hält.«

»Da muss ich Ihre Kollegen leider enttäuschen. Warum sollte ich?«

»Sie waren mit ihm verheiratet.«

»Richtig, ich war. Vergangenheit. Jetzt kann er tun und lassen, was er will.« Ihre Schultern sackten nach unten. »Und unglücklicherweise macht er genau das.« Gedankenversunken glättete sie ihren Morgenmantel. »Allerdings ist es mir ein Rätsel, warum er sich überhaupt versteckt hält. Er hat doch nichts verbrochen, oder?«

»Sagen wir es mal so: Er steckt in ernsten Schwierigkeiten.«

»Warum?«

»Es geht um mehrfachen Mord und …«

»Sie wollen doch nicht behaupten, Hardy hätte jemanden umgebracht?«

»… und um Kindesmissbrauch. Und Kinderpornografie.«

»Das ist jetzt ein schlechter Witz, oder? Hören Sie, ich …« Ihre Augen verengten sich zu schmalen Schlitzen. »Sie haben mich deshalb nach meiner Scheidung gefragt? Sie glauben, ich hätte mich von meinem Mann getrennt, weil er sich … weil er … Nein, vergessen Sie's!«

»Es gab also keine Anzeichen dafür?«

»Ich mag ja häufig schlecht über meinen Exmann gesprochen haben. Aber das«, ihre Stimme nahm an Schärfe zu, »das ist vollkommen absurd. Er hat niemals … Er könnte niemals … Er liebt seine Kinder auf eine ganz normale Weise. Mit so etwas hat Harald nichts zu tun. Dafür lege ich meine Hand ins Feuer.«

»Ich befürchte, in nächster Zeit werden sich eine Menge Frauen ihre Hände dabei verbrennen.«

»Vielleicht haben Sie da recht«, meinte sie. »Aber Harald ist nicht so. Er hat nichts …«

»Es kann tatsächlich sein, dass er nichts mit der Entstehung der Kinderpornos zu tun hat«, sagte Kalkbrenner. »Und wahrscheinlich …«

»Wahrscheinlich?«

»Ja, wahrscheinlich ist er auch nicht in die Morde verwickelt. Aber ich bin davon überzeugt, dass er Informationen über die Leute besitzt, die dafür verantwortlich sind.«

»Sie sind überzeugt?« Sie sah ihn fragend an. »Aber sicher wissen tun Sie es nicht. Also ist er mit den Informationen«, sie zögerte, »nicht bei der Polizei gewesen?«

»Wieso? Wollte er?«

Sie schüttelte den Kopf, einen Tick zu hastig. »Ich meine nur: Das wäre doch normal gewesen, oder?«

»Nun, Ihr Exmann ist Reporter. Und Journalisten haben die dumme Angewohnheit, sich alles andere als normal zu benehmen, wenn es um brisante Informationen geht. Gestern zum Beispiel ist Ihr Mann …«

»Exmann!«

Kalkbrenner ignorierte sie. »… vor der Polizei geflohen. Mit einer CD. Können Sie sich das vorstellen?«

Spindler erwiderte seinen Blick, sagte aber keinen Ton.

»Es wäre bei Weitem nicht das erste Mal, dass ein Reporter Beweismaterial vor der Polizei verbergen will. Das Problem ist aber in diesem Fall, dass die Leute, über die er Informationen besitzt, über Leichen gehen, damit die Beweise niemals an die Öffentlichkeit gelangen.«

»Ist Harald in Gefahr?« Sie stockte. »Sind die Kinder, sind wir in Gefahr?«

»Sie klingen nicht wirklich überrascht.«

»Was wollen Sie damit andeuten?«

»Nichts weiter.« Kalkbrenner erhob sich. »Aber keine Sorge, Ihre Wohnung wird bereits von Kollegen überwacht. Was allerdings Ihren Mann betrifft …« Das Klingeln des Telefons ließ ihn seine Ausführungen abbrechen.

»Entschuldigung«, sagte sie und nahm das Gespräch entgegen. »Ja, Karin Spindler hier?«

Sie lauschte in den Hörer.

»Guten Abend, Wolfgang.« Ihr Gesicht wurde von einer leichten Röte überzogen.

»Ja, Wolfgang, das ist wirklich schön, dass du dich meldest. Danke, uns geht es gut. … Aber die Polizei ist gerade bei mir.«

Ihr Gesprächspartner schien in einen längeren Redeschwall auszubrechen.

»Ja, das ist es. Sie suchen nach Harald. Er soll etwas über einige Morde wissen.«

Mit den Fingern massierte sie ihre Kopfhaut.

»Ob wir in Gefahr sind? Nein, unser Haus wird von der Polizei überwacht. … Was sagst du? Ja, da hast du recht. Natürlich wäre es besser gewesen, wenn Harald sich mit seinem Wissen an die Polizei gewandt hätte.«

Sie lächelte.

»Ja, das stimmt. Harald ist ein fürchterlicher Dickkopf.« Aus ihren Worten sprachen Verzweiflung und Wut. »Aber zum Glück ist er auch mein Exmann. Er ist für sich selbst verantwortlich. … Gute Nacht, Wolfgang.«

Sie legte das Telefon in die Ladeschale zurück und begleitete Kalkbrenner zur Diele. »Das war mein Bruder. Er sorgt sich um mich und die Kinder.«

»Dazu hat er auch allen Grund.« Kalkbrenner zog seine Jacke an. »Und falls Sie Ihren Mann, tut mir leid, Ihren Exmann noch einmal sprechen sollten, dann …«

»Ich sagte doch schon, dass ich nicht weiß, wo er steckt.«

»Das habe ich ja auch gar nicht behauptet.« Kalkbrenner umrundete mit großem Abstand den Schuhberg, über den er zuvor gestolpert war, und schlüpfte im Treppenhaus in seine Stiefel. »Aber falls er noch einmal anruft, so wie gerade eben, dann sagen Sie ihm doch, er täte gut daran, Ihren Ratschlag zu beherzigen. Er sollte sich stellen. Alles andere macht die Angelegenheit für ihn nur noch schlimmer.«

120

Sackowitz raste wie besessen durch Berlin. Immer wieder schaute er hektisch in den Rückspiegel. Ein eiskalter Mörder war in der Stadt unterwegs, und Sackowitz hörte ihn schon die Klingen für seine nächste Tat wetzen. Nur wenige Meter hinter ihm. Vielleicht hockte er schon auf dem Rücksitz? Unwillkürlich sah er sich um, konnte aber keine Verfolger ausmachen. Doch was hatte das schon zu bedeuten? Die letzten Tage hatte er ja auch nicht mitbekommen, dass der Mörder ihm – und der CD! – schon längst auf der Spur war.

Er kurbelte das Fenster hinunter. Die kalte Luft ernüchterte ihn und ließ ihn wieder klare Gedanken fassen. Was hatte er gestern Abend noch gedacht? *Noch so einen Tag überstehst du nicht?* Wie man sich irren konnte. Aber da musste er jetzt durch.

Er parkte den Polo in einer Seitenstraße der Humboldt-Universität und suchte die Umgebung mit Blicken ab. Bei dem Mistwetter waren nur wenige Passanten unterwegs. Jeder von ihnen konnte der Mörder sein.

Er schaltete sein Handy an und wählte eine Nummer. Das Freizeichen erklang. Zweimal. Dreimal. Dann sogar ein viertes Läuten. Warum ging niemand an den Apparat? Vielleicht war keiner daheim. *Umso besser.* Doch im selben Moment verkrampfte sich auch schon sein Magen. Wenn niemand das Gespräch entgegennahm, konnte das auch bedeuten, dass … *O nein, bitte, nicht das!* Er war kurz davor, das Telefon auf den Beifahrersitz zu schleudern, als endlich eine vertraute Stimme ertönte: »Ja, Karin Spindler hier?«

»Karin«, japste er erleichtert. »Geht es euch gut?«

»Guten Abend, Wolfgang«, entgegnete seine Exfrau.

»Ich bin's, Harald. Nicht dein Bruder.«

»Ja, Wolfgang, das ist wirklich schön, dass du dich meldest. Danke, uns geht es gut.«

»Karin, was redest du für einen Unsinn?«

»Aber die Polizei ist gerade bei mir.«

Sackowitz hielt die Luft an. »Wer? Ist es Kalkbrenner?«

»Ja, das ist es. Sie suchen nach Harald. Er soll etwas über einige Morde wissen.«

»Ja, Karin, deshalb rufe ich auch an. Es ist … Ach, verdammt, wie soll ich dir das nur erklären?« Er sammelte seine Gedanken. Gott sei Dank hatte Karin die Nerven behalten und so schnell gehandelt. Nicht auszudenken, wenn … »Es hat einen weiteren Mord gegeben, und ich … ich glaube, ich bin daran schuld. Ich mache mir große Sorgen …«

»Ob wir in Gefahr sind? Nein, unser Haus wird von der Polizei überwacht.«

»Okay, das ist gut. Ich …« Er verstummte, weil ein Passant auf ihn zuzusteuern schien. Aber nein. Der Fußgänger stapfte nur durch den Regen und machte kurz vor ihm einen Bogen, um ihm auszuweichen. *Glück gehabt!* Trotzdem ließ ihn Sackowitz nicht aus den Augen. Erst als der Nebel ihn wieder verschluckt hatte, sagte er: »Ich muss …«

»Was sagst du? Ja, da hast du recht. Natürlich wäre es besser gewesen, wenn Harald sich mit seinem Wissen an die Polizei gewandt hätte.«

»Ich weiß, Karin, das habe ich dir versprochen. Ich hatte es auch vor, wirklich, und ich würde es auch gerne tun, aber es geht nicht. Ich kann dir nicht erklären, warum …«

»Ja, das stimmt«, unterbrach sie ihn. »Harald ist ein fürchterlicher Dickkopf.« Sie holte seufzend Luft. »Aber zum Glück ist er auch mein Exmann. Er ist für sich selbst verantwortlich.«

»Karin!« Sackowitz schnaubte in sein Handy. »Ich muss nur noch herausfinden, wer und was …«

»Gute Nacht, Wolfgang.« Karins Enttäuschung und ihre abweisende Stimme trafen ihn wie vergiftete Pfeile. Dann beendete sie das Gespräch.

121

Ludwig stieg aus dem Bett. Die Matratze quietschte, als er sich erhob, und auch die Tür ging nicht lautlos auf. Ein heller Streifen Licht fiel von der noch immer brennenden Lampe aus dem Flur auf Ludwigs nackten Körper. Tabori wandte den Blick ab.

Als die Tür wieder ins Schloss gefallen war, lag er wieder im Dunkeln. Genauso reglos wie während der vergangenen Stunde. Oder waren es Stunden gewesen?

Nackte, verschwitzte Füße liefen fast lautlos über den Teppich, dann rauschte die Dusche. Tabori wollte sich ebenfalls säubern. Seinen Mund auswaschen. Die Zähne putzen. Seinen Körper schrubben, bis nicht nur die getrocknete, süßlich riechende Flüssigkeit von seinem Bauch verschwand, sondern am besten auch noch die Haut von seinen Knochen. Aber sosehr er sich auch anstrengte, er konnte nicht aufstehen. Sein Körper fühlte sich an wie gelähmt. Tabori dachte an zu Hause. An Mutter und Gentiana. Plötzlich schämte er sich. Er schloss die Augen und sehnte den Schlaf herbei. Nur keine Gedanken mehr.

Schritte näherten sich. Sekunden später legte sich Ludwig schon wieder neben ihn. Feuchte Finger liebkosten seine Hüfte. Ein Zittern ließ Taboris Kinderkörper erbeben. »Was ist mit dir?«

Er schwieg.

»Geht es dir nicht gut?«

Tabori öffnete die Augen, aber da war nur Finsternis.

»Das war … Ich dachte …« Ludwig räusperte sich in der Rabenschwärze. »Weißt du, mir geht es auch nicht gut. Ohne Fritz fühle ich mich so einsam und alleine.«

Tabori blieb still.

»Und deshalb brauche ich manchmal ein bisschen Trost.« Seine Stimme verlor sich in einem Flüstern. »Nur ein bisschen Trost. Das verstehst du doch, Tabori, oder?«

Das monotone Ticken der Uhr im Flur klang wie von fern in das finstere Zimmer. Beide sprachen kein Wort, bis Ludwig sagte: »Und einander zu trösten, das ist ja nichts Schlimmes. Eigentlich ist es etwas ganz Schönes.«

Taboris Augen gewöhnten sich langsam an die Dunkelheit. Auf dem Nachttisch erkannte er die Umrisse seines Fotos. Mutter und Mickael waren nur zu erahnen, trotzdem konnte er ihre verschämten, traurigen Blicke nicht ertragen, noch viel weniger als die wirren, wilden Augen von Ludwig, der so unglaublich laut geschnauft hatte. Gestöhnt wie die Männer, die abends zu seiner Mutter gekommen waren und sich dabei angehört hatten wie die Dorfschweine.

Gib mir deinen Mund.

Tabori wälzte sich in einer schnellen Bewegung vom Bett und rannte durch die Diele ins Bad. Zu spät. Er übergab sich auf den Toilettensitz, über die weißen Fliesen ringsum und sogar auf das Handtuch am Haken. Heftig atmend sank er auf die Knie. Tränen füllten seine Augen.

»O mein Gott.« Ludwig, der ihm gefolgt war, stöhnte. »Was für eine Sauerei.«

Tabori griff nach dem Handtuch, um das Erbrochene aufzuwischen.

»Hör auf damit!«

Aber Scham und Schmerz ließen Tabori noch heftiger scheuern. Das Handtuch stank jetzt nach Burgern. Erneut wurde ihm schlecht, aber es kamen nur noch ein Gurgeln und ein bisschen bittere Galle aus seiner Kehle.

»Tut mir leid«, stammelte er und wünschte sich ganz weit weg.

»Aber das braucht es doch nicht.« Ludwig ging neben ihm in die Knie. »Ist ja nichts Schlimmes passiert.«

Davon war Tabori nicht überzeugt. Noch immer rieb er das Handtuch über den klebrigen Boden. Wohin sollte er gehen? Zurück in die Kälte? Ohne Geld?

»Komm, lass mich dir helfen.« Ludwig entwand ihm das besudelte Handtuch, feuerte es ins Waschbecken und nahm ein frisches vom Regal, mit dem er die Fliesen zu säubern begann. »Was meinst du, wie oft Fritz neben die Schüssel gekotzt hat? Genau an die gleiche Stelle wie du. Weil er mal wieder zu viele Burger gegessen hatte, oder weil er nicht genug von den Pommes kriegen konnte. Und dann hat er es auch nicht rechtzeitig bis zum Klo geschafft.«

Tabori wollte einwenden, dass es nicht das Essen gewesen

war, das ihn sich hatte übergeben lassen, aber er brachte keinen Ton über die Lippen. Er fühlte sich schwach und hilflos.

Ludwig lächelte ihn an. »Siehst du: Jetzt bist du tatsächlich wie Fritz. Aber eigentlich habe ich dich sogar noch ein bisschen lieber, als ich ihn hatte.«

Tabori sank in sich zusammen. Ludwig streichelte seinen Rücken. *Nur ein bisschen Trost.* Allmählich beruhigte sich der Aufruhr in Taboris Innerem.

Ludwig half ihm auf die Beine. »Na komm, ich bring dich zurück in dein Zimmer. Dann kannst du schlafen.«

122

Die Stimmung im *Café Verdun* näherte sich ihrem Höhepunkt. Ausgelassen schwangen mehrere Mittfünfzigerpaare ihre Beine über das Tanzparkett. Paul Ankas *I don't like to sleep alone* war für diese Nacht ihre Rettung.

Sackowitz wollte auf der Stelle kehrtmachen, doch die Ereignisse der vergangenen Tage, die er immer wieder wie ein blutiges Fanal vor seinem geistigen Auge sah, trieben ihn ungnädig in die Kneipe. Rücksichtslos zwängte er sich durch die vergnügte Meute. Bei dem Gedanken an ihre selige Ahnungslosigkeit lief es ihm kalt den Rücken herunter. *No, I don't like to sleep alone. It's sad to think some folks do.*

Er ignorierte jede Etikette und plumpste ungebeten und ungefragt auf den Stuhl an Tisch 141. Mit einem raschen Druck auf die Telefongabel unterbrach er die anonyme amouröse Turtelei, die anscheinend gerade im Gange gewesen war. »Wir müssen reden!«

Magda Michels sah ihn entgeistert an. »Herr Sackowitz, Sie können doch nicht einfach …«

»Doch, ich kann. Herr Radomski ist tot«, sagte er. »Ermordet.«

Sie verzog keine Miene, während sie den Hörer langsam beiseitelegte. »Ich weiß.«

Unvermittelt packte er ihren Arm, sodass sie zusammenzuckte. »Ich habe gesehen, wie er umgebracht wurde. Ich war Zeuge.«

»Ja, die Polizei deutete so etwas an«, entgegnete sie.

»Die Polizei war bei Ihnen?«

»Die Beamten haben mich nach einer Verbindung zwischen Ihnen und Herrn Radomski befragt.«

»Haben sie auch nach Herrn Fielmeister gefragt?«

»Ja«, sagte sie und konnte ihre Verwunderung jetzt nicht mehr verbergen.

»Und was haben Sie geantwortet?«

»Natürlich das Gleiche wie Ihnen. Dass ich nichts weiß. Obwohl, das stimmt so nicht ganz. Ich habe den Beamten mitgeteilt, dass Sie, Herr Sackowitz, sich bei mir nach Herrn Radomski erkundigt haben. Dass Sie ihn unbedingt sprechen wollten. So habe ich mich der Polizei gegenüber ausgedrückt.«

Der DJ ließ Paul Anka ausfaden. Das kokettierende Geplänkel der Gäste waberte durch den Raum, während sich aus dem Hintergrund bereits Tom Jones zu Wort meldete: *If I only knew. What I could do.*

Endlich ließ Sackowitz Magda Michels' Arm los. Er rieb sich die Nasenwurzel und presste konzentriert die Augenlider aufeinander. »Und Sie sind immer noch davon überzeugt, dass Herr Schulze an einem Schlaganfall gestorben ist?«

»Was hat das denn mit dem Mord an Herrn Radomski zu tun?«

»Gegenfrage: Was hat der Mord an Herrn Radomski mit dem Mord an Herrn Fielmeister zu tun?«

Magda Michels antwortete nicht, aber ihre Mimik ließ erkennen, dass sie sich genauso wie Sackowitz den Kopf zerbrach.

»Beantworten Sie meine Frage.«

»Aber wie oft soll ich Ihnen noch sagen, dass Herr Schulze …«

»… einen Selbstmord begangen hat, der vertuscht wurde. Radomski wusste davon. Radomski wusste von einem Skandal. Einer Riesensauerei! Das hat er gesagt, und er hat mir sogar Beweise dafür geliefert.«

»Na bitte, wenn dem so ist, was wollen Sie dann noch von mir? Gehen Sie, und lassen Sie mich in Frieden mit Ihrer …«

»Was?«, fuhr er auf.

»Mit Ihrer Suche nach der Wahrheit!«

»Ja, genau darum geht es hier nämlich!«, schrie er. *Um die Wahrheit*. Aber nicht, weil er sich ihr als Journalist verpflichtet fühlte. *Dummes Geschwätz*. Er musste herausfinden, in was Radomski, Schulze und Fielmeister verstrickt gewesen waren, weil … »Weil mir die Beweise entwendet wurden, weil ein weiterer, unschuldiger Mensch dafür sterben musste. Und weil es jetzt«, er schluckte schwer, »jetzt um meinen eigenen Kopf geht.«

»Dann sollten Sie wohl besser zur Polizei gehen!«

Und damit hat sie mein nächstes Problem gleich beim Namen genannt. »Das hat meine Exfrau auch gesagt.«

»Dann scheint Ihre Exfrau nicht auf den Kopf gefallen zu sein.«

»Ja, aber … ich kann nicht.« Weder konnte er den Beamten seine Flucht aus der Redaktion erklären noch die Spuren, die er an den Tatorten hinterlassen hatte. »Wahrscheinlich glaubt die Polizei, ich hätte die Morde selbst begangen, und ich kann nicht einmal das Gegenteil beweisen – jedenfalls noch nicht. Erst muss ich herausfinden, was wirklich passiert ist.«

These are the facts of the matter. These are the names in the case, ließ Cliff Richard mittlerweile die schunkelnden Paare wissen. *This is the story, the passion. The time and the place. They're laid here before you.*

»Also, noch einmal«, sagte Sackowitz flehend. »Gibt es etwas, das Sie mir verschweigen?«

»Nein.«

»Überlegen Sie.«

»Aber wie soll ich …?«

»Strengen Sie sich an!« Sein Tonfall wurde schärfer.

»Ich verbitte mir …«

»Wie viele Tote soll es denn noch geben, bis Sie reden? Ich weiß, dass Sie mir etwas verheimlichen!«

Judge if you can, verlangte Cliff Richard. *The devil incarnate or a misunderstood man?* Der Text klang in Sackowitz' Ohren wie Spott und Hohn.

»Na ja«, Magda Michels schien zu überlegen, »etwas Merkwürdiges ist schon passiert. Es war …« Sie schüttelte vehement den Kopf. »Ach, wahrscheinlich ist es gar nicht wichtig.«

»Alles ist wichtig.«

»Aber es war nur ein Telefonat.«

»Auch ein Telefonat kann von Bedeutung sein!«

»Aber darin ging es nicht um seinen Tod«, wiegelte sie ab.

»Was macht Sie da so sicher?«

Ihr Blick glitt unruhig durch den Raum. An ihren Augen erkannte er, dass sie sich auf die Tanzfläche wünschte, übermütig, umschmeichelt, weit weg von ihm. Er bedrängte sie nicht und schwieg.

»Also, ich habe da ein Telefonat von Herrn Schulze mitbekommen«, gab sie sich schließlich einen Ruck. »Nicht dass das etwas Besonderes gewesen wäre. Ich war täglich bei vielen seiner Gespräche dabei. Aber dieses … dieses war ungewöhnlich. Und es hat einige Tage vor seinem Tod stattgefunden. Dabei tat er sehr geheimnisvoll, was ihm sonst überhaupt nicht ähnlich sah. Ich meine, ich war seine Büroleiterin und … Na ja, dennoch maß ich dem Gespräch keine große Bedeutung bei. Ich meine, schließlich besaß auch er ein Privatleben, und wir haben alle unsere kleinen Geheimnisse. Was sollte mich das also angehen? Außerdem stellte ich auch direkt nach seinem Ableben keine Verbindung zwischen dem Telefonat und seinem Tod her. Warum auch? Herr Schulze verstarb offiziell an einem Schlaganfall.«

»Sind Sie sich da sicher?«

»Aber daran gibt es doch keinen Zweifel. Der Befund des Hausarztes ist eindeutig.«

»Wissen Sie, wie der Arzt hieß?«

»Sein Name war …« Enttäuscht zuckte sie mit den Achseln. »Ich komme im Moment einfach nicht darauf. Aber ich weiß, dass sich Herr Schulze seit vielen Jahren bei ihm in Behandlung befand. Er war ein renommierter Mediziner, ein Freund der Familie. Warum hätte er lügen sollen?«

»Ja, warum? Genau das wüsste ich auch gern!« Einige Sekunden verstrichen, in denen Sackowitz der Musik lauschte und die tanzenden Paare auf dem Parkett beobachtete. »Worum ging es in dem Gespräch, das Sie belauscht haben?«

»Ich habe Herrn Schulze nicht belauscht, ich habe nur mitgehört.« Entrüstet richtete sie sich auf. »Und es war nur ein Zufall. Er hatte nicht mitbekommen, dass ich mich noch in meinem Büro aufhielt, weil ich mich bereits in den Feierabend verabschiedet hatte. Aber im Treppenhaus war mir eingefallen, dass ich eine wichtige Postsache versäumt hatte, also bin ich schnell …«

»Frau Michels, bitte, worum ging es in dem Gespräch?«

»Eine Wohnung in Neukölln, ich glaube, in der Schillerpromenade.«

»Schulze hatte eine Wohnung im tiefsten Neukölln?«

»Nein, ich meine, nicht dass ich das gewusst hätte. Das

war es ja, was mich verwundert hat. Er war wegen irgendetwas sehr aufgebracht und sagte, die Wohnung in Neukölln müsse unbedingt geschlossen werden. So wütend hatte ich ihn noch nie erlebt.«

»Geschlossen? Was meinte er damit?«

»Ich habe keine Ahnung.«

»Haben Sie der Polizei von diesem Telefonat erzählt?«

»Vielleicht hätte ich das sollen, aber wie ich schon sagte, für mich bestand kein Grund, dieses Telefonat mit dem Schlaganfall von Herrn Schulze in Verbindung zu bringen. Und schon gar nicht mit dem Mord an Herrn Radomski.«

»Und? Sind Sie davon immer noch überzeugt?«

Magda Michels wich seinem Blick aus. Das war Antwort genug.

Bild, Montag, 16. Januar

Neue Spur im Fall Manuel:

Kindermörder schlug zum zweiten Mal zu!

Berlin. Die Polizei hat eine neue Spur im Fall des ermordeten Manuel Benson (10) – das gab gestern Abend der Leitende Oberstaatsanwalt Jürgen Heindl in einer Pressekonferenz bekannt.

Manuel Benson aus Prenzlauer Berg war am Donnerstag nach der Schule spurlos verschwunden. Mit einem Großaufgebot hatte die Soko »Manuel« nach dem Jungen gesucht. Unterdessen schaltete seine Mutter die Medien in großem Umfang ein. Trotzdem wurde am Samstag Manuels Leiche aufgefunden.

Neuen Erkenntnissen der Polizei zufolge gibt es jetzt eine Verbindung zu einer bisher nicht identifizierten männlichen Kinderleiche. Auch dieser Junge wurde vor sechs Monaten das Opfer eines Gewaltverbrechens.

Polizeipräsident Hartmut Diesel bat erneut um Verständnis, dass die Polizei nicht alle ihr bekannten Details zu den Taten veröffentlichen könne, da die Suche nach dem Täter dadurch erschwert werden würde.

123

Harald Sackowitz fuhr den Mehringdamm entlang nach Neukölln. In der frühen Morgenstunde lag der Bezirk wie ausgestorben da. Kurz vor der Schillerpromenade hielt er an der Ecke Leinestraße. Durch das blattlose Gestrüpp am Straßenrand konnte er die Flughafenstartbahn ausmachen. Zwei kleine Flieger parkten vor den pompösen Abfertigungshallen. Komisch, dabei war der Betrieb auf Tempelhof doch offiziell längst eingestellt worden. *Was zerbrichst du dir darüber jetzt den Kopf?* Stimmt, er hatte weiß Gott andere Probleme.

Seine Schuhe versanken im grauen, zentimeterdicken Brei, zu dem der Regen den Schnee aufgeweicht hatte. Mit jedem Schritt schmatzte es unter den Sohlen seiner Sneakers. Er versuchte, sich zu konzentrieren, zumindest so weit, wie es ihm in der verdammten Kälte möglich war.

Nach einigen Minuten regten sich Zweifel. Wonach hielt er hier eigentlich Ausschau? *Eine Wohnung in Neukölln, in der Schillerpromenade.* Davon hatte Jan-Sönken Schulze gesprochen, wenn er Magda Michels Glauben schenkte. Aber welche Wohnung? Welches Haus? Bis auf einen schmalen Grünstreifen säumten Aberdutzende von hässlichen Betonbauten mit Hunderten, nein, Tausenden billiger Wohnungen die lange Straße.

Aufmerksam studierte Sackowitz die unsanierten Fassaden, stierte in nachttrübe Parterrewohnungen und kontrollierte sogar die Klingelschilder neben den Haustüren. Der Name »Schulze« begegnete ihm nicht. Weder als Anagramm noch als Symbol oder sonst was, das auf eine wie auch immer geartete Verbindung zu dem Staatssekretär, seinem Referenten Radomski oder dem Unternehmer Fielmeister schließen ließ.

Müde lehnte sich der Reporter an eines der Autos, die am Straßenrand parkten. Inzwischen war er schon fast zwanzig Stunden nonstop auf den Beinen. Und die Nacht auf Sonntag, die er in dem verschimmelten Bett seines Nachbarn verbracht hatte, war alles andere als erholsam gewesen. Außerdem griff der Frost mit unnachgiebigen Klauen nach ihm. Eine Tasse Kaffee würde jetzt Wunder wirken.

Aus einer Konditorei fiel Licht auf den vereisten Bürgersteig. In der Backstube hantierte der Bäcker mit Tabletts zwischen den Öfen herum und wappnete sich mit frischen Schrippen für die ersten Pendler des nahenden Werktags. Der Verkauf begann laut Türschild um fünf Uhr – verdammt, das war erst in einer knappen Stunde.

Sackowitz rieb sich die Hände und die Wangen warm, bevor er seine Suche fortsetzte. Er lief am Ausstellungsraum eines lokalen Kunstvereins vorbei, dann passierte er das verhangene Schaufenster eines alternativen Szenetreffs, wie die verblichenen Poster an der Scheibe vermuten ließen. Die Leuchtreklame war von der Fassade abmontiert worden. Dass der Treff noch genutzt wurde, stand zu bezweifeln.

Die restlichen Ladenlokale der Straße standen leer. Müll türmte sich vor ihren Schaufenstern. Zunehmend verzweifelter marschierte Sackowitz die Straße auf und ab. Erwartete er hier tatsächlich ein Anzeichen für … ja, wofür denn eigentlich? Eine Riesensauerei? *Lächerlich!* Er wusste ja noch nicht einmal, worauf er überhaupt achten sollte. Und selbst wenn er es wüsste – seit Schulzes Tod waren mittlerweile anderthalb Monate vergangen. Wenn es irgendwo hier je Anzeichen für dessen Machenschaften gegeben hatte, dann waren sie mit Sicherheit längst beseitigt worden. *Aus dem*

Weg geräumt – so wie Fielmeister, Radomski, Christian und bald auch …

Aber er musste aufhören zu denken und stattdessen weitersuchen, hier und nirgendwo anders. Ihm blieb gar keine andere Wahl, Magda Michels' Aussage war die einzige Spur, die er hatte. Auch wenn sie so mickrig war wie die kleinen Büsche und Bäume auf dem Streifen, den er jetzt zum x-ten Mal überquerte. Zwischen dem Grünzeug starrte er in die Nacht, die so finster war wie der ganze verdammte Fall. *Von Anfang an.* Vielleicht hätte er doch auf Bodkema hören sollen. *Ja, vielleicht.* Aber jetzt war es zu spät.

Er beeilte sich, in den hellen Kegel einer Straßenlaterne zu gelangen. Die Dunkelheit in dem kleinen Park behagte ihm nicht. Plötzlich hörte er, wie hinter ihm Schritte im Schnee knirschten. Noch bevor er sich umdrehen konnte, bohrte sich ein harter Gegenstand in seinen Rücken und eine Stimme sagte: »Ich wusste doch, dass Sie früher oder später hier auftauchen würden.«

124

Irgendwann verging auch die Dunkelheit vor seinem Fenster. Tabori hatte die ganze Nacht kein Auge zugetan, sondern dem monotonen Ticken der Uhr gelauscht, bis am Morgen die Klospülung rauschte.

Ludwigs Kopf tauchte im Türrahmen auf. »Guten Morgen, Tabori. Magst du mir beim Frühstück helfen?«

Er war nicht mehr nackt, sondern trug eine Jogginghose und das neue Kapuzenshirt. Trotzdem machte es sein Anblick Tabori nicht leichter aufzustehen. Wie betäubt erhob er sich und ging in den Flur. Obwohl er T-Shirt und Shorts trug, zitterte er.

»Warum ziehst du nicht dein neues Shirt an?« Ludwig holte aus Fritz' Zimmer das Oberteil, das Tabori schweigend überstreifte. Nun sahen sie fast gleich aus.

»Na los, komm schon«, verlangte Ludwig. »Ich habe auch eine Überraschung für dich.«

Auf dem Küchentisch stand, umringt von Aufschnitt, Käse, Schokocreme und Schrippen, ein kleines, nagelneues Radio.

»Was sagst du dazu?«

»Für mich?«, hauchte Tabori.

»Klar ist es für dich. Und für deine Familie. Du hast doch gesagt, dass euer Radio kaputt ist. Sieh mal, es funktioniert auch ohne Strom. Nur mit Batterien.« Er schaltete den Apparat ein, und Rockmusik klang aus den Lautsprechern. Ludwig begann plump zu tanzen. Er lächelte. Wie immer. Als wäre nichts geschehen. *Das ist ja nichts Schlimmes.* »Gefällt es dir?«

Das Radio erinnerte Tabori an jenes, das er sich vor ein paar Tagen bei *Saturn* angeschaut und gewünscht hatte. Einerseits fand er es irgendwie nicht mehr so toll, andererseits wollte er Ludwig nicht schon wieder enttäuschen. »Ist schön.«

»Das freut mich.« Ludwig holte den Schokoladenkuchen aus dem Kühlschrank. »Möchtest du noch etwas von deinem Geburtstagskuchen?« Er servierte Tabori ein großes Stück und verschwand dann im Bad.

Taboris Blick pendelte zwischen Kuchen und Radiogerät hin und her. Seine Kehle war wie zugeschnürt. Diese Geschenke, die vor ihm auf dem Tisch lagen, sie waren schön, sie waren lecker, aber, und das wusste er plötzlich, sie waren vor allem eins: falsch. Wie falsch, das konnte Tabori sich nicht erklären. Einfach nur falsch. Er wurde wütend. Was war bloß mit ihm los?

Ludwig hatte sich umgezogen. Als er zurück in die Küche kam, trug er einen Anzug. »Und? Was hast du heute vor?«

»Möchte raus.«

»Nach draußen? Was soll das heißen?«

»Ich krank.«

»Brauchst du frische Luft?« Ludwig öffnete das Fenster. Während die Kälte in die Küche zog, setzte er sich neben Tabori. Eine Weile lauschten sie der Musik aus dem neuen Radio, dann dämpfte Ludwig die Lautstärke und fragte: »Wir sind doch Freunde, Tabori, oder? Freunde sind manchmal nett zueinander. So wie Vater und Sohn, die sich lieb haben, verstehst du?«

Nein, das verstand Tabori nicht.

»So etwas wie letzte Nacht, also, wenn man sich lieb hat, dann ist das eigentlich richtig schön.« Ludwig hustete, als hätte er sich in den letzten Stunden erkältet. »Wahrscheinlich haben wir, ich meine, hast du … Nein, bestimmt hast du etwas falsch gemacht.« Ludwig nahm Taboris Hand. Der Körper des Jungen spannte sich merklich an. »Aber das ist nicht schlimm. Vielleicht bist du einfach noch nicht so groß.«

Eine Träne kullerte Taboris Wange hinab. Aber er wollte doch gar nicht weinen. Er war kein kleines Kind mehr. Mit einer Hand wischte er sich über die Augen und konzentrierte sich auf die Musik. Die plärrenden Gitarren lenkten ihn nicht ab. Sie waren einfach nur nervig.

»Weinst du etwa?« Ludwig umarmte ihn. »Lass dich trösten.«

Dicht nebeneinander saßen sie am Tisch und schwiegen.

»Geht es dir besser?«, fragte Ludwig nach ein paar Minuten.

»Bisschen.«

»Trotzdem möchte ich nicht, dass du heute nach draußen gehst. Ich will mir keine Sorgen um dich machen müssen. Stell dir vor, dir passiert etwas in der Stadt. Wer soll dir denn dann helfen? Womöglich bringt man dich zur Polizei. Willst du das?«

»Nein, keine Polizei.«

»Gucke heute Fernsehen. Wie wäre das? Oder beschäftige dich mit der PlayStation. Fritz hat so viele tolle Spiele.«

Aber Tabori stand der Sinn weder nach Fernsehen noch nach Spielen. Eigentlich hatte er zu gar nichts Lust.

»Ich glaube, du solltest dich erst einmal ausschlafen. Danach geht es dir bestimmt besser. Und heute Abend, wenn ich von der Arbeit komme, fahren wir gleich zu Georg. Du willst doch wissen, wo dein Cousin ist, oder?«

Wenigstens daran hatte Tabori keine Zweifel. »Gerne, ja.«

»Siehst du!« Ludwig stand auf und ging zur Wohnungstür. »Georg hat versprochen, sich darum zu kümmern. Und was er verspricht, das hält er auch. Dafür sind Freunde schließlich da.«

125

Sackowitz wollte sich umdrehen.

»Das würde ich an Ihrer Stelle nicht tun«, warnte die Stimme hinter ihm.

»Sonst was?«

Der Gegenstand presste sich mit Nachdruck zwischen Sackowitz' Schulterblätter. »Raten Sie doch mal.«

»Was hält Sie schon davon ab?«

»Haben Sie es wirklich so eilig?« Der Mann lachte. Es hörte sich freudlos an. »Keine Angst, ich bringe Sie schon noch um.« Er sagte es, als wäre ein Mord das Normalste der Welt. »Aber vorher plaudern wir noch ein wenig.«

Es klang, als würde er Sackowitz zu einem Drink einladen wollen. Aber was hatte der Reporter erwartet? Einen Wahnsinnigen, der irres Zeug faselte? Den gab es doch nur in schlechten Kinofilmen. »Worüber?«

»Zum Beispiel über die Person, die Sie in die Schillerpromenade geschickt hat.«

Sackowitz konnte nicht anders, er kicherte. »Warum sollte ich Ihnen verraten, von wem ich die Info habe?« Er straffte seinen Körper. »Sie töten mich ja sowieso.« Er wagte einen zweiten Versuch und wandte sich um. Sein Blick fiel auf eine schwarze Hose, eine schwarze Jacke, einen ebenso schwarzen Schal und – in dem Moment krachte der Lauf einer Pistole auf seinen Schädel.

Straße, Häuser und Autos verschwammen hinter einer Nebelwand aus Schmerz. Nur die Stimme des Mannes war noch immer klar und deutlich zu hören. »Es gibt einen Unterschied zwischen einem schnellen Kopfschuss und einem langsamen, qualvollen Tod, meinen Sie nicht auch?«

An der Ecke Leinestraße bog in diesem Moment ein Wagen in die Schillerpromenade ein. Sackowitz bekam einen weiteren Schubs, sodass er aus dem windigen Zwielicht der Straßenlaterne in den Park stolperte. Die Dunkelheit haftete an den Bäumen wie sonst nur Maden an einer Leiche. *An deiner Leiche – wenn du nicht bald das Weite suchst.*

Sackowitz tastete nach der Wunde an seiner Stirn. Sie war trocken. Also kein Blut. Für den Anfang war das schon mal gut. Allmählich klärte sich sein Blick und mit ihm auch der Verstand. »Ich bin Journalist.«

Ein abfälliges Schnaufen war die Reaktion. »Und? Was hat das zu bedeuten?«

»Als guter Journalist verpfeife ich niemals meine Informanten.«

»Löblich, die Einstellung, aber Ihr Arbeitsethos wird Ihnen jetzt auch nicht mehr weiterhelfen.«

Eine Limousine rollte im Schritttempo über den vereisten Asphalt. Bestimmt hielt der Fahrer nach einem Parkplatz Ausschau. Ob er die beiden Gestalten im Park bemerkt hatte? Aber selbst wenn dem so war, für ihn würden sie einfach nur zwei Pendler auf dem frühen Weg zur Arbeit sein. Oder zwei morgendliche Spaziergänger mit ihren Hunden, die sich gerade irgendwo zwischen den Bäumen erleichterten. Oder zwei Penner. Auf jeden Fall wären sie niemand, dem man Beachtung schenkte.

Sackowitz sagte: »Dann lassen Sie uns einen Deal machen.«

»Sie wollen einen Handel?«

Nein, das will ich nicht. Sackowitz war davon überzeugt, dass der Mörder sich auf kein Geschäft einlassen würde. Über kurz oder lang wäre er trotzdem dran. Der Reporter wollte lediglich Zeit gewinnen. »Ich nenne Ihnen den Namen, und …«

»… ich lasse Sie laufen? Das ist ja eine großartige Idee«, ulkte der Mann. »Also doch ein Geschäft?«

»Nein.« *Los! Lauf! Hau ab!* Aber Sackowitz blieb stehen. Eine Flucht Hals über Kopf war glatter Selbstmord. Bevor er auch nur ansatzweise die rettenden Fichten und Tannen erreichen könnte, hätte der Killer ihn schon in aller Ruhe abgeknallt. *Lass dir etwas anderes einfallen! Bloß was? Was?* »Erzählen Sie mir, wieso das alles geschehen musste. Warum mussten Schulze, Fielmeister und Radomski sterben?«

Ein leises Klicken. »Was spielt das jetzt noch für eine Rolle?«

Sackowitz brach der Schweiß aus. »Wenn ich schon sterben muss«, seine Stimme überschlug sich, »dann möchte ich wenigstens wissen, warum …«

»Hey, Reporter!« Eine laute Stimme hallte durch die dämmrige Schillerpromenade. Die hohen Hausfassaden warfen die Worte in einem dutzendfachen Echo zurück. »Alles in Ordnung bei dir?«

126

Für Paul Kalkbrenner war nichts in Ordnung. Gar nichts. Sein Schädel drohte, wie unter dem Kreuzfeuer eines Maschinengewehrs zu zerplatzen. Er zuckte unter dem Schmerz zusammen und wurde unsanft in den Tag entlassen.

Sein Hals war steif. Er blickte sich um. Er hatte auf dem alten Sofa seiner Mutter in verdrehter Haltung geschlafen. *Wieso eigentlich nicht im Bett?* Auf dem Tisch verhöhnte ihn eine halb leere Wodkaflasche. Das erklärte zwar einiges, nicht aber Bernies Bellen. Bis es an der Tür klingelte. Wohl nicht zum ersten Mal.

Kalkbrenner quälte sich von der Couch in die Senkrechte und Richtung Wohnungseingang. Als er die Tür öffnete, tobte der Hund um Jessy herum, die eine Tüte mit frischen Brötchen schwenkte. »Mein Gott, Paps, wie schaust du denn aus?«

»Wie denn?«

»Hast du noch nicht in den Spiegel geguckt?«

»Besser nicht.« Er trottete ins Bad und hielt den Kopf unter kaltes Wasser.

»Puh«, machte seine Tochter aus dem Wohnzimmer. »Hier riecht es, als hättest du … Du hast ja tatsächlich!« Mit dem Swiss Wodka in der Hand lehnte sie sich an die Badezimmertür. »Geht es dir gut?«

»Inzwischen ja.« Er rubbelte sich das nasse Haar mit einem Handtuch trocken. »Möchtest du einen Kaffee?«

»Du hast doch gar keine Kaffeemaschine.«

»Türkisch geht.«

»Und Küchenstühle fehlen dir auch noch.«

Unbeeindruckt von der freundlichen Nörgelei seiner Tochter trug er Butter, Aufschnitt und Käse ins Wohnzimmer. »Frühstück gibt's nebenan.«

»Wie weit bist du denn in deinem Fall?«, wollte Jessy wissen, während sie sich zu beiden Seiten des Tisches niederließen.

»Lass uns lieber über etwas anderes reden.« Er belegte eine Brötchenhälfte mit Wurst und biss hinein. »Über dich zum Beispiel. Und Leif.«

Jessy kippte Milch in ihren Kaffee, gab Zucker hinzu und rührte in aller Seelenruhe darin herum. »Du weißt ja, dass Leif und ich zusammenziehen wollen.«

»Ja, du hast davon erzählt.«

»Wir wollen nicht ohne Grund in einer gemeinsamen Wohnung leben.« Sie bemerkte seinen wachsamen Blick. »Und nein, ich bin nicht schwanger.«

»Ich habe ja auch nichts Derartiges behauptet.«

»Aber du hast es gedacht, als Leif sich gestern Abend fast verplappert hätte.«

»Verplappert womit?«

Jessy beäugte ihn aufmerksam über ihre Kaffeetasse hinweg.

»Herrgott«, entfuhr es ihm, »jetzt spann mich doch nicht noch länger auf die Folter!«

»Also gut.« Sie setzte eine ernste Miene auf. »Ich habe ein Kunststipendium bekommen.«

»Das ist doch toll!« Kalkbrenner wusste, wie sehr Jessy es sich gewünscht hatte, über ihr Studium hinaus Beachtung mit ihren Bildern zu finden. Offenbar war man endlich auf sie aufmerksam geworden. »Das freut mich wirklich!«

»In Frankreich.«

»Oh.«

»Für ein Jahr.«

Er legte sein halb gegessenes Brötchen zurück auf den Teller. »Sprichst du überhaupt Französisch?«

»Paps, ich habe acht Jahre lang Französisch in der Schule gehabt, da sollte das kein Problem sein. Außerdem geht es nicht darum, ob ich Französisch kann oder nicht.«

Und worum geht es dann?

»Leif und ich wollen gemeinsam nach Paris gehen und zusammenziehen«, sagte sie.

Das war es also, was sie ihm die letzten Tage über immer wieder versucht hatte mitzuteilen. »Was sagt deine Mutter?«

Jessy guckte ärgerlich. »Das ist alles, was dir dazu einfällt?«

»Nein, aber …«

»Du kannst dir doch denken, was Mama davon hält!«

Ellen, Jessys Mutter, Kalkbrenners Exfrau, hatte die Familie immer zusammenhalten wollen. Als sie gemerkt hatte, dass ihr Mann sich gefühlsmäßig immer stärker von ihr entfernte, hatte sie sich an ihre Tochter geklammert. Schon als Jessy sich eine eigene Wohnung suchen wollte, waren dem Auszug endlose Dispute vorausgegangen. Wenn ihre Tochter jetzt nach Paris zog, dann würde sie sich fühlen, als ob … *Aber wie fühlst du dich?*

Seine Mutter lag im Sterben. Seine Tochter zog ins Ausland. Mit seinem Kollegen Berger, der mal sein Freund gewesen war, war er sich nach wie vor spinnefeind. Und er? Er war auf der Suche nach einem Kinderserienmörder. »Nun, ich kann jedenfalls nicht behaupten, dass ich begeistert wäre.«

»Ich möchte aber, dass du akzeptierst, dass …«

»Jessy, ich sagte: ›Ich bin nicht begeistert.‹ Ich sagte nicht: ›Ich akzeptiere es nicht.‹ Denn das tue ich. Ich meine, deine Entscheidung akzeptieren. Ich würde dir niemals Steine in den Weg legen.«

»Das würde dir sowieso nicht gelingen«, parierte sie bockig.

»Ich weiß. Du bist ein Sturkopf. So wie ich.«

Ein Lächeln huschte über ihr Gesicht. »Du bist mir also nicht böse?«

»Weshalb sollte ich dir denn böse sein? Es gibt Sachen im Leben, die du machen möchtest und manchmal sogar machen musst, die deine Mitmenschen aber nicht gerade in Begeisterungsstürme ausbrechen lassen. Ich sagte dir bereits, dass manchmal nicht alles so einfach ist, wie man es gerne hätte.«

»Jetzt sprichst du aber von dir selbst.«

»Von mir. Von dir. Eigentlich von allen Menschen. Was ich damit sagen will, ist: Jedem steht sein eigenes Leben zu.«

Jessy nickte ernst. »Das habe ich begriffen. Und ich weiß auch, dass ich«, sie senkte schamvoll den Blick, »falsch reagiert habe, als ich dich und … also, diese Frau … Wie hieß sie noch? Judith?«

»Es ist egal. Vorbei. Vergessen und vergeben.«

»Schon, aber du solltest trotzdem wissen, dass ich mir bewusst bin, dass es dein Leben ist, was du lebst. Wenn du also eine neue Beziehung eingehst, mit wem auch immer, dann ist das ganz alleine deine Sache. Ich muss mich dafür nicht begeistern, aber ich werde dir deshalb auch keine Vorwürfe machen und erst recht keine Steine in den Weg …«

»Das würde dir sowieso nicht gelingen.«

Sie lachte. »Weil du ein Sturkopf bist. So wie ich.« Schnell wurde sie wieder ernst. »Du hast ein Anrecht auf dein Privatleben …« Sie stockte. »Genauso wie ich. Aber ich möchte auch, dass uns bewusst ist, dass wir trotzdem zusammengehören. Dass wir, wenn es hart auf hart kommt, füreinander da sind. Kurz gesagt: dass du hinter mir stehst. Ich brauche diese Gewissheit, um nach Paris ziehen zu können.«

Jessy mochte nach Frankreich ins ferne Paris ziehen, aber doch schien es so, als würde sie gerade die Vorstellung der Entfernung, die bald zwischen ihnen liegen würde, einander wieder näherbringen. *Das ist es doch, was du immer wolltest.* »Ich stehe hinter dir. Zu jeder Zeit. Versprochen!«

127

Das Echo der Frage verhallte zwischen den Häuserfassaden. Der Druck, mit dem die Pistole in Sackowitz' Rücken gebohrt wurde, wich. Einem Reflex nachgebend warf er sich in den Schnee. Einen Sekundenbruchteil später hörte er ein leises »Plopp«, gefolgt von einem Schrei.

»Vorsicht!«

Ein schwarzer Schatten hechtete über Sackowitz hinweg, der sich instinktiv zur Seite rollte. Eine weitere Kugel zischte an seinem Ohr vorbei und zerpflügte mit einem heißen Zischen die gefrorene Erde.

Dann herrschte Stille. Nur der Lärm der Stadtautobahn war in der Ferne zu hören. Oder war es das Blut, das aufgeregt durch Sackowitz' Körper pulsierte und in seinen Ohren rauschte?

»Ich glaube, er ist weg!« Jemand packte den Reporter am linken Arm. Zu seiner Rechten tauchte eine weitere Gestalt auf. Gemeinsam zogen sie ihn wieder auf die Beine.

Einen der vier Jugendlichen, die vor Sackowitz standen, erkannte er auf Anhieb. »Öndar?«

»Gerade noch rechtzeitig, würde ich mal behaupten«, sagte der dunkelhäutige Glatzkopf.

Der Journalist fand nur langsam seine Stimme wieder. »Aber was macht ihr hier?«

Öndar zuckte mit den Schultern. »Wir sind hier zu Hause. Schon vergessen? Das ist unser Viertel.«

Das habe ich nicht vergessen. »Aber was macht ihr hier? Ich meine, jetzt? Ausgerechnet jetzt?« Sackowitz konnte seine glückliche Rettung noch immer kaum fassen.

»Wir waren gerade auf dem Rückweg von einer Party, hinten an der Tanke haben wir uns noch was zu rauchen geholt. Und dann haben wir dich hier herumlaufen sehen. Kurz darauf kam dieser Typ da aus dem Park … Und der sah nicht wirklich nach einem Freund aus.«

Sackowitz' Augen hetzten über die Straße und die verschneiten Autodächer. »Habt ihr mitbekommen, wo er hin ist?«

»In den Park. Du hast krasses Glück gehabt, Mann. Die zwei Kugeln waren für dich bestimmt.«

Mehr als Glück! Zum zweiten Mal innerhalb weniger Tage war er einem Killer entkommen. Nur langsam normalisierte sich Sackowitz' Puls. »Ihr habt … mir das Leben gerettet.«

Fast brüderlich legte ihm Öndar eine Hand auf die Schulter. »Betrachte es als kleines Dankeschön. Hast über Celil und Alpa einen ordentlichen Artikel geschrieben.«

Sackowitz musste seine Gedanken ordnen. Der Mörder war ihm auf der Spur, daran gab es keinen Zweifel mehr. Und er würde erneut versuchen, ihn umzubringen, sobald er die Gelegenheit dazu bekam. Wenn nicht hier, dann woanders. Und dann würden Öndar und seine Freunde nicht mehr als rettende Engel … Moment mal, was hatte Öndar gerade gesagt? *Wir sind hier zu Hause. Das ist unser Viertel.* »Was wisst ihr über die Schillerpromenade?«

»Was sollen wir darüber wissen?«

Wenn ich die Frage nur selbst beantworten könnte. »Etwas über seltsame Geschäfte mit Gammelfleisch, die hier in einer Wohnung getätigt wurden.«

»Gammelfleisch?«

»Oder so.« Das war freilich keine hilfreiche Auskunft.

»Nee, davon wissen wir nichts.«

»Kennt ihr einen Rudolph Fielmeister? Oder Jan-Sönken Schulze? Ist euch einer der beiden schon mal über den Weg gelaufen?«

Keiner der Jungen fühlte sich zu einer Antwort bemüßigt.

»Also, was ist? Kanntet ihr sie oder nicht?«

»Nee, nie gehört«, sagte Öndar schließlich.

Sackowitz klopfte sich den Schnee von seinen Klamotten. *Wäre auch zu schön gewesen.* Enttäuscht lief er zu seinem Wagen zurück.

»Sollen wir dich irgendwo hinbringen?«, erbot sich Öndar.

»Danke, bin selbst mit dem Auto da.«

»Dann begleiten wir dich. Wohin willst du?«

Eine gute Frage, aber richtigerweise müsste sie heißen: Wohin kann ich noch? Wo war er in Sicherheit? Wem konnte er vertrauen? »Lasst uns zum Verlag fahren. Ich muss mit meinem Chef reden.«

»Chef ist immer gut«, meinte Öndar grinsend.

Sackowitz war sich da nicht so sicher.

128

Krachend fiel die Wohnungstür hinter Ludwig ins Schloss. Der Kuchen zerbröselte zwischen Taboris Fingern. Er stopfte die Krümel in den Mund. Sie schmeckten süß und trocken. Staubtrocken. Er zwang sich, sie zu schlucken.

Aus den kleinen Lautsprechern des neuen Radios wummerte noch immer Rockmusik. Sie war laut, lärmig und nervig und erinnerte ihn mit jedem Ton an Ludwig, sein plumpes Rumgehampel, seinen Körper, der …

»Nein!«

Tabori schnappte sich das Radio und schleuderte es in hohem Bogen zum Küchenfenster hinaus. Die Musik wurde leiser, noch leiser – dann zerbarst das Gerät auf dem Asphalt. Das Scheppern tat dem Jungen gut.

Seine Wut wurde von der einkehrenden Stille der Wohnung verschlungen. Übrig blieb nur Verwirrung. Was hatte er getan? Tabori schaute aus dem Fenster. Unten auf dem Gehsteig lag das Radio in tausend Einzelteilen. Er hatte Ludwigs

Geschenk zerstört. Warum? Er konnte es sich nicht erklären. Er hatte es einfach nur kaputt machen wollen. Aber besser fühlte er sich trotzdem nicht.

Er schloss das Fenster und rannte in Fritz' Zimmer, um sich mit der PlayStation abzulenken. Er spielte eine Weile *Street Soccer*, doch es langweilte ihn nur. Er stöberte in den anderen Spielen herum und entschied sich für *Race Driver*. In der nächsten Stunde lernte er, wie das Rennauto mit dem Gamepad zu steuern war. Runde um Runde raste er den Wagen zu Schrott. Das machte Spaß.

Als er müde wurde, ging er ins Bad und seifte sich unter der Dusche ein. Das heiße Wasser tat gut. Nach einer Viertelstunde war das Badezimmer voller Dampf. Tabori konnte kaum noch die Hand vor Augen sehen. Seinen eigenen Körper spürte er kaum noch, so heiß war das Wasser. Während er sich abtrocknete, lichtete sich der Nebel. Seine Haut war sauber, und er verspürte nur noch ein dumpfes Unwohlsein. Wie im Traum schien die letzte Nacht weit entfernt zu liegen und unwirklich. Ein schlechter Traum.

Er zwickte sich in den Unterarm. Es tat nicht weh. Er kniff fester zu und freute sich über den Schmerz, der ihn durchfuhr. Echter Schmerz.

Während er das Kapuzenhemd mit dem Berlin-Schriftzug und die Jogginghose anzog, beschloss er, den Alptraum zu vergessen. Er würde nur das in Erinnerung behalten, was wirklich wichtig war: Ludwig war der einzige Freund, den Tabori in Berlin hatte. Er war nett, und er sorgte sich um ihn. Das war doch etwas Gutes, oder?

Vielleicht hatte Tabori sich in der letzten Nacht tatsächlich auch nur dumm angestellt, wie Ludwig es gesagt hatte? So wie beim Erbrechen, als er es nicht bis zur Kloschüssel geschafft hatte. Wie peinlich ihm das gewesen war, aber Ludwig hatte kein böses Wort darüber verloren. Er war einfach nur für Tabori da gewesen.

Und wie hatte er, Tabori, darauf reagiert? Wie ein kleines Kind hatte er zu heulen begonnen. Er hatte abhauen wollen. Und dann hatte er auch noch Ludwigs Geschenk, das Radio, zerstört. Er war ungerecht und undankbar. Ludwig würde traurig sein, denn er würde schließlich niemals etwas tun, das Tabori traurig machte. Dessen war sich Tabori sicher.

Er ging wieder in Fritz' Zimmer. Draußen vor dem Fenster begann es erneut zu schneien. Jetzt war er froh, daheimgeblieben zu sein. Wie das klang – daheim.

129

»Wie?« Sackowitz rieb sich die Ohren, als würde er ihnen nicht mehr trauen. »Gekündigt? Aber warum?«

Stanislaw Bodkema verschränkte die Arme vor der Brust. Kein Wort kam über seine Lippen.

»Stan, ich fragte dich: ›Warum?‹«

Unnahbar wie ein Buddha thronte der Chefredakteur hinter seinem Schreibtisch und bewegte sich keinen Millimeter von der Stelle. Selbst die auf Sackowitz gerichteten Pupillen waren starr.

Sehnsüchtig schielte Sackowitz auf einen der Stühle, verharrte aber, weil Bodkema ihm keinen Platz anbot, mitten im Raum.

Endlich brach sein Chef das Schweigen. »Du fragst mich ernsthaft, warum?«

»Ist es wegen meiner Recherchen im Fall Schulze?«

»Nein, es geht nicht um Schulze. Es geht um … Sag mal, langweile ich dich etwa?«

Sackowitz gähnte ausgiebig. »Nein, Stan, ganz bestimmt nicht. Tut mir leid, aber ich habe seit Tagen kaum geschlafen.« Erneut blieb sein Blick an den Stühlen haften. Die weichen Polster sahen verführerisch aus. Er riss sich zusammen: »Ich kann dir erklären, weshalb ich am Samstag …«

»Nein, Harald!« Sackowitz entging nicht, dass Bodkema ihn plötzlich mit seinem vollen Namen ansprach. »Inzwischen weiß ich, warum du es so eilig hattest davonzukommen.«

»Wenn du das weißt, dann verstehe ich aber nicht, warum ich gekündigt sein soll.«

»Herrgott, Harald!« Bodkema wirkte wie jemand, der sich unsicher darüber war, ob er sich die Haare raufen oder doch lieber sein Gegenüber zum Teufel schicken sollte. »Hast du tatsächlich geglaubt, die Polizei ist so blöd und übersieht die Kinderpornos auf deinem Rechner?«

Augenblicklich war Sackowitz hellwach und fühlte sich trotzdem wie betäubt. »Was?«

»Jetzt tu nicht auch noch so überrascht.« Bodkema verzog angewidert das Gesicht. »Das ist dein Rechner, und weil du …«

Während sein Chef die Anklage gegen ihn fortsetzte, rief sich Sackowitz Radomskis Worte in Erinnerung. *Gammelfleisch?*, hatte der am Freitag bei ihrem Treffen in Grünau nachgefragt und dann Sackowitz mit den Worten berichtigt: *Wohl eher Frischfleisch*. »Das erklärt so einiges.«

»Was?«, bellte Bodkema. »Erklär du mir lieber, wie dieser Schmutz auf deinen Rechner gekommen ist.«

»Keine Ahnung, wie die …« Sackowitz hielt inne. Heiko hatte ihn gefragt, ob jemand an seinem Mac gewesen war. »Verdammt, ja! Jemand war an meinem Rechner. Und zwar letzte Woche. Am Freitag.«

»Ganz toll. Dann verrate mir doch bitte, wie dieser Jemand an deinen Rechner gekommen sein soll? Niemand Unbefugtes hat Zutritt zum Verlag. Und wieso sollte es dieser mysteriöse Unbekannte ausgerechnet auf deinen Rechner abgesehen haben?«

»Das ist doch klar. Jemand will mir etwas unterschieben.

Mich diskreditieren. Mundtot machen.« *Aber da muss noch etwas sein. Denk nach, verdammt!* »Heute Morgen hat man versucht, mich zu töten!«

»Wieso sollte man dich umbringen wollen?«

»Verstehst du denn noch immer nicht? Schulze, Fielmeister, Radomski und jetzt die Kinderpornos – da ist eine Riesensauerei im Gange. Und ich«, Sackowitz sprach so schnell, dass er sich verhaspelte und anschließend husten musste, dann war ihm alles klar, »und ich bin ihr auf der Spur.«

»Hast du Beweise für das, was du da gerade behauptest?«

»Sagen wir mal so: Ich hatte sie. Aber jetzt sind sie weg. Gestohlen. Vernichtet. Und Radomski, mein einziger Zeuge, wurde umgebracht.«

»Gestohlen. Vernichtet. Umgebracht.« Der Spott in Bodkemas Worten war nicht zu überhören. »Du hast also rein gar nichts in der Hand. Warum überrascht mich das eigentlich nicht?«

»Was willst du damit wieder andeuten?«

Der Chefredakteur lehnte sich lässig zurück.

»Hör auf, mich von oben herab anzugrinsen. Ich trinke nicht mehr!«

»Aber ich merke doch, was mit dir los ist, Harald.« Bodkema sprach betont langsam und deutlich, wie man es mit einem Kind tut. »Du bist übermüdet, unkonzentriert und hektisch. Du klammerst dich an fixe Ideen, redest dich ständig heraus, hast Hirngespinste, siehst Verschwörungen, wo keine sind. Alles so wie damals, als du …«

»Stan, ich bin schon lange trocken!«

»Und jetzt auch noch diese Filme. Du hast mir übrigens nie erzählt, warum dich damals deine Frau mit den Kindern verlassen hat.«

Was redete Bodkema da? »Stan, du klingst, als hältst du es wirklich für möglich, dass ich … Mensch, wir sind doch Freunde.«

»In erster Linie, Harald, bin ich dein Chef.«

»Aber du musst mir glauben! Das Zeug auf dem Rechner ist nicht von mir. Ich habe damit nichts zu tun. Das ist doch widerwärtig!«

Bodkema schüttelte seufzend den Kopf. »Ich wiederhole mich nur ungern, aber das widerwärtige Zeug wurde von der Polizei auf deinem Rechner gefunden. Also selbst wenn du es nur zu Recherchezwecken auf deiner Festplatte gespeichert haben solltest …«

»Aber das habe ich nicht. Ich weiß doch gar nicht, wie …«

»Lass mich ausreden, Harald! Allein der Besitz dieses Drecks ist strafbar. Da schützt dich auch die Pressefreiheit nicht mehr. Und zu deiner Information: Es ist nur dem Geschick unserer Anwälte zu verdanken, dass es heute Morgen nicht bereits zu einer kompletten Durchsuchung der Verlagsräume gekommen ist. Trotzdem wirst du dir denken können, dass die Geschäftsführung Konsequenzen verlangt. Ich habe also keine andere Wahl: Du bist entlassen. Fristlos. Pack deine Sachen, dann wird meine Sekretärin dich anschließend nach draußen begleiten.«

»Aber …?«, hielt Sackowitz kraftlos dagegen.

»Harald, geh! Ansonsten sehe ich mich gezwungen, die Polizei zu rufen.« Bodkema blickte unbewegt zum Fenster hinaus. »Herrgott, und frag mich nicht, warum ich sie nicht schon längst verständigt habe. Vielleicht hätte ich das tatsächlich tun sollen.«

Sackowitz schleppte sich aus dem Zimmer. Von den Kollegen in der Redaktion wurde er mit verstohlenen Blicken gemustert. *Ob sie alle Bescheid wissen?* Über Sackowitz, den Kinderschänder?

Es kostete ihn Mühe, einen klaren Gedanken zu fassen. Erst die Morde, jetzt die Kinderpornos. *Was geschieht hier überhaupt?* Warum versuchte der Killer, ihn aus dem Weg zu räumen, während jemand anders zugleich Filme auf seinen

Rechner kopierte, um ihn als Reporter zu diskreditieren? *Nein, das passt nicht zusammen.* Und da war noch etwas anderes, das spürte er. *Nur was?* Sackowitz überlegte fieberhaft, fand aber keine Antwort. In seinem Schädel herrschten Ebbe und Flut zugleich. Resignation und Aufruhr. Ein einziges Chaos.

»Was ist denn los?«, fragte Lothar flüsternd, als hätte er Angst, bei einer Unterhaltung mit dem verurteilten Delinquenten beobachtet zu werden.

»Ich bin gefeuert worden.«

»Weshalb?«

»Hat man dir das nicht gesagt?«

»Ich weiß nur das, was sich die anderen erzählen«, sagte der Praktikant. »Du bist am Samstag wirklich vor der Polizei getürmt?«

Es schien, als hätte Bodkema die Belegschaft über den brisanten Computerfund noch nicht informiert. Ein schwacher Trost, aber entlassen war entlassen. *Du solltest besser deine Sachen packen.* Es würde Stunden dauern, die Berge von Unterlagen auf dem Schreibtisch auszumisten, zu sortieren und einzupacken. *Was bringt das? Wirf sie einfach weg.* Aber selbst bei dieser Vorstellung verließen ihn die Kräfte. Sackowitz wollte einfach nur einschlafen, am besten mit einem Korn dazu. Nur ein Schluck – an das warme, tröstliche Gefühl, das danach immer gefolgt war, konnte er sich noch gut erinnern. *Was schadet es denn noch?* Schließlich waren doch alle sowieso davon überzeugt, dass er wieder an der Flasche hing.

Trotzdem: Sackowitz wusste aus schmerzlicher Erfahrung, dass durch Alkohol auch nichts besser wurde. Saufen war nun mal keine Lösung, nur eine Flucht. Und geflohen war er schon viel zu lange. Er durfte sich nicht unterkriegen lassen. *Unternimm etwas!* Aber dazu brauchte er Hilfe, die er von seinen Kollegen im Verlag nicht mehr erwarten konnte. *Von wem dann?*

In einem der kleinen Sitzungsräume aktivierte er sein Handy.

130

Im Konferenzraum machte sich Sera Muth an einem Computer zu schaffen. »Ist das der Rechner von Sackowitz?«, fragte Kalkbrenner.

»Ist er«, bestätigte Rita, die ihrer Kollegin zusah.

Muth verband die Festplatte mit einem Monitor und verkabelte die Netzbuchse mit der Steckdose, bevor sie den Start-Button betätigte. Während der Mac mit dem unnachahmlichen Signalton hochfuhr, drückte Muth Kalkbrenner einen in Silberpapier eingewickelten Kaugummi in die Hand.

»Was soll ich denn damit?«

»Dr. Salm hat sich angekündigt.«

»Und?«

»Kaugummis verbessern den Atem. Ist nachgewiesen.«

Kalkbrenner hauchte zum Test in seine Handfläche und schnupperte. Er roch nichts.

Muth beugte sich zu ihm. »Wodka?«

»So schlimm?«

»Nee, viel schlimmer.«

Er steckte sich den Kaugummi in den Mund, kaute und atmete mehrmals tief durch. Die Frische tat gut.

Währenddessen wurde auf dem Rechner der virtuelle Schreibtisch angezeigt: Auf dem Desktop herrschte ein wildes Durcheinander an Ordnern und Dateien, das zu dem Bild passte, das Kalkbrenner von Sackowitz' Persönlichkeit gewonnen hatte.

Den Zettel mit dem Dateipfad, der zu den erwähnten

Fotos und Videos führte, den Schöffel an den Rechner geklebt hatte, beachtete Kalkbrenner nicht. Stattdessen klickte er sich selbstständig durch die Ordner und stieß auf eine große Anzahl von Artikeln, die der Reporter selbst verfasst hatte. Sogar ein Bericht über Kalkbrenner war darunter, in dem einige Fälle nachgezeichnet wurden, die der Ermittler erfolgreich gelöst hatte. Sackowitz hatte den Artikel im letzten Sommer begonnen, war aber offenbar nie zu einem Ende gekommen.

»Ich wusste gar nicht, dass du so prominent bist«, witzelte Muth.

»Ist mir auch neu.«

»Weißt du, warum Sackowitz den Text geschrieben hat?«

»Er ist Polizeireporter. Ich denke, er wollte sich bei mir einschleimen, um auf diese Weise einen direkten Draht zu mir und eventuellen Infos von zukünftigen Ermittlungen zu bekommen.«

»Klingt gar nicht so dumm.«

»Klingt nach Sackowitz.« Kalkbrenners Kiefer mahlten ununterbrochen schmatzend auf dem Kaugummi herum. Er aktivierte Spotlight, eine Suchfunktion speziell für Macs, welche die komplette Festplatte inklusive aller Dateiinhalte nach bestimmten Begriffen durchforstete. Als Kalkbrenner den Namen »Fielmeister« eingab, öffnete sich ein halbes Dutzend Dateien: allesamt Berichte, die Sackowitz seit Bekanntwerden des Mordes an dem Unternehmer veröffentlicht hatte.

Unter »Radomski« wurden ungleich mehr Einträge gefunden, die allerdings zumeist nur aus Stichwörtern bestanden. Manche sollten wohl einen Zusammenhang zum Tod Jan-Sönken Schulzes herstellen, ohne dass sie jedoch genaue Details lieferten, welche die Verbindung hätten bestätigen können. Auch einen Hinweis auf die ermordeten Kinder enthielten sie nicht.

Dafür entdeckte Kalkbrenner in den biografischen Daten Radomskis den Vermerk zu dessen politischem Fachgebiet. Die Kollegen aus Grünau hatten es bereits am Samstag erwähnt, dennoch regte sich Unwohlsein, als Kalkbrenner die Bezeichnung las: »Bildungs- und Schulpolitik.«

»Da bekommt Radomskis Arbeit gleich eine ganz neue Bedeutung«, äußerte Muth voller Abscheu.

Kalkbrenner tippte »Manuel« in die Suchmaschine ein. »Kein Objekt gefunden.« Auch mit »Gregori« konnte der Rechner nichts anfangen. Dann folgte Kalkbrenner Schöffels Pfadangabe, woraufhin sich ein Ordner mit Bildern öffnete.

»O … mein … Gott«, stammelte Rita.

Muth presste die Lippen aufeinander. Kalkbrenner verschluckte seinen Kaugummi.

»Das kann ich mir nicht ansehen.« Rita verließ den Raum.

Kalkbrenner war drauf und dran, ihr zu folgen, überwand sich aber und klickte sich durch den Dreck, bis er endlich Manuel und Gregori auf den Fotos entdeckte. Die beiden Jungs standen nackt in einem Zimmer, das mit seinen weißen Fliesen und den ebenso hellen Wänden einem OP-Saal nicht unähnlich war. Etwas verloren stand in der Mitte des Raumes ein Sofa, auf dem sich die Kinder in übertrieben lasziver Pose räkelten. Der Anblick war abstoßend und widerwärtig. Den Dateinamen nach schien es auch mehrere Videos mit den Jungs zu geben, aber die wollte sich Kalkbrenner vorerst ersparen.

»Aber wir müssen uns das noch ansehen, oder?«, fragte Muth mit belegter Stimme.

»Wenn wir erfahren wollen, was geschehen ist, dann ja.«

Natürlich wussten sie schon längst, was passiert war, aber möglicherweise enthielten die Filmclips Hinweise auf den Ort des Verbrechens – oder auf den Täter. *Auf Fielmeister. Radomski. Oder sogar …*

»Paul!« Rita brachte ihm das Telefon, während sie die Muschel mit der Hand abdeckte. »Ein Gespräch für dich.«

131

Am anderen Ende der Leitung konnte er aufgeregt tuschelnde Stimmen hören, bevor diese mit einem Mal gedämpft wurden. Eine Hand war auf den Hörer gelegt worden. *Verdammt, warum dauert das so lange?* Sackowitz war nahe daran, in das Telefon zu schreien. *Es geht um mein Leben!*

»Hat Ihre Exfrau Ihnen ins Gewissen geredet?«, meldete sich der Kommissar ohne Begrüßung.

»Was meinen Sie damit?«

»Sie haben doch gestern Abend bei ihr angerufen, oder nicht?«

Sackowitz schluckte. Woher hatte Kalkbrenner davon erfahren? Hatte Karin ihn verraten? Aber dann hätte sie die Show nicht abziehen müssen.

»Ihre Flucht am Samstag …«, begann Kalkbrenner.

»Ich bin nicht geflohen«, unterbrach ihn Sackowitz.

»Für uns stellt sich die Sache erheblich anders dar.«

»Aber Herr Kalkbrenner, das sehen Sie falsch. Sie wissen ja nicht, was …« Sackowitz hörte seine Stimme plötzlich widerhallen. »Hört noch jemand mit?«

»Nein, wieso?«

»Verdammt, schalten Sie den Lautsprecher aus!« Im Hintergrund vernahm Sackowitz einen gedämpften Wortwechsel. Es knackte kurz, dann war der Halleffekt wieder verschwunden.

»Kommen wir zur Sache: Warum rufen Sie mich an?«

Wenn ich das nur wüsste! »Weil ich Ihnen sagen will, dass ich mit der ganzen Sache nichts zu tun habe. Ich habe gerade erst selbst erfahren müssen, was auf meinem Rechner abgespeichert ist.«

»Sie meinen, Sie hatten keine Ahnung, was sich auf Ihrem Computer befindet, als Sie vor uns geflohen sind? Und das soll ich Ihnen glauben?«

»Das müssen Sie!« Sackowitz atmete schwer. »Hören Sie, ich bin kein Technikexperte, Computer sind für mich ein Buch mit sieben Siegeln. Aber selbst wenn ich mehr Ahnung hätte, denken Sie, ich wäre so blöd, diese Sachen auf dem Redaktionsrechner zu speichern, wo sie jeder entdecken kann?«

»Sagen Sie es mir!«

»Natürlich nicht! Da will mir jemand etwas unterschieben.«

»Und wer sollte das sein?«

»Derjenige, der auch für die Morde an Fielmeister und Radomski verantwortlich ist. Und der auch den Selbstmord von Staatssekretär Schulze …«

»Moment mal, Herr Schulze ist an einem Schlaganfall gestorben.«

Verdammt, ist der Kommissar tatsächlich begriffsstutzig, oder tut er nur so? »Offiziell, ja, aber in Wirklichkeit hat er sich umgebracht, und sein Selbstmord wurde vertuscht. Radomski hat es mir erzählt. Und jetzt ist er tot. Auch mich hat man bereits umzubringen versucht. Mehrmals. Zuletzt heute Morgen. Ich sage Ihnen, da ist eine Riesensauerei im Gange.«

»Dann kommen Sie endlich vorbei. Hier können wir über all das reden, was Sie …«

Sackowitz wollte sich Kalkbrenners Überredungskunst nicht länger anhören und legte auf. Natürlich würde der Hauptkommissar mit ihm reden. Ha! *Und danach wird er dich mit Sicherheit nicht mehr laufen lassen.* Dazu steckte Sackowitz bereits viel zu tief in der Scheiße. Er hatte nichts in der Hand, um den Kommissar von seiner Unschuld zu überzeugen. Nur Vermutungen und Theorien. *Aber was hast du dir von dem Anruf denn erhofft?* Hatte er ernsthaft erwartet, der Kommissar würde ihm dabei helfen, sich aus dem Schlamassel zu befreien? Nein. Er mochte zwar mit ihm zusammen an einem Fall gearbeitet haben, aber trotzdem war und blieb Kalkbrenner zuallererst Polizist.

Sackowitz wollte sich aus dem Sessel stemmen, blieb aber sitzen. Er konnte nicht einmal mehr den Arm heben. Sein Körper verlangte mit all seiner ihm zustehenden Macht nach Schlaf. *Nur noch schlafen. Schlafen.* Und irgendwann aufwachen und wissen, dass alles nur ein Traum war. Seine Lider schlossen sich. *Nur für einen Moment.*

132

»Herr Sackowitz?«, rief Kalkbrenner und lauschte in den Hörer.

»Was ist los? Was sagt er?« Dr. Salm, der zwischenzeitlich eingetroffen war, drängelte sich Richtung Telefon.

»Er hat aufgelegt«, vermutete Robert Babicz. Der Psychologe lehnte an der defekten Heizung und schien die Saunahitze in vollen Zügen zu genießen. »Stimmt's?«

»Einfach so?« Der Dezernatsleiter starrte Kalkbrenner konsterniert an. »Und was wollte er?«

Auf Drängen von Dr. Salm war das Telefonat auf den Lautsprecher umgestellt worden, doch Sackowitz hatte das sofort bemerkt und Kalkbrenner gedrängt, keine Mithörer zuzulassen. »Sagen, dass er mit alldem nichts zu tun hat: mit den Morden an Fielmeister und Radomski sowie an Manuel und Gregori.«

»Es gibt also einen Zusammenhang zwischen den Taten?«

Da ist eine Riesensauerei im Gange. »Davon ist Sackowitz felsenfest überzeugt. Er glaubt auch, dass Jan-Sönken Schulze in die Sache verwickelt war. Der Schlaganfall sei nachträglich fingiert worden, meint er. In Wahrheit habe Schulze Selbstmord begangen.«

Beim Vernehmen des Namens Schulze beorderte Dr. Salm sofort die beiden Kommissare Hertz und Milowski herbei, die sich in Ritas Vorzimmer unschlüssig die Beine in den Bauch gestanden hatten. »Haben Sie in Sachen Schulze etwas herausgefunden?«

»Wir haben Schulzes Umfeld einer eingehenden Prüfung unterzogen, mit seiner Familie gesprochen und auch den Hausarzt angehört«, erklärte Hertz, »aber es gibt nichts, was den Verdacht von Sackowitz erhärten würde.«

»Dennoch scheint der Reporter bei seinen Recherchen zu Schulze auf etwas gestoßen zu sein«, sinnierte Kalkbrenner.

»Ich will Ihnen mal sagen, wie sich für mich die Sache darstellt.« Dr. Salms Gesichtsfarbe wechselte von leichtem Sonnenstudiobraun zu zornigem Rot. »Er hat nicht recherchiert, sondern steckt knietief in dieser Sauerei mit drin. Und jetzt bekommt er Schiss und will sich selber in letzter Sekunde retten. So sieht es nämlich aus.«

Kalkbrenner hatte bereits einige Male mit Sackowitz zu tun gehabt. Sie waren dabei keine Freunde geworden, so weit ging die Liebe nicht, aber nachdem sie sich in den ersten Jahre ihrer Bekanntschaft fast ausnahmslos beharkt hatten, war ihr Verhältnis zuletzt immerhin von gegenseitigem Respekt geprägt gewesen. Sackowitz war ein Reporter, dessen Job es war, ständig einer auflagenträchtigen Story hinterherzuhetzen, trotzdem, so war Kalkbrenners Eindruck gewesen, hatte er das Herz auf dem rechten Fleck. »Trotzdem kann ich mir nicht vorstellen, dass er so dumm ist und …«

»Papperlapapp«, herrschte ihn Dr. Salm an. »Immerhin ist er dumm genug, sich vor uns zu verstecken. Und das allein macht ihn schon verdächtig.« Der Dezernatsleiter baute sich vor Sackowitz' Rechner auf. »Und jetzt erklären Sie mir bitte, was es mit diesen Fotos und Videos auf sich hat.«

Kalkbrenner berichtete in knappen Worten von den erschütternden Entdeckungen, die gemacht worden waren. »Will sich jemand ein eigenes Bild davon machen?«

Einhelliges Kopfschütteln war die Antwort.

Kalkbrenner wandte sich den Kollegen aus Grünau zu. »Und Ihnen ist bei den Ermittlungen zu Radomski und Fielmeister kein Hinweis auf pädophile Umtriebigkeit untergekommen?«

»Wie gesagt, wir haben seit Samstag das komplette Umfeld Fielmeisters und Radomskis – und auch das von Schulze – auf den Kopf gestellt, beruflich wie privat«, versicherte Hertz, »aber da ist nichts. Wirklich. Fielmeister war oft auf Geschäftsreise unterwegs, übernachtete in Hotels, solche Sachen eben. Aber nirgendwo gab es irgendwelche Auffälligkeiten. Das Telefonat am Morgen vor seinem Tod ist bisher die einzige Verbindung zu Radomski, der wiederum bis zum Tod seines Chefs Jan-Sönken Schulze regelmäßig zwischen Trebbin, wo er mit seinem Lebensgefährten lebte, und seiner Wohnung in Berlin pendelte, wo er die Woche wegen seiner Arbeit verbrachte …«

»Radomski hatte also einen Zweitwohnsitz?«, warf Dr. Salm ein.

»Als persönlicher Referent eines parlamentarischen Staatssekretärs hat er sicherlich nicht schlecht verdient«, bemerkte Muth.

Der Dezernatsleiter strafte sie mit einem säuerlichen Blick.

»Möglicherweise sind wir von Anfang an einem falschen Verdacht nachgegangen«, sagte Hertz. »Schulze war der Chef von Radomski, Radomski telefonierte mit Fielmeister am Tag vor dessen Ermordung, Fielmeister wiederum war der Stiefbruder von Peglar, der sich mit der Fleischmafia eingelassen hatte und sich auf der Flucht befand.« Angesichts der Anstrengung, die es ihn gekostet hatte, die Zusammenhänge zu rekapitulieren, wischte sich Hertz schnell über die Glatze. »Alles passte perfekt zueinander. Es erschien ganz klar, dass ein großer Gammelfleischskandal das Motiv für die Morde war, sodass überhaupt kein Grund, ja nicht einmal der Hauch eines Indizes vorlag, in eine andere Richtung zu ermitteln.«

»Ihnen macht auch keiner einen Vorwurf«, beruhigte Kalkbrenner.

»Natürlich nicht«, grunzte Dr. Salm zustimmend, aber es klang, als machte er den Kollegen aus Grünau genau das: einen Vorwurf. »Wir müssen also ganz von vorne anfangen.«

Wenigstens in diesem Punkt konnte ihm Kalkbrenner zustimmen. »Sera, was hat die Auswertung der Videoüberwachung aus den Steglitzer U- und S-Bahnhöfen erbracht?«

»Nun, wir haben Manuel tatsächlich auf einigen der Videos ausfindig machen können. Am Donnerstagmittag gegen vierzehn Uhr ist er am Bahnhof Steglitzer Rathaus ausgestiegen und hat anschließend den Bahnhof verlassen. Wohin er von da aus gegangen ist, lässt sich anhand der Aufzeichnungen nicht erkennen, aber dank der Zeugin im *Saturn* wissen wir, dass er nur wenig später den Elektronikmarkt betreten haben muss, wo er an den Konsolen spielte. Hier bricht seine Spur ab – irgendwann wird er den Elektronikmarkt wieder verlassen haben und muss seinem späteren Mörder in die Arme gelaufen sein.«

»Und niemand hat etwas gesehen?«, wollte Dr. Salm wissen.

»Nein, leider nicht«, bedauerte Muth. »Die Vernehmung des Personals, der Kunden sowie der Einzelhändler in der Nähe hat nichts ergeben. Den Leuten fallen die Herumtreiber und Streuner im *Saturn* zwar immer wieder auf, aber niemand hat auf sie geachtet. Sie sind halt einfach da: Kids, die auf der Straße abhängen.«

Dr. Babicz fühlte sich zu einem Resümee berufen. »Wir haben es also mit drei Männern zu tun, die in Zusammenhang mit zwei missbrauchten Kindern stehen.«

»Genau, Kindern, nach denen kein Hahn kräht«, präzisierte Muth.

»Also, ich muss doch bitten«, kritisierte Dr. Salm sofort. »Manuel ist nun wirklich kein Junge gewesen, nach dem kein ...«

»Nein, natürlich nicht«, kam der Psychologe der jungen Kriminalkommissarin zu Hilfe, »aber dummerweise hat er sich genau in diesen Kreisen aufgehalten.«

»Dieser Szene«, fügte Muth erklärend hinzu.

Babicz wechselte einen Blick mit ihr. »Ich vermute, Sie denken das Gleiche wie ich?«

»Nämlich?«, fragte Dr. Salm gereizt. Er fühlte sich ausgeschlossen.

»Radomski war schwul«, sagte Muth.

Der Dezernatsleiter verschluckte sich empört. »Was hat das denn jetzt damit zu tun? Das wissen wir doch schon.«

»Es ist ein, na ja, offenes Geheimnis, dass viele Ausreißerkids bei schwulen Männern landen, die ...« Sera Muth hielt kurz inne.

»Das ist doch nicht Ihr Ernst?«, warf Dr. Salm entsetzt ein.

»... bestimmte Vorlieben haben«, beendete die Beamtin den Satz.

Babicz nickte. »Unter Umständen haben wir es mit einer ganz bestimmten Szene zu tun, in der ich mich aber nicht auskenne. Dafür gibt es Experten. Ich für meinen Teil denke, dass der Mörder höchstwahrscheinlich genau diesem Milieu entstammt. Möglicherweise ist er dort sogar schon in der Vergangenheit in Erscheinung getreten – als ein Mann, der gewalttätig war oder ein anderes auffallendes Verhalten an den Tag gelegt hat.«

»Oder sogar bereits Morde beging«, ergänzte Kalkbrenner. »Weshalb Fielmeister und Radomski sterben mussten, möglicherweise sogar Schulze.«

Dr. Salm raufte sich die Haare. »Sie meinen, weil sie alle dieser Szene angehörten?«

»Und weil sie dem Mörder auf die Schliche gekommen sind«, sagte Muth.

»Das wiederum würde bedeuten«, Kalkbrenner sah den Psychologen Rat suchend an, »dass es nur ein Zufall war, wo und wie wir Manuels Leiche entdeckt haben. Der Mörder würde demnach auch nicht unter Druck stehen. Denn wenn er mögliche Zeugen aus dem Weg räumt, und darauf deutet alles hin, dann ist unsere Theorie, dass er gefunden werden will, falsch.«

»Stimmt«, räumte Babicz betroffen ein. »Dann hätte ich mich geirrt.«

»Und was heißt das jetzt genau?« Dr. Salms Gesicht war ein großes Fragezeichen. »Wie hilft uns das weiter?«

»Für den Moment«, Babicz zuckte resigniert mit den Schultern, »gar nicht.«

»Aber ich kenne jemanden, der Licht ins Dunkel bringen kann.« Kalkbrenner erhob sich.

133

Ludwigs Stimme tönte aus der Diele. Er war gerade erst heimgekommen. »Bist du fertig? Wir sollten uns jetzt auf den Weg machen.«

Tabori räkelte sich unter der Decke. Ihm ging es besser als noch am Morgen. Sogar Hunger verspürte er wieder. »Wir essen?«

»Leider nicht. Dazu fehlt uns die Zeit.«

Die Standuhr zeigte fast vier Uhr nachmittags. »Aber … habe Hunger.«

»Was ist dir wichtiger: Essen oder Ryon zu treffen?«

Wenn die Sache sich so verhielt … Aufgeregt tauschte Tabori Jogginghose und Kapuzenshirt gegen Jeans und Pullover. Mit den erstbesten Turnschuhen an den Füßen, die ihm in Fritz' Schrank zwischen die Finger gerieten, machte er sich auf den Weg zur Wohnungstür.

»Nimmst du dein Radio nicht mit?«, fragte Ludwig.

Tabori hielt in der Bewegung inne, mit der er sich gerade die Daunenjacke überstreifen wollte. »Radio?«

»Wir sind einige Zeit unterwegs. Willst du keine Musik hören?«

»Nein.«

»Na los, jetzt nimm das Radio schon mit.«

»Nein danke.«

»Na gut, wie du willst. Aber jetzt sollten wir uns wirklich auf den Weg machen.«

Durch den Schneesturm kämpften sie sich zum S-Bahnhof vor, von wo die Bahn sie einmal quer durch Berlin kutschierte. Während der Fahrt wechselten sie kein Wort miteinander, aber das störte Tabori nicht. In Gedanken bereitete er sich schon auf das Treffen mit Ryon vor. Ob sein Cousin sich ebenso sehr auf das Wiedersehen freute wie er? Ging es ihm gut? Was hatte er erlebt? Sie würden sich so viel zu erzählen haben.

Am Bahnhof Westkreuz, der aus heruntergekommenen Bahnsteigen bestand, die im Schneegestöber besonders trist wirkten, stiegen sie aus und eilten zum Eingang eines nicht weit entfernten Hochhauses. Im Eingangsbereich hingen die überquellenden Briefkästen dicht an dicht an der einen Wand, gegenüber stapelte sich der Hausmüll.

In der achten Etage erwartete sie Georg an seiner Wohnungstür. Er war noch kleiner, als Tabori ihn in Erinnerung hatte. Ein fleckiger Dreitagebart bedeckte Kinn und Wangen. Das Hemd, dessen obere drei Knöpfe offen standen und den Blick auf seine spärliche Brustbehaarung freigaben, spannte sich über seinen Bauch. »Kommt schnell rein.«

»Sind ja schon auf dem Weg«, meckerte Ludwig.

»Ist euch jemand begegnet?«

»Jetzt mach dich mal locker.«

»Ach, als wenn dich das alles nicht kümmern würde.«

Tabori wurde von Ludwig in Richtung Wohnzimmer gedrängt. Seine Anspannung wuchs, aber der schmale Raum war leer. *Leer.* Wo war Ryon?

Enttäuscht setzte sich Tabori auf eines der beiden Couchelemente, die in die Ecke gequetscht worden waren. An der Wand hing ein flacher Fernseher, der quadratische Glastisch war mit Flaschen, leeren Zigarettenschachteln und einigen Zeitungen übersät.

Ludwig schimpfte mit Georg. »Ich habe dir schon einmal gesagt, dass du vor den Jungs nicht so reden sollst.«

»Dich lässt das alles also unberührt, ja? Aber du kannst mir nicht erzählen, dass …«

»Sprich nicht so laut!«

»… seit der Sache mit diesem Manuel …«

»Wenn du damit nicht umgehen kannst, warum steigst du dann nicht aus? Oder machst eine Weile Pause?« Ludwigs Stimme hatte einen drohenden Ton angenommen.

Von irgendwo im Haus dröhnte blechern ein Fernseher. »Du weißt, dass ich das nicht kann«, wisperte Georg.

Tabori strich sich die tauenden Schneeflocken von seinem Anorak. Worüber stritten sich die beiden Männer? Über Jungen? Über Tabori? Oder Ryon? Eins jedoch war ihm klar. Die Schlagzeile auf dem Titelblatt einer der Zeitungen auf dem Tisch brachte ihm traurige Gewissheit.

»Ich kenne Manuel«, rief er.

Ludwig kam sofort zu ihm ins Wohnzimmer. »Was weißt du über ihn?«

»Haben *Street Soccer* gespielt. Er war gut. Warum … tot?«

»Wie oft habt ihr euch getroffen?«

Tabori hielt den Zeigefinger hoch. »Eins.«

»Wann war das?«

Tabori grübelte. »Donnerstag.«

Georgs Gesicht tauchte neben Ludwig auf. »Hat er etwas erzählt?«, fragte er.

»Nein. Manuel ist gegangen. Einfach so. Kein Abschied.«

»War er alleine?«

»Nein. Mit Papa. Aber du sagen … warum tot?«

»Es war ein Unfall«, erklärte Ludwig.

In der Nachbarwohnung schrie ein kleines Baby. Sekundenlang lauschten sie dem Plärren. Niemand sagte etwas. Aufmerksam schaute Tabori die beiden Männer an. Was war denn nun mit Ryon? Wo steckte er?

»Ich mach mich dann mal auf den Weg«, sagte Ludwig. »Und du, Tabori, du bleibst erst einmal hier.«

»Warum?« Tabori war nicht wohl bei dem Gedanken.

»Damit ihr euch besser kennenlernt, du und Georg.«

»Wie lange?«

»Bis ich dich wieder abhole.«

»Heute Abend?«

»Nein, nicht heute Abend.«

Tabori war verwirrt. »Wann?«

»Bald.«

»Aber ich will bei dir …«

»Georg wird sich ab jetzt um dich kümmern.«

Tabori wurde schlecht. »Warum?«

Ludwig hockte sich vor ihm in die Knie und hielt Tabori an den Schultern fest. »Ich wünschte wirklich, es wäre anders, aber ich muss für einige Tage verreisen. Wegen der Arbeit. Das verstehst du doch.«

»Ich kann doch alleine in … Wohnung.«

»Und was ist, wenn es dir wieder schlecht geht? Wer kümmert sich dann um dich?«

»Ich … vorsichtig.«

»Trotzdem, ich würde mir Sorgen um dich machen.« Lächelnd strich er Tabori durchs Haar. »Dann könnte ich nicht richtig arbeiten. Geld verdienen. Die Zeit mit dir hat mich sehr viel Geld gekostet – allein dein Radio heute Morgen. Das ist dir vermutlich nicht klar, oder?«

»Dann geben wir Radio wieder …« Tabori biss sich auf die Unterlippe. Er konnte das Gerät nicht mehr zurückgeben. Er hatte es zerstört, aber das konnte Ludwig natürlich nicht wissen.

»Auf gar keinen Fall. Ich mache dir gerne Geschenke, weil ich weiß, dass es dich freut.« Ludwig stand auf und schaute auf Tabori hinab. »Aber du musst auch verstehen, dass ich noch andere Verpflichtungen habe.«

Daran hatte Tabori tatsächlich kein einziges Mal gedacht: Ludwig hatte auch andere Aufgaben. Er konnte sich nicht immerzu um ihn kümmern.

»Freu dich lieber, dass du bei Georg sein darfst«, erklärte Ludwig. »Georg wird sich sehr nett um dich kümmern.« Er öffnete die Wohnungstür. Ein kalter Hauch aus dem Treppenhaus fegte über Tabori hinweg und ließ ihn schaudern. »Ich meine es nur gut mir dir, Tabori, das weißt du doch, oder?«

Tabori nickte. Trotzdem fühlte er sich irgendwie abgeschoben. Das Rumoren in seinem Bauch wurde wieder heftiger, das ungute Gefühl stärker. »Und was ist mit Ryon?«

»Genau deshalb bist du ja bei Georg. Frag ihn einfach. Bestimmt hast du Glück, und er hat ihn schon längst gefunden.«

134

Das Klingelschild war unleserlich, die Eisentür mit Stickern beklebt. *Ein anonymer Treffpunkt.* Während sie darauf warteten, dass jemand auf ihr Läuten reagierte, studierte Kalkbrenner die Aufkleber. »Mir ist da mal was Blödes passiert!« warnte vor sexuellen Übergriffen. »Steht jedem … Mach's mit!« empfahl den Kondomgebrauch. »Wenn es juckt!« informierte über Geschlechtskrankheiten.

Ein weiterer Aufkleber gab Auskunft über die Öffnungszeiten der Metrokids: montags von 17 bis 22 Uhr, dienstags bis freitags von 13 bis 17 Uhr. Heute war Montag, und die Uhr zeigte neunzehn nach vier.

Zurück im Auto, ließ Muth die Standheizung laufen. Schweigend beobachteten sie das Gebäude. Wie alle anderen in der Seitenstraße zum Kottbusser Damm war es verwittert und mit Graffiti besprüht worden. Im Pflaster des Bürgersteigs fehlten Steine, die Blumenbeete quollen vor Müll über. Selbst der Schnee, der die letzten Stunden seinen weißen Schleier über die Stadt gelegt hatte, konnte es nicht übertünchen: Das Viertel war und blieb heruntergekommen. So wie die Gestalten, die sich einen Block weiter nahe dem Kottbusser Tor trafen und die ein wahres Sammelsurium gestrandeter Existenzen darstellten: Obdachlose, Junkies, Drogendealer.

»Sieh mal!«, sagte Muth.

Ein kleiner Junge stapfte durch den Schnee zu der Sozialeinrichtung. Als auch sein Klingeln ungehört blieb, trottete er missmutig in Richtung U-Bahn-Station davon.

Kalkbrenner öffnete die Fahrzeugtür.

»Was hast du vor?«

»Wonach sieht es denn aus?«

Er band sich seinen Mantel enger um den Leib, aber auch

das schützte ihn nicht vor der Kälte. Seine Handschuhe hatte er im Wagen vergessen, sodass er schon nach wenigen Metern seine Finger nicht mehr spürte und sie abwechselnd massierte. Seine Kollegin schloss zu ihm auf.

Sie folgten dem Jungen zum U-Bahnsteig, wo sich Muth bei Kalkbrenner unterhakte. Irritiert schaute er sie an, aber sie lächelte. »Sobald die einen Polizisten riechen, verpissen die sich. Hat das nicht der Sozialarbeiter gesagt?«

Der Junge nahm die U8 in Richtung Hermannplatz. Kalkbrenner und Muth stiegen in den Nachbarwaggon ein. Die Heizungen im Zug waren bis zum Anschlag aufgedreht; es war so warm wie im Sommer. Nur die verschnupften Menschen, die sich dick eingemummelt hatten, ließen auf die richtige Jahreszeit schließen.

Sechs Sitze entfernt balancierte eine Frau zwei prall gefüllte, große Plastiktüten eines Discounters auf dem Schoß. Ein Geschäftsmann im Anzug und mit weißen iPod-Kopfhörern im Ohr stand nahe an der Waggontür, klammerte sich an seine Aktentasche und blickte durch Kalkbrenner hindurch. Eine türkische Mutter, ihr Haar unter einem Kopftuch verborgen, hielt ihre Tochter an der Hand, und ein Penner mit zotteligem Bart und einer Fahne, die einem beim Näherkommen den Atem raubte, hatte sich schnarchend auf dem Zugboden niedergelassen. Dass der Matsch seinen Hosenboden durchnässte, schien ihm in seinem Rausch nichts auszumachen.

Dann kreischten die Bremsen, der Wagen ruckelte, und der Zug fuhr in den Bahnhof Leinestraße ein. Kunstlicht flutete durch den Waggon, der Geschäftsmann mit der Aktenmappe machte eine Vierteldrehung hin zur Tür, und der Betrunkene erwachte. »Habt ihr 'nen Euro?«

Im nächsten Wagen verließ der Junge die U-Bahn. Kalkbrenner fand auf die Schnelle zwei Münzen in seiner Jackentasche, warf sie dem Penner zu, dann folgten sie dem

Jungen. Muth hatte ihre Hand noch immer auf seinem Unterarm platziert.

Der Niederschlag hatte eine Pause eingelegt, doch die Kälte ließ die Beamten kurz zurückweichen, als sie ins Freie traten.

In der Schillerpromenade, einer Querstraße zur Leinestraße, steuerte der Junge auf ein Ladenlokal zu. Die Leuchtreklame war abmontiert, verrostete Nägel ragten aus der Wand, und das große, raumhohe Schaufenster war mit Tüchern verhangen. Von außen konnte man nur einige Poster sehen, die innen an der Scheibe klebten. Hinter der Tür erklang das Geräusch von jugendlichem Herumgealber.

Die beiden Beamten gingen in einem dunklen Hauseingang in Deckung, als sich zwei weitere Kinder dem Laden näherten. Als sie ihn betraten, gaben sie für zwei, drei Sekunden den Blick in den Raum frei. Ein gutes Dutzend Kinder gruppierte sich um einen Fernseher, ein Sofa und – schon fiel die Tür wieder ins Schloss.

»Gehen wir rein!«, beschloss Kalkbrenner, und Muth nickte.

Sie fanden sich in einem großen Zimmer wieder, das früher wohl zu einem Café oder Restaurant gehört hatte. Jetzt war daraus ein gemütlicher Aufenthaltsraum mit roter Farbe an den Wänden entstanden. Die Jungen fläzten sich auf dem Sofa, während auf dem Fernsehschirm vor ihnen ein Pornofilm flimmerte. Andere vergnügten sich ein Stück weiter an einer PlayStation, und in der hinteren Ecke machten gerade zwei Joints die Runde. Als sie die Polizisten bemerkten, erstarrten die Kiffer in ihrer Bewegung. Ein Moment der Stille trat ein. Nur das wilde Keuchen der Pornodarsteller auf der Mattscheibe, untermalt vom Fiepen der Spielkonsole, war zu hören.

Dann brach ein Tumult aus. Die Jugendlichen sprangen panisch auf und spurteten zur Hintertür, durch die sie in einen Garten türmten. Kalkbrenner wollte sie daran hindern, aber eine weitere Tür, die in ein kleines Nebenzimmer führte, zog seine Aufmerksamkeit auf sich. Der Raum war leer – bis auf ein Bett und einen kleinen Jungen, der im Liegen am Reißverschluss seiner Hose herumnestelte.

Das einzige Fenster des Zimmers war offen, die Gardinen blähten sich im eisigen Wind. Es zeigte ebenfalls raus zum Hof, an dessen hinterem Ende Kalkbrenner eine Gestalt über die Gartenmauer klettern sah. Er war sich sicher: Das war kein Kind. Das war ein Mann.

Während Muth schon spurtend den Garten durchquert hatte und die Mauer überwand, drehte sich Kalkbrenner zu dem Jungen auf dem Bett um.

135

»Ist doch alles halb so wild«, beruhigte ihn Georg, während er sich auf dem breiteren der beiden Wohnzimmersofas niederließ. »Wir beide machen uns einen schönen Abend, in Ordnung?«

Verloren stand Tabori im Raum.

»Magst du etwas essen?«

Der Hunger von vorhin war ihm gründlich vergangen. »Nein.«

»Trinken?«

»Keinen Durst.«

»Möchtest du PlayStation spielen? *Street Soccer*? Ich liebe *Street Soccer.*«

»Nein. Ich habe schon gespielt.«

Georg nahm die Fernbedienung und schaltete den Fernseher an. »Was meinst du? Wollen wir uns einen Film anschauen?«

»Mama sagt: Filme sind …«

»Jetzt hör mal, sehe ich aus wie deine Mama?«

»Nein«, gestand Tabori.

Georg lachte. »Möchtest du nicht fernsehen?«

»Weiß nicht.«

»Herrje, dann sag mir einfach, was du willst.«

Aber das Einzige, was Tabori wollte, war eine Antwort. »Wo ist Ryon?«

»Wer ist Ryon?«

»Mein Cousin, du weißt das.«

»Ach so, der. Ja, darum kümmere ich mich.«

»Heute?«

Georg zappte durch die Fernsehsender. In einer Talkshow keiften sich Menschen an. »Nein, heute nicht mehr.«

»Aber du hast gesagt, du …«

»Ich?« Georg sah ihn entrüstet an. »Ich habe gar nichts gesagt.«

»Ludwig hat.«

»Ja, ja, der gute Ludwig.« Georg lachte schallend. »Der erzählt viel, wenn der Tag lang ist.«

»Aber wo ist Ryon? Kannst du …?«

»Natürlich kann ich. Aber alles braucht seine Zeit.«

»Das hast du gestern auch gesagt.«

»Habe ich das? Nun, kann gut sein.«

Enttäuscht sank Tabori auf die Couch und vermied es, Georg dabei anzuschauen. Der kleine, dickliche Mann war ein seltsamer Typ. Überhaupt nicht nett und aufmerksam. Überhaupt nicht wie Ludwig.

»Willst du nicht deine Jacke ausziehen? Und die Schuhe?«

Tabori legte seinen Anorak zögerlich aufs Sofa und schlüpfte aus den Schuhen.

Georg grunzte zufrieden. »Was hältst du von *Findet Nemo?*«

»Was ist das?«

»Sag bloß, du kennst den Film nicht?« Georg erhob sich und schob eine bereitliegende DVD in den Player. »Den kennt doch jedes Kind!« Auf den Tisch stellte er eine Flasche Cola und zwei Gläser. Zwischen den Zigarettenpackungen, Zeitungen und dem Leergut hatte er Mühe, noch einen freien Fleck zu finden. Knisternd öffnete er eine Tüte Chips und leerte den Inhalt in eine Schüssel. »Greif zu.«

Der Film begann. Es war ein Trickfilm, in dem ein kleiner, aufgeweckter Fisch namens Nemo das Meer erkundete. Dabei verfing er sich unglücklicherweise in einem Fischernetz und landete in einem Aquarium in einer Zahnarztpraxis. Als sich sein besorgter Vater auf die Suche nach ihm machte, lernte er dabei die verschiedensten Leute – oder Fische und Schildkröten – kennen, manche waren nett, einige böse. Die Abenteuer, die er gemeinsam mit ihnen erlebte, erinnerten Tabori an seine Suche nach Ryon.

Doch anders als sie, die sich bis heute noch nicht in Berlin getroffen hatten, fanden sich Nemo und sein Vater zum Schluss des Films und konnten zusammen nach Hause schwimmen. Das Happy End berührte Tabori. Es machte ihm Hoffnung, dass er seinen Cousin doch noch wiedersehen würde. Gedankenverloren knabberte er Kartoffelchips und trank Cola.

»Trinkst du gerne Cola?«, erkundigte sich Georg.

»Schon. Aber darf nicht. Mama sagt: Cola … teuer. Zu Hause trinken Wasser.«

»Wie schade.« Georg tätschelte ihm den Oberschenkel. »Meine Mutter hat früher immer zu mir gesagt, ich darf Cola trinken, aber«, er nahm einen tiefen Schluck vom Brausegetränk und rülpste genüsslich, »das Bäuerchen danach hat sie mir verboten. Das sei unanständig.«

»Bäuerchen? Unanständig?«

Georg stieß noch einmal geräuschvoll auf. »Rülpsen. Kannst du das auch?«

»Ja! Ich mache Olympiade mit Ryon.« Begeistert trank Tabori von der Cola. Die Kohlensäure kitzelte ihm in der Nase. Danach gab er einen prächtigen Rülpser von sich. Ryon wäre stolz auf ihn gewesen.

»Wow!«, staunte Georg.

Vielleicht war er ja doch ein lustiger Kerl. »Ludwig findet Bäuerchen auch nicht schön«, sagte Tabori.

»Aber sonst hat es dir bei Ludwig gefallen, oder?«

»Ja. Ludwig ist mein Freund.«

»Ja, Ludwig ist wirklich nett.« Georg gähnte und hielt sich die Hand vor den Mund. »Aber du wirst sehen, bei mir wird es dir auch gut gehen. Ich bin auch nett, versprochen. Soll ich dir das Kinderzimmer zeigen?«

Ich bin doch kein kleines Kind mehr, wollte Tabori einwenden, aber nachdem er schon *Findet Nemo* nicht gekannt hatte, kam ihm die Bemerkung irgendwie unpassend vor.

Das Kinderzimmer war nicht so ordentlich wie das von Fritz, und auch der Teppich wirkte bei Georg eher schäbig. Aber an der Wand klebten fast die gleichen Poster wie bei Ludwig: von Eminem, 50 Cent und Tokio Hotel. Auch ein Computer und eine Spielkonsole standen auf dem Schreibtisch, nur die Gitarre fehlte.

»Gefällt es dir?«

Tabori wollte nicht unhöflich sein. »Danke, ja.«

»Dann fühl dich wie zu Hause.«

»Ist das Zimmer von … dein Sohn?«

Georg schwieg. Er machte nicht den Eindruck, als würde er darüber reden wollen. Vielleicht wollte sein Sohn auch nichts mehr mit ihm zu tun haben, und er war deshalb genauso traurig wie Ludwig. »Dort drüben ist das Bad. Ich habe dir eine Zahnbürste, einen Waschlappen und ein Handtuch herausgelegt. Schön waschen, hast du gehört?«

Jetzt aber doch: »Ich bin kein Baby mehr.«

Georg lächelte.

Das Badezimmer war kleiner als das von Ludwig, aber immer noch größer als das in Gracen. Tabori musste an seine Mutter denken. Was sie wohl gerade tat? Er wusch sich, gähnte und tappte schläfrig in das gegenüberliegende Zimmer.

»Da bist du ja«, empfing ihn Georg lächelnd. »Ich warte schon auf dich.«

136

»Ist die Knarre echt?«, fragte der Junge auf dem Bett respektvoll.

Unter Kalkbrenners Mantel schaute das Holster seiner Dienstwaffe hervor. »Ist sie.«

»Krass. Hast du damit schon geschossen?«

»Ja.«

»Wirklich?«

»Auf dem Übungsplatz.«

Enttäuscht fielen seine Mundwinkel nach unten. »Nicht auf Verbrecher?«

»Nein, noch nicht.« Der Junge hatte kurzes schwarzes Haar, dazu weiße, fast schon bleiche Haut. Seine Lippen waren schmal, seine Augen hellblau. Er war noch ein Kind. Ein kleines Kind. »Wie heißt du?«

»André.«

»André, wie alt bist du?«

»Neun.«

»Weißt du, wer der Mann da gerade war?«

»Nee.«

»Gehört ihm diese Wohnung?«

»Weiß nicht.«

»Bist du das erste Mal hier?«

»Nee, bin öfter da.«

»Und woher kommst du?«

»Aus Berlin, woher denn sonst?«

»Ich meine, von wo aus Berlin?«

»Aus Neukölln.«

»Weiß deine Mutter, dass du hier bist?«

André nickte stumm. Im gleichen Moment kam Muth zur Terrassentür herein. Bedauernd zuckte sie mit den Schultern. »Er ist mir entwischt.« Sie atmete bedächtig ein und aus. »Und die anderen Kids?«

»Sind ausgeflogen.«

»Wenigstens haben wir ihn noch rechtzeitig …« Ein Hustenanfall schüttelte sie.

»Sera, alles in Ordnung?«

»Ja«, krächzte sie und sah André an. »Und du? Was machst du hier?«

»Na, PlayStation zocken. Hab zu Hause keine. Mama kann sich die nicht leisten.«

Muth setzte sich neben den Jungen und klopfte mit der flachen Hand auf die Matratze. »Und was hast du dann in diesem Schlafzimmer zu suchen? Die PlayStation steht doch da vorne.«

»So halt.«

So halt? So einfach. So belanglos. Kalkbrenner kam ein furchtbarer Verdacht. »Du bist nicht das erste Mal in diesem Schlafzimmer, nicht wahr?«

»Hmmm.«

»Und es waren auch schon andere Männer mit dir hier?«

Schweigen.

»Was haben sie mit dir gemacht?«

»Nichts.«

»Findest du nicht schlimm, was sie …?«

»Ach was. Ist doch nichts.«

Ist doch nichts. Der Junge sprach, als hätte er gerade erfahren, dass seine Lieblingsfernsehsendung heute ausfiel, was ihn aber nicht berührte, weil er für sie inzwischen ohnehin zu alt geworden war.

Kalkbrenner zog aus seiner Jackentasche zwei Bilder, auf denen Fielmeister und Radomski abgebildet waren. »Hast du diese beiden Männer hier schon mal gesehen?«

»Weiß nicht.«

»Schau sie dir genau an.«

»Mach ich doch.«

»Der eine heißt Rudolph, der andere Ernst. Hast du die Namen hier schon mal gehört?«

»Nee.«

»Gibt es andere Männer, an die du dich erinnern kannst?«

»Kann sein.«

»Magst du mir ihre Namen sagen?«

Der Junge schüttelte vehement den Kopf.

»Warum nicht?«

»Darum nicht.«

»Hat man dir gesagt, dass du mit niemandem darüber reden darfst? Wurdest du bedroht?«

»Nee.«

»Wurde dir wehgetan? War einer der Männer besonders gemein und böse zu dir?«

»Nee, keiner.«

Kalkbrenner musterte den Jungen aufmerksam. Was war mit ihm los? Noch vor wenigen Minuten hatte einer dieser Männer versucht, ihn zu missbrauchen, und jetzt hockte er auf dem Bett und spielte abwesend mit den Schnürsenkeln seiner Sportschuhe, als würde er nur darauf warten, zurück an die PlayStation zu dürfen.

Im Fenster einer Nachbarwohnung lehnte sich eine ältere Dame über den Fenstersims und bohrte gelangweilt in der Nase. Muth eilte auf die Rentnerin zu, doch diese zog blitzschnell die Gardine vor und verschwand.

Die Kriminalkommissarin hämmerte mit der Faust gegen den Fensterrahmen. »Polizei! Kommen Sie zurück!«

Langsam tauchte der Kopf der Frau hinter der Spitzengardine auf. Wie in Zeitlupe schob sie diese einen Spalt weit zurück. Im Hintergrund war das knisternde Brutzeln einer Pfanne zu hören. »Was ist denn los?«

»Das frage ich Sie!« Muth musste an sich halten, um der Alten nicht ins Gesicht zu springen. »Haben Sie eigentlich nicht mitbekommen, was bei Ihrem Nachbarn drüben los ist?«

»Nee, was denn?«

»Die Kinder! Sind Ihnen die Kinder nicht aufgefallen?«

»Doch, natürlich.«

»Und Sie haben sich nichts dabei gedacht?«

»Nee, wieso denn? Die tun doch niemandem was. Ist was mit ihnen?«

»Ja, die wurden allesamt von Männern missbraucht!«

Die alte Dame wurde leichenblass.

»Und Sie haben davon nichts bemerkt?«

Die Frau sah aus, als müsste sie sich jeden Moment übergeben.

»Lassen Sie sich Ihr Essen schmecken.« Damit wandte sich Muth ab.

137

Tabori wurde es heiß und kalt.

»Komm zu mir«, lockte Georg.

Der Junge bewegte sich nicht vom Fleck.

»Willst du nicht zu mir kommen?«

»Nein!«

»Nein? Was soll das denn heißen? Hat dir der Abend mit mir nicht gefallen?«

Alle Härchen an Taboris Körper stellten sich auf.

»Hast du vielleicht etwas gegen mich?«

Das Blut pulsierte hinter Taboris Schläfen. Er konnte Georg kaum noch verstehen.

»Oder willst du wieder raus in die Kälte?«

»Nein, will ich nicht.«

»Na also, worauf wartest du noch? Du kannst bei mir schlafen, essen, trinken, und als Gegenleistung bist du einfach nur ein bisschen nett zu mir. Ludwig hat dir doch bereits gezeigt, wie das geht.«

»Ludwig ist mein Freund!«

»Ach ja?« Georg schaute demonstrativ in jede Ecke des Zimmers. »Und wo ist er, dein sogenannter Freund? Ich kann ihn nirgends sehen.«

»Er kommt mich holen. Bald.«

Georg lachte. »Okay, aber bis dahin bin ich dein Freund.«

Taboris Stimme war nur noch ein zaghaftes Flüstern. »Ich dachte …«

»Was hast du gedacht?«

»Ich … Ich …« Er brachte kein Wort mehr über seine Lippen. Ekelhafte Bilder jagten vor Taboris innerem Auge vorbei – Erinnerungen, die er bereits vergessen geglaubt hatte. Sie vermischten sich mit dem Anblick des nackten Mannes auf dem Bett, dessen Penis steif in die Höhe ragte und der jetzt fragte: »Was hast du denn gedacht, warum Ludwig dich zu mir gebracht hat, na?«

Tabori würgte. Dann schmeckte er angedaute Cola und Chips in seinem Mund.

»Oder bin ich dir etwa nicht gut genug?« Georg machte eine Pause, dann schlug er sich gegen die Stirn. »Ach, ich verstehe: Es geht dir ums Geld, richtig?« Er griff in seine Hose, die neben dem Bett auf dem Boden lag, und feuerte Banknoten in Taboris Richtung. »Hier hast du dein Geld. Na los, heb's schon auf.«

»Kein Geld!« Endlich durchbrach Tabori seine Erstarrung und griff im Wohnzimmer nach seinen Schuhen und dem Anorak.

»Bleib hier!«

Der Junge stieß gegen den Tisch. Eine der Flaschen wankte, fiel herunter und lief auf dem Teppichboden aus.

In der Diele warf sich Georg schnell einen Morgenmantel über. »Wo willst du hin?«

Tabori stürzte ins Treppenhaus. Mit seinen Socken war es auf den Stufen rutschig, er suchte Halt am Geländer. Unten vor der Haustür bremste er, um sich vollständig anzuziehen. Als er sich bückte, um die Schnürsenkel zuzubinden, flatterte einer von Georgs Geldscheinen herab. 10 Euro! Er hatte sich in der Jacke verfangen. Tabori griff nach dem Geld und bemerkte erst in diesem Augenblick die ältere Frau, die sich an die Wand mit den Briefkästen drückte. Neben ihr hechelte ein kleines Schoßhündchen, in dessen Fell weiße Schneeflocken tauten.

»Geht es dir gut, mein Junge?«, fragte die Dame. Mit einem Schlüssel deutete sie Richtung obere Etagen. »Warst du bei Herrn Kaiser?«

»Georg«, sagte Tabori.

»Ja, Herr Kaiser.« Sie blinzelte und nickte, als hätte sie ihn ganz genau verstanden.

Ein Stockwerk über ihnen erschien ein kahler Kopf über dem Treppengeländer. Der Hund begann zu kläffen. Georgs Gesicht verschwand.

»Du solltest zur Polizei gehen.« Die Frau flüsterte. »Gehst du zur Polizei? Bitte?«

»Nein! Keine Polizei.« Tabori riss die Haustür auf. Draußen empfing ihn der eiskalte Wind mit spöttischem Geheul.

Ein pochender Schmerz breitete sich um ihre Schläfen herum aus. Sie rang nach Luft. Ängstlich öffnete sie die Augen. Jetzt konnte sie wieder atmen. Es war nur ein Traum gewesen, ein Traum, der einen schalen Nachgeschmack auf der Zunge hinterließ.

Anna Benson lag in einem von drei großen weißen Betten in einem großen weißen Zimmer. Aus Beuteln, die an klapprigen silbernen Galgen baumelten, tropfte klare Flüssigkeit in Schläuche, die unter Annas Decke führten. Sie schob den Stoff ein kleines Stück beiseite. Sie trug einen ihrer Pyjamas. Mehrere Kanülen führten in ihren Arm.

Eine Krankenschwester kümmerte sich um die Patientin in einem der beiden Nachbarbetten. Die Pflegerin brachte ein paar Pfunde mehr auf die Waage, als ihr gut standen, ging aber beherzt zur Sache. Sie trug ein kleines, gestärktes Häubchen, dazu eine weiße Schürze, unter der Beine in schwarzen Strümpfen hervorwuchsen, und beherrschte ihre medizinischen Handgriffe so rasch und sicher, als hätte sie sie jahrelang einstudiert. Auf dem glatten Linoleumboden quietschten die Sohlen ihrer Birkenstockschuhe bei jedem Schritt.

Anna hustete.

»Frau Benson, Sie sind wach?« Die Schwester sah sich um. Das Geräusch, das ihre Sandalen dabei machten, tat Anna in den Ohren weh. Dem kleinen Namensschild am Revers ihres Kittels nach hieß die Pflegerin Doris. »Das ist schön.«

Wo bin ich?, wollte Anna fragen, aber aus ihrem Mund drang nur ein heiseres Krächzen.

»Nicht reden.« Schwester Doris verschwand kurz aus Annas Sichtbereich. Als sie wieder an ihrem Bett stand, betupfte sie Annas Lippen mit einem feuchten Tuch. »Wir haben Ihnen den Magen auspumpen müssen. Der eingeführte Schlauch hat Ihre Stimmbänder gereizt, deshalb sind Sie noch heiser.«

Annas Zunge suchte gierig nach der Feuchtigkeit. Das Wasser tat gut, brannte aber in ihrem spröden Hals.

»Sie fragen sich bestimmt, wo Sie sind, richtig?«

Anna nickte schwach.

»Das hier ist das Vivantes-Klinikum im Prenzlauer Berg.«

Sie kannte das Krankenhaus. Hier hatte Anna vor gut zehn Jahren ihren Sohn zur Welt gebracht. Dieser Gedanke brachte die Erinnerung an Manuel zurück – und den Alptraum, der Anna seit Tagen gefangen hielt. Augenblicklich sehnte sie sich die Dunkelheit und das selige Unwissen, das sie bis vor Kurzem noch umgeben hatte, zurück. *Was ist passiert?* Sie röchelte panisch.

»Und jetzt wollen Sie sicherlich wissen, was geschehen ist?«

Offenbar hatte Schwester Doris häufiger Patienten wie sie.

»Sie können sich an gar nichts mehr erinnern?«

Annas Kopf hob und senkte sich. *Doch!*

»Das ist gut«, sagte die Schwester. »Manchmal gibt es nämlich Kandidaten, die sich«, sie warf Anna einen schnellen, prüfenden Blick zu, »danach an nichts mehr erinnern können oder wollen.«

Ich wohl! Sie brachte nur ein verzweifeltes Zischen zustande. *Aber ich will, dass ich mich nicht erinnern kann. An gar nichts!*

»Gut«, wiederholte Schwester Doris und schnippte gegen die Infusionsbeutel.

Anna krümmte ihre Finger zur Faust. Die Haut spannte sich am Unterarm, die Kanülen taten in den Venen weh. *Was ist denn nun passiert?*

»Der Arzt wird mit Ihnen gleich darüber reden.«

Anna sammelte ihre Kräfte, hob eine Hand und krallte sie in die Tracht von Schwester Doris. *Was ist passiert?*

Die Pflegerin schaute ernst auf Anna herab. »Sie können wirklich froh darüber sein, dass Sie keine starke Dosis geschluckt haben. Und natürlich, dass Ihr Mann so schnell reagiert hat.«

Mein Mann? Ihre Augen weiteten sich vor Schreck.

»Wenn er nicht gewesen wäre, hätten Sie niemals überlebt.«

Anna verstand nicht. *Wieso hat er …?*

»Nun, ich war nicht dabei«, fuhr die Krankenschwester fort. »Ich weiß nur das, was ich vom Arzt erfahren habe, aber wie ich hörte, hat Ihr Mann die Badezimmertür eingetreten. Dabei hat er sich seinen Fuß verstaucht. Fast wäre es für Sie zu spät gewesen. Aber nur fast. Sie können ihm dankbar sein.«

Dankbar? Aber wofür? Was hatte Alan mit ihrer Rettung bezweckt? Wollte er sie noch länger quälen? Wollte er, dass sie weiterlitt? »Sie müssen …« Annas Stimme quittierte ihren Dienst.

»Schonen Sie sich jetzt, Frau Benson«, verlangte Schwester Doris streng.

Aber …

»Sie sind erst vor wenigen Minuten aus der Bewusstlosigkeit erwacht. Gönnen Sie sich die Ruhe.«

»Nein!«

Die Pflegerin überging Annas Protest. »Über alles Weitere können Sie gleich mit dem Arzt reden, einverstanden?« Sie stellte ein Tablett voller Ampullen, Spritzen und Kompressen auf den Nachtschrank und watschelte mit quietschenden Sandalen Richtung Zimmertür. »Wenn mich nicht alles täuscht, ist der Doktor gerade im Gespräch mit Ihrem Mann. Der wird sich freuen zu hören, dass Sie aufgewacht sind. Wissen Sie was? Ich bringe ihn zu Ihnen.«

139

Zepernick lag am nördlichsten Rand Berlins. In der kleinen, zu Pankow gehörenden Vorstadtsiedlung reihten sich Einfamilienhäuser und unscheinbare Bungalows aneinander. Es war augenscheinlich, dass die Gemeindeväter es auch zwanzig Jahre nach der Wende noch nicht geschafft hatten, die holprigen, mit Schlaglöchern übersäten Straßen instand zu setzen.

Übers Telefon leitete sie Rita zu einem senffarbenen Häuschen, in dem Gerd Fugmann leben sollte. Der Mann war als Mieter des Neuköllner Ladenlokals eingetragen, das von der Polizei inzwischen endgültig geschlossen worden war. »Aber das ist noch nicht alles«, fügte die Sekretärin hinzu. »Ihr wisst ja, Fielmeister hat am vergangenen Dienstag mit Radomski telefoniert, und ein paar Stunden später wurde er ermordet.«

»Und was soll das mit Fugmann zu tun haben?«, fragte Kalkbrenner gereizt. Seit der Entdeckung des Kindertreffs in der Schillerpromenade war seine Frustration in diesem Fall noch gestiegen. Der kleine André erging sich, aus welchen Gründen auch immer, beharrlich in Schweigen über Personen und Geschehnisse in dem ehemaligen Ladenlokal.

»Am gleichen Tag hat Fugmann Radomski angerufen«, erklärte Rita.

»Was für ein Zufall«, unkte Muth.

Kalkbrenner hatte einen anderen Gedanken. »Heißt das, Fugmann wurde bereits während der Ermittlungen im Mordfall Radomski vernommen?«

»Ja, von den Kollegen aus Grünau.«

»Und was hat er ihnen erzählt?«

»Bei dem Telefonat mit Radomski soll es um einen Arzttermin gegangen sein. Fugmann war Radomskis Hausarzt. Und Fugmann war …«

»… bereits im Fadenkreuz der Polizei und trieb trotzdem sein Spiel in Neukölln weiter«, zürnte Kalkbrenner. »Wie abgebrüht kann man eigentlich sein?«

»Frag ihn doch selbst«, sagte Muth. »Dort kommt er.«

Ein kleiner, untersetzter Mann im Zweireiher trat aus der Haustür. Mit einer Mülltüte in der Hand durchquerte er den Vorgarten.

»Paul!«, rief Rita aus dem Telefon. »Ich war noch nicht fertig.«

»Nicht? Was denn noch?«

»Fugmann war auch der Hausarzt von Jan-Sönken Schulze.«

Kalkbrenner atmete durch, ließ die Information auf sich wirken. »Es war also Fugmann, der Schulzes Totenschein ausgestellt hat?«

Rita bejahte.

»Also könnte an Sackowitz' Theorie tatsächlich etwas dran sein«, meinte Muth. »Schulze hat sich umgebracht, und Fugmann hat den Selbstmord vertuscht.«

Kalkbrenner drehte sich zu dem Jungen um, der auf der Rückbank saß. Eigentlich wollten sie ihn zu seiner Mutter bringen, hatten ihn aber dann, einer Eingebung folgend, nach Zepernick mitgenommen. »Kennst du diesen Mann dort drüben?«

Fugmann ließ den Müllbeutel in den Abfalleimer fallen und blickte schnell in beide Richtungen der Straße, bevor er sich zurück ins Haus begab.

André antwortete nicht.

»Und? Kennst du ihn?«

»Weiß nicht.«

Es klang wie das genaue Gegenteil. »Na, dann denk mal scharf nach.«

»Keine Ahnung.«

»Hast du ihn schon einmal in der Wohnung gesehen?«

»Weiß nicht.«

»War er mit dir in dem Schlafzimmer?«

André zuckte mit den Schultern. Konnte er sich nicht daran erinnern, oder wollte er nicht? Hatte er vor jemandem Angst? Vor Fugmann? Wurde der Junge vielleicht doch bedroht? Aber auf seinem schmalen Gesicht zeigten sich keinerlei Anzeichen von Furcht.

»Wartet hier!« Kalkbrenner stieg aus dem Wagen.

Der Arzt schien nicht sonderlich überrascht über den neuerlichen Polizeibesuch zu sein. Umhüllt vom aromatischen Duft einer Zigarre führte er Kalkbrenner in sein Arbeitszimmer. Die Regale, die bis zur Zimmerdecke ragten, waren mit alten, vergilbten Folianten gefüllt. *Gottes Sohn als Mensch, Der Willensbegriff Maximus Confessors, Bücher, Menschen und Kulturen* und *Obligationes Parisienses.* Keiner der Titel sagte Kalkbrenner etwas.

Am Fenster stand ein wuchtiger Holzschreibtisch, der vermutlich so schwer war, dass er schon seit Jahrhunderten nicht von der Stelle bewegt worden war. Den Stapel Fachzeitschriften, der auf der Schreibtischplatte thronte, bedeckte eine dicke Staubschicht.

Kalkbrenner versank in dem tiefen, weichen Polster eines Sofas, und Fugmann knöpfte sich das Jackett auf. »Geht es wieder um den tragischen Tod von Herrn Radomski?«

»Nein, es geht um Ihre Wohnung in der Schillerpromenade.«

»Was ist damit?«

»Sie bestreiten also nicht, dass Sie die Wohnung angemietet haben?«

Fugmann paffte an seiner Zigarre. »Wieso sollte ich?«

»Und warum haben Sie diese Wohnung?«

»Die Wohnung ist eine Art … Hm, wie soll ich Ihnen das erklären? Sie ist ein Obdach für junge Menschen. Dort sind sie vor den Unwägbarkeiten der Straße geschützt, sie können zur Ruhe kommen, sich vergnügen.«

»Ein zweifelhaftes Vergnügen, wie mir scheint.«

Fugmann sah ihm direkt in die Augen. »Hätten Sie vielleicht die Güte, mir Ihren sarkastischen Unterton zu erklären?«

Die Gefahr war groß, der Gelehrtheit und achtbaren Seriosität des Arztes auf den Leim zu gehen. Aber Kalkbrenner wollte sich von *Johannes Zürn, ein Herrenalber Schreibermönch, Das abenteuerliche Leben des Drachen Meris* und *Der heilige Jodocus* nicht verunsichern lassen. »Gehören Ihnen der Fernseher, die PlayStation und …«

»Selbstverständlich.«

»… und das Schlafzimmer?«

»Natürlich, das ist für Kinder gedacht, die für eine oder zwei Nächte eine warme Unterkunft brauchen.«

»Und was ist mit den Pornofilmen und den Drogen?«

Fugmann legte die Zigarre in Zeitlupentempo in den Ascher, lehnte sich in seinem Sessel zurück und legte die Hände aneinander. »Ich weiß, das ist schlimm, aber es lässt sich bei den Jugendlichen wohl nicht vermeiden. Sie können sich sicherlich deren sozialen Hintergrund vorstellen, und …«

Kalkbrenner konnte nicht mehr an sich halten. »Und im Grunde ist es Ihnen scheißegal, was die Kinder in der Wohnung treiben, oder?«

»Ich verstehe nicht ganz?« Fugmann zog empört eine Augenbraue hoch.

»Hauptsache ist doch, die Kinder zeigen sich erkenntlich. Ihnen und …?« Kalkbrenner hielt inne. Wie weit konnte er gehen? Nein, wie weit sollte er gehen? Aber manchmal half es, die Leute bei einer Vernehmung mit der ungeschminkten Wahrheit zu konfrontieren. »Ihnen und den anderen Männern.«

Der Arzt zeigte keine Reaktion. »Was werfen Sie mir vor, Herr Kommissar?«

»Ganz sicher nicht das Rauchen.«

Fugmann zog an seiner Zigarre, behielt den Qualm eine Weile genüsslich im Mund und stieß ihn dann wieder aus. Dichter Nebel räucherte das Zimmer ein. Er war wie der Nebel in diesem Fall, in dem Kalkbrenner blindlings herumstocherte. »Dass ich die Kinder bei der Kälte von der Straße hole? Ihnen für einige Stunden ein warmes Dach über dem Kopf gebe? Dass ich das tue, was die Eltern der Kinder nicht schaffen. Und worum sich die Behörden, Ihre Behörden, Herr Kommissar, schon lange nicht mehr kümmern.«

»Und das gibt Ihnen das Recht, sich an den Kindern zu vergehen?«

Hinter der Rauchwolke zeichnete sich das herablassende Lächeln des Arztes ab. »Haben Sie Beweise dafür? Oder Zeugen?«

Kalkbrenner war sprachlos. *Wie abgebrüht kann man eigentlich sein?*

»Ich denke, ich deute Ihr Schweigen richtig.« Fugmann zog seine Manschetten zurecht und knöpfte das Jackett zu. »Nun, dann ist es wohl besser, Herr Kommissar, wenn Sie jetzt mein Haus verlassen.«

140

»Du?« Ludwig war sichtlich erstaunt. »Wie kommst du denn hierher?«

Tabori strahlte. »Ticket.«

Mit einem Ruck zog ihn Ludwig in die Diele und schloss die Tür hinter ihm. »Und was willst du hier?«

»Zu dir.«

»Aber ich sagte dir doch, dass du hier nicht bleiben kannst.«

»Aber … bin ruhig. Und lieb. Ich kann …«

»Das geht nicht, Tabori, beim besten Willen nicht. Weißt du, meine Arbeit …«

»Aber wo soll ich hin?« Aus Taboris Stimme sprach ehrliche Verzweiflung.

»Du bleibst bei Georg. Er ist ein guter Freund von mir, und …«

»Nein, *du* bist mein Freund.«

»… meine Freunde sind auch deine Freunde.«

Tabori schwieg. Das vertraute Ticken der Uhr auf dem Sideboard erfüllte die Wohnung. Die Bilder an der Wand weckten in ihm noch immer das Sehnen nach warmen, fernen Stränden. Sie hatten Tabori vom ersten Tag an verzaubert.

»Pass mal auf«, machte Ludwig seine Träume zunichte. »Ich rufe jetzt Georg an, okay? Ich habe gerade schon mit ihm telefoniert. Er ist dir auch nicht böse wegen der 10 Euro, die du ihm geklaut hast.«

»Hab nicht geklaut!«

»Georg holt dich gleich bei mir ab, und ihr macht euch dann zusammen einen schönen Abend.«

»Nein.«

»Georg wird gut für dich sorgen.«

»Nein!«, schrie Tabori.

»Aber warum denn nicht?«

»Georg will …« Aber das war unaussprechlich.

»Georg will dir helfen«, vollendete Ludwig den Satz.

»Aber du hast versprochen: Du willst helfen.«

»Und? Habe ich dir nicht geholfen? Hattest du es nicht schön bei mir?«

»Ja, schön.«

»Siehst du. Und jetzt ist es schön bei Georg. Ist es denn zu viel verlangt, wenn du zum Dank ein bisschen nett zu ihm bist? Daran ist nichts Schlimmes, das weißt du doch inzwischen.«

Ernüchtert ließ Tabori die Arme hängen.

»Außerdem kannst du damit Geld verdienen. Darum geht es dir doch: Arbeiten. Geld. Für Mama.«

Taboris Augen füllten sich mit Tränen. Mittlerweile ging es nicht nur um Geld, sondern auch um Freundschaft und um so vieles mehr. Er konnte keine Worte finden, so vieles war ihm wichtig. Es war so … Er hatte … *Eigentlich habe ich dich sogar ein bisschen mehr lieb.*

»Also, was meinst du? Soll ich Georg anrufen und ihm sagen, dass du …« Irgendwo in der Wohnung war ein Poltern zu hören. Die Tür zu Fritz' Zimmer ging auf, und ein Junge tapste in die Diele.

»Habe ich dir nicht gesagt, du sollst dich ruhig verhalten?«, schimpfte Ludwig.

Verlegen trat der Junge von einem Fuß auf den anderen. »Die Gitarre ist runtergefallen.«

»Ist das Fritz?«, fragte Tabori, obwohl er bereits die Antwort kannte. Schließlich hatte er Ludwigs Sohn auf dem Foto gesehen: Der Junge, der jetzt schüchtern vor ihnen stand, war kleiner und viel jünger. Das Kapuzenshirt mit dem Berlin-Aufdruck schlotterte ihm am Leib.

»Ist mein Hemd!«, sagte Tabori fassungslos.

»Jetzt ist es meins«, erwiderte der Junge.

»Nein, ist meins!«

»Georg wird dir ein neues schenken«, versuchte Ludwig, ihn zu beruhigen.

»Will aber kein Geschenk!« Tabori begann, auf Ludwig einzuprügeln. »Von niemand!«

Ludwig riss die Tür auf und schubste Tabori mit aller Kraft ins Treppenhaus. »Dann bist du hoffentlich bald draußen.«

141

Die Klingelschilder waren mehrfach mit Etiketten überklebt. Unleserliche Namen prangten neben unaussprechlichen. »Ja, verdammt?«, bellte aus dem zerkratzten Lautsprecher eine Stimme, an der nicht erkennbar war, ob es sich bei der Person um einen Mann oder eine Frau handelte.

»Hier ist die Polizei«, sagte Kalkbrenner. »Wir bringen Ihren Sohn André.«

»Was hat das Blag denn nun schon wieder ausgefressen?«

»Bitte öffnen Sie!«

»Der hat doch einen Schlüssel.«

»Sofort!«

Der Summer ging. Vollgestopfte Abfalltüten, verschimmelte Holzplanken, ein Kinderwagen mit eingerissenem Plastikbezug und ein rostendes Fahrrad türmten sich wild durcheinander im Treppenhaus. Muth und Kalkbrenner mühten sich mit dem Jungen im Schlepptau an dem Plunder vorbei. Auf den Stufen begegneten ihnen zwei Türken, die ein Monstrum von Fernseher ins Erdgeschoss schleppten. Je näher sie der Wohnung im dritten Stock kamen, desto stärker wurde der Geruch. Es stank wie im Zoo.

Im Türrahmen erwartete sie eine übergewichtige Frau. Ihr Brillenglas hatte einen Sprung, ihre Kleider waren ungebügelt, ihre Haare verfilzt, und offenbar hatte sie sich seit mehreren Tagen nicht gewaschen. Ihre Bluse war voller Flecken und am Kragen eingerissen, und auch ihr Rock hatte schon bessere Tage gesehen.

Mit einem Griff zerrte sie ihren Sohn in die Wohnung. »Was haste wieder ausgefressen?«

»Nichts hat er ausgefressen.«

Auf ihrem teigigen Gesicht zeigte sich ein lauernder Ausdruck. »Und warum bringt ihn dann die Polizei?«

»Können wir reinkommen?«

»Muss das sein?«

»Es muss.«

Der Korridor war mit Abfall beinahe zugestellt, an der linken Wand brach ein schmaler Schrank auseinander. Im Wohnzimmer verrottete ein braunes Häufchen in der Ecke, es roch nach Katzenpisse und Vogelkot. Zwischen Couchtisch und Fernseher lag eine mit Katzenhaaren übersäte Kinderunterhose auf dem Teppich. Ein Stück weiter türmte sich ein Kabelberg. Es war undefinierbar, woher die Leitungen kamen und wohin sie führten, aber der Wirrwarr sah gefährlich aus. Trotzdem tobten in unmittelbarer Nähe zwei kleine Kinder herum. Die Mädchen, augenscheinlich Zwillinge, waren pummelig, auf dem Sofa schlief ein Junge mit Decke und Kissen wie in einem Bett. André hatte sich bereits verkrümelt.

»Leben Sie alleine mit den Kindern?«, fragte Kalkbrenner.

»Ja, warum?«

»Wo ist der Vater der Kinder?«

»Verduftet.«

»Kümmert er sich wenigstens um sie?«, wollte Muth wissen.

»Nee, was denken Sie denn? Der hat sieben Kinder mit drei Frauen und kriegt Hartz IV. Der tut nichts für die Erziehung. Und Unterhalt zahlt der auch nicht.«

Die beiden Mädchen tobten immer ausgelassener herum, wobei sie sich abwechselnd Schimpfwörter an den Kopf warfen. »Arschficker.« »Nutte.«

»Waren Sie schon mal auf dem Amt?«, fragte Muth.

»Ein paarmal war ich schon da. Aber passiert ist nichts.«

»Sie wissen bestimmt, dass das Jugendamt Erziehungshilfe anbietet und …«

»Nee, nichts da. Denen traue ich nicht.« Das Plärren der Zwillinge steigerte sich. »Schlampe.« Sie schubsten sich über den Teppich. »Fotze.« Die eine verkrallte sich in den Haaren der anderen. Von irgendwoher kam plötzlich eine Katze angesprungen und flitzte fauchend durch das Zimmer. »Die kommen mir nicht ins Haus. Das sind meine Kinder, und was mit denen passiert, das bestimme ich.«

»André ist Ihr ältester Sohn?« Kalkbrenner schaltete sich wieder in die Unterhaltung ein.

»Ja, er ist der Große.«

»Er ist nicht oft zu Hause, oder?«

»Nee, ist aber auch gut so. Wenn er da ist, ärgert er nur die Zwillinge.«

»Machen Sie sich denn keine Sorgen um ihn? Schließlich ist er alleine in der Stadt unterwegs?«

»Er ist doch alt genug.«

Er ist neun Jahre alt! »Es könnte ihm etwas passieren.«

»Ach, was denn?«

»Wissen Sie, wo sich Ihr Sohn während dieser Zeit aufhält?«

»Ja, in dem Treff von diesem ... diesem ... Er hat's mir mal gesagt, aber ich komm jetzt nicht drauf.«

»Gerd Fugmann?«

»Kann sein.«

»Hat er je etwas über Herrn Fugmann gesagt?«

»Nee.«

»Hat er vielleicht von anderen Männern erzählt? Zum Beispiel einem Rudolph Fielmeister? Oder Ernst Radomski?«

»Kann mich nicht erinnern.«

»Er hat also nie von Männern erzählt, die sich in dem Treff aufhalten?«

»Ach so, das meinen Sie.« Die Frau winkte mit einem herablassenden Grinsen ab. »Ich hab ihm immer gesagt, wenn er da hingeht, soll er aufpassen und sich nicht in den Arsch ficken lassen.«

»So viel zum Thema mütterliche Sorgfaltspflicht.« Muth

flüchtete sich in den Sarkasmus. Anders konnte sie die Situation nicht ertragen.

»Hä?«, machte die Mutter. »Wie meinen Sie das jetzt?«

»Ach, vergessen Sie's!«

142

Der Winter empfing Tabori mit vertrauter Kälte. Der Wind peitschte ihm Schnee ins Gesicht, die Hose klebte klamm an seinen Beinen, die Schuhe waren vom Matsch durchweicht, und seine Zehen schmerzten vor Kälte. Wütend stapfte Tabori weiter, immer vorwärts, auch wenn er keine Ahnung hatte, wohin. Falsch – er wusste, wohin er gehen würde.

Mit der Faust schlug er gegen ein Straßenschild, sodass es sich verbog. Es war ein gutes Gefühl. Genauso wie der Schmerz, der jetzt in seinen Fingern brannte.

Er ging die Treppe zur U-Bahn hinunter und nahm schlotternd auf einer Metallbank Platz, von der aus er die Werbeschilder betrachtete, die in Glaskästen auf dem Bahnsteig flimmerten. Alle paar Minuten röhrte eine U-Bahn an ihm vorbei.

»Schläfste?«

Wie aus dem Boden gewachsen stand plötzlich eine Frau mit zerzaustem Haar, spröden, dreckigen Wangen und ebensolchem Kleid vor ihm. In den Händen hielt sie zwei Plastiktüten. Weil er nicht reagierte, setzte sie sich neben ihn. Sie stank nach Schweiß, Abfall und noch etwas anderem, von dem er gar nicht wissen wollte, was es war. Sein Magen rebellierte. »Geht's dir gut?«

Wann immer ihm in Berlin jemand diese Frage gestellt hatte, war danach alles schlimmer geworden. Diesmal würde Tabori schweigen.

Sie schnaubte, und eine Spur Rotze tropfte aus ihrer Nase. Mit dem Handrücken wischte sie den Schleim weg. »Bist ganz schön nass.«

Der Boden begann zu vibrieren. Eine Bahn fuhr in die Station ein. Das Dröhnen ging durch Mark und Bein. Tabori hielt sich den Bauch.

»Haste Hunger?« Auf der braunen Pappschachtel war das geschwungene Emblem von *McDonald's* zu sehen. »Willste?«

Tabori drehte sich weg.

Die Pappschachtel folgte ihm. »Iss was!«

Burger und Pommes überlagerten den Gestank von Schweiß und Abfall. Seit dem Mittagessen im Fast-Food-Restaurant gestern hatte er nichts mehr zu sich genommen – von den Chips und der Cola bei Georg abgesehen.

Sie legte ihm die Box in den Schoß. »Jetzt nimm schon.« Weil er noch immer nicht reagierte, versicherte sie ihm: »Ist schon in Ordnung. Schenk ich dir.«

Zögernd nahm er die halb volle Schachtel mit Pommes und stopfte sich die gelben Kartoffelschnitze einen nach dem anderen in den Mund. Sie waren nicht mehr warm, schmeckten aber trotzdem.

»Woher hast du Essen?«, fragte er die Frau zwischen zwei Bissen. Sie erweckte nicht den Eindruck, als könne sie sich jeden Tag ein solches Menü leisten.

»Hab einen Freund bei Donald.«

»*McDonald's*?«

»Der mit den Burgern.«

»Ein Freund?«

»Ja.« Sie strahlte und schob ihre schmächtige Brust raus. »Gibt mir immer die Reste, die Kunden übrig lassen.«

In einem Anflug von Ekel spie Tabori die Fritten aus. Mit der Hand wischte er sich die Lippen, aber das schmutzige Gefühl blieb.

Entsetzt sprang die Frau auf. »He? Was machst du da? Warum spuckst du das Essen aus? Bist wohl wahnsinnig!« Sie entriss ihm die Fritten-Schachtel und stopfte sie zurück in die Plastiktüte. »Bist wohl wahnsinnig!«, wiederholte sie. Als sie ihn wieder anschaute, glänzten Tränen in ihren Augenwinkeln.

Wie sie so dastand in ihrem zerschlissenen Kleid, mit dem wirren grauen Haar, gebeugt wegen ihrer steifen Knochen, tat sie Tabori leid. Für sie waren die von anderen verschmähten Fritten und Burger ihr täglich Brot, wahrscheinlich eher ein fürstliches Mahl.

Sie hockte sich zurück auf die Bank. Ihr Kleid entblößte zerschlissene Schuhe und nackte Füße. Die Zehen waren schwarze, tote Stümpfe.

»Is' kalt draußen«, verkündete sie trotzig, bevor sie das Kleid wieder über ihre Füße drapierte. »Passiert schnell.«

Auch Taboris Schuhe waren nass, die Zehen von der Kälte ganz taub. Beim Gedanken, dass er wie die Frau alleine in der Stadt war, hilflos, frierend, ohne Geld und angewiesen auf Geschenke, Almosen und die Abfälle anderer Leute, bekam er Angst. Er ekelte sich – auch vor sich selbst.

»Was ist?«, fragte sie. »Ist doch was, oder?«

»Will nach Hause.«

»Und was machst du dann noch hier?«

»Kein Geld.«

»Dann geh zur Bahnhofsmission.«

»Was ist das?«

»Dort hilft man dir, mir, jedem.« Sie zog die Nase hoch und spuckte einen Brocken Schleim auf den Boden. »Ist am Bahnhof Zoo.«

Die Fast-Food-Reste, die schwarzen Stümpfe, Tabori verstand nicht. »Warum du nicht bei Bahnhofsmission?«

»Willst du nun Hilfe oder nicht?«, schnauzte sie ihn an.

»Ich will.«

»Siehst du, ich will nicht. Und jetzt geh.«

Eine Bahn fuhr ein. Ihre Türen öffneten sich.

»Und jetzt fahr nach Hause. Zu deiner Familie. Die hast du doch, oder?«

Ja, die hatte er tatsächlich. Wie hatte er nur so töricht sein und sie vergessen können? So ärmlich sein Leben in Gracen auch gewesen war, er liebte seine Familie, Mutter, Mickael, auch Gentiana, Florim und all die anderen. Keiner von ihnen wollte ihm etwas Böses. Niemand konnte sie ersetzen – noch nicht mal mit Hunderten von Geschenken.

Das Türsignal hallte durch die Station. Kurzentschlossen spurtete Tabori über den Bahnsteig und schlüpfte gerade noch rechtzeitig zwischen den sich schließenden Türen hindurch.

143

Gönnen Sie sich die Ruhe. Doch Annas Geist war in hellem Aufruhr. Ihr Blick hetzte panisch zur Tür. *Warten Sie, ich bringe ihn zu Ihnen.* Jeden Moment konnte Alan ins Zimmer kommen. Der Gedanke an seine Anwesenheit war unerträglich. *Alles, nur das nicht.*

Anna rang nach Luft, die im nächsten Moment scharf in ihre gebeutelte Kehle schnitt. Sie hob den Oberkörper, was ihr leichter als erwartet gelang, und schob die Beine über die Bettkante. Sehr viel weiter kam sie nicht, da die Kanülen und Schläuche ihre Bewegungsfreiheit hemmten. Die Plastikbeutel mit den Infusionslösungen schaukelten an den Stangen wie im Sturm. Ohne nachzudenken, riss Anna sich die Pflaster von der Haut und zog die Nadeln heraus. An den Wunden bildeten sich Blutstropfen, die immer größer wurden, bis sie die Hand hinabrannen und auf den Boden fielen. Anna griff nach einer der Kompressen auf dem Tablett und befestigte sie provisorisch mit den alten Pflastern.

»Machen Sie das nicht!«, flüsterte die Patientin aus dem Nachbarbett. Ihr Haar war ein einziger dichter Lockenwust.

»Bleiben Sie besser liegen, Kindchen«, fügte die andere hinzu, deren fahles Gesicht sich von der weißen Bettwäsche kaum abhob.

Aber Anna war schon dabei, einen Fuß auf das Linoleum zu setzen. Sie bemühte sich, nicht in die wässrige Lauge zu treten, die aus den Infusionsschläuchen gelaufen war, und belastete vorsichtig das Bein.

»Warten Sie wenigstens auf den Arzt«, bat der Lockenkopf.

»Oder auf Ihren Mann, ach, Kindchen«, sagte die bleiche Frau.

»Machen Sie sich nicht noch mehr Kummer.«

Noch mehr Kummer geht gar nicht. Als Anna glaubte, halbwegs sicheren Stand zu haben, ließ sie das andere Bein folgen. Eine kurze Pause, dann atmete sie tief ein und stellte sich hin. Schwindel erfasste sie, aber das Gefühl verging nach wenigen Sekunden.

Trotzdem blieb sie wie gelähmt stehen. Vom Krankenhausflur hörte sie sich nähernde Stimmen. *Bitte nicht Alan. Nicht der Arzt. Auch nicht Schwester Doris.* Annas Gebet wurde erhört. Die Zimmertür blieb geschlossen, und die Personen entfernten sich wieder.

Noch etwas unsicher tappte sie zum Schrank, in dem sie wie erwartet ihre Sachen fand: ihre Hose, eine Bluse, frisch gewaschen, sogar faltenlos gebügelt, dazu Socken, Schuhe und eine Winterjacke. *Was soll das alles? Was bezweckt Alan damit?*

Unter erheblicher Anstrengung schlüpfte sie aus dem Pyjama und in die Kleider. Ihr Herz raste, immer wieder wurde ihr Körper von Hustenattacken geschüttelt. Gerade als sie sich die Schuhe zuschnüren wollte, öffnete sich die Tür, und Sandalen quietschten in das Zimmer. »Der Doktor wird gleich kommen. Zuvor will er mit Ihrem Mann noch … Aber Frau Benson, was machen Sie da?«

Anna band sich die Schleife zu Ende, dann baute sie sich vor Schwester Doris auf. So leicht ihr das Stehen inzwischen auch fiel, ihre Stimme war nach wie vor belegt. »Ich …«, keuchte sie, »… gehe.«

»Aber Sie können nicht einfach gehen!«

Anna ignorierte die Pflegerin. Doch bevor sie den Krankenhausflur erreichen konnte, ergriff sie ein neuerliches Schwindelgefühl, und sie kippte zur Seite.

Schwester Doris fing sie auf. »Sehen Sie, Frau Benson, Sie sind noch nicht so weit.«

Die Benommenheit fiel von Anna ab. Sie war wieder Herr der Lage. Nur das Zittern ihrer schwachen Beine konnte sie nicht unterdrücken, aber damit konnte sie leben.

»Sie müssen sofort wieder zurück ins Bett«, befahl die Pflegerin.

»Nein, Sie …« Die Worte gingen in einem heiseren, unverständlichen Schnarren unter, nur eins war klar und deutlich zu verstehen: »… Polizei …«

»Ja, das ist richtig. Die Polizei will auch noch mit Ihnen reden. Aber erst, nachdem der Arzt Sie untersucht hat. Und Ihr Mann …«

»Mein Mann …« Anna wollte widersprechen, aber der Husten vereitelte den Versuch.

Die Schwester nahm sie fürsorglich an die Hand. »Ja, Ihr Mann ist in Sorge um Sie.«

In Sorge um mich? Die Worte klangen in Annas Ohren wie ein schlechter Witz. Doch Schwester Doris meinte es ernst, und Anna begriff, dass sie von den Ärzten und Pflegerinnen niemanden vom Gegenteil würde überzeugen können. Sie hatte nichts gegen Alan in der Hand. *Niemand glaubt dir!*

»Ich werde jetzt den Arzt rufen!« Die Schwester zog einen kleinen Pager aus ihrer Kitteltasche. »Vielleicht gelingt es ihm ja, Sie zur Besinnung zu bringen.« Damit verließ sie endlich wieder das Zimmer.

Aber Anna war entschlossen, mehr denn je. So zügig es ihr schwacher Körper zuließ, eilte sie in den Flur und folgte den Hinweisschildern in Richtung Ausgang. Als sie den Fahrstuhl erreichte, bemerkte sie eine bekannte Stimme. *Alan!* Er humpelte auf sie zu.

Anna wich von der Aufzugtür zurück und wankte in das nahe Treppenhaus. Über die Stufen gelangte sie eine Etage tiefer, wo sie die Kinderstation durchquerte. In einem Spielzimmer tollten Mädchen und Jungen umher. Der Anblick der ausgelassenen Kleinen schnitt ihr ins Herz und machte ihr den eigenen Verlust wieder schmerzlich bewusst.

Sie drückte die nächstbeste Tür auf. Vor ihr erstreckte sich ein Flur, von dem zu beiden Seiten Krankenzimmer abzweigten. Anna flüchtete weiter und passierte ein Schwesternzimmer, in dem Pflegerinnen schnatternd ihre Pause genossen. Die jungen Frauen schenkten ihr keinerlei Beachtung. Über eine weitere Treppe gelangte sie ins Erdgeschoss. Dort beobachtete sie für ein paar Momente den Pförtner am schlauchförmigen Eingang, doch der Mann war in eine Zeitschrift vertieft.

Endlich war Anna draußen. Kälte empfing sie, und mit ihr konnte sie wieder klare Gedanken fassen. Sie wurde wütend, vor allem auf sich selbst. *Was hast du dir nur dabei gedacht, dir das Leben zu nehmen?* Sollte Alan mit seiner Tat denn ungestraft davonkommen? Nein, er musste zur Rechenschaft gezogen werden. *Manuel zuliebe.* Und auch wegen Anna.

Sie brauchte Beweise. Aber wie sollte sie das anstellen? Alleine besaß sie kaum eine Chance. Und schon gar nicht in ihrem Zustand und bei diesem miesen Wetter. Sie brauchte Hilfe. In den Jackentaschen kramte sie nach Kleingeld. Sie wollte Nina anrufen, aber dann verwarf sie den Gedanken. Ihre schwangere Freundin würde ihr nicht helfen können.

Es existierte nur eine Person, die Anna zur Seite stehen konnte. Sie winkte einem Taxi, das an einem Taxenstand gewartet hatte, und ließ sich seufzend auf die Rückbank fallen. Im Inneren war die Heizung bis zum Anschlag aufgedreht. Die Wärme umfing Annas erschöpften Körper wie eine kuschelige Decke. Als der Fahrer sie nach dem Ziel fragte, brauchte sie drei Anläufe, bis sie ihm die Adresse nennen konnte.

144

Menschen über Menschen hasteten an Tabori vorbei. Einige schleppten Koffer, andere Rucksäcke. In kleinen Gruppen eilten sie kreuz und quer über den Bahnhofsvorplatz, um ihre Züge zu erreichen.

Tabori schlängelte sich gekonnt durch die Leute in den Bahnhof hinein. In der Halle steuerte er auf den Informationsschalter zu, an dem ihm eine freundliche Dame den Weg zur Bahnhofsmission erklärte. Als er der Beschreibung folgte, kam er zu einer Kreuzung und bog in Richtung Bahnüberführung ab.

An der rückwärtigen Straße fand er auf Anhieb das Gebäude, von dem ihm die Frau erzählt hatte. Es erweckte ganz und gar nicht den Anschein von großem Luxus oder Reichtum. Ob man ihm dort tatsächlich helfen konnte, wieder nach Hause zu gelangen? Tabori hoffte es. Er freute sich bereits auf seine Familie, seine Freunde und den Skanderberg. Sogar auf den Grießbrei.

Er umkurvte die Autos in den Parkbuchten, blieb aber nach wenigen Metern stehen. Ein Stück weiter, in einer überdachten Passage, entdeckte er eine bekannte Gestalt mit Lederjacke, schickem Pulli und schwerer Goldkette um den Hals. Miro.

Der russische Junge, der Tabori und Florim bei ihrer Ankunft in Berlin verprügelt hatte, lehnte cool am Pfeiler einer Treppe, die hinauf zu einem Hostel führte. Mit seinen Freunden klatschte Miro sich ab, nur um die Hände gleich darauf vor seinen Mund zu halten, wo er sie durch angestrengtes Pusten anwärmte. Dabei drehte er den Kopf und blickte in Taboris Richtung.

Erschrocken versteckte sich Tabori hinter einem parkenden Auto. Miro hatte ihn nicht gesehen, vielleicht hatte er ihn auch nur nicht erkannt. Wahrscheinlich konnte er sich gar nicht mehr an Tabori und die Schlägerei erinnern.

Tabori hingegen wagte sich nicht mehr von der Stelle, denn er hatte den Russen noch umso deutlicher im Gedächtnis.

Er ließ Miro nicht aus den Augen. Hören, worüber er sich mit den anderen Jugendlichen unterhielt, konnte er nicht, aber ohne Zweifel amüsierten sie sich. Sie alberten herum, zogen sich gegenseitig auf oder machten sich über Passanten lustig. Einige von ihnen rauchten. Aber nichts von dem, was sie machten, ließ erkennen, warum sie gerade hier herumlungerten oder warum sie Taboris und Florims Rückkehr zum Bahnhof mit so einer kräftigen Abreibung beendet hatten.

Ein Streufahrzeug kam röhrend vorbei und verteilte Salz auf der Straße. Trotzdem glitzerte das blitzblanke Eis noch auf dem Asphalt. An der Kreuzung quietschten Reifen. Gleich darauf krachte es, und ein Auto prallte mit voller Wucht gegen einen Laternenmast.

Die Jungen um Miro brachen über den Unfall in lautes Johlen aus. Tabori entschied, dass sie nichts anderes als gelangweilte Jugendliche waren, die sich ihre Zeit an einem halbwegs warmen Ort vertrieben. Es war sinnlos, sie weiter zu beobachten.

In dieser Sekunde entsorgten die Jungen ihre Zigaretten

in den Rinnstein, und ihre Mienen versteinerten sichtbar. Tabori konnte keinen triftigen Grund für den plötzlichen Wandel ausmachen. Ein älterer Mann mit Pudelmütze, Mantel und einem Aktenkoffer an der Hand ging auf die Gruppe zu. Der Mann sah aus wie einer der Reisenden, von denen es am Bahnhof Tausende gab. Er wechselte so schnell und unauffällig einige Worte mit Miro, dass Tabori es fast nicht bemerkt hätte. Eigentlich fiel es ihm nur deshalb auf, weil sich Miro kurz darauf an die Fersen des Mannes heftete.

Tabori schaute zur Bahnhofsmission. Sie war keine hundert Meter mehr entfernt. Miro und der Mann bogen hingegen in eine Seitenstraße ein.

Er rang mit sich, aber seine Neugier obsiegte. Tabori hastete den beiden hinterher, die ohne ein erkennbares Ziel nacheinander den Bürgersteig entlanggingen. Die Züge vom Bahnhof Zoo waren nur noch als ein dumpfes Rauschen zu vernehmen, das sich unter das Knistern ihrer Schritte im Schnee mischte. Am Eingang zum Tiergarten verschwand der Mann in einer öffentlichen Toilette. Miro folgte ihm.

Unschlüssig verharrte Tabori vor der Tür. Aber was hatte er zu verlieren? Zudem waren nur wenige Menschen im Park unterwegs, ein paar Jogger, Hundebesitzer, eine junge Familie mit Kinderwagen. Zögernd griff er nach der Klinke.

In dem kreisrunden Raum, der sich vor ihm auftat, funktionierte die Hälfte der Leuchten nicht. Alles wirkte schmutzig und dunkel. Von draußen hereingetragenes Streugut knirschte unter Taboris Schuhsohlen. Vorsichtig setzte er einen Fuß vor den anderen. Wo war Miro geblieben? Wo der Mann? Nur zwei der Klokabinen waren besetzt. Die Tür der einen ging auf und heraus kam ein schlanker, dunkelhäutiger Mann im Arbeitsoverall. Er wusch sich die Hände und verließ das Toilettenhaus.

»So ist es schön«, stöhnte es hinter der letzten geschlossenen Tür.

Tabori schlich sich in die Kabine nebenan.

»Nimm meinen Schwanz in deinen Mund.«

Draußen fuhr ein Lkw vorbei. Das Motordröhnen ließ die Erde unter dem Gebäude zwar beben, aber das immer schneller werdende Schnaufen aus der Nachbarkabine konnte Tabori trotzdem hören. Es folgte ein erleichterter Seufzer. Dann Stille. Ein Gürtel wurde geschlossen, dann ging die Kabinentür auf und Schritte entfernten sich.

Tabori wartete noch einen Augenblick, bevor er in den Waschraum trat. Miro wischte sich gerade das Gesicht am Becken ab und zählte anschließend die Geldscheine in seiner Hand.

»Ist was?«, fauchte Miro.

»Nein!«, sagte Tabori. Sein Blick war auf das viele Geld zwischen Miros Fingern gerichtet. Er verspürte Neid und Wut, aber er wusste nicht, worauf. Oder auf wen.

Nachdem Miro die Banknoten sorgsam in seiner Jackentasche verstaut hatte, prallte er auf dem Weg zum Ausgang mit Tabori zusammen. Der kleinere Junge taumelte unter der Wucht des Zusammenstoßes, ging aber diesmal nicht zu Boden.

Herausfordernd sah ihn Miro an: »Hast du ein Problem?«

145

»Hardy, wach auf!« Praktikant Lothar rüttelte Sackowitz an der Schulter. »Bodkemas Sekretärin ist da.«

Nur widerwillig trennte sich Sackowitz von seinem Traum. Mit Karin und den Kindern war er im Urlaub gewesen. Irgendwo am Meer. Die Sonne hatte vom blauen Himmel gebrannt, und die Welt war in Ordnung gewesen. »Wie lange habe ich geschlafen?«

»Eine Stunde oder so.«

»Verdammt!«

Sackowitz folgte Lothar in das Großraumbüro zurück, wo eine aufgetakelte Blondine mit lackierten Fingernägeln bereits gereizt mit ihren Pumps klackerte. »Wo bleibst du denn, Harald? Ich soll dich nach draußen begleiten.«

Ungerührt setzte sich Sackowitz vor die Notizen, Hefter und Zeitungen, die seinen Schreibtisch in mehreren Lagen bedeckten. »Gern, aber vorher muss ich das Chaos noch beseitigen. Anweisung vom Chef.«

Sie verdrehte genervt die Augen. »Und wie lange brauchst du dafür?«

»Was weiß ich? Zwei oder drei Stunden?«

»Dann komme ich in anderthalb Stunden wieder.« Mit übertrieben herablassender Haltung stöckelte sie in ihr Büro zurück.

Lothar begutachtete Sackowitz' Gerümpel. »Zwei oder drei Stunden?«

»Okay, war vielleicht ein wenig übertrieben«, gestand Sackowitz. Aber solange er keine Vorstellung davon hatte, was er als Nächstes unternehmen sollte, war er froh über jede Minute, die er in der Redaktion in Sicherheit war. *Aber was heißt hier schon Sicherheit?* Nachdem sich jemand unbehelligt an seinem Computer zu schaffen gemacht hatte, schien auch der Verlag kein Garant mehr für hundertprozentigen Schutz zu sein. Dennoch konnte er davon ausgehen, dass kein Mörder ihn inmitten einer Schar aufmerksamer Reporter meucheln würde.

Aus dem Archiv organisierte er drei Pappkartons. Schicht um Schicht trug er die Unterlagen von seinem Schreibtisch ab, wobei er keiner besonderen Logik folgte, sondern die Hefter und Zeitungen wahllos in die Kartons feuerte. Ab und zu hielt er inne und überflog einige seiner Notizen. Manche betrafen seine Recherchen der letzten Tage. Es waren keine ausformulierten Artikel, nur Gedankensplitter, die er vor dem Vergessen hatte bewahren wollen. Obwohl er sie genauer studierte, konnte er nichts entdecken, was ihm in seiner Situation weitergeholfen hätte. Trotzdem wurde das Gefühl, dass er etwas Entscheidendes übersah, immer stärker.

Irgendwann hielt er die erste Notiz in der Hand, die er in der Angelegenheit Schulze gemacht hatte. Sie bestand aus ganzen vier Wörtern: *Schulze: Schlaganfall? Oder Selbstmord?* Er hatte sie aufgeschrieben, nachdem ihm der anonyme Informant im Gerichtssaal Moabit aufgelauert hatte. Mit diesen zwei Fragen hatte das ganze Elend also seinen Lauf genommen. Er wollte den Zettel zerreißen, unterließ es aber. »Du bist immer noch Journalist!«, ermahnte er sich.

»Ich?«, fragte Lothar. »Noch nicht. Aber ich will es werden.«

Sackowitz schaute von dem Blatt Papier auf. Anscheinend hatte er seinen Gedanken laut ausgesprochen. »Bist du dir da sicher?«

»Ja, auf jeden Fall.« Der Praktikant nickte eifrig. »So wie du.«

Sackowitz lachte. »Lass das aber nicht deinen Onkel hören.«

»Warum?« Lothar rollte mit seinem Sessel ein Stück näher. Seine Stimme hatte schon wieder einen verschwörerischen Tonfall angenommen. »Was werfen Sie dir eigentlich vor?«

Sackowitz schüttelte den Kopf. Er wollte nicht darüber reden.

»Jetzt komm schon«, bedrängte ihn Lothar. »Du willst doch wohl nicht behaupten, dass sie dich entlassen haben, nur weil du mit einigen Informationen vor der Polizei geflüchtet bist. Ich meine, das ist nicht gerade nett und so, aber dafür gleich jemanden entlassen …?«

»Nein, natürlich nicht.«

»Sondern?«

»Weil ich Journalist bin.«

»Das verstehe ich jetzt nicht.«

Ich auch nicht. Aber trotzdem war es die Wahrheit. Er musste seinen Schreibtisch räumen, weil er Journalist war. Weil er dem Hinweis eines anonymen Informanten nachgegangen war – allen Bedenken und Maßregelungen zum Trotz. Okay, gelegentlich hatte er es mit den Recherchen ein wenig übertrieben, und manchmal hatte er gewisse Grenzen übertreten, aber, verdammt, das gehörte nun mal zum Job dazu. Nur so war es schließlich möglich, den Dreck zu enthüllen, den andere lieber unter den Teppich kehrten. Und diese Pornofilme waren definitiv mehr als das: Sie waren eine Riesensauerei.

Allein bei dem Gedanken, dass seinem Sohn oder seiner Tochter derartig Entsetzliches widerfahren könnte, wurde Sackowitz speiübel. Aber genau deshalb gab es für ihn keinen Grund, sein Handeln zu bedauern – auch wenn es dadurch jetzt um seinen eigenen Kopf ging. Es war seine Pflicht und sein innerstes Bedürfnis, diese Kinderschänder, Schulze, Fielmeister – *Nicht nur die. Noch viele mehr!* – an den öffentlichen Pranger zu stellen. Das war sein gottverdammter Job.

Er musste nur noch die letzten Zusammenhänge begreifen. Einiges war ihm inzwischen klar: beispielsweise, dass sich Staatssekretär Schulze entgegen allen Verlautbarungen tatsächlich umgebracht hatte. Aber die Gründe dafür lagen immer noch im Dunkeln. *Es gab einen anderen Toten, einige Monate zuvor. Er brachte die Ereignisse ins Rollen*. Oder war es möglich, dass …?

Ein weiteres Mosaiksteinchen fügte sich in das Gesamtbild, das vor Sackowitz' geistigem Auge in diesen Minuten entstand: Bei den üblen Machenschaften dieser Männer war ein Kind gestorben. Vielleicht sogar umgebracht worden. War Schulze der Mörder gewesen? Oder hatte er den Mörder gekannt? Hatte er ihn der Polizei ausliefern wollen? Nein, dann hätte er seine eigene Verwicklung in die Sache gestehen müssen. *Und diese Enthüllung fürchtete er so sehr, dass er im Selbstmord den einzigen Ausweg für sich sah.* Sein Freitod wiederum bedeutete eine potenzielle Gefahr für die anderen Kinderschänder. *Es durften keine unangenehmen Fragen gestellt werden.* Deshalb also hatten sie die wahre Todesursache vertuscht. Deshalb hatte auch Radomski sterben müssen: damit er die Wahrheit nicht ans Licht brachte.

Blieb nur noch eine letzte ungeklärte Frage: Wie passte der Mord an Rudolph Fielmeister dazu? Dass der Unternehmer an diesen Schweinereien beteiligt gewesen war, stand für Sackowitz außer Frage, aber warum hatte er sterben müssen? Hatte auch er den Mörder gekannt? Wollte er vielleicht aussteigen oder gar an die Presse gehen?

Aber da war noch etwas anderes, das Sackowitz beschäftigte, das er allerdings noch nicht in Worte fassen konnte. Er blätterte seine restlichen Unterlagen durch, Seite für Seite, hektischer, immer schneller. Doch vergeblich: Seine Aufzeichnungen gaben nichts Neues her. Er verstaute sie in den Kartons.

»Wenn man dich so anschaut, könnte man meinen, du würdest etwas suchen!« Heiko Richter tauchte neben ihm auf. Er grinste traurig. »Und ich glaube, ich habe das, wonach du suchst.«

146

»Hast du ein Problem?«, knurrte Miro.

Tabori wandte allen Mut auf, der noch in ihm steckte. »Nein!«

»Dann verpiss dich.«

Plötzlich war da Miros Faust vor seinem Gesicht. Tabori duckte sich erschrocken, aber Miro grinste nur hinterhältig und trat ins Freie. Einige Sekunden später folgte ihm Tabori. Er zitterte, und sein Magen knurrte. Waren Kälte und Hunger daran schuld? Oder war etwas ganz anderes der Grund dafür? Er flüchtete Richtung Bahnhofsmission.

Unweit der Bahnüberführung blieb er stehen und beobachtete wieder die Jugendlichen. Sie flachsten und balgten ausgelassen herum. Erneut stieg der Neid in Tabori hoch. Auch er wollte mit Freunden herumalbern.

Die Jungen trugen schwere Lederjacken und massive Goldketten. Miro stand in ihrer Mitte und lachte. Schließlich hatte er auch allen Grund dazu. Er hatte Geld verdient. Unglaublich viel Geld. Auf ihn war Tabori am meisten wütend.

Erneut gesellte sich ein Mann zu ihnen. Obwohl er in seinem feinen Anzug nicht den Eindruck erweckte, als würde er sich üblicherweise mit Straßenjungen abgeben, sprach er mit einem von Miros Freunden. Wenige Augenblicke später stiegen sie gemeinsam in eine große schwarze Limousine, die nicht weit entfernt am Straßenrand parkte. Kaum fuhr der Wagen an, begannen die anderen Jungs zu scherzen.

»Sie haben gute Laune.« Ein Mann hatte sich neben Tabori gestellt. Auch er war schick gekleidet, aber die Kapuze seiner Jacke verdeckte fast das ganze Gesicht.

Ich kenne ihn!, war Taboris erster Gedanke. Aber ihm wollte nicht einfallen, wo er ihn schon einmal gesehen hatte.

»Warum gehst du nicht rüber zu ihnen?«, fragte der Mann.

»Mag nicht.«

»Haben sie was gegen dich?«

Das sind unsere Typen. »Weiß nicht.«

»Du bist doch ein netter Junge.«

Tabori zog seine Jacke enger um seinen Körper.

»Ist dir kalt? Wenn du willst, kannst du dich bei mir aufwärmen.«

Tabori wich dem Blick des Mannes aus, der den seinen suchte.

»Und etwas Geld verdienen.« Der Mann zeigte auf einen Jeep, der unweit auf einem der Parkplätze stand. »Wenn du willst, dann fahren wir.«

Tabori rührte sich nicht von der Stelle.

»Wie heißt du?«

»Tabori.«

»Du darfst mich Erich nennen. Also, willst du?«

»Was?«

»Geld verdienen.«

Tabori guckte zur Bahnhofsmission.

»Wir müssen nur ein kleines Stück mit dem Auto fahren«, sagte Erich.

Miro und die Jungen auf der anderen Straßenseite alberten herum. Sie lachten. Es ging ihnen nicht schlecht. Sie hatten Spaß. *Eigentlich ist es schön.* Und sie verdienten sogar Geld. *Ganz viel in wenig Zeit.*

Erich war zu seinem Wagen gelaufen und hielt nun einladend die Tür auf. »Steig ein, Tabori.«

147

»Der Kommissar«, stellte Werner Wolfsbach fest und schob mit einem feinsinnigen Lächeln seine Nickelbrille den Nasenrücken hinauf. »Und heute sogar mit Verstärkung.«

»Wir müssen mit Ihnen reden.« Kalkbrenner war nicht zum Scherzen aufgelegt.

»Hab mir schon gedacht, dass Sie nicht lockerlassen. Ist okay. Ich wollte mich ohnehin bei Ihnen melden.«

»Haben Sie etwas herausgefunden?«

Der Sozialarbeiter warf einen prüfenden Blick über die Schulter des Beamten. »Na los, jetzt kommen Sie schon rein.«

Hinter einer weiteren schweren Eisentür erscholl Kindergeschrei und Rockmusik. Offenkundig herrschte ausgelassene Stimmung.

»Sind das die Jungen?«, fragte Kalkbrenner.

»Ja, aber machen Sie sich keine Hoffnung«, beschied Wolfsbach. »Wir gehen gleich in mein Büro.«

Das Arbeitszimmer war ein Zimmer mit rissigen Schränken, einem Schreibtisch mit sich biegender Platte und einem PC, auf dem vermutlich noch Windows 98 als Betriebssystem installiert war. Auch die Kaffeemaschine auf dem hüfthohen Holzschrank hatte die besten Jahre längst hinter sich. Einzig das Weihnachtsbäumchen auf dem Fensterbrett verlieh dem Raum einen, wenn auch erbärmlichen, Anschein von Gemütlichkeit.

»Sparen Sie sich jeden Kommentar, der Ihnen auf der Zunge liegt«, meinte Wolfsbach.

»Aber ich wollte gar nichts sagen.«

»Der Senat hat nun mal nicht viel übrig fürs Sozialwesen. Sie als Polizist müssten das genauso gut wissen.«

»Ist mir bekannt.« Aber Kalkbrenner war nicht gekommen, um mit Wolfsbach über das knappe Berliner Haushaltsbudget zu plaudern. »Erzählen Sie!«

Der Sozialarbeiter entnahm der Kaffeemaschine die Thermoskanne und füllte ungefragt drei Becher. Er setzte sich, während er sie auf dem Tisch abstellte, und forderte die Beamten auf, es ihm gleichzutun. »Also, ich habe mich auf der Straße umgehört, und Manuel wurde tatsächlich von einigen der Jungen im Steglitzer *Saturn*-Markt gesehen.«

»Wir müssen mit ihnen reden!«

»Das ist ausgeschlossen!«

»Hören Sie, es geht nicht mehr nur darum, ob Jugendliche zufällig Manuel in Begleitung eines Mannes gesehen haben. Inzwischen haben wir es mit zwei missbrauchten, misshandelten und ermordeten Jungs zu tun – und einem mutmaßlichen Mörder direkt aus der Szene.«

Die Musik im Nebenraum wurde aufgedreht, und auch die Kinder lachten lauter. Wolfsbach neigte interessiert den Kopf. »Aus welcher Szene?«

Kalkbrenner knallte ihm zwei Bilder auf den Tisch. Die Platte gab unter dem Hieb nach, Kaffee schwappte über die Becherränder und färbte die umliegenden Papiere braun. Wolfsbach seufzte.

»Kennen Sie die beiden Männer?«, wollte Kalkbrenner wissen.

»Den da.« Der Zeigefinger des Sozialarbeiters tippte auf Fielmeister. »Der war in den letzten Tagen doch ständig in den Medien.«

»Und den anderen?«

»Nein, nie gesehen. Was ist mit ihnen?«

Kalkbrenner überging die Frage. »Kennen Sie einen gewissen Gerd Fugmann?«

»Und wer soll das jetzt wieder sein?«

»Sagen wir mal so: Fugmann ist ein sehr guter Freund dieser beiden Herren auf den Fotos. Er hat ein Ladenlokal in Neukölln angemietet, das wir vor einigen Stunden entdeckt haben. Darin hielten sich Kinder auf, augenscheinlich Ausreißer und Herumtreiber. Einen Jungen konnten wir gerade noch vor dem Missbrauch bewahren.«

»Hm.« Wolfsbach zerknüllte zwei verschmutzte Zettel und warf sie in den Papierkorb. »Das wird wohl eine der offenen Wohnungen gewesen sein.«

Kalkbrenner glaubte, sich verhört zu haben. »Sie wussten davon?«

»Nein, nicht von dieser Wohnung konkret. Aber ich weiß,

dass es mehrere solcher Wohnungen in Berlin gibt. Sie werden von Männern angemietet und wie Jugendclubs eingerichtet. Die Kids finden dort Computer vor, Spielkonsolen, Musik, Filme, Telefon, bekommen Essen, Trinken und …«

»Und?«

»Zigaretten, Alkohol, Joints, andere Drogen, alles, was sich die Jungs eben so wünschen.«

»Und als Gegenleistung dürfen sich die Männer an den Kindern vergehen«, sagte Muth.

»Das ist der Deal, ja.« Es klang wie: Draußen schneit es, na und?

»Und obwohl Ihnen das bekannt ist, lassen Sie es einfach so geschehen?«

Wolfsbach lachte freudlos auf. »Nur weil ich davon weiß, heißt das noch lange nicht, dass ich etwas dagegen unternehmen kann.«

»Aber Sie sind doch Sozialarbeiter. Streetworker. Ihnen vertrauen die Kids – das waren Ihre Worte.«

»Nein«, widersprach Wolfsbach. »Das war Ihre Vermutung.«

»Meinetwegen. Aber lassen Sie uns jetzt mit den Kindern …«

»Nein!«, unterbrach ihn Wolfsbach energisch. »Ich sagte doch schon, sie werden nicht mit Ihnen reden. Die Kids reden nicht mit der Polizei, weil sie von daheim ausgerissen sind, weil sie nicht nach Hause möchten, weil sie geklaut oder Drogen genommen haben und weil sie sich auf der Flucht befinden. Sie werden nicht gegen ihre Freunde aussagen. Unter keinen Umständen.«

»Freunde?«, war alles, was Kalkbrenner über die Lippen brachte.

Der Sozialarbeiter hob einen der Kaffeepötte an, die bisher unangetastet zwischen ihnen gestanden hatten. Nicht weit davon entfernt ragte zwischen Ordnern und Papieren der Kopf eines Plüschteddybären hervor. Daneben lagen zwei angebrochene Kondomschachteln. Großpackungen. Der Gegensatz war so offenkundig, dass er in den Augen schmerzte. »Herr Kalkbrenner, wie stellen Sie sich einen Pädophilen vor?«

»Was tut das zur Sache?«

»Die meisten Leute stellen sich einen kleinen, dickbäuchigen Mann mit hässlichem Gesicht, fettigen Haaren und schmierigen Fingern vor, der von früh bis spät Kinder betatscht. In der Regel entgegne ich darauf Folgendes: ›Dann fehlen ja nur noch die Hörner und ein funkenspeiender Schwanz.‹ Lustig, oder?«

»Nein«, sagte Kalkbrenner.

»Überhaupt nicht«, fand auch Muth.

»Ist es auch nicht«, gestand Wolfsbach und seufzte. »Aber worauf ich hinauswill: Diese Pädophilen sind ganz normale Männer. Sie mögen zwar im Ansatz eine Identität als Homosexueller oder als schwuler Mann besitzen, aber die meisten leben nach bisexuellen oder ausschließlich heterosexuellen Konzepten. Viele von ihnen sind sogar verheiratet und Familienväter. Sie können sich ganz normal und interessant mit ihnen unterhalten. Wenn Sie auf die Männer träfen, würden Sie denken: ›Mensch, mit denen könnte ich auch befreundet sein.‹ Das heißt, wenn Sie nicht genau wüssten, was sie sonst so treiben.«

Es war Muth, die sich ein Herz fasste und fragte: »Und? Was treiben diese Männer sonst so?«

148

Tabori krallte sich in die Polster des Beifahrersitzes. »Wir fahren wohin?«

»Ich wohne ein bisschen außerhalb«, erklärte Erich. »Wir müssen ein Stück fahren.«

Das Gleiche hatte er schon vor einer Viertelstunde gesagt. Seitdem glitten endlose Häuserreihen an ihnen vorbei. Zwar wurden die Wohnblöcke immer wieder von Grünanlagen unterbrochen, die mit einer weißen Schneeschicht gepudert waren, aber jedes Mal, wenn Tabori dachte, sie hätten den Stadtrand erreicht, begann ein neues Hochhausviertel.

»Möchtest du etwas essen?«, fragte Erich. »Im Handschuhfach sind Gummibärchen.«

»Gummi?«

»Süßigkeiten.« Erich suchte im Handschuhfach nach der Tüte, doch Tabori hatte keinen Appetit. Er hielt die bunten, weichen Gummibären zwischen den Fingern und beobachtete starr die Menschen, die vorsichtig über die glatten Bürgersteige staksten.

»Wie lange bist du schon in Deutschland?«, fragte Erich.

»Nicht lange.«

»Dafür sprichst du aber gutes Deutsch.«

»Ich habe gelernt.«

»Dann bist du ja ein richtig fleißiger Junge.« Abermals lichteten sich die Häuserzeilen, und diesmal ließen sie die Stadt endgültig hinter sich. Schneebedeckte Wiesen und Felder erstreckten sich zu beiden Seiten der Straße. Weit und breit war kein Haus mehr auszumachen, nur noch Natur. Zweifel beschlichen Tabori. Aber dafür war es jetzt zu spät.

»Gleich sind wir da.« Erich verlangsamte das Tempo.

Sie fuhren durch ein kleines Dorf, das nur aus wenigen Häusern, einer Kirche und einem Fleischerladen bestand. Ein paar hundert Meter dahinter bog Erich in einen Feldweg ein.

Taboris Magengrummeln verstärkte sich und nahm auch nicht wieder ab, als am Ende des Pfads endlich ein Bauernhaus in Sicht kam.

»Das war früher für die Kühe, ein Stall«, erklärte Erich. »Ich habe alles renovieren lassen. Heute arbeite ich hier.«

»Was arbeitest du?«, fragte Tabori. Es interessierte ihn

nicht, aber er hoffte, sich dadurch von seinem unruhigen Magen abzulenken.

»Dies und das.« Der Wagen kam vor dem Eingang zum Stehen. »Soll ich es dir zeigen?«

Dafür bist du einfach nur ein bisschen nett zu mir. Tabori hielt es für eine gute Idee, den Augenblick, der mit Sicherheit noch auf ihn zukommen würde, noch etwas hinauszuzögern. »Ja, gerne.«

Erich führte ihn zu einem der Ställe. Er stellte eine Schaufel beiseite, die gegen die schwere Metalltür gelehnt war. Anschließend benötigte er einige Schlüssel, um alle Schlösser zu entriegeln. Der Anblick, der sich Tabori bot, enttäuschte ihn: Der Raum war weiß gefliest und enthielt nichts außer einem schmalen Schrank, einem Kühlschrank und einem alten, schmuddeligen Sofa, das sich unter Hosen und Hemden fast durchbog, und einem Stapel Zeitschriften. Noch nicht einmal Fenster gab es hier, nur schmale Glasspalten knapp unterhalb der Decke, durch die dünne Lichtbalken hereinfielen.

»Das hier ist mein Refugium«, sagte Erich.

»Refugium?«

»Mein Spielzimmer, verstehst du?«

Nein, Tabori verstand nicht, aber er genoss die Wärme, die sich von der Heizung an der rückwärtigen Wand aus im Raum verteilte.

»Du hast das noch nicht oft gemacht, oder?«, fragte Erich verständnisvoll.

Noch nie. Aber das brauchte Erich nicht zu wissen. »Nein, nicht oft.«

»Möchtest du Brause?«

»Was ist Brause?«

»Ein Getränk.« Erich nahm eine Flasche aus einem Kühlschrank, entkorkte sie und goss den sprudelnden Inhalt in zwei Gläser. »Es wird dich locker machen.«

Die Brause prickelte wie Cola in Taboris Nase, war aber nicht so süß. Er nahm gleich noch einen Schluck.

»Du brauchst wirklich keine Angst zu haben«, sagte Erich.

»Keine Angst«, versicherte Tabori, obwohl sein Magen noch immer rumorte und er am liebsten weggerannt wäre.

»Ich werde vorsichtig sein.«

Tabori leerte das Glas mit einem weiteren Zug. Er spürte das Kribbeln in seiner Kehle, und dann wurde ihm wohlig warm.

Erich füllte ihm sofort nach. »Sollen wir einen Film drehen?«

»Wie Fotos?«, kicherte Tabori. Er fühlte sich wie nach dem Joint, den er mit Aidan geraucht hatte.

»Besser noch. Ich mache aus dir einen Filmstar.«

»Bin Popstar!« Tabori trank einen weiteren Schluck von der Brause. Der Raum begann, vor seinen Augen zu schwanken.

»Tabori, zieh dich aus.«

Der Junge leerte das Glas erneut. Erst zeichnete sich Erich nur noch undeutlich vor seinen Augen ab, dann war er wiederum klar zu erkennen.

»Es sieht ja sonst keiner.«

»Doch, du.«

»Stimmt, ich. Aber sonst niemand. Da ist also nichts dabei.«

Das Wabern in Taboris Schädel wurde immer dichter, füllte seinen gesamten Kopf aus. Er konnte seine Gedanken nicht mehr festhalten, aber er fühlte sich beschwingt und fröhlich. Alles war plötzlich leicht. Warum also nicht? Es war doch nichts dabei. Er legte seine Sachen ab.

»Stell dich dorthin!« Erich richtete eine Kamera auf ihn. Tabori hatte gar nicht mitbekommen, wie Erich sie geholt hatte. »Spreiz mal die Beine.«

Tabori gehorchte. Es geschah ganz einfach. Fast ohne sein Zutun. Wie seltsam. Es kam ihm vor, als hätte er keine Gewalt mehr über seinen Körper. Als schaute er sich selbst von irgendwoher zu, als würde er nicht mehr in seinem eigenen Körper stecken.

»Das gefällt mir«, sagte Erich. »Jetzt setz dich hin. Hebe die Beine an.«

Tabori tat, was Erich wollte. Er musste es nur richtig anstellen. Es war gar nicht schwierig. Schließlich war er ja kein kleines Kind mehr.

Plötzlich ertönte ein Klingeln. Erich fluchte. »Wer ist denn das?«

»Wer ist denn das?«, wiederholte Tabori kichernd.

»Da steht jemand vor dem Hauseingang.« Erich legte die Kamera vorsichtig in den Schrank. »Komisch, eigentlich erwarte ich niemanden.«

Tabori goss sich selbst von der Brause nach und trank. Sie schmeckte viel besser als Cola.

»Warte hier!«, sagte Erich.

Tabori rülpste und musste lachen. »Ja.«

Die Tür fiel hinter Erich ins Schloss.

149

Mit einem Klicken erweckte eine Zeitschaltuhr die kleinen Glühbirnen an dem Weihnachtsbäumchen zum Leben. Draußen dagegen wurde die Stadt in abendliches Rabenschwarz getaucht – finster wie Kalkbrenners Stimmung.

»Diese Männer suchen sich mit Vorliebe junge Obdachlose, Ausreißer und Streuner aus«, erklärte Wolfsbach. »Dazu sind sie zu unüblichen Zeiten unterwegs: vormittags, während der Schulzeit, wenn andere Jungen in dem Alter eigentlich in der Schule sind. Oder abends, wenn normale Kinder sich zu Hause bei ihrer Familie befinden. Diese Männer treiben sich in Einrichtungen der Jugendhilfe genauso wie in Einkaufszentren, Schwimmbädern, auf Abenteuerspielplätzen und ganz besonders an Bahnhöfen, U- und S-Bahn-Stationen herum. Dabei gehen sie vorsichtig und zugleich sehr geschickt vor, um keinen Verdacht zu erregen. Als Laie fallen sie Ihnen überhaupt nicht auf. Oder ist Ihnen gestern im Steglitzer *Saturn*-Markt der Mann aufgefallen, der sich an die Kids heranpirschen wollte?«

»Nein, natürlich nicht. Da war ja keiner«, konterte Kalkbrenner.

»Eben doch.« Ein überlegenes Lächeln huschte über Wolfsbachs Gesicht. »Sehen Sie, so raffiniert gehen die Männer vor. Und junge Herumtreiber und Straßenkinder sind für sie eine leichte Beute. Die Männer kennen die Körpersprache, die Jungen benutzen, wenn sie abgehauen sind und es ihnen schlecht geht. Wenn sie so jemanden finden, gehen die Männer zielgerichtet auf ihn zu. Sie sagen: ›Du siehst so traurig aus. Geht es dir schlecht? Komm, ich weiß, wo du pennen kannst. Ich habe eine Wohnung für dich.‹ Wir Sozialarbeiter wissen: Wenn ein Junge merkt, dass man sich um ihn kümmert, wird man ihn so schnell nicht wieder los. Und genau das wissen leider auch die Frischfleischjäger.«

»Frischfleisch?«, fragten Kalkbrenner und Muth unisono.

»Ja, im Szenejargon werden die Kinder so genannt. Frischfleisch. In Wahrheit aber sind diese Jungs emotional ausgetrocknet, haben zu Hause keine Vaterfigur, an der sie sich orientieren könnten, wachsen ganz ohne Väter auf oder mit solchen, von denen sie geschlagen werden. Sie suchen nach Zuwendung, Nähe, Geborgenheit. Sie wollen ernst genommen werden, mit jemandem reden.«

»Und dann ist da plötzlich jemand, der ihnen zuhört.«

»Genau. Meist entsteht zwischen beiden tatsächlich so etwas wie eine Beziehung. Der Junge bekommt ein eigenes Zimmer, ein richtig schönes Kinderzimmer mit Computer,

Fernseher und allem, was sein Herz begehrt. Oft kriegt er sogar den Haustürschlüssel in die Hand gedrückt.«

»Und dafür muss er mit dem Mann …« Kalkbrenner würgte die Worte hervor.

»Müssen? Nun, für den Jungen ist es kein Zwang, nur ein Liebesbeweis. Eine kleine Gefälligkeit, im schlimmsten Falle ein notwendiges Übel. Sie können es sich aussuchen, Herr Kalkbrenner.«

Der Hauptkommissar widersprach. »Aber das ist …«

»… nichts im Vergleich zu dem, was der Junge von dem Mann bekommt«, erstickte Wolfsbach den Protest des Beamten. »Er gibt ihm Aufmerksamkeit, Zuwendung, Nähe und Liebe. Alles das, was er in der Regel zu Hause nicht erhalten hat. Ganz zu schweigen von dem Geld, den Spielsachen, den Klamotten, einem Dach über dem Kopf und dem warmen Essen. Im Klartext: Es geht ihm richtig gut, oft zum ersten Mal in seinem Leben. Und dass er dafür den Arsch hinhalten muss, okay, das ist halt so.«

Halt so. »Das klingt, als fänden Sie das alles ganz normal.«

»Nein, da liegen Sie falsch. Ich sage Ihnen nur, wie die Jungen die Situation empfinden. Für sie ist alles gut und normal – bis irgendwann der Moment kommt, in dem der vermeintliche Freund ihrer überdrüssig wird und sie weiterreicht. Dann ist die Enttäuschung natürlich riesengroß. Aber oft steht der nächste Mann schon bereit, der sich ebenso fürsorglich und umfassend wie der letzte um den Jungen kümmern wird … Deshalb nennen wir diese Szene auch die Pädo-Kreise, in denen die Jungs von einem zum anderen herumgereicht werden.«

Kalkbrenner sträubte sich gegen die Vorstellung. »Aber die Nachbarn …« Er stockte. *Nee, wieso? Die tun doch niemandem was. Was ist denn mit ihnen?* »Ich meine, die müssen doch mitbekommen, dass alle paar Wochen ein neuer Junge bei den Männern auftaucht und dann ein und aus geht.«

»Diese Männer verstehen es, die Struktur der Großstadt für sich auszunutzen. Viele haben eine zusätzliche Wohnung in einem anonymen Plattenbau gemietet.«

»Das heißt, dass diese Männer nicht unbedingt arm sind.«

»Im Gegenteil, oftmals geht es ihnen finanziell ausgesprochen gut. Wie sonst sollten sie sich den Luxus für die Kinder leisten?«

»Also sind es Männer wie …« Kalkbrenner sprach nicht aus, was er dachte: Fielmeister, Radomski, Schulze. Oder Gerd Fugmann. Die bessere Gesellschaft eben. Unternehmer. Politiker. Ärzte.

»Manche leben auch alleine«, fuhr Wolfsbach fort. »Möglichst in einem sozial schwachen Kiez mit vielen ausländischen oder Großfamilien, in denen es die Eltern häufig nicht interessiert, was ihr Nachwuchs macht. Oft sind die Kinder bis zum späten Abend auf der Straße, treiben sich dort herum. Ein Kind mehr oder weniger, das fällt da gar nicht auf.«

»Aber eine solche offene Wohnung wie die, auf die wir gestoßen sind, kann doch auf Dauer nicht unentdeckt bleiben? Genauso wie das Treiben der erwachsenen Männer mit den Kindern?«

»Wo, sagten Sie, liegt diese Wohnung?«

»In Neukölln. Schillerpromenade.«

»Sehen Sie, das ist eines der Viertel, in denen wir einen besonders hohen Anteil an Männern der Pädo-Kreise vermuten. Viele ausländische Großfamilien leben dort.«

»Und Nachbarn, die nichts gesehen, gehört oder gedacht haben wollen!«, grollte Muth.

»So ist es leider häufig. Die Nachbarn denken nicht mit, ordnen das Treiben nicht sexuell ein. Vielleicht kommt es ihnen komisch vor, aber die wenigsten reagieren.«

Kalkbrenners Mund fühlte sich trocken an, staubig und schal. Er nahm einen Schluck vom Kaffee. Das Getränk war mittlerweile nur noch bitter und kalt. »Genauso wie Sie!«

»Ich dachte, ich hätte es Ihnen bereits erklärt: Es ist uns schlichtweg unmöglich, etwas gegen diese Männer zu unternehmen.«

»Und was unternehmen Sie dann überhaupt?«

»Wir sind da, wenn die Kinder uns brauchen. Wenn sie nicht mehr wissen, wohin oder mit wem sie quatschen können. Dann reden wir mit ihnen, bieten Lösungen an – wenn sie es wollen. Wenn nicht, dann warten wir, lassen sie aber wissen, dass wir immer für sie da sind. Aufdrängen tun wir uns nicht. Und nein, wir versuchen sie auch nicht dazu zu überreden, damit aufzuhören. Das würde nämlich bedeuten, dass sie sich von den Männern lossagen müssten. Wir, die öffentliche Jugendhilfe, können den Kindern einfach nicht bieten, was ihnen die Männer geben: ein eigenes Zimmer, die tollste Jeans, eine PlayStation, 50 Euro Taschengeld am Tag. Nein, diese Kinder sind weder mit Worten noch mit Taten aus der Szene herauszuholen. Unter den Umständen werden sie immer wieder zu den Männern zurückkehren. Verstehen Sie? Deshalb werden sie auch niemals gegen sie aussagen. Und zwar nicht, weil sie unter Druck gesetzt werden.« Er nippte von seinem kalten Kaffee, verzog aber keine Miene. Wahrscheinlich war Wolfsbach daran gewöhnt. »Das System funktioniert viel perfider. Trotz der sexuellen Übergriffe sehen die Jungen in den Männern ihre Freunde. Oft sogar ihre Väter.«

Wolfsbachs Ausführungen erklärten den Beamten einiges. Auch das Schweigen vom kleinen André war damit nachvollziehbar. Leichter machten sie die Sache jedoch nicht. Im Gegenteil: Sie wurde noch unerträglicher. *Haben Sie Beweise dafür? Oder Zeugen?*

»Aber vielleicht ist diese Verschwiegenheit in der Szene ja gerade Ihr Glück«, meinte Wolfsbach.

Ein mulmiges Gefühl breitete sich in Sackowitz' Magen aus. Abwartend starrte er Heiko an, der wie immer ein T-Shirt trug, heute mit dem Aufdruck: »Grateful Dead«. Dazu passte seine Mimik. Sein Grinsen war nichts als eine mühselig aufrechterhaltene Fassade, die jeden Augenblick in sich zusammenzustürzen drohte. Sackowitz konnte sich nicht daran erinnern, den Computerfreak jemals so traurig erlebt zu haben.

»Also, das mit Christian …«, begann er mit belegter Stimme.

»Ich habe echt keine Ahnung, wo er steckt.« Heiko zuckte mit den Achseln. »Bei mir hat er sich auch noch nicht gemeldet.«

»Du weißt nicht, dass …?« Sackowitz fehlten die Worte.

»Ich sagte doch schon: Manchmal hört man tagelang nichts von ihm.«

Also wusste Heiko noch nichts vom Tod seines Kumpels. Wahrscheinlich war dessen Leiche in der dunklen Kreuzberger Bude noch nicht einmal entdeckt worden. *Er hockt tags wie nachts immer nur daheim hinterm Rechner.* Sackowitz entschied sich, nicht derjenige zu sein, der Heiko die grauenvolle Nachricht überbringen würde.

»Aber ich habe auch die ganze Zeit versucht, dich zu erreichen«, sagte Heiko.

»Mein Handy ist aus.«

»Verstehe.« Heiko winkte ihn zum Fahrstuhl hinüber. »Komm mal mit.«

Sackowitz warf einen schnellen Blick in Bodkemas Büro. Der Chefredakteur war in ein Gespräch mit einem Fotografen vertieft, die Sekretärin mit ihrem Make-up beschäftigt. Beklommen folgte er dem Computerexperten. »Ich weiß, was los ist«, sagte Heiko, als sich die Fahrstuhltüren hinter ihnen schlossen.

Sackowitz hielt den Atem an. »Bodkema hat mit dir gesprochen?«

»Nein, das nicht, aber ich sagte doch, ich habe das, wonach du suchst.«

Mehr konnte der Journalist Heiko in den nächsten Sekunden nicht entlocken. Der Aufzug beförderte sie in die sechste Etage, in der sich Heikos Reich befand: ein Labyrinth aus Computern, Servern, Druckern, Plottern und einer Menge technischem Schnickschnack.

Sie steuerten auf Heikos kleinen Laptop zu, auf dem ein *YouTube*-Clip flimmerte: eine weitere Episode von *South Park*. Eine Schrotflinte pustete gerade den Jungen mit dem orangefarbenen Kapuzenshirt in tausend Fetzen weg. »Das ist Kenny und …«

»Heiko, bitte, ich glaube nicht, dass jetzt der richtige Zeitpunkt für so etwas ist.«

»Doch, denn Kenny ist der Schlüssel.«

»Wofür?«

»Dafür!« Heiko berührte mit dem Zeigefinger den Monitor seines stationären Rechners. Als er die Fingerkuppe wieder löste, prangte ein fettiger Abdruck auf dem Display, unter dem ein Ordner zu erkennen war. Er trug den Titel: *Orange.*

»Ist das …?« Sackowitz wagte nicht, seine Hoffnung laut auszusprechen.

»Ja, das dürfte der Ordner von deiner CD sein.«

Die Nackenhaare des Reporters richteten sich auf. »Wie kommt es, dass der bei dir gelandet ist?«

»Christian hat ihn mir in der Nacht zu Sonntag per Mail geschickt. Er wusste nicht mehr weiter, und weil er mit zwei anderen Aufträgen beschäftigt war, hat er mich um Rat gebeten.«

»Und?«

»Ich habe die Mail erst heute Morgen in meinem Postfach gefunden. Du weißt ja, ich war am Wochenende mit der Familie beschäftigt. Und dann hab ich mich gleich rangemacht. Na ja, ehrlich gesagt habe ich mich erst damit befasst, als ich hörte, dass sie dir gekündigt haben. Da dachte ich mir, ich schaue mir die Sache lieber doch mal an.«

»Du hast sie dir angeschaut?«, fragte Sackowitz mit einem bangen Zittern in der Stimme.

»Ja, und ich wünschte mir, ich hätte es nicht getan.« Heiko klang, als würde er sich jeden Augenblick übergeben müssen.

»Das heißt, du hast das Passwort geknackt?«

Heiko kicherte freudlos. »Es befand sich mit auf der CD.«

»Das Text-Dokument!«

»Ja, und es war eigentlich ganz einfach – wenn man weiß, worauf man zu achten hat.« Heiko öffnete die Datei, und das bekannte Wirrwarr aus Ziffern und Zeichen füllte den Bildschirm.

1p11001pp0111ppp00 P00pp0pp1111ppp 10001101p 1pp100ppp1pp
1p0100p1p01p1000p11pp 1011pp01111010p10011010p01p1pp 11111p1ppp00
0111001pp 11p1110111001ppp0001p 1110101p0 0pp11110pp001pp
11p1pp1011pp11p1pppp10p1pp10001p1pppp 11101011010p 1p11ppp00
P0111011011Oppp0p0001p01111010p01001p00p 1p11ppp00 1101p1 10001101p
ppp010p00 1ppp001p0010ppp1p11pppp 11111p1ppp00 1p11001pp
01p1pp11010pppp100p1p 00p010p00
0p11ppp0001111010pp100101pp011011010ppp101 10110011p01p 1pp011
01p11101p0111111pp11010pp1010011010p 100pp1 100ppp01p1ppp00ppp1pp01p

»Es ist Kenny-Language«, sagte Heiko. »Verstehst du?«

»Nein.« Sackowitz hatte keine Ahnung, was Heiko ihm sagen wollte.

»Kenny, die Figur aus *South Park*, hat eine eigene Sprache.

Er redet nur … wie soll ich dir das beschreiben? Also er redet in etwa so: Mpf, mpf, mpf … Aber was zuerst nur sinnlos klingt, folgt einer bestimmten Logik. Im Internet gibt es sogar Übersetzer dafür. Und wer immer sie hier benutzte, hat die Kenny-Language verfremdet. Er hat das m und das f durch 1 und 0 ersetzt. Wenn du diesen Austausch rückgängig machst und den Text anschließend durch den Übersetzer jagst, erhältst du das Passwort.« Mit einem Klick machte er das Fenster zu. »Ich glaube, da hat sich jemand einen Spaß erlaubt.«

»Ein seltsamer Spaß.«

»Das kann man wohl sagen«, spuckte Heiko widerwillig hervor.

Er öffnete den orangefarbenen Ordner, der mehrere Unterordner enthielt, die mit Namen bezeichnet waren. In jedem waren Fotos abgespeichert: Bilder von Männern mit Kindern. Jemand hatte sich sehr viel Mühe gegeben, sie in eindeutigen Situationen abzulichten. Nichts deutete darauf hin, dass die Männer und Kinder in dem Moment gewusst hatten, dass man sie fotografierte. Aber das spielte nun auch keine Rolle mehr. Die Beweiskraft dieser Bilder war vernichtend.

»Ist es das, wonach du suchst?«, presste Heiko hervor.

Sackowitz überflog die Titel der einzelnen Ordner. Es waren mindestens zwanzig oder dreißig Namen, darunter Schulze, Fielmeister, Fugmann und noch viele andere bekannte Männer. An einem der Namen blieb sein Blick hängen. »Verdammt!«

»Du hast ihn entdeckt, richtig?«, fragte Heiko.

Als der erste Schock nachließ, wurde Sackowitz klar, was sein Unterbewusstsein seit dem Mittag beschäftigt hatte. *Der Fall Schulze ist abgehakt,* hatte Bodkema erklärt. *Eine Anweisung von oben.* Unter diesem Gesichtspunkt, mit diesem Namen, der hier und jetzt vor seinen Augen flimmerte, einem

Namen von ganz oben, oben in der Verlagsleitung, erschien die Order von Bodkema in einem gänzlich neuen Licht. Ob sein Chef davon die ganze Zeit über gewusst hatte?

Angewidert wandte sich Sackowitz den restlichen Namen zu. Angesichts ihrer Fülle und ihrer Bekanntheit erfasste ihn ein Schwindelgefühl. Besonders ein Name weckte seine neuerliche Aufmerksamkeit. »Mein Gott, das ist doch …«

Er klickte den Ordner an, zwang sich dazu, die Bilder zu betrachten. Nach ein paar Sekunden hielt er es nicht mehr aus. »Kannst du mir die Namen ausdrucken?«

»Natürlich.«

»Und mir den widerlichen Rest auf CD brennen?«

Heiko reichte ihm einen Silberling. »Schon geschehen.«

Der Reporter raste ins Erdgeschoss und hastete zu seinem Wagen. Während er mit der Polo-Rostlaube durch die glatten Straßen rutschte, suchte er hektisch nach einer Nummer in seinem Handy.

151

Alles schien sich in Taboris Kopf zu drehen. Er konnte keinen klaren Gedanken mehr fassen, aber das Gefühl war nicht unangenehm. Eher lustig. Er brauchte eine Weile, bis er seinen Blick wieder geradeaus richten konnte. Nackt, wie er war, setzte er sich auf das Sofa. Er schaute sich im Raum um, aber es gab nichts Interessantes zu entdecken.

Das Sektglas war schon wieder leer. Er rülpste. Es war kein so lauter Rülpser, dass er für die Olympiade mit Ryon gereicht hätte, aber er war trotzdem ganz ordentlich. Tabori kicherte, dann wurde er von einem Gähnen überrascht. Er machte es sich auf den Hemden und T-Shirts gemütlich, die auf der Couch neben ihm einen Turm bildeten, und wünschte sich, er würde auch so viele Kleider besitzen. Nicht nur zwei Paar Schuhe, eines für den Sommer und eines für den Winter. Und nicht nur die wenigen gebrauchten Hemden, die er von Mickael bekommen hatte.

Er durchwühlte den Haufen und fand einen Rucksack, den er beiseitewarf. Das Shirt, auf dem ein großes gelbes, grinsendes Comicgesicht leuchtete, gefiel ihm schon besser. *Spider-Schwein* war in großen Buchstaben daruntergeschrieben. Etwas in seinem Gehirn machte klick. Ein ähnliches Shirt hatte er doch schon einmal gesehen. Auch der Anstecker mit der gelben Familie kam ihm bekannt vor. Er überlegte krampfhaft, konnte sich aber nicht erinnern, woher. Sein Kopf war zu durcheinander, als dass es ihm eingefallen wäre.

Er bückte sich nach dem Zeitungshaufen neben der Couch. Obenauf lag eine Tageszeitung, die aus dem Vorjahr stammte. *Bio auf der Grünen Woche*, lautete eine Schlagzeile. Eine andere berichtete: *Griechische Fähre vor Piräus auf Felsen gelaufen*. Und noch eine: *Junge aus Zehlendorf wird vermisst*. Und: *Aufnahme des Flugverkehrs zwischen Indien und Pakistan*. Nichts, was Tabori interessierte. Das meiste verstand er sowieso nicht.

Gelangweilt nahm er die nächste Zeitung zur Hand. Sie war vom letzten Sonntag. Auf der Titelseite sprang ihm sofort die Überschrift ins Auge: *Manuel tot!* Das Foto darunter zeigte Manuels erschütterte Eltern. Tabori überflog den Bericht. Obwohl er nur die Hälfte verstand, begriff er sofort: Manuels Tod war kein Unfall gewesen. Er war entführt und dann ermordet worden.

Traurig legte er die Zeitung beiseite. Er hatte Manuel nur kurz gekannt, aber trotzdem fühlte es sich an, als hätte er einen guten Freund verloren. Armer Manuel. Arme Eltern.

Die nächste Zeitung war von heute. In ihr wurde die Bevölkerung zur Mithilfe aufgerufen, denn Manuels Kleidung und sein Rucksack wurden noch immer vermisst. Möglicherweise befanden sie sich noch im Besitz des Mörders, so der Artikel. Tabori betrachtete die Bilder. Sie waren ziemlich unscharf, aber er erkannte die Klamotten wieder. *Spider-Schwein*. Das war das Shirt, das Tabori eben noch in den Händen gehalten hatte. Dazu der Button. Sogar der hellblaue Rucksack, der in der Zeitung abgebildet war, lag wenige Zentimeter neben ihm auf dem Boden. Das konnte doch kein Zufall sein!

Jetzt fiel Tabori auch wieder ein, warum ihm Erich so bekannt vorgekommen war. Mit zitternden Händen griff er erneut nach der Zeitung vom Sonntag und betrachtete das Bild mit Manuels Eltern. Der Vater, das konnte Tabori mit Gewissheit sagen, war nicht jener Mann, mit dem Manuel den *Saturn* verlassen hatte und in dessen Wagen er gestiegen war. Er sah ihm nicht einmal ähnlich. Nein, dieser Mann war Erich gewesen. Aber was hatte das zu bedeuten? Noch immer war Tabori ganz schummrig im Kopf. Es fiel ihm schwer, sich zu konzentrieren.

Manuels Kleidung und sein Rucksack werden gesucht. Möglicherweise sind sie noch im Besitz des Mörders. Mit einem Mal verstand Tabori.

Obwohl er vor Angst unkontrolliert zitterte, zwang er sich aufzustehen. Torkelnd klaubte er seine Kleider vom Boden zusammen. Bis er sich endlich angezogen hatte, benötigte er mehrere Anläufe, mal fand sein Arm den Ärmel nicht, mal verfehlte sein Fuß das Hosenbein. Mit Manuels Shirt und dem Rucksack lief er zur Tür. Sie ließ sich nicht öffnen. Er rüttelte an der Klinke. Vergeblich. Das Schloss war anscheinend von außen verriegelt worden.

Sein gehetzter Blick flog durch das Zimmer. Die schmalen Fenster lagen viel zu hoch, als dass er durch sie hätte fliehen können. Folglich konnte auch niemand von außen in den Raum sehen. Er versuchte, den Schrank unter die Fenster zu schieben, aber er ließ sich keinen Zentimeter verrücken.

Panisch rannte Tabori zurück zur Tür. Vielleicht hatte er

in seiner Aufregung ja versucht, sie in die falsche Richtung zu öffnen. Er zog sie nach innen – ohne Ergebnis. Er stemmte sich dagegen – nichts.

»Hilfe!«, schrie er. »Hilfe!« Er hämmerte gegen die Tür. »Hilfe!«

Immer weiter schlug er gegen das Metall, noch lauter und noch fester, bis die Haut seiner Handflächen aufplatzte. Niemand reagierte. Verzweifelt sank er zu Boden. *Ich komme bald wieder*, dachte er. *Dann geht es uns besser*. Tränen füllten seine Augen.

152

Die Tür hatte sich noch nicht ganz geöffnet, als eine überraschte Stimme erklang: »Anna, du?«

Bei ihrem warmen Klang überkam Anna grenzenlose Erleichterung. Erschöpft taumelte sie nach vorn, stolperte über die Stufe und drohte der Länge nach in den Eingang zu stürzen.

Starke Arme fingen sie auf. »Um Gottes willen, Anna.«

Für Sekunden wurde es schwarz vor ihren Augen. Dann flatterten ihre Lider, und das Gesicht ihres Schwagers tauchte aus der Dunkelheit auf.

Bernd betrachtete sie von Kopf bis Fuß. »Was machst du hier?«

Anna sammelte ihren Speichel im Mund und schluckte ihn hinunter. »Steht … dein«, jedes Wort schmerzte in ihrer Kehle, »Angebot noch?«

Bernd hielt sie noch immer fest umfangen. »Was redest du da?«

Sie hustete. »Du wolltest … mir … doch helfen.«

»Ja, natürlich, aber …«

Die ersten beiden Worte seiner Antwort flößten ihr neue Kraft ein. Mit einem Ruck wand sich Anna aus Bernds Armen und deutete ein Stück die Auffahrt hinunter, wo zwischen Sträuchern und Bäumen, die das Ende seines Anwesens markierten, ein Taxi zu erkennen war. »Kannst … du bezahlen?«

»Wie viel?«

»46 Euro.«

»Warte hier.« Nachdem er die Rechnung beglichen hatte, bugsierte er Anna ins Wohnzimmer. »Setz dich erst mal!«

Im Kamin schürte er die Holzscheite zu einem ansehnlichen Feuer. Es knisterte und knackte, ein wohliges Geflüster, das Wärme spendete und Annas Nerven besänftigte, während Bernd sich in der Küche zu schaffen machte.

Eine Wendeltreppe führte aus dem Wohnzimmer hoch zu einem offenen Dachboden, wo sich Bernds emporenähnliches Schlafgemach befand. Die Rückseite des Wohnzimmers bildete eine Glasfront, an die sich ein Wintergarten anschloss. Von hier schaute man auf Felder und Wiesen sowie auf die Ställe und sein Atelier.

Bernd reichte ihr eine Tasse mit einer dampfenden Flüssigkeit. »Trink das, es wird dir helfen.«

»Was … ist das?«

»Heiße Milch mit Honig.«

Anna hob den Becher an die Lippen, setzte ihn jedoch in dem Moment ab, als das Telefon klingelte. Sofort richtete sie sich kerzengerade auf.

Bernd ging ran. »Alan?«, sagte er.

Aufgebracht fuchtelte Anna mit den Händen.

»Was? Anna ist aus dem Krankenhaus abgehauen? Aber warum?«

Bernd lauschte in den Hörer.

»Du weißt auch nicht, warum? Aber du glaubst, sie könnte sich auf den Weg zu mir machen?«

Annas Mund formte ein stummes *Nein! Sag ihm nichts!*.

»Natürlich, Alan, sollte sie bei mir auftauchen, gebe ich dir sofort Bescheid. Aber … Nein, bisher hat sie sich nicht bei mir gemeldet.«

Beruhigt griff Anna nach der heißen Milch, die brannte, als sie ihre Kehle hinunterlief. Sie musste husten, aber es klang bereits nicht mehr so heiser.

Nachdenklich musterte Bernd seine Schwägerin: »Ich glaube, du bist mir eine Erklärung schuldig.«

Anna nahm einen weiteren Schluck. Die Milch breitete sich jetzt warm in ihr aus, sie wirkte beruhigend, ließ sie ihre Gedanken ordnen. Dennoch hatte Anna keine Ahnung, womit sie anfangen sollte zu erzählen. Schließlich verkündete sie nur: »Es war … Alan. Er hat … Manuel umgebracht.«

»Alan hat Manuel umgebracht?« Bernd schien erstaunt. Sie konnte es ihm nicht verübeln.

»Ich war so blind!«

»Was meinst du damit?«

»Seit Monaten hat mich Alan nicht mehr angerührt.« Sie gönnte ihrer Stimme eine kurze Pause. Das Feuer im Kamin prasselte. Die Hitze, die von den Flammen ausging, flirrte vor Annas Augen. »Er wollte mich nicht einmal mehr küssen. Nur für Manuel war er noch da.«

»Ich verstehe kein Wort.«

»Aber es ist doch alles klar. Manuel wurde immer verschlossener. Machte sich in die Hosen.« Anna stürzte den letzten Rest der Milch hinunter, als wäre sie ein starker Drink. »Und ich dachte, er würde unter der Trennung von Alan leiden. Dabei war alles so offensichtlich.«

»Was war offensichtlich?«

»Er hatte Ritalin dabei.«

»Ritalin?«

»Ein Beruhigungsmittel für Kinder.« Das Feuer im Kamin fraß sich leuchtend durch eins der Holzscheite. Es knackte, und Funken stoben in die Höhe. »Als ich ihn darauf ansprach, ist er ausgeflippt … Dann die heimlichen Telefonate. Seine Ausflüchte, seine Lügen. Und ich war so dumm und habe mich von ihm täuschen lassen.«

Mit entgeisterter Miene ließ sich Bernd neben Anna nieder. »Du weißt ja, dass ich nicht viel von meinem Bruder halte, aber das, nein, das kann ich mir nicht vorstellen … Warum sollte er so etwas tun?«

»Reicht es nicht, dass er es getan hat? Brauchst du auch noch einen Grund?«, fuhr Anna aus ihrer Haut.

»Was ich jetzt brauche, ist eher ein starker Drink. Du auch?« Bernd nahm Anna die Tasse ab und berührte dabei zärtlich ihre Hand.

Eine Gänsehaut kroch ihren Arm hinauf. Anna lehnte sich in der Couch zurück. Inzwischen glühte ihre Stirn, und kleine Schweißperlen zeichneten sich darauf ab. Das viele Reden und die Flucht hatten sie angestrengt. Ihr Hals schmerzte. Sie stellte fest, dass sie sich tatsächlich nach einem Drink sehnte, aber sie musste auf jeden Fall einen klaren Kopf behalten. »Nein danke.«

Als Bernd wieder in der Küche verschwunden war, wischte sich Anna über die Stirn. Ihr war unerträglich heiß. Weil sie es kaum noch aushielt, öffnete sie die Glastür des Wintergartens zum Hof. Dankbar sog sie die frische Winterluft ein. Beim Ausatmen bildeten sich kleine Wölkchen vor ihrem Mund, und ihre Lunge rasselte. Es war das einzige Geräusch, das inmitten der winterlich weißen Einöde zu vernehmen war.

Nein, da ist noch etwas. Gedämpft. Weit entfernt. Oder kam es aus Bernds Atelier jenseits vom Hof?

Es fühlte sich gut an, Bernd alles erzählt zu haben. Es machte die Sache insgesamt zwar nicht besser oder gar ungeschehen, aber sie spürte doch, dass ein Teil der Last von ihr abgefallen war. *Du bist nicht mehr alleine.* Bernd würde ihr helfen, das hatte er ihr versprochen. Jetzt mussten sie gemeinsam überlegen, was als Nächstes zu tun war. Bernd würde bestimmt eine Lösung wissen.

Sie verließ das Zimmer und vertrat sich die Beine auf dem Rasen. Sie mochte das leise, sanfte Knirschen unter ihren Schuhen, wenn sie einen Schritt machte. Es rief die Erinnerung an Manuel wach, mit dem sie Bernd mehrmals im letzten Winter hier auf seinem Hof besucht hatte.

Da ist es wieder!

Das Geräusch aus dem Atelier riss sie aus ihren Gedanken. Es klang ganz und gar nicht nach Arbeit. Eher nach einem Schrei. Einem Hilfeschrei. Von einem Kind. Mit nicht vorstellbarer Kraft meldete sich die überwunden geglaubte Angst zurück.

Anna zwang sich, einen Fuß vor den anderen zu setzen, bis sie vor dem Atelier stand. Drinnen war es still. Nichts war zu hören. *Du hast dich getäuscht. Aber wenn nicht?* Ihr war kalt.

In einem der etlichen Schlösser, mit denen die Tür gesichert war, steckte noch der Schlüssel. Ohne nachzudenken, drehte Anna mit einer Hand den Schlüssel im Schloss herum, während sie mit der anderen nach der gefrorenen Türklinke griff und die Tür vorsichtig aufzog. Verängstigt schaute ein kleiner Junge zu ihr auf. Er umklammerte einen Rucksack und ein Shirt. Beides kam ihr bekannt vor.

Plötzlich sagte eine kalte Stimme hinter ihr: »Du hättest nicht herkommen dürfen.«

153

Wolfsbach griff nach der Kaffeetasse. Nur noch der körnige Bodensatz schwappte darin umher, dennoch leerte er den Becher in einem Zug. Ohne eine Miene zu verziehen, sagte er: »Diese Pädo-Kreise sind vollständig in sich geschlossen, selbst wir als Sozialarbeiter haben nahezu keinen Zugang. Die Männer tauschen sich untereinander aus, per E-Mail, mit Bildern und Videos. Sie reichen die Kinder weiter, und die Jungen wiederum erzählen sich gegenseitig von den Männern, deren Wohnungen, deren Angeboten – und natürlich auch von deren sexuellen Praktiken. Obwohl diese, das möchte ich nochmals betonen, bei allem immer nur nebensächlich sind – zumindest für die Jungen. Für sie geht es um Sicherheit, Schutz und Geborgenheit.«

So viel hatte Kalkbrenner inzwischen auch schon verstanden, begreifen konnte er es jedoch immer noch nicht. »Wenn aber ein schwarzes Schaf existiert, spricht sich das in der Szene herum?«

Wolfsbach grummelte unverständlich. »Bei dem, was sie machen, sind die Männer sehr raffiniert. Und wenn da einer rumläuft, der mehr von den Jungen möchte, dabei über die Stränge schlägt und möglicherweise sogar mordet … nun, dann ist leider dennoch nicht gesagt, dass er dabei überhaupt auffällt. Hier kommen tagtäglich neue Kinder, bekannte tauchen nicht mehr auf, und das Frischfleisch rotiert.«

»Trotzdem könnte es sich doch herumsprechen …«

»… und die Pädo-Kreise sind in Aufruhr, ja, denn sie fürchten Schlagzeilen. Morde würden das Licht der Öffentlichkeit unweigerlich auf die Szene lenken, die bisher unbehelligt geblieben ist – und es in Zukunft gerne auch dabei belassen möchte.«

»Versuchen Sie uns gerade zu erklären, dass die Männer das unter sich regeln?«

Wolfsbach schenkte sich neuen Kaffee ein, bot auch den beiden Beamten etwas an, doch sowohl Kalkbrenner als auch Muth wehrten die kalte Plörre dankend ab.

»Aber Sie erwarten doch nicht ernsthaft, dass wir die Hände in den Schoß legen und darauf warten, dass sich das

Problem von alleine löst?« Kalkbrenner spürte Zorn in sich aufsteigen. »Da draußen läuft immerhin ein Mörder frei herum und hat vielleicht schon ein weiteres Kind ... Ach, verflucht!«

Der Hauptkommissar sprang von seinem Platz auf. Sozialarbeiter, Polizisten, Helfer, denen die Hände gebunden waren. Familienväter, Geschäftsmänner, Leute mit Geld und Einfluss, die sich ihrer dreckigen Sache sicher waren. Kinder, die nicht über Missbrauch reden konnten, weil sie ihn nicht einmal als solchen begriffen. Und die Gefahr, niemanden, nicht einmal den Mörder, zur Rechenschaft ziehen zu können: Kalkbrenner hatte genug gehört. Aufgebracht marschierte er zur Bürotür.

Kurz davor blieb er stehen. Muth rempelte gegen seinen Rücken. »Irgendwann sind die Kinder doch kein«, Kalkbrenner scheute sich davor, das Wort noch einmal in den Mund zu nehmen, »Frischfleisch mehr.«

Wolfsbach seufzte und begleitete die Beamten zur Tür. »Sobald die Jungen dreizehn, vierzehn oder fünfzehn sind und sich bei ihnen Bartwuchs und Behaarung entwickeln, wollen die Männer nichts mehr von ihnen wissen. Dann werden sie durch andere, jüngere Kinder ersetzt.«

»Und was passiert mit den älteren?«

»Sie werden in die offene Szene gespuckt.«

»Sie landen also auf dem Strich?«

»Wo sonst? Sie sind ja bereits entsprechend sozialisiert worden. Die Männer auf dem Strich suchen jedoch keine Gespielen mehr für Tage, Wochen oder Monate, sondern den einfachen, schnellen Sex. Dementsprechend gibt es keine Liebe, keine Nähe mehr, sondern nur noch Geld. Bares Geld. Wenn sie den Arsch hinhalten, bekommen die Jungen, was sie zum Überleben brauchen oder was sie sich wünschen: Klamotten, Handys, Spiele, Zigaretten. Drogen. Entscheidend aber ist, dass die Jungen zu diesem Zeitpunkt längst gelernt haben, mit dem Mechanismus *Geld gegen Sex* zu leben. Entweder sie verdrängen den Akt weiterhin als etwas Belangloses, das zu ihrem Alltag eben dazugehört, oder sie haben im besten Fall selbst Freude daran gefunden.«

Kalkbrenner verspürte einen Anflug von sarkastischem Lachen, das sich als zorniges Husten Luft machte. »Freude?«

»Nun, durch die Stimulation des Anus und der Prostata kommen nicht wenige Jungen zu einer Erektion oder einem Samenerguss. Für viele von ihnen ist der Sex mit einem pädosexuellen Mann die erste sexuelle Erfahrung überhaupt.« Wolfsbach drückte die schwere Eisentür auf. Der Wind trieb Schnee vom Bürgersteig in den Flur. »Nach dem ersten Mal, spätestens aber, sobald sie mit ihrer Situation zu leben gelernt haben, müssen sie sich mit der Frage nach ihrer sexuellen Definition auseinandersetzen. Das kann zu Problemen führen: Sind sie schwul? Wollen sie das wirklich?«

»Aber haben die Jungen denn überhaupt noch eine Wahl?« Kalkbrenner machte einen Schritt hinaus in die Kälte. »Ist nicht schon längst für sie entschieden worden?«

»Die Kinder können sich nicht …«

Das Läuten von Kalkbrenners Handy brachte Wolfsbach zum Verstummen. Es war Rita. »Paul? Ich habe hier ein Gespräch für dich. Ich glaube, es ist wichtig. Warte, ich verbinde.«

Dem Knacken in der Leitung folgte Stille. Dann röhrte ein Automotor. »Sackowitz hier!«

»Sie schon wieder?«, fragte Kalkbrenner erstaunt. »Sie haben mir gerade noch gefehlt.«

»Nicht ganz richtig, Herr Kalkbrenner: Ich habe etwas, das Ihnen fehlt.«

»Hören Sie zu, Herr Sackowitz, ich habe keine Zeit für Ihre Spielchen, also, was ist los?«

»Wollen Sie nicht wissen, wer an diesen dreckigen Sachen beteiligt ist?«

»Wer?«

»Treffen wir uns doch einfach bei ihm«, schlug der Journalist vor.

»Wir?«

»Natürlich, Herr Kalkbrenner, Sie und ich.« Sackowitz gab ein Geräusch von sich, das entfernt wie ein Kichern klang. »Schließlich ist das immer noch meine Story.«

»Okay, aber sagen Sie endlich: bei wem?«

154

Annas Schultern wurden gepackt, dann beförderte sie ein grober Stoß in das Atelier. Sie stolperte über den kleinen Jungen, der einen erschrockenen Schrei ausstieß. Der Mann im Türrahmen versperrte ihnen den Fluchtweg.

Der Junge suchte Schutz hinter Annas Beinen, die unter ihr nachzugeben drohten, als sie den vertrauten, leuchtend blauen Rucksack und das Shirt mit der großen gelben Applikation betrachtete. »Woher kommen diese Sachen?«

»Eigentlich hättest du es wissen müssen, Anna: Wenn ich arbeite, will ich nicht gestört werden. Niemals.«

»Woher?«

Ihr Schwager kreuzte die Arme vor seiner Brust, sagte aber keinen Ton.

»Ich fragte dich, wie du an Manuels Sachen kommst?«, kreischte sie.

»Was denkst du denn?«, erwiderte Bernd mit leichtem Grinsen auf den Lippen.

»Du?« Anna war wie gelähmt.

Er lehnte sich an die Tür.

»Aber was …« Ungläubig schüttelte sie den Kopf. »Was ist mit Alan? Er war es doch, der …«

»Nein.« Bernd lächelte. »Alan hat gar nichts getan. Alan ist nur ein kleiner Feigling. Aber das habe ich dir von Anfang an gesagt. Oder weißt du, dass er schon seit Wochen eine neue Freundin hat? Sie hat übrigens zwei Kinder, eines mit Aufmerksamkeitsdefizitsyndrom. Wahrscheinlich hatte er deshalb das Ritalin in der Tasche. Aber wie immer hat er sich nicht getraut, es dir zu sagen. Und die letzten Tage, na ja, da wollte er dich nicht noch mehr belasten.«

Das alles war zu viel. Anna war zu keinem klaren Gedanken mehr fähig. Sie stürzte in ein unendliches, schwarzes Nichts. Sie fühlte nichts mehr. Sogar die Tränen fehlten ihr. »Und du?«

»Was soll mit mir sein?«

»Du wolltest mir doch …« Sie sah den kleinen Jungen an, der sich verängstigt an ihr Hosenbein klammerte. »Oder warst du nur an«, ihre Stimme wurde von plötzlicher Übelkeit erstickt, »Manuel interessiert?«

Noch immer lächelte Bernd.

»Warum?«, brachte sie heraus.

»Warum?« Er zuckte mit den Achseln. »Weil es mir gefällt. Deshalb.«

Das war keine Antwort.

»Warum? Bernd, warum? Und warum musstest du ihn töten?«

Er beugte sich über Anna. »Warum? Warum? Darum! Weil ich das tue, was mir Spaß macht, was mich inspiriert. Diese Macht … zu tun und zu lassen, was ich will. Ohne dass mich jemand aufhalten kann. Und auch du wirst mich nicht aufhalten. Niemand wird mich aufhalten. Ich bin …«

»Du bist ein kranker Freak!«

»Nein, ich bin ein Künstler, der …« Die Worte erstarben in einem Gurgeln. Seine Pupillen verdrehten sich, dann kippte er nach vorne auf die weißen Fliesen.

Hinter ihm stand ein kleiner, untersetzter Mann, dessen

eine Hand eine Schaufel umkrampfte. Schwer keuchend blickte er auf den bewusstlosen Körper herab, dann wandte er sich Anna zu: »Und ich bin ein Reporter.«

155

Das SEK, das Kalkbrenner auf dem Weg zur Bauernkate verständigt hatte, war schnell mit seiner Arbeit fertig. Die Beamten stürmten das Anwesen und zogen sich gleich darauf unverrichteter Dinge wieder zurück.

Muth legte dem aus der Bewusstlosigkeit erwachten Bernd E. Benson Handschellen an und führte ihn zum Wagen ab.

Der Notarzt versorgte Anna Benson. »Er hat … Manuel …«, stammelte sie, dann versagte ihre überanstrengte Stimme. In ihren Händen hielt sie einen Rucksack und ein langärmeliges Shirt mit Button.

»Er wollte sie umbringen«, warf Harald Sackowitz erklärend ein.

»Und wie sind Sie auf ihn gekommen?«, fragte Kalkbrenner.

Der Reporter reichte ihm mehrere Computerausdrucke. »Sein Name steht auf der Liste, und ich wusste, dass er Manuels Onkel ist.«

Kalkbrenner überflog die Namen und Adressen. Für Bernd Erich Benson würde es zur Anklage und zur Verurteilung reichen. Es gab zwei Kinderleichen mit Spuren und Sperma sowie einen Mörder, dem diese mit Sicherheit zugeordnet werden konnten. Aber was die anderen Männer betraf … *Es ist uns unmöglich, etwas gegen die Männer zu unternehmen.*

Sackowitz erriet seine Gedanken. »Ich habe auch Fotos«, sagte er, holte eine CD aus seiner Tasche und balancierte sie auf der Handfläche. »Eindeutige Fotos.«

Kalkbrenner griff danach, doch Sackowitz entzog sie ihm mit einer schnellen Bewegung. »Unter einer Bedingung: Es bleibt meine Story, versprochen?«

Blaulicht zuckte durch den späten Winternachmittag. Ein Streifenwagen fuhr vor, dem Berger mit zerknittertem Anzug und verdrossener Miene entstieg.

»Paul!«, rief er. »Man sagte mir, dass ich dich hier antreffe.«

»Mhm.«

Berger musterte den Reporter. »Er hat schon wieder zugeschlagen. Wieder eine Prostituierte. Wieder mit einer Kette.«

»Aletheia?«

Berger nickte.

»Und was habe ich damit zu tun?«

Berger schnaufte und seine Bartenden bewegten sich im kalten Wind. »Das wirst du sehen, wenn wir am Tatort sind.«

Kalkbrenner vergrub die Hände in seinen Manteltaschen. Er dachte kurz nach, dann drehte er sich zu dem Reporter um. »Okay, versprochen. Das ist Ihre Story. Geben Sie die CD meiner Kollegin.« Damit folgte er Berger zum Auto.

Anna Benson stand langsam auf, ging zu dem kleinen Jungen und hockte sich vor ihn hin. Der Junge schlotterte am ganzen Leib. Auf seiner Jacke zeichneten sich Tränenflecke ab. »Wie heißt du?«, fragte Anna.

Tabori schüttelte den Kopf. »Will nach Hause.«

»Wir bringen dich nach Hause«, versprach Muth, die hinzugekommen war.

Tabori schaute zu der jungen Polizistin auf, und irgendwie war er sich zum ersten Mal seit seiner Ankunft in Berlin sicher, dass jemand ihm die Wahrheit sagte.

NACHWORT

»Trieb« ist ein Roman. Ein Roman ist Fiktion. Die Personen, Ereignisse und Dialoge entstammen der Fantasie des Autors. Jegliche Ähnlichkeiten mit tatsächlichen Ereignissen, lebenden oder toten Personen sind zufällig.

Wahr ist jedoch, dass es in deutschen Großstädten Pädo-Kreise gibt.

Pädophile Männer haben die Wahl: Der Sextourismus führt sie oftmals in die Dritte Welt, wo sie straffrei für ihre Taten bleiben, doch seit dem Fall des Eisernen Vorhangs brauchen Männer mit dem Wunsch nach »Frischfleisch«, wie sie die kleinen Kinder nennen, nicht unbedingt mehr in die Ferne zu schweifen. Vor allem in den osteuropäischen Grenzstaaten zu Deutschland, in Polen und Tschechien, entwickelt sich eine von Zuhältern und Gewalt geprägte Szene, in der die kommerzielle sexuelle Ausbeutung von Kindern eine immer größere Rolle spielt. Kinderprostitution geht dort meist auch mit Menschen- und Kinderhandel sowie Kinderpornografie einher.

Pädosexuelle Männer können sich aber auch in Deutschland jederzeit bedienen. In nahezu jeder Großstadt gibt es für sogenannte »Girl-Lover« einen Babystrich: Mädchen, die beispielsweise wegen Drogenproblemen der Prostitution nachgehen. Manchmal werden auf diesem Babystrich auch die »Boy-Lover« oder Päderasten, also Männer, die minderjährige Jungen bevorzugen, von den Kinderhändlern oder Zuhältern bedient, doch insgesamt weist die Prostitution mit minderjährigen Jungen Unterschiede zu der mit Mädchen auf.

»Boy-Lover« tummeln sich in einer speziellen Szene, die perfider und eingespielter nicht funktionieren könnte und Schuld daran trägt, dass junge Ausreißer, sogenannte Trebegänger, über kurz oder lang in die Prostitution abrutschen und sich anschließend bis zum Erreichen der Volljährigkeit oder wenige Jahre darüber hinaus als Stricher verdingen.

Die Szene funktioniert nach folgendem Prinzip: Die Männer treiben sich in Einrichtungen der Jugendhilfe genauso wie in Einkaufszentren, Schwimmbädern, auf Abenteuerspielplätzen sowie, noch viel häufiger, an Bahnhöfen, U- und S-Bahn-Stationen herum. »Diese Szene bewegt sich in sehr verdeckten Zonen«, so Rainer Ulfers von der Anlaufstelle Basis e.V. in Hamburg. »Wir haben solche Leute schon einmal in Kaufhäusern beobachtet, wo sie in den Spielzeugabteilungen die Jungen angesprochen haben. Gerade sehr junge Obdachlose, Ausreißer und Trebegänger kommen schnell mit diesen Männern in Kontakt.«

In den Beratungsstellen für Stricher werden solche Männer auch »Frischfleischjäger« genannt. Es sind Männer, die zu unüblichen Zeiten unterwegs sind – vormittags, während der Schulzeit oder abends, wenn Jungen in dem gesuchten Alter üblicherweise in der Schule oder zu Hause sind. Manchmal warten diese Männer bis zu zehn oder zwölf Stunden. Sie kennen die Körpersprache ganz genau, anhand derer deutlich wird, dass es sich bei den Jungen um Wegläufer handelt und es ihnen schlecht geht. Haben die Männer einen solchen Jungen gefunden, gehen sie zielgerichtet auf ihn zu und sprechen ihn an: »Geht's dir schlecht? Komm, ich weiß, wo du pennen kannst!«

»Wenn ein Junge merkt, dass du dich um ihn kümmerst, wirst du ihn nicht mehr los«, so die Sozialarbeiter. Das wissen auch die Frischfleischjäger. Jungen, die auf sie hereinfallen, sind emotional ausgetrocknet, haben zu Hause keine Vaterfigur, wachsen ohne Väter auf oder mit solchen, von denen sie geschlagen werden. Sie suchen nach Zuwendung und emotionaler Geborgenheit, sie wollen ernst genommen werden, mit jemandem reden. Meist entsteht zwischen dem Mann und dem Kind tatsächlich so etwas wie eine Beziehung. Rainer Ulfers von Basis e.V. beschreibt es so: »Viele [der Kinder, Anmerk. d. Autors] bekommen ein eigenes Zimmer mit Computer zur Verfügung gestellt und den Haustürschlüssel in die Hand gedrückt.«

»Die Beziehung der Jungen zu diesen Männern ist in der Regel durch sexuelle Dienstleistungen gekennzeichnet, die mit materiellen und emotionalen Zuwendungen entlohnt werden«, fasst Sabine Reinke vom Stricherprojekt Looks e.V. in Köln die Wahrheit knapp zusammen. »Damit erhalten diese Beziehungen bereits einen deutlich prostitutiven Charakter.«

Die Jungen sehen das meistens jedoch gar nicht so. Schließlich wissen die Männer, in deren Obhut sie sich befinden, ihre wahren Motive geschickt zu verschleiern. Manche ziehen die antike Mythologie zur Rechtfertigung der Beziehung heran, die Weisungsgabe auf den Jugendlichen, sehen sich als Mentoren, die sich darum kümmern, die Jungen aus einer schlechten Situation herauszuholen und sie zu fördern. Standardsatz: »Ich mache das doch nur aus Liebe für dich!«

Dafür spricht, dass die Jungen sich tatsächlich nicht als Stricher an einschlägigen Treffpunkten, den sogenannten Klappen, verdingen müssen. Die Männer, die sich deswegen auch nicht Freier nennen, wollen ganz klar von denen distanziert werden, die sich in der Stricherszene Jungen besorgen. »Das, was die machen, ist schmutziger Sex gegen Geld«, so ein Mann im Internetchat. »Das, was wir machen, ist idealisierte Liebe.«

Andere wiederum geben sich als Sozialfreier aus, doch auch das sei am Ende »immer nur ein Tauschgeschäft«, stellt Sabine Reinke von Looks e.V. klar. »Ich möchte solchen Freiern noch nicht einmal das bewusste Motiv unterstellen; manchmal sind ihre Forderungen auch nur unbewusst: ›Wenn ich dir helfe, habe ich auch eine Gegenleistung verdient. Und folgendermaßen stelle ich mir das vor: …‹ Das ist der Moment, an dem es kritisch wird. Die Vorstellungen desjenigen, dem geholfen werden soll und der es vielleicht gar nicht selbst will, sind in der Regel ganz andere als die des Freiers.«

Vergessen werden darf auch nicht, dass die Jungen mit ihren elf, zwölf oder dreizehn Jahren minderjährig sind und ihre Notsituation – Obdachlosigkeit, Geldmangel, Hilflosigkeit – schamlos ausgenutzt wird. »Da gibt es seltsame Verstrickungen, wenn zum Beispiel der Mann mit dem Jungen plötzlich in dessen Familie auftaucht und er dann Jugendamtsangelegenheiten regeln kann«, sagt Wolfgang Werner von der Beratungsstelle SUB/WAY berlin e.V., wo er für das Projekt »Berliner Jungs« verantwortlich zeichnet. »Manchmal geht das Verhältnis zu einem Jungen so weit, dass dieser den Tag über bei dem Pädophilen verbringt und nachts bei seiner Familie übernachtet. »Da geschehen so viel Verstrickungen, dass der Junge am Ende gar nicht mehr weiß, wo er sich befindet, was er eigentlich sucht und was er geben muss, um das zu bekommen, was er eigentlich haben will.«

Früher gab es sogar Kneipen, in denen sich pädosexuelle Männer ganz offen mit ihrem Frischfleisch trafen und die Jungen sogar untereinander austauschten. Mit der zunehmend restriktiven Verfolgung durch die Justiz und der Verbreitung des dank seiner Anonymität für solche Zwecke hervorragend geeigneten Internets hat sich die Szene zwar nicht aufgelöst, jedoch weg von bekannten Treffpunkten verlagert. Jetzt kommunizieren die Männer mittels Handy oder Internet und reichen die Jungen in informellen Zirkeln weiter. »Heftig, was sich da herumtreibt«, erklärt ein Streetworker, der Zugang zur Szene hat und deshalb lieber ungenannt bleiben möchte. »Faschos, Kinderpornoproduzenten, Polizisten – da könnte ich reinschlagen!«

Es gelingt nur selten, die Kids aus diesen Kreisen zu befreien, und zwar nicht, weil der Druck der Männer so stark ist. Sabine Reinke bedauert: »Öffentliche Jugendhilfe kann dem Jungen nichts von dem bieten, was der pädosexuelle Freier ihm bietet: die tollste Jeans, eine PlayStation, 50 Euro am Tag. Dieser Junge ist nicht mit Worten, nicht mit Taten herauszuholen. Selbst mit Gewalt kriegen wir den Jungen nicht heraus; er wird immer wieder zu dem Mann zurückkehren. Trotzdem: Der seelische und der körperliche Schaden, den ein Junge erleidet, der in solchen Pädo-Kreisen gefangen ist, ist nicht wiedergutzumachen. Deshalb wissen wir: Wenn, dann muss vorher etwas passieren, damit die Jungen erst gar nicht in die Kreise hineingeraten.«

Einmal in der Szene gefangen, ist das weitere Schicksal der Jungen meist vorbestimmt: Mit vierzehn, fünfzehn oder sechzehn Jahren, mit der Pubertät, in der sie für die Frischfleisch-Connaisseure uninteressant werden, nehmen jüngere Kids ihren Platz ein. Die Männer – idealisierte Liebe hin, Sozialfreier her – werden sie fallen lassen, quasi in die offene Szene an den Bahnhöfen spucken, wo sie sich anschließend als Stricher verdingen.

DANKSAGUNG

Ich habe den Job, den ich mir immer erträumt habe: Ich schreibe Bücher. Aber dies könnte ich nicht tun ohne die grenzenlose Geduld, Nachsicht und wunderbare Hilfe folgender Personen:

Meiner Freundin Antje. Meinen Eltern Thea und Heinz. Meiner Schwester Nicole. Meiner besten Freundin Anke und ihrer Tochter Celina. Meinem guten Freund Heiko und seiner Freundin Steffi. Danke, dass ihr für mich da seid. Ich liebe euch!

Bei der Entstehung von »Trieb« waren mir noch eine Menge weiterer Menschen behilflich. Auch ihnen schulde ich großen Dank:

Hannes Windisch, meinem Lektor, der ungezählte Stunden, Tage, ja Wochen mit mir über die Story diskutierte, sich geduldig mein Wehklagen anhörte, wenn meiner Meinung nach mal wieder etwas nicht passen wollte, mich dann aber innerhalb weniger Minuten darüber aufklärte, dass sehr wohl alles hinhaute. Er verlieh der Story jenen Glanz, mit dem sie jetzt gedruckt wurde.

Wolfgang Werner, Sozialarbeiter und Gründungsmitglied von SUB/WAY berlin e.V., der mir Einblick in die Szene der Trebegänger, Stricher und Pädo-Kreise gewährte *(www.jungen-netz.de)*.

Wolfgang Lindemann, Diplom-Psychologe, der mich über die Folgen von und den Umgang mit Kindesmissbrauch aufklärte *(www.wolfgang-lindemann.de)*.

Dr. Jörg Kuglin, Leiter der Deutsch-Albanischen Kulturgesellschaft »Robert Schwarz« in Tirana, der mich mit den Gepflogenheiten albanischer Kultur vertraut machte *(www.dtalkuge-rs.com)*.

Mark Benecke, Kriminologe, der mich gewohnt souverän in Sachen Schussverletzungen und Todesarten beriet. *(www.benecke.de)*.

Peter Veckenstedt, Kriminalkommissar a. D., der dafür sorgte, dass ich auf dem rechten Pfad der Kriminalistik blieb.

Stephan Kühne, Experte in Sachen Lebensmittelproduktion, der mich überhaupt erst auf die Idee zu »Trieb« brachte.

Tan Erbas, der mich Anteil an der Kultur türkischer Mitbürgerinnen und -bürger Berlins haben ließ.

Regina Krause, die für mich die russischen Übersetzungen vornahm.

Bart van de Winkel, mein lieber Vetter, der mich in Amsterdam in seine Obhut nahm und sogar für mich recherchierte.

Stephanie Klee, die von mir hoch geschätzte Leserin, deren ehrliche Meinung zu meinen Romanen mir sehr wichtig ist. Und die ich umbringen durfte, rein literarisch gesehen, weil sie schon immer mal in einem Krimi sterben wollte. Danke! *(www.highlights-berlin.de)*

Für all das, was richtig ist, sind genannte Personen verantwortlich. Fehler oder Über- sowie Untertreibungen gehen ausschließlich auf meine Kappe, genauso wie die künstlerischen Freiheiten, die ich mir bei der Darstellung der Organisationsstruktur der Berliner Polizeibehörden erlaubt habe.

Ein besonderer Dank gilt den Initiatoren des »Tatort Töwerland«-Krimistipendiums 2007, dem Inselbuchhändler Thomas Koch *(www.juist-buch.de)* und der Autorin Sandra Lüpkes *(www.sandra-lüpkes.de)*.

Die ersten drei Kapitel von »Trieb« entstanden im Rahmen des Stipendiums auf der wunderbaren Nordseeinsel Juist. Mein Dank gilt außerdem den Sponsoren des Stipendiums, die mir den Aufenthalt so angenehm wie möglich machten: Meine Unterkunft wurde von Angelika und Michael Bockelmann und ihrem Apartmenthaus Haus Brunke *(www.haus-brunke.de)* gestellt. Üppig frühstücken durfte ich jeden Morgen im Juister Hof *(www.juister-hof.de)*, und das vorzügliche Abendessen wurde mir im Alten Bahnhof, im Speiserestaurant Kompass *(www.kompass-juist.de)*, serviert. Vielen, vielen Dank.

Ich danke auch der Agentur Michael Meller und meiner Agentin Franka Zastrow sowie meiner Lektorin Barbara Heinzius, die mir erneut ihr Vertrauen geschenkt haben. Ich weiß, dass dies nicht selbstverständlich ist, deshalb bin ich umso glücklicher.

Marcel Feige, im Februar 2009